기담 奇譚 사미인

§ 奇譚 사미인 §

2013년 10월 24일 초판 1쇄 인쇄
2013년 10월 30일 초판 1쇄 발행

지은이 § 문은숙
발행인 § 곽중열
기획&편집디자인 § 신연제, 이윤아
발행처 § (주)조은세상

등록 § 2002-23호(1998년 01월 20일)
주소 § 경기도 고양시 일산동구 장항동 558번지 6호
Tel § 편집부(02)587-2977
영업부(031)906-0890
e-mail romance@comics21c.co.kr
값 11,000원

*본서의 내용을 무단 복제하는 것은 저작권법에 의해 금지되어 있습니다.

Copyright©.문은숙 2013. Printed in Seoul, Korea

*파본이나 잘못된 책은 바꾸어 드립니다.

ISBN 978-89-6159-260-0

CIP제어번호 : CIP2013021345
이 도서의 국립중앙도서관 출판시도서목록(CIP)은 e-CIP홈페이지(http://www.nl.go.kr/ecip)와
국가자료공동목록시스템(http://www.nl.go.kr/kolisnet)에서 이용하실 수 있습니다.

목 차

여는 이야기

1. 첫 등교일 ‖ 9
2. 땅거미 ‖ 26
3. 꿈밟기 ‖ 52
4. 매화의 숲 ‖ 73
5. 솜사탕 ‖ 90
6. 구혼求婚 ‖ 109
7. 빗속의 온기 ‖ 129
8. 재회 ‖ 149
9. 고동鼓動 ‖ 180
10. 폭우 ‖ 205
11. 탐닉자 ‖ 231
12. 비단 부채 ‖ 255
13. 의혹 ‖ 278
14. 홍염의 낙인 ‖ 296
15. 신기루 ‖ 316
16. 사생관두死生關頭 ‖ 335
17. 그 후 ‖ 364
18. 단 하나의 반려伴侶 ‖ 386

뒷이야기

1. 여름, 귀신 버드나무집 기담 ‖ 406

2. 가을, 제주도에서 생긴 일 ‖ 417

3. 겨울, 달콤한 잠 ‖ 436

사미인 외전: 靑蛇(청사)

一. 청사, 달을 올려다보며 한탄하다 ‖ 454

二. 청사, 갈팡질팡하다 ‖ 470

三. 청사, 상사병에 걸리다 ‖ 485

四. 청사, 음탐淫貪하다 ‖ 498

GOOD WORLD ROMANCE NOVEL

여는 奇譚 이야기

피를 너무도 많이 흘렸다는 것이 명백해졌다. 이젠 몸의 형상을 유지하고 있는 것조차 힘에 부쳤다. 이러다 깜빡 정신을 놓으면 나는 본체로 돌아가 버릴 것이고, 그렇게 되면 이 작은 우물은 부서지고 말 것이다. 그러면 결국 저 요사스러운 달빛에 빛나는 검이 나를 노리고 떨어지겠지.

그렇게 되기 전에 나를 불태울 수 있어야 할 텐데. 지금 이렇게 고통을 인내하면서 얼마나 갈지 모르는 호흡을 유지하는 것이 과연 잘하는 짓인지 모르겠다.

이미 포기할 때가 지났다는 것은 아주 잘 알고 있다. 이런 식으로 비참하게 질질 끄는 마지막은 한 번도 꿈꾼 적이 없다.

망설이는 것은 아닌데 내가 왜 이러는 걸까. 이게 인간들이 그토록 자주 들먹거리는 미련이라는 걸까?

선택은 내가 했다. 후회와 함께 애착도 불태워야 할 것이다.

그러나 여전히 마음이 아픈 것은 어쩔 수 없다.

내가 간 뒤, 혼자 남겨진 명은 이제 얼마나 긴 잠을 자게 되는 걸까?

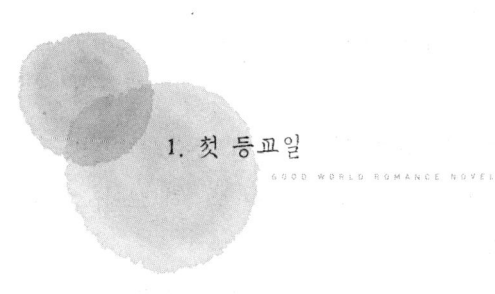

1. 첫 등교일

GOOD WORLD ROMANCE NOVEL

"어쩐지 가을의 끝 같은 아침인걸."

문을 열고나서 들이쉰 첫 공기의 맛에 나는 그렇게 중얼거렸다. 새벽 무렵부터 희미하게 안개가 자라는 걸 느끼고 있었지만, 피부로 달려드는 아침 공기는 안락한 잠자리에서 헤아려 본 것보다 더 촉촉했다. 사박사박. 구두 아래에 밟히는 흙들이 젖은 모래 같은 소리를 냈다. 밤은 그토록 싸늘했던 모양이다. 하지만 이 사느란 기운도 곧 풀릴 것이다. 아직 안개 때문에 제대로 모습을 드러내지는 않았지만, 올려다본 동쪽 하늘에 수줍은 척 숨어 있는 해님이 보였다.

무주霧州의 명물인 아침 안개는 예나 지금이나 변함없다. 상당히 그리워했던 것이라 나름 감회에 젖었다. 내 선택에 만족했다. 이곳에 돌아오는 것이 또 한 번 후회할 거리를 자초하는 일이 되지 않을까 싶었는데 나중 일은 어찌 되었든 지금 보게 된 안개만으로도 웃을 일이 생겼잖은가.

발아래 밟히는 흙의 소리와, 가르고 나갈 때마다 내게 안겨들며 살며시 피부를 만지고 지나가는 물기 섞인 공기를 만끽하면서 나는 눈을 감았다.

그동안 많은 게 바뀌었지만, 그대로인 것들도 있다. 내가 그대로인 것처럼.

아니, 그대로인 것은 아니고 아주 느리게 변하는 것들일까나.

아직 잘 모르겠다. 열심히 배우고, 열심히 생각해 보아도 답이 안 나오는 문제란 것이 있다.

백 살 때는, 앞으로 백 년 후엔 지금보다 배는 더 영리해지겠구나 했지만 삼백 살이 되어도 백 살 때에 비해 두 배 더 영리해지진 않았다. 애초에 타고난 머리가 그다지 영리한 편이 못 되었던 것 같다.

다가오는 춘분에 나는 사백 살이 된다.

태어났던 무주에서 사백 살 생일을 기념한다는 일. 너무 인간스러운 일일까?

※

"여기가 네 자리야. 궁금한 거 있으면 언제든 물어보고. 나 아니라도 우리 반 애들 다 좋은 애들이니까 누구한테든 물어."

"고마워, 반장."

"미주라고 불러. 다들 반장, 반장 해대는 거 신물 나는 사람이야, 난."

"그야 네가 중학교 때부터 내내 반장만 해서 그런 거잖아. 살다 보면 살아온 길 때문에 이름이 바뀌기도 하는 거야. 아, 난 송옥이야. 차송옥."

내게 자리 안내를 해준 은테 안경을 낀 반장의 어깨에 턱하니 목을 올려놓으면서 말을 건 아이는 동그스름한 눈이 놀란 다람쥐 같은 구석이 있는 여자애이다. 조금 새치름한 면이 있는 반장에 비해 송옥이라 자신을 밝힌 아이 쪽은 혈색 좋아 보이는 발그레한 뺨만큼이나 입술도 붉고 장난기가 많아 보였다.

"류반희. 이름이 예쁜 애들은 보통 얼굴이 이름 못 따라오는데, 넌 그럴 걱정은 없겠구나. 서울에서 와서 그런가 딱 보기에도 세련된 느낌이고."

"고마워. 좋게 봐줘서."

적당히 웃어보이고서 나는 책가방을 열고 정리를 시작했다. 며칠 전에 받은 시간표대로 챙겨온 내용물을 책상 서랍에 다 넣고 국어책이며 노트만 따로 꺼내 놓는데, 사소한 행동 하나하나마다 따라붙는 시선들이 조금은 거슬렸다.

슥 고개를 들어 주위를 돌아보았는데 애들은 눈이 마주쳤어도 고개를 돌릴 생각을 하지 않았다. 개중엔 손을 흔들거나 윙크를 하며 내 눈에 띄려고 하는 아이도 있다.

무주가 작은 도시이긴 하지만 전학생이 왔다고 이토록 반가워하는 게 정상적인 것 같지는 않다. 고등학교 2학년이 아니라 초등학교 2학년들 같다. 물론 초등학교엔 들어가 본 적이 없어서, 실제로 초등학교 2학년들은 어떤지 모르겠다. 그래도 삼십 년 전에 인천에서 학교를 다닐 때와 비교하면 상당히 다르다.

세상은 그 어느 때보다 빠르게 발전한다고 하는데 사람의 아이들은 놀랍도록 유치해져 가는 것 같다. 두보의 시처럼 사람의 나이 70이 되는 것이 예로부터 드물다고 말해지던 그런 시절에 비하면 놀랍도록 오래 살게 된 사람들. 늘어난 수명만큼 머리가 자라는 속도는 더뎌지는 걸까?

어쨌든 이런 애들이 자라서 세상이 발전한다는 게 참으로 묘하다. 사람이란 다 알았다 싶다가도 가끔 내게 이런 놀라움을 안겨준다.

그러니 보통 이십 년 주기로 거처를 옮길 때마다 이렇게 사람의 학교를 다니기로 한 일은 번거롭긴 해도 도움이 된다. 사람은 멀리서 바라보면 한없이 어리석은 짓을 반복하는 동물들인데, 그 안에 있다 보면 또 아주 엉터리들도 아니라서 역시 신기한 것이다. 복잡다단하고, 그 종류를 헤아릴 수 없는 욕망들로 부대끼는 동물. 참 재미있다. 사람의 삶을 구경하는 것은.

1교시 시작 전의 예비종이 울렸고, 잠깐 담임선생님이 들어와서 조회가 있었다. 새삼스레 전학생 소개가 있어서 나는 교탁 앞으로 나가서 인사를 했다. 별로 재미는 없는 일이었지만 교실 안의 아이들 얼굴을 하나씩 전부 머릿속에 넣으면서 둘러보다가, 내 옆 분단에 있는 빈자리를 보았다.

"저기 빈자리는 뭐야?"

돌아와 앉은 뒤 짝꿍에게 물었더니 뭔가를 노트에 열심히 적던 단발머리 여자애가 고개를 들어 대답했다. 이름이 영미라고 했던가? 아, 명찰을 보니 김영미가 맞다.

"아, 도련님이야."

"응?"

"도련님 자리라고."

영미는 도련님이라고 하면 내가 당연히 알 거라고 생각하는 것처럼 그렇게 말한 뒤 다시 열심히 노트 필기를 했다. 아무래도 어제 숙제를 제대로 안 한 모양이다. 나는 적당한 대답을 듣는 걸 포기하고 샤프를 꺼내 샤프심을 넣었다.

도련님. 무주에 오니 그리운 단어도 듣게 된다. 사람들이 말하는 고향이란 것은 내게도 통하는 것인지.

수업이 시작되었다. 국어 선생은 오십 대 초반 정도로 보이는 여자로, 유난히 가느다란 목소리로 "이 반에 전학생이 왔다지? 한 번 일어나서 34페이지 둘째 단락부터 읽어볼래?"라고 말했다. 설마 오늘 하루 내내 수업마다 이 비슷한 일이 생기는 건 아니겠지, 하는 불길한 생각을 잠시 하면서 일어나 지목한 부분을 읽기 시작했다. 전학생이 책을 읽는 것도 신기한 일인지 여기저기서 힐끗거리면서 고개를 돌려댔고, 뭐라 뭐라 자기들끼리 소곤대는 목소리도 들을 수 있었다. 원치 않아도 여러 가지 말이 들려온다. 무시할 수 있다. 나이가 들어서 마구 영리해지진 않은 대신, 그런 것에 대한 무심함이 갖춰졌다.

차분히 내 목소리에만 귀를 기울이며 글을 읽고 있는데 드르륵 하고 뒷문 열리는 소리가 났다. 내게 향해 있던 고개들이 일제히 소리가 난 쪽으로 향했다.

"죄송합니다. 조금 늦었어요."

아, 저게 빈자리의 주인인 도련님인가 보군. 목소리는 꽤 듣기 좋구나. 소년치고는 경망스럽지 않고 진중하다. 불과 백여 년 전까지만 해도 열일고여덟 무렵의 남자들은 저런 목소리를 냈었다.

돌아보지는 않고 그렇게만 생각하면서 책을 마저 읽으려는데 주변 애들이며 국어 선생은 내가 책을 읽는 것보다 지각한 소년 쪽에 훨씬 관심이 많은 듯했다.

"얼굴빛이 안 좋은데 그냥 쉬지, 억지로 온 거 아니야?"

"무리하다가 더 나빠지면 안 되니까 양호실 가서 쉬어도 된다."

그런 식의 배려 넘치는 말들이 타박타박 가까워지는 발소리의 주인에게 던져졌다.

"괜찮습니다. 쉬는 게 더 지겨운 걸요."

가방을 놓고 의자를 끌어내는 소리가 들렸다. 흔치 않아진 기품 있는 목소리의 주인 얼굴이 궁금해 나는 힐긋 돌아보았다.

흡, 숨을 들이마셨다. 하마터면 책을 떨어뜨릴 뻔했다.

"못 보던 얼굴이다. 누구야?"

그렇게 눈앞에 있는 '것'이 물었다.

"류반희. 오늘 전학 왔어. 서울에서 왔대. 예쁘지? 이제 우리 2학년 2반이 전교에서 가장 수준 높은 미모를 자랑하게 된 거야. 절정의 미남미녀가 세 명이나 되잖아."

송옥이란 아이가 명랑하게 대꾸했다.

"세 명? 세 번째가 누구야? 설마 그 세 명에 송옥이 너도 끼어?"

"괜찮아, 괜찮아. 병약한 미남에 세련된 미녀가 있으면 좀 웃기는 미녀도 있는 법이지."

"그러니까 어찌 됐든 우리는 네가 미녀란 걸 인정해야 한다는 거잖아?"

"왜 인정을 못해? 딱 봐도 나무랄 데 없는 미인이잖아?"

우쭐거리며 사방을 돌아보는 송옥의 표정에 애들은 한바탕 왁자하게 떠들며 웃어댔다.

내 눈앞에 있는 '것'도 잔잔히 웃음소리를 내어 보인 뒤 슥 옆을 돌아보았다.

놀랍도록 단정한 얼굴이다. 빛을 잘 못 보고 자란 것처럼 창백한 피부하며 깔끔한 이목구비는 흡사 한 폭의 그림 속에서 걸어 나온 양 비현실적이기까지 했다.

눈이 마주치자 선명하게 보였다. 새까만 홍채 속에 은빛의 파편들이 무수히 박힌 듯한 이질적인 기운.

분명하다.

'이것'은 사람이 아니다.

그리고 '이것'은 나보다 강하다. 개미보다 강한 것이 코끼리인 것처럼 그렇게 강하다.

"자, 자. 적당히들 떠들었지? 남은 잡담은 쉬는 시간에 하렴. 너희 반 진도가 다른 반에 비해 두 시간은 더 빠진다고. 전학생, 뭐 하니? 계속 읽어라."

나도 모르게 꽉 움켜쥐었던 책을 펴들고 아까 끊어졌던 부분부터 읽기 시작했다. 목소리의 바닥에 깔린 두려운 기색을 아무도 눈치 못 채길 바랐다.

하지만, 들렸다.

쿡, 하고 웃는 소리.

모골이 송연해졌다. 옆 분단에 있는 '그것'이 웃고 있다.

이마에서 진땀이 나는 게 느껴졌다. 멀쩡히 책을 읽고 자리에 앉아 수업을 들었지만 나는 계속 옆 분단의 존재를 의식하면서 한 가지 생각에 쫓겼다.

당장 달아나야 하지 않나?

죽을 때 머리를 고향 쪽으로 돌리는 건 여우. 하지만 나는 죽을 자리를 찾아온 것은 아니다.

죽고 싶지 않다. 아직은.

아직은 말이다.

하루가 이토록 길게 느껴진 적은 처음이었다. 다행히도 해가 서쪽으로 기운 것은 확실하다. 다른 학생들은 야간 자율학습 때문에 계속 남는 모양이지만, 나는 서둘러 가방을 챙겼다.

전학 수속 때문에 학교에 왔을 때, 나는 일가붙이가 없는 고아라서 내가 일을 해야 한다고 담임선생과 이야기해둔 바 있다. 인간들 용어로 최면과 비슷한, 그런 힘을 썼기 때문에 담임선생의 머릿속에 어떤 식으로 나에 대한 기록이 남았는지는 잘 모른다. 내가 공을 들인 건, 동정과 무심함의 공존이다. 마음속에 거울을 둔 것처럼 나에 관해 들여다볼라 치면 거기 비친 자신의 모습 때문에 다른 곳으로 생각의 방향이 뻗어나갈 것이다.

거기에 있다는 건 알지만 누구도 신경 쓰지 않는 존재가 되는 것이 편하다. 아주 가끔 감이 좋은 사람의 경우가 있어서 귀찮아질 때도 있지만 흔치는 않다. 우스운 게 세상이 발전하고 있음에도 무속인들의 수는 꾸준히 늘어나고 있다는 건데, 정작 그들 중에 진짜라고 인정할 수 있는 자는 그리 많지 않다. 태반은 잡귀에 씐 병자들이다.

허약한 인간의 몸에 들러붙어 기나 빠는 잡귀들 따윈 무섭지 않다. 그런 경우엔 그쪽에서 날 보고 먼저 고개를 돌린다. 한사코 피한다. 그들에겐 내가 코끼리로 보이기 때문이다.

어쨌든 끝. 오늘 처음 입게 된 교복이 꽤 마음에 들었지만 돌아가서 벗으면 입을 일이 없겠구나 하며 자리에서 일어났다.

"벌써 가?"

"응. 선생님하곤 이야기된 거니까. 그럼."

"해 떨어지자 귀가생이라니. 명이랑 사정이 같네. 어디 아파?"

"그런 건 아니야. 가볼게."

하루 동안 짝이었던 영미의 물음에 그렇게만 답하고 돌아서다가 또 흠칫했다. 옆 분단에서 가방을 어깨에 메며 일어서던 '그것'이 나를 향해 말을 건 것이다.

"어디에서 살아?"

"어, 좀 멀어."

"어디?"

"산홍동 쪽."

"우리 집 가는 길이네. 같이 갈래? 가는 길에 내려줄게."

"아니야. 그냥 갈게."

시선을 피한 채 겁에 질린 기색 없이 잘 대답했다 싶었지만 쓸데없이 주변 애들이 끼어들었다.

"도련님 호의 거절하지 마. 매일 혼자만 돌아가다가 같이 갈 사람이 생겨서 기뻐하는 건데. 우리 명이 도련님 무안하겠다."

"그래. 산홍동이면 가는 버스도 54번뿐이잖아? 그 버스 이미 갔어. 멍하니 한 시간 기다리지 말고 타고 가. 도련님 차 타고 우아하게."

"우리 학교 올라오는 길, 그거 완전 등산로잖아. 오늘 하루니까 그렇지, 한 달 지나면 다리에 이따만 한 알이 생긴다고. 장딴지에 알 생기는 그 순간부터 너도 무주 촌년 되는 거야."

정말로 쓸데없는 걱정으로 입을 아프게 하는 애들이 많다. 만약 계속 학교에 다닌다고 하면 한 사람씩 차근차근 태도를 교정해 줬겠지만 그럴 시간은 없을 것이다. 나는 말없이 어깨만 으쓱해 보이곤 교실을 나가려고 했다.

그때, 팔이 잡혔다.

"같이 가자. 응?"

팔을 잡은 손은 가붓하다. 뿌리치려면 뿌리칠 수 있는 정도지만 뿌리칠 수가 없다. 그 손의 주인의 심기를 거슬러서는 안 된다는 걸 안다. 등줄기로 식은땀이 흐르는 것을 똑똑히 느끼면서 나는 어렵사리 대꾸했다.

"그럼…… 오늘만 신세 좀 질게."

어쩔 수 없이 돌아가는 길을 함께 하게 되었다. 조금 사이를 두고 뒤를 따라가면서 나는 되도록 앞에 가는 것의 모습도, 그림자도 보지 않으려 노력했다.

땅거미가 진다. 빛도 아니고 어둠도 아닌 애매한 지점. 내가 가장 싫어하는 시간.

부르르 떨면서 어스름의 경계를 깨고 나타날 달이 어디쯤에 있나 올려다보는데 앞서 가던 그것이 뒤돌아보지도 않고 물었다.

"추워?"

"아니야."

"그럼 왜 떠는데?"

대답하지 않았다. 뒤돌아서 있기 때문인지 그것의 목소리는 교실에서와는 다르게 느껴졌다. 어쩌면 얼굴도 다를지 모른다.

내가 떠는 걸 어떻게 알았느냐고 묻지도 않았다. 그럴 필요가 없다는 것을, 안다. 상대 역시 내가 '알고 있다는 것'을 안다.

'너만 그런 게 아니야. 다들 그래. 우리 같은 것들은 그냥 아는 거야.'

오래전에 만났던 여우의 말이 기억난다. 나와 만날 당시 백예순한 살이라고 까마득한 어른 행세를 하던 여우는, 삼백 살을 못 채우고 죽었다.

사치스럽고 외로움을 심하게 탔던 그 여우와 함께 한 시간 동안, 많은 걸 배웠다. 여우가 해준 가장 값진 충고는, 도망가야 한다고 본능이 알리면 뒤도 돌아보지 말고 도망가란 것이었다.

뒤도 돌아보지 말고. 지금 이 상황을 보면 여우는 어떤 표정을 지을까?

"도련님. 오늘은 손님이 계십니다."

놀랐다는 듯 말을 걸어온 중년 남자의 목소리에 나는 여우 생각에서 빠져나왔다. 잠깐 놀라긴 했지만 오전만큼은 아니었다.

검은 차 앞에 서 있다가 나를 보고 눈을 동그랗게 뜨는 남자 역시 사람은 아니다. 하지만 나보다 약하다. 비릿한 내음이 난다. 둔갑을 한 후에도 아직 본체의 기운을 풍기는 걸 보면 나이도 한참 아래일 듯하다. 이백 살도 안 된 어린 것일지도 모르겠다.

"반희. 류반희라고 했어. 맞지?"

"응."

"반희 아가씨로군요. 잘 부탁드립니다. 녹전綠錢이라고 합니다."

"녹전……이라면 이끼?"

"예. 그 녹전입니다. 타시지요."

빙긋 웃으면서 녹전은 내게 차에 오르라고 정중히 손짓을 한다. 이미 다른 것, 그러니까 명이라고 불리는 것은 차에 탄 후이다. 앞자리에 타고 싶다는 생각을 마음속으로만 해보면서 결국은 녹전이 안내한 뒷자리에 앉았다.

녹전은 미끄러지듯이 걸어서 운전석에 앉았다. 차가 움직이기 시작했다. 설마 진짜 이끼는 아니겠지 하면서 잠시 운전을 하고 있는 녹전의 뒷모습을 응시했다. 산천의 망량 중에 초목을 근원으로 하는 것들이 드문 것은 아니지만 그래도 이끼라니.

"반희. 예쁜 이름이야. 누가 지어준 거야?"

불쑥 옆에서 말을 붙여 와서, 나는 빙글 눈알을 굴리고는 대답했다.

"아버지."

"아버지? 살아 계셔?"

"돌아가셨어. 오래전에."

"흐음. 가족이 있구나, 너도."

'너도'라는 말에 나는 움찔했다. 그럼 너는 가족이 있다는 거야? 하고 바로 치고 나오려는 질문을 어떻게인가 가라앉혔다.

나는 내가 사고思考할 수 있는 존재라는 자각을 가졌을 무렵, 이미 혼자였다. 가족 같은 것은, 없었다. 어디에도. 내가 '아버지'라고 칭한 자는 자각 이후에 만나게 된 사람이다.

하지만 이것에겐 정말로 가족이란 게 있는 걸까? 묘한 두근거림을 느끼며 가만히 옆에 앉은 그의 얼굴을 훔쳐보던 나는 그의 옆 차창에 비친 것을 보고 흠칫 놀라 고개를 돌렸다. 눈을 꽉 감았다가 마음을 가다듬어 내 바로 옆의 차창도 쳐다보았다.

맙소사. 나는 숨을 멈추며 고개를 숙였다.

비가 오고 있었다. 얼마나 긴장했기에, 내가 주위를 채우는 비조차 모르고 있었는지.

비는 무섭지 않다. 물고기에게 물이 무섭지 않은 것처럼, 무서울 리가 없다. 그저, 이런 시간에 내리는 비는 반갑지 않을 뿐이다.

비를 타고 피어오르는 아지랑이들. 흐느적거리며 몰려다니다가 점점이 뭉쳐서 꿈틀거리는 푸르스름한 요기妖氣. 그 사이로 죽어서도 죽지 못하고 떠도는 망령의 그림자들이 춤을 춘다.

이런 시간에 비가 내리면 산 것들의 세계가 죽음에 가까운 것들의 세계와 겹쳐지고 만다.

차라리 죽음은 괜찮다. 죽음 자체는 평온하고, 지극히 자연스럽다. 무섭고 싫은 것은 살지도, 죽지도 않은 것들이다. 그런 것들의 세계는 정말로 무섭고도 싫다.

그런데 더 싫은 것은, 이런 것들은 나를 상당히 좋아하는—이 말에 어폐가 있다면, 따른다고 해야 할까—것 같다는 사실.

숨을 멈춘 채로 조용히 어깨를 움츠리며 고개를 숙였다. 비가 그치게 하는 힘이 있었으면 좋으련만. 아니, 적어도 다른 곳으로 밀어내는 힘이라도. 끌어오는 건 가능한데 그 역은 되지 않는다.

"집, 어디야?"

들려오는 목소리에 고개를 들었다.

"산홍동이랬지? 접어들었어. 어디쯤이야?"

입술을 축이면서 가볍게 혀를 날름거리자 밖에서 오는 비가 꽤 무거운 편이라는 게 느껴졌다. 정신을 가다듬어 창밖, 그림자들 너머로 보이는 현실의 세계를 응시했다. 얼마 후 대답했다.

"여기서 내려주면 되겠어."

"여기서? 이 근처가 집이야?"

"어차피 걸어 들어가야 해."

"흐응. 그렇구나."

고개를 끄덕이더니, 명은 앞자리의 녹전에게 말했다.

"들었지? 여기래."

"네, 도련님."

차는 아주 부드럽게 인도에 바짝 다가가 멈춰 섰다. 매우 경직된 미소일 거란 건 알았지만 어쨌든 명에게 미소를 지어보이며 감사 인사를 했다.

"고마워."

"별말씀."

차문을 열면서, 내 발이 밖으로 나가길 주저하는 것 같았지만 한 발 내딛자 오히려 바깥이 더 편하다는 걸 깨달았다. 반갑게 내 주변으로 모여드는 서늘한 무리 속을 걷는 것이 명의 옆에 앉아 차 안에 있는 것보다 한결 나았다.

차를 돌아보면서 나는 비로소 제대로 된 미소를 지었다. 가붓하게 고개를 숙였다가 들면서 거기 앉아 부드럽게 웃고 있는 명의 모습을 처음으로 제대로 응시했다.

이 모습을 아마도 가끔 생각하게 되리라. 또한 궁금해할 것이다. 과연 이것은 무엇이었을까? 하고.

"내일 보자."

명이 말했다. 나는 엷은 미소와 함께 차문을 닫고 돌아섰다. 저벅 저벅 걸으면서 내게 달라붙어 오는 것들에게 중얼거렸다.

"떨어져."

반쯤 눈을 감고 가방을 쥔 손에 힘을 주면서 살짝 입술을 벌린다. 다른 감각 따윈 거의 필요 없다. 혀만 있어도 필요한 열기와 진동은 다 느껴지니까. 눈을 외면하고 귀를 닫아버리면 내 청결한 피부에 달라붙는 이 소름 끼치는 것들도 적당히 무시할 수 있다.

'숙달되면 거기에 없는 것으로 믿을 수도 있어. 그럼 너는 뭐가 되는지 알아? 소위, 신神이 되는 거지.'

여우는 그렇게 말했었지만 과연 그 여우가 죽기 전까지 그 단계에 갔었는지는 모르겠다. 워낙에 허풍이 센 사부였다고, 지금은 생각하고 있다.

"류반희."

여우 생각에 조금 따뜻해졌던 마음이, 뒤에서 내 이름을 부르는 목소리에 싸악 얼어붙었다.

"반희야."

저렇듯 친근하게 부르다니. 진짜 이름을 가르쳐줬다면 불리는 것만으로 완전히 흘리게 생겼다. 꽉 눈을 한 번 감았다 뜨고 천천히 돌아보았다.

"왜?"

명의 주변은 무섭도록 적요롭다. 내 주변에 몰려든 것들은 그에게서는 조금이라도 더 멀리 가려는 것처럼 필사적으로 등을 지고 있다. 진짜 정체가 무엇이기에?

"우산 없이 가는 거 보기가 그래서."

"우산? 괜찮아. 이 정도 비는."

"이 정도 비에, 벌써 많이 젖었잖아? 봐, 이렇게."

스윽 다가오는 명의 손에 나는 흠칫하며 물러섰다. 물론 바로 현명하지 못한 행동이라고 후회했지만. 꼭 내가 내 주위에 몰려든 것들처럼 열등해 보였다. 그것들은 명이 내게 가까이 올수록 소리 없는 비명을 울리며 내게서도 달아난 것이다.

명은 마치 내가 물러선 것을 모르는 것처럼 웃으면서 한 걸음 더 다가왔다. 그의 손이 내 머리카락을 건드렸다. 새하얗다 못해 푸른 기까지 도는 그의 손가락에 물방울이 맺혔다가 떨어진다.

"젖었어. 그렇지?"

나는 고개를 끄덕였다. 명은 자신이 쓰고 있던 우산을 내게 내밀었다.

"쓰고 가."

"……됐어. 어차피 젖었는데 뭘. 그냥 가도 별 차이 없어."

"비가 더 심해질 텐데?"

"그러진 않을…… 엇."

내 말이 채 끝나기도 전에, 아주 가까운 곳의 하늘이 하얗게 밝아왔다. 내가 눈을 한 번 깜박이는 사이, 귀를 찢을 듯한 천둥소리가 공기를 울렸다.

갑자기 주위의 빗발이 두 배는 더 강력해졌다. 인간의 몸을 한 채로는 눈을 뜨고 있기 버거울 정도로 거센 압력. 손을 들어 쏟아지는 빗물을 훔쳐내는데, 더는 빗발이 얼굴에 떨어지지 않는다는 걸 깨달았다.

눈을 뜨자, 명의 얼굴이 보였다. 그는 내게 우산을 씌워주고 있었다.

"잡아."

한순간, 그를 잡으란 말인 줄 알고 손을 잡았다가 급히 착각인 걸 깨닫고 우산 손잡이로 옮겨갔다. 명의 입술이 부드럽게 휘어지더니 입술이 벌어지면서 목소리가 흘러나왔다.

"쓰고 가."

아마 난 얼굴을 찡그렸을 것이다. 사양해야 하는 호의임을 알건만, 감히 강경히 거절할 수 있는 상대가 아닌 것이다. 결국 고개를 끄덕였고 명은 우산을 완전히 내게 넘겨주었다.

"그럼."

뒷걸음질로 우산 아래에서 빠져나간 명은 그렇게 짧은 인사와 함께 등을 돌렸다. 그 등을 물끄러미 쳐다보는데 몇 걸음 걸어가던 명이 문득 멈추더니 돌아보았다.

"돌려줘야 하는 건 알지?"

아. 역시나. 대가 없는 선행은 기대할 수 없는 일.

나는 희미하게 신음을 삼키며 대답했다.

"돌려줄게."

"내일?"

"응. 내일."

"좋아, 그렇게 해."

명은 쿡 웃었다. 그 웃음에 내 목 주변으로 이는 한기를 나는 무시했다. 괜찮아. 내일 학교에 가서 돌려주면 되는 거니까. 일은 간단해. 달아나는 것이 하루 더 늦춰지는 거야.

생각은 명료했지만, 일은 그렇게 간단하지 않았다.

다음날, 명은 학교에 나오지 않았다.

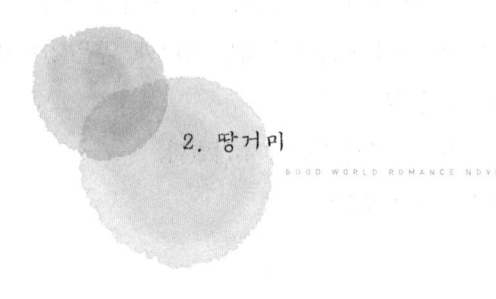

2. 땅거미

점심 전까지 명이 나오지 않는 일은 반 애들에게 자연스러운 일인 듯했다. 4교시가 가까워지면서 지나가는 말처럼 옆 분단의 빈자리에 대해 언급했더니 '명이라면 원래 그래' 라는 식의 답이 돌아왔다.

결국 정규 수업이 다 파하도록 빈자리는 빈자리로 남았다. 나는 교실 뒤에 둔 우산을 돌아보며 한숨을 삼켰다.

'내일?' 이란 명의 물음에 잠자코 맞장구쳐버린 자신을 원망하는 수밖에. 그 순간엔 아무 생각 없었다는 게 더 신기했다. 하지 말았어야 할 실수였다. 여우가 아직 살아 있었다면 나를 보고 쯧쯧 혀를 차며 몇 번이고 고개를 저었겠지. 입버릇처럼 하던 말, '이래서 네발 달린 짐승이 아닌 건 못써' 를 한 번쯤 흘려주면서.

'내일' 돌려주겠다고 했다. 그랬더니 명은 그렇게 하라고 했다. 주고받은 물건이 있고, 말의 언약이 있었으니 깨뜨린다면 오로지 내 탓이다.

깨어진 약속은 일종의 주박이 된다. 잠이 들어서도 나는 주지 못한 우산에 매이고 마는 것이다.

'맛있었지. 무엇으로 갚을래?'

그런 목소리가 귓가에 울려온다. 까치 알 두 개 때문에, 나는 여우의 종이 되어 137년 5개월하고도 열엿새를 보냈다. 매사에 능숙한 여우 덕분에 굶고 살지는 않았지만 내가 왜 이러고 사나 생각할 때마다 순진하게 까치 알 두 개를 받아먹고만 내 자신을 반성했다. 여우는 자기나 됐기 망정이지, 다른 것 같았다면 나를 저녁거리로 삼았을 거라고 말했다. 그녀의 말이 절대적인 사실이란 것을 그 뒤로 자주 확인할 때마다 내 반성은 더더욱 진지한 것이 되었다.

'약속을 어겼군. 그래, 그 대가는 뭐지?'

어제의 그것, 그러니까 명이 그런 소리를 하게 둘 수는 없다. 돌려주어야 한다. 무슨 일이 있어도.
"저기, 명이란 애, 집 근처에 사는 사람 없니?"
청소가 거의 끝나가는 중에도 미적거리던 내가 송옥이라는 애를 붙잡고 물었을 때, 송옥은 눈을 동그랗게 뜨며 오히려 내게 되물었다.
"집 근처? 왜?"
"내가, 어제 우산을 빌렸어. 돌려줘야 해."
"우산? 그런 건 내버려둬. 도련님 집이 우산이 없어서 무너질 집도 아니고. 거기다 비도 안 오잖아?"

"아니, 그래도. 근처에 사는 사람 없을까? 집에 가는 길에 우산을 줄 수 있는."

"집에 가는 길에?"

그런 희한한 말은 처음 들어본다는 듯 송옥은 어깨를 움츠렸다. 옆에서 지금까지 안 듣는 척하면서 다 듣고 있던 게 분명한 반장이 코웃음을 치며 끼어들었다.

"도련님 집에서 아무리 가까이 사는 녀석이라고 해도 걸어서 삼십 분은 걸릴 거야."

"그럼…… 그럼, 어디인지 알려줄 수는 있지?"

내 말에 송옥은 물론 미주까지 빤히 날 쳐다보더니 자기들끼리 시선을 교환한 후 한숨을 쉬었다.

"물론 명이한테 반한 마음은 십분 이해하지만……."

"어? 아냐. 그럴 리가. 내가 그런 거한테 반할 리가 없잖아."

"그런 거?"

인간 꼬맹이들의 오해가 몹시 우스워 본심을 살짝 드러냈더니 역시 둘은 이해 못하겠다는 표정을 지었다. 정색을 한 뒤 나는 고개를 저었다.

"중요한 건 우산이야. 돌려줘야 해. 오늘 돌려준다고 약속을 했거든. 나, 약속에 대한 강박증이 있어. 오늘이라고 하면, 죽어도 오늘인 거야."

내 말은 사실이었지만 인간 꼬맹이들은 그 말을 의심하는 표정이었다. 또 자기들끼리 애매한 시선을 주고받은 뒤 송옥이 말했다.

"그렇지만 그 집은 안 가는 게 좋아. 아무리 명이 도련님이 산다고 해도, 어쨌든 귀신 버드나무집이라고."

"귀신 버드나무집?"

"귀신 버드나무집이야. 말 그대로 귀신이 나오게 생긴 버드나무가 있지."

"그 버드나무, 진짜 이상해. 으, 난 다시 가라고 해도 거긴 못 가."

미주는 생각만 해도 질린다는 듯 부르르 떨었다. 송옥도 열심히 고개를 끄덕였다.

나는 입맛을 다셨다. 그런 버드나무가 있는 집이라니, 멋지구나 싶었던 것이다.

오늘은 비가 오지 않는다. 그렇기에 나는 땅거미가 질 시각이 다가와도 씩씩하게 걷는다. 버스에서 내려 걸어가면서 주위를 보았더니, 같은 산흥동인데도 몇 코스 차이로 꽤 외진 곳이구나 싶었다. 산에 가까워질수록 근처에 인가가 드물어졌다. 대신 경작하는 땅들이 한결 많이 보였다.

아, 퇴비 냄새가 난다. 인간이라면 코를 틀어막을 냄새겠지만, 나는 저 냄새가 참 좋다. 어릴 때 곧잘 저 퇴비더미를 집 삼아 머물곤 했었다. 따뜻하고 포근한 게, 아주 훌륭한 집이었다. 체구가 커지는 바람에 어지간한 퇴비더미 속에서는 지내는 게 불가능해진 것은 지금 생각해도 참으로 안타까운 일이다. 그런 면에선 여우가 참으로 부러웠다. 그 날씬하고 자그마한 몸. 황금빛 털 이야긴, 우선 잊어버리고.

"꽤 들어온 것 같은데, 대체 어디에 있는 거지?"

미주가 약도라고 그려준 종이를 부채 삼아 팔락거리며 나는 주변을 둘러보았다. 사방이 논과 밭으로 눈에 들어오는 인가가 저 멀리 몇 채 있긴 한데 요란한 색깔의 지붕들은 미주가 말한 고풍스런 기와집이란 말과는 어울리지 않는다. 하물며 우뚝 솟아 있다는 을씨년스러운 버드나무도 찾을 수 없다.

방향을 잘못 잡은 것인가 싶어서 왔던 길을 되짚어가는 사이 어느새 주위에 땅거미가 깔렸다. 이 부근에 사는 사람이라도 만나면 물어볼까 했는데 사람은 코빼기도 보이지 않고 사람 아닌 것만 연신 눈에 들어왔다. 불빛이 조금 침침하다 싶은 가로등 아래에 서서 약도를 좀 더 꼼꼼히 들여다보았다.

"맞게 온 것 같은데."

역시 착오는 없었다 싶지만 그래도 내친김에 버스정류장까지 아주 돌아갔다. 혹시 버스에서 내리는 사람이 하나라도 있지 않을까 해서 의자에 앉아 기다려 보았다. 삼십 분 가까이 기다린 끝에 54번 버스가 오는 게 보였지만 아무도 내리지 않고 정류장을 지나쳐 갔다. 다음 버스는 짧아도 오십 분 후. 나는 다시 한 번 내 힘으로 찾기로 결심하고 정류장을 뒤로 했다.

그렇지만 그로부터 또 반 시간 가까이 걸은 후에도 나는 목적지를 찾을 수가 없었다. 사방을 둘러보니 아까 보았던 집들만 그 자리에 동그마니 자리하고 있다. 내가 무엇을 놓쳤을까 고민하며 길을 따라 계속 걸으면서 거푸 약도를 들여다보고 고개를 들어 주위를 살폈다. 얼마쯤 오르막이었던 길이 내리막으로 변하고 다시 오르막으로 바뀌길 반복했다.

얼핏, 내가 같은 곳을 뱅글뱅글 돌고 있는 것만 같다는 생각이 들었다. 그 생각은 걸음을 그치게 하기 충분했다.

"설마하니 환술幻術?"

물론 내가 길 찾는데 서툴러 엉뚱한 곳에서 시간을 낭비하고 있는 걸지도 모른다. 하지만 이게 정말로 환술이라고 한다면.

불과 삼백 년을 못 살고 죽은 여우도 진을 펼쳐 제 거처를 인간들의 눈에서 감추는 재간은 부렸다. 나도 일단 구결은 배운 바 있으나 기껏해야 내 잠자리 부근에 삿된 것들이 접근하지 못하게 하는 수준이다. 하물며 두더지 몇 마리도 감당 못해, 엇?

갑자기 투두둑 하고 뺨에 떨어지는 찬 기운에 하늘을 올려다본 나는 잔뜩 몰려든 비구름에 움칫했다. 우르릉 나지막이 하늘이 울더니 장대비가 쏟아지는 건 순식간이다.

돌려주려고 가져온 우산을 펼쳐들고 나는 불빛을 찾아 달렸다. 가로등 아래에 서서 비가 그치길 기다렸다. 비는 그치지 않고 불빛이 퍼지는 동그란 원 너머에 모여든 그림자들만 하염없이 수런거렸다. 모르는 척 눈을 내리깔고 발치만 바라보길 한참. 비는 좀처럼 그칠 기미가 없고 오래 걸은 다리가 아파와 조금만 쉬자는 생각에 옹송그리고 앉았다.

얼마나 그러고 있었을까, 포장되지 않은 흙길에 생긴 물길이 줄줄이 흘러가는 걸 보는 것에도 이골이 났다. 이젠 무용지물이나 다를 바 없는 약도를 새삼 들여다보며 한숨을 쉬는데 문득 칙, 찌직하는 소리가 희미하게 들리더니 일순 나는 어둠 속에 잠겼다.

퍼뜩 고개를 들어 보니 가로등의 불빛이 꺼진 후이다. 벌떡 일어나 주위를 돌아본 나는 비단 내 위의 가로등뿐만 아니라 시야가 모두 암흑이나 다름없는 것에 바르르 떨었다. 정전이라도 온 모양이다. 한때 밤이 어두운 것이 당연하던 시절도 있었건만, 요 백여 년 사이 지상의 인위적인 밝음에 익숙해져버린 내겐 그 칠흑 같은 세계가 마냥 불안했다.

그 불안은, 어디선가 들려오는 곡소리에 금세 최고조에 다다랐다. 장대비가 퍼붓는 소리마저 뚫고 들려오는 구슬픈 울음소리는 인간의 것이라 생각할 수 없게 서럽고 허망하다.

이렇게나 어두운데, 귀곡성을 내는 뭔가와 마주칠지 모르는 상황. 암담하다. 암담하다. 하다못해 내가 한 번이라도 와 본 곳이었다면 이야기는 달랐겠지만 엄연히 초행길이다. 때문에 나는 이 일대에 무엇들이 존재하는지 전혀 알지 못한다.

그리고 알지 못하는 장소에서 어둠 속을 헤매는 것은 스스로의 행운을 과신하는 풋내기나 저지르는 실수.

나는 휙휙 주위를 돌아보다가 내 감이 가리키는 방향으로 뛰었다. 뛰면서 근심한 게 사실이지만, 마침내 나는 버스정류장에 도달했다. 내 감은 그릇되지 않았고, 내 운도 썩 나쁘지는 않았던지 곧 54번 버스가 왔다. 암흑을 헤치고 빠르게 다가오는 환한 등불 같은 버스가 얼마나 반갑던지.

"이 부근이 영 캄캄하네. 정전인가?"

운전기사가 하는 말을 흘려들으며 나는 빈자리에 가서 앉았다. 힐긋 봤을 때 열댓 명 정도 되던 승객들도 밖을 보고 술렁거렸다. 나는 바깥보다 아직도 손에 들린 우산을 보면서 머리를 저었다.

두 정거장을 더 지나자 버스는 다시 인공조명의 바다로 진입했다. 방금 지나온 곳은 어떤가 싶어 뒤를 돌아보았지만 휙휙 지나가는 풍경 속에서 빛과 어둠의 경계는 이미 뒤섞여버린 후이다.

오늘 돌려줘야 하는 우산. 죽어도 오늘인데. 어쩌나. 돌아갈까.

전혀 내키지 않는 얼굴로 미간을 문지르며 생각해 본다. 도통 찾을 수 없는 집. 갑자기 내리기 시작한 비. 더 느닷없는 정전. 내 앞길을 막는 험난한 암초들이 줄줄이 나타나는 기분이다.

'돌아가도 별수 없어. 밤새 헤맬 수도 없는 노릇이고. 그러고서도 못 찾으면 괜한 낭패잖아.'

암초에서 멀어지려고 하는 나약한 본심. 그것에 억지로 용기를 불어넣으며 마음을 바꿔본다. 집에 돌아가서 준비를 좀 더 철저히 해 오자. 이를테면 랜턴에 비옷 같은. 아직 내겐 시간이 있고 약도도 이렇게⋯⋯.

불현듯 나는 중대한 실수를 깨닫는다. 내 두 손 어디에도 약도를 그린 종이가 없다. 그것을 챙겨 넣은 기억이 전혀 없음에도 불구하고 옷에 붙은 온갖 주머니며 가방까지 탈탈 털어가며 확인했다.

없다. 이미 아는 사실을 새삼스레 확인하곤 절망했다.

눈을 감고 오늘 수도 없이 본 약도를 머릿속에 떠올려 보려 안간힘을 썼지만 그저 먹먹하다.

"이런 맹추."

자학을 하며 쿵, 앞좌석에 머리를 찧었다.

그 다음 날에도 우산의 임자는 학교에 나타나지 않았다.

나는 미주에게 거듭 부탁해서 받은 약도를 손에 꼭 쥐고 어제의 그곳을 찾았다. 오늘도 날씨는 구름 한 점 없이 좋다. 하지만 어제도 바로 이런 날씨를 믿었다가 뒤통수를 제대로 맞았다. 때문에 오늘은 우비며 방수가 된다는 손전등도 챙겨왔다.

"좋아, 밤새 헤맬 준비도 되어 있다구."

버스정류장에서 심호흡을 하며 기합을 단단히 넣고 출발했다. 그런데 그렇게 넣은 기합이 와르르 무너질 만큼 허망해지는 풍경에 나는 입을 딱 벌렸다.

"⋯⋯버드나무."

딱 보면 안다던 인간 꼬마들의 말은 과장이 아니었다. 살면서 꽤 여기저기를 돌아다녔지만, 그렇게 큰 버드나무는 오랜만이었다. 양저우 근처에서 본 버드나무 이래―그리고 보니 그 나무는 아직도 살아 있을까? 살아 있다면 수령이 팔백 살 가까이 되겠군—수없이 다양한 나무를 보았지만 버드나무 중에 볼 만한 것은 없었다.

야트막하게 기와가 얹어진 담들 너머로, 나를 놀라게 한 큰 버드나무 말고도 옆으로 버드나무들이 몇 그루 더 있는 게 눈에 들어왔다. 달려가서 담 가까이 붙어서 고개를 쭉 빼자 버드나무들은 큰 못을 둘러싸고 있다는 걸 알 수 있었다.

버드나무가 있다는 소리를 들었을 때, 부근에 물이 있겠지 했는데 못이라. 그것도 집 안에.

대체 이 큰 집을 어제는 왜 못 찾았느냐는 차치하고, 나는 그저 그 넓이에 놀라 혀를 내둘렀다. 반 애들이 이 집은 옛날에 큰 절터였다고 하던데, 그 말이 틀리지 않을 성싶었다. 넓다 못해 광활하다. 옛날 여기서 살 때엔 이쪽까지 와 볼 일이 없었기 때문에 어떤 모습인지 기억엔 없다. 하루쯤 와서 구경하는 건 간단한 일이었을 텐데, 그땐 뭐가 그리 바빴을까?

"하긴 그때는 바쁜 게 아니라 아무 생각도 없을…… 어?"

담장을 따라 출입문이 있을 만한 곳으로 걸음을 옮겨놓던 내 눈에, 큰 버드나무에 서린 어떤 그림자가 보였다. 잠깐 커다란 새인가 했다. 그러나 멈춰 서서 지그시 응시하는 동안 그것이 새가 아니라, 사람이라는 것을 알 수 있었다.

못을 향해 가파르게 굽어진 꽤 굵은 버드나무의 줄기. 대단히 큰 나무인 것은 보는 것만으로도 알겠고, 아마 수령 역시 몇 백 년은 가볍게 넘길 거란 것도 알겠지만, 사람이 저렇게 유유히 앉아 있어도 되냐고 묻는다면 나는 고개를 젓겠다.

물론 사람이 아니다. 저기 버드나무의 줄기 사이에 앉아 못 위에 뜬 거나 다름없는 모습으로 지는 석양을 바라보는 것은 인간의 형체를 하고 있다 해도 인간은 아니다.

못에 머리카락을 드리운 여인을 상상케 하는 버드나무의 잔가지들처럼 흙색이 섞인 회색 비단으로 지은 철릭. 허리춤에 매인 끈은 흐릿한 청색이다. 명절이 아니고선 한복을 입는 사람을 보는 것이 힘들어진 시대에 살고 있다 보니 그 우아한 반짝임에서 눈을 떼기가 힘들었다. 그것이 아니라 해도 수면이 잔잔한 파동으로 흔들리는 못과 버드나무, 그 앞으로 다가오는 석양이 깃든 하늘 속의 그에게서 눈을 못 뗄 이유는 충분했다.

무엇보다 오늘은 이틀 전 보았던 그 선명한 그림자가 없었다.

다행이다. 잘하면 큰 소란 없이 우산을 돌려주고 갈 수도 있을 것 같다. 그저 우산만 돌려주고 아무 일도 없었다는 듯 발길을 돌려, 나는 내 세계로⋯⋯.

"여기서 뭘 하고 계십니까?"

"네? 아, 아, 안녕하세요."

어느새 옆으로 그저께 본 녹전이라는 것이 다가와 있었다. 발소리를 듣기는커녕 기척조차 느끼지 못했는데.

"네, 저는 안녕합니다. 아가씨께선 여기서 뭘 하고 계시는지 여쭈었습니다."

"아, 예, 저는 이거요. 이걸 돌려주러 왔습니다만."

손에 쥐고 있던 우산을 내밀었지만, 녹전은 그걸 멀뚱히 바라만 보았다. 그도 그럴 것이 그의 두 손엔 무엇인진 몰라도 짐이 들려 있었다.

"우산이군요."

"예, 우산입니다."

"그럼 들어가시지요."

"예? 아, 저, 여기서 드릴 테니, 가지고 들어가시면……."

인간이라면 꽤 합리적인 생각이라고 여겼을 텐데, 녹전은 나를 돌아보더니 뚱딴지같은 소리를 했다.

"저는 장을 봐 오는 길입니다. 무언가, 드시고 싶은 것이 있으십니까?"

"아니오, 전혀 생각 없습니다. 그보다 우산을……."

"빌려주신 건 도련님이시지요."

"예, 그렇지만."

"그럼 도련님께서 받으셔야지요. 그렇지 않습니까?"

"예, 그렇습니다."

졌다. 녹전은 우리 세계의 셈 방식을 정확히 알고 있었다. 빌렸으면 갚는다. 빌려주었으면 받는다. 나는 아무래도 인간들이랑 너무 오래 섞여 살았나 보다. 당연한 소릴 들으면서도 그렇군요, 하고 인정하기보다는 '이 답답한 녀석!' 이라며 소리를 지르고 싶었다.

물론 그러지 않았다. 그렇게 소리를 지르기엔 녀석의 주인이 무서웠다. 힐긋 버드나무를 돌아보았다.

거기엔 이미 아무도 없었다.

우선은 대청마루로 안내 받았다. 아직 날이 어둡지도 않은데, 녹전은 대청마루 앞뜰에 있는 석등 두 개에 불을 돋운 등잔을 넣었다. 그런 후에 심심하실 테니 우선 드시고 계시라면서, 달걀 한 꾸러미를 놓아주고 갔다.

달걀이다. 꿀꺽, 침을 삼켰다. 포장한 노끈조차 풀어지지 않은 걸로 보아 날달걀이 틀림없다. 인간 손님이 와도 설마 이런 걸 요깃거리로 내놓았을까?

역시 내 정체를 꿰뚫어본 것이지 싶어 나는 등골이 서늘하면서도 달걀에서 시선은 못 떼었다.

신선해 보인다. 아직 먹지도 않았는데 입 안에 산뜻한 노른자가 터질 때의 촉감이 생생하게 살아났다. 저절로 침이 고여 다시 꿀꺽 삼켰다.

안 먹기로 결심했다. 음식 대접을 받으러 온 것이 아닐뿐더러, 애석하게도 나는 답례가 될 만한 것 하나도 가져오지 않은 것이다. 그저 이 집에 와야 한다는 그 사실에 주눅이 들어서 그것까지는 생각할 여유가 없었다. 오래 산다고 더 지혜로워지는 게 아니란 사실은 이럴 때 내 가슴을 아프게 한다.

하지만 기다리는 시간이 조금씩 늘어나면서 옆에 있는 달걀도 점차 더 맛있게 보이는 기분이 들었다. 맞다, 오늘 학교 앞에서 산 방수용 손전등이라도 답례로 주면 어떨까. 포장된 박스도 버리지 않았고 아직 한 번도 안 썼으니 새것이라면 새것인데. 진지하게 가방을 무릎에 놓고 손전등이 든 박스를 꺼내려고 하는 찰나—.

"용케도 여기까지 찾아왔네."

학이 너울너울 날갯짓하는 것처럼 매끄러운 목소리가 귓전을 울렸다. 목소리의 주인을 돌아보고 나는 조금 안심했다. 아까도 느꼈듯이 그제보다 확실히 그림자가 옅었다. 그런데 아까 그 옷이 아니다.

"옷을 갈아입은……, 아, 아니야, 아무것도."

무심코 물어보려다가 다행히 늦지 않게 경솔한 짓임을 깨닫고 말을 멈추었다. 평범한 파란색 피케 셔츠에 검은 면바지 차림의 명은 말을 얼버무리는 나를 이상하다는 듯 쳐다보다가 마루에 올라왔다.

"달걀인데, 안 먹어?"

그렇게 묻더니 노끈을 풀고 달걀 하나를 들어 톡 깨 입 안에 몇 번 털어 넣고 삼켰다. 그가 미소했다.

"달다. 녹전은 좋은 달걀을 보는 눈이 있어."

또 하나를 가져다 먹는다. 보고 있자니 입에 새삼 침이 고였다. 임무를 상기하고는 명을 향해 슥 우산을 밀어주며 말했다.

"고마웠어. 실은 어제 주려고 이 근처까지 왔는데 내가 길눈이 어두운지 좀처럼 집을 못 찾고 헤맸어. 그런데다 비도 오고 갑자기 이 일대가 정전이 되어버리더라구."

"응. 그러고 보니 그런 일이 있었지."

눈을 내리깔고 세 개째의 달걀을 감상하듯 쳐다보며 명이 중얼거렸다. 조짐이 나쁘지 않다고 생각하면서 마저 변명했다.

"초행길이라 더는 어쩔 수가 없어서 돌아갔어. 대신 오늘은 어떻게든 찾을 생각으로 왔어. 여기, 이렇게 손전등도 준비했어."

"흐응."

내가 가방에서 꺼낸 손전등 박스를 보고 명이 살짝 웃었다. 내친김에, 라는 심정으로 나는 박스에서 손전등을 꺼내 찰칵 스위치를 올렸다. 불이 아주 잘 켜진다.

"아까 학교 앞에서 샀으니까 산 지 두 시간도 안 된 거야. 그리고 막상 쓴 적도 없으니까 새것이나 다름없지. 그러니까, 어제 우산을 못 돌려준 대신 이거라도 받아줘."

손전등, 그리고 포장 상자까지 우산 옆으로 놓아두었다. 명은 손전등을 들어서 찰칵찰칵 스위치를 켰다 껐다 해보더니 고개를 갸웃했다.

"글쎄, 내겐 굳이 필요한 물건이 아닌데. 녹전이라면 모를까."

"그거 방수도 되는 건데."

"녹전이 더 탐낼 만하겠군."

하지만 명은 도로 상자에 넣은 손전등을 내 쪽으로 밀어주며 말했다.

"고작 우산이잖아. 이런 것까지 줄 필요 없어."

아주 약간의 실망과 커다란 안도의 감정이 교차했다. 손전등을 받아주었다면 후련했겠지만 그렇지 않더라도 내가 안심해도 될 것 같다. 그가 자신의 입으로 '고작 우산'이라고 말했으니 약속 파기의 책임으로 겁날 정도의 대가를 요구하진 않을 성싶다. 좋아, 그렇다면 이제 떠나야 할 때다.

"그럼, 나는 그만 가볼게."

"벌써?"

"어둡기 전에 가야지."

"어둡든 환하든 크게 상관있나?"

이미 일어날 채비를 하던 나는 잠시 주춤했다. 명은 세 개째의 달걀을 꿀꺽 한 후에 고개를 갸웃하며 말했다.

"데려다 줄게. 간다면."

"호의는 충분했어."

"호의……라고 생각해?"

그렇게 묻는 것이 오히려 오싹했다. 내 두려움을 알았는지 명은 엷게 웃었다.

"그리 생각하면 거절하지 마. 누가 우리 집을 찾은 건 꽤 오랜만이기도 해서 기분이 나쁘지는 않은 참이야."

여우는 기분이 좋을 때 도리어 못된 짓을 많이 했다. 나는 경계심을 한층 키우면서 다시 자리에 앉았다.

"여길 보고 귀신 버드나무집이라고 하더라."

"응. 그렇다더군. 달걀, 정말 안 먹어?"

달걀 하나를 또 집은 명이 물었다. 나는 고개를 저었다.

"배 안 고파."

"안 그래 보이는데. 참새 알을 구할 걸 그랬나?"

다시 달걀을 삼키는 소리를 모르는 척하면서 나는 무릎 위에 올린 내 두 손을 보았다. 인간의 손은 어느 때 보든 참 예쁘기도 하다. 손가락도 가지런하고 쓰임새도 많고.

"정말 귀신 들린 버드나무가 있어?"

"그럴 리가. 나무는 귀신 따위 들리지 않아."

응, 나도 그건 알지. 굳이 말하자면 그건 정精이니까 귀鬼랑 같은 취급을 받는 건 억울할 거야. 속으로 동조했지만 어쨌든 대화를 이어가자니 물을 건 그것뿐이다.

"그럼 왜 귀신 버드나무집이라는 거야?"

"아, 울거든."

"울어? 흑흑 흐느껴 운다는 거야?"

설마 어제 그 귀곡성의 정체가? 놀라서 고개를 들었더니 명은 빈 달걀을 내려놓다 말고 나를 보았다.

"보고 싶어?"

"아니. 보고 싶다는 건 아니고."

여우는 말했었다.

'쓸데없이 이런저런 걸 알려고 들지 마. 괜한 호기심에 골로 가고 싶지 않거든.'

나 같은 녀석을 둘, 아니 셋 정도 합쳐놓아도 여우의 머리는 못 따라 갈 것이다. 그러니 여우가 가르쳐준 걸 따르는 것이 무조건 옳다.

진지하게 그런 생각을 하는데 명이 쿡쿡 웃으며 말했다.

"보여줄게. 다른 여흥거리보단 그게 낫겠네."

그러곤 명이 고개를 돌려 뜰을 보았다. 나도 따라서 고개를 돌려 뜰을 응시했다. 어둑해진 뜰 안에서 어느새 석등의 불이 한층 밝게 보였다. 저녁놀의 얼마 안 되는 붉은빛도 가물어지고 땅거미가 내리는 시각이다. 숨죽이며 석등의 몽롱한 주황색 빛을 응시하는데, 툭하니 손에 닿는 것이 있었다. 달걀이다.

"먹어. 배고픈 거 알거든?"

"아냐. 미처 답례를 챙길 생각을 못 했거든."

좀 더 직접적으로 이유를 말하며 거절했다.

"답례는 없어도 돼. 그렇게 마음에 걸린다면 고맙다는 말 한 마디 정도로 받아들일게."

명이 그렇게 말해 주자 나도 그 정도라면, 하고 수긍했다.

"그럼, 고맙게 잘 먹을게."

받아서 앞니로 토톡 하고 껍질을 조금 깼다. 찰랑거리는 노른자가 보였다. 망설임 없이 들어서 쭉 삼켰다. 아아, 맛있다.

"달지?"

"응."

"또 먹어."

이번엔 사양하는 말없이 들어서 먹었다. 별안간 나는 기분이 몹시 좋아졌다. 그래서 전에 없이 객기도 생겨났다.

"버드나무가 우는 건 언제 볼 수 있는데?"

"저녁 먹고, 달이 뜨면."

저녁이란 소리에 조금 뜨악해졌는데, 어디선가 희미하게 종소리가 울렸다. 명이 자리에서 일어나며 말했다.

"저녁 준비가 되었대. 가자."

"어, 나는 저녁까지 얻어먹을 생각은……."

생각지도 못한 암초에 열심히 손을 내젓는 나를 돌아보며 명이 살짝 고개를 갸우뚱했다.

"이 정도의 청은 수락해도 되잖아?"

은은하게 미소를 머금고 있는 명의 단정한 얼굴을 보며 나는 구밀복검口蜜腹劍이란 성어를 떠올렸다. 입으로는 꿀 같은 말을 하지만 속으로는 칼을 품고 있다는 뜻의.

천연덕스럽게 또래의 인간인 것처럼 대화를 주고받았다는 사실에 나는 잠시 큰 착각을 했던 모양이다. 이자는 나와 격이 다른 존재. 삼가고 조심하는 것만이 내 구명의 길이다.

나는 자리에서 벌떡 일어나 고개를 꾸벅 숙이며 말했다.

"폐가 안 된다면 고맙게 먹을게."

"짐은 여기 두고 가도록 해."

그 말대로 가방을 내려놓고 먼저 걷기 시작한 명을 좇아갔다.

저녁상이 준비된 곳은 못을 바라보기 위해 만들어진 게 분명한 정자였다. 두 사람 몫의 식사가 확실히 차려져 있다. 일단 내가 저녁식사의 요리가 될 거란 걱정은 잊어도 될 듯해 몰래 식은땀을 훔쳤다. 그리고 보다 홀가분한 마음으로 살펴본 음식상은 인간들의 것과 별다를 바가 없이 조촐한 편이었다. 별다른 고기 종류도 거의 없다. 먹는 음식으로 명의 정체를 파악하는 것은 매우 힘들 듯하다.

"달이다."

그리 빠르지 않은 명의 식사 속도에 맞추어 나도 느릿느릿 젓가락질을 해가다가 명이 그렇게 중얼거렸을 때 잠시 하늘을 살폈다.

상현달이다. 구름 사이에서 나온 달은 밝았다. 그 달은 못에도 떨어져 거울에 비친 것처럼 하현달이 되었다.

"하늘에 하나, 못에 하나. 바라보는 내 눈에 또 하나. 굉장하구나."

"시 같은 말을 하는군. 좋아. 노래로 답례를 하지."

명은 젓가락을 놓더니 짧게 휘파람을 한 번 불었다. 그 소리가 그치고 일이 초쯤 흘렀을까, 갑자기 못을 에워싸고 일제히 무언가가 소리를 내기 시작했다. 얼마쯤 입을 벌리고 있다가, 나는 웃음을 터뜨리고 말았다.

"개구리잖아?"

"개구리지."

"설마, 이게 그 운다는 것의 정체야?"

"이 집에 붙여진 소문대로라면 귀신의 정체이기도 하고."

"맙소사, 인간들의 착각이란 건 참으로……."

우습다고 말하려던 나는 언뜻 못을 돌아보았다가 그만 깜짝 놀라 젓가락을 놓치고 말았다. 방금 가장 큰 버드나무에서 무언가가 못 속으로 풍덩 빠져드는 것을 본 것이다.

"왜 그래?"

"어, 저기, 저, 저기……."

착각이 아니다. 둥그런 파문이 이어지는 곳을 한참 보고 있자니 슥 무언가가 머리를 디밀고 나왔다. 온다. 온다. 이쪽으로 헤엄쳐 온다.

"뭔가 했더니. 두꺼비야."

저렇게 큰 두꺼비가 있다고? 거기다 나를 보고 있는데? 선명한 노란 눈으로 내게 윙크를, 윙크?

방금 그것이 내게 윙크를 한 것처럼 보였는데, 내 눈이 이상한 걸까? 잠깐 눈을 비비고 다시 쳐다보았더니 잠수를 해버렸는지 모습이 보이지 않았다.

둥그스름한 파문이 이는 자리를 물끄러미 보고 있는데, 불쑥 그것은 몇 미터 앞에서 다시 머리를 내밀었다. 내가 눈을 크게 뜨고 확인하려들기 무섭게 잠수했다. 그러더니 아까보다 더 멀리까지 와서 쑤욱 고개를 들었다. 정자의 바로 앞쪽에서.

나는 그것의 머리를 덮고 있는 흙빛의 머리카락을 똑똑히 보았다. 그것의 사금 같은 노란 눈 속에서 새까만 동공이 내 모습을 비춰내며 빛났다. 입을 열자, 두꺼비에겐 어울리지 않는 이빨까지 날카롭게 돋아 있는 게 보였다.

"신부?"

나에게 한 말인가? 나는 어리둥절해서는 명을 쳐다보았다. 명은 태연히 생선을 발라 먹고 있다. 다시 아래에서 이쪽을 올려다보는 두꺼비―라는데 인어에 가까워 보이는―를 쳐다보니, 그것은 큰 입을 쭉 찢어서 웃어 보였다. 다시금 그것이 물었다.

"신부?"

나는 어떤 식으로 대처해야 할지 종잡을 수가 없었다. 앞에 앉아 있는 명은 여전히 아무 소리도 들리지 않는 양 식사 중이다. 나만 빈 젓가락을 들고는 쩔쩔매고 있다. 돌아보니 노란 눈은 역시 나를 응시하고 있다. 또 물으려고 입을 들썩거리는 걸 보면서 손을 저었다.

"아닌데……."

"아니야?"

두꺼비가 머리를 갸웃거렸다. 그러더니 또 물었다.

"신부가 아니야?"

이건 뭐 말 처음 배우는 인간 아이도 아닐진대, 말투가 영 어눌하다. 나는 어정쩡하게 얼굴을 찡그리고는 고개를 돌렸다. 마침 녹전이 반상을 가지고 정자 위로 올라왔다.
"숭늉입니다."
참으로 인간적인 음식. 그런데도 인어 모습에 가까운 두꺼비가 나타나 말을 걸어오는 걸 아무도 이상하게 여기지 않는다.
"녹전, 신부가 아니래."
두꺼비가 투덜거리는 목소리가 올라왔다. 녹전은 가늘게 찢어진 눈을 아래로 돌리고 두꺼비를 쳐다보며 쫓는 것처럼 혀를 찼다.
"도련님은 식사 중이야. 시끄럽게 굴면 안 돼."
"그렇지만, 신부라면 인사해야지."
"나중에. 네가 재롱부릴 자리가 아니야."
"하지만."
"쉿. 그러다 혼난다."
"잘난 척하긴. 도련님은 아무 말씀 없으신데. 흥!"
앵돌아진 두꺼비가 못가의 바위에 올라앉았다가 공중제비를 선보이며 못 속으로 풍덩 들어갔다. 이번엔 커다란 파문을 만든 뒤, 어디에서도 나타나지 않았다. 하지만 요란하게 울려대던 개구리 울음소리가 어느 순간 딱 그친 걸로 보아 못 속의 두꺼비가 토라진 건 분명해 보였다.
"음식 식어. 그만 보고 식사나 해."
지금껏 모른 체하던 명이 불쑥 말을 해서 나는 퍼뜩 정신을 차렸다. 배고픔이고 뭐고 딱히 느껴지지 않지만 식사를 하는 시늉은 하면서 중얼거렸다.
"방금 그거, 아니 그 아이……."
"풍계? 소란스러운 아이야. 받아주면 한없이 귀찮게 굴지."
"풍계? 아아, 풍계風鷄."

노골적인 이름이구나 싶어 나는 사르륵 웃었다. 물론 요새 인간들은 쉬 알아듣지 못하겠지만.

"웃는구나. 너."

명이 그렇게 말한 순간, 내가 웃는 게 마음에 안 드나 싶어 움찔 놀랐다. 아직 어려서 세상 물정 모를 적에 만났던 호랑이는 내가 웃었다는 이유로 앞발로 내 머리를 후려쳤더랬다. 그때 다친 눈 때문에 한 몇 년은 탈피할 때마다 죽도록 고생을 했다.

"겁이 무척 많은 편이구나?"

몸을 뒤로 빼면서 물끄러미 명을 응시하자 명은 이를 드러내 웃었다. 기분이 좋아 보인다는 내 판단이 틀린 건 아니었던 것 같다.

"나는 멍청한 편이니까 겁이라도 많은 게 좋댔어. 눈치 없는 바보보다 눈치 있는 바보가 더 낫대."

우물거리면서 말하자 명이 물었다.

"누가 그래? 그것도 아버지?"

고개를 저었다. 여우는 굳이 분류하자면 어머니에 가깝지만, 내가 자기를 어머니라고 했다고 하면 화를 낼 것이다. 죽어서 만날지 모르니 야단맞을 일은 별로 안 하고 싶다. 여우는 화가 나면 무서웠다. 그래도 화내는 편이 우울해하는 것보다 훨씬 나았지만.

여우 생각을 하자 불현듯 우울해져서 고개를 숙였다. 여우가 살아 있었다면 지금 이 정체 모를 존재 앞에서 느긋하게 식사나 하는 나를 보고 뭐라 했을까? 결코 좋은 소리는 안 했겠지?

"그 말해준 사람이 너한테 중요한 이야?"

그 주제에 관심이 있었는지 명이 더 캐고 들어왔다.

"중요했지. 은인이야, 말하자면."

"중요했다고 하면 지금은 안 중요해?"

"지금도 중요해. 하지만…… 이젠 곁에 없으니까."

"없다는 건?"

"죽었어. 그래서 없어."

되도록 아무렇지 않게 말하려 했지만 목소리가 살짝 떨렸다. 여우가 죽었다는 걸 누군가에게 말하는 것은 아주 오랜만이다. 그 옛날처럼 지금도 여전히 가슴이 아프다.

"미안해. 아픈 기억을 떠올리게 했구나."

"너 참 인간답게 말한다."

무심코 나는 웃으면서 그렇게 말했다. 나와 명 사이에 돌연 침묵이 찾아든 건 그 때문이었다.

나는 참 멍청하구나 하는 걸 새삼 깨달았다. 우리 둘 다 상대가 진짜 인간이 아니란 걸 알면서도 말을 안 하는 것뿐인데, 그걸 이렇게 대놓고 입에 담다니 참으로 촌스러운 일이다.

식사는 어색한 침묵 속에서 느릿느릿 계속되다가 끝이 났다. 숭늉으로 입을 헹구고 내려놓는데, 명이 못을 내려다보면서 말했다.

"걸을래?"

"그래."

정자에서 내려오면서 한 가지 걱정이 들었다. 이쯤 되면 내가 그에게 존대를 해야 하는 것 아닌가? 어쨌든 얄팍하게 '척' 하는 것조차 나 때문에 깨어졌는데, 더 이상 인간세계의 나이를 따져 말을 놓고 있을 수는 없지 싶다.

큰 못의 둘레를 따라 걸으면서 수면이 잔잔하게 물결치는 모습을 얼마쯤 보다가 앞서 걷는 명의 모습을 보고 나는 놀라서 말했다.

"어, 옷이……."

명의 옷이 다시 아까 버드나무에 앉아 있을 때 본 그 회갈색 철릭으로 바뀌었다.

"옷이 왜?"

돌아보며 묻는 순간, 그의 머리 형태도 바뀌어 있다는 걸 알 수 있었다. 식사할 때까지 학교에서 본 것처럼 커트 머리였던 것에 비해 지금은 허리춤까지 닿는 길이의 머리가 단정하게 중간에서 한 번 묶여 있었다. 날렵하게 붓으로 그린 듯 화사한 얼굴만이 그대로이다.

"갑자기 변했구나 싶어서."

"이런 옷 같은 거야 아무래도 상관없잖아."

"그래?"

"나뭇잎 하나, 꽃잎 하나, 그때그때 소용 닿는 걸 주워서 두르니까. 어떤 식으로 꾸미든 아까울 것도 없고. 안 그래?"

"에에……. 나는 하나하나 사는데."

"사? 류반희. 너야말로 참으로 인간답구나."

명이 가볍게 핀잔하듯 말했지만, 나는 부끄럽다고는 생각하지 않았다. 나뭇잎이랑 꽃잎으로 뭘 어떻게 해보겠다는 생각 같은 걸 해본 적이 없는 것이다. 내 눈앞에 있는 존재는, 내 생각보다 훨씬 더 대단한 존재인지도 모른다는 생각에 외경심까지 일었다.

내가 물끄러미 바라보며 감탄하고 있자, 명은 내 쪽으로 오면서 손을 뻗어 근처에 있던 버드나무의 잎을 하나 땄다. 그대로 내 앞으로 다가와 그 나뭇잎을 내 머리에 얹나 싶더니 눈을 감으며 무언가를 중얼거렸다. 다음 순간 그가 눈을 떴을 때, 나는 선홍색의 엷은 너울 너머로 그와 눈이 마주쳤다.

"어떻게 된……."

놀라서 중얼거리는 내게서 명이 너울을 걷어 올렸다. 나는 내 머리부터 발끝까지 덮고 있는 선홍색의 엷은 너울을 볼 수 있었다. 만져보자 촉감도 분명히 느껴졌다. 부드러운 명주였다.

"굉장해!"

"가벼운 눈속임일 뿐이야."

"그래도 멋있어. 이렇게 예쁘잖아."

"그런가?"

그렇게 그가 중얼거리며 손을 너울에 대자, 닿은 부분에서 꽃이 피어나고 새가 날아다니는 자수가 생겨났다. 정말로 홀려버릴 것 같아졌다. 인간들이 마법이라고 말하는 어설픈 손재주를 본 적도 있지만 이런 경우는 처음 보았다. 그냥 바라보는 사이에도 명의 손가락이 한 번 움직일 때마다 수가 바뀌어 마치 너울 위에 새가 날갯짓하는 것처럼 보이기도 하고 꽃은 정말로 피었다가 떨어지는 것도 같았다.

"이런 건, 이런 건 정말 본 적이 없어. 넌 정말 대단한……"

내 입술이 굳어버린 것은, 그렇게 말하다가 명의 눈과 마주쳤을 때였다.

인간의 눈이 아닌 것이 거기에 있다. 혼을 빨아들일 것 같은 어둠. 이 짓눌릴 것 같은 압도적인 기운. 아프다. 그에게서 나오는 기운이 공기를 옥죄어 폐부까지 찢어놓을 것 같다.

이러한 위압감과 흡사한 것을 겪은 적이 있다. 그때 나는 정말로 죽기 일보직전까지 갔었다. 그때의 상대는 날 먹이로 삼으려 했었다.

바로 지금도 그러한 절체절명의 순간이라고 생각했다. 나는 급히 뒤로 물러나면서 바닥에 무릎을 꿇었다.

"청컨대, 살려주십시오. 미련이라 할 것은 아니지만 그래도 꼭 한 번 이 세상에서 만나고 가고 싶은 이가 있습니다. 살려만 주신다면 정성을 다해 주인님으로 모시겠습니다. 말씀드렸다시피 멍청하지만,

눈치가 없는 편은 아닙니다. 곁에 두신 다른 아이들처럼 저도 당신을 모실 기회를 주십시오."

"만나고 가야 할 이? 누구지? 네 정인情人이냐?"

조용히 들려오는 목소리조차 무겁다. 나는 압박감을 견디기 위해 입술을 깨물어보고는 대답했다.

"아닙니다. 제가 아버지라고 말씀드렸던 사람입니다."

"사람?"

"예. 사람입니다."

"혹 죽은 이를 기다리는 거냐? 다시 태어나서 만날 수 있을 거라 믿고?"

그 말투가 무거울 뿐 아니라, 희미하게 조소까지 띠고 있어서 나는 섣불리 대답할 수 없었다. 그저 심기를 거스르지 않기 위해 머리를 한껏 조아렸다.

심장이 뛰고 오슬오슬 피부를 따라 한기가 기어 다니는 기분 속에서 초조하게 이어질 그의 말을 기다렸다. 먼저 들려온 것은 쿡, 하고 웃음 짓는 소리. 이어서 그의 발소리가 났다.

"좋다. 거둬주지."

머리 위로 사뿐히 무언가가 내려앉았다. 너울이다. 붉은 너울이 나를 덮었다. 고개를 들자, 명이 한쪽 무릎을 꿇고 앉아 나를 보고 있다. 그가 손을 들어 또 한 번 내게서 너울을 걷어냈다. 그의 눈에서 시선을 피하고 싶은데, 도저히 피할 수가 없다. 때문에 이어지는 그의 말을 피할 방법은 전혀 없었다.

"너는 내 것이다. 나를 배신하면 가장 처참한 나락을 너에게 보여주마."

내 의지가 아닌데 몸이 고개를 끄덕이고 있었다.

다음 순간, 명의 눈이 거짓말처럼 인간의 것으로 되돌아왔다. 그가 엷게 웃었다.

"그럼 네 이름을 말해 보거라. 네 진짜 이름이 무엇이냐?"

"제 이름은……."

나는 말하고자 했다. 그러나 하지 못한 게 분명하다. 팽팽하게 주위를 채웠던 무거운 공기가 사라진 순간, 나는 허물어지고 말았고, 그때 내 머릿속을 채운 것은 그저 한없는 어둠이었다.

그것은 부드럽고, 어쩐지 따뜻했다.

3. 꿈밟기

 어딘가에서 촛불이 켜졌다.
 어른거리는 주홍빛 불빛을 가만히 들여다보니 불을 켠 이의 뒷모습이 보였다. 뾰족한 귀. 살랑살랑 흔들리는 붉은 꼬리.
 "여우?"
 조금 의아해하며 중얼거린 순간, 그자가 뒤를 돌아보았다. 깜짝 놀랐다.
 얼굴이 있어야 할 곳에 있는 것은 탈이다. 여우탈. 실망했다. 의기소침해져서 중얼거렸다.
 "죄송해요. 제가 아는 이가 아니군요."
 "아무튼 맹추인 건 여전하구나."
 어라. 탈 속에서 들려온 목소리가 귀에 익다. 거기다 날 맹추라고 부르다니? 가만히 바라보는 사이 여우탈을 쓴 자가 스윽 탈을 뒤로 넘겼다.
 "아……!"

그리운 얼굴이다. 복숭아꽃처럼 흰 얼굴. 아름답다는 말보다 요염하다는 표현이 어울리는 붉고 도톰한 입술과 살짝 위로 치켜올라간 눈매는 웃으면 묘하게 쓸쓸해진다.

"보고 싶었어요. 다행이다, 완전히 사라져버린 게 아니었구나."

그녀에게 다가가려 했지만, 되지 않았다. 틀림없이 그녀의 모습이 보이고, 쓸쓸한 미소도 손에 잡힐 듯 분명한데 나는 그녀와의 간격을 조금도 좁힐 수가 없다.

여우가 중얼거렸다.

"맹추……. 달아났어야지. 결국 그런 거나 달고 다니고. 남이 기껏 노력한 걸 수포로 만들었어. 쯧쯧."

"제가 뭘 달고 다닌다고 그래요?"

여우의 흰 손가락이 슥 앞으로 뻗어지더니 나의 어딘가를 가리켰다. 나는 그 손가락이 가리키는 대로 고개를 숙여보았다. 내 발이 보인다. 새삼스러울 것도 없는 그냥 사람의 형태를 한 발인데? 하면서 이리저리 살펴보던 내 눈에 문득 붉게 빛나는 무언가가 들어왔다.

"이게 뭐지?"

발목에 달라붙어 있는 붉은 것을 떼어내 들어보니 마치 잉어의 비늘 같은 것이 반짝거리고 있었다. 왜 이런 게 내 발에? 그러면서 고개를 숙여보다가 또 한 번 놀랐다. 틀림없이 하나를 떼어냈는데 다시 세 개가 꽃처럼 모여 있다. 손에 들었던 비늘은 이미 온데간데없다.

"낙인이야."

여우의 목소리에 나는 고개를 들었다. 여우는 고개를 저으며 한숨을 쉬었다.

"세상에 나처럼 좋은 요괴만 있는 게 아니랬잖아."

"어, 어떡하면 좋죠?"

여우는 아미를 찡그리더니 붉은 입술을 뾰족하게 움직여 시옷자 모양으로 만들었다. 내 머리 너머의 어딘가를 노려보다가 그녀가 휙 촛불을 손으로 덮으며 말했다.

"밟혔어. 어서 가."

"뭘요? 꿈을요?"

어둠 속에서 여우의 목소리가 한순간 아주 멀리서 들려왔다.

"가. 탐욕스러워, 그자는 말이지……."

눈을 뜨기도 전부터 한숨이 나왔다. 얼마 만에 만나는 여우였는데, 그렇게 짧은 꿈으로 끝나버리다니.

"보고 싶었는데. 정말."

한숨은 눈물이 되고 만다. 눈물로 아릿해진 눈을 천천히 떴을 때, 거기엔 나를 지켜보는 다른 눈이 있었다. 눈을 깜박여 눈에 차올랐던 눈물이 방울이 되어 흘러내리자 맑아진 눈이 그제야 다른 눈의 주인을 확인했다. 명이다.

"아, 제가 그만."

소스라치게 놀라 일어나려 했지만 그는 내 어깨를 누르면서 그대로 누워 있게 했다.

"저기……."

말문이 막힌 것은 내가 베개로 베고 있는 것이 그의 다리라는 것을 깨달아서였다. 마치 더 자란 것처럼 명은 내 어깨를 두드려준 뒤 손에 들고 있던 책으로 시선을 돌렸다.

당혹감을 감출 수 없었다. 여기는 어디일까부터 시작해서 왜 내가 명의 다리를 베개 삼아 자는지까지, 이해할 수 없는 일투성이다. 하지만 그런 궁금점을 묻기엔, 올려다본 명이 책에 푹 빠진 것처럼 보였다. 설사 그가 책을 보고 있지 않다고 해도 쉽사리 물을 수도 없을 것이다.

조심스레 눈알을 굴려 주위 모습부터 파악하고자 했다. 먼저 눈에 들어온 것은 사방을 가린 반투명한 푸른 휘장이다. 내가 누워 있는 곳은 꽤나 큰 방이었다. 가로와 세로가 엇비슷한 길이로, 얼추 팔구 미터는 됨직하다. 휘장 너머로 두 면이 벽인 걸 알 수 있고, 한 면엔 창호지가 발린 네 장짜리 문이 보였다. 마주보이는 앞면의 문은 모두 밖으로 들어 올려 들쇠에 걸어놓았다.

그 사이로 봄밤의 아련한 꽃향기가 서늘한 바람에 실려 온다. 어두운 하늘에는 황금색으로 빛나는 날씬한 빗이 걸려 있다. 달이다.

여우가 좋아한 달. 여우는 달빛이 좋은 날이면 꼭 술병을 들고 달이 잘 보이는 동산에 앉아 하염없이 술을 들이켜고는 했었다.

'저 달을 떼다가 내 머리를 장식할 빗으로 삼고 싶어. 가져와, 가져와 맹추야. 뭘 하고 섰어, 올라가서 가져오래도. 어서.'

술에 취하면 곧잘 그런 말로 날 하늘에 갔다 오라고 들볶곤 했지만 그래도 그런 날의 여우는 예뻤다.

겨우 만났는데, 그렇게 짧을 건 뭐람. 내내 꿈을 밟아보려 했지만, 역시 여우도 사람과 마찬가지로 죽은 뒤엔 꿈을 밟을 수가 없었다. 오늘 어떻게 여우를 꿈에 보았는지는 알 수 없으나 그 속에서 본 여우의 모습이 생전과 너무도 똑같아, 다시금 마음이 어지러워졌다.

"또 우느냐?"

명의 목소리에 나는 내가 울고 있다는 걸 깨달았다. 눈물을 훔치다가 문득 내 옷이 모르는 옷으로 바뀌어 있다는 것을 알았다. 붉은 명주로 지어진 속옷. 깜짝 놀라서 일어나 앉자 명이 손에 들고 있던 책을 탁 덮으며 빤히 쳐다보았다. 그 역시 검은색 비단 속옷을 입고 있었다. 마치 한 쌍의 옷인 양 두 옷 모두에 푸른 등나무꽃이 수놓여 있다.

"오, 옷이, 옷이……."

당황한 나머지 말을 제대로 잇지 못하는데 명은 전혀 신경 쓰는 눈치가 아니다.

"교복 같은 거, 인간들은 어떤지 몰라도 나는 도저히 봐줄 수가 없다."

"하, 하지만……."

내가 말하고자 하는 건 그런 게 아니었다.

"제 교복은요?"

"아마 녹전이 어디에 두었겠지."

명은 태연하기 짝이 없다. 더 이상 뭘 묻는다는 자체가 몹시 초라한 일처럼 느껴져 입을 떼기가 힘들었다. 고개를 숙이고 어쩔 줄 몰라 눈길만 이리저리 던져보다가 그와 내가 앉아 있는 보료의 오른편에 나란히 놓인 두 개의 베개를 보고는 또다시 소스라쳤다.

"저, 저, 이건, 이건 안 됩니다."

"뭐가 말이냐?"

"……모시겠다고는 했으나, 잠자리 시중을 드는 일만큼은 할 수 없습니다. 못 합니다. 못 합니다."

머리를 조아리고 빌었다. 순간 머리 위에서 웃음이 터졌다. 바르르 떨면서 그 웃음이 무슨 뜻인지 몰라 마음을 졸이는데 다음 순간 내 머리채를 잡아채는 그의 손에 고개가 뒤로 젖혀졌다.

명은 방금 전에 누가 웃었냐 싶게 싸늘한 얼굴로 날 내려다보면서 물었다.

"못 하는 일이냐, 해본 적이 없는 일이냐?"

"두, 둘 다입니다."

"우습구나. 족히 삼사백 년은 살았으리라 생각했는데, 아니더냐?"

"제 기억이 맞는다면 올해가 사백 년째입니다."

"사백 년을 살았다면서 할 수도 없고 해본 적도 없다?"

조롱을 한다고 해도 별수가 없다. 나는 그런 식의 상대를 가져본 적이 없다. 교미를 한다면 누구와 한단 말인가? 인간과? 아니면 내 본체에 어울리는 상대와? 전자는 덧없는 일이고, 후자는 끔찍한 일이다.

"사백 년을 살건 천 년을 살건 마찬가지일 겁니다. 전 그런 일에 뜻을 둔 바가 없습니다. 그리고 저 같은 것에게 그런 뜻을 보인 상대도 없었습니다."

내 항변에 명의 얼굴에 그제야 희미한 미소가 도드라졌다.

"천리향이 내게는 향기가 없다고 주장하는 꼴이니 우습구나."

"무슨 말씀이신지?"

"되었다."

묘한 말에 이어 명은 내 머리채를 붙잡고 있던 손을 갑자기 풀어주었다. 그리곤 물러나 아까 읽고 있던 책을 다시 손에 들면서 중얼거렸다.

"네가 꼴사나운 오해를 하기에 놀려본 것이다. 잠자리 시중 같은 걸 들라 할 턱이 있느냐. 널 거둬준다 할 때 노리개로 삼을 마음은 없었다. 나는 내 것을 그렇게 값싸게 다루지 않아."

"아······. 죄송합니다. 죄송합니다. 제가 터무니없는 오해를 하였나 봅니다. 죄송합니다, 정말로."

비로소 내가 지레짐작으로 우스운 짓을 벌였다는 걸 깨달았다. 한 번도 처한 적이 없는 상황이라 그만 구태의연한 생각을 한 것이……, 꼭 인간이나 할 법한 생각이었다. 너무도 창피한 오해라 붉힌 얼굴을 차마 못 들고 어찌할 바를 몰라 하고 있는데 내 머리를 쓰다듬어주는 듯, 몹시 부드러워진 그의 목소리가 들려왔다.

"달빛이 좋다. 그만 자거라."

"하, 하지만……."

'이곳에서 말입니까?' 란 뜻으로 그를 힐긋 쳐다보았더니 명은 열린 문 너머의 달을 응시하면서 답했다.

"옷은 아무래도 좋을 일이지만, 잠들 곳은 손질을 좀 해야겠지. 네가 머물 방은 내일부터 녹전이 손을 볼 것이다. 그때까지 당분간 여기서 지내는 걸 허락해 주마."

"저도 따로 머물 곳이 있습니다만……."

그렇게 말해 보았다가, 내게로 돌아온 명의 시선을 보고 괜한 말을 했다고 후회했다.

"아닙니다, 당장 그곳은 내일 정리하겠습니다."

"정리하고 말고 할 것이 있느냐? 녹전을 보내겠다."

"복숭아나무가 있습니다. 여러 그루인데, 꼭 데려와야 할 아이가 그 중 하나 있습니다."

"복숭아나무?"

가만히 허락이 떨어지길 기다렸다. 명은 조금 눈을 가늘게 뜨고 날 쳐다보다가 중얼거렸다.

"그런 소원이라면 들어주어야지. 허나, 여기서 살아남을지는 보장할 수 없다."

"살 것입니다. 저를 따라 사백 년 가까이 살아온 나무입니다."

"어리군. 너처럼."

명이 웃었다. 그 산뜻한 웃음에 나는 잠깐 멍해졌던 것 같다. 그 웃음은 짧았고, 그는 곧 책으로 시선을 돌렸다.

나는 조금 더 우물쭈물하다가 결국은 마땅히 할 일이 없어 명에게서 좀 더 먼 베개에 머리를 묻고 누웠다. 그에게선 등을 돌렸기 때문에 긴장된 표정은 비로소 풀 수 있었다. 그래도 가슴이 두근거리는 걸 진정시키는 데에는 꽤 시간이 걸렸다.

푸른 장막 너머의 달이 날 안아주는 것조차 내게는 별 의미가 없었다. 신경은 등 뒤의 명에게만 머물러 있었다.

명은 지독히 조용했다. 단조롭게 들려오는 책장 넘어가는 소리가 없었다면 그가 이 자리에 있긴 한 건지도 의심스러워 돌아보았을지 모른다. 심지어 그의 숨소리조차 들려오지 않았다. 내 것이 아닌 심장이 뛰는 진동, 그것을 느낄 수 있었기에 그가 살아 있는 존재란 것을 확신했다.

내 것을 그리 값싸게 다루지 않는다던 말을 곰곰이 생각해 보았다. 내 나이 이야기를 듣고 어리다며 웃던 그의 모습도 생각해 보았다. 과연 그의 정체는 무엇이고, 나이는 얼마쯤 되었을까?

나도 모르게 자꾸 힐끔거리고 말았는데, 짤막한 명령이 들려왔다.

"괜스레 부스럭거리지 말고, 자거라."

야단맞은 아이처럼 어깨를 움츠렸다. 이런 상황에서 잠이 올 것 같지는 않다고 걱정해 보는데 순간 거짓말처럼 눈꺼풀이 무거워졌다. 곧 잠이 내려왔다.

날이 밝고 학교로 향하는 차 안에서 나는 어색함을 감추지 못해 열심히 책을 들여다보는 척하고 있었다. 명은 창밖을 바라보는 자세로 줄곧 말이 없다.

나는 그의 옆자리에 앉아 있다. 전에 명이 데려다 준다고 해서 차를 탔던 때와는 또 다르다. 그땐 명의 옆자리에 앉는 것이 당연해 보였지만 오늘은 그렇지 않은 것 같다.

일어나서 아침식사를 할 때, 조금 서둘러 일어나 버스를 타러 가겠다는 나를 명이 희한하게 쳐다본 것부터가 내게는 이상했다. 차가 있는데 뭐 하러 버스를 타러 가냐는 그의 말에 나는 설마 등하교를 같이 해야 하는 거냐고 물었다. 그는 그렇게 하지 말아야 할 이유가 있냐고 되물었다. 사람들이 이상하게 여길 거라 했더니, 명은 고개를 슬쩍 저으며 말없이 식사를 했다. 내가 우물쭈물하다가 옆에 둔 가방을 잡고 일어서려 하자, 그가 딱 잘라 말했다.

"내 입에서 허락한다는 말이 떨어지지 않았다. 앉아."

별수 없이 자리에 도로 앉아 절반 정도 남긴 식사를 마저 하고, 명의 느긋한 속도에 맞추어 집을 나와 차에 올라탔다. 그때도 내가 녹전의 옆자리인 보조석 문을 열고 있는데 녹전이 다가와 차 뒷문을 열어주었다. 명은 먼저 차에 올라탄 채로 침묵했고 녹전은 차 뒷문을 붙잡고는 내가 타길 기다렸다. 결국 나는 열었던 앞문을 닫고 뒤로 갔다.

그나마 몸이 짓눌리는 듯한 위압적인 영기가 없어서 동석 자체가 불편한 것은 아니다. 확실히 어제부터 명은 자신의 기운을 안으로 감추고 있는 듯하다. 원래 큰 곰 한 마리가 산을 어슬렁거리면 그 기운이 부근에 있는 작은 새나 동물들을 떨게 할 만큼 뚜렷한 법이다. 그 기척이 간혹 약해지는 것은 곰이 다쳤거나, 사냥을 위해 호흡을 고르고 본능적으로 위장을 하는 짧은 순간이다. 명은 다친 것이 아니지만 사냥을 벼르고 있는 것도 아니니—아마도?—걱정은 잠시 내려놓도록 하자.

명과 만난 것도 헤아려보자면 겨우 나흘째지만 그래도 나는 첫날의 그 충격적인 기운을 빼놓고는 명을 생각할 수가 없다. 그렇기 때문에 그의 옆에서 마냥 편하게 있는 지금과 같은 상황에 익숙해지고 싶지는 않다. 조심은 아무리 지나쳐도 충분하지 않다. 말했다시피 나는 살아남아야 한다.

조용히 각오를 다지며 책을 응시하는 내게 명이 물었다.

"학교 처음 다녀?"

"네?"

"교과서를 너무 유심히 보는 것 같아서. 설마 그 정도도 이해 못할 만큼 머리가 나쁘다는 뜻은 아니지?"

"삼십 년 전에 인천에서 다니기는 했습니다. 그때에 비해서 교복이고, 교과서고 간에 많이 달라졌구나 싶어 보는 것입니다."

"그전엔?"

"그전엔 평양에 있을 때 잠깐. 춥기도 하고 난이 일어날 조짐이 읽혀서 그만두고 내려왔지요."

"내려와서는?"

"일찍 겨울잠을 자기 시작했습니다."

"여기에서?"

"아니요. 여기는…… 여기는 아주 오랜만에 돌아온 걸요. 가끔 부근까지 오는 일은 있었지만, 결국 목전에 두고 되돌아가곤 했습니다."

"왜?"

간단한 질문이지만 대답을 해야 하는 내 입장에선 설명해야 할 것들이 너무도 많다. 희미하게 웃으며 얼버무렸다.

"그리운 마음이 너무 컸는지, 발이 움직이질 않더군요."

"교묘한 대답이로군."

그의 짧은 말에 약간 찔리는 느낌으로 돌아보았지만 명은 이내 내 이야기에 흥미가 떨어졌는지 창밖을 한가로이 바라보고 있었다. 나는 책을 다시 보다가 마음에 걸리는 것을 묻기로 했다.

"저어, 학교에서는 제가 어찌 처신해야 하는 겁니까? 주인님."

"주인님?"

돌아보는 명의 얼굴에서 어느 정도의 불쾌감이 읽혀서 나는 급히 눈을 깜박였다. 아무래도 부르는 호칭부터 제대로 결정지었어야 했나 보다.

"설마 학교에서도 나를 그런 식으로 부를 건 아니겠지?"

"깊이 생각할 여유는 없었지만, 학교에선 되도록 말을 건넬 일이 없게끔 하겠습니다."

"우습군. 같은 반에다 같은 차로 등하교를 하는 처지가 되었는데 안면 몰수를 하고 있겠다 그거야?"

"안면 몰수까지는 아니겠지만 적당히 거리를 유지해야겠지요. 저는 임기응변엔 약한 편이고, 연기는 더더욱 못하니까요."

"그렇군. 확실히 능수능란한 편은 못 되는 것 같아. 그런 기대는 일찌감치 접겠지만, 그렇다고 주인님 운운하는 꼴도 봐줄 수가 없고, 데면데면하게 구는 꼴도 곤란해."

뭘 어쩌란 건지 도통 모르겠다. 물끄러미 쳐다보면서 그저 처분을 기다리고 있자니 명은 눈을 가늘게 뜨고 있다가 문득 반짝 빛을 내면서 말했다.

"우선은 도련님이라고 불러. 학교 녀석들도 날 반웃음거리 삼아서 귀신 버드나무집의 도련님이라고 놀리는 모양이니까. 녹전도 그렇고 풍계도 날 도련님이라고 부르고 있잖아?"

"……도련님입니까."

어렵사리 입에 담아 보았지만 입 안 가득 보이지 않는 모래라도 찬 것처럼 불편하기 짝이 없다.

"왜, 무엇이 마음에 차지 않는 거지?"

조금은 다사롭던 명의 말투가 한순간 서릿발이 내린 것처럼 딱딱해졌다. 거기서 '아무것도 아닙니다' 라고 대답할 수도 있었지만 순간 내겐 놀라울 정도의 용기가 준비되어 있었다.

"죄송하지만 그 분부는 거두어주셨으면 합니다. 명령을 하신다면 예, 라고 대답은 하겠지만 제가 그런 호칭을 제대로 쓰는 날이 올 것 같지가 않습니다."

어째서냐고 물어올 줄 알았다. 그 대답도 생각해 두고 있는데 명은 잠자코 날 쳐다보다가 홱 고개를 돌렸다.

"멋대로 해. 호칭 따위에 정색을 하는 쪽이 우습군. 난 주인님이 싫고, 넌 도련님이 싫으니 별수 없네. 학교에선 그냥 이름을 불러. 물론 이름을 부르면서 존댓말을 쓰는 건 꼴사납겠지. 알아서 해봐. 못한다는 연기, 조만간 구경할 일이 생기겠군."

그는 몹시 불쾌해 보였다. 동시에 심술궂게도 느껴졌다.

나는 잠자코 교과서를 의미 없이 뒤적거려 보면서 생각했다. 아까까지의 어색했던 공기가 사실은 좋은 거였구나 싶었다. 나는 멍청하다. 때문에 뭐든 좋은 건 잃고 난 뒤에 후회하는 버릇이 있다.

이윽고 학교에 도착했다. 교문이 보이는 곳에서 차에서 내리는데 우리와 마찬가지로 학교에 등교 중이던 통학로의 학생들이 노골적으로 시선을 보내는 것이 분명하게 느껴졌다.

무관심을 종용하기엔 숫자가 너무도 많다. 이제부턴 틈나는 대로 보이는 아이들의 머릿속 톱니에서 이를 하나씩 빼야 하나 싶어 살짝

이 부담스러워졌다.

"다녀오십시오."

녹전의 깍듯한 인사를 뒤로 하고 걷기 시작하면서 자연스럽게 명의 뒤로 조금씩 처져서 붙는데 명이 돌아보지도 않고 중얼거렸다.

"어차피 몇 시간이면 다 소문이 날 일이야. 넌 전학생에다가 몇 백 년 전이었다면 경국지색이라 불렸을 외모야. 게다가 내 옆에 있지. 인간들은 그걸 시너지효과라고 하던가?"

그러니까 결국 옆으로 오란 소리지 싶어서 일부러 조금씩 줄여가던 보폭을 다시 늘려놓았다. 그리고 거의 그의 옆에 다다랐을 때 명이 질문을 던져왔다.

"설마 네가 아름답다는 걸 모르는 건 아니지?"

"아, 알아요. 예쁠 거예요. 제 모습은."

대답해 놓고 보니 내 귀에도 좀 이상하게 들려서 급히 덧붙였다.

"정말 어여쁜 사람이 있었거든요. 제 모습은 그 사람을 본뜬 거예요. 어떻게 그렇게 된 건지는 모르겠지만 그렇게 되어 있었어요. 한 번 그 사람의 모습을 취한 뒤로는 다시는 다른 모습을 취할 수 없더군요. 여......"

여우는 꽤 능숙하게 여러 모습으로 변신하던데, 라는 말은 그대로 삼켰다. 발음이 샌 것처럼 헛기침을 몇 차례 했다. 명은 내 옆얼굴을 잠시 쳐다보다가 고개를 저었다.

"그만큼 그 모습이 마음에 든다는 거겠지. 다른 모습을 취할 수 없다는 건 말이 안 돼. 네가 다른 모습을 원치 않는 거야. 변덕스러운 타입이었다면 벗어놓은 허물 수만큼 다양한 얼굴로 살 수 있었을걸."

"아. 그런 건가요?"

나도 딱히 몰랐던 사실을 쉽게 말해 주는 명을 보면서 고개를 갸웃했다. 여우는 내게 변신 능력이 없는 거라고 했었는데 명은 다른 대답을 한다. 누구 말을 믿어야 할까? 그런 의문이 또 내 얼굴에 고스란히 드러났나 보다. 명이 조금 웃으며 말했다.

"믿어. 틀림없는 사실이야."

내가 좀 더 캐물으려는데, 불쑥 그가 눈썹을 들어올렸다. 조심하란 신호? 그 순간 뒤에서 뛰어오는 발소리가 들려왔고, 내가 아는 체취를 가진 자가 다가온다는 걸 알 수 있었다. 같은 반의 송옥과 미주였다.

"어머, 어머, 어머, 니들 뭐야? 멀리서 봤거든? 도련님 차 보고 오늘은 학교 오네 했더니 거기서 둘이 같이 내려? 이실직고해봐. 어떻게 된 일이야?"

두 사람은 교묘하게도 나와 명의 사이를 비집고 들어오더니 송옥부터 부산하게 입을 놀렸다. 미주가 안경을 검지로 슥 들어 올리며 옆에서 보탰다.

"내 날카로운 감각은 단언컨대 스캔들에 가까운 무언가가 있다고 말하고 있거든? 오는 길에 보여서 태워줬다거나 하는 말은 하지 말아줘, 도련님."

입을 맞춰둔 사항은 없다. 내가 난처한 눈빛을 명을 향해 던지자 명이 첫날 교실에서 보였던 그 환하고, 읽어낼 수 없는 가면같이 완벽한 미소를 지었다.

"카풀이야. 아직은."

"아직은?"

"아직은!"

송옥과 미주가 연습이라도 한 것처럼 동시에 부르짖었다. 명은 어깨를 으쓱했다.

"반희, 예쁘잖아."

"우와악, 도련님 입에서 이런 소리가 나올 줄이야! 세상에, 뭐야 류반희, 네 생각도 마찬가지야?"

송옥이가 홱 고개를 돌려 내게 채근하자 카풀의 뜻을 마침내 떠올려낸 내가 재빨리 수긍했다.

"그렇지, 카풀이야. 집이 가까우니까 태워다 주는 거지."

"그런 것 말고! 도련님이 네가 예쁘다잖아!"

"어? 그게 뭐?"

"너는 우리 도련님 어찌 생각하냔 말이잖아."

"아…… 그야…… 잘생겼네."

나는 그제야 새삼스런 눈으로 명의 외모를 바라보았다. 그냥 인간이었다고 하면, 이토록 해사한 사람이 있구나 하고 얼마쯤 관심을 두었을 것 같다. 맑고 깨끗한 인상을 주는 사람을 좋아하는 편이다.

"어허, 이 애들 보게, 지금 사람을 사이에 두고 뜨거운 눈길을 주고받고 있잖아. 이러고도 그냥 카풀이야? 어쩐지 자꾸 명이네 집 약도를 그려달라고 하더니! 류반희, 너 빨라도 너무 빠르잖아. 서울 애들은 다 이런 거야?"

어째선지 송옥은 분노했고, 미주도 호기심이 가득한 눈으로 날 보고 있다. 내가 그런 게 아니라고 변명하려는데, 명이 대답하는 게 더 빨랐다.

"하루 이틀 사이에 무슨 역사가 쓰이길 바라지? 반희 난처하게 하지 마. 전학생에겐 친절해야지."

"네, 도련님. 구구절절 옳은 말씀만 하십니다."

미주가 빈정거리긴 했지만 나쁜 뜻은 없는 게 분명했다. 미주도 송옥도 명의 얼굴을 꽤나 힘이 담긴 눈으로 바라보았다. 어디서 많이 본 듯한 눈이다 싶은데 어디서 본지는 모르겠다. 내가 아직 본 적 없는 지구과학 선생님 이야기가 화제에 오르면서 셋이 이야기를 주거니 받거니 하는 동안 나는 미주와 송옥의 눈에서 연상한 것이 무엇인지 궁리했다.

"아하! 발정기의 암컷들이구나."

"뭐어?"

생각만 한다고 한 것을 무심코 입에 담아버리고만 사실을 날 돌아보는 두 꼬마의 얼굴을 통해 알았다. 심지어 명도 날 빤히 쳐다보고 있다. 민망한 마음에 혀로 윗입술을 핥은 뒤 급히 하늘을 가리켰다.

"봄이잖아. 방금 새들도 묘하게 날고 해서."

"새? 새가 어딨다는 거야?"

"저기? 어? 저어기 있었는데. 어, 있네. 봐, 저기 날아가잖아."

"대체 어디 있다는 거야? 저기 저 참새 같은 거?"

두 사람이 내가 가리킨 하늘을 눈을 찌푸리고 노려보는 동안 나는 또 듣고야 말았다. 쿡, 명이 웃는 소리. 그가 절레절레 고개를 저었다.

'하여간에 맹추라니까.'

머릿속에서 여우가 한숨 쉬는 소리도 들려왔다.

원래 학교는 다녀도 점심을 싸오는 번거로운 일은 한 적이 없다. 진짜 인간이 아니다 보니 하루 삼시 세 끼를 먹어야 한다는 강박 따위는 없기 때문이다.

몇 시간 가볍게 공부란 걸 하고 오십 분 정도 주어지는 점심의 휴식 시간은 날씨가 좋은 날이면 양지바른 곳에 앉아 일광욕을 하거나 아니면 느긋하게 산책을 하거나 한다. 지금까지는 그래왔다.

하지만 오늘부터 내 그런 습관은 전면적인 수정이 불가피하다. 녹전이 싸준 도시락을 어떻게든 처리해야 하니 말이다. 반 애들이 둘씩 셋씩 모여서 점심을 먹는 모습을 힐끔거리면서 나도 도시락이 담긴 가방을 꺼내 들었다. 지퍼를 열고 도시락통 두 개를 책상에 늘어놓는데 한 분단 떨어진 곳에서 나를 부르는 소리가 났다.

"반희야, 이리 와서 같이 먹어."

역시 전학생을 챙기는 것은 반장의 몫인가 보다. 손짓하는 미주를 보면서 미주와 같이 앉아 있는 다른 여자애들의 표정도 가볍게 훑어보았다. 송옥은 그새 입 안 가득 뭔가를 밀어 넣고 우물거리면서 미주와 같이 손짓을 했다. 둘 외에도 같이 먹는 애들이 둘이 더 있다. 이름을 듣긴 했는데 제대로 말을 해보지는 않은 애들이다. 나를 보는 눈에 호기심이 가득 차 있다.

아주 짧게 고민을 했다. 편한 걸 추구하자면 괜찮다고 거절해야 하지만, 일부러 학교를 다니겠다고 결정한 내 선택엔 사소한 불편은 감수하겠다는 각오도 딸린 바였다. 혼자서 지낼 거였다면 적당한 산에 틀어박혀서 해와 달, 산천山川만 벗 삼아서 몇 백 년이고 보내면 된다. 그러지 않은 것은 역시 지루했기 때문이다. 인간들 속에서 어울리는 것은 최소한 지루하지는 않다.

"내가 끼어도 될까?"

조금은 겸양하는 듯이 묻자, 송옥이 급하게 음식물을 씹어 삼키고는 손사래를 쳤다.

"되고 말고가 어딨어. 당장 와."

말만으로 그치지 않고 송옥이 일어나서 내게 와선 팔을 잡아 일으키고 의자까지 끌어갔다. 이 활달한 인간 아이에게 조금 정이 생길 것 같다고 생각하면서 뒤따라가 자리에 앉았다.

반찬통의 뚜껑을 열자 메추리알과 소고기를 담백하게 장조림 한 반찬과 육포를 가볍게 구워 달큰한 소스를 끼얹은 반찬이 등장했다. 달걀을 섞어 고슬고슬하게 지은 밥까지. 녹전은 굉장하구나, 하고 속으로 감탄하는데 옆에서 송옥도 감탄했다.

"우와, 뭔가, 굉장히 고칼로리의 식단같이 보이네. 푸성귀투성이에 기껏해야 햄 쪼가리하고 비엔나소시지나 먹어대는 우리랑은 한참 다르구나. 근데 너 혼자 사는 거 아니었어? 이거 네가 다 준비한 거야?"

"뭐, 그렇지."

그렇게만 답하고 젓가락을 꺼내 메추리알부터 연거푸 입에 넣었다. 맛있다. 밥도 먹었다. 역시 맛있다. 나보다 어릴 텐데 녹전은 음식 솜씨가 좋구나, 하다가 과연 녹전 나이가 몇이나 됐는지 궁금해 고개를 갸웃했다.

"웃다가 얼굴을 찡그리네? 맛이 이상해? 먹어봐도 돼?"

"물론 그래도 돼."

"그럼 어디 한 번……. 헛, 맛있잖아! 이것도, 이것도! 이야, 이거 어쩐지 사기다. 너같이 예쁘게 생긴 애가 음식 솜씨까지 좋은 건, 문제가 있잖아?"

호들갑을 떠는 송옥 옆에서 다른 애들도 한 번씩 내 반찬을 먹어보고는 일제히 맛있다며 감탄했다. 그들의 목소리가 워낙 수선스러워서 쑥스럽지 않을 수 없었다. 마침 내 뒤쪽으로 책상 세 개 너머엔 명과 함께 밥을 먹는 일행들이 있기도 했다. 녹전이 한 음식으로 내가 칭찬을 받고 있다는 걸 명이 알면 그것도 우습겠지 싶어서 그만 나도 모르게 그가 있는 쪽을 곁눈질했다. 그러다 명이 아니라 명의 옆자리 애랑 눈이 마주쳤고, 그 아이가 무슨 말인가를 하자 그 자리에 있던 남자애들이 일제히 내 쪽을 쳐다보았다. 나는 황급히 시치미를 떼고 밥을 열심히 먹는 척했다. 송옥의 옆자리에 있던 애가 손으로 입을 가리고 말을 했다.

"야, 야, 도련님 쪽 애들이 우릴 힐금힐금 보는 거 알아?"

"어허, 저 녀석들 밥 먹다 말고 추파는. 역시 미인을 우리 그룹이 스카우트한 것은 탁월한 선택이라니까. 으하하하."

"그게 왜 네가 잘난 척할 일이야?"

"냅둬. 송옥이 저러는 게 하루 이틀 일이야?"

송옥은 어째선지 팔짱을 끼고 으쓱거렸고 미주는 시큰둥하게 밥을 먹었다. 나도 아무것도 안 들은 것처럼 밥을 먹었지만 송옥의 입은 먹을 게 들어가 있지 않은 동안엔 쉬는 틈이 없었다.

"그러고 보니 반희야, 카풀 이야긴 도련님이 먼저 꺼낸 거지? 나는 네가 먼저 꼬리칠 타입이 아니라고 그랬지만, 애들 중엔 서울 계집앤 여우 같다고 하는 애들도 있거든. 속 시원하게 털어봐. 누가 먼저 컨택한 거야?"

딱히 명과 맞춰둔 말은 없지만 이 정도는 임기응변할 수 있겠다 싶었다.

"명이가 먼저 제안했어. 나도 염치 불고하고 그렇게 한다고 했고. 학교 오가는 버스가 오십 분에 한 대씩 있는데 내가 좀 아침잠이 많거든. 놓치면 꼼짝없이 지각이라."

"아아, 이럴 줄 알았다면 그쪽으로 이사 가자고 부모님을 졸라 볼 걸 그랬나 봐. 혹시 너 자취하는데 나까지 끼워줄 생각 없니, 반희야?"

한숨을 폭 내쉬더니 내게 그런 부탁을 하는 송옥에게 가볍게 웃어

주고는 계속 식사를 했다. 육포를 베어 물다 말고 송옥이 한 말이 궁금해졌다.

"저, 나보고 여우 같다고 했다고?"

"어? 아, 서울 계집애들 말이야. 보통 그렇지 않나? 깍쟁이에 잔망스럽게 보이던데. TV 같은 거 보면. 너 서울에서 온 거잖아? 서울에서 쭉 산 거 아니야?"

"거기서 쭉 산 건 아니야. 사정이 좀 있어서 옮겨 다니며 살았지. 근데 있잖아, 여우는 깍쟁이이거나 잔망스럽진 않아. 변덕스럽고 사치스럽긴 한데, 기분파거든. 시원시원한 게 때론 화통하고 멋있어. 물론 우울할 땐 말도 못 하지만."

"아?"

송옥을 비롯한 다른 여자애들 모두가 나를 이상스레 쳐다보았다. 괜한 소리를 했다는 걸 깨닫고 얼굴을 붉히며 변명했다.

"내가 동물에 관심이 많아서. 동물학자가 되는 게 꿈이거든."

"특이하다."

"특이하네."

딱히 떠오르는 말이 없는지 아이들은 서로들 얼굴을 쳐다보면서 그렇게만 말하고 만다. 곧 다른 이야기로 화제가 전환된 사이 나는 다시금 흐뭇하게 여우 같다는 칭찬에 대해 생각했다.

그러다 지난밤에 꾸었던 여우의 꿈을 생각해 냈다. 어처구니없게도 그 순간까지 까맣게 잊고 있었다. 내가 이토록 무정한 녀석이었나 하고 깊이 반성하면서 오늘 돌아가면 제대로 여우의 꿈을 밟아봐야겠다고 결심했다.

사라져버린 게 아니라면 밟을 수 있을 거라 확신한다. 내가 가진 얼마 안 되는 능력 중에 여우가 이름을 지어준 능력이 있다.

이름하여 '꿈밟기'.
 잠이 들면 꿈을 빌려 나는 몸을 벗어나 다른 이의 꿈으로 새어들 수 있다. 누군가의 얼굴과, 진짜 이름을 안다면. 여태껏 살아 있는 존재여야만 그것이 가능한 것인 줄 알았지만 꼭 그런 게 아닌지도 모른다. 어젯밤의 여우는 진짜 여우였으니까.
 '여우를 만나야지.'
 가슴이 더할 수 없이 두근거리기 시작했다.

4. 매화의 숲

　5교시의 수업은 음악수업이라고 했다. 운동장 한쪽에 떨어져 있는 건물이 음악실이란 소리 듣고 산책 삼아 먼저 가보겠다면서 계속 같이 있던 미주의 일행에서 빠져나왔다. 햇빛이 몹시 좋은 날이었던 것이다. 학교가 그리 좋은 입지는 아니었지만 그래도 정남향인 덕에 딱 이 시각 무렵의 햇살이 더할 나위 없이 좋았다.
　거기다 봄이다. 예전엔 지금보다는 봄이 더 길었는데, 요 몇십 년 사이에 봄의 길이가 현격하게 짧아져서 때로는 불안해질 때가 있다.
　기후가 급속도로 변하는 것은 인간들이 숱하게 행하는 자연파괴 때문이다. 이상할 만큼—가끔 보면 이 동물들은 번식을 위해 태어나고 죽나보다 싶은 지경으로—번식욕이 강한 동물이 바로 인간. 그런데 그 인간들이 스스로의 손으로 미래의 자손들이 살 지구를 미친 듯이 파괴해 가는 아이러니를 저지른다. 또 한편으론 환경보호를 하자고 목숨까지 거는 인간도 있다. 역시 인간은 간단하게 정의 내릴 수 있는 동물이 아니지 싶다.

하지만, 이처럼 좋은 봄날에 그런 주제를 생각하고 있을 틈은 없다. 온몸 가득 내리쬐는 햇살 속에서 마냥 졸아도 시간은 부족하다.

"매화가 아직 남아 있네."

거닐면서 보니 흰 꽃이 남은 나무가 있어 일부러 돌아갔더니 매화나무가 꽃을 거의 떨구고 남은 몇 송이가 내 눈을 끈 것이었다. 바라보는 사이에 또 꽃잎 하나가 스르륵 졌다. 바람이 분 것도 아닌데, 질 때를 알아 그리 지는 꽃을 보니 가엾기도 하고 기특하기도 했다.

이런 꽃나무가 이럴진대 과연 나는 어떨까? 여우가 죽은 이래 봄이 되어 꽃이 화사하게 피었다 지면 가볍게 우울증 비슷한 것을 앓는 병이 생겼다. 지금은 그나마 나은 편이다. 쓸데없이 벚나무가 많아져버려 그 나무가 일제히 꽃을 피워 올렸다 싹 져버리는 때가 오면 나는 집에 틀어박혀 두문불출한다. 이제 삼월 중순이니 올해도 그때가 얼마 남지 않았구나 하면서 미간을 찡그렸다.

하지만 올해는 다를지도 모른다. 만약에 내가 바라는 대로 꿈에서 여우를 만나게 된다면.

철석같이 믿었다가 허탕을 치면 낙담할 게 뻔하니 너무 큰 기대는 말자 하면서도 다시금 가슴속이 수런거렸다. 오늘 여우를 만나면 무슨 말부터 먼저 하나 생각하느라 바로 옆까지 누가 오는 줄도 몰랐다.

"무슨 생각을 그리해?"

목소리를 듣자마자 알았지만, 돌아보았더니 역시나 명이었다.

교복 재킷과 조끼도 벗고 하얀 셔츠차림으로 서 있는 명의 얼굴은 매화의 흰빛과 견줄 만하다. 옷과 함께 옆구리에 끼고 있는 음악책과 노트. 다른 손으로 머리카락을 슥 쓸어 넘기자 차가운 청동 같은 느낌이 이는 검은 머리카락이 햇살에 차르륵 반짝거렸다.

완전무결完全無缺.

내 머릿속에 선명하게 그 단어가 새겨진 것을 재빨리 지워보고는 고개를 돌리며 대답했다.

"매화가 아직 남아 있어서 용케도 아직까지 버티고 있구나 생각하던 참이에요."

"그 생각만 했다고?"

"……왜 나오신 건데요? 아직 시간이 이른데."

"햇볕 쬐려고. 봄이잖아."

그렇게 말하는 명을 돌아보니 명은 해 쪽으로 얼굴을 들어 올리고는 가볍게 눈을 감고 있었다. 햇살에 안긴 것처럼 편안해 보이는 분위기이다. 나는 무심코 묻고 말았다.

"명이라고 할 때의 명, 밝을 명明이 아니라 어두울 명冥 아닌가요?"

명은 눈을 뜨고 나를 쳐다보았다. 엷게 떠오른 그의 미소엔 내가 짐작할 수 없는 생각이 담겨 그윽하게 느껴졌다. 미소와 함께 나를 얼마쯤 바라보다가 그가 말했다.

"당돌하구나. 그런 질문을 내게 할 만한 자격이 네게 있다고 생각해?"

"죄송합니다. 심기를 거스르려고 그런 것이 아니라 그런 생각이 들었을 뿐이에요. 생각으로 그쳐야 할 것을 무심코 입 밖에 내어버리곤 하는 버릇이 있어요. 고쳐볼게요."

고개를 푹 숙이고 용서를 구하는 내 어깨를 툭 명이 건드렸다.

"학교에서 그런 식으로 정중하게 사과하는 건 곤란하잖아. 연기 못한다는 건 의심할 여지가 없구나."

"아, 죄송해요. 미처 그 생각도 못했어요."

당황해서 우물쭈물하면서 주위를 살폈다. 다행히 근처엔 우리 목소리가 들릴 만한 사람이 없었다. 명은 이미 내게서 시선을 돌리고 매화나무를 바라보다가 살짝 손을 뻗어 꽃 한 송이를 꺾었다. 자그마한 꽃을 찬찬히 살펴보는 그의 모습을 물끄러미 응시하는데 그가 내게 고개를 돌리더니 툭 꽃을 던졌다.

"어, 어, 어어."

생각도 못 했던 일에 깜짝 놀라 허둥지둥하다가 겨우 꽃을 떨어뜨리지 않고 손에 받아냈다. 받고도 혹시 꽃이 상하지 않았나 싶어 걱정스레 살펴보았다. 어디 한 곳 시든 곳이 없는 고운 꽃이었다. 고개를 들었더니 명이 그런 나를 지켜보고 있었다.

"그 꽃이 좋으냐?"

"예?"

"매화가 좋아서 바라본 것 아니야?"

"아……, 좋아하지요. 화사한 꽃이니까요."

"화사한가."

명은 내 말을 의심하는 듯 옆에 있는 매화나무를 새삼스레 다시 쳐다보았다. 꽃이 다 져버린 뒤에 평가를 받는 나무가 조금 가엾은 것 같아 변호해 주고 싶었다.

"매화나무는 그 어떤 나무보다도 화사해요. 하얀 꽃이 피어도 아주 예쁘고, 붉은 꽃이 피면 그 화사한 빛깔에 견줄 나무가 없어요. 지금은 철이 지나버렸으니 어쩔 수 없지만."

"뭐가 어쩔 수 없다는 거야?"

"보여드릴 수 없다는 거지요."

명은 내 얼굴과 내 손 위에 있는 꽃을 번갈아 보았다. 그런 뒤에 중얼거렸다.

"어떤지 보면 될 일이지."

묘한 말을 남기고 명이 뒤돌아섰다. 바로 따라가지 못하고 손바닥 위에 올려진 흰 매화꽃송이를 보고 있는데 명의 목소리가 귀에 닿았다.

"따라와 봐. 햇빛 좋은 곳으로 안내해 줄게."

"아, 저는……."

그만 음악실로 가겠다고 말하려 했지만 명은 들은 척도 하지 않고 저벅저벅 걸어갔다. 결국 그를 따라가야 했다. 꽃을 마냥 손바닥 위에 올려놓고 있을 수는 없어서 가면서 얇은 음악책의 한 귀퉁이에 담아 조심스레 눌렀다. 언제쯤 보면 이 꽃이 예쁘게 말려져 있을까 잠시 즐겁게 고민해 보다가 어느새 많이 벌려진 명과의 간격을 좁히기 위해 타박타박 뛰었다.

※

'홍매紅梅 님.'

'홍매紅梅 님.'

마음속으로 이름을 불렀다. 낮에 하얀 매화꽃을 보았으니 조짐도 좋구나 하면서 열심히 여우의 이름을 불렀다. 꿈밟기를 시작한 참이다.

잠들기 전에 못 가장자리를 따라 걸으면서 달을 보고 열심히 좋은 기운을 삼키기도 했다. 별로 해본 적도 없고, 효과가 있는지도 의심스럽지만 기도란 것도 해보았다. 할 때마다 누구에게 기도를 해야 하는지 애매하기 짝이 없다. 여우는 '천지신명天地神明'이란 정령님께 기도를 하면 된다고 했는데 그 정령님은 과연 어디에 계시는 걸까?

아, 지금 이런 것을 고민할 때가 아니다. 다시 집중했다. 여우를 찾아야 한다. 그녀의 이름을 부르고, 얼굴을 그렸다. 곱게 화장을 하던 모습을 떠올려 보았다. 어렴풋하게 떠올랐다가 아지랑이처럼 일그러지며 흐려졌다. 그럼, 여우의 진짜 모습을 그려볼까?

홍매紅梅. 붉은 매화.

그 이름을 여우가 알려준 것은 여우와 같이 보낸 지 딱 백 년이 되던 해의 겨울. 산속 가득 눈이 내린 때였다. 하얀 구름이 산에 내려앉은 것처럼 온 세상이 은천지인 속에서 여우는 춥다고 불평을 하면서 저벅저벅 걸어가다가 어느 순간 홀연히 본체를 드러냈다. 본인은 늘 황금빛이라고 주장하던 그녀의 털이 흰 눈 속에선 타는 듯한 붉은빛이었다.

'이 몸은 홍매라고 해. 눈 속에서 핀 붉은 매화만큼 아름다워서 홍매야.'

사뿐사뿐, 아무도 밟지 않은 산속의 눈 위에 우아하게 자신의 발자국을 남기면서 여우는 말했었다.

응. 예뻐요, 주인님. 주인님은 붉은 매화보다도 예뻐요. 머리끝부터 발끝, 심지어 눈 위에 남은 발자국까지도 너무너무 예뻐요.

속으로 그렇게 생각하며 바라보는 동안 나는 그 예쁜 모습에 반할 것 같았다. 나도 여우로 태어났다면 얼마나 좋았을까 그때만큼 애석하게 생각한 적이 없다.

'홍매 님.'

눈 위를 사뭇 가벼운 몸짓으로 내달리던 여우의 모습을 선명하게 마음에 담아 좀 더, 좀 더 집중해갔다. 스륵스륵 내 몸이 길을 지나는 소리가 난다. 이번 꿈속에서는 내 원래의 몸을 하고 있다. 희뿌연 안개로 한 치 앞이 제대로 보이지 않는 세계를 몸으로 슥슥 밀어내며 지나치는 것과 비슷하다. 몸이 닿은 땅에는 대개 찰랑이는 투명한 물이 얕게 채워져 있다. 흐른다기보다는 가만히 채워져 있다는 느낌이다. 내가 지날 때마다 가볍게 잔물결이 옆으로 퍼지긴 하지만 내 꼬리가 빠져나오기 무섭게 잔잔해진다. 물속 바닥엔 안개처럼 뿌연 빛의 고운 흙이 깔려 있다. 이 비슷한 흙을 꿈에서 깬 진짜 세상에서 본 적은 없다. 어쩌면 흙이 아닐지도 모른다. 아무래도 상관없다. 꿈속의 흙은 부드럽기 그지없어서 배를 대고 아무리 먼 길을 가도 아프다는 생각을 한 적이 없으니 그걸로 족하다.

'홍매 님……, 어? 향기가 난다. 매화 향기. 이건 매화 향기야.'

하나의 징조. 방향을 찾자 망설임 없이 그쪽으로 향했다. 좀 더 속력을 내자 찰랑이는 물소리가 세차게 울렸다.

그러다 안개의 장막 너머로 넘어갔다. 돌연 찾아온 눈이 멀도록 환한 빛에 나는 몸을 웅크렸다.

겨우 빛에 눈이 익숙해졌을 때, 나는 산속에 있는 자신을 발견했다. 부르르 떨었다. 춥다. 보이는 곳곳에 눈이 녹은 흔적이 역력했다. 꿈속에서도 나는 어쩔 수 없이 추위에 약한 존재이다. 얼어붙은 적까지는 없지만 추운 꿈을 오래 꾼 날은 깨어서도 며칠은 꼼짝도 할 수 없다.

여기에 여우가 있기는 할까? 있다면 어디까지라도 가줄 테지만. 빛에 놀라 잃어버리고만 매화향기를 찾기 위해 한참을 헤맸다.

홀연히 눈앞에 붉은 꽃잎 하나가 날아들었다. 고개를 들자, 몇 개의 붉은 꽃잎이 팔랑거리면서 하늘을 날고 있다. 바람이 불어오자, 향기도 날려 왔다. 나는 혀를 날름거리며 근원지를 찾으려 노력했다.

높은 곳. 해가 비치는 산의 중턱. 나는 목적지를 정한 후 열심히 산을 오르기 시작했다.

산속은 거짓말처럼 적요하다. 꿈이란 걸 알긴 하지만, 흔히 있을 법한 새소리나 나뭇잎의 부스럭거리는 소리조차 없다. 마치 근처에 아주 무서운 맹수가 숨어 있어 하다못해 초목에 이르기까지 숨을 죽인 느낌이다.

여우와 보낸 여름 중 언젠가 백두산에 갔을 때, 멀리서 호랑이가 포효하는 것을 들었는데 그건 우리에게 오지 말란 경고를 하는 것이라고 여우가 말했었다. 거리는 상당히 멀었지만 호랑이의 포효에 주변 공기가 한순간 살을 에는 것처럼 무거워졌었고, 나는 어째선지 깨닫기도 전에 벌벌 떨고 있었다. 여우는 나보다 더했다. 사시나무 떨듯 떨었다. 호랑이는 나 같은 건 먹지 않지만, 여우는 잡히면 먹힐 수도 있었으니까. 우리는 꼬리에 불이 붙도록 부랴부랴 달아났었다.

'이게 바로 삼십육계라는 거야.'

여우는 그 순간에도 내게는 당당했었다.

설마 이 꿈에선 여우가 맹수인 건가? 그 요염한 여우에겐 어울리지 않는 역할이라고 생각하면서 열심히 기어갔다. 매화 향기가 한층 한층 강해졌다.

이윽고 내가 목적지로 삼았던 곳에 이르렀다. 소나무며 전나무 사이의 험한 길을 헤치고 나간 끝에 나온 평지는 쏟아지는 햇빛이 찬란하기 이를 데 없었다. 그 아래의 마치 분지처럼 키 높은 나무들에 둘러싸인 공간에 희고 붉은 매화꽃이 만발했다. 이곳이 근원인 것이 분명했다.

—주인님! 주인님?

매화나무 주위를 둘러보면서 여우를 찾았지만 어찌 된 일인지 여우의 모습이 보이지 않는다. 하물며 다른 무엇의 기척을 잡지도 못하겠다.

이상하다. 꿈밟기는 성공한 게 아니었나?

여우의 모습을 그리며 이름을 담은 채 온 길이었는데. 그리고 그 답으로 열린 세계이고.

그러나 여우가 없다. 숨바꼭질 같은 걸 할 여우는 아니다. 그런 장난은 유치하다고 코웃음 치는 여우였다. 보이지 않는다면 여우는 여기에 없는 것이다.

머리를 들어 하늘을 보자 해가 똑바로 내리쬐고 있다. 산속은 추웠는데, 그나마 이곳이 따뜻한 것은 그 때문이다. 그 햇살에 뽐내듯이 매화꽃도 만발했다. 허나 그림 같은 풍경의 화사함도 잠깐 사이에 쓸쓸해진다.

아무도 없는 꿈은, 지긋지긋하다.

다시 한 번 시도해 볼까, 하는 고민을 잠시 했다. 하지만 한 번 더 시도한 뒤에도 같은 결과가 오게 된다면 참담할 것 같다. 오늘은 이쯤 하자. 내게 많은 건 시간뿐이니까.

어차피 오게 된 곳, 꿈속에서나마 원래의 몸 구석구석 햇볕을 쬐자는 생각에 가만히 자리에 머물러 똬리를 틀었다. 어디의 산인지, 내 기억에는 없는 곳이긴 하지만 당분간 해는 저 위에 걸려 있을 듯하다. 해가 자리를 옮길 때까지만 나른하게 한숨 쉬는 것도 좋을 것 같았다. 가끔 매화나무를 올려다보며 즐기는 것도 나쁘진 않을 테고.

―그렇지만 어쩌자고 여기까지 와 버린 걸까.

가끔 이렇게 내 뜻과 다른 결과를 얻기도 한다. 낮에 매화나무를 본 것이 그 원인일 수도 있다. 나는 홍매라는 이름을 가진 여우를 찾았지만, 어쩌면 내 심상에 남아 있던 학교의 매화나무의 원래 조상을 찾게 된 건지도 모르겠다.

비록 꿈밟기가 마음만 먹으면 백발백중하는 신통한 것은 아니라 해도 오늘은 정말 될 줄 알았다. 느낌이 아주 괜찮았었는데.

그때였다. 스르륵 무언가가 움직이는 소리가 들린 것 같았다. 머리를 들었다. 보이는 건 매화나무뿐이다. 꽃잎이 떨어진 흔적조차 보이지 않았다. 햇살이 아주 좋아서 흰 꽃은 눈이 녹을 때처럼 반짝거리고 붉은 꽃은 눈이 아플 정도로 화려했다.

―하아아.

한숨을 꺼질 듯이 쉬었다. 옆에 있는 거라곤 아름다운 매화꽃뿐인데, 무언가가 움직였다면 매화의 정령이라도 되는 건지. 여우도 나무의 정精은 한 번도 못 봤다고 했다. 나도 아직까지 본 적은 없다. 어딘가에 나무의 정령이 있을 거란 생각은 계속 품고 있다. 그것은 아마도 여우가 말한 천지신명이란 분하고 굉장히 닮은 모습이지 않을까, 짐작하고 있다.

―여우야, 여우야, 뭐하니? 잠잔다. 잠꾸러기! ……내가 뭘 하는 건지. 주인님, 주인님! 주인님! 주인님 말고 아무도 없나요? 좀 나와 봐요. 꿈이니까 나랑 좀 놀아요!

머리를 치켜들고 외쳐보다가, 더 자괴감을 느꼈다. 똬리 속으로 푹 머리를 묻고 아무것도 하지 않기로 했다.

이럴 줄 알았으면 몇 년 더 동면을 하는 건데 그랬다. 깨어나서 좀 더 잘까? 고민할 때, 그러자, 하고 잤으면 되는 일인데. 하긴 그런 식으로 계속 동면하는 시간이 길어지는 게 싫어서 일찍 깨긴 했다. 동면에서 깨어난 지 불과 한 달도 되지 않았다. 나는 이번에 거의 8년 정도를 동면으로 보냈다. 내 최고 기록은 십오 년이다. 그러나 지금은 딱히 전쟁도 없고 피 냄새가 공기 중에 진동을 하는 것도 아니라 그렇게 길게 잘 필요는 없었던 것이다.

예지력이 있었다면 더 잤을 테지. 이미 일어난 일에 후회 같은 건 하지 않지만 8년을 자든 9년을 자든 거기서 거기인데 왜 1년 더 못 잔 건지는 입맛을 다실 일이다.

따져보자면 내가 자는 삼나무 근처에 둥지를 튼 두더지들 때문이었다. 그 아둔한 것들이 자꾸만 이리저리 길을 파내면서 소란을 부릴 뿐 아니라 내가 아끼는 나무뿌리까지 갉아대는 걸 보다 못해 깨어나서 혼쩌검을 내준 것이다. 물론 오래 동면하면서 배가 좀 고팠던 터라 두더지들은 내 식사감이 되고 말긴 했다. 혼낸 것도 부족해 먹기까지 했으니 어쩌면 내게 원한을 가지고 죽었을지도 모르겠다.

엇, 또다. 또 스르륵 소리가 났다.

이번엔 내가 잘못 들은 게 아니다. 분명히 소리가 났다. 머리를 쳐들고 좀 더 유심히 주위를 살폈다. 소리는 병풍처럼 우거진 매화나무 뒤쪽에서 났던 것 같다.

가보자. 그렇게 다짐하고 천천히 매화나무 사이로 들어갔다. 키가 작은 매화나무 가지가 이따금 내 몸을 스쳤고, 꽃들은 내가 조심스레 움직인다고 했는데도 불구하고 살랑살랑 흔들렸다. 이젠 안 자랐으면 좋겠는데, 인간과 다르게 나는 아주 조금씩이라도 해마다 자라고 있는 중이다.

빠직 하고, 가지가 부러지는 소리가 났다. 돌아보니 나도 모르게 좌우로 흔들어대던 꼬리가 가지를 무턱대고 쳤던 모양이다. 가지에 달려 있던 꽃들이 깜짝 놀랐겠다 싶어서 꿈속에서도 미안함을 느끼는데 내 앞쪽에서도 비슷한 소리가 났다.

우두둑. 우두두둑. 그리고 후두두 떨어지는 매화꽃들. 마치 나무들 사이에 낀 무언가가 요란 법석을 피우는 것처럼 자꾸만 가지가 부러지는 소리가 나고 꽃들이 사방으로 튀어 올랐다.

무슨 일이 일어나려고 그러지?

긴장이라기보다는 기대에 가까운 두근거리는 심정으로 기다려 보았다.

그러다 불쑥 그것이 나타났다.

—우…… 우와아아…….

멍하니 머리를 젖히며 눈앞의 것을 바라보는 내 입에서 그런 바보 같은 소리가 흘러나왔다.

실로 크고, 아름다운 푸른 뱀이었다. 마치 밤하늘을 담뿍 비단에 옮겨 담은 것처럼 짙푸른 표피에 새까만 마름모꼴의 무늬가 머리의 중심부터 물결치는 긴 꼬리 너머까지 이어지고 있다. 뱀은 막 매화나무 사이를 비집고 나타난 여파 때문에 머리부터 시작해서 여기저기에 매화꽃과 부러진 매화 가지들을 얹고 있었다.

부르르 머리를 휘저어 꽃을 떨어뜨리고는 푸른 뱀이 나를 똑바로 바라본다. 그 모습이 너무 아름다워서 나는 정신을 차릴 수가 없었다. 생긴 건 구렁이와 흡사한데, 하도 예뻐서 화사花蛇가 아닌가 의심이 들 지경이다. 꼿꼿이 머리를 든 모습만으로도 족히 서른 자는 됨직 하고 그 폭은 몇백 년 된 나무라도 휘감아 부러뜨릴 수 있을 것처럼 굵직하다. 이건, 이건 뭔가 대단한 존재가 틀림없다.

거기다 푸른 뱀의 미간엔 하얀 돌기, 그렇다, '뿔'과 비슷한 것이 있었다.

—어때?

앗, 방금 전에 목소리가 들렸다. 설마 지금 이 푸른 뱀이 내게 말을 건 것일까? 나는 듣고도 믿을 수 없는 일이라 멍하니 있었다.

—어떠냐고 묻잖아.

분명하다. 나한테 말을 걸었다. 와아아, 이런 영광이!

─뭐, 뭐가 말씀이십니까?

─매화꽃. 붉은 게 보고 싶다고 했잖아.

─예?

무슨 말인지 바로 알아듣지 못했다. 푸른 뱀은 머리를 갸웃이 하더니 스르륵 움직여 내게로 다가왔다. 내 머리 바로 위에 푸른 뱀의 머리가 오자 나는 한껏 고개를 젖혀 올려다보았다. 우와아, 아주 가까이서 마주보니까 현기증이 날 만큼 아름다움이 한량없다.

그런데 이토록 아름다운 존재를 똑바로 쳐다보는 건 엄청난 무례가 아닐까? 머릿속에서 신의 모습을 훔쳐본 인간이 벌을 받는 등의 이야기가 두서없이 펼쳐지면서 덜컥 겁이 났다. 내가 급히 눈길을 피하면서 몸에 머리를 딱 붙이는데 문득 툭, 하고 스치는 감각이 느껴졌다.

푸른 뱀이 내 옆을 스쳐갔다. 나는 꼼짝도 하지 않았다. 푸른 뱀이 내 주변을 돈다. 스륵, 스르륵. 백 자는 우습게 넘지 싶게 기다란 몸은 꼬리까지 눈이 부시도록 아름다웠다. 하다못해 그 어떤 상처나 얼룩 한 점도 없는 몸! 꼬리가 내 시야에서 사라진 순간, 나도 모르게 감탄 섞인 한숨이 흘러나왔다. 그에 응하듯 뒤쪽에서 짧은 한숨이 들려왔다.

─새하얗구나. 백옥이 무색하도록.

나를 보고 하는 소리다. 자연히 움츠러드는 기분이었다. 내 몸은 색이 없다. 원래 흰색이 아니라, 색을 못 가지고 태어난 것이다. 있어야 할 색이 없는 것은 열등함의 증거이다.

의기소침해진 내 옆으로 다시 푸른 뱀이 다가왔다. 그리고 무언가가 내 머리를 토독하고 어루만지는 느낌이 들었다. 고개를 들었더니 푸른 뱀의 머리가 바로 위에 있어 깜짝 놀랐다. 푸른 뱀이 머리를 내리더니 주둥이로 내 눈 사이의 피부를 문질렀다. 인간들처럼 눈꺼풀이 있었다면, 꽉 눈을 감았을 텐데 그러지 못하는 몸이다 보니 가만히 올려다본다. 푸른 뱀은 한 번에 그치지 않고 몇 번이고 그런 행동을 반복했다. 처음엔 어리둥절하더니, 어느 순간 기분이 몹시 좋다는 것을 깨달았다. 사르륵 몸속에서 따뜻한 촛불이 피어오르는 느낌이다.

그때 푸른 뱀의 아래에서 나뭇가지가 짓눌려 부러지는 소리가 났다. 그 소리에 퍼뜩 정신을 차렸다.

아무리 꿈이라고 해도 내가 이 푸른 뱀과 이런 친밀한 행동을 주고받을 이유가 없다. 급하게 옆으로 물러나 한껏 목을 들고서 푸른 뱀을 쏘아보았다. 푸른 뱀은 웃는 것 같았다.

―기분 좋을 텐데, 왜 경계를 하는 것이냐?

―처음 뵙는 분과 이런 일을 할 이유가 없습니다.

이번에야말로 푸른 뱀이 웃었다. 자기가 상당수 망치고 나온 매화나무 숲을 돌아보고 푸른 뱀이 말했다.

―붉은 매화. 나름대로 화사하군. 녹전을 시켜서 뒤뜰에 몇 그루쯤 심게 해야겠어.

―녹전?

내가 반문했다. 천천히 머리를 돌려 나를 보는 푸른 뱀을 보면서, 나는 비로소 경악했다.

―설마하니······, 설마하니 당신은?

"명?"

그렇게 중얼거린 순간, 번쩍 눈이 뜨였다.

잠시 여기가 어디인가 하다가, 잠이 든 방이라는 걸 깨달았다. 어둠이 내려앉은 방이지만, 반투명한 푸른 휘장이 주위에 쳐진 것을 분명하게 볼 수 있다. 조심스럽게 몸을 일으키면서 옆자리를 돌아보았다.

다행이다. 명의 자리는 비어 있다. 아니지, 다행이 아닌 건가?

옷을 여며 입고 휘장 밖으로 나와 문을 열었다. 맨발에 밟히는 차가운 마루의 감촉이 싸늘하다. 아직 밤은 춥다. 댓돌에 있는 신을 꿰어 신은 뒤 마당으로 내려섰다. 딱히 어디로 가야겠다고 생각을 하고 나온 것은 아니지만, 기분이 하도 묘하여 그냥 방에 있을 수는 없다. 상현달을 지나 만월을 향해 조금씩 살을 붙여가는 달이 내 뒤를 따라오는 것을 느끼면서 상체를 끌어안듯이 하고 묵묵히 걸었다.

시야가 탁 트이는 상쾌한 느낌에 고개를 들었을 때, 나는 못을 눈앞에 두고 있었다. 우두커니 서서 잔잔한 못을 바라보았다. 그러다가 이 못을 바라보고 있는 이가 나 하나뿐이 아닌 것을 깨달았다.

맞은편의 버드나무, 이른바 귀신 버드나무라던 그 큰 버드나무에 누군가가 앉아 있다. 물론 그는 명이다.

바람 하나 없이 잔잔하던 공기의 흐름이 바뀌었다. 내 쪽으로 바람이 분다. 버드나무 가지들이 일렁이는 것에 맞추어 나는 흩날리는 머리카락을 쓸어 넘기면서 보았다. 명이 내게 손짓을 하는 것을. 그에게 다가갔다. 천천히.

못 가장자리를 돌아 버드나무 가까이 다가갔을 때, 훌쩍 명이 땅으로 뛰어내렸다. 바닥에 그의 발이 내려앉는 소리조차 거의 나지 않았다. 발치에 아주 또렷이 생긴 칠흑 같은 그림자만이 지금 내 눈에 보이는 존재의 본질을 살짝 보여줄 뿐이다.

몇 걸음 정도 남기고 나는 멈추어 섰다. 명은 날 쳐다보지도 않고 더 가까이 오란 듯 손짓을 했다. 자박자박 걸어서, 그가 입은 검은 철릭의 촘촘한 실의 짜임까지 헤아릴 정도로 가까워졌을 때 나는 명이 그러하듯 고개를 돌려 못을 바라보았다.

한 중앙에 달이 찰랑거리는 못의 표면은 거울처럼 밝다. 거기에 그의 모습이 비치고 있다. 짙푸른 표피에 미간의 중앙엔 반짝이는 옥을 다듬어 붙인 듯 흰 돌기가 있는 뱀.

어떻게 이 못에 본체가 비칠 수 있는 거냐고 그에게 묻는 건 어리석은 일이란 걸 안다. 그저 못에 비친 명의 옆에 있는 다른 뱀의 모습을 바라보았다.

그 어떤 색도 없고 자그마한 무늬 하나도 가지고 태어나지 못한 붉은 눈을 한 흰 구렁이. 그것이 나다. 그나마 오래오래 살면서 많이 컸다고 생각했는데 그건 비교할 상대가 없었기에 한 착각이었나 보다. 동물원에 갇혀 사육되는, 불과 일이십 년이나 사는 것들과 비교한다는 건 참으로 어리석은 일이었다.

지금 내 옆엔 내 세 배 가까이 될 정도로 크고, 우아할 뿐 아니라 아름답기까지 한 존재가 있다. 인간들이 '이무기'라 하여 뱀과 달리 두려움의 뜻을 담아 부르는 존재. 따져보자면 나 역시 인간들의 관점에서는 이무기라 불리겠지만, 지금 옆에 있는 자와 비하자면 하찮기 짝이 없는 구렁이에 불과하지 싶다.

"하아아."

결국 나는 한숨을 쉬었다. 푸른 이무기가 날 쳐다보는 게 못에 비쳤다.

"한 가지만 물어도 돼요?"

명은 말없이 날 바라보기만 했다. 대답은 없지만 나는 허락한 걸로 생각하고 물었다.

"얼마나 오래 살아오신 거예요?"
"……헤아리는 걸 그만뒀어. 천 년이 넘은 뒤로는."
나는 또 한숨을 쉬었다. 그가 물었다.
"뭐가 그리 애석한데?"
"천 년을 살면, 용이 될 거라고 생각했어요."
쿡, 웃는 소리가 들렸다. 이어서 그가 말했다.
"나도 그랬지."

5. 솜사탕

머릿속이 뒤숭숭하긴 했지만, 복숭아나무에 대해 잊어버린 건 아니었다. 어제는 녹전이 있어서 제대로 살펴보지 못했지만 오늘은 아침 일찍 복숭아나무를 옮겨 심어 놓은 뒤뜰로 향했다.

나무는 꽃망울을 가득 매달고 있다. 기특하게도. 꽃이 피지 않은 게 벌써 몇 년째인지 몰라 걱정하던 차였는데 올해는 그간 피지 못한 꽃까지 보여주려는 듯 한가득 틔워냈다.

정확히 말하자면 이 나무가 사백 년 가까이 산 것은 아니다. 약해지면 가지를 덜어서 다시 큰 나무로 살리길 반복했으니 진짜 사백 년 전의 나무와는 엄밀히 말해서 다를 것이다. 그래도 나는 이것이 세상 천지가 그저 막막하기만 하던 내 어린 시절에 찾아온 짧은 햇살 같은 때를 공유한 그 나무라고 믿고 있다.

때문에 애썼다. 이 나무를 계속 살리기 위해서 할 수 있는 것은 다 했다. 인간들의 힘도 빌리고 아파 보일 때는 내 몸으로 감싸서 기운을 불어넣는—효과를 기대한 게 아니라 그저 내 마음이었다—노력도 그치지 않았다. 이제까지 복숭아나무는 다행히 잘 살아주었다.

나무 하나에 무슨 정성을 그리 들이느냐 여우는 힐난했지만, 내 나무에 꽃이 피고 열매가 열리면 함께 지켜보곤 했다. 여우도 알았다고 생각한다. 우리처럼 오래 사는 것들에겐 이러한 벗이 필요하다는 것을. 그렇기에 여우도 나 같은 아일 거두어 귀찮다 귀찮다 하면서도 버리지 않았으리라. 그렇지만 끝내 내가 여우의 허한 마음을 채우기엔 역부족이었던 거고.

"모래야? 모래야. 어디 있니?"

나무 주위를 돌면서 살뜰히 쓰다듬어주다가 꽃망울을 머금은 가지 속을 올려다보면서 나는 조용히 불러 보았다.

"모래야. 나와 봐. 나야. 내가 왔어."

부르고 얼마쯤 기다리자니, 마침내 나뭇가지 사이로 작은 아이가 불쑥 머리를 내밀었다. 너무나 예쁜 모래색의 도마뱀이다. 손을 뻗었다.

"내려와. 그래. 착하지."

모래는 고개를 갸웃이 하고 나를 얼마쯤 바라보다가 곧 내 손을 타고 내려왔다. 딸기처럼 붉은 혀를 날름날름 하며 날 올려다보는 모래는 아직 내 손바닥을 겨우 넘는 크기이지만 올해로 스물세 살이나 된 셈이다. 이 아이가 어느 날 갑자기 내 복숭아나무에 나타났을 때를 한 살이라고 생각한다면 말이다. 내가 지난번에 겨울잠을 자러 들어갈 때 아마도 모래를 보는 게 이것으로 마지막이겠지 했는데, 깨어나서 탈피까지 마치고 내 나무를 찾았을 때 거기에 여전히 모래가 있었다. 새끼라거나 다른 녀석이랑 착각한 것은 아니다. 모래였다. 오른쪽 눈 밑에 자그마한 붉은 반점이 있는 내 모래였다.

"새로 온 집이 어땠어? 벌레는 잘 잡히든? 아니면 먹을 걸 좀 구해줄까? 올챙이라면 여기서 조금 가면 있는 못에서 구할 수 있을 텐데, 가봤니? 여긴 큰 못이 있단다. 아주 크고 물도 맑아서 폭포는 없지만 용소龍沼가 부럽지 않아."

"용소는 뒷산에 있어."

한순간 대답하는 목소리에 깜짝 놀랐지만 모래가 말을 한 건 아니었다. 돌아보니 내 왼편으로 얼마 떨어지지 않은 곳에 풍계가 웅크리고 있었다. 이틀 전 밤엔 굉장히 크게 보았는데, 아침이 되어 새삼스레 보니 크기는 고작 네댓 살의 인간 꼬마 정도였다. 거기다 피부는 물론 손발의 형태도 아직 두꺼비의 그것이다.

"그리고 여기 올챙인, 내 몫이 먼저야. 아직 말도 못 하는 꼬맹이가 설치고 다니다 온데간데없어져도 난 몰라."

풍계가 혀를 쭉 뺐다 말아 들이는 걸 보고 움찔했다. 모래도 놀랐는지 쪼르륵 기어올라 내 재킷 안으로 파고들었다. 나는 짐짓 미간을 찡그리며 목소리에 힘을 주었다.

"풍계 너 말이야, 우리 모래, 잡아먹으면 안 돼. 못살게 굴어도 안 돼. 우리 모래 아직 아기란 말이야. 먹을 게 부족한 것도 아니면서 공연히 심술부리면 내가 혼내 줄 거야."

"흥. 아직 여주인도 아니면서."

풍계 녀석, 은근 심술꾸러기인 것 같다. 나는 이참에 이 녀석이랑 제대로 서열을 정하기로 했다.

"풍계, 너 몇 살이야?"

"내가 몇 살이든?"

"제대로 대답 안 하면, 네가 모래 잡아먹기 전에 내가 너 먼저 잡아먹는다."

진짜로 잡아먹을 생각은 전혀 없지만, 으름장을 놓으며 슬며시 살기를 좀 풀었다. 재킷 안에서 모래가 파르르 떠는 걸 느꼈지만 지금은 풍계를 휘어잡는 편이 먼저였다. 손으로 모래를 톡톡 쓰다듬어주면서 풍계를 쏘아보자 빤히 날 쳐다보던 풍계도 잠시 후 눈길을 딴 곳으로 던졌다.

"나 잡아먹으면 우리 주인님은 가만히 계실 줄 알아?"

풍계는 거드름을 피웠다. 몸 색깔이 바뀔 정도로 겁을 집어먹은 주제에 강한 척하고 있는 게 조금은 우습기도 했다.

"야단맞는 거야 나중 일이지. 만사휴의라고 너는 내 뱃속에서 소화가 잘 되어 있을 테니, 내가 야단맞는다고 네가 들을 수나 있을지 모르지만."

풍계의 노란 눈은 몹시 분해하는 게 역력하지만 결국 쏘아보는 걸 그치고 투덜거리며 답했다.

"나도 여름 되면 여든아홉 살이나 된다고."

"우와아. 그렇게 나이 많이 먹은 줄 몰랐네? 꼬맹이 주제에 제법이다?"

놀렸더니 풍계는 볼을 빠방하게 부풀렸다. 살짝 더 살기의 정도를 높였다. 대번에 볼의 바람을 뺀다. 귀여운 구석이 있는 아이다.

풍계의 앞으로 다가가 내가 먼저 고개를 숙이며 손을 뻗었다.

"어쨌든 같은 주인을 모시게 되었잖아. 잘 지내보자. 텃세 같은 건 인간들이나 부리는 못된 버릇이야."

"텃세? 그게 뭔데?"

내가 내민 손은 무시하고 풍계는 뾰로통하게 물었다.

"음. 이를테면 지금 네가 나보다 먼저 주인님을 모셨다고 내 앞에서 거드름피우는 거랑 비슷해. 우리 모래가 먹으면 얼마나 먹는다고 올챙이도 안 나눠 주려고 하고."

"텃세. 흐음. 좋은 걸 배웠네."

"그건 좋은 게 아니야. 풍계, 너 내 손 계속 무시하기야? 나 너보다 네 배는 나이 많다고. 연장자의 손을 무시하는 건 예가 아니야. 그것도 몰라?"

"네 배나? 진짜야?"

"에헴. 다가오는 춘분에 이 몸은 사백 살이 된단다."

"우와, 녹전보다 위잖아! 이상하다, 애기씨라고 했는데?"

"애기씨?"

내게는 어울리지 않는 묘한 호칭에 의아해서 반문했다.

"응. 우리 주인님 신부 될 여자는 아직 세상 분간 못하는 어린애라고 국 님이 그랬거든. 란 님이 말랑말랑한 애기씨라면서 웃었어."

"국 님이랑 란 님은 또 누구야?"

우선 나는 주인님 신부가 될 여자가 아니란 것은 차치하고 새로운 이름들이 궁금해서 물었다. 풍계의 몸 색이 또 한 번 변했다. 목을 움츠리자 머리가 몸속에 파묻혀 버릴 것 같다.

"무서운 분이야, 그분들?"

"음…… 아주 예쁘거든? 애기씨처럼 예뻐. 음. 란 님이 좀 더 예쁘려나? 근데 국 님보다 훨씬, 훨씬 무서워. 아니 아니, 이 말은 안 들은 거야. 내가 이런 말 했다고 하지 마. 알았지?"

"알았어. 안 들은 걸로 할게. 근데 지금 날 보고 애기씨라고 한 거야?"

"응. 애기씨. 녹전도 애기씨라고 하던데? 주인님은 혼인하면 도련님에서 새서방님이 되고, 애기씨는 새애기씨가 된다지? 그건 어떤 종류의 변신술이야?"

풍계의 큰 눈이 지금이라도 튀어나올 것처럼 커졌다. 나는 아무래도 이 아이가 왜 이런 말을 하는지 이해를 못하겠다. 여든아홉이면 아주 아기도 아닌데, 바보인가? 나보다 더 심한?

"음. 풍계야. 뭔가 잘못 알고 있어. 주인님은 나중에 혼인을 하시는지 모르겠지만, 나는 그 애기씨가 아니야. 그냥 나는 반희란다. 너처럼 주인님을 모시고 함께 더부살이하게 된 신세야. 그러니까 나 애기씨라고 부르지 마."

"으음……. 어려워. 녹전은 애기씨라고 부르랬는데?"

"녹전이랑은 내가 말해 볼게. 그러니까 날 보고 누님이라고 부르면 돼. 근데 진짜 내 손 안 잡아주기야?"

"어려워, 어려워, 어려워."

풍계는 머리를 갸웃갸웃하면서 툭 손을 내밀어 내 손을 가볍게 쳤다. 그 미끈거리는 손을 붙잡아서 놓지 않고 흔든 다음에 아직 재킷 속에 숨어 있던 모래까지 꺼내서 만나게 했다. 올챙이를 조금은 양보해 달라고 부탁했다. 풍계는 생각해 보겠다고 또다시 거드름을 피웠다. 그래도 모래를 보면서 입맛은 다시지 않았다. 역시나 귀여운 아이였다.

"아가씨, 식사 준비가 되었습니다."

땅에서 솟은 것처럼 불쑥 우리 사이에 나타난 녹전을 보고 나는 물론 모래와 풍계도 흠칫하며 놀랐다. 녹전은 그림자를 타고 다니기라도 하는지 기척을 죽이는 능력이 기가 막히다.

모래는 복숭아나무로 폴짝폴짝 뛰어올라갔고, 풍계는 아침 먹으러 간다며 훌쩍 지붕 위로 뛰어올랐다. 지붕 위에서 뭘 먹겠다는 건지 궁금해하면서 나는 녹전의 뒤를 따랐다.

그런데 풍계는 두꺼비라서 당연하다지만 녹전에게서도 상당히 비릿한 냄새가 난단 말이다. 들짐승은 아닌 것 같고, 아무래도 물가 쪽 짐승 같은데.

"설마 잉어?"

"잉어라 하셨습니까? 왜요, 드시고 싶으세요?"

돌아보면서 녹전이 입맛을 다신다. 잉어는 아닌 모양이다.

"아니요, 잉어는 됐고."

"말 놓으십시오. 제가 더 어립니다, 아가씨."

음. 인간으로 치자면 사십 대 정도의 얼굴을 가지고 있는데 인간의 사십 대가 가지고 있지 못한 참으로 해맑은 웃음을 보였다. 나도 방긋 웃으면서 기회를 틈타 물었다.

"그럼 말 놓을까? 아 있잖아, 녹전, 녹전은 정체가 뭐야?"

"정체, 말입니까?"

"응. 내가 뭔지는 알지?"

"……대단히 아름다운 분이시지요."

녹전은 정색을 하면서 대답했다. 풍계는 건방지더니 녹전은 너무 정중하다고 할까. 당혹스러워서 얼굴을 붉혔다가 헛기침을 하고는 다시 물었다.

"그렇게 말해 주니 참 고마워. 음 나는 말이야, 녹전이 실제로 뭔지가 아주 궁금하거든? 풍계는 이름 그대로 두꺼비인 건 아는데 녹전은 진짜 이끼일 리는 없잖아. 아, 설마 진짜 이끼야?"

혹시 그렇다면 내가 처음 보는 신기한 존재이겠구나 싶어서 눈을 빛내면서 바라보았다. 녹전은 가만히 날 쳐다보다가 안 그래도 초승달 같은 눈을 그믐달로 만들면서 말했다.

"맞춰보시지요."

"어?"

"바로 알려드리면 재미가 없지 않습니까. 자, 식사가 식겠습니다. 어서 가시지요."

빙글 돌아서더니 성큼성큼 걷는 녹전의 뒷모습을 잠시 멍하니 바라보았다. 저렇게 진지한 표정으로, 은근히 상대를 약 올리는 재주가? 아니면 설마 내게 귀여움을 떤 건가? 어느 쪽인지 아직은 알 수 없는 일에 나는 어리둥절해하면서 이내 그의 뒤를 따라가기 시작했다.

"왜 그렇게 자꾸 보는데?"
학교에 도착해 교실로 가는 길에 조심스럽게 힐금거리면서 명 쪽을 봤더니, 명은 손에 든 책에서 시선을 떼지 않고 걸으면서 물었다. 가만 보면 명의 주위엔 늘 책이 있다. 어제 슬쩍 보니 여러 서재 중 한 곳을 비워서 내 방을 준비 중이라는데, 그 서재에 비치된 책의 양이 어마어마해서 방 준비가 며칠 더 걸릴 거란 말이 충분히 이해가 갔다.
"저기 녹전……. 아니에요."
맞춰보라고 했는데 명에게 바로 묻는 것은 반칙이지 싶어서 그만두었다.
"녹전이 왜?"
"아니에요……가 아니라, 녹전, 정말로 이끼는 아닌 거죠?"
"그게 왜 궁금해?"
"정체가 무언지 물었더니 맞춰보라네요."
"흠. 녹전이 그래?"
"네, 이제부터 궁리해볼 참인데 진짜 이끼라면 허무하잖아요. 바보도 아니고, 훤히 나와 있는 답을 못 찾아서 몇만 리를 헤매고 싶진 않아요."
"〈도둑맞은 편지〉가 그런 내용이지."
"책이에요?"
"단편이야. 실린 책은 이것저것 돼."

"재미있어요?"

"나름대로."

"그럼 읽어볼게요. 도서관이란 곳도 한번 가보고 싶었어요."

"집에 있을 거야. 녹전한테 찾아달라고 해."

"녹전은 바쁘잖아요."

"그게 일이야. 그 녀석은 일 없으면 아파. 아무 일도 없으면 괜히 땅도 파."

"땅을 파면…… 두더지?"

두더지는 비릿한 냄새는 안 나는데? 고개를 갸웃하면서 이상해하는 내 옆에서 명이 엷게 웃는 기척을 느낄 수 있다.

그 모습을 또 힐금거리면서 훔쳐보았다. 어제까지 알게 모르게 몹시 무서웠던 존재인데 오늘은 뭔가 기분이 다르다.

나와 같은 구렁이인 데다가, 거기다 천 년도 넘게 산 진짜 대단한 분이다! 또한 나랑은 다르게 눈부시게 아름다운 색을 갖추었을 뿐 아니라 그 위풍당당한 모습이라니. 게다가 미간엔 하얀 뿔까지! 뿔이 있는 뱀이라니, 너무너무 굉장하다. 뿔이 있는 용을 규룡蚪龍이라고 하던데, 아, 그러고 보니 규룡은 양쪽 뿔이 있는 용을 말하지 않나? 이분에겐 뿔이 아직 하나인데. 어렵다. 풍계 말처럼 세상은 살아도 살아도 어렵다. 하여간 분명한 건, 이분이 더없이 대단하다는 것이다!

"녹전 이야기는 일단락된 것 같은데, 또 뭐가 궁금해서 그렇게 훔쳐보는 건데?"

뿔에 대한 이야기를 묻고 싶었지만, 아직 그렇게 당돌하게 굴 순 없다. 대신 어젯밤에 다시 자러 가면서 내내 하려다 못한 말을 조심히 입에 담았다.

"저 안 잡아먹어주신 거, 감사합니다."

"잡아먹어?"

명이 그제야 책에서 눈을 들고 나를 보았다. 나는 옆에 들고 온 미술 가방을 고쳐 들면서 시선을 땅에 둔 채 대답했다.

"아주 어릴 때 여기저기 다녀본 적이 있거든요. 인간들이 무섭구나 싶어서 막연히 동족을 찾아야겠다 했는데 겨우겨우 만난 동족들은 매번 절 잡아먹으려고 했어요."

"매번?"

"그래봐야, 세 명밖에 못 만났어요. 세 번째 만난 능구렁이한텐 진짜 거의 잡아먹히기 일보직전까지 갔어요. 살아서 도망친 게 지금 생각해 봐도 엄청난 행운이에요. 몸은 비록 3분의 2정도밖에 안 남긴 했지만, 크게 배웠죠. 그 이후론 같은 무리를 만난 게 처음이에요. 기척이라도 느껴질라 치면 냅다 줄행랑쳤거든요. 아마 그래서 주인님을 처음 봤을 때 그렇게 무서웠던 거겠죠."

'그렇지만 지금은 그렇게 안 무서워요' 란 뜻으로 명을 올려다보며 빙긋 웃었다. 그래, 내가 만난 가장 훌륭한 분인데 설마 나 같은 걸 잡아먹으려고 하실까. 정말 잡아먹을 셈이었다면 난 이미 죽은 목숨이었을 거다. 동족이면서 날 잡아먹지도 않을, 나보다 훨씬 훌륭한 분을 만났으니 난 운이 좋은 것이다.

명은 날 물끄러미 쳐다보다가 문득 툭하고 내 머리에 손을 올려놓았다. 그것뿐, 그는 다시 손을 거두고 책을 보기 시작했지만 어쩐지 나는 퍽 기뻐졌다.

이분이 좋아질 것 같다. 내 소중한 여우처럼. 그러니 열심히 모셔야지.

분명하게 그런 생각을 마음에 품은 순간이었다.

오후엔 미술 수업이 있었다. 춘분이 3일 후로 다가오니 날씨는 절기에 어울리게 몹시 포근했다. 그런 날에 밖에 나와서 하는 미술 수업이 몹시 좋았다.

풍경화를 그리라고 했다. 학교 풍경 중에 아무거나 그려도 된다고 하는데 전학 온 지 며칠 안 된 학교가 낯선 나로서는 딱히 그릴 만한 곳이 어딘지 고르기가 애매했다.

미주와 송옥 등은 이미 운동장 한편의 등나무 시렁 아래 벤치에 자리를 잡고 그림을 그리기 시작했지만 거기서 보인 풍경은 도무지 재미가 없어서 그런 걸 그리는데 노력을 쏟고 싶지는 않았다. 연속해서 두 시간 수업이니 정하기만 하면 그리는 거야 금방일 거라고 생각하면서 우선 화폭에 담을 장소를 찾는데 공을 들이기로 했다.

학교가 넓은 편이라 어슬렁거릴 공간은 충분한데도 반 애들은 거의 다 운동장 근처의 좁은 반경을 벗어나지 않았다. 나만큼 이 수업을 신나게 생각하는 아이는 없는 것 같다. 볼만한 경치를 찾으면서, 틈틈이 남자애들 속에 명이 있는지도 찾아보았다. 어디에 있는지 도무지 보이지 않았다.

결국 운동장을 등지고 학교의 왼편으로 돌아서 테니스장이 내려다보이는 옛날 기숙사 건물 부근까지 갔다. 지금은 쓰지 않는 건물이라서인지 낮에도 제법 을씨년스럽다.

인간의 집이란 건 참 독특한 게, 살아 있는 것이 살지 않으면 금세 못쓰게 되어버린다는 점을 들 수 있겠다. 특히 학교란 것의 독특함은 유별나다. 어린 학생들이 바글바글한 낮의 학교와 밤의 학교는 같은 곳으로 보기가 힘들 정도로 다르다. 거의 아무 능력도 없는 인간들이 모여서는 묘하게도 이질적인 공간을 만들어내는 능력은 가끔 보면 감탄스럽다. 그러면서 그들은 그것이 이질적인 공간인지도 모른다는 점 역시 어떤 의미론 대단하다.

 구 기숙사 건물 앞에 서서 위를 올려다보자, 낮인데도 그 안을 배회하는 것들의 소리를 들을 수 있다. 해로운 것들은 아니다. 저 안에선 이미 지나간 시간들이 되풀이되고 있다. 저길 거쳐 간 어떤 이들은 밤이면 저곳과 관련된 꿈을 꾸면서도, 그게 왜인지 이해조차 못할 것이다. 아주 강한 슬픔이나 기쁨, 분노 따위는 때론 머문 자리에 그 기운이 남는다. 어째서인지는 모른다. 친절하게 알려주는 이를 만나본 적이 없다. 안타깝게도 천지신명님은 내 눈에도 보이지 않고.

 "자작나무다. 와, 키가 아주 크네."

 이왕이면 햇빛이 잘 드는 곳으로 가자 싶어 조금 방향을 틀었더니 이 부근에서 보기 힘든 나무가 나타났다. 하얀 나무줄기를 보고 웃으면서 다가가 찰싹 끌어안았다. 보드랍고 매끈한 나무껍질이 반갑다. 나는 이 나무를 타고 오르는 걸 좋아한다. 지금도 그러고 싶은 기분이지만 잘 참아 넘기면서 대신 끌어안은 채로 위를 올려다보았다. 나뭇잎은 밝게 빛나는 감람석처럼 눈부셨다. 그 너머로 하늘이 보였다. 따뜻한 하늘엔, 뭉게구름이 층층이 쌓여서 느릿느릿 흘러간다.

 "솜사탕 같다."

 빙긋 웃었다. 그리고 난 그림의 소재를 찾았다. 바로 이곳. 여기에 앉아서 올려다보이는 하늘의 모습을 그리는 것도, 역시 학교 안에서 본 풍경이니까.

 "솜사탕, 솜사탕, 자작나무랑 솜사탕, 파란 하늘. 바람은 넘실넘실. 솜사탕 같은 봄이구나."

 별 뜻 없는 말들을 흥얼거리면서 자작나무에 등을 기대고 앉았다. 화판을 놓고 스케치북을 펼치는데 문득 스케치북 위에 그늘이 졌다.

고개를 들었더니 어라, 아까 슬며시 찾았지만 보이지 않았던 명이 눈앞에 서서 날 보고 있다.

"방금 그거, 무슨 소리야?"

"예? 아, 아아, 그거. 들었어요? 별거 아니에요."

내가 아무렇게나 중얼거린 소리를 들었나 보다. 너무 민망해서 할 수 있다면 스케치북 속으로 들어가 그림이 되어버렸으면 싶지만, 그런 요술은 못 부린다. 물론 돌로 변신하지도 못하고, 땅으로 핑 꺼지지도 못한다. 그저 괜한 연필만 다시 깎아야겠다고 칼을 어디에 뒀나 찾으면서 부산을 떨었다. 그렇지만 명은 내가 민망해하는 게 안 보였는지 다시 물어왔다.

"솜사탕이라니, 뭐가? 저 구름 말이야?"

그가 하늘을 쳐다보며 손가락으로 가리키자, 나도 어쩔 수 없이 고개를 들고 대답했다.

"뭉게구름을 보면 솜사탕같이 보여요. 저는 솜사탕이란 거 처음 봤을 때, 사람들은 마침내 구름까지 떼어다 먹는구나 하고 놀랐던 바보거든요."

"정말 그렇게 생각했다고?"

"그때, 동면에서 깬 지 얼마 안 됐을 때였어요. 물론 먹어보고 아니란 거 알았어요. 그래도 솜사탕은 여전히 구름같이 보여요. 구름처럼 하얗고, 폭신폭신한 게 맛있어 보이고."

"하얗고 폭신폭신한 게 맛있어 보인다라."

굳이 내 말을 반복할 건 없는데, 명은 날 보며 천천히 되뇌었다. 그의 눈가에 웃음이 깃든 것처럼 보여 잠깐 둔해졌던 민망함이 다시 도졌다.

"그냥 그렇다는 거예요."

"그거 좋아해?"

"예?"

"솜사탕이란 거 좋아하냐고."

별로 놀리는 건 아닌 듯해서 가만히 고개를 끄덕였다. 명은 흐응 하고 머리를 갸웃하더니 이렇다 할 말없이 획 등을 돌려 어딘가로 걸어갔다. 나는 잠시 방금 전 대화는 뭐였을까 하고 이상하게 생각했다.

그림을 그리려고 연필을 고쳐 잡다가 명이 걸어가는 뒷모습을 다시 보았다. 어라? 그새 참 멀리도 가버렸다. 명은 빈손이다. 그림 도구는 어디에? 조금 걱정이 되어 일어나서 주변을 이리저리 둘러보았더니 내가 앉은 자작나무에서 그리 멀지 않은 곳에, 명의 것으로 보이는 화판이며 그림 도구가 놓여 있었다.

명은 구 기숙사 건물을 중심으로 그 부근의 풍경을 그리는 중이었다. 스케치도 없이 바로 붓을 이용해서 말이다. 마치 남조풍 동양화를 그리는 것 같은 기법. 솜씨는 대단히 훌륭하다.

"주인님은 그림도 잘 그리시는구나."

괜스레 내 어깨가 으쓱해져 짝짝짝 박수를 쳤지만, 연이어 명이 볼지도 모르니 나도 그럴싸한 그림을 그려야겠다는 의무감이 들었다. 못 그리는 편은 아니지만, 그 정도로는 부족하다. 바로 돌아가서 기합을 단단히 넣고 연필을 들었다.

한동안 그림에 푹 빠져서 시간이 어떻게 흘러가는지도 몰랐는데, 불쑥 내 눈앞에 하얀 덩어리가 나타나는 바람에 깜짝 놀라 고개를 젖혔다.

"먹어."

명이 아까와 비슷한 표정으로 서 있다.

"어…… 저기…… 이, 이건?"

"솜사탕. 좋아한다며?"

그렇게 말하는 명을 나는 잠시 멍하니 올려다보았다. 그러다 그가 내게 내민 것이 진짜 솜사탕이란 걸 깨닫고 급히 받아들며 감사의 인사로 고개를 숙였다.

"아, 네, 잘 먹을게요. 고맙습니다."

명은 하나를 내게 주고 또 하나를 손에 쥔 채 자신의 화판이 있는 곳으로 가려고 했다. 나는 그를 붙잡듯이 물었다.

"이거 어떻게 된 거예요?"

"뭐가?"

"솜사탕, 학교에서 파는 거 아니잖아요."

"나 외출증 있어. 학교에선 내가 몹시 병약한 줄 알잖아."

태연히 그렇게 말하더니 명은 솜사탕을 한입 먹었다. 잠시 맛을 보는 것처럼 입맛을 다시다가 고개를 젓는다.

"그냥 설탕이잖아. 인간들의 눈속임이란."

그래도 명은 버리거나 하진 않고 다시 한입 먹으면서 자신의 자리로 돌아갔다. 그가 자리에 앉아 붓을 잡아 그림을 그리고 솜사탕을 먹는 두 가지를 번갈아 하는 걸 보면서 나는 한동안 솜사탕의 나무막대만을 두 손으로 쥐고 있을 뿐이었다. 이걸 왜 일부러 구해 왔는지 묻고 싶기도 하고 안 묻고 싶기도 하고 기분이 이상야릇하다.

문득 명이 시선을 들어 나를 보았다.

"왜 안 먹는데?"

"먹어요. 먹습니다."

명의 부추기는 듯한 질문에 재빨리 솜사탕을 먹기 시작했다. 명의 말처럼 설탕맛이다. 입에 들어가 보았자 별것 없다. 그래도 이렇게 맛

있는 솜사탕은 또 처음이구나 했다. 그렇게 냠냠 먹으면서 종종 명 쪽을 쳐다보았다. 명이 붓을 물통에 몇 번씩 헹구는 걸 눈여겨본 뒤 냉큼 물었다.

"물을 다시 떠다 드릴까요?"

"그거 먹기나 해."

"아껴먹을 건데요. 물 바꿔서 가져다 드릴게요."

명의 시중을 들 기회를 놓치지 않고 옆으로 다가가 물통을 잡으려는데 툭 그가 손을 건드렸다.

"그냥 가서 먹어. 돌아가면서 또 사주면 되잖아."

"아니에요. 저거면 돼요. 오랜만에 먹어서 그런지 아주 맛있어요. 많이 먹어버리면 또 맛이 물릴 거 아니에요. 그러니까 아껴서 조금씩, 음미할래요."

"솜사탕 하나 가지고 아끼고 말고 할 게 뭐 있다고······. 너도 참 별나다."

"그런가요? 전 잘 모르겠는데."

내가 고개를 갸웃하자 명의 입가에 엷은 미소가 피어올랐다. 뭔지 잘 모르겠지만 내가 그를 즐겁게 만든 모양이다. 덩달아 즐거워져서 나도 방긋 웃고는 그의 물통을 들고 재빨리 물을 갈러 다녀왔다.

그 사이, 내 자리에 놓아두었던 반쯤 남은 솜사탕이 사라졌다.

"어엇? 어어엇?"

이게 어디로 사라졌나 눈을 깜박거리며 주위를 둘러보고 혹시나 싶어 명 쪽을 보았다. 다람쥐라도 다녀갔느냐 물을 참이었는데 그림을 그리는 명의 입에 나무젓가락 하나가 물려 있는 게 보였다. 그리고 명이 앉은 자리 옆엔 나무젓가락이 또 하나 있다.

어째서 젓가락이 두 개인 건가. 내가 물끄러미 바라봤더니 명이 젓가락을 입에서 빼면서 말했다.
"내 건 별로였는데, 넌 엄청 맛있게 먹는 것 같아서. 맛에 차이가 있나 싶어서 먹어봤어."

범인이 자백했다. 자기가 준 걸 뺏어 먹다니. 나는 울상이 되려는 걸 겨우 참고 물었다.

"맛이 다르던가요?"
"아니."
"네에."

안 그럴 생각이었지만 목소리가 축 처졌다. 명이 짧게 웃는 소리가 귓가에 들렸다.

"돌아가면서 다시 사줄게. 원망하지 마."
"원망 안 해요."

이번엔 제대로 담담하게 답한 것 같았다. 명은 뭐가 우스운지 또 웃는다.

얼마간은 묵묵히 그림을 그렸다. 내가 채색을 절반쯤 완성해 갈 무렵, 명이 옆으로 오는 기척이 났다. 그는 내 뒤에 서서 아무 말도 없이 내 그림을 지켜보았다.

그때까지는 분명히 걸작이 아닐까 싶을 정도로 좋게 보이던 그림이 돌연 왜 이 모양 이 꼴로 그린 걸까 싶어지고 말았다. 그뿐 아니라 갑자기 내가 다음에 무슨 색을 더 입히려고 했는지도 생각이 나지 않았다. 생각을 가다듬는 척하면서 붓을 물통에 넣어 씻는데 명이 중얼거렸다.

"그림도 너랑 닮았구나."
"별나요?"

고개를 돌리고 물었더니 명은 가만히 날 쳐다보다가 말했다.

"내일 용소에 갈래?"

"용소요?"

급격한 화제 전환에 깜짝 놀라 되물었다.

"집 뒤쪽 산에 용소가 있어."

"알아요, 풍계가 있다고 말했어요."

"거긴 내 영역이야. 용소치고는 퍽 작지만 그래도 물은 꽤 차고 깨끗해."

'내 영역'이라니. 멋지다. 여우도 참 대단했지만, 땅이나 물의 주인은 아니었다. 그런데 지금 명은 자신이 그 용소의 주인임을 말하고 있다. 명은 정말, 음, 음, 인간의 말로 이럴 때 적합한 게 뭐가 있을까? 스승? 아니, 그건 아니고. 아, 롤모델! 그렇다. 내 롤모델로 삼고 싶을 정도다. 언젠가 어떤 물의 주인이 된 나를 상상하니 벌써부터 가슴이 두근두근한다.

"보고 싶어요. 저도 데려가 주세요."

"놀러 가는 거 아냐. 가서 멱감을 거야."

"어머. 설마……."

본체로? 그 말을 눈으로 물었더니 명이 고개를 끄덕였다. 놀란 마음은 한층 커졌다.

"그래도 돼요?"

"말했잖아. 내 영역이라고. 내가 쓸 동안 인간들은 들어올 수 없어. 근처에도 못 오게 결계를 칠 거야."

와아아. 결계라는 말을 저렇게 간단하게. 자신의 용소가 있을 뿐 아니라, 자신이 쓸 동안 인간들이 들어오지 못하게 결계를 친단다! 나처럼 집 한 번 옮길 때마다 벽사(辟邪)의 진을 치면서도 온갖 용을 써야 하는 뱀과는 비할 수 없다. 진짜 이무기는 이런 거구나. 여우는 늘 내가 할 줄 아는 게 너무 없다고 구박이었는데 명을 봤다면 절대 그런 말 못했으리라. 이무기에도 급이 있다. 이렇게 잘난 이무기가 있단 말이다!

너무 감탄하는 마음이 큰 나머지 벌린 입을 다물지 못하고 찬탄하며 명을 바라보고 있는데 명은 내 찬탄이 보이지 않았던지 이마를 찡그리며 물었다.

"싫어?"

"예? 싫다뇨, 아니요, 절대로 싫지 않아요. 갈게요, 저도 갈게요. 꼭 갈 거예요. 아, 물론 데리고 가주신다면요."

너무 힘주어 말했나 싶어 말의 말미엔 급히 말꼬리를 낮추었다. 명은 팔짱을 끼고 있던 손을 풀더니 내 머리 위에 손을 올렸다.

"넌 참 별난 아이야."

그 말에 웃어야 할지 얼굴을 찡그려야 할지 몰라서 명의 얼굴을 빤히 보자니 그의 입가에 미소가 떠올랐다. 내 머리 위에 올려진 그의 손이 한 번, 이어서 또 한 번 가볍게 내 머리카락을 헝클어뜨렸다.

기분이 좋아 보이는 그를 보자니 내 입가에도 미소가 그려졌다. 마주한 명의 칠흑 같은 눈동자 속에서 은빛 조각들이 반짝반짝 빛났다.

6. 구혼求婚

 따뜻하다. 이렇다 할 꿈에 빠진 것은 아니지만, 뭔가 몹시 환하고 다사로운 느낌 속에서 기분 좋은 잠이 이어졌다. 달콤한 향기가 코를 간질인다. 명의 방 앞에 있는 산사나무들은 아직 꽃이 필 때가 아닐 터인데 어디에서 이처럼 좋은 향기가 가득 풍기는 걸까? 그러고 보니 이런 꽃향기가 있던가? 내가 좋아하는 복숭아꽃 냄새랑 닮은 것 같기도 하고. 그럼 복숭아꽃이 만개해서 그 내음이 여기까지 퍼져오나?

 "설마……. 뒤뜰이랑은 꽤 먼 곳인데……."

 중얼거리면서 자연스레 눈이 뜨였다. 환하다 싶더니, 어느새 아침이 되어 문밖이 환했다. 먼 하늘에서 나는 새의 날갯짓 소리, 지저귐 소리가 고운 음률처럼 들려왔다. 간밤엔 풀벌레 소리를 자장가 삼아 잠이 들었고, 아침엔 새 지저귐을 기상곡 삼아 깨어난다고 생각하니 퍽이나 운치가 있다. 빙그레 미소 지으며 깊이 숨을 들이쉬자 잠의 말미에 궁금히 여겼던 달콤한 향기가 한층 더 강해졌다.

무얼까 싶어서 문을 열어 바깥을 내다볼까 하며 윗몸을 일으키려다가, 그제야 내 허리를 감싸고 있던 뜻밖의 것을 보았다.

하얀 손. 검은 소맷자락에 덮인 팔. 나는 순간 잠이 깨끗이 달아나는 걸 느끼며 아주 조금만 고개를 뒤로 돌렸다. 정말로 거기에 명이 잠들어 있었다.

'어머, 어머, 어머!'

다행히 비명 같은 건 지르지 않았다. 너무 놀라서 입만 뻐끔거린 것에 그쳤지만 입이 소리치지 않아도 심장은 절규를 했다. 생사를 걸고 도망칠 때만큼이나 뛰는 심장이 혹 터지지 않을까 싶어 꽉 가슴을 누르면서 나는 몸을 움츠렸다.

어떻게 된 일일까? 어째서 명이 날 끌어안은 것처럼 잠이 들어 있을까? 어떻게 난 전혀 모르고 쿨쿨 잤을까? 어쩐지 이상하리만큼 따뜻하고, 이상하리만큼 좋은 향기가 난다고 의심하면서도.

그러고 보니 내 베개는 저만치에 떨어져 있다. 설마, 내가 자면서 명의 품으로 파고들었다거나! 왜 그랬지? 대체 왜 그랬지? 아, 이 일을 어째. 어찌긴, 당연히 명이 깨기 전에 슬그머니 빠져 나가야……

"아직 녹전이 깨우러 오지 않았잖아."

내 허리에 가볍게 둘러져 있던 그의 팔을 살며시 치우려 한 순간, 자는 줄로만 알았던 명의 입에서 말이 흘러나왔다. 나는 그의 소매를 잡은 채로 빳빳이 굳어서는 대답했다.

"아…… 저…… 제가 본의 아니게 잠을 깨웠습니다. 죄송해요."

이왕 이렇게 된 거 솔직하게 사과하고 일어나려 했는데, 내 착각이 아니라 명의 손이 내 허리를 사뭇 강하게 끌어당겼다. 등에 그의 가슴이 닿았고, 목덜미에 그의 숨결이 닿았다.

"저, 저, 이건, 이건 무슨……"

"따뜻해서. 그렇잖아?"

"그, 그렇긴 합니다만."

"모처럼 푹 잤다. 하지만 나른하구나. 너는 그렇지 않으냐?"

"아니요. 전 잘 모르겠습니다."

심장이 이렇게 뛰는데, 이게 나른한 상황일 리가 없다. 명은 마치 여우가 자기 털 속에 머리를 묻을 때처럼 바싹 날 끌어안고 있다.

"그렇구나. 나 혼자 취한 모양이야."

뭐가 즐거운지 명이 웃음소리를 살짝 흘렸다. 그가 숨을 들이쉬는 소리가 귓가에서 크게 울렸다. 그가 숨을 토해내자 목덜미가 따뜻해지면서 나는 또 한 번 어지럽도록 달콤한 향을 느꼈다.

역시나. 내가 자면서 궁금히 여긴 좋은 향기는 그에게서 났던 것이다. 향기는 좋다. 하지만 계속 이러고 있는 건 곤란하다. 뭐가 곤란하냐고 묻는다면 뭐라 답할 말이 당장엔 떠오르지 않지만, 아무튼 곤란하다. 소리는 못 내고 속으로만 끙끙거리는데 명이 중얼거렸다.

"귀찮을 줄 알았어."

"예?"

생선으로 치자면 머리도 꼬리도 없이 몸통만 달랑 던져주는 듯한 명의 화법이 아직 난 생소하다. 매번 바보처럼 되묻고 만다. 그냥 가만히 있으면 명이 설명해 주는데. 이번에도 그랬다.

"누군가랑 같이 잔다는 거 생각해 본 적도 없었거든."

저도 이런 식으론 상상도 못 했지요. 속으로 동의했다.

"못이나 용소의 주인은 하나. 그건 공유하는 게 아니지. 잠자리 역시 그럴 줄 알았어."

이거랑 그거는 같이 놓고 비교할 게 아닌 듯하지만. 그래도 잠자코 그의 말을 들었다.

"허나 아니구나. 단 며칠로 내 생각이 깨어지다니. 신기해."

천 년이 넘게 살았다고 했는데. 그 수많은 밤을 명은 늘 혼자 보냈다는 걸까?

"다만 얼마라도 누군가와 함께 지낸 적이 없나요?"

"너는?"

"꽤 오랫동안 어떤 분을 모시고 살았어요. 그분은 이따금 비가 심하게 오거나 추운 밤이 오거나 하면 종종 가까이에서 자게 해주셨어요. 말로는 날 위해 그런다 하셨지만 사실은 본인이 쓸쓸해서 그랬어요. 그래도 같이 지내는 밤이면 저도 푹 자곤 했어요. 인간들은 이래서 반려란 걸 찾는 건가 했지요."

"······어째서 그자가 네 반려가 되지는 못한 거지?"

"반려요? 그야, 우린 다르니까."

여우는 여우이고, 뱀은 뱀. 아니지, 둘 다 암컷. 아니지, 그것도 이유가 아닌가? 나는 어리둥절해졌다.

반려란 것은 함께 하는 짝. 인생을 함께하는 벗. 여우는 주인이고 나는 하인이긴 했지만 그래도 한때나마 우리는 생을 함께하는 짝이었다.

왜 여우는 그렇게 혼자 가버렸을까? 여우는 내가 자신의 반려가 될 수도 있다는 생각을 해본 적이 있을까? 했을지도. 여우는 참 똑똑했으니까. 나 같은 바보와는 달리. 문득 가슴 언저리가 지잉 하고 저린 느낌에 가슴을 꾹 눌렀다.

"내가 부족했나 봐요. 어쩌면 내 탓인가 봐요. 나 말고 다른 아이였다면 여우의 권태도 치유되었을지 몰라요."

"여우? 여우 이야길 하는 거였어?"

"네, 여우요. 제가 전에 모신 주인님."

"……너 또 우는구나."

"안 울어요."

여우 생각에 코끝이 찡해지더니 눈물이 방울방울 떨어지긴 했지만 급히 훔쳐내고 다부지게 대답했다. 명이 부스스 몸을 일으키는 기척이 났다. 그리곤 내 얼굴을 들여다보면서 가볍게 힐난했다.

"정이 많은 건 나무라지 않겠지만, 눈물이 많은 건 곤란해. 이 집에서 자꾸 우는 건 버드나무로 족하다고."

"어어? 버드나무가 우는 거 아니잖아요. 개구리가 우는 거랬으면서. 설마, 정말 버드나무가 우는 거예요? 그럼 진짜 귀신?"

생각해 보니 무서워서 바르르 떨었더니 명이 쿡 웃었다.

"글쎄다, 무얼까나."

명이 푸른 휘장을 걷고 나가 문을 하나 열었다. 환한 햇살이 열린 문 사이로 가득 비쳐왔다. 눈이 부신 듯 이마에 손을 대고 하늘을 올려다보던 명이 돌아보며 말했다.

"날씨가 좋구나. 멱감기엔 더할 나위 없는 날이야. 씻고 나와서 몸을 말릴 햇빛은 충분하겠어."

다소 흐트러진 모습을 하고 문가에 기대선 그가 빙그레 웃었다. 그 순간 나는 또 바보 같은 생각을 하고 있었다. '저분의 모습을 저리 환하게 비춰줄 수 있다니 해님은 참 운도 좋지'라고 말이다.

"용소에? 저는요? 저는요?"

정자에서 식사를 하는데 달려온 풍계가 주변에서 폴짝거리면서 왜 자기는 데려가지 않느냐 성화였다. 나는 명의 눈치를 보면서 식사를 할 따름이고 명은 철저히 풍계를 무시했다.

오늘 아침상엔 싱싱한 메추리알이 두 판이나 있어서 껍데기째 입에 넣고 오독오독 씹어 먹는 즐거움이 참으로 좋았다. 전엔 그나마 명의 시선이 있어서 달걀 껍데기를 먹지 않고 버리는 아까운 짓을 했지만 이번엔 마음껏 즐겨도 좋다. 하지만 내가 즐거움을 만끽하는 중에도 아래에서 풍계는 바위 사이를 우왕좌왕하면서 하소연했다.

"용소는 저도 가고 싶어요. 얌전히 있을게요, 옷도 입으라면 입을게요. 녹전은 데리고 가시는 거죠? 왜 저만 안 된대요?"

"나도 안 가는 일이다. 낄 데 안 낄 데 구분 못하고 방정이라니, 나중에 맞을 줄 알아."

후식을 들고 오던 녹전이 풍계를 향해 이를 드러내고 으르렁거렸다. 방금, 날카롭고 긴 송곳니가 보였다. 녹전의 정체에 대한 힌트 또 하나 추가. 초식동물은 아닌 게 틀림없다.

"그럼 누님만 데리고 가는 거잖아? 너무해요, 우리가 먼저인데, 가도 우리가 먼저인데, 안 데리고 가시고. 결국 신부라고 편애하시는 거야. 결국 도련님은 신부가 제일 좋은 거야. 새애기씨 생기면 우린 찬밥 될 거라더니, 역시 그 말 그대로야."

"이 녀석이 그래도!"

후식을 상에 올려놓고 녹전이 급히 내려가서 야단이라도 칠 기세인데, 명이 문득 쿡쿡 웃더니 그제야 풍계를 보고 아는 척을 했다.

"그런 소리는 누가 하더냐?"

"국 님이 그랬어요. 너희들은 다 가을부채 신세라면서 도련님 같은 분이, 결국엔 자기 암컷밖에 모르는 거라던데요. 백 년 수도도 결국 예쁜 기생 때문에 깨뜨리는 파계승 나부랭이하고 별다를 바 없대요."

"하하, 풍계야, 너 파계승이란 말이 무슨 뜻인지는 알고 주절거리는 거냐?"

"음……. 음……. 그러니까 뭐 도련님이랑 비슷한 사람인가 보죠. 국 님이 그렇게 말씀하셨으니까, 도련님과 파계승이 어디가 닮긴 했을 거예요."

풍계는 몰라도 당당하다. 졌다는 듯 명은 고개를 저었고 나도 고개를 돌린 채 웃음을 삼켰다. 그 사이 뛰어 내려간 녹전이 어딘가에서 들고 온 빗자루로 풍계를 쫓았다. 풍계는 이리저리 피하는 게 여의치 않자 물속으로 풍덩 도망쳤다. 도망치면서도 끝끝내 투덜거리길 그치지 않았다. 얼마나 용소에 가고 싶었으면 저럴까 조금 불쌍하기도 해서 그 모습을 쳐다보다가, 언뜻 생각난 것을 명에게 물었다.

"국 님이란 분은 누구예요? 그리고 라……, 아, 이건 아니고."

란 님은 또 누구냐고 물으려다가 풍계가 자신이 한 말은 잊으라 당부하던 게 생각나 말을 삼켰다. 하지만 이미 명은 내가 하려던 말을 눈치 챈 후였다.

"국과 란. 만나게 될 일 있을 거야. 언젠가는."

"어떤 한자 쓰는 건가요? 혹시 국화 국菊에 난초 란蘭?"

"응. 잘 알아맞히네. 다른 건 짐작하는 거 없나?"

"여자분들?"

"그건 너무 쉽군. 다른 건?"

"아주 아름답다?"

"음. 맞는 걸로 쳐주지."

명은 눈길을 다른 곳으로 돌리고 잠시 생각해 보더니 그렇게 답했다.

아름다운 여자를 둘이나 아시는구나. 어쩐지 마음 한구석이 불편해졌다. 이유는 잘 몰랐다. 하물며 아직 얼굴도 보지 못한 국과 란이란 여자 때문이라고는 절대 생각지 않았다.

명이 시시하다는 듯이 작다고 했던 용소. 하지만 그것은 어쩌면 내 기대치를 일부러 깎아내기 위한 명의 사전공작이 아닌가 싶을 정도로 용소는 훌륭했다.

명의 집에는 우물이 두 개나 있다. 뒷산인 무영산에서부터 비롯된 지하수 덕분이다. 물론 집에 있는 못도 그 덕분에 늘 마르지 않고 수위가 일정하단다. 무영산은 해발은 그리 높지 않지만 꽤 가파른 계곡이 있고 용소는 산의 중턱 즈음에 있다. 그 부근은 늘 안개가 낀 것처럼 흐려 있다. 이 부근에 전해 내려오는 전설엔 십수 명의 장정이 그 용소에서 멱을 감다가, 갑자기 물속에서 끌어당기는 손 때문에 목숨을 잃었다는 이야기도 있다. 하지만 올라가면서 물었더니, 명은 거기서 죽은 사람은 세 명이고 다른 건 부풀려진 소문이라고 했다. 끌어당기는 손 이야기 같은 건 진짜 헛소문. 용소의 수심이 중앙으로 가면 갑자기 깊어지기 때문에 수영에 미숙한 자라면 당황하기 십상이라 했다.

깊다고 해도 열 몇 자쯤 되겠지 하고 만만하게 보았는데 산에 올라 보게 된 용소의 중앙은 먹물을 푼 듯 검푸른 물빛으로 날 놀라게 했다. 폭포도 생각 이상으로 높고 훌륭했다. 송악, 요새는 개성이던가? 거기서 본 폭포에 비해 그리 뒤지지 않을 정도였다.

"물 중앙, 몇 자나 되는 거예요?"

폭포에서 떨어지는 하얀 물보라에 감탄하고, 주위를 둘러싼 나무들의 울창함에 감탄하고, 햇빛이 아직 이쪽으로 오지 않았음에도 물빛만으로 눈이 부신 공기에 감탄하면서 명을 향해 물었다. 명은 주변을 돌면서 몇 그루인가의 나무의 가지를 꺾어놓은 참이다. 잘은 모르겠지만 결계를 치는 것일 거라 짐작했다.

"직접 확인하는 편이 재미있지 않겠어?"

"어, 그 말씀은……."

"멱감자고 했잖아. 설마 시중들라고 오라 한 줄 알았어?"

"아, 아, 아아. 저도 여기서 멱을……."

그제야 풍계가 그처럼 골을 낸 이유를 알았다. 부러웠던 거다. 난 그것도 모르고 철없는 녀석이라고 속으로 흉을 봤다. 풍계에게 느끼는 미안함은 아주 잠깐. 곧 나는 환호성을 질렀다.

"그래도 되어요? 그래도 되는 거예요? 와아, 이렇게 좋은 곳에서, 아무 걱정 없이 멱감기를 다 할 수 있다니!"

나는 씻는 걸, 엄청 좋아한다. 따뜻하고 뽀송뽀송한 게 세상에서 가장 좋지만 깨끗하기까지 하다면 금상첨화이다. 하지만 몸이 워낙 커져서 함부로 본체를 드러내고 씻는 모험을 감행하는 건 날이 갈수록 힘들어진다. 내가 힘들게 찾아낸 몇 안 되는 온천이나 샘물도 결국엔 인간들의 손을 타고 말았다. 내 진짜 몸으로 홀가분하게, 자유롭게 멱감기를 해본 적이 언젠지 날을 헤아리는 것조차 아득하다.

좋아서 그만 팔짝팔짝 뛰고 말았다. 그런 나를 희한하다는 듯 바라보는 명의 시선을 깨달은 건 조금 시간이 지나서였다.

"뭐가 그리 좋아? 이만한 일에."

"좋지요. 좋은 걸 좋다고 하지 슬프다고 해요?"

뛰는 것은 그만두었지만 그래도 기쁜 마음에 볼에 자꾸만 열이 올랐다. 다가온 명이 문득 내 볼에 손을 대었다.

"어디가 아픈 건 아니지?"

"아니……에요. 좋아서 그런 거라니까요."

황급히 대답했지만 명은 손을 거두지 않았다.

"어리긴 어리구나. 그래도 신기해. 나는 이백 살도 되기 전에 이미 세상에 즐거운 것도 좋은 것도 없었던 것 같은데."

"제가 철이 아직 안 들었나 보죠."

여우도 이 비슷한 말을 자주 했었다.

'너는 참 세상에 재밌는 것도 많고 신나는 것도 많구나. 좋기도 하겠다.'

지금 꼭 명이 여우와 비슷한 표정을 하고 말을 하는 걸 듣자니 또다시 친밀감이 물씬 생겨났다. 그만큼 갑자기 걱정도 들었다. 덥석 명의 손을 잡으면서 말했다.

"세상엔 즐거운 것도 많고 재미있는 것도 찾아보면 많아요. 제가 신기하고 별난 녀석이라고 생각하시면 저 보면서 재미있게 지내세요. 네?"

"무슨 소리야, 엉뚱하게?"

"우울해하지 마시라고요. 권태 같은 것도 조금만 느끼시고."

제발 여우처럼 홀연히 가버리진 마세요. 그런 모습은 너무도 쓸쓸해서, 정말 보고 싶지 않아요. 마음속으로 내뱉는 중얼거림을 명이 들을 수는 없었을 것이다. 하지만 그의 눈빛이 따스해졌다. 그가 웃었다.

"글쎄. 어떡할까나."

내 볼을 감싼 그의 손이 마치 간질이는 것처럼 부드럽게 움직였다.

내가 아직 명의 손을 잡고 있었다는 것을 깨닫고 급히 놓았지만 명은 좀 더 오래 그러고 있었다. 내 얼굴을 만지는 게 재미있는 건가? 하는 의문까지 생겼을 때 명이 손을 놓고 물러섰다.

잠시 명이 만졌던 볼을 쓱쓱 만져보는데 명이 용소의 가장자리로 걸어가 가볍게 손을 적시더니 한 발씩 걸어 들어갔다. 무릎까지 물이 왔을 때 고개를 갸웃하더니 나를 돌아보았다.

"아직은 차구나. 와 봐."

부름에 가까이 갔더니 그가 손을 내밀었다. 그 손을 잡자 기묘한 감각이 몸속으로 퍼졌다. 다음 순간, 갑자기 주위 공기가 여름의 그것처럼 후끈거리는 것 같았다. 아니, 공기가 아니라 내 몸에서 발하는 열이었다. 깜짝 놀라서 물었다.

"뭘 한 거예요?"

"네 몸에 열기가 좀 돌게 했어. 벌벌 떨면서 멱감기를 하는 건 볼 수 없으니. 두어 시간 후엔 가실 거야. 물, 이만하면 시원하지?"

"시원해요."

사려 깊은 주인님. 나는 언제쯤 이런 능력이 생기는 걸까? 아니, 생기긴 할까? 서둘러 신을 벗어 발을 담그고 물을 두 손에 모아 세수를 해보았다. 너무너무 시원했다. 한여름에 땀을 식히는 물처럼 고맙기까지 하다.

맛보기는 그쯤하고 고개를 들었을 때, 명의 모습이 온데간데없어졌다.

"방금 전까지 이 앞에 있었는데……."

깜짝 놀라 그가 직전까지 서 있었던 무릎 깊이의 물까지 걸어 들어가 사방을 둘러보는데, 용소의 중앙, 검푸른 물 주위에서부터 파문이 잔잔하게 밀려왔다.

돌연, 하얀 물보라와 함께 푸른 이무기가 머리를 들었다.

인간의 몸으로 보는 그의 본체는 '압도적'이란 그 말 그 자체였다. 아름답다, 아름답다, 그 아름다움에 온몸이 떨릴 만큼 아름답기 그지없다. 그의 온몸에서 흘러내리는 물이 마치 수천 개의 진주처럼 방울방울 반짝여 인간의 눈으로 보는 게 벅찰 정도였다.

"눈부셔?"

그의 목소리가 공중에 울렸다.

"햇빛 때문이에요. 괜찮아요."

사실 햇빛은 아직 이쪽으로 들지 않았다. 그러나 그는 그런 사실을 말하는 대신 하늘을 올려다보았다가 다시 나를 내려다보았다. 미간 중앙의 흰 뿔이 무지개처럼 색이 변하며 반짝이는 것을 나는 분명히 보았다.

그 빛이 수그러들기 전에 미묘한 변화가 주위를 채웠다. 안개가 서리기 시작했다. 용소 바로 위의 공간만을 남겨 놓고 안개는 하늘을 덮고 시야를 흐릿하게 덮었다. 하물며 몇 발자국 뒤의 나무의 형태조차도 아득히 먼 곳에 있는 듯 흐릿해졌다.

"지금은?"

그래도 주인님 때문에 눈은 부셔요, 라고 대답하는 대신 빙긋 웃으면서 고개를 끄덕였다.

거울처럼 맑은 수면에 비치는 내 모습을 얼마쯤 바라보다가 나도 천천히 물속으로 걸어 들어갔다. 어떻게 이처럼 시원할까? 허리까지, 목까지 차던 물이, 어떤 지점을 경계로 쑥 깊어졌다. 이런 걸 보고 인간들은 아래서 잡아당기는 손이라고 표현했나 보다.

정말 깊었다. 일부러 가라앉는 것을 무시하고 그대로 두었더니 몸이 한없이 내려가는 것만 같았다. 그렇지만 무섭지 않았다. 깊은 물속에서도 명의 몸이 보석처럼 반짝반짝거렸다. 헤엄치면서 멍하니 바라보는데, 꼭 한 번 만져보고 싶었다. 몸이 이렇게 커다라니까 슬쩍 만져도 모르리라 생각하고 옆으로 다가가 손을 뻗었다.

어? 딱딱하다. 마치 거북의 등을 만진 것처럼, 여기도, 저기도. 나도 이렇든가 하면서 푸른 비늘의 중앙에 있는 검은 마름모꼴 무늬를 만져보려 하는데, 물속에서 목소리가 들렸다.

―뭐 하는 거야?

―우와앗! 아무것도 아니에요.

고개를 돌렸더니 바로 앞에 명의 머리가 있었다. 그의 눈이, 내 얼굴보다 컸다. 까만 눈에 은빛 조각이 수만 개쯤 박힌 것처럼 선명하다. 마치 은하수를 담은 밤하늘 같은 그 눈이 나를 빤히 보자 기분이 아주 이상해졌다.

―곧 나갈게요.

헤엄치면서 그의 눈이 미치지 않는 곳으로 향했다. 본체로 돌아가는 모습을 보이고 싶지는 않았다. 명이 머리를 밖으로 내는 걸 지켜보다가 마침내 눈을 감았다.

걸치고 있던 옷을 하나씩 벗어낸 뒤 연약한 인간의 몸에 두른 것이 맑은 물뿐이게 됐을 때 팔다리를 한껏 뻗었다가 웅크렸다. 인간의 아기들이 뱃속에 있을 때 그러하듯 작게, 작게 웅크리고는 머릿속으로 붓질을 한다. 웅크린 몸 주위로 하얀 막이 생겼다가, 그것이 알이 되는 그림. 그 그림이 완성되었을 때, 나는 머리를 들어 알의 밖으로 내민다. 툭, 껍질이 깨어지는 것 같은 소리가 들린다. 환상인지 진짜인지 확인해 본 적은 없다. 내가 나름대로 만들어낸 이 불완전한 주문은 눈을 감아야만 완벽히 성공하는 것이다. 천천히, 천천히 알 밖으로 몸을 끌어낸다. 알에서 완전히 빠져 나온다. 눈을 뜬다. 내려다본 내 몸은 새하얀 뱀의 몸. 무사히 성공했다.

몸을 한껏 폈는데도 꼬리가 바닥에 닿지 않았다. 이 용소는 대체 깊이가 얼마나 되는 걸까? 아니, 산이 그리 높지 않은 편인데 이러한 깊이가 어떻게 가능한 것일까?

그 궁금함보다 다시 내 눈을 사로잡은 건 명의 몸이었다. 이 몸을 하고 봐도 역시 멋진 건 멋지다. 이번엔 닿지 않게 그 주변을 살며시 휘감아 돌다가 훌쩍 물 밖으로 머리를 내밀었다.

"아, 잊고 있었다."

이 눈부심. 문제의 원인인 명이 날 돌아보고는 말했다.

"안 나오기에 다시 들어갈까 하던 참이야."

"제가 물에 빠져 죽을까 봐요? 설마 그럴까."

재잘거리고는 고개를 이리저리 젖혀보았다. 인간의 몸도 좋지만, 역시 원래의 몸이 참 좋다. 비록 다리며 팔은 없어도 내 몸이다. 자유로운 기분은 이루 표현할 수가 없다.

"여기 정말 깊나 봐요. 내가 작은 편도 아닌데, 이렇게 크게 느껴지다니. 물색도 파랗고, 너무너무 예뻐요. 여기 오래 있어서 이 색이 몸에 물든다면 영원히라도 있을 것 같은데."

"색이 없는 게 싫으냐?"

"좋진 않아요. 하다못해, 황토색의 작은 반점이라도 하나 있었으면 좋겠어요. 주인님처럼 이렇게 눈부시게 아름다운 건 바라지도 않으니까."

나는 물속을 헤엄쳐 다니면서 대꾸하다가 잠시 멈춰서 명의 모습을 바라보았다.

명은 문득 물속으로 잠겨들더니 곧 내 옆에서 머리를 내밀었다. 아주 가까이 있어서 그의 몸 색이 내 흰 피부 위로 비칠 정도였다.

명은 꿈에서 그랬던 것처럼 머리를 내려 내 미간의 위쪽을 가볍게 어루만졌다. 이어서 내 목 주위에 원을 그리듯이 살살 머리를 비벼 댔다.

"넌 참 부드럽구나."

"그래요? 하긴, 주인님에 비하면."

"주인님이란 소리 듣기 싫다고 했는데."

"아, 그랬죠, 참."

꿈에서도 그랬듯이, 역시나 그가 날 스칠 때마다 기분이 좋아진다. 꿈에서보다 현실이 훨씬 더 이상야릇하다. 특히 미간의 뿔이 내게 닿을 때면 그 부분만 화르륵 뜨겁게 느껴진다. 또 오싹오싹하다. 싫은 게 아니라, 좋은 느낌인 건 분명하다.

"네게선 다래 향이 나."

"다래? 과일 말이에요?"

"응."

"처음 들어봐요. 그런 냄새가 나나?"

이상히 여기며 혀를 날름거려보는데 빙글 눈앞에 명의 머리가 나타났다.

"정말이야. 천리향꽃이 가득한 숲 속에 다래나무가 한 그루 있어서 열매가 잔뜩 열리면 꼭 이런 향이 날 거야."

"어…… 그럴까요?"

상상은 잘 안 가지만 아마도 무척 달짝지근한 향 아닐까? 그러니 기뻐해도 좋을 만한 비유인데 나는 괜스레 수줍어져 몸을 꼬았다. 명의 행동이나 말이 아까부터 너무도 다정해서 자꾸만 몸을 사리게 된다. 거듭 이어지는 그의 몸짓은 아주 다정해서 마치 봄날 잠에서 막 깬 암컷에게 행하는 구애 행동처럼, 어, 어라.

지금 이게 혹시…… 그건가? 그러니까…… 구애?

설마, 설마. 하지만 만약에…….

조심스럽게 그를 바라보았다.

눈이 마주쳤다.

아아, 이럴 수가.

나는 풍덩 물속으로 자맥질해 들어갔다. 어쩌지? 어쩌면 좋지? 못 나가겠다. 내가 착각한 게 아니란 걸, 방금 그의 눈을 보면서 깨달았다. 나갈 수가 없다. 내 생애 처음으로 겪어보는 일이다. 어떻게 된 일일까? 어째서 명이, 나를?

아무것도 생각할 수가 없다. 그저 어쩔 줄 몰라 어딘가로 숨고 싶어졌다. 그래서 물속 깊이, 내려갔다. 머리만 돌려도 보이고 마는 그의 빛나는 몸을 보지 않으려고 빠르게 내려가다가 바닥에, 아마도 큰 바위에 쿵 부딪힌 모양이다.

─으아아, 아파라.

하지만 아프다고 우물쭈물할 수 없었다. 바위틈 사이의 좁은 공간이라도, 아니 부드러운 진흙 속이라도 파고들어가고 싶을 따름이다. 요동을 쳤더니 주위에 피어오른 흙 때문에 시야가 뿌예졌다. 그렇다고 숨지도 못했다. 내 몸이 스무 자가 넘었을 때 혼자 자축하여 술을 마셨던 일이 떠올랐다. 몸이 커봐야 좋은 것도 없는데 난 그때 왜 그리 좋아했을까?

─그러니까 여기서 뭘 하는 건데?

─어마, 아, 그러니까, 씻는 중이에요. 막 비비면서. 이렇게 씻어야 구석까지 다 깨끗해져요.

갑자기 주변의 물이 맑아진다 싶더니 아주 가까이에서 명이 날 내려다보고 있었다. 바닥에 납작 엎드려 머리로 흙을 파헤치던 나는 그렇게 둘러대고 데굴데굴 구르는 시범을 보였다. 에고, 이렇게 민망했던 일이 내 생전에 있었나 싶다. 하지만 명은 웃지도 않고, 내 말을 진지하게 받아들인 모양이다.

―오히려 다치겠다. 나랑 달리 네 표피는 비단처럼 부드럽잖아.

―아, 꼭 그렇지도 않아요. 저도 조금씩 딱딱해져가는, 어머, 잠깐만요, 우앗!

말의 중간에 명이 머리를 푹 숙여 내 배 아래에 밀어 넣는가 싶더니 훌쩍 날 들어올렸다. 마치 내 몸이 풍선에 바람을 넣어 만든 뱀 모형이라도 되는 양 물속에서 둥실 떠올라 깜짝 놀랐는데, 바로 다음 순간 명이 믿을 수 없을 만큼 빠르게 스륵, 스르륵 움직였다.

내게는 그저 검푸른 그림자가 슥슥 스쳐지나간 것으로밖에는 안 보였는데 정신을 차렸을 때, 나는 이미 세찬 물보라와 함께 물 밖으로 나온 후였다. 내 의지가 아니다. 내 몸은, 명에게 휘감겨 옴짝달싹할 수 없는 상태였다.

명이 말했다.

"봐, 충분히 새하얗다고. 이 이상 더 하얗게 되면 빛 속에 녹아버릴지도 몰라."

"……설마요."

내가 자유롭게 움직일 수 있는 건 머리뿐인데, 그 머리를 움직여보았자 보이는 건 명의 모습뿐이다. 몸은 움직이려고 하면 할수록 명과 닿는 빈도만 늘어날 뿐이다. 사냥을 할 때 내가 똬리를 틀어 이렇게 동물을 잡아본 적은 있어도 잡혀본 적은……. 엇, 있구나! 아차차, 잠깐. 그때의 나는, 꼬리며 몸을 삼분의 일 가까이 뜯어 먹혔는데. 설마, 이러다 또?

"……는 거 아니죠?"

"응? 뭐라고? 잘 안 들려."

"설마 나 잡아먹는 거 아니죠?"

"뭐?"

"깨끗하게 씻은 후에 잡아먹히는 거라고 하면, 더러운 것보단 낫긴 하지만, 그래도 제 입장에선 슬픈 일이라."

전에는 요행으로 도망칠 수 있었지만, 명에겐 도저히 이길 수 없을 것 같다고 생각하는데 문득 주변의 물이 들끓기 시작했다. 무슨 일인가 하고 황급히 머리를 이리저리 돌려보았더니 물이 들끓는 게 아니라 땅이 흔들린다는 걸 알 수 있었다. 바위가 덜그럭거리고 물이 출렁거렸다. 지진? 무주에 지진이 온다고?

"지진이에요, 세상에, 무주에 지진이 다……."

명을 쳐다보던 나는 이 이상한 현상의 원인을 깨달았다. 명이 웃고 있었다. 그가 소리를 삼켜서 내는 웃음이 일대의 땅을 흔들리게 만드는 것이었다. 만약 지금의 몸을 한 채로 소리를 내서 웃거나 화를 내거나 한다면, 사정을 모르는 인간들은 천둥이 치는 것이라 알 일이다. 그는 진짜 이무기이다. 단순히 오래 산 것만이 아니라 경외 받아 마땅한 존재인 것이다.

방금 전까지 잡아먹힐까 두려워하던 것도 잊고 가만히 그를 보며 웃음이 그치길 기다렸다가 나는 물었다.

"……그런 말을 하는 인간을 만난 적이 있어요. 뱀은 오백 년을 살면 이무기가 되고, 이무기는 차가운 물속에서 또 오백 년을 살면 용이 되어 하늘로 승천한다고. 있잖아요, 저기, 물속에서 오백 년을 보내봤어요?"

"아니. 하지만 난 다른 말도 들었지. 이무기는 땅속에서 천 년, 땅 위에서 천 년, 물에서 천 년, 도합 삼천 년을 수행하면 용이 되는 거라고. 그 말을 한 것도 인간이야."

"맙소사. 인간들이란."

한숨을 내쉬었다. 명이 내 머리에 자신의 머리를 대었다. 다시금 야릇한 기분이 돌아왔다. 온 신경이 명에게 쏠려 내 기분이 어떤지는 그 순간 중요치 않았다. 명의 목소리가 마치 내 뇌 속에 직접 새겨 넣는 것처럼 들려왔다.

"시간이야 우리에겐 별 의미가 없는 것이니, 원한다면, 살아봤자 백 년이 고작인 인간들이 한 말이 사실인지 어떤지 확인해보는 것도 나쁠 것 없겠지. 오백 년이든 천 년이든 상관없어. 그곳이 물속이라 해도. 그렇지만 너도 알 거야. 견디기 힘든 건 시간이 아니라는 걸."

안다. 그가 말하는 것이 무엇인지, 지금은 어렴풋이 안다. 예전의 나는 몰랐다. 때문에 여우가 이 비슷한 말을 할 때 그저 들어주는 것밖엔 하지 못했다.

"함께 가지 않겠느냐?"

머리가 한순간 멍해졌다가, 맑아졌다. 마치 꿈밟기를 할 때처럼 차원이 바뀌는 감각이랄까. 잠이 들면서 몽롱해졌다가 꿈속에서 완전하게 자각하는 그 순간처럼 나는 전율했다.

천천히 명을 보았다. 눈부신 이 존재가 내게 하는 말을 한 마디도 놓치지 않기 위해서.

"너와 함께라면 내게 주어진 헤아릴 수 없는 시간이 벌이 아니라 상이라고 믿을 수도 있을 것 같다."

"함께…… 갈게요. 거두어주셨으니 어디까지든. 물론 저더러 떠나라 하지 않으시면요."

"그런 의미가 아니야."

명은 그렇게 내 말을 끊고 한동안 날 가만히 바라보았다. 이윽고 그가 말했다.

"네가 내 반려가 되어주길 원해."

그의 말에, 나는 순간 여든아홉 살 먹은 노란 눈의 두꺼비와 같은 말로 대답하고 말았다.

"신부?"

"그래. 신부."

명이 다시 웃고 있었다.

7. 빗속의 온기
GOOD WORLD ROMANCE NOVEL

"생신이시라지요, 내일?"
"아, 일단은 그렇긴 해."
토요일 오후에, 녹전이 내 방 벽에 회칠을 하는 것을 거들고 있는데 불쑥 그가 그런 말을 꺼냈다.
원래 방이 세 개 나란히 이어져 있던 것을, 하나로 터서 방 하나로 만드는 대공사였다. 그것을 녹전이 누구의 손도 빌리지 않고 혼자 하고 있다는 걸 알고 나는 깜짝 놀랐다. 도와주겠다고 했더니 그런 나를 보면서 오히려 녹전이 놀랐다. 거듭 사양해도 내가 돕겠다고 우기자 녹전은 명을 찾아가 내 고집에 대해 말했다. 하지만 "그래도 되겠습니까?"라는 녹전의 말에 명은 다행히 수락을 해주었다. 어지간한 일이라면 내가 원하는 대로 해주라는 말도 덧붙였다. 그 말을 나는 명이 책을 읽는 서고 밖에서 엿들었다.
나는 되도록 명과 얼굴을 마주하지 않고 있다. 학교까지 가는 차 안에서도, 돌아오는 차 안에서도 얼굴을 보지 않으면서 묵묵히 책만

읽는다. 그렇게만 했는데도 어제 오늘 사이에 에드거 앨런 포의 단편집을 다 읽었다. 나로서는 대단한 성과이다.

회칠하는 손을 쉬지 않으면서도 녹전은 차분히 말을 이었다.

"좋아하시는 음식을 준비하겠습니다. 무언가 드시고 싶은 것은 없으십니까?"

"그렇게 신경 쓰지 마. 요새처럼 잘 먹어서는 소화불량에 걸릴 것 같아. 덕분에 일광욕도 더 열심히 하고 있다고."

"그렇지만 사백 번째 생신이시라고."

나는 살짝 미간을 찡그리며 붓을 새로 적셨다. 사백 번째 생일……이라고 믿고 자축하는 것이야 내 자유겠지만 거창하게 남들에게 알릴 일은 아니었다고 본다. 솔직히 숫자를 헤아리는 내 능력이 썩 투철하지 않은 까닭이다. 하기야 달리 명철한 것이 있느냐 물으면 내세울 게 없는 몸이긴 하다.

어쨌든 이미 내뱉은 말, 주워 담기는 늦었다는 생각에 우물거리듯이 녹전에게 대꾸했다.

"그런 걸 기념하는 거 우습잖아. 인간도 아닌데."

"하지만 도련님께선 소홀히 하지 말라고 하셨습니다."

"음. 그럼 악기 다룰 줄 알아?"

"예?"

"먹는 건 정말로 됐어. 음. 저기 있잖아, 기념하는 게 우습다고 해놓고도 사실은 나도 기념이란 걸 하거든. 춘분 밤이면 조촐하게나마."

"무엇을 하십니까?"

궁금했던지 작업하던 중에 처음으로 손을 멈추고 녹전이 내 쪽을 보았다. 나는 그가 듣고 웃지나 않을까 싶어 망설이다가 솔직히 말했다.

"달이 잘 보이는 곳에 앉아서 술을 한잔해."

"술이로군요."

"또…… 음률도 들어."

"음률입니까?"

"사실은 내가 연주해. 요샌 피리 연주를 해줄 이를 구하기가 쉽지 않거든."

"피리 연주를 하십니까?"

"자꾸 그렇게 확인하듯 말하지 마. 민망하잖아."

쑥스러워서 입술을 할짝거리는데, 녹전은 정색을 하고 고개를 저었다.

"아가씨를 민망하게 해드릴 생각은 없었습니다. 조금 놀랐을 따름입니다. 역시, 싶어서 말입니다."

"뭐가 역시야?"

녹전은 빙긋 웃었다. 우와, 녹전이 웃는 걸 정면에서 보았다. 되게 인상이 젊어진다.

"역시 아가씨는 도련님의 짝이지 싶어 말입니다."

"어, 아니야, 아니야. 녹전. 아니라고, 그런 거. 아직은."

"아직은 아니지만 조만간 되시겠지요."

"그런 거 아니래도……. 아무튼 악기 다룰 줄 아느냐 물었는데, 그 대답은?"

"저는 못 합니다. 풍류를 즐기는 귀는 있지만 제 손은 그쪽으론 능력이 없습니다."

"아, 그렇구나. 할 줄 안다면 오랜만에 다른 이가 연주해 주는 피리 소리를 벗 삼으려고 했는데."

여우는 피리 연주의 대가였다. 퉁소도 불 줄 알았지만, 역시 자그마한 녹색의 옥피리를 불 때의 여우가 최고였다. 나는 그런 여우에게 배운 단 한 명의 제자. 여우만큼의 재능은 없었지만, 나는 피리를 좋아했다. 그만큼 열심히 연습했고, 덕분에 여우가 인정할 만한 어떤 단계에는 이르렀다.

"그런 거라면 도련님께 부탁해 보시지요."

녹전의 말에 나는 눈을 크게 뜨며 반문했다.

"응? 명한테?"

"도련님이 다룰 줄 아십니다. 도련님이 피리를 부시면 귀신도 넋을 잃을 정도입니다."

"정말?"

"네. 버드나무가 울다가 그칠 정도이니 틀림없습니다."

개구리가 아니라 버드나무가 우는 게 정말인 모양인데, 난 아직 보지 못했다. 그보다 명이 피리를 불 줄 안다니, 가슴이 두근두근거렸다. 되도록 명 생각은 안 하고 싶었지만 궁금함을 이기지 못하고 묻고 말았다.

"다른 건 또 하실 줄 아는 거 없어?"

"도련님 말씀이지요?"

다 알면서 의뭉스럽게 또 확인하기는. 은근히 녹전은 장난스럽다. 노려보았더니 태연하게 회칠하는 일로 돌아가서는 줄줄 대답을 늘어놓았다.

"거문고를 타시는 것도 보았고, 아쟁을 타시는 것도 본 적이 있습니다. 대금도 부시고, 피리라면 종류를 가리지 않고 다 부실 줄 아십니다. 서양에서 들어온 악기에 관심을 가지신 뒤로는 피아노며 바이올린, 플루트도 한 번씩 다루셨지요."

"그런 게 이 집에 있다고?"

"거처를 옮기시면서 모두 두고 왔습니다. 아직 애지중지하시는 건 오래된 대금과 향피리 정도입니다."

"흐음. 그렇구나. 거처를 옮겼다고? 여기 온 건 얼마나 됐는데?"

"일 년이 조금 넘은 것 같습니다. 전국 여기저기에 거처가 있지만, 무주는 이번에 오면서 거처를 새로 만들었지요. 그래서 아직 손볼 곳 투성이입니다. 다른 곳에 가면 아가씨가 쓰실 방은 얼마든지 있으니 안심하십시오. 다른 거처는 이곳처럼 허름하지는 않습니다. 제가 한껏 손을 보아놓았지요."

어어? 우쭐대기까지? 풍계와는 다른 색다른 귀여움이 녹전에게는 있구나 싶어 속으로 웃었다. 그보다 잘 지은 집 자랑을 하는 동물이라. 녹전의 정체에 대한 힌트 속에 그 한 가지를 추가한 뒤 다시 물었다.

"거처가 많은데 일부러 무주까지 오다니. 주인님이 은근히 변덕…… 비슷한 게 있나 봐?"

"그야 여기에서……. 아가씨, 혹시 지금 제게 유도신문이란 걸 하고 계시는 겁니까?"

녹전은 무심코 대답하려다 말고, 퍼뜩 내 노림수를 깨달았는지 그렇게 물어왔다. 나는 말도 안 된다는 듯 펄쩍 뛰었다.

"그저 궁금해서 묻는 건데, 무슨 그런 이상한 소릴 해? 의심을 하는 건 인간들의 못된 버릇이야. 우린 같은 주인을 모시는 처지니까 그런 의심하면 안 된다고."

"그렇긴 합니다만. 하지만 아가씨, 궁금한 게 있으시면 저 말고 도련님께 물어주십시오."

"녹전은 나랑 말하는 게 싫어?"

"그런 것이 아니라, 도련님이 서운해하실 것 같아서요."
"서운해하다니 왜?"

내 반문에 녹전은 두 번째로 붓질을 멈추고 나를 돌아보았다. 멀뚱멀뚱 쳐다보다가 그가 씩 웃었다.

"그것도 저한테 묻지 마십시오."

으음. 중년의 얼굴을 하고 있어서 사람을 헷갈리게 하지만, 녹전이란 녀석은 풍계와 비슷한 부류가 틀림없다. 아무래도 명은 별난 녀석들을 좋아하는 게 아닐까 싶었다. 나를 보고도 몇 번이나 별난 녀석이라고 했었다. 그러니까 내게 신부가 되어달라고……

이크, 당분간 무심하게 있을 생각이었는데 또 정통으로 떠올려버렸다.

'네가 내 반려가 되어주길 원해.'

태어나서 처음 들어본 구혼의 말. 그것도 명과 같은 대단한 존재가 내게. 와, 또 심장이 무섭게 뛰기 시작했다.

"왜 그러십니까? 얼굴이 새빨개지셨습니다."

"응? 아, 아무래도 이건 녹전 혼자 해야겠어. 난, 그러니까 난 식사거리를 준비해 올게. 그렇지. 쥐라도 몇 마리 잡아오거나 아니면 계곡에 가서 물고기라도 몇 마리 잡을까? 지금 올라가면 해는 안 떨어지겠지? 거기 잉어가 있다더라고."

허둥지둥하면서 입고 있던 앞치마를 벗는데, 녹전이 번쩍 눈을 빛내면서 대답했다.

"어획에 나서시겠다면 저도 함께 가겠습니다. 작살을 준비해 올 테니 기다려주십시오."

역시 잉어란 말에 녹전의 눈에서 광채가 났다. 정체에 대한 힌트 추가. 물고기라면 사족을 못 쓴다. 특히 잉어.

조금 지나 산에 올라가 계곡에서 물고기잡이를 하면서 또 하나의 힌트를 얻었다. 녹전은 어획의 달인이었다. 내가 쥐잡기의 달인인 것처럼, 그야말로 타고났다. 녹전이 작살도 없이 헤엄쳐 들어가 맨손으로 신들린 듯 생선을 잡는 묘기를 구경하면서 나는 숨 쉬는 매 순간마다 굉장한 압박감을 안겨주던 명의 구혼건을 잠시나마 잊을 수 있었다.

물론 아주 잠시일 뿐이다. 내 모든 생각은 온통 그의 구혼으로 점령되어버렸다. 사백 살이 되었어도 이런 일 앞에서 뭘 어찌해야 할지 모르겠다. 그저, 이럴 때 여우가 옆에 있었으면 오죽 좋을까 하는 마음만 간절하다.

아아, 여우. 어젯밤엔 도통 잠이 오지 않아 고생했지만 그래도 여우의 꿈밟기를 하려고 억지로 얼마쯤 눈을 붙이긴 했었다. 하지만 온전히 여우를 찾는데 집중하지 못한 까닭인지 여우를 찾는 내 목소리만 실컷 듣다가 그나마 잠에서 깼더랬다. 여우라면 내가 이렇게 딴생각에 푹 빠져 있는데 골이 나 내 목소리가 들려도 들리지 않는 척할 가능성도 있다. 한 번에 두 가지 이상의 일도 거뜬히 병행할 수 있는 날이 과연 내게 오기는 하려나.

물고기를 잡다 무아지경에 빠진 누구 덕분에 물고기를 너무 많이 잡아서 식사감으로 쓸 것만 챙기고 태반을 도로 놓아준 뒤 산에서 내려올 때는 하늘에 석양이 아름답게 드리우고 있었다. 저녁 준비를 하러 간다는 녹전을 거들려고 함께 가다가 뒤채 담벼락의 덩굴 속을 어슬렁거리던 모래를 발견해서 녹전에게 인사를 시켰다.

"이 아이는 모래라고, 내 이십 년 지기쯤 돼."

"모래 님이시군요. 전 도련님을 모시는 녹전이라고 합니다. 모쪼록 잘 부탁드립니다."

내 손바닥의 모래에게 녹전이 꾸벅 고개를 숙여 인사를 했다. 그 모습이 너무 정중해 나는 웃음을 터뜨렸다.

"그냥 모래라고 불러. 풍계보다 까마득히 어린 후배라고."

"하지만 아가씨의 지기인 이상 결코 무례는 범할 수 없습니다."

진지하다 못해 엄숙한 녹전의 기세에 두 손 들고 말았다.

"아직 말도 못 하는 애한테 꼬박꼬박 존대를 하든가 그럼. 얘가 집에서 너무 멀리 나왔네. 얼른 데려다놓고 부엌으로 갈게."

복숭아나무에서 너무 멀리 떨어진 모래가 미아가 되지 않게 도로 데려다놓으러 가면서 나는 도마뱀에게 푸념을 했다.

"저 녀석 말이야, 어린 주제에 은근히 무게를 잡는다니까. 너는 말이지 더 애교스럽게 자랐으면 좋겠어. 속을 읽기 힘든 예의바른 자보다는 변덕스러운 왈가닥 쪽이 훨씬 귀엽다구."

말해 놓고 보니 그건 여우에 대한 이야기였다. 나는 고개를 설레설레 저으며 웃었다.

"홍매 님 같은 분이 또 있을 리 없지. 방금 말은 취소. 그냥 너는 모래답게 자라렴."

모래를 내 나무에 올려주고 돌아갔더니 부엌 앞에서 잉어를 손질하던 녹전이 내게 잉어비늘 몇 개를 골라놓았다면서 주었다. 무지개색 광채가 나는 잉어비늘은 단단하고 예뻤다. 그것은 내게 까맣게 잊고 있던 꿈의 다른 부분을 떠올리게 했다.

꿈속에서 보았던 붉은 비늘 같았던 낙인. 깨어난 뒤에 발을 확인해 보았지만 어디에도 그런 낙인은 없었다. 여우가 낙인이라 했으니 그것은 낙인이리라. 하지만 무슨 연유로 생긴 것일까? 설마 명이 내게?

"있잖아, 녹전. 혹시 녹전도 낙인이 찍힌 거야?"

"낙인이라니요?"

녹전이 깜짝 놀라 되물었다.

"그러니까 꼭 물고기의 붉은 비늘처럼 반짝거리는 것이 세 조각…… 아니야, 됐어. 내가 다시 확인해 볼게."

손을 저으며 신경 쓰지 말라고 한 뒤 비늘을 주머니에 넣고 내가 할 일이 뭐 없을까 주변을 두리번거렸다. 녹전이 날 빤히 보고 있다는 것을 그제야 알았다.

"별거 아니래도. 나도 정확하게 본 게 아니야."

"풍계가 혹시 아가씨께 이상한 수다를 떤 것입니까?"

"응? 아닌데. 풍계는 아무 말도 안 했어."

"정말이지요? 아가씨, 풍계에게 상냥하신 건 좋지만 너무 오냐오냐 해주시면 안 됩니다. 그 녀석은 약삭빨라요."

"으음. 그래?"

"아가씨는 도련님의 배필이 되실 터이니 다른 걱정은 접어두셔도 됩니다."

무슨 다른 걱정? 녹전이 묘한 말을 한다 싶었다. 그보다 그가 선택한 어휘 때문에 나는 이마를 찡그렸다.

"배필 같은 거 아니래도. 아가씨도 아니고."

아가씨라고 부르지 말란 말은 수차례 했지만 녹전은 웃는 얼굴로 자연스레 무시했다. 이번에도 씩 웃을 따름이다.

"하지만 곧 되시겠지요."

"그러니까 왜 그런 생각을 하는 거냐고."

투덜거렸더니 녹전은 깨끗이 발라낸 잉어살을 냄비에 넣으면서 어깨를 으쓱했다.

"그렇게 될 거랍니다."

"누가 그렇게 된다고 해? 주인님이?"

"국 님이요."

"그분이 누군데? 예언자야? 점술가? 인간 점쟁이 따위는 요새 통 신통찮아. 신통하대서 구경 가봐도 다 별것 아니었어."

"유쾌하신 분이시지요. 보시면 좋아하게 되실 겁니다."

"흐음. 그럼 란 님은?"

움찔, 녹전의 몸이 굳었다. 왜 그러느냐 물을 틈도 없는 찰나의 일이었고, 녹전은 바로 대답했다.

"아름다운 분이십니다."

그렇지만 보이는 그의 옆얼굴이 굳어 있다. 과연 그 두 분은 어떤 분들일지, 언젠가 보게 되겠지 싶어 기대되는 한편 무서우면 어쩌나 싶어 가슴이 콩닥거렸다.

저녁 준비는 거들었지만 오늘 밤 식사는 거르겠다고 하고 나는 따로 움직였다. 명의 권유로 읽은 책이 그럭저럭 마음에 들어 그 비슷한 다른 책이 있나 찾으러 서고로 향했다. 집중은 할 수 없겠지만 책이라도 손에 들고 있지 않으면 잠이 들기 전까지의 시간 내내 뒤숭숭하지 싶어서 말이다.

서고에 워낙 책들이 많아 딱히 고르고 자시고 하는 것이 시간 낭비처럼 느껴졌다. 그냥 책등만 보고 손으로 주욱 훑어가다가 아무렇게나 잡힌 책을 들고 나왔다. 제목조차 제대로 보지 않았다. 우선은 내 복숭아나무가 있는 곳으로 향했다.

바지런한 녹전이 이미 복숭아나무 근처의 석등에도 불을 켜놓은 후였다. 어지간한 경우가 아니면 형광등 같은 걸 켜지 않는 집이다.

마음에 든다. 낮은 낮답게 환하고, 밤은 밤답게 어두운 것이 내겐 아무래도 자연스럽다. 밤을 밝히는 가장 눈부신 것은 달빛. 내겐 언제까지나 그럴 것이다.

"모래야, 거기 있니?"

복숭아나무 아래에서 가만히 위를 올려다보며 불렀다. 있으면 곧 내려왔을 모래가 한참 있어도 내려오지 않았다. 음. 고새를 못 기다리고 또 어딘가로 모험을 떠난 모양이다. 새집에 온 뒤에 가보고 싶은 곳이 많은 것 같다. 아까 괜히 도로 데려다났나 하고 생각하면서 나무 아래에 앉아 책을 펼쳤다. 하지만 첫 페이지를 미처 열기도 전에 나는 다른 것에 정신이 팔렸다.

어디선가 배꽃 향기가 흘러왔다.

나무 전체가 만개한 것은 아니고, 잠에서 일찍 깬 몇 송이가 이제 막 봉오리를 연 것처럼 수줍은 향기였다. 그 향기가 산뜻했다.

눈을 감고 얼마쯤 음미하다가, 배꽃 구경을 하자고 마음먹었다. 일어나서 천천히 향기를 따라 걸음을 내디뎠다.

피고 지는 꽃 속에서 계절이 가고, 한 해가 간다. 살아온 햇수가 있다 보니 처음 보는 꽃을 대하는 풋풋한 마음은 이제 가질 수 없지만 그래도 새로 피는 꽃은 언제든 반갑다. 결국은 지고 말 꽃이어서 더욱 반갑다.

아, 이런. 배나무는 아무래도 못 부근에 있는 것 같다. 이 시간이라면 못이 내려다보이는 정자에서 명이 식사 중일 것이다. 걸음을 멈추었다. 구경은 잠시 유보다.

주위를 둘러보고 느티나무가 있는 곳으로 걸어가 그 아래에 앉아 책을 펼쳐 읽기 시작했다. 그제야 알았다. 가져온 책은 『파르마의 수도원―하』. 맙소사. 안 읽은 책인데 상권이 아니라 하권을 가져오다니.

다시 서고로 갈까 하다가 그냥 꾹 참고 책을 읽었다. 책의 중반이 지나도 내용은 여전히 아리송했지만 꾸준히 활자를 짚으며 읽어나갔다. 결국은 책을 다 읽었다. 역자 후기까지 읽고 책의 마지막 장을 덮었지만 뭘 읽었는지 누가 묻는다면 대답은 못하겠다.

하늘을 올려다보자, 달의 위치가 확연히 바뀌어 있었다. 이만하면 명의 식사도 끝이 났으리라 믿고 못을 향해 걸음을 옮겼다.

과연 정자는 비어 있었다. 그러길 바랐으면서도 빈 정자를 보니 마음이 뒤숭숭한 건 또 뭔지. 고개를 내젓고선 못 둘레를 거닐며 느릿느릿 걷다가 마침내 배나무를 찾았다. 꽃은 남쪽 하늘에 가까운 나뭇가지의 끝에 피어 있었다.

"아주 예쁘구나. 고생 많았어."

배나무에 다가가 꼭 끌어안아주고 다독다독 가지를 만져주고는 줄기에 기대앉았다. 흰 꽃을 올려다보면서 나는 생각에 잠겼다.

내가 구혼을 받다니. 새삼 얼굴이 화르륵 달아오르는 기분이다. 놀리는 게 아니란 건 몇 번이고 확인했지만 또 명을 찾아서 진심으로 한 말이냐 묻고 싶어졌다.

언젠가, 가을비가 내리는 밤에 여우가 내게 물었던 적이 있다. 넌 새끼를 갖고 싶지 않으냐고. 생각도 안 해본 일이라 깜짝 놀라 여우를 쳐다보았다. 주인님은 새끼를 갖고 싶은 거예요? 오히려 내가 되물었더니 여우는 시름에 젖은 얼굴로 그냥 웃었더랬다. 그때는 그렇게 여우가 웃고 마는 것으로 그 화제는 덮였다.

그런데 그 일은 그 뒤로도 종종 떠올랐다. 특히 봄마다 어김없이 찾아오는 발정기가 되면 그랬다.

툭하면 녹작지근해지는 몸 때문에 멍하니 누워 여우의 그 표정을 떠올리노라면 문득 그런 생각이 드는 것이다. 나 같은 존재에게도 발정기란 게 있는 걸 보면, 교미를 통해 새끼를 얻고 싶은 본능이 있긴 있나 보다 하는 생각.

나는 '새끼를 갖고 싶다'는 생각을 절실히 해본 적이 없었다. 가끔 주변을 보면서 묘한 뭉클거림에 새끼가 있으면 어떨까 상상한 때도 있긴 하지만, 심각하게 고민하진 않았다.

나는 백사白蛇이다. 눈은 붉은빛이다. 그냥 구렁이에 머물렀다면 그리 오래 살지 못했을 것이다. 보호색조차 없는 새끼에서 성체로 무사히 컸을지부터 의문스럽다. 여우도 말한 바 있다.

'너 같은 흰 뱀이라면 올빼미나 매 먹이, 아니면 사람 손에 죽는 수밖에 없지. 그나마 멍청한 사람 손에 잡혔다면 약 대접이나 받지만, 같은 무리한테 재수 없다고 잡아먹히는 수도 있었겠지. 안 그래?'

여우의 말이 맞다. 인간의 몸으로 변신하는 데 성공하기 전에는 낮에도 밤에도 포획의 공포에서 달아나는데 급급했었다. 여행을 떠나서 만난 동족들—나처럼 자각을 가진—조차 날 잡아먹으려고 했다. 멸시 당해도 별수 없다. 내 치명적인 약점은 우리와 같은 존재들에겐 결코 미덕이 아니므로.

다만 그런 나를 보고도 예쁘다고 한 사람이 옛날에, 아주 오랜 옛날에 있었다.

나는 그 말을 해준 사람을 다시 만나고 싶다. 오래전부터 내 삶은 그저 그 단순한 희망 하나를 위해…….

"아……. 대금 소리?"

잠시 나는 귀를 의심했다. 하지만 귀에 익은 가락이 '낙양춘落陽春'인 것은 의심의 여지가 없었다. 나도 모르게 나무 아래에서 일어났다.

소리가 들려오는 곳으로 고개를 돌렸다가 보았다. 틀림없이 비어 있던 정자에 누군가 앉아 있었다. 명이었다. 그가 이쪽을 등지고 난간에 기대어 대금을 불고 있었다.

녹전이 나와 나눈 대화를 일러준 것일까? 그렇다면 저 곡은 나를 위해……?

발이 저절로 그가 있는 정자 쪽으로 향하려는 걸 깨닫고 급히 뒷걸음질 쳐서 배나무 뒤로 몸을 감추었다. 나무에 기댄 채로 하늘을 올려다보았다.

나는 그제야 주위에 안개보다 가는 빗방울이 내리고 있었음을 깨달았다. 비가 오는데도 하늘은 맑고 달은 밝게 빛난다. 드문 밤이다. 이슬이 내려앉은 듯 젖은 내 뺨을 만져보면서 희한한 건 그뿐이 아니란 것을 깨달았다. 밤이고, 빗줄기도 있건만 내 주위엔 음습한 기운이 다가들지 않는 것이다. 그러고 보니 이 집 안에서 그런 것들을 본 적이 없다. 비로소 이곳에 존재하는 결계에 대해 확신했다. 그 매개물이 무엇인지 비루한 내 눈으로는 전혀 알 수 없었으나.

그런 중에도 명이 부는 대금 소리는 느릿느릿 공기 중을 부유한다. 손을 뻗어 내리는 비를 실감하려는 듯 만져보면서 나는 중얼거렸다.

"배나무 가지 끝의 한 줌의 흰 꽃이여,
  그윽한 향기에 달빛조차 널 떠나지 않는구나.
  밤은 깊어지고 님의 피리 소리 그윽한데
  이 몸 홀로 돌아갈 길엔 이슬 밟는 소리뿐."

시를 읊조리는 내 중얼거림이 끝나는 것과 동시에 대금 소리가 그쳤다. 가락이 끝날 부분이 아니기에 그 급작스런 단절에 심장이 두근거렸다. 대금 소리는 여기까지 울려오는 게 당연하지만, 명에게 내 목소리가 들렸을 법한 거리는 아니었다.

하지만 마치 내 시를 들은 것처럼 그친 대금 소리.

슬며시 나무 옆으로 고개를 내밀어 보았다가 화들짝 놀라 다시 몸을 숨겼다.

명이 이쪽을 보고 있었다. 아, 어쩌면 좋을까. 틀림없이 내가 자길 본 것도 알 텐데, 이렇게 숨어버리다니. 나이 사백 살은 대체 어디로 먹고 이처럼 어수룩한 짓이나 해댈 수가 있는지 내 행동이면서도 믿을 수가 없다. 하지만 난 연애는 처음이니까.

어어? 연애라니, 내가 지금 연애란 소리를, 우와아, 내가 대체 어떻게 된 걸까. 그래, 우선 정신을 바짝 차리자. 담담한 미소와 함께 여기서 걸어 나간 뒤 명을 향해 손을 흔드는 거다.

"대금 소리가 참으로 훌륭합니다, 부디 계속 부탁드려요, 라고 말하는 거야. 응. 잘할 수 있어."

미리 할 말까지 연습까지 하고 나서려던 나는 단 한 걸음 만에 해야 할 말을 잊었다. 그도 그럴 것이, 빙글 몸을 돌리자 바로 앞에 명이 있었던 것이다.

"어, 어, 어떻게 여기에?"

정자에서 배나무 아래까지의 거리는 족히 열 장은 넘을 텐데. 그것도 직선으로 가로지른다고 쳤을 때의 이야기이다.

명은 내 질문은 무시하고 고개를 갸웃이 하면서 물었다.

"숨바꼭질을 하자는 거 아니었나?"

"예?"

"천진한 얼굴로 사내를 홀리는 재주가 있구나, 너는."

"예에?"

놀라서 내 목소리가 쨍하게 울리는 것 같았지만, 명은 개의치 않는 듯했다. 그저 날 들여다보듯이 하면서 말했다.

"방금 읊은 시가 날 어리석다 비웃는 듯하더구나."

"무, 무슨 말씀이신지."

"안아줄까?"

너무 뜻밖의 말에 할 말조차 잊고 그를 쳐다보았다. 명은 다가섰고, 나는 물러섰다. 뒤에 뭔가 딱딱한 것이 닿았다. 그러고 보니 배나무가 있구나 하고 옆으로 비키려는 찰나 명이 또 한 걸음 다가섰다.

그리하여 안겨버렸다. 내 입술에 그가 입은 은회색 철릭의 옷깃이 닿았다. 이어서 그의 머리카락이 닿았다. 명이 내 턱을 잡아 들어올렸다. 아주 가까이에서 보게 된 그의 얼굴은, 아름다웠다. 비록 그의 눈동자가 인간의 눈에 어울리지 않다고 해도 전율하도록 아름다운 것은 사실. 문득, 달빛에 내 눈이 붉게 빛나는 것은 아닌지 근심이 들었다.

"무섭지 않아?"

서슴없이 그의 눈을 마주보고 있었더니 명이 그리 물었다.

"무서워해야 합니까?"

내 대답에 그가 미소했다.

"너는 대체 어떻게 살아온 거냐? 이런 상황에서 겁을 먹어야 하는 것조차 모른단 것인지, 아니면 다 알면서 도발하는 것인지 난 아직 모르겠구나."

"겁을 먹지 않는 것은, 당신이 절 해치지 않을 거라고 믿기 때문입니다. 허나 도발이라고 하신다면 제가 무슨 말씀을 드려야 할지 오히려 모르겠습니다."

"해치지 않을 것이라 믿는다?"

내 턱을 들어 올리고 있던 명의 손이 미끄러져 뺨을 쓸었고 부드럽게 목덜미를 감싸 쥐었다. 머리카락에 감기는 손가락의 느낌이 근사하구나 싶었다. 그렇지만 그를 가만히 올려다보고 있자니, 자꾸만 몸에서 힘이 빠지는 기분이 든다. 심장은 내 것이 아닌 것처럼 뛰고, 손가락 하나 까딱하기 싫을 만큼 나른한 것이 어쩌면 동면에 막 빠지기 직전의 망망함과도 비슷하다. 겨우 입술을 열어 대꾸했다.

"마음이 바뀌신 것입니까?"

"무슨 마음?"

"제게 반려가 되어달라 하신……."

"너야말로 내가 마음을 바꾸기를 기다리는 것이냐?"

"그런 뜻이 아니라."

"그렇다면 어제 오늘 그렇게 열심히 날 피해 달아난 이유는 무엇이냐? 역으로 도발한 것이 아니라 하면, 결국 회피에 다름 아닐 터."

"회피가 아닙니다. 아니, 회피일지도 모르겠습니다. 하지만 제게 생각할 시간을 주겠다고 하시지 않으셨습니까?"

"시간을 주겠다고 했지 내게서 달아나라 한 것이 아니다."

그의 등 뒤로 비치는 달빛 때문에 도무지 마음을 가라앉힐 수가 없다. 어디까지가 달빛이고, 어디까지가 그의 빛인지도 나는 모르겠다.

"그렇지만, 보고 있으면 생각을 못하겠는걸요."

투정을 하려던 게 아닌데, 말을 해놓고 보니 투정처럼 들렸다. 나는 급히 덧붙였다.

"구혼은 처음 받아본 거라 마음이 여러모로 어지럽습니다."

"나는 여러 번 해봤을 것 같으냐?"

명의 물음에 미처 생각지 못했던 호기심이 일었다. 여기에서 보낸 첫 밤에 내게 물었던 그의 질문도 떠올랐다.

"천 년이 훨씬 넘게 살아오셨다고 했습니다. 그 긴 세월 동안 마음에 담은 이가 없으셨습니까?"

"없었다."

"단 한 번도?"

"단 한 번도."

망설임도 없고, 주저도 없이 그는 대답했다. 나는 내가 살아온 시간의 무게를 생각하고, 그가 살았을 시간을 헤아려보려 하다가 그만 한숨부터 쉬었다. 헤아릴 수 있을 리 없다.

"그럼 녹전과 풍계를 찾기 전엔 누굴 옆에 두셨던 겁니까?"

"누가 꼭 옆에 있어야만 하느냐?"

"쓸쓸하지 않습니까. 혼자, 라는 건."

"너는 그러했느냐?"

그 물음엔 대답하지 않았다. 물끄러미 그의 머리카락에 어린 달빛이 우리 주위에 자욱한 가느다란 물방울의 입자 속에서 끊임없이 반짝이는 것을 바라보았다.

그러나 홀연히 들려온 그의 중얼거림에 나는 꿈에서 깬 것처럼 의아해졌다.

"미안하구나."

"무슨……."

"좀 더 일찍 데리러 가줄 것을."

왜 그런 것을 제게 사과하시는 겁니까? 묻고 싶었지만 그러지 못하게 말리는 무언가가 내 가슴에 있었다. 그 망설임이 무슨 까닭인지 스스로도 어리둥절해하는데 목덜미를 감쌌던 명의 손이 스르륵 머리카락에 휘감겼다. 그가 그러쥐는 손에 내 머리가 뒤로 젖혀졌다.

"아……."

설마, 하고 생각하는 순간, 이미 그의 입술이 내 입술을 누르고 있었다. 밤이슬을 맞은 풀을 만질 때처럼 조금은 싸늘한 느낌도 잠시뿐,

맞닿은 입술을 통해 그의 몸에 흐르는 따스한 온기가 전해졌다. 뭐라 형용할 수가 없는 감촉이었다. 단순히 두 개의 입술이 맞닿았을 뿐인데, 나무 밑동에서 싹을 틔운 덩굴이 순식간에 자라나 내 온몸을 감싸버린 것처럼 옴짝달싹할 수 없는 무력감을 느꼈다. 틀림없이 내게도 팔이 있고 손이 있을 터인데, 손가락 하나를 움직일 수가 없었다. 그만 나도 모르는 사이에 원래의 몸이 되어버린 걸까? 그럴 리가. 이렇게 눈꺼풀이 움직이는데?

눈을 뜨면서—나는 내가 언제 눈을 감았는지도 알지 못했다—명의 눈과 마주쳤다. 감겨 얽혔던 입술을 천천히 그가 뗴었다. 나는 말은커녕 숨조차 자유로이 쉴 수 없었다. 그건 명 또한 그러하단 것을 그의 떨리는 눈과, 입술을 보며 깨달았다.

그래도 역시 그는 나보다 강했다. 나직한 그의 목소리가 침묵을 깼다.

"시간을 주겠다는 말을 했었지."

가까스로 소리를 내뱉었다.

"……예."

"기한을 정해 주지 않았다는 걸, 아까 비로소 생각했다."

"기한이라니, 그런 걸 정해 주셔도 저는……."

"내일 밤이다."

"예에?"

터무니없는 말이었다. 그렇지만 명의 얼굴을 보니 진심이었다.

"어차피 네가 해야 할 답은 하나뿐이야. 잊었느냐? 이미 넌 내 것이라고 네 입으로 말했다."

"그것은 그런 뜻으로 드린 말씀이 아니라—."

"내일 밤이다."

내 항변이 들리지 않는 듯, 명은 그 말을 되풀이했다. 이내 그는 내게서 한 걸음 물러나더니 빙글 뒤돌아서 걸어갔다.

그 뒷모습을 보면서 나는 으슬으슬 한기를 느꼈다. 이토록 따스한 봄밤인데, 안개비조차 무주다운 포근함으로 가득한데, 춥다고 생각했다. 한순간 몸 가득 담았다가 이제 잃어버리고 만 그의 온기 때문이었다.

안심할 수 있는 다른 이의 온기. 그것을 느끼게 된 것이 얼마 만이던가?

나는 나무에 기대어 부슬부슬 주저앉았다. 양손으로 몸을 끌어안았다. 눈을 감고 내게 따뜻했던 기억들을 그려보았다.

추운 겨울, 내 옆에서 뛰고 있던 여우의 심장소리와 푹신한 털. 그보다 더 오래전, 날 주워서 품에 넣고 다독여준 그 사람의 따스한 온기.

그러나 이젠 둘 모두 내 곁에 없다.

다만 명이 있다. 지금 내 옆에 있어, 날 안아줄 수 있는 이는 그뿐이다.

눈을 뜨고 천천히 고개를 돌렸다. 멀어진 명의 뒷모습을 가만히 보았다. 그 순간 명이 돌아보았다면, 내게 오라고 손짓했다면 내가 무슨 짓을 했을지 나도 모르겠다. 그는 그러지 않았다.

"추워······."

봄의 무주에서 오들오들 떠는 일. 생각도 못 해본 일을 하면서 생일 전날 밤이 흘러가고 있었다.

8. 재회

"아가씨. 여기에 계셨습니까?"

이런. 깊이 잔 것은 아니었는데 녹전이 바로 옆에 올 때까지 깨지를 못했다.

"책을 좀 보다가. 아침인가?"

서고 한 귀퉁이에 앉은 자세로 잠이 들어 간밤을 보냈다. 자연히 내 모습은 부스스할 터이다.

"예, 아침입니다. 생신 축하드립니다, 아가씨."

"아, 헤헤. 이런 꼴로 축하받자니 쑥스럽네."

"죄송합니다, 미처 생각을 못 했습니다. 그럼 이번 것은 없던 것으로 하시지요. 물러갔다 다시 오겠습니다."

"아니, 아니. 그럴 건 없고."

말만 해보는 것이 아니라 정말로 나갔다 다시 들어올 기세인 녹전을 만류했다.

"목욕하실 물을 받아놓았습니다. 오늘 아침식사도 거르실 참입니까?"

"배가 고프진 않지만. 안개가 꼈나보지?"

"늘 그렇듯이 안개입니다."

머리를 묶어 올리면서 녹전이 열고 들어온 문을 통해 들어온 공기를 들이마시니 습기가 자욱한 게 느껴졌다.

"날이 좋으면 아침 청소를 거들까 했는데, 소용없는 일이겠군."

"아가씨께서 그런 일을 하실 이유는 없습니다. 물론, 하고 싶으시다면 말리지는 못합니다만."

"그러니까 나는 녹전이랑 마찬가지로 더부살이……. 됐어. 그만두자고."

해보았자 내 입만 아플 말이라 관두고 서고 밖으로 나갔다.

안개의 도시답게 한껏 두른 너울에도 불구하고 아침 공기는 청량했다. 안개가 걷히면 한낮은 몹시 화창한 날씨가 될 것이 분명했다. 그래도 안개는 짙어서 틀림없이 동쪽 하늘에 떠올랐을 해가 흐릿해서 보이지 않을 정도였다. 하늘을 올려다보다가 씻기 위해 걸음을 재촉했다.

식사는 걸렀다. 대신 정성스레 목욕을 했다. 온몸이 노곤해져서 김이 모락모락 나지 않을까 싶을 지경으로 뜨거운 물속에 잠겨 있다가 나온 뒤, 방으로 돌아와 거울을 앞에 놓고 머리카락을 윤이 나게 오래 빗어 내렸다. 오랜만에 귀밑머리를 땋아 뒤로 합한 뒤 땋아 내려서 붉은 제비부리댕기를 드렸다. 역시 옷을 안 갖춰 입으니 머리가 어울리지 않았다. 내 짐 중 하나를 풀어 거기에 맞는 옷을 꺼냈다. 노랑 삼회장저고리와 다홍색 치마를 입고 나니 그제야 어색함이 사라졌다. 이제 장옷을 입고 다닐 시대가 아니니, 대신 구해둔 옅은 귤색의 두루마기를 그 위에 갖춰 입었다. 머리에는 아얌을 반듯하게 썼다. 거울 속의 모습이 딱 격식에 맞아떨어지진 않아도 흡족할 정도는 되었다.

　마지막으로 앞코에 나비가 수놓인 붉은 당혜를 가슴에 안고 방 밖으로 나섰다. 어여뻐서 산 것인데 제대로 신는 건 오늘이 처음이다. 댓돌 위에 당혜를 내려놓고 조심스럽게 버선을 신은 두 발을 내려 신었다.

　마당을 밟았을 때, 땅은 약간 젖은 기미가 있었지만 고개를 젖히자 눈에 들어온 하늘엔 해가 환하게 모습을 보이고 있었다. 하늘은 파랗고, 솜 한 꾸러미를 아무렇게나 뚝뚝 떼어 놓은 것처럼 군데군데 흰 구름이 자리하고 있다. 공기는 달았다. 나는 빙긋이 웃고는 여느 때보다 더 차분하게 걸음을 옮겨놓았다.

　못에 면한 정자가 있는 곳까지 걸어가는데, 이미 내 발소리를 들었는지 모퉁이를 돌기 무섭게 녹전과 명의 시선이 내게 향해 있었다. 자못 신기한 것을 본 사람처럼 둘 모두 빤히 쳐다보며 시선을 거두지 않아, 가는 내내 쑥스럽기 짝이 없었다.

　"참으로 아름다우십니다, 아가씨. 당장 물고기가 가라앉고 새가 날다 떨어져도 놀랍지 않겠습니다."

　얼굴도 붉히지 않으면서 그런 말을 던지는 녹전 때문에 내가 그의 몫까지 담뿍 얼굴을 붉혔다. 고맙다고 녹전에게 눈인사를 전한 뒤 정자로 오르는 계단 아래에 멈춰선 채 명을 올려다보며 말했다.

　"잠은 평안히 주무셨습니까."

　검은색 선을 두른 하얀 심의深衣를 걸친 명이 날 향해 대답 대신 고개만 살짝 끄덕였다. 반상의 한쪽에는 책이 펼쳐져 있었다. 나와 식사를 할 땐 책은 보지 않았는데, 혼자 먹을 땐 책을 보는구나 하고 생각했다.

　"잠시 다녀올 곳이 있어 말씀을 드리러 왔습니다."

"다녀올 곳?"

닫혀 있던 명의 입이 무겁게 떨어졌다.

"예전에 살았던 곳 근처를 둘러보고 올까 합니다. 무주에 온 이래 아직 가보질 못했는데, 오늘에야 갈 생각이 들었습니다."

"그곳이 어디지?"

"백오산 아래였지요."

"백오산이라면, 지금은 본 모습이 아닐 텐데."

"예. 절반 이상이 깎였다는 소리를 들었습니다. 괜찮습니다. 설사 없어졌다 해도 어차피 한 번은 갈 생각이었습니다."

"하긴. 아예 없어지기 전에 가보는 편이 나을 수도 있지. 몇십 년 사이에 산의 절반을 없앴으니, 그 산이 앞으로 또 몇십 년을 버티고 있을 거란 보장이 있을 리 없고."

나도 그렇다 싶어 쓴웃음을 지으며 고개를 숙였다. 명의 목소리가 다시 들려왔다.

"녹전을 데리고 가도록 해."

"아, 아닙니다. 혼자 다녀오겠습니다."

"그런 복장을 하고 걸어가기라도 하겠다는 거냐?"

"그래서 택시란 걸 타볼 생각입니다. 몇 번 안 타봤는데 재밌더군요."

"사서 고생이란 말을 아느냐?"

딱딱거리는 느낌이다. 그래도 나는 굽히지 않았다. 고개를 들어 빙긋 웃으면서 대꾸했다.

"그래도 혼자인 편이 좋을 때가 있습니다."

명이 정자의 난간에 걸친 팔에 턱을 괴고 나를 못마땅한 눈으로 보고 있다. 그는 곧 시선을 거두며 쌀쌀맞게 말했다.

"뜻대로 해라."

"감사합니다."

그가 더 말이 없어 다녀오겠다고 인사를 하고 돌아서서 가는데, 얼마 안 있어 녹전이 따라와 물었다.

"가면 얼마나 걸리시겠습니까."

"짧으면 서너 시간, 길면 그보다는 더 걸리겠지."

"으음."

앓는 소리를 내는 것이 좀 더 성실한 답이 필요한 모양이다. 아마도 그의 주인을 위해 말이다.

"해 지기 전에는 돌아올게. 아무리 늦어도 땅거미 내리기 전에는 말이야."

"저녁식사 준비를 해놓겠습니다. 물론 점심 준비도 하겠습니다."

"알았어. 진수성찬을 먹기 위해서라도 꼭 올 테니까."

거듭 다짐을 해두고 녹전에게 그만 따라오라고 말한 뒤 집을 나섰다. 등 뒤에서 커다란 나무문이 닫히는 순간, 녹전의 일도, 명의 일도 잊었다.

오롯하게 내 가장 오래된 기억만이 남았다. 그 기억 속으로 나는 천천히, 걸어 들어갔다.

인간들의 하루란 것은 참으로 짧다. 아주 잠깐 추억에 잠겨 있었던 것처럼 느껴질 뿐인데도, 퍼뜩 정신을 차렸을 땐 해가 서쪽으로 지고 있었다. 백오산 중턱에 올라 없어진 마을 자리를 보고 있던 나로서는 난감한 일이었다. 이러다가 자칫하면 녹전에게 말한 시간을 어기게 생겼다.

고운 복장을 한 것도 신경 쓰지 않고 있는 힘껏 열심히 산을 뛰어

내려갔다. 축지법은 배우지 못했지만 빠르긴 꽤 빠르다. 거기다 지치는 일도 없다. 나이가 들면서 비약적으로 늘어난 건 기력이라고 해야 할지, 체력이라고 해야 할지, 아무튼 그것이다. 인간들이 하는 스포츠란 것 중에서 마라톤이란 경기가 있던데 그 경기에 나가면 너끈히 우승할 수 있을 거라고 생각한다. 그것도 세계신기록을 간단하게 갈아치우면서. 그런 짓을 하는 건 약한 인간들에게 미안한 일이라 해서는 안 되겠지만.

"아, 저기, 죄송합니다. 좀 비켜갈게요."

한참 나는 듯이 뛰어 내려가고 있었는데, 하필 좁은 등산로를 세 명의 남자가 가로막듯이 해서 비틀거리며 내려가고 있었다. 옆으로 비켜서 가보려고 했지만 좀처럼 틈을 내주질 않아 그렇게 말을 붙였더니 그 중 두 사람이 고개를 돌렸다. 말을 붙이기 전에도 알았지만 내게 고개를 돌리자 술 냄새가 확 끼쳤다. 두루마기 자락으로 얼굴을 가리며 비켜서 가보려 했는데, 갑자기 확 내 소매를 잡는 손이 있었다.

"어이고, 이런 산중에 오면서 뭐 이리 고운 복장을 하고 다니나? 날이 좀만 어두웠으면 사람이 아닌 줄 알았겠어."

"무슨 짓입니까? 놓으세요."

중년 남자의 불쾌한 얼굴을 보니 술이 취해도 여간 취한 게 아니었다. 산에 올라 좋은 경치를 벗해 술을 마시는 것은 풍류이지만, 이 정도로 취하는 건 풍류가 아니다. 혀를 차며 손을 뿌리치려 했는데 내 다른 손마저 옆의 남자가 붙잡지 무언가.

"이런 산에 그러고 올라오는 걸 보니 무당이나 뭐, 그렇지? 머리에 쪽을 안 졌으니 처녀보살인가 봐? 거, 얼굴도 참 곱상한 게 한 가락 하겠어. 어때, 이 오빠들 신수나 한 번 봐줘 봐. 돈 걱정 말고. 돈은 넘쳐도 쓸 데가 없거든, 우리가."

웃을 일도 아닌데 왁자하게 웃음을 터뜨린다. 세 남자가 일행이었고, 똑같이 인사불성으로 취했다. 살면서 취객을 한두 번 본 것도 아니고, 크게 불쾌하지는 않았지만 일일이 상대하기가 귀찮았다. 그냥 확 팔을 내저어 두 사람을 뿌리쳤다. 바닥에 꼴사납게 나뒹구는 남자들을 본 척도 하지 않고 걸음을 옮기는데 갑자기 뒷머리가 화끈, 아파왔다.

"아니 이것이 미쳤나? 사람을 이래놓고 가길 어딜 가? 너 이년, 아주 잘 걸렸다, 오늘 혼 좀 나봐라!"

또 한 녀석이 내가 아끼는 제비부리댕기를 사정없이 잡아당긴 걸로 부족해서 내게 욕설과 함께 손찌검을 했다. 급히 피하긴 했지만 녀석이 머리채를 쥐고 있어서 완전히 피하진 못하고 머리를 살짝 비껴 맞았다. 미약하지만 아픔은 느꼈다. 하지만 아픔보다는 분노가 맹렬히 솟구쳐 올랐다.

"술을 마시면 곱게 좀 마시란 말이다, 이 어리석은 것들아!"

손으로 좌악 내 머리채를 쥔 남자를 후려갈기며 호통을 쳤다. 틀림없이 제대로 맞았는데도, 남자가 쓰러지지 않고 버텼다. 그리곤 흰자위를 드러내면서 덤벼들 기세였다. 자기 나이의 절반도 안 돼 보이는 여자를 술김에 때릴 수는 있어도 자기가 맞는 건 용납 못 한다는 건가? 고얀 놈 같으니라고.

여느 때 같았으면 죽을 때까지 여자에게 감히 손들 엄두도 내지 못하도록 혼쭐을 내주었겠으나, 바른길로 훈육시켜줄 시간이 오늘은 없었다. 그래서 나는 보여주었다. 진짜 동물의 살기란 것을. 눈에 힘을 가득 담아 사악 노려보았더니 대번에 남자의 입에서 듣기 싫은 비명이 나왔다.

"으, 으어억, 시, 시뻘건 눈, 으어어억, 귀신이다, 귀신이다!"

남자는 경기를 일으키도록 놀라서는 뒷걸음질로 도망가다가 제풀에 넘어져 바닥에 엎드려 벌벌 떨었다. 아까 넘어졌던 일행들도 동료의 발언에 날 쳐다보고는 귀신이라며 숨이 꺽꺽 넘어가도록 고함을 질렀다.

누굴 보고 귀신이라는 건지! 나는 엄연히 구렁이, 너희들이 이무기라고 부르는 영험한 존재의 가장 끄트머리 정도는 된단 말이다! 그렇게 따져 말하고 싶은 걸 못하고 대신 애꿎게 내 손에 잡힌 나뭇가지만 부러뜨리면서 녀석들에게 일갈했다.

"시끄럽다! 죽고 싶은 자는 그리 계속 보거라. 이 눈을 세 번 보면 틀림없이 네놈들의 명줄이 끊어질 것이야! 세 번이야, 세 번이면 네놈 같은 것들은, 어머, 어머, 이를 어째!"

내 제멋대로의 허세를 진짜라고 믿은 인간들이 재빨리 두 손으로 머릴 감싸고 땅바닥에 고개를 묻었다. 그건 잘된 일인데 내가 엄포의 말미에 이상한 소릴 지껄인 것은, 엉겁결에 불을 냈기 때문이었다. 내가 부러뜨린 나무의 가지에 불이 붙은 걸 모르고 던진 것이 풀밭에 떨어져 화르륵 타오르는 걸 보고서야 큰일이다 하면서 우왕좌왕하다가 급한 대로 두루마기를 벗어서 불을 껐다.

다행히 내가 굳이 비를 부르고 말 것도 없이 불은 꺼졌다. 솔직히 비를 부르는 능력도 썩 빼어날 것 없는 수준이라 만약 봄의 산이 아니라 가을 산이었으면 애 좀 먹었을 것이다. 이무기가 비를 부르는 것은 십중팔구는 당연한 일인데 나는 그에 들지 않는 일인이었던지 어지간히 슬프거나, 혹은 목숨이 경각에 달렸다 싶은 상황에 닥쳐서야 원하는 만큼 비 구경을 할 수 있다. 어쨌든 두루마기로 불씨를 잡은 상황이 언제 올지 모르는 비를 기다리며 하늘만 보는 것보다는 나았다.

옆에서 불나는지도 모르고 인간 남자 셋은 땅바닥에서 머리도 들지 않고 벌벌 떨고 있다. 못 쓰게 된 두루마기를 슬프게 쳐다보다가 휙 던지고 더 많이 기운 해를 초조히 바라보며 다시 부산히 하산을 했다.

 산 아래 도로에서 택시를 타고 돌아오는 길에야 한숨 돌리고 손을 바라보며 생각할 겨를이 생겼다. 역시 나는 불을 만들어내는구나 싶었다.

 처음 이런 능력이 있다는 것을 확인한 것은, 여우가 죽고 며칠 안 됐을 때였다. 능력이라고 해봤자 별난 것이 없던 내가, 여우의 시신을 노리고 온 살쾡이 떼 한 무리를 불태워 죽였다. 무슨 정신이었는지도 모른다. 그저 깨달았을 땐 사방이 불타고 있었고 내 불에 나 역시 타고 있었다. 부랴부랴 여우의 시신을 수습해서 그 자리를 뜨긴 했지만 그때 입은 화상 때문에 그 한 해 동안 탈피를 세 번이나 해야 했었다.

 그 뒤로도 위기상황이다 싶은 순간에 날 구한 것은 불이었다. 왜 불인지도 모르고 어떻게 다루는 것인지도 모른다. 그 능력은 꽤 감정이 격앙되지 않으면 나오지 않는 것이라, 부러 화를 내거나 해서 연습을 한다는 것은 이상했던 것이다. 거기다 시전자 자신까지 태우는 능력이라니, 있어도 골치 아프다. 방금 전처럼 두루마기나 태워먹고.

 "아, 결국 해가 져버렸다."

 택시 안에서 해가 진 뒤의 하늘이 밝은 선홍색에서 흐릿한 자주색으로 바뀌어 가는 것을 지켜보았다. 명의 집 근처에서 택시에서 내렸을 때는 이미 자주색도 사라지고 청회색의 어둠이 주위에 내려앉은 뒤였다. 밤이 기지개를 켠다. 그 순간을 맞아 어슬렁거리기 시작하는 것들의 기척을 느끼면서 나는 걸음을 옮겼다.

사소한 일이 마지막을 조금 더럽히긴 했어도 좋은 하루였다. 별다른 것을 기대한 것이 아니다. 그저 곱게, 오래전에 한 번 그 사람에게 꼭 보여주고 싶었던 차림으로 추억 속을 거닐고 싶었을 뿐이다.

몇백 년이 흐르면서 그때를 기억하게 하는 것은 그나마 절반이 남은 산뿐이라 올라가서 하염없이 이미 사라진 마을의 모습을 보았다. 내가 한때 동면의 장소로 이용했던 굴마저 사라져버린 산에서 무주를 떠날 때 그랬던 것처럼 마을을 지켜본 것이다.

그때도 그 사람의 집은 그곳에 없었다. 이미 불태워져 한 줌의 연기로 화해버린 후였다. 내가 이해할 수 없는 이유로 세상은 그 사람을 지워버렸다. 그때의 나는 사람이 사람을 잡아먹는 그 무서운 일들을 이해할 수 없을 만큼 어렸다. 솔직히 지금도 잘은 이해할 수 없다. 아마도 짧은 생 속에서 이루고 싶은 것들이 사람에겐 참 많구나, 하고 막연히 이해할 뿐이다.

여우도 말했었다. 인간처럼 탐욕스럽고 뻔뻔한 동물은 이 세상에 두 번 다시는 없을 거라고. 나는 고개를 끄덕였다가, 다시 고개를 저었었다. 그렇지 않은 사람도 세상엔 있노라, 말했었다.

그렇지 않은 사람이 있었다. 나는 그 사람을 다시 보고 싶었다. 지금도 보고 싶다. 보아서 어찌하겠다는 생각은 없다. 그저 살아서 웃는 모습을 꼭 한 번만 보았으면 했다.

탄식하며 시 몇 수를 읊으며 걷다가, 뭔가 마음에 걸리는 것이 있어 입을 다물었다. 담을 따라가던 것을 멈추고 천천히 뒤를 돌아보았다. 새삼스레 주위를 살폈다.

묘하다. 주위가 왜 이리 적적할까?

택시에서 내려 이 조붓한 길에 접어들 때만 해도 망량의 존재가 뚜렷하게 느껴졌는데, 지금 내 주변은 마치 그들을 깨끗하게 쓸어

낸 것처럼 괴괴하기 짝이 없다.

물론 명의 집 안에서는 그런 것들이 보이지 않는다는 건 안다. 하지만 아직은 집 안으로 들어선 것이 아니다.

또 하나. 그럼에도 불구하고 자꾸만 누군가가 따라오는 듯한 기분이 든다. 아니면 누군가가 지켜보는 기분인지도 모르겠다.

익숙한 것들이 흔적도 보이지 않으니 기분이 산뜻한 것이 아니라 도리어 걱정스럽다.

"……희한해."

"그만 중얼중얼하고 들어오라고, 애기씨."

"엇?"

불쑥 옆에서 들린 소리에 고개를 돌렸더니, 풍계가 담장 기와 위에 앉아서 크게 하품을 하고 있다.

"여긴 웬일이야?"

"웬일은. 애기씨가 안 들어온다고 녹전이 자꾸 걱정이잖아. 요리가 식는데. 빨리 들어와."

"애기씨라 하지 말랬더니, 그새 까먹었구나."

"몰라, 몰라. 나는, 여기서 애기씨라 그러고, 저기선 누님이라 하고 그런 일은 못해. 애기씨는 애기씨지 누님은 또 뭐야?"

"그래, 어려운 일을 시켜서 미안하구나. 어머? 너 등에 얹고 있는 게 뭐야?"

"뭐긴 뭐야, 애기씨 하인이지. 애기씨 어딨는지 찾아보라고 했더니 하도 느릿느릿이라 이 몸이 태워줬지."

풍계는 등에 모래를 얹어 놓고 거드름을 피웠다. 모래의 가마가 된 걸로 의기양양해하는 게 자못 귀여워 두꺼비는 다들 이런가 하고 생각하며 물었다.

"그래서 모래가 날 찾았단 말이야?"

"찾았잖아. 암컷치고는 제법 감이 좋아. 흐흥."

"어머머? 모래가 암컷인 것도 알아?"

"내가 바본 줄 알아?"

뚱하게 볼을 부풀리는 풍계 때문에 방긋 웃다가, 새삼스레 풍계의 등에 타고 있는 모래를 쳐다보았다. 자그마한 검은 콩 같은 눈으로 날 쳐다보는 모래가 웃는 것처럼도 보였다.

"우리 모래도 너처럼 말을 하게 되면 참 좋을 텐데."

"못해, 못해, 아직 나이가 어려서 당당 멀었어. 잘 좀 먹여주지, 지금까지 벌레만 먹고 살았다잖아. 그러니까 아직도 이렇게 쬐그만하고."

"그런 이야기를 모래가 한단 말이야?"

놀라서 입을 쩍 벌렸더니 풍계는 내가 한심하다는 듯 골골거리며 소리를 냈다.

"바보는 내가 아니라 애기씨로구나. 당연히 이야기야 하지. 안 그러냐? 모래 네 주인은 참말로 희한해."

풍계의 등에 있던 모래가 목을 울려서 무언가 소리를 냈다. 설마 저게 무슨 의미 있는 소리인가 싶어 귀를 기울였지만 도저히 모르겠다. 풍계는 날 돌아보며 꽥꽥거렸다.

"자기 주인 흉보지 말래. 이 녀석도 애기씰 닮아 많이 이상해. 암컷들이란. 아야. 이 녀석이 태워다 준 은혜도 모르고 이러기냐! 아야, 아야, 그래도?"

투덜거리는 풍계의 말에 모래가 찰싹 꼬리로 풍계의 등을 쳤다. 내 눈에도 그것은 야단치는 걸로 보였다. 굉장하다. 모래의 재발견.

"우와, 우리 모래 멋있구나."

단순한 도마뱀이 아닐지도 모른다는 생각을 한 적은 있지만 그걸 진지하게 확인한 적은 없었다. 생일날 밤에 좋은 선물을 받은 기분이었다.

그때 집 안 어디에선가 딸랑거리는 종소리가 들려왔다. 풍계가 힐끗 뒤돌아보더니 말했다.

"그만 노닥거리고 오라네."

"그럼 가볼까?"

말을 하면서 나는 풍계 옆의 담에 손을 올렸다. 두 손에 힘을 주어 풀쩍 위로 몸을 솟구치면서 가볍게 담에 올라타기에 성공했다. 한복 치마가 거치적거려서 위에서 한 번 쉬어준 뒤에 바닥으로 뛰어내렸다. 속치마가 버서석거리는 소리에 이어 머리에 잘 쓰고 있던 아얌이 툭 바닥에 떨어졌다.

"진짜 이상한 짓도 하는구나, 애기씬."

풍계가 눈이 휘둥그레져서 말했다. 아얌을 들어 툭툭 털면서 내가 웃었다.

"담 타긴 내 특기라고. 넌 지붕에도 잘만 올라가면서 내가 왜 이상해?"

"그야 난 두꺼비니까."

"그럼 난 구렁이니까."

"두꺼빈 뛰라고 두꺼비야."

"구렁인 타 넘으라고 구렁이야."

주거니 받거니 유치한 대화를 하면서 정자가 있는 못을 향해 걸었다. 가기 전에 우물가에서 손을 씻고 얼굴도 씻었다. 모래는 우물 근처의 이끼가 마음에 들었는지 거기에 내려서 놀았다. 풍계는 그런 모래를 구경하면서 움직일 생각을 안 했다. 어느새 사이가 좋아진 둘을 흐뭇하게 쳐다보다가 혼자 못으로 향했다.
 정자엔 명이 홀로 앉아 난간에 팔을 괴고 못을 바라보고 있었다. 정자 옆에 있는 버드나무가 바람에 한차례 가볍게 나부끼는 속에서 그의 모습은 그대로 한 폭의 그림이었다.
 "조금 늦었습니다."
 "그래. 달이 떴구나."
 명은 날 쳐다보지 않고, 못에 비친 달을 보면서 그리 말했다.
 계단을 올라 당혜를 벗고 정자 안으로 들어갔다. 명 앞에 놓인 상 위엔 술병 하나와 갓 잡아 손질한 듯한 싱싱한 생선회가 담긴 접시가 있었다. 군침이 돌며 종일토록 아무것도 먹지 않은 사실이 떠올랐다. 잔이 두 개. 젓가락도 두 벌. 명의 맞은편 자리에 앉아 아얌을 벗어 옆에 두고 머리카락을 가만히 쓰다듬어 정돈하는데 그의 말이 들려왔다.
 "한 잔 주랴?"
 "예. 감사히."
 술을 받았다. 명의 잔은 이미 담뿍 채워져 있었다. 흘러넘치지 않을까 싶게 가득 채워준 잔을 조심스레 들어 입에 대었다. 찌르는 듯 독한 술. 향이 깊다. 삼분의 일쯤 마시고 내려놓는데 그런 나를 지켜보던 명이 잔을 들어 깨끗이 비웠다.
 "제가 한 잔 올릴까요?"
 아무 대답이 없어 그러란 뜻으로 알고 술을 따랐다. 그 잔도 다시 명이 가볍게 비워냈다. 빈 잔을 탁 놓았다. 난 여전히 술병을 손에 들고 있다가 고개를 갸웃하며 병을 내밀었다. 명이 고개를 끄덕였다. 술을 따랐다. 세 번째 잔도 순식간에 비워졌다.
 "술을 잘하시나 봅니다. 제 전 주인도 주당이었지요. 앉은 자리에서 술 한 말을 너끈히 해치우고도 이놈의 술이 왜 이리 빨리 없어지느냐며 투정하곤 했습니다."

"못한다."

"예?"

"나는 술을 못한다."

"어머, 그럼 왜……."

"왜인 것 같으냐?"

그렇게 묻고 명은 날 물끄러미 바라보았다. 뭐라 대답하기 힘든 기분이 되었다. 고개를 숙였다가 아직 내 잔의 술이 남았음을 알고 이번엔 나도 한 방울도 남기지 않고 마셨다. 정말 독하다. 목뿌리부터 화끈거리는 기운에 콜록 기침을 하면서 잔을 놓자, 명이 바로 술을 채워주었다.

"독합니다, 술이."

"국화술이다. 몇십 년은 너끈히 되겠지. 해마다 담고 있으니 창고 하나엔 온통 술동이만 가득할 게야."

"못하신다면서 왜 술을 담그십니까?"

"내가 담갔겠느냐? 손님접대용이라며 녹전이 바지런을 떤 거지. 그 녀석, 어딜 가든 간에 다른 건 제쳐놓아도 술동이는 보물처럼 챙기고는 하지."

"누가 마신다고……."

"있다. 네 전 주인처럼 주당에, 앉은 자리에서 바다도 마셔주겠다 하는 이가."

"그게 누구신지요?"

"볼 일이 있으면 알게 되겠지."

그렇게 말하고 명은 자작으로 자신의 잔을 채웠다. 네 번째 잔을 비우고 그가 또 자작을 하려 하기에 급하게 내가 술병을 잡았다.

"술이란 것은 벗이 있으면 자작을 하는 게 아니라고 배웠습니다."

"그럼 네가 내 벗이냐?"

우선 대답을 미루고 술잔부터 채웠다.

"천천히 드십시오. 취하십니다."

"술이란 건 취하라고 마시는 줄 알았는데, 아니더냐?"

"그렇긴 합니다만."

명의 시선이 무겁다. 그 눈을 마주하자, 지난밤의 목소리도 들을 수 있었다.

'내일 밤이다.'

그가 말한 내일 밤이 오늘, 이 밤이다.

의식하자 심장이 다시금 두근거리기 시작해 한숨을 가만히 쉬어 보았다. 진정이 되질 않아 술을 마셨다. 알싸하게 퍼지는 향이 오히려 정신이 번쩍 들게 만들었다.

술병은 자꾸 비어 가는데, 가운데 놓인 생선은 손조차 대지 않았다. 어느새 식욕이 까마득해진 나도 일없이 술잔만 만지작거리다가 천천히 운을 뗐다.

"저, 말씀하신 일에 대해……."

"듣고 싶은 곡이 있느냐?"

내가 어렵게 말문을 틔웠는데, 명이 가로막듯 그렇게 물었다.

"말해 보거라. 내가 아는 곡이라면 들려주마."

나는 참으로 멍청하다. 그제야 이 술자리가 어떤 의미인지 알았다. 달을 보며 술을 마시고, 음률을 듣는다. 그것이 내가 녹전에게 들려준 내 생일 기념 방식이었다. 명은 지금 내 생일을 축하해 주고 있었던 것이다. 확 머릿속이 아득해지면서 얼굴이 발갛게 상기되는 걸 느꼈다.

"혹, 가능하시다면 〈보허자步虛子〉를……."

아무것도 생각나지 않으면 어쩌나 했는데 다행히 입이 저절로 곡 이름을 대었다. 명이 상체를 약간 돌리더니 뒤에서 무언가를 집어 들었다. 어제 보았던 대금이었다. 그가 대금에 입술을 대자, 나무에서 떨어지는 잎의 소리마저 들리지 않을까 싶게 고요했던 하늘 속으로 청아한 가락이 피어올랐다.

그저 말끄러미 그의 모습을 바라보다가 공연히 수줍어져서 고개 숙여 손에 쥔 빈 잔을 만지작거렸다. 이분은 참으로 내게 다정하시구나 싶다가도 내 무엇을 보고 이리 다정하신가 궁금도 했다. 그렇다고 묻기도 쑥스럽다. 어찌 생각하면 지금 상황이 꿈인가 싶기도 하다. 하지만 뺨을 만져보면 열이 올라 뜨거운 게 느껴지고, 고개를 들면 흰 옷을 입은 명이 달빛에 녹아들 듯 아름다운 자태로 대금을 부는 것이 보인다. 오래 바라보면 망연하여 넋을 잃을 것 같다.

차라리 눈을 감기로 했다. 현혹되도록 아름다운 명의 모습이 아니라, 그가 내게 들려주는 대금 소리에 마음을 기울였다.

〈보허자〉는 서글픈 곡이 아니다. 타는 이를 잘 만나면 이토록 웅장한 본래의 모습을 드러낸다. 가만히 듣기만 하는 것이 안타깝도록 그의 소리는 훌륭했다.

짧게 망설였지만 나는 품에서 피리를 꺼내 들었다. 여우가 준 옥피리를 가만히 쓸어 만진 뒤 한 호흡 기다렸다가 입에 대었다. 가느다란 피리 소리가 주춤거리며 명의 대금 소리를 따라간다. 명의 시선이 느껴졌지만 눈을 뜨지 않았다. 그저 온 마음을 다해 피리를 불었다.

악기는 거울과 같다. 주춤거리던 처음의 내 마음이 고스란히 소리가 되어 울리다가 이윽고 맑아지면서 투명하고 환한 원래의 빛깔을 찾았다. 악기는 본디 사람이 다루는 게 아니라 스스로 노래를 하는 것. 그 노래에 진정으로 찬탄해 주면 손이 저절로 움직여 악기가 부르는 노래를 돕는 것밖엔 할 것이 없다고 여우가 말했다. 어려운 말이지만, 아주 가끔은 그 말이 이해가 될 것 같은 때를 만났다.

오늘이 바로 그러한 밤이었다.

곡이 끝났다. 하지만 나는 한동안 귓가를 떠도는, 허공을 걷고 있는 음들을 느낄 수 있었다. 그 마지막에 마지막 한 음까지 아쉬워하며 음미하다가 겨우 눈을 떴다. 명이 웃는 것을 보았다.

"아주 즐거웠다."

"저도 그랬습니다."

환하게 마주 웃었다. 하지만 어째선지 명의 표정이 굳어졌다. 화가 났나 싶어 내가 어리둥절해하는데 그가 자리에서 일어나나 싶더니 다음 순간 내 앞에서 나를 끌어안고 있었다.

"이제 대답을 해라."

"저어……."

"아직 망설일 것이 있느냐? 대답해. 그리하겠다고. 내 반려가 되는 거다, 너는."

다그치는 강경한 어조에 순간 '예, 그러겠습니다' 라는 대답이 튀어나올 것 같았다. 그랬다면 열심히 생각했던 것이 물거품이 되었으리라. 다행히 두 손에 꼭 쥔 옥피리의 서늘한 기운에 한 가닥 제정신이 남아 있어서 명을 조심스레 밀어낼 수 있었다. 그의 눈을 마주하며 입을 열었다.

"당신의 반려가 되고 싶습니다. 그러나."

"그러냐?"

"이렇게 급하게 결정할 수는 없습니다. 저에 대해서 무엇을 아십니까? 저도 당신에 대해 아는 것이 너무도 없습니다. 그저 마음이 속절없이 끌린다 하여 그러겠노라 대답하는 건……."

하지 않아도 좋을 말까지 했다는 걸 깨닫고 그만 얼굴을 붉히고 말았다. 시선을 피하는 내 얼굴을 명이 잡아 돌리며 물었다.

"내게 끌린단 말이냐, 속절없이?"

"누군들 그렇지 않겠습니까?"

"난 너만 중요하다. 네 마음도 그러하느냐? 내가 간절하여 목이 마르고, 자도 잔 것 같지 않고, 먹어도 먹은 것 같지 않은 그런 기분이 드느냐?"

"얼추, 비슷합니다."

너무 구체적인 설명에 잠시 어리둥절해졌지만 그것에 대해 깊게 생각할 겨를은 없었다.

"그럼 무엇이 문제란 말이냐? 먼저 대답을 해라. 내 반려가 된 뒤에, 모르는 건 차차 알아 가면 그만이야. 그것 또한 하나의 즐거움이 되겠지."

내 뺨을 쓰다듬으며 미소한 명이 문득 고개를 기울였다. 입을 맞추려는구나, 하고 퍼뜩 깨닫자 재빨리 손을 들어 막았다.

"그렇지만 곤란합니다."

"곤란하다니, 무엇이?"

어쩐지 안절부절못하는 느낌의 명의 단단한 팔 안에서 나는 우물쭈물하다가 결국 답했다. 보다 우아한 표현이 아무리 해도 생각나지 않았다.

"전 소박맞기 싫습니다."

"소박?"

"지금은 제게 이리 지극하시지만 알고 보니 영 내게 안 어울리는구나 싶어지시면 어쩝니까? 보셨다시피 전 색도 없고, 눈도 빨갛고 능력이랄 것도 별반 없습니다. 당신은 책 보는 것도 그리 좋아하시는데, 전 사서오경도 백 년 가까이 걸려서 뗐습니다. 솔직히 말해서 학문에 그리 관심이 없습니다. 할 일이 너무 없어 지루하면 책이란 것도 들여다보는 정도이지요. 그것 외에도, 전 여우도 지적한 대로 잠꾸러기거든요. 여름에도 좀 덥다 싶으면 여름잠을 자러 들어가고 겨울에는 물론 말할 것도 없지요. 때론 자기 시작하면 몇 년이고 계속 자기만 해요. 아마 앞으로도 그럴 거예요. 거기다……."

"되었다. 가만 내버려두면 밤을 새워서라도 네 단점들만 늘어놓고 있겠구나."

나를 담뿍 안고 있는 명의 품에서 그의 옅은 웃음소리를 들었다. 그가 내 등을 쓸어주며 말했다.

"소박이라. 벌써 그런 걱정부터 하다니 겁쟁이구나."

"사람들의 인생을 가만히 지켜보면 정이란 것이 덧없구나 싶을 때가 너무도 많았습니다."

"우리가 사람이더냐?"

"그렇지만."

"부질없는 것이 사람의 정이라 해도, 내 정은 그렇지 않을 것이다."

명이 천천히 고개를 들어 가만히 날 들여다보더니 내 저고리의 자주색 고름을 슥 들어 올리며 물었다.

"동심결同心決을 맺어주랴? 아니면 이 치마폭에 영원히 이 마음 변치 않겠노라 언약의 시를 써주랴?"

그렇게 말하면서 이미 명은 내 고름을 풀어 사뭇 곱게 동심결을 맺고 있었다. 나는 얼굴을 붉히며 말했다.

"사람의 정은 부질없다 하시면서 사람 흉내를 내고 계십니다."

"우습다는 건 알지만 하게 되는구나. 이도 저도 되지 않으면 그냥 널 방으로 데려가 밤을 보낼까 생각 중이다."

"설마요."

"왜, 못할 성싶으냐?"

"그렇게는 안 하시겠지요."

말할 때는 확신이 있었는데 이어서 내 눈을 마주보는 명의 눈을 보니 그런 확신이 어디에서 왔나 싶었다. 무릎걸음으로 명이 바투 다가 앉자, 나도 모르게 뒤로 물러났다. 그는 다가오고 나는 물러나길 몇 번이고 반복했다. 그러다 내 뒤를 막는 느낌이 있어 고개를 돌렸더니 난간으로 가로막혀 있었다. 바로 옆에 있는 정자의 기둥을 보면서 급히 옆으로 방향을 바꾸려 했으나 명이 나보다 한 수 빨랐다. 그의 손에 붙잡히면서 꼼짝없이 갇혔다.

양옆으로는 난간들이 있고 등 뒤로는 기둥으로 가로막힌 채 나는 명에게 안겼다. 허리가 으스러지도록 강하게 껴안는 그의 팔 안에서 입술, 뺨, 목덜미, 목 할 것 없이 정신없이 그의 입맞춤을 받았다. 저항은 생각할 수도 없었다. 온몸이 끓어오르는 듯 열기가 훅 끼쳐오고 눈앞이 아득해지도록 흥분을 느꼈다.

내게도 본능이 있었다. 최고의 수컷에게 안겨서 희열을 느끼고픈 마음이란 게 있었다. 명이 내가 꿈꿀 수 있는 가장 최고의 존재란 것은, 누가 말해 주지 않아도 내 본능이 알았다.

문득문득 눈이 마주치면 그의 눈이 말하는 듯했다.

다 잊고, 이 순간 원하는 것만을 누려라. 나를, 원하지 않느냐?

어느 순간 그만 북받치는 정염에 나는 명의 목에 팔을 두르고 한껏 그의 입술을 탐하고 말았다. 마찬가지로 내 입술을 세차게 빨던 명이 문득 고개를 들어 미소하더니 속삭였다.

"자리를 옮기자꾸나."

이리 요염한 미소를 짓는 분이었던가. 멍하니 그가 이끄는 대로 일어나 비척비척 걸었다. 내가 걷는 것이 아니라, 허리를 끌어안은 명이 날 움직이게 하는데 불과했다. 그러다 툭 내 발에 무언가가 채였다. 버선코에 닿아 또르르르 굴러간 것이 난간의 틀에 부딪혀 쨍하는 소리를 내었다.

여우의 옥피리. 그걸 보고 난 화들짝 정신을 차렸다. 좀 전까지 내가 무엇을 한 걸까?

"노, 놓아주세요."

"반희야."

"제가 잠시 어찌 되었었나 봅니다. 놓아주세요, 놓아주세요. 제발 절 그냥 두셔요."

거듭 애원했더니 명이 마침내 팔을 거두었다. 기회를 놓치지 않고 후다닥 뛰어가 바닥에 떨어진 옥피리를 주워 가슴에 꼭 안았다. 그런 뒤 조심스레 명을 쳐다보았더니 명은 미소 한 점 없는 얼굴로 말했다.

"널 억지로 범하고 싶지는 않다. 그러니 너 스스로 오너라."

그가 손을 내밀었다. 그 손을 얼마쯤 보다가 외면하고 고개를 저었다.

"좀 더 생각할 말미를 주십시오. 무엇이 급하여 이리 서두르시는지 저는 모르겠습니다. 저희 같은 자들에게 넘치는 것이 시간인 것을요."

"일 년을 주랴, 십 년을 주랴. 아니면 백 년을 주랴? 생각만 하고 사는 데에는 신물이 날 것 같다. 이번 한 번은 생각하고 자시고 할 것 없이 몸이 원하는 대로 마음이 원하는 대로 갈 것이다. 그러니 손을 잡아라."

몸이 원하는 대로, 마음이 원하는 대로? 하지만 그렇게 쉽게 흘러가도 되는 일일까? 이 밤의 일로 반려가 된다 하면, 앞으로 몇백 년, 어쩌면 그보다 훨씬 더 긴 시간을 함께 하게 될 것이다. 그렇게 긴 시간에 대한 약속을 단순히 이 밤의 끌림으로 결정하는 것이 나는 무섭다. 얼마 되지 않아서 소박맞지나 않을까, 진정으로 근심스럽다. 날 소박 놓아도 명은 잘 살 것 같지만 나는 아마 무척이나 상심할 테니까.

"기어코 내 뜻을 거스르겠다는 것이냐?"

그의 낮은 목소리와 함께, 파지직 주변의 공기가 얼어붙는 듯 싸늘해졌다. 그에게서 퍼져 나오는 맹렬한 기의 흐름에 몸이 죄어오듯 아파온다.

나는 고개를 들고 명을 보았다. 내 걱정을 어찌 저리 모를까 싶어 불현듯 원망스럽게 느껴졌다. 내가 한사코 거절하면 정말 무서운 일을 할지도 모르겠다. 그렇지만 난 그를 무서워하고 싶지는 않다. 오랜만에 갖게 된 함께하는 이의 온기를 이렇게 허무하게 잃고 싶지는 않다.

주춤주춤 발을 옮겼다. 그가 내민 손 위에 내 손을 얹었다. 하지만 그가 꽉 내 손을 잡은 순간, 용기를 내어 말했다.

"반려가 되겠다는 것은 아닙니다."

마주한 명의 눈이 베일 듯이 날카롭다.

"내겐 같은 뜻이다."

"제겐 다른 것입니다."

"그럼 네가 뜻하는 것이 무엇이냐?"

나는 마른침을 꿀꺽 삼켰다. 조심스레 운을 떼었다.

"약혼……이라고 하면 어떻습니까?"

명이 미간을 찡그렸다.

"약혼? 우리가 그렇게 인간 흉내를 내어야 할 이유가 무어냐?"

"그렇게 기간을 둔다면, 저도 나중에 소박맞을 염려도 줄어들고 또한 제가 당신에 대해 판단할 여유가 생기겠지요."

"나에 대해서 판단을 한다고?"

어리둥절해하는 명을 보며 나는 고개를 끄덕였다. 겨우 웃을 수 있게 되었다.

"여우가 그러는데, 좋은 수컷이란 건 하늘에서 떨어지는 별의 수만큼이나 드물답니다. 첫눈에 반했어도 한 일 이 년 살다 보면 그놈이 그놈이래요."

"하!"

기가 차다는 듯 명이 탄식했다. 하지만 다행히도 그의 눈에 서려 있던 서릿발 같은 예기는 사라졌다. 거기다 주변 공기도 다시 따스해졌다. 명이 날 들여다보며 중얼거렸다.

"그놈의 여우, 아주 이상한 녀석이었구나. 거기다 너를 아주 세뇌를 시켜놓은 모양이다."

"좋은 분이었어요."

밝게 웃으면서 나는 여우를 변호한 뒤, 좀 더 용기를 내어 명에게 다가서 그의 가슴에 머리를 기대었다.

"제 소원을 들어주십시오. 퍽이나 느릿느릿한 성격이라 너무 빨리 절 끌어당기시면 따라가지 못해 필경 탈이 날 것입니다. 저를 정말 반려감으로 생각하신다면, 들어주세요. 제 말을. 그리…… 해주시는 거죠?"

슬쩍 올려다보며 졸랐더니, 명이 다시금 미간을 찡그렸다.

"가만 보면 은근히 교태도 부리는구나."

"아, 예. 여우에게 배웠습니다. 많이 모자라긴 하지만 그래도 백 년 넘게 보고 배운 게 있는 걸요. 마음에 드십니까?"

"맙소사."

생글거리며 웃었는데, 뭐가 마음에 안 들었는지 명이 내 머리를 푹 자기 가슴에 묻어버렸다. 슥슥 내 머리를 쓰다듬어주는 손 위로 명의 목소리가 들렸다.

"내가 아무래도 천방지축 신부를 맞이할 모양이구나."

"보세요, 벌써부터 한 가지 새로운 사실을 아셨잖아요."

"새로울 것도 없다. 이미 짐작하던 바야."

체념하는 듯한 목소리에 이어 명이 내 얼굴을 내려다보며 물었다.

"오늘도 날 피해서 서고에서 자려 하느냐?"

그의 목소리에 담긴 무엇에 겨우 잠재웠던 내 안의 열망이 다시 깨어났다. 그의 눈을 바라보는 사이 또 온몸의 힘이 거짓말처럼 사라지는 걸 느꼈다. 나는 한숨을 내쉬었고, 명이 그런 내게 고개를 숙여 몇 번이고 망설이는 듯하다가 입을 맞추었다.

아아, 이 느낌. 진정으로 근사하다. 다시 한 번 내 입에선 한숨이 맴돌았고 좀 더 계속되길 바라며 명의 옷자락을 살며시 움켜쥐었다. 그러나 그 순간 명이 입술을 떼었다.

"더 원하느냐?"

왜 굳이 확인을 하는지 몹시도 민망했다.

"제 마음을 열어 보여드려야 하나 봅니다."

"나도 그랬으면 좋겠지만 그러지 못하니 대답을 들어야겠다. 더…… 원하느냐?"

그는 내 뺨을 쓸어 만지면서 엄지손가락으로 몇 번이고 내 입술을 건드렸다. 그 야릇함이 도발 같아 눈을 꽉 감으면서 차라리 그의 품에 뺨을 기댔다. 어렵사리 입을 열었다.

"이 밤, 당신과 함께 있고……."

머뭇거린데다가 내가 말하면서도 입 안을 벗어나지 못했구나 싶을 지경으로 작은 목소리였다. 그나마 말도 채 끝맺지 못한 것은 갑자기 날카롭게 들려온 새의 비명 같은 울음소리 때문이었다.

부엉이다! 어릴 때 몸에 밴 공포가 아직도 작용을 해 부엉이나 솔개 같은 건 정말이지 싫다. 깜짝 놀라 부르르 떨며 못 쪽을 돌아본 나를 명이 꽉 끌어안아 주었다.

"괜찮아. 별것 아니야."

그도 못을 돌아보았다. 천천히 못의 주변에 있는 아홉 그루의 버드나무를 둘러보다가 말했다.

"손님이 왔구나."

손님? 나는 놀람 반, 호기심 반으로 명의 시선이 향한 곳을 함께 바라보았다. 버드나무가 심하게 흔들렸다 싶은 찰나, 달빛을 받아 은은하게 빛나고 있던 못의 표면이 미세하게 일렁거리기 시작했다.

이윽고 나는 보게 되었다. 못 위를 걸어오는 두 사람의 모습을.

등 뒤로 쏟아지는 달빛을 받아 앞으로 드리워지는 그림자가 압도적으로 짙고, 커다랗다. 한 명은 아청색의 학창의를 걸친 채 단순히 머리를 뒤로 올려 묶었고, 다른 한 명은 꽃자주색의 선명한 포를 걸치고 높게 틀어 올린 머리를 수없이 많은 진주로 장식했다. 예스러운 차림을 한, 사람이 아닌 자들. 얼굴이 식별될 정도로 가까워졌을 때, 그

둘이 모두 여자라는 것을 깨달았다. 옷에 수놓인 문양을 보면서 그들이 누구인지도 직감했다. 나도 모르게 중얼거렸다.

"국菊 님과 란蘭 님……."

"우리를 아는구나. 명아, 네가 우리를 잊지는 않은 모양이다."

국화가 수놓인 학창의를 입은, 남장을 했어도 단아한 미모가 돋보이는 여자가 입을 열었다.

"몇 번을 더 말씀드려야 합니까? 오실 때는 기별을 좀 해주십시오."

명이 투덜거리는 것처럼 보였다. 그의 말에 난초가 화사하게 수놓인 자색 포를 걸친 화려한 미인이 답했다.

"그래서 부엉이를 보냈지 않으냐?"

"보내고 바로 나타나는 것이 기별인 줄 아십니까?"

"매번 그러한 것을 알면서 오늘따라 유난히 가시를 세우는구나. 그래, 우리가 좋은 순간을 방해한 모양이지?"

화려한 미인 쪽에서 공작 깃털로 만든 부채를 살랑거리면서 나를 의미심장하게 바라보았다. 나는 그제야 아직 내가 명의 품에 찰싹 달라붙어 어미 품의 병아리 새끼인 양 굴고 있었음을 깨달았다. 떨어지려고 했지만, 명이 내 등과 허리를 안은 팔을 좀처럼 풀어주지 않았다.

학창의를 입은 여자가 흰 이를 드러내며 활짝 웃었다.

"놀랄 일이로군. 저 고고한 명이가 자기 암컷이라고 저리 기특하게 굴 줄이야. 보렴, 내 말이 맞잖아? 내가 이긴 내기이니 살쾡이는 내 몫이다."

"흥. 살쾡이 따위야 아깝지 않아. 가지든지 말든지. 명이 넌 오랜만에 우릴 봐 놓고 이리 세워두기만 할 참이냐?"

화려한 미인의 타박에 그제야 명이 날 끌어안고 있던 팔을 풀었다. 그래도 내 손을 잡아 옆에 두었다. 정자 아래로 내려가는 그를 따라 나도 함께 걸었다.

명은 두 사람이 못에서 땅바닥으로 올라오는 것을 부축하듯이 차근차근 손을 내밀었다. 먼저 화려한 미인이 땅을 밟아 섰고, 다음으론 학창의의 미인이었다. 손을 뻗으면 닿을 정도로 가까이에 서 있자, 그 둘에게서 흘러나오는 기운이 터무니없이 강해 뼈가 아릿할 지경이었다. 그나마 그간 명의 기운에 익숙해졌음에도 이 정도라니.

"시중드는 이 없이 두 분만 오셨습니까?"

"설마. 네가 쓸데없이 결계를 쳐놓아서 둘은 제대로 들어올 수밖에. 지금쯤 오겠구나. 아, 저기 네 무뚝뚝한 종이 온다."

화려한 미인이 말한 무뚝뚝한 종은, 녹전이었다.

"도련님, 손님이 오셨습니다. 오랜만에 뵙습니다, 두 분."

평소에 내가 알던 녹전이 아니라, 굉장히 경직된 녹전이 거기에 있었다. 나는 순간이나마 화려한 미인이 녹전을 보며 새빨간 혀를 날름 움직여 입맛을 다시는 것을 보았다. 대번에 소름이 쫙 끼쳤다. 내가 녹전이었으면 온몸의 털이나, 비늘이—있다고 한다면—곤두섰으리라.

"네 신부를 보는 일이니 빈손으로 올 수 없어 선물을 들고 왔다. 둘이 가져올 거야."

학창의를 입은 이가 그리 말했다. 녹전의 뒤로 이윽고 한 사람이 나타났다. 달에 비친 그림자로, 그 사람은 우리와 마찬가지의 존재, 즉 사람이 아니되 사람의 형상을 가진 자라는 걸 알았다. 그는 붉은 바탕의 화각함을 들고 오다가 나와 명을 보고는 싱긋 웃었다.

"오랜만입니다. 어여쁜 신부를 맞으셨다지요?"

가볍게 들고 오던 화각함을 명과 내 앞에 내려놓는 순간, 땅이 쿵 하고 울렸다. 나중에 보니 그것은 혼수함으로 거기엔 금괴와 은괴, 진주가 가득 담겨서 장정 둘이 달려든다 해도 드는 시늉도 못하고 나가떨어질 무게였다.

"아직은 아니지만 조만간 그리될 겁니다. 그간 무탈히 잘 지내셨습니까?"

명이 두 여자에게 한 것과 달리 꽤나 격식을 갖추어 인사를 했다. 남자의 키는 명과 비슷했지만 체구가 두 배 정도는 될 듯싶게 건장했다. 얼굴에 담은 미소가 싱그러운 이였다.

"아직이라니, 내가 지금 뭘 잘못 들은 것이냐?"

화려한 미인이 퉁명스럽게 물었다. 명이 어깨만 으쓱하는 동안 학창의를 입은 미인도 물었다.

"아직이야? 그럼 아까 그 눈 뜨고 못 볼 광경은 뭐였느냐?"

"무엇을 보셨다고 하시는지 모르겠습니다."

"보아라, 지금도 그리 손을 꽉 잡고 있는 건 무어냐?"

"이 아이가 손을 잡는 걸 좋아해서요."

제가 언제요? 라는 표정으로 힐끗 명을 쳐다보았다. 명은 태연한 얼굴로 두 사람을 바라보다가 문득 얼굴을 찡그리더니 좀 전에 녹전과 남자가 온 길을 쳐다보며 말했다.

"또 인간을 데리고 다니십니까?"

"이 세상에 란을 말릴 이가 있다더냐."

학창의를 입은 사람이 그렇게 말했다. 그 말로써 그녀가 국 님이고, 다른 쪽이 란 님이란 것이 뚜렷해졌다. 화려한 미인, 즉 란 님은 새치름한 미소를 띠었다.

"그러니까 내가 가장 강한 거잖아?"

그런 란 님을 쳐다보는 명의 눈이 매우 싸늘하여 사뭇 경멸하는 듯 느껴졌다. 이상하다 싶어 두 사람을 번갈아 바라보는데, 저편에서 어둠 속에 둥실둥실 빛이 떠오는 게 보였다.

촉롱을 들고 오는 이는 명의 말대로 틀림없는 인간이다. 조심조심 걸음을 옮기며 촉롱의 안에 든 촛불이 꺼질까 걱정하는 것처럼 바라보는 남자의 한 팔엔 커다란 안개꽃다발이 들려 있었다. 너무 커서 손으로 잡지도 못할 만큼의 크기. 듣기 좋은 부드러운 목소리가 곧 들려왔다.

"죄송합니다, 이런 건 처음 들어봤는데 어렵군요. 이 꽃다발의 주인은 어디에……. 아, 이쪽이겠군요. 안녕하세요. 이 꽃, 좋아하실까요?"

꽃다발 사이로 고개를 내민 남자는 나를 보며 맑게 웃었다. 촉롱을 내려놓고 내게 다가온 남자가 안개꽃다발을 내밀었다.

명의 손을 놓고, 나는 두 손을 뻗었다. 남자가 내민 꽃다발을 잡았다고 생각했지만 바닥으로 떨어졌다. 사실, 그건 아무래도 좋았다.

"아, 이런. 죄송해요, 받으실 줄 알고……, 엇?"

나는 꽃다발을 주우려 몸을 굽히는 남자의 팔을 잡았다. 남자는 날 쳐다보더니 고개를 갸웃했다.

"저어, 왜 그러세요?"

남자의 목소리. 날 바라보는 눈. 풍기는 향기 한 점까지. 나는 꿈을 꾸는 게 아니었다.

"……도련님?"

"예?"

"도련님, 도련님……, 도련님……!"

발에 힘이 풀려 주저앉고 마는 나를 남자가 급히 붙잡아주었다. 내가 꽉 붙들고 있는 팔처럼 날 붙잡는 손 역시 거기, 분명히 있었다.

따뜻했다. 숨을 쉬고 심장이 뛰는 사람. 틀림없이 살아 있는 사람이었다. 웃으면서 일어나려 했지만 그러지 못했다. 눈물이 쏟아져 남자의 모습이 흐릿해졌다. 그래도 그 사람이다.

마침내, 나는 다시 태어난 도련님을 만나게 된 것이다.

9. 고동 鼓動

7교시의 국사수업이 끝났다. 재빨리 일어나 교실 밖으로 나가보았지만, 한발 늦었다. 새로 오신 국사 선생님은 인간 꼬맹이들에 둘러싸여서 이미 옆에 차지할 공간이 없었다. 인간 꼬맹이들은 기운이 참 좋다. 서운한 마음을 누르며 멀찍이 서서 가만히 보고만 있었는데 국사 선생님이 문득 뒤를 돌아보고는 나를 향해 손짓을 했다.

"반희야, 거기서 뭐해?"

그가 맑게 웃는다. 나는 기운을 얻어 한달음에 가까이로 다가갔다.

"오늘 수업 어땠어?"

"재미있었어요. 가르치시는 걸 참 잘하세요."

"하하, 명색이 선생님이잖아. 이걸로 밥 벌어먹는다고."

"네, 그래도 참 훌륭하세요."

나는 솔직하게 말한 건데도 그는 귓불을 만지면서 쑥스러워했다. 그의 옆자리를 차지한 인간 꼬맹이들 중 하나였던 송옥이 수상하다는 듯 물었다.

"뭐야, 반희 너 선생님이랑 아는 사이구나? 무슨 사이야?"
"어? 이분은……."
"먼 친척이야. 음, 굳이 세자면 16촌쯤 되려나? 그렇지?"
"아, 네, 그래요. 16촌."

임기응변도 참 잘하시는구나 하고 그를 흐뭇하게 바라보았다. 원래 총명한 사람이었는데 다시 태어나도 총기가 넘친다. 하긴, 같은 사람이 달라졌을 리 없다.

"16촌이라니 그런 촌수까지 헤아리고 살아요? 고리타분해요, 강우 새앰."

송옥이 꽤 귀엽게 봤는데 도련님한테 매달려 콧소리를 내는 걸 보니 살짝 미워졌다. 나는 저렇게는 못하겠는데. 하고 싶은 마음은 굴뚝같지만, 도련님한테는 얌전하게 보이고 싶다.

학교에 새로 오신 이강우 국사 선생님. 그가 바로 도련님이다. 그전에 가르치던 국사 선생님은 디스크 수술과 관련하여 갑작스레 휴직계를 내셨다고 한다. 때문에 우리 도련님이 대신 이 학교에 오게 되었다는 이야길 들었을 때, 내가 얼마나 기뻐했는지 그것은 말로는 다 설명할 수 없다. 학교 근처에 집도 구해 놓았다고 했다. 잘하면 훨씬 더 빨리 볼 수 있었을 텐데. 그래도, 무슨 인연이었든 다시 만났을 것이다. 학교 수업 시간에 들어온 도련님을 보게 되었다면 어쩌면 나는 기절했을까나?

하하, 그래도 만날 인연은 만나게 된다. 역시 여우는 거짓말을 하지 않았다.

'몸은 죽어 스러져도 혼은 사라지는 것이 아니니, 못다 한 인연의 몫이 있다면 살아서 기다리다 보면 만나게 될 게야.'

여우의 그 말을 믿고 기다렸다. 사백 년 가까이 흘렀지만 만났으니 된 것이다. 만났으니 언젠가 그가 내게 베푼 은혜를 갚을 날도 있으리라.

"근데 이 괘도 은근히 무겁다. 반희야, 책 좀 교무실까지 들어다줄래?"

"아, 예!"

그의 심부름 부탁을 들은 나를 주위 애들이 시샘 반 부러움 반의 눈으로 쳐다보았다. 그의 책을 받은 나는 날아갈 것 같은 기분으로 함께 교무실로 향했다. 얼마쯤 걸어서 반 애들이 보이지 않는 곳에 이르렀을 때 도련님이 말했다.

"이제 주세요. 제가 들고 갈게요."

"아니에요, 제가 들 수 있어요. 그리고 말 놓으세요, 도련님."

"그 도련님이란 소리, 정말 어색한데요."

도련님은 연방 귓불을 만지작거렸다. 옛날엔 없었던 버릇인데. 그래도 도련님이 멋진 분이란 데는 변함이 없지만.

"전 도련님이 저한테 말을 높이시는 게 더 어색해요. 예전처럼 해 주세요."

"예전이라고 하셔도……."

"그럼 그냥 학생이라고 생각해 주세요. 다른 애들처럼 저도 열여덟 살짜리 꼬맹이라고요."

난감해하는 도련님을 보니 미안해졌다. 나는 전부 기억하지만, 도련님은 옛날 일을 기억하지 못했다. 그게 당연한 것인지는 몰라도 내겐 서글픈 일이다. 도련님은 내가 서글퍼하는 걸 보면 걱정해 주신다. 미안해도 하신다. 예전처럼 상냥하신 분이니까.

"저어, 란 님께선 잘 지내시죠?"

도련님이 조심스럽게 건넨 질문에 냉큼 고개를 끄덕였다.

"아, 네. 잘 지내세요. 왜 안 오세요? 오시면 좋을 텐데."

"부르질 않으셔서요."

도련님은 풀죽은 얼굴을 했다. 덩달아 나도 의기소침해졌다. 도련님의 말을 잡으면서 말했다.

"제가 말씀드려 볼게요. 도련님 모시고 저녁 같이 먹자고 할게요. 내일이라도 좋은 소식을 드릴 테니까, 기다려주세요. 네?"

"정말로요? 아, 무리는 하지 마세요."

내 말에 도련님은 함박웃음을 지으며 기뻐했다.

"무리 안 해요. 벌써 교무실 다 왔네요. 여기요, 선생님. 다음 수업, 기다릴게요."

나도 환히 웃으면서 도련님께 지금까지 들고 있던 책을 내밀었다. 도련님은 내게 살짝 목례를 건네고 교무실로 들어갔다. 그 모습을 계속 지켜보다가 교무실 옆의 창문을 지나면서 그가 자리에 가 앉는 모습까지 보았다. 옆에 계신 선생님들이 무슨 재미난 말을 했는지 도련님이 너털웃음을 지었다.

아아, 저리 웃는 모습 하나에도 옛날 모습이 그대로 살아 있다. 이리도 좋을 수가. 바라보기만 해도 좋았다. 심장이 지잉 지잉거리며 좋아서 퍼덕거렸다.

그래, 더는 바랄 게 없다. 살아 있는 걸 한 번만이라도 보는 것이 소원이었잖은가. 날 기억하지 못해서 슬픈 것쯤은 아무것도 아니다. 이 모습을 하고 있으면, 아주 오랜 시간이 흘러 만나도 기억해 주지 않을까 했지만 그게 아니었다고 해서 가슴 아플 것도 없다. 나는 사람이 아니니까 그런 일로 가슴이 아프지는 않다.

"왜 그런 표정이야?"

뒤에서 들려온 목소리에 퍼뜩 정신을 차렸다. 유리창은 그 너머의 교무실 안을 보여주면서도, 아주 가깝게는 거울처럼 내 뒤의 모습을 비추고 있다. 명이 있었다. 입가에 서린 그의 싸늘한 미소에 나는 흠칫했다.

"제가 어떤, 아니, 내가 어떤 표정인데?"

옆으로 지나가는 애들이 있어 급히 말투를 바꾸었다. 명은 주머니에 손을 넣은 자세로 내 옆으로 오더니 교무실 안을 슬쩍 바라보았다.

"저 꼬맹이가 진짜 그 도련님 같아?"

"물론, 내가 잘못 봤을 리 없어. 도련님이야. 저분은 우리 도련님이야. 잘못 볼 수 없어. 깨어 있는 동안 내내 기억했는걸. 언젠가 꼭 만나서……"

은혜를 갚아야지 하고. 하지만 그 말은 아직 쑥스러워서 못하겠다. 나중에 갚고 난 뒤에, 자랑스럽게 말할 생각이다. 그저 지금은 흐뭇하게 바라만 볼 뿐. 어쩌면 우리 도련님은 저렇게 뒤통수마저 깎아놓은 밤톨처럼 어여쁘신지.

"엇."

갑자기 시야가 까맣게 되어 당황했는데, 명이 내 눈을 가렸다는 것을 뒤늦게 알았다.

"저기, 손."

"집에 가자."

"가는데, 이 손은 놔줘야 가지. 안 보여."

내가 말이 안 되는 소릴 한 것도 아닐 텐데, 명은 들어주지 않았다. 내 눈을 가린 그의 손은 완강했고, 나는 할 수 없이 그의 재킷을 꽉 잡고 더듬더듬 걸음을 옮겼다. 주위에서 그런 우릴 보고 이상히 여기는 애들의 목소리가 여과 없이 들려왔다. 나는 차라리 안 보여서 괜찮지만 명은 어떤 얼굴로 걸어가는 걸까? 명은 그런 희한한 자세로 교실까지 날 데리고 갔다.

"뭐야, 니들? 지금 이게 뭐 하자는 상황이야?"

"왜 반희 눈은 가리고 그래? 무슨 이벤트야?"

"이벤트라니, 둘이 무슨 사이라고!"

"무슨 사인 거지. 저러고 복도에서 쭉 걸어오는데 아무 사이 아니면 그게 이상하다."

"사귀는 거야? 결국 둘이 사귀는 거야?"

사방에서 들려오는 목소리들이 개구리 울음소리를 방불케 한다. 그 속에서 청량하도록 기품 있는 명의 목소리가 들려왔다.

"그런 거지, 결국엔."

개구리 울음소리가 개구리 비명으로 바뀌었다. 나는 놀라서 양쪽 귀를 막으려 했다. 그런 나보다 명의 움직임이 한결 빨랐다. 내 눈을 가리고 있던 손, 그쪽의 팔을 이용해 꽉 내 머리를 가슴에 끌어안으며 장난스럽게 말하는 소리가 났다.

"적당히 해. 우리 반희 놀라."

오히려 비명소리가 더 거세게 퍼졌다.

학교에서의 명은 병약하지만 서글서글한 성격에 밉지 않은 장난기도 보여 남녀를 가리지 않고 적당히 인기가 있다. 집에서의 명과는 분명히 달랐다. 놀랍게도 그런 게 통했다. 인간들 속에 섞여 녹아드는 기술을 그는 확실히 알고 있었다. 관록이라면 관록일 것이다. 그렇지만 나는 어색했다. 명이 학교에서 보이는 밝음이 너무 선명한 노란빛에 가까워 옆에 있자면 내가 다 민망하다.

"안 놀랐어? 괜찮아?"

그 상황에서 명이 눈을 가린 손을 떼며 물어서 깜짝 놀랐다. 나와 명을 둘러싸고 반 애들은 동그란 원을 형성하고 있었다. 놀란 감정들을 숨김없이 드러내는 아이들의 표정이 한꺼번에 다 들어온다. 인간들은 어쩜 이렇게 남의 일에 관심이 많을까? 사회적인 인간, 어쩌고 하는 영어단어가 머릿속에서 잠깐 맴돌다가 사라졌다. 제대로 생각할 틈도 주지 않고 명이 내 손을 꼭 움켜잡은 것이다. 그 손을 들어서 애들에게 보여주면서 명이 활짝 웃었다.

"이렇게 되었으니까, 우리 반희한테 미심쩍게 접근하는 건 곤란해. 혹시 그러는 녀석 있으면, 도전으로 여겨주겠어."

장난스런 목소리. 그러나 그 저변에 깔린 기이한 어둠을, 나는 공기의 파동을 통해 알 수 있었다.

"아무쪼록 조심하는 게 좋을 거야."

그것은 내가 인간의 마음에 무관심의 거울벽을 만들어, 살며시 다른 방향으로 틀어내는 것과 비슷했다. 하지만 훨씬 세련되고 훨씬 강력했다. 나는 이렇게 한꺼번에 다수를 현혹할 생각조차 할 수 없다.

아이들의 눈이 몽롱한 꿈속을 거니는 것처럼 초점이 흐릿해졌다가 언제 그랬냐 싶게 평범한 모습으로 돌아왔다. 다시 한꺼번에 애들이 떠들어대는 목소리로 교실이 왁자해졌다. 더욱더 요란하게 우리의 일을 골려대고, 야유해댔다. 그전의 몇 초에 이르는 침묵의 시간을 기억조차 못하는 그들의 웃음소리는 내겐 씁쓸하게까지 느껴졌다.

인간들은 참 약한 존재란 걸 새삼 깨닫고 나는 그들의 가련함을 잠시 동정했다. 한편으론 명이 얼마나 강한지, 그 편린을 훔쳐본 느낌이었다.

"녹전은요?"

"쉬라고 보냈어. 가끔 자기 굴을 보수해야 하거든. 요 며칠 고생도 했고."

운동장에 나왔는데 평소 같으면 기다리고 있었을 녹전의 모습이 보이지 않아 물었더니 명이 그렇게 답했다. 여느 때 같으면 궁금해했을 게 많은 말이지만 오늘은 그저 고개를 끄덕이고는 묵묵히 걸었다. 그간 차로 오간 것에 익숙해져서인지 경사가 가파른 통학로를 걸어 내려가는 것이 낯설기만 했다. 누군가와 손을 잡고 걷는 것이 낯선 것은 말할 나위도 없다.

"골이 났군. 아니, 토라진 건가?"

"그런 것 아닙니다."

"그런데 왜 내내 말이 없어?"

"제가 늘 떠들기나 하는 것처럼 말씀하십니다."

"봐, 토라진 것 맞네."

"아니에요. 그저 생각을 좀 했을 뿐이에요."

"무슨 생각을 그리해?"

"은근히, 과시하는 기질이 있구나 하고 말이에요."

"누구? 내가?"

그 말엔 대답하지 않고 걷기만 했더니, 명이 손을 잡아당기며 채근했다.

"날 보고 하는 말인 거지? 왜?"

"왜냐고 묻다니 정말 모른다는 거예요?"

"그래. 몰라. 그러니 네가 말해봐. 내가 무슨 과시를 했다는 거야?"

"반 애들 앞에서 일부러 그런 식으로 말할 건 없었잖아요. 이상한 장난을 한 것도 그렇고."

"흐음. 그게 과시였다고?"

명은 동의 못한다는 듯 싸늘히 웃었다. 그의 걸음이 좀 더 빨라졌다. 못 따라갈 정도는 아니라 아무 말 안 했다. 하지만 그는 버스정류장도 무시한 채 계속 걸었다. 집까지 걸어갈 생각일까? 그럼 이참에 길거리 구경이나 하자고 다문 입에 한층 꾹 힘을 주고 걷는데 명이 갑자기 멈춰 섰다. 나를 돌아본다.

"과시라고 치지. 그게 안 될 게 뭐야?"

"안 된다고 말한 적은 없는데요."

"토라졌잖아. 이유가 뭐냐고."

"토라진 거 아니에요."

"아니라고?"

"아니에요."

"아니라면서 왜 웃질 않아? 너 항상 생글생글거리면서, 지금 표정이 어떤 줄 알아?"

내 표정이 어떤지 나는 몰랐다. 하지만 명이 그렇게 말하면 조금 억울하다. 나는 토라진 게 아니라 의기소침해진 것이다.

"그런 당신이야말로 나한테 골을 내잖아요. 아까부터 쭈욱."

"내가 언제?"

"아니에요?"

"아니야."

"아니라면서 왜 자꾸……."

엇, 이 비슷한 말이 방금 전에 오간 것 같은 기분이? 고개를 갸웃하던 나는 우리가 입장만 바꾸어서 같은 대화를 반복 중이란 걸 깨달았다. 키득, 웃고 말았다. 한 번 웃자 자꾸만 웃음이 나는 걸 멈출 수 없었다. 명은 어리둥절한 표정이다.

"왜 웃는데, 지금?"

"안 웃겨요? 아까부터 우리 같은 말만 뱅글뱅글. 전 재밌는데요? 아하하하."

"재미난 게 퍽이나 많구나."

"말했잖아요, 전 세상에 재미나고 즐거운 일들 천지라고."

"이해 못하겠어."

가칫한 말투는 여전했지만 명의 표정을 보면서 나는 그의 기분이 많이 풀어졌음을 알 수 있었다. 주위를 잠깐 돌아보고 그리 보는 눈이 없다는 걸 확인한 뒤 그에게 다가서 살짝 어깨를 부딪쳐보면서 물었다.

"제가 골나게 했어요? 뭐가 못마땅한지 말해 줘요. 같은 잘못 다신 안 할게요."

"……됐어."

명은 날 물끄러미 쳐다보다가 한숨을 섞어 말한 뒤 다시 걸음을 옮겼다. 아까보다는 느린 걸음이다. 그와 잡고 있는 손에 자꾸 신경이 쓰이는 걸 거둘 겸 나는 고개를 들어 하늘을 보았다.

막 춘분이 지났을 뿐이지만 확실히 공기가 더 따스해졌다. 새로 돋은 잎들로 말간 연두색을 띤 가로수들 또한 싱그럽고도 어여쁘다. 전신주에 앉은 참새들이 지저귀는 것을 보면서 아주 잠깐 군침을 삼켰다가, 놀라서 날아가 버리는 모습에 아차 했다. 여전히 참새는 내가 좋아하는 음식 베스트 3에 속하다 보니, 가끔 자아도 망각하고 넋 놓고 바라볼 때가 있다. 참새들 입장에선 여우에게 호랑이가 그랬듯이 그런 내가 무시무시한 존재일 것이다. 그러지 말자 하면서도 참새가 날아가 버린 하늘을 아쉬워하며 보고 있는데 명이 불쑥 말했다.

"학교, 그만두자."

"예?"

"굳이 다녀야 할 이유 없잖아, 너도 나도."

"아…… 그렇지만."

너무 갑작스러운 말이라 바로 대답할 말이 떠오르지 않았다. 명이 나를 쳐다보았다.

"공부하는 거 좋아하지 않는댔잖아. 나도 이미 다 아는 걸 다시 배우는 일 따분해."

"하지만, 학교란 공간은 재미나지 않아요? 전 이번엔 고등학교 졸업한 뒤에 대학이란 곳도 다녀봐야지 했어요. 시간이 잘 가요. 학교를 다니면. 사람들은 비슷하면서도 다들 조금씩 다르고. 구경거리가 많아서 전 참 좋던데."

"사람들 구경? 난 재미나지 않아. 어리석고, 자기 파멸적인 동물들이야. 소일거리가 없어 따분해서 학교에 다니는 거라면 내가 좀 더 모아볼게."

"뭘요?"

"이야기 상대들. 보니까 풍계랑 노는 것 좋아하더군. 거기다 복숭아나무에 아직 작은 꼬맹이도 키우고. 그런 거 몇 마리 더 모아줄게. 그러면 집에서도 심심하진 않을 거 아냐."

"인간이⋯⋯ 싫어요?"

"싫고 말고 할 것 없어. 그런 미천한 것들 따위 아무래도 좋아."

명은 그렇게 생각하는구나, 하고 조금 놀랐다. 나를 바라보며 명이 다시 물었다.

"그만두자. 그렇게 하는 거지?"

"⋯⋯."

물음이라기보다는 명령 같은 말이었지만 나는 대답할 수 없었다. 학교에 이제 막 정이 들던 참이다. 게다가 도련님이 선생님으로 오셨는데.

"내 뜻대로 할 거지?"

"지금 당신이 묻는 상대는, 당신의 하인이에요, 아니면 약혼자예요?"

"그런 말이 어딨어? 내가 너를 하인 취급한 적이 있었어, 한 번이라도?"

어차피 자기 것이니까, 무조건 반려가 되어야 한다고 윽박지른 적도 있는데. 은근히 과시적인 데다가 자기 편한 기억력도 있는 것 같다. 그래도 그걸 지적하지는 않았다. 나는 그의 기분을 거스르지 않도록 잠자코 웃으면서 부탁했다.

"그럼요, 학교 좀 더 다니게 해주세요. 전 정말 학교 다니는 게 재밌거든요."

명의 눈이 가늘어졌다. 그래도 안 된다는 소리는 하지 않았다. 우리는 다시 걷기 시작했다.

정말로 집까지 걸어서 갔다. 한 시간 사십 분가량 걸렸다. 내내 명과 잡고 있던 손에는 땀이 배어 있었다. 손을 놓을 때까지 그걸 몰랐다는 게, 나는 몹시 신기했다.

춘분에서 정확히 5일이 흘렀다. 하루가 지날 때마다 실감이 좀 더 뚜렷해지면서 이젠 현실을 믿어 의심치 않게 되었다. 그래도 기쁜 마음은 춘분날 밤과 달라진 게 없다. 여전히 새로 오신 손님들을 볼 때마다 가슴이 두근거린다.

춘분날 밤, 부엉이를 보내 자신들이 온다는 걸 알리고 못 위를 걸어오는 모습으로 나를 놀라게 한 두 분. 명의 결계를 아무렇지 않게 걸어낸 그 두 분을 명은 누님들이라고 소개했다. 연세가 어떻게 되시느냐 물었더니 명은 몇백 살 차이 안 난다고 대수롭지 않게 대답했다. 그 뒤 몇 번 더 물었지만 결국 정확한 나이를 듣는 것에는 실패했다.

국 님은 남장을 한 첫인상에서부터 느꼈듯이 호쾌한 성격에 시원시원한 말투가 인상적이고, 세상만사를 초탈한 듯한 도인 같은 분위기가 풍겼다.

란 님은 그 화사한 분위기부터 해서 극히 우아한 행동거지 하나하나까지 마치 일국의 여왕을 방불케 하는 기운이 있다.

두 분과 함께 온 남자 중, 도련님 말고 다른 쪽은 국 님의 반려라고 했다. 묻지도 않았는데, 내게 자신은 곰이라고 말해 주기도 했다. 밝고 싹싹한데다가 자긴 아직 나이가 칠백 살이 못 된다면서 비슷한 또래를 만난 것이 기쁘다고 내 손을 잡고 힘껏 흔들었다. 여우는 나보다 겨우 백이십 살 많으면서 그 차이가 하늘과 땅 차이라고 역설했는데, 곰 아저씨―단檀이라 불러달라 했다―는 사이좋게 친구처럼 지내자고 부탁했다. 더 말할 나위도 없이 나는 단 님이 아주아주 좋아졌다.

그리고 도련님은…… 란 님의 정인이다.

그 말을 듣고 벌어진 입이 다물어지지 않는 나를 란 님이 쏘아보시며 뭐가 못마땅하냐 물어서 겨우 입을 닫았었다. 그날 밤, 녹전이 단장 중이던 내 방과 자신의 방까지 손님의 방으로 내어주었는데 손님들은 각자의 반려와, 혹은 정인과 한방에 머물렀다.

다음날 아침에 학교 갈 준비를 하면서 마당에서 세수를 하다가 내 방에서 나오는 도련님을 보았다. 반가운 마음에 달려가 인사를 하면서, 나는 그가 정말로 란 님과 아주 친밀한 사이란 걸 느꼈다.

내 전 주인 여우는 변덕스러운 만큼이나 곧잘 미색의 사내에게 반하곤 했다. 마음에 드는 인간 남자라면 몇 달이고 같이 산 적도 있었다. 그럴 때 여우는 내가 모르는 낯선 체취를 풍겨서 나를 당혹스럽게 했다. 여우가 안은 남자들에게선 여우의 달콤한 향이 났다. 같이 밤을 보낸 후에는 더욱 진하게 나는 향 때문에, 탈피할 시기가 가까워져 시력이 엉망이 될 무렵의 나는 인간 남자를 여우라고 착각해 실수한 적도 있을 정도였다.

도련님에게서도 향이 났다. 란 님의 차갑고 요염하도록 짙은 침향이 온몸 가득 배어 있어, 나는 저도 모르게 멈칫멈칫 뒤로 물러났다. 그런 나를 보고 도련님은 어색한 미소를 보이셨다.

그 후 란 님의 시중들 준비로 바삐 움직이셨다. 정인이자 하인. 도련님은 란 님에게 그런 위치였다. 그 모습을 지켜보는 것 말고는 할 수 있는 게 없었다. 란 님을 보는 도련님의 눈에 깃든 애정이 너무도 열렬했으니까.

도련님은 춘분날 밤만 집에서 머물렀다. 그대로 가버리시는 줄 알고 깜짝 놀랐지만, 놀랍게도 같은 무주에 살게 되었고 내가 다니는 학교에 국사 선생님으로 온다는 말을 들었다. 란 님은 도련님이 찾아 놓은 집이 너무 작다고 싫어하셔서 도련님은 급하게 다른 집을 알아보시느라 매일같이 여유가 없으신 듯했다. 란 님이 원하시는 건, 명의 집같이 큰 못도 갖춘 예스러운 집이니 찾는 게 어려울 수밖에 없다. 이 집은 원래 절터였던 데다가 명이 못을 한층 크게 만들었고, 녹전이 바지런을 떨며 끊임없이 손을 본 것이니 비교할 대상이 한참 잘못되었다.

학교에선 틈나는 대로 도련님의 모습을 보러 가고 있고, 집에 돌아오면 마루에 나와 바둑을 두는 국 님과 단 님의 바둑판을 보면서 한 수 배우고 있다.

란 님은 식사 때를 제외하곤 거의 방에서 나오시질 않는다. 게다가 내 방도, 녹전의 방도 마음에 들질 않는다며 명의 방을 자신이 유하는 방으로 결정해 버렸다. 덕분에 명은 마루에서 달빛을 이불 삼아 자는 며칠을 보내고 있다. 그 옆에서 녹전도 앉아서 꾸벅꾸벅 잔다. 나는 괜찮다고 몇 번이나 사양했는데도 녹전의 방을 쓰게 되었다. 내가 이슬을 받으며 자면 큰일이 날 거라고 녹전도, 명도 생각하는 것 같다. 돌담 사이에서도 자고 초가지붕 밑에서도 자고 퇴비더미 속에서도 잔 구렁이를 우습게 보는 건지.

오늘은 명이 녹전에게 휴가를 주어서, 저녁 준비를 할 사람이 없겠구나 싶어 내가 부엌으로 들어갔는데 단 님이 앞치마를 걸치고 부산하게 이것저것 요리를 하고 있었다. 한눈에 보아도 일사천리로 막힘없이 진행되는 것이 한두 번 해본 솜씨가 아니었다.

"대단하시네요. 도와줄 게 없냐고 묻고 싶은데 제가 끼어들 자리가 없는 것 같아요."

구경하다가 시간이 다 갈 것 같아 급히 말을 건넸더니 단 님이 생선회를 뜨다가 고개를 들었다. 나를 보곤 치아가 드러나게 활짝 웃는다.

"아, 왔어요? 학교는 재미있었나요?"

"고만고만해요. 그 재미가 재미긴 하지만. 뭐라도 돕고 싶은데, 제가 할 일 없을까요?"

"마음은 고마운데, 여긴 제가 맡을게요. 국화 부인에게 애썼다고 칭찬받고 싶거든요."

국화 부인. 단 님이 국 님을 가리켜 하는 말은 울림조차 아주 다정해서 듣는 나까지 기분이 좋아졌다.

"그럼 전······. 아, 술이라도 가져올게요."

부엌을 나서서 곳간으로 걸음을 옮겼다. 명이 술을 못한다는데도 일부러 술을 담그는 이유를 난 이번에 제대로 알았다. 국 님과 란 님, 특히 국 님이 굉장한 애주가였다. 이름 그대로 국화술이라면 어린애처럼 좋아하는 것이, 꼭 옛날의 여우와 닮은 데가 있었다. 여우에겐 그게 매화주였던 것이다.

"맞다. 홍매 님."

요 며칠 돌아가는 상황이 하 꿈같아서 여우 꿈밟기를 한다는 것을 까맣게 잊고 있었다. 이래저래 뒤로 밀쳐진 것을 알면 한바탕 원망을 들을 텐데. 그리 원망을 들을 일조차 그립긴 하지만.

"어, 모래야. 여기까지 마실 나왔어?"

가면서 별생각 없이 담을 손가락으로 만지면서 가는데 기와와 벽돌 사이의 틈에서 꼼지락거리는 것이 있어 쳐다보았더니 모래가 어기적거리며 기어가고 있었다. 손을 내밀었더니 금세 팔로 옮겨와서는 자기 자리인 걸 아는 듯 어깨까지 올라갔다. 그리곤 네 발에 힘을 주어 버티고 앉았다.

"풍계는 네 말을 알아듣는 모양이던데, 나랑은 언제쯤 말이 통할까나?"

물었더니 모래는 작은 눈으로 날 쳐다보았다가 하품을 했다. 진짜 하품이었다. 어쩐지 의뭉스럽다. 마치 '못 알아듣는 건 너지, 내가 아냐'라고 말하는 것처럼. 내 노파심이겠지 하고 웃으면서 모래의 머리를 토닥거렸다. 모래는 눈을 감고 가만히 있다가 몇 걸음 걸었을 때 폴짝 뛰어서 다시 담으로 되돌아갔다. 탐험을 잘하라고 응원해준 뒤에 돌아서서 나도 목적지로 향했다.

"어라?"

곳간 문이 열려 있었다. 들어서기도 전부터 술내음이 진동했다. 설마 하며 안을 들여다보았더니 국 님이 이미 한 동이를 열어서 맛을 보는 중이었다.

"캬아, 조오타! 어? 우리 귀여운 명이 신붓감 아닌가? 이리 오너라, 이리."

"예."

이젠 놀랍지도 않아서 방긋 웃으면서 옆으로 다가가 앉았다. 얼굴이 발그레해진 국 님은 한 팔엔 술동이를 껴안고 다른 한 팔을 들더니 슥슥 내 머리를 쓰다듬으면서 말했다.

"그래, 오늘도 명이랑 잘 놀았느냐?"

"음. 못 놀지는 않았습니다."

"재미나게 놀려무나. 그 녀석, 틀림없이 구렁인데 능구렁이[1]처럼 성격이 칙칙하단다. 아, 그래, 넌 능구렁이 본 적 있느냐?"

"보았지요. 잡아먹히기 직전까지 간 적도 있는 걸요."

언제 생각해도 오한이 날 정도로 무서웠던 순간을 떠올리며 나는 부르르 떨었다.

"몹쓸 놈들! 내가 아주 징글징글하게 싫어하는 녀석이 하나 있는데, 다른 좋은 먹이 다 놔두고 굳이 뱀만 찾아다니면서 먹는 못된 버릇이 있어. 그래, 잡아먹힐 뻔했다니 많이 다쳤느냐?"

"조금 심했지요. 이래서는 똑 죽겠구나 싶었는데 안 죽고 살아져서 무척 신기했습니다. 거기다 오십 년쯤 걸리니 전보다 짧긴 해도 꼬리가 다 돋아났어요. 도마뱀도 아닌데 말이에요."

"그러게 말이다. 도마뱀도 아닌데. 흐응……. 그러고 보니, 뒤뜰에 있는 복숭아나무가 네 것이라고?"

"예, 제 것입니다. 보셨나요? 요 며칠 새 꽃이 만개해서, 너무 어여쁘지요."

복숭아나무는 아주 많은 꽃을 피웠다. 그 향기가 이 집에 있는 그 어떤 꽃보다도 싱그러운 것이 나는 몹시 기쁘다. 물론 내 나무라서 느

---

[1] 구렁이와 능구렁이는 종이 다르다. 생물분류상 구렁이는 뱀과 뱀속의 구렁이종이고, 능구렁이는 뱀과 능구렁이속의 능구렁이종. 성질이 사나워 다른 뱀을 잡아먹기도 하는 뱀은 능구렁이 쪽.

끼는 애착 때문에 그런 것일지도 모르지만, 그래도 좋다. 생각하면 미소가 저절로 지어진다.

"오래 살았더구나, 그 나무는."

"예. 오래되었지요."

"복숭아나무가 그리 오래 살다니 이상하다 생각한 적 없느냐?"

"그래서 더 기특해하고 있습니다. 제가 아끼는 마음을 그 나무는 아는 것 같거든요. 아, 이상하게 들리세요? 그 나무는요, 꼭 절 알아보는 것 같아요. 제가 동면하는 동안엔 꽃도 피우지 않아요. 한데 잠에서 깨어나면 어김없이 예쁜 꽃을 피워서 반겨주었어요."

"그래. 기특하구나, 정말."

국 님은 가만히 날 쳐다보다가 상글거리며 웃더니 술동이를 들어 꿀꺽꿀꺽 마시고 입술을 훔쳤다.

"다른 이야기를 묻자꾸나. 그래 도련님, 네 도련님 이야기를 해보렴."

"저어, 단 님께서 식사 준비를 거의 마치셨을 듯한데……."

"괜찮아, 기다릴 거다. 내 지아비는 마음이 하해와 같이 넓거든. 저 황하처럼 크고, 대신 황하보다는 몇만 배 더 깨끗하고. 무슨 이야기를 하다 이 말이 나왔지? 그렇지. 도련님. 그 인간 꼬맹이랑 꼭 닮았다는 전생의 그 도련님에게 받은 은혜가 무엇이냐? 아주 큰 빚을 진 은인이라고 말했었지?"

그 말에 춘분날 밤 내가 보인 행동이 떠올라 얼굴이 화끈거렸다. 한 번 울음이 터지자, 그걸 주체를 못하고 망연해서는 그저 도련님의 옷자락만 잡고 엉엉 울어대는 바람에 다른 분들께는 제대로 인사도 못했을뿐더러, 무슨 일이냐 묻는 물음에도 우리 도련님이다, 우리 도련님이다, 하고 맹추처럼 똑같은 말만 거푸했다. 그 뒤 조금 정신을 차리고 오래전 큰 빚을 진 은인이라 꼭 다시 만나길 기다리고 있었다고 말은 해놓았다.

그 이상의 설명을 요구한 사람이 이제껏 없었다. 도련님과는 제대로 말을 할 여유가 없었고, 명은 아예 그런 일은 없었던 것처럼 묻지 않았다. 그걸 묻는 첫 번째 사람이 국 님인 것이 의아했지만, 딱히 비밀로 삼은 건 아니었다. 나는 무릎을 끌어안고 그 위에 턱을 올려놓으면서 가만히 입을 열었다.

"아직 제가 사람으로 변신조차 못하던 아주 어린 시절에 만난 분이에요. 때는 한겨울이라 한참 동면을 하고 있어야 할 때인데, 동면을 위해 고른 굴이 너무 춥고 불편해서 도저히 잘 수가 없었어요. 가을에 보러 갔을 땐 괜찮더니 겨울에 들어간 뒤에 보니 근처에서 물이 흐르지 뭐예요. 물길이 바뀌었나 봐요. 하여튼 참고 자보았자 얼어 죽고 말 거란 생각에, 다른 굴을 찾아보자 하고 굴을 나왔어요. 사방에 눈이 내려서 산이 하얗게 변해 있더군요. 다행히 햇살이 좋아 눈 위를 기어가면서, 해가 지기 전에 잘 자리를 찾기 위해 안간힘을 썼지요."

"저런. 그야말로 목숨을 걸었구나. 난 지금도 눈이 싫은데."

국 님이 혀를 차는 소리에 나도 수긍하며 말을 이었다.

"사느냐 죽느냐 하는 날이었지요. 한데 그런 저만큼이나 사냥이 간절한 솔개가 절 발견한 바람에 난리가 난 거 있죠. 이리저리 도망쳐보아도 솔개가 한사코 푸드득거리면서 쪼아대는데, 너무 아프고 무서워서 차라리 어서 죽었으면 하던 차였어요. 그때 핑, 하는 소리가 들리더니 그 기세 좋던 솔개가 기함을 하고 놀라 하늘로 도망쳤어요. 누군가 쏜 화살이 제 앞의 눈 속에 꽂히더군요. 그 화살의 주인이 눈을 밟으며 오는 소릴 들었지만, 전 너무 지쳐서 도망칠 여력도 없었어요.

그자는 화살을 주워들었지요. 촉이 없는 화살이었어요. 애초에 살생을 목표로 한 것이 아니었던 거지요. 올려다보았더니 거기에, 도련님이 계셨어요."

"말하자면 생명의 은인이로군. 전래동화 같구나."

쿡쿡 웃는 국 님을 보면서 나도 빙그레 웃었다.

"그런데 도련님은 처음엔 절 약으로 쓰시려 하셨답니다."

"약? 아이고 맙소사, 백사白蛇가 만고에 없는 특효약이란 소리를 믿는 빙충이었단 말이냐?"

"도련님껜 많이 아픈 여동생이 있었어요. 백약이 무효라 늘 시름시름 앓기만 하는 그 동생을 도련님은 너무도 귀애하셔서 뭐라도 좋으니 그저 지푸라기라도 잡고 싶은 심정으로 산을 뒤지신 거예요. 사실은 산삼을 찾다가, 솔개한테 봉변당하는 뱀을 얼떨결에 구해 주었는데 그것이 백사였던 거죠. 거기다 눈 위를 기어 다니는 뱀은 산삼을 먹어서 열이 나 돌아다니는 거라는 허튼 소문도 있던 때였으니, 이건 그야말로 산신령님이 베푼 은혜 같잖아요."

"그렇구나. 미신에 약한 인간이라면 충분히 이건 하늘의 보답이다 싶었겠어."

"그럴 작정으로 절 집어 들었는데 제가 울고 있는 걸 보시고는, 말 못하는 짐승이라도 이렇게 구해 주게 된 것을 보면 전세의 인연이거늘 내가 못할 생각을 했구나 하시며 사과하셨어요."

"네가 울었다고? 정말로?"

"아니오. 몹시 아프고, 슬프긴 했지만 그때의 제게 눈물을 흘릴 만한 능력이 있었을 리 없지요. 제가 우는 걸로 보였다면 도련님 마음에서 보신 것이겠지요."

"마음이 따뜻한 인간이었구나. 그래서 널 놓아주었더냐?"

고개를 저으며 나는 한숨을 쉬었다.

"이대로 두면 구해준 보람이 없겠구나 하시면서 절 저고리 안쪽에 넣어 품어주셨어요."

"저고리 안쪽에? 허, 인간치고는."

겁이 없다고 생각하셨던지 국 님이 감탄하셨다. 내가 아무리 작았어도 뱀을 품에 넣은 도련님의 그 용기에 괜스레 뿌듯해하며 나는 회상에 잠겼다.

"예. 그런 후에 도련님 댁으로 데려가주신 뒤, 정성껏 치료를 해주셨어요. 한 번 거두었으니 적어도 봄이 오기 전까지는 보살펴 줘야겠지 하시면서 제게 곳간 한 귀퉁이의 공간까지 주셨죠. 가끔씩 들여다보시고 죽지나 않았을까 염려해 주시다가 어느 날 문득 절 여동생에게 보여주신 거예요. 별당아씨는 태어난 이래 늘 아프셔서 집 바깥으론 나가 본 적도 없으신 분이었거든요. 털이나 깃털이 있는 동물이 가까이 있으면 기력이 진하도록 기침이 나오시는 바람에 동물 구경은 엄두도 못 내는 아씨에게 진귀한 구경거리를 보여주고 싶으셨나 봐요. 다른 아씨들 같았으면 징그럽다 소리라도 치셨을 법한데, 그 아씨는 선한 눈망울로 저를 보시면서 이렇게 다칠 정도라면 많이 무서웠겠다며 불쌍하다 머리를 만져주셨어요. 다행히 기침도 하지 않으셨어요. 그때부터 저는 두 오누이만의 비밀로 별당의 다락에서 머물게 되었지요."

"아무래도 몹시 어렸나 보구나, 그 둘 다."

"열여섯과 열다섯. 처음 만났을 때의 나이가 그러했습니다."

"그럼 마지막으로 기억하는 나이는?"

이젠 충분히 덤덤해질 만큼 오랜 시간이 흘렀는데도, 그 답을 떠올리자 마음이 아파왔다.

"아씨는 열여덟이었고, 도련님은…… 스물둘이었습니다."

"그 나이에 죽은 것이냐?"

"……예."

"요절이구나. 하긴 예전 인간들이야, 오십을 살면 잘 살았다 하던 때이지만."

"예. 요절이었지요. 그렇게 덧없이 죽기엔 너무 착한 사람들이었는데. 저는 그분들께 한 조각의 은혜도 갚지 못했어요."

"그 은혜를 갚고자 내내 도련님이 다시 태어나길 기다렸다는 게로구나."

"예. 혼이란 것은 스러지지 않는 것이니 죽지 않고 기다리다 보면 언젠가 꼭 다시 만날 수 있을 거라고 제 전 주인이 말했었지요. 그 말대로 이제 다시 만났습니다. 참으로 기쁜 일이에요. 도련님을 이리 만나게 되었으니, 언젠가는 전 주인을 다시 만날 수도 있을 테니까요."

"다시 만나고 싶으냐, 전 주인 역시?"

"꼭 만났으면 좋겠습니다."

"그것도 은혜 갚기냐? 설마 복수?"

"설마요. 그저, 보고 싶어서요. 아주 많이."

술도 마시지 않았는데 곳간에 가득한 국화술 내음에 취한 것처럼 기분이 몽롱해졌다. 국 님이 내 어깨를 토닥였다.

"정이 많은 녀석이구나, 너는. 한데, 아느냐? 정이 많은 것은 병이란다."

"그런가요?"

옆을 돌아보았더니 국 님은 동이를 두 손으로 들고 단지 입구에 입술을 댄 채 그야말로 꿀꺽꿀꺽 술을 들이붓고 있었다. 놀랍도록 능숙한 솜씨로 술은 입술 주변 외엔 적시지도 않았다.

"푸하, 술맛이 끝내준다. 아, 나한테 질문을 했지? 정말이야. 정이 많으면 가끔 이러지도 저러지도 못할 상황에서 갈팡질팡할 일이 생기지. 골치 아프단다."

혀를 쯧쯧 차더니 국 님이 나를 보며 웃었다.

"넌 그럴 일이 없었으면 좋겠다. 그러니까 내 말은, 에헴, 명이랑 어서 합방을 하란 소리야."

"예엣?"

너무 놀라서 이분이 술주정을 하시나 하고 쳐다보는데, 국 님은 껄껄 웃으면서 내 등을 탁탁 두드렸다.

"우선순위를 정해 두란 말이다, 애기야. 말이지, 운우지락雲雨之樂이란 건 락樂중에서도 아주 고급이란다. 장담컨대 세상엔 그만한 게 별로 없어. 맛 들이면 못 벗어난단다. 더러는 별짓을 다 해도 그 맛이 형편없는 둘이 만날 때도 있긴 한데 너희는 절대 그럴 일 없어. 눈 딱 감고 합방을 해. 아침이면 없던 정도 솔솔 생길 거다."

찡긋 윙크까지 하시며 말씀하시는 국 님에게 나는 뭐라 할 말이 없었다. 그저 빨개진 얼굴로 어깨를 움츠리다가 자리에서 일어서려는데, 곳간 밖에서 한심해하는 목소리가 들려왔다.

"잘하시는 짓입니다. 애 데리고 뭐하나 싶어 왔더니 음담패설로 주사나 부리시고 계십니까?"

팔짱을 끼고 신랄하게 말하는 명이었지만, 그 말투에도 뭐랄까 다정함이란 게 깔려 있었다.

"주사라니, 술로 못을 만들어 천 년을 그 안에서 산다한들 내가 주사를 부릴 성싶으냐? 온 김에 너도 술동이나 들고 오려무나. 오, 석양이 지는 하늘이다. 근사하구나, 근사해."

국 님은 옆에 있던 새 술동이를 마치 가벼운 공이라도 되는 듯 휙 명에게 던졌다. 내가 두 팔로 안을 만한 크기의 동이를 명은 한 손으로 받아 옆구리에 끼어들었다.

국 님이 곳간을 나가 못으로 가는 길을 터덜터덜 걷는 걸 보고, 나도 부스스 몸을 일으켰다. 앉은 자리에서 국 님이 두 개나 비운 술동이를 입구 쪽에 정리해 둔 뒤 곳간 문을 닫고 돌아서는데 아직 명이 가지 않고 기다리고 있었다. 국 님이 하고 가신 말씀이 있어 차마 눈을 못 마주치고 담 쪽으로 슬금슬금 붙어 가는데 확 잡아채는 힘에 고개를 돌렸더니 명이 내 손을 잡아 옆으로 당긴 것이었다. 시선이 마주치기 무섭게 외면하고 말았다.

"재미난 분 같아요. 좀 엉뚱하시긴 하지만 저런 분은 처음 뵈어요."

국 님은 터덜거리는 걸음으로도 상당히 멀어져 있었다. 어색한 분위기에 내가 진땀을 흘리며 그렇게 말을 꺼냈는데 명은 손가락을 엇갈리게 해서 잡은 내 손을 꽉 움켜쥐면서 말했다.

"놀림감이 되고 있어. 너 때문에."

"저, 저 때문에요? 어째서요?"

"눈치 없지 않다고 말한 거, 그새 잊은 모양이지?"

"아……. 예. 안 잊었지요."

그가 놀림감이 되는 이유, 어렴풋이 감이 왔다. 그렇다고 내가 미안하다고 사과할 수는 없는 사안. 또 그렇다고, 곤란하시지 않게 오늘부터 합방이나 할까요? 라고 말할 수도 없는 노릇이다.

끙 하고 미간을 찡그리는데 옆에서 명이 한숨을 쉬는 소리가 났다. 쳐다보니 그의 미간에도 희미하게 주름이 잡혀 있다. 내 생각에 저러는 걸까 싶자 갑작스레 심장이 쿵쿵 뛰었다. 동요하는 걸 들키지 않으려 고개를 숙였는데, 목덜미 위로 쏟아지는 명의 시선이 느껴졌다.

그러다 퍼뜩 들었다. 좀 전까지는 의식하지 못했던 명의 심장고동을. 빠르고 강렬했다. 그도 나처럼 동요한다는 걸 깨달았다. 퍼뜩 다른 것도 깨달았다. 내가 듣는 것이라면, 명 역시 내 심장고동이 여느 때와 다른 걸 알아챘을 거란 걸.

얼굴에 불이 나는 것 같아서 좀 더 푹 고개를 숙이는 순간, 속삭임에 가까운 명의 말을 들었다.

"그 정도로는 안 돼."

무슨 뜻인지 몰라 흘긋 그를 쳐다보았더니 명이 앞을 보고 걸으면서 아주 작게 말했다.

"제대로 대답해. 난 이미 물었고, 넌 아직 답을 주지 않았어. 어설픈 도발은 용납 못해."

도발 같은 것은 한 적 없다는 말은 할 수가 없었다. 명의 심장이 더욱 빠르게 뛰는 것을 들었다. 올려다본 그의 뺨이 석양이 가득한 하늘보다 붉었다.

'나를 좋아하세요? 얼마나 많이요?'

마음속에 수줍은 질문을 품었지만, 차마 묻지는 못했다.

10. 폭우

"오늘 저녁에 식사하러 들르시래요."

교무실에 들러 그 말을 전하자 도련님의 표정이 이루 말할 수 없이 환해졌다.

"란이, 그녀가 그러라고 하던가요?"

"식사 이야긴 국 님이 말씀을 꺼내시긴 했는데, 란 님도 아무 말씀 안 하셨어요. 제가 보기엔 내심 기다리시는 눈치 같으셨어요. 도련님이 안 오시니까 거의 방에서 나오시질 않거든요."

"음. 그 말이 사실이면 좋을 텐데."

주위 사람들 때문에 안 그래도 목소리를 낮춰서 말하고 있었지만, 란 님이 허락한 게 아니란 걸 안 도련님의 목소리는 꺼질 듯이 작아졌다.

"걱정은 나중에 하시고 우선 오세요. 보고 싶으신 거잖아요."

나는 당연한 생각을 말한 것인데, 도련님은 왠지 쓸쓸하게 웃었다. 내가 교무실에 들르는 핑계거리 삼아 들고 와 건넨 녹차 캔을 만지작거리던 도련님이 고개를 끄덕이며 답했다.

"그럼 갈게요. 갈 때 뭘 사가지고 가는 게 좋을까요?"

"그런 건 신경 쓰지 마세요. 아니다, 저도 아직 이런 말할 입장이 못 되네요. 더부살이라서요, 제가. 음. 그래도 굳이 사가지고 오실 거면 란 님을 기쁘게 할 만한 걸 선물 삼아 가져오시는 게 좋지 않을까요?"

"그녀를 기쁘게 할 만한 거라. 어렵네요."

도련님은 정말 곤혹스런 표정을 지었다. 두 분이 연인이라면서 그런 걸로 고민을 하시는 도련님이 퍽이나 이상하게 보였다.

용건은 끝났지만 도련님 옆을 떠나는 게 아쉬워 미적거리면서 여자들이 좋아할 법한 것에 대해 이것저것 말해 보면서 시간을 끌고 있는데 교무실 뒷문 쪽을 보고 앉아계시던 도련님이 문득 눈썹을 치켜 올리면서 의자에서 일어났다.

"도련님께서도 오셨군요."

도련님이 '도련님'이라고 부르는 사람이라면 명이다. 나도 돌아보았더니 명이 엷은 미소를 입가에 띤 채 우리 쪽으로 다가왔다. 그는 자신의 가방과 내 가방까지 들고 있었다.

"집에 가야 한다는 걸 아예 잊어버린 것 같아서. 해야 할 말은 간단하지 않았나?"

"아, 오늘 오면서 뭔가 사가지고 오시겠다기에 이야기를 하던 중이었어요. 란 님은 뭘 받으시면 기뻐하실까 하면서."

명에게서 내 가방을 받아 등에 메는데, 명이 힐끗 도련님을 보더니 말했다.

"둘이 하루 종일 머리를 싸매고 의논을 해도 비슷한 답 근처에도 못 갈걸? 적당히 빨간 꽃 아무거나 사들고 오도록 해요. 시간은 지켜서."

"네, 그러겠습니다."

도련님은 경직된 자세로 명에게 지나치게 정중하게 인사를 했다. 여기가 어디인지 잊어버린 모양이다.

"도련님, 여기 학교잖아요."

내가 급하게 도련님의 팔을 잡아당기며 말하자 그제야 퍼뜩 고개를 들긴 했다. 토요일 정규수업이 다 끝난 교무실이라 다행히 보는 이의 수가 적긴 했지만 그래도 선생님이 학생에게 배꼽 인사를 하는 건 빈축을 살 것이다.

"그렇지요, 참. 전 한 가지 생각을 하면 다른 건 다 잊어버리고 마네요."

"우와, 도련님은 여전하시구나. 예전에도 꼭 그랬어요. 한 번 책을 보시기 시작하면 앉은 자리에서 비가 오는지 날이 저무는지도 모르고 몰두하시다가 서책 한 권이 끝이 나야 비로소 다른 생각을 하셨어요. 규희 아씨도 우리 오빠지만 참 저럴 땐 대책 없다시면서……."

신이 나서 말하다가, 도련님이 그런 나를 멍하니 보고 있다는 걸 알고 민망해져서 관두었다. 게다가 나는 아직 도련님의 팔까지 잡고 있었다. 급히 손을 놓고 붉어진 얼굴을 꾸벅 숙였다.

"그럼 이따 저녁에 오시면 뵈어요."

먼저 교무실을 나와서 복도를 뛰어가다가 왜 뛰나 싶어져서 조금씩 걸음을 늦추었다. 얼굴을 만졌더니 열이 올라 뜨거웠다. 고개를 돌려서 옆에 있던 창문을 쳐다보았다. 바깥 풍경이 보이는 것에 겹쳐서 내 모습이 살짝 비쳤다.

원래 이 얼굴을 하고 있던 이는 행동거지 또한 참으로 단정한 사람이었다. 투명한 물처럼 맑은 마음결 때문에 덧없는 그 고움이 내겐 그렇게 어여뻐 보일 수가 없었다. 애틋하게 그분을 아끼던 도련님을 기억한다. 내가 이 모습을 하고 있으면 기억할 줄 알았다. 왜냐하면 도련님이…….

"넋 놓고 서서 뭘 하는 거야?"

다짜고짜 들려온 말과 함께 휙 잡아채는 듯 손이 붙잡혀 걷게 되었다. 다소 우악스런 손아귀 힘에 내가 얼굴을 찡그리며 손을 비틀어보려고 했지만 명의 손은 꼼짝도 하지 않았다. 불편하다고 말하려다가 명에게서 느껴지는 어두운 기운을 느끼고 입을 다물었다. 그의 짙은 그림자에 내 그림자가 어둠에 녹아드는 어스름처럼 미약하게 느껴졌다. 또 무엇에 그의 기분이 상한 걸까 싶어 의아해하는데 저벅저벅 걷던 명이 문득 입을 열었다.

"너 말이야."

"예."

"되었다. 그만두자."

말을 하려다 마니까, 이쪽의 궁금증은 훌쩍 커졌다. 고개를 기울여 그의 얼굴을 보며 물었다.

"물어보세요. 뭐든지."

"됐어. 궁금하지 않은 일이야."

궁금하지 않은 일을 방금 전에 물으려고 하지 않았나? 그러니까 애초엔 궁금했는데 말을 하다 보니 궁금하지 않다고 결론이 났나? 그런 경우도 있나? 내 머릿속은 더 복잡해졌다.

말없이 손을 잡고 걷는 것도 나쁘진 않았지만 명이 굳어진 표정으로 잠자코 땅만 보며 걷는 것은 보고 싶지 않았다. 나는 열심히 말할 거리를 찾았다.

"오늘도 걸어가요?"

"별로 안 멀잖아."

한 시간 사십 분 걸리던데. 그래도 멍이 안 멀다면 안 먼 걸로 하자.

"녹전은 언제쯤 와요? 한 일주일쯤 쉬다 오는 건가요?"

"쉴 만큼 쉬다 오랬어. 발정기는 귀찮아."

헛, 그러니까 지금 녹전이 발정기? 난 전혀 눈치 못 챘는데? 눈이 휘둥그레져서 쳐다보았는데 멍의 옆얼굴은 여전히 딱딱했다.

"오늘도 요리 준비는 단 님이 하시나요, 그럼?"

"누가 해도 하겠지."

건성이다. 마음이 다른 곳에 가 있는 게 확연한 멍을 보면서 나도 모르게 볼멘소리가 나왔다.

"있잖아요, 옆에는 제가 있거든요?"

"누가 그걸 몰라?"

멍이 그제야 날 돌아보았다. 말씨도 쌀쌀맞다.

"다른 생각을 하고 계시잖아요."

"그럼 넌 안 그래?"

"제가요? 당신이랑 같이 있는데 무슨 다른 생각을 해요?"

"왜 너도 한 가지 생각을 하면 다른 생각은 못한다고 말할 참이냐?"

"예, 바로 그런……. 아, 제가 지금 도련님이랑 비슷한 소릴 한다고 언짢아하시는 건가요?"

"언짢긴. 우스워서 그런다."

멍의 미간에 또렷이 생긴 두 줄을 보며 따져 물었다.

"우습다니 뭐가요? 아뇨, 됐어요, 그리 보여도 어쩔 수 없지요. 자식이란 원래 부모를 닮는다잖아요."

"자식이라니? 네가 아까 그 녀석의 자식이라도 된다고 말하는 거야?"

"일전에 말씀드렸던 것 같은데요. 제가 아버지라 말씀드렸던 이가 도련님이에요."

"아버지? 인간을 두고 그런 소릴 했단 말이냐?"

"인간이라고 해도 제게 도련님은 정말 아버지와 같은 존재인 걸요. 혼자 세상에 뚝 떨어진 것처럼 살던 제가 그분을 만나서 겨우 어떠한 틀을 갖출 수 있었어요. 그분이 없었다면 지금의 저도 없어요."

그렇게까지 설명했는데도 명의 딱딱한 얼굴은 풀어지지 않았다. 내 말에 한마디 대꾸도 없이 휙 고개를 돌려 앞을 보고 걸을 뿐이다. 나도 이 미묘한 분위기를 바꾸기 위해 열심히 떠들려고 했던 의욕이 사라졌다.

나 역시 언짢다. 나는 우습게 생각해도 되지만, 우리 도련님을 우습게 보는 건 싫다. 한 번에 한 가지만 생각하는 게 뭐가 바보 같은가? 명이 말을 안 하겠다면, 나도 입 다물 것이다. 먼저 말 걸기 전엔 절대로 먼저 말하지 않겠다고 다짐하면서 입술을 꼭 깨물었다.

저녁 무렵이 되니 답답해서 가슴에 열이 치밀기 시작했다. 명이 그때까지 말을 안 걸어온 것이다. 아니, 당최 화낼 일이 뭐가 있다고 그의 심기가 틀어진 건지부터 모르겠다.

녹전이 없으니 내가 대신 넓은 집 구석구석 꼼꼼히 빗질을 하고 못에 지나치게 많이 자라는 수초도 좀 걷어냈다. 그 후론 버드나무 아래에서 풍계랑 대화도 좀 나누고 복숭아나무 아래에서 만개한 꽃을 올려다보며 낮잠도 잤지만, 그래도 역시 기분은 바뀌지 않았다.

이런저런 일을 하는 동안 명이랑 몇 번이나 마주쳤고, 낮잠을 자다 깨었을 땐 명이 바로 직전까지 옆에 있었단 느낌까지 들었다. 오늘이야말로 내가 저녁 준비를 해보리라 결의를 태우며 부엌으로 향해 가다가 몇 개나 되는 서고 중 하필 부엌 가는 길에 있는 서고에서 나오는 명과 부딪힐 뻔도 했다.

나를 보더니 또 이렇다 할 말도 없이 옆을 지나쳐 가버리는 명을 돌아보며 "저기요!"라고 부르고 싶은 걸 꾹 눌러서 참았다. 씩씩거리며 부엌으로 갔는데, 단 님에게 선수를 또 빼앗겼다. 단 님은 오후 내내 안 보이시더니 부엌에서 갓 잡아온 토끼 세 마리와 꿩 두 마리를 손질 중이었다.

"직접 잡으셨어요?"

감탄해서 물었더니 단 님이 해죽 웃었다.

"내가 잘하는 건 이런 것뿐이에요."

"이런 것뿐이라니요, 굉장한 걸요."

"굉장할 것 없어요. 국화 부인한테 내가 해줄 수 있는 거라곤 잘 먹여주는 거, 그거 하나라고요. 잘하는 걸 최대한 잘해야 하잖아요. 그렇죠?"

"멋진 말씀이세요. 잘하는 걸 최대한 잘해야 한다. 명심하고 저도……. 으음. 전 이렇다 할 잘하는 게 없는 것 같은데요. 쥐잡기엔 자신이 있긴 한데 이 근처엔 쥐가 씨가 말랐고."

꿩 깃털 제거 작업에 손을 걷어붙이고 동참하면서 내가 푸념했더니 단 님이 도리도리 고개를 저었다.

"잘하는 건 말이에요, 본인이 생각하지 말고 물어봐야 해요."

"물어봐요? 누구한테요?"

"음. 나 같은 경우엔 국화 부인. 내게 가장 중요한 상대가 생각하는 바가 중요한 법이에요. 이 세상이 다 아니라고 해도 그 사람만 잘한다 하면 그걸로 된 거죠."

"그렇군요. 일리가 있어요. 내게 가장 중요한 상대가 생각하는 바……. 굉장해요, 사부로 모시고 싶어요, 단 님.”

"어우, 괜히 해보는 소리 말아요. 면구스럽게.”

단 님은 큰 덩치에도 불구하고 수줍음이 상당하다. 지금도 손질 중인 토끼고기의 살코기보다 단 님의 얼굴 쪽이 새빨갛다. 나는 열심히 내 의견을 피력했다.

"해보는 소리가 아니라 진심이에요. 저도 꼭, 제 반려에게 단 님 같은 멋진 짝이 되었으면 좋겠어요. 국 님은 참 보는 눈이 높으신 분인가 봐요.”

"우리 국화 부인이 보는 눈이 높긴 해요. 헤헤.”

"에헷, 첫눈에 그럴 줄 알았어요.”

국 님 칭찬만 들어가면 곧바로 웃음꽃이 피어나는 단 님이 너무 보기가 좋아서, 나도 싱글싱글 웃었다. 단 님은 인간 세계에 거의 나오지 않고 산에서만 줄곧 살았다고 하던데 그래서인지 산처럼 우직하고 솔직한 모습이 저절로 신뢰감을 준다. 이런 분을 찾아낸 국 님, 실로 보는 눈이 높을 것이다.

화기애애하게 계속된 저녁 준비 덕분에 대청마루에서 저녁상을 차리며 명을 보았을 때에도 아까처럼 속이 답답하거나 하진 않았다. 도련님이 오시기로 한 시간에 맞춰서 대문까지 마중 나가 있다가 모셔 올 때에는 한껏 기분이 좋아졌다.

도련님은 명이 말한 대로 새빨간 장미다발을 손에 들고 왔다. 멋내는 데에는 관심이 없는 줄 알았지만 오늘 밤엔 상당히 공을 들였다는 걸 알 수 있었다. 인간들이 쓰는 향수란 것까지 뿌린 걸 눈치 채고 나는 실소를 머금었다.

"도련님은 체취가 참 좋으시니까 굳이 향수 같은 건 안 뿌리셔도 돼요.”

"엇, 그렇게 금방 알겠어요? 조금밖에 안 뿌렸는데. 저기 체취라니…… 제게서 냄새가 나나요?"

"놀라지 않으셔도 돼요. 아무리 열심히 씻어 봐도 형체를 가지고 존재하는 건 저마다 발하는 향이 있거든요. 도련님 것은 좋은 냄새예요. 제가 아는 거면 란 님도 아주 잘 아실 거예요. 싫어하셨다면 도련님 근처에 오지도 않으셨을 걸요."

내 말에 도련님은 알 것 같으면서도 얼마쯤은 모르겠다는 표정으로 고개를 갸웃했다.

란 님이 인간이 아니란 것을 도련님도 알고 계신다. 어떤 식으로 만나고 어떻게 사랑을 느끼게 되었는지는 알 수 없는 일이지만, 란 님을 바라보는 도련님의 눈에는 찬탄과 애정이 가득해서 란 님이 인간이고 아니고는 전혀 문제가 아니란 것을 알 수 있다.

"복숭아나무가 있네요. 집 안에."

독특하다는 듯 도련님이 말하는 걸 듣고 나는 내심 기뻐서 웃음을 가득 실어 말했다.

"저 나무, 도련님 거예요."

"예?"

"전생에, 도련님이 어릴 때 후원에 심으셨대요. 도련님 여동생이 복숭아꽃을 보고 싶다고 하셔서 꺾어오셨는데 집에 왔을 때는 시들고 말아서, 제대로 핀 것을 보여주마 하고 묘목을 구해 와서 심으셨대요."

"음……. 누이한테 잘하는 오빠였군요."

"세상에 다시없을 만큼요."

"나쁜 사람은 아니었다니 좋은 일이네요. 전생의…… 내가 말이죠."

빙긋이 웃더니 도련님은 복숭아나무를 좀 더 유심히 보다가 중얼거렸다.

"복숭아나무가 그렇게 오래 사는 나무는 아닌 줄 알았는데, 수령이 어느 정도 된 거죠?"

"사백 년 가까이 돼요."

"사백 년이라……. 그럼 전생의 나는 임진왜란 즈음에 살았다는 건가요?"

"네, 네! 궁금하세요? 제가 다 이야기해 드릴게요!"

두 손을 맞잡고 기대에 부풀어 말하는 나를 보며 도련님은 다시 엷게 웃었다.

"재미난 이야기일 테니 언제 꼭 들려줘요. 오늘은 목적지에 다 온 모양이네요, 반희 아가씨."

"아……. 네."

반희 아가씨라고 불린 순간, 내가 혼자 꿈에 부풀어 있다는 걸 깨달았다. 도련님은 내 이야기엔 별반 관심이 없었다. 그의 시선은 대청마루에 나와 있는 사람들 중, 선홍색 의상으로 눈부시도록 곱게 치장한 란 님의 모습에 못 박혀 있었다.

쓸쓸하구나.

나를 지나쳐 가버리는 도련님의 뒷모습을 보면서 내 마음에 스쳐간 말이었다. 그런 생각을 했다는 걸 깨닫자마자 한껏 머리를 휘저어 떨쳐버렸다.

도련님은 웃고 있다. 도련님이 살아서 웃는 모습. 그 모습을 단 한 번이라도 보고 싶었던 것이 내 소원. 그것이 이루어지는 것인데 그 무슨 말도 안 되는 생각인가.

고개를 숙였다가 들면서 미소를 지었다. 나는 행복한 것이다. 지금은 아주 기쁜 순간인 것이고. 그러니 웃어야…….

 몇 걸음 걷지 못하고 움찔하며 멈춰 섰다. 나를 보고 있던 명의 시선과 내 시선이 부딪혔다. 차가운 눈이다. 마치 학교에서의 첫날, 목소리의 주인이 궁금해 돌아보았을 때 눈이 마주쳤던 그때처럼 차갑고도 시리다.

 그때처럼 도망가고 싶다는 생각에 등줄기를 타고 식은땀이 흐른 것도 잠시, 어서 올라오라는 단 님의 부름에 나는 용기를 내어 대청으로 올라갔다. 여섯이 둘러앉은 자리 배치는 이미 예상했듯이 란 님 옆에 도련님, 국 님 옆에 단 님이었고, 나는 명의 옆자리였다. 명에게서 나오는 시린 기운에 나는 옆구리가 찌릿찌릿할 정도인데, 자리에 있는 누구도 그런 걸 느끼지 못하는 듯했다.

 도련님은 단 님과 마찬가지로 옆에 있는 란 님에게 온통 정신이 팔려 있었다. 국 님은 술을 마시고 때론 노래를 부르다가 갑자기 별을 보고 싶다 했다. 그 소리에 단 님이 그때까지 녹색의 천으로 덮어놓았던 작은 새장 비슷한 것을 가져 왔다. 국 님은 그걸 받아 새장의 문을 열었다. 상 위로 수십 개의 별들이 갑자기 떠올랐다.

 "옳지, 착하다. 우리를 위해 조금만 춤을 춰주려무나, 귀여운 것들아."

 국 님이 말한 귀여운 것들은 반딧불이들이었다. 반딧불로 별을 대적하랴는 말이 무섭게 수십 마리의 반딧불이들은 기세 좋게 빛을 내어 대청을 환하게 밝혀주었다. 놀랍게도 대청 주변으로 날아가지도 않았다. 국 님의 말을 알아듣기라도 한 듯이 상 위만을 끊임없이 왔다 갔다 하면서 춤을 췄다. 밤이 깊어질수록 그 모습은 아름다운 그림이 되었다.

 먼저 식사 자리를 뜬 것은 란 님과 도련님이었다. 두 분이 대청을 내려가 마당을 걸어가는 모습을 물끄러미 보고 있던 나를 국 님이 불렀다.

"아가, 이리 온. 내 술 한 잔 받으렴."

독한 술이지만, 토요일 밤이고 하니 받아도 되겠다 싶어 사양치 않고 술을 연거푸 받았다.

"귀여운 것. 술도 잘 마시고. 한 잔 더 주랴?"

네 잔째의 잔을 받아 마시고 내려놓는데 국 님이 내 머리를 쓰다듬으며 웃었다. 적정선은 세 잔 정도인 걸 알면서도 힐끗 명을 보았다. 그는 내가 술을 마시건 말건 관심 없다는 듯 젓가락으로 육회 조각을 잘게 부수고 있었다. 술의 알싸한 향이 머릿속에 이미 가득했지만, 나는 한숨과 함께 고개를 끄덕였다.

"주셔요."

"좋구나! 화통한지고."

술 따르는 소리가 기분 좋게 울렸다. 고개를 돌리고 하얀 도기잔에 따른 황금색 액체를 몇 모금에 나누어 마셨다. 머리가 아찔했다. 이번엔 잔을 내려놓지 않고 국 님에게 보였다. 또 달란 뜻을 알아듣고 국 님이 가득 부어 주었다. 그 잔을 마시는데 단 님이 만류하는 소리가 들렸다.

"부인, 이제 그만 하시지요. 부인이야 아무 문제없을 터이지만, 반희 아씨께선 내일 아침에 숙취로 고생하시겠습니다."

"음. 그럴까나? 하지만 이리도 잘 마시는 것을. 명아. 너는 어떡하고 싶으냐?"

질문의 화살이 명에게 던져지는 것에 한창 오르던 취기가 싹 가시는 것 같았다. 명은 슥 고개를 돌리더니 내게 물었다.

"더 마시고 싶으냐?"

그 무심해 보이는 눈에 저도 모르게 부아가 났다. 깨끗이 비워낸 잔을 자랑하듯 보이며 나는 생긋 웃기까지 했다.

"예. 오늘따라 술이 참 다네요."

"그럼 더 마셔야지. 주십시오."

그렇게 말하고 명이 일어나더니 국 님의 손에서 술병을 빼내서는 직접 내 잔에 따라주었다. 찰찰찰, 쏟아지던 술이 넘쳤다.

"어헛, 아까운 술이 넘치지 않느냐!"

국 님의 탄식에 그제야 명이 손을 멈추었다.

"마셔라."

명령하듯 명이 말했다.

"감사히 마시겠습니다."

망설일 것도 없이 단번에 들이켰다. 후우, 홧홧한 숨을 한 번 내쉰 뒤 나는 빈 잔을 명에게 내밀며 웃었다.

"한 잔 어떠십니까?"

"나쁠 것 없지."

그의 손에서 이번엔 내가 술병을 받아들었다. 명이 쥔 잔에 술을 따랐다. 또 국 님이 어쩔 줄 모르며 탄식했다.

"아이고, 아까운 술 넘친대도. 이 어린 것들이 술 아까운 줄을 몰라."

명의 옷자락에까지 뚝뚝 듣는 술을 모른 척하다가, 국 님이 숨 넘어가실까 봐 따르는 걸 멈추었다. 명에게 말했다.

"드시지요."

"고맙구나."

명도 단번에 술을 비워냈다. 탁, 잔을 상 위에 내려놓는 것까지 보고 나는 명의 눈을 마주했다. 노려보는 듯한 명의 눈에 지지 않고 맞섰다. 그러다 우리는 동시에 벌떡 일어났다.
"이만 가보겠습니다."
"물러가겠습니다."
나와 명의 입에서 어느 한쪽이 질세라 쏟아져 나온 말이었다. 우리는 쌩하니 찬바람을 일으키며 각자 신발을 꿰어 신고 다른 방향으로 몸을 틀어 걸어갔다.
나는 씩씩거리며 걷다가, 옷에서 풀풀 풍기는 국화주 향이 어쨌건 간에 그냥 바로 녹전의 방으로 돌아왔다. 사실은 영 어질어질해서 더 뭘 하고 자시고 할 수가 없었다. 방까지 비틀거리지 않고 찾아온 것으로 내 기력은 이미 다했다. 간신히 이불 하나를 들고 바닥에 주저앉았다. 바닥에 머리를 놓기 무섭게 그대로 거짓말처럼 잠에 빠져 버렸다.

깨어난 것은 한밤중이다. 눈을 뜨면서 단이 숙취로 고생할 거라 했던 말이 떠올랐지만, 날 고생시킨 건 숙취가 아니라 갈증이었다. 거기다 씻지도 않고 술에 취해 잠이 들었으니 그 찝찝함이 이루 말할 수 없었다. 부엌에 가서 물을 실컷 마신 뒤 당장 씻어야겠다고 결심했다. 뜨거운 물을 데우고 나르고 하는 것이 번거로워서 우물에서 길어온 찬물로 온몸을 씻었더니 내내 안개가 낀 것 같았던 머릿속이 그나마 좀 깨끗해졌다.
정갈하고 차갑게 식은 몸과 달리 속은 여전히 뭔가 홧홧하게 뜨거운 것이 요동쳤다. 속이 안 좋은 것은 아닌데 도로 방에 들어가자니 가슴 언저리가 답답해 견딜 수 없었다. 산책을 할 생각에 나는 밖으로 나섰다.
봄밤이지만 이미 이슬이 내린 후라 싸늘했다. 제대로 말리지 않은 머리나, 얇은 봄옷을 통해서 찬 기운이 자꾸 스며들어와 군불이라도 때서 자야 하나 고민했다.

못 둘레를 거닐 생각으로 걸음을 옮기다가, 문득 불이 켜진 방을 보았다. 명의 방. 별생각 없이 명이 아직도 책을 보나보다 하다가, 언뜻 소리를 듣고 말았다.

야릇한 여자의 비음. 거기에 어울려 씨근거리며 계속 되는 남자의 가쁜 숨소리. 문득 남자가 "란, 란……" 하면서 간절하게 이름을 불렀다. 그제야 지금 저 방에 머무는 이가 누구인지 기억해 냈다. 지금껏 목숨을 보존하는 데 큰 몫을 한 좋은 청력을 저주하면서, 화끈거리는 얼굴을 푹 숙이고 급하게 그 자리를 피했다.

엿들을 생각은 없었는데, 또 이런 걸 듣게 되는구나 싶어 귀를 막았다. 아주 오래전에도 이 비슷한 상황을 겪었다. 도련님이 혼인을 하셔서 새서방님이 되었을 때, 그때의 도련님도 새애기씨가 되신 분을 함빡 사랑하시어…….

"으아아, 생각 안 해. 이런 거 생각 안 해."

달렸다. 눈도 꽉 감고 마구 달리다 보니 어느 순간, 탁 트인 못 냄새가 났다. 숨을 고르며 정신을 차려보니 나는 못을 둘러싼 버드나무 중에서도 가장 큰 버드나무 아래에 와 있었다. 차라리 잘됐구나 하면서 버드나무에 기대어 앉았다. 물끄러미 못을 바라보다가 왜 이렇게 주위가 어두울까 싶어 고개를 들고는 그제야 달이 구름에 가려졌다는 것을 알았다. 구름이 하늘에 빽빽이 몰려들어 있었다.

"퍼붓듯이 쏟아지는 것도, 나쁘진 않을 것 같구나. 그렇지 않으냐?"

뒤에 있는 버드나무를 향해 물었다. 그다음에 나는 또다시 안 듣고 싶었던 것을 듣게 되었다.

버드나무가 우웅, 하고 한 차례 떠는 것 같더니, 흔들흔들 가지가 일렁거렸다. 바람이 부는 게 아님을 나는 알았다. 나무가 혼자서 요동을 쳤다.

귀신 버드나무. 이 부근의 인간들은 이 나무를 그리 불렀다. 그 버드나무가 지금 정말로 울고 있었다. 고개를 들어 올려다보면 뭔가 보고 싶지 않은 것을 보게 될까 봐 나는 꾹 참고 못만 노려보았다. 그러는 동안에도 버드나무는 으으, 으으 하면서 신음하듯 울었다. 신음을 토할 때마다 잔가지들을 우수수 흔들어대면서.

처음엔 마냥 무섭기만 하더니 계속 듣고 있는 동안 애잔해졌다. 손을 뒤로 더듬더듬 뻗어 조심스레 나무의 까칠한 줄기를 만지면서 중얼거렸다.

"나무 주제에 뭐 그리 슬픈 일이 많아서 운단 말이냐. 알아듣게 말이라도 하면 위로라도 해줄 텐데. 어린애 같구나, 너는."

"그러게 울리지 말았어야지."

위에서 들려온 목소리에 전율하도록 놀랐다. 얼마 안 있어 나무 위에서 풀쩍 뛰어내리는 자의 모습에 또 한 번 심장이 덜컥하도록 놀랐다. 귀신이 아니라 명이, 슥 나를 돌아보았다.

"어, 언제부터…… 언제부터 여기에?"

"그런 게 대체 왜 중요한 거냐?"

어둠 속에서도 명의 눈이 싸하게 요기를 발하며 빛났다.

"그야, 아무도 없다 생각했던 곳에서 갑작스레 보게 되는 것이니 놀랄 밖에요."

눈을 마주보려 했지만, 왜인지 단정 지어 말할 수 없는 감정으로 부르르 몸이 떨렸다. 고개를 숙인 채로 주춤거리다가 슬며시 일어나서 자리를 피하려고 몸을 돌렸다. 버드나무는 여전히 비통한 신음을 흘려댔다.

"애를 울려놓고 도망치는구나."

"제가 울린 게 아닙니다."

"그럼 이때껏 멀쩡하던 녀석이 네가 말을 걸어 운 것은 어찌 설명할 것이냐?"

"우연입니다. 저는 정말로 울릴 생각은, 아앗."

돌아보며 항변하는 내 어깨를 명이 와락 끌어당겼다. 내 얼굴을 내려다보면서 그가 말했다.

"이 아이는 슬픔에 반응한다. 무엇이 그리 슬프더냐?"

"슬프다니요, 그런 것 없습니다."

"너도 거짓말을 할 줄 아는구나. 바보가 아니란 건 알겠지만, 내 마음에 들지는 않는다. 어리석을 정도로 솔직한 것. 그것을 나는 사랑스럽다고 여겼다."

그런 말을 이토록 차가운 눈으로 하다니. 지금 이 순간 가장 슬픈 것이라면 명이 날 보는 시선이라 하겠다. 나는 그것을 그대로 말하고 말았다.

"왜 그런 눈으로 보십니까? 제가 무엇을 잘못했기에 저녁 내내 절 그리 싸늘히 보신 것입니까? 미워하실 거라면 그냥 절 내치십시오. 제게 무관심한 것은 참고 견디겠지만 이처럼 싸늘하신 것은 아픕니다. 추워서 싫습니다. 따뜻하게 안아주실 게 아니라면 차라리 무시하시란 말입니다. 그간의 일은 모두 잊고 없었던 일로 하면……."

투정을 했다. 원망을 했다. 내게 왜 이러느냐 따지면서 제발 내게 그러지 말라 마음 한편으로 빌었다.

그러자 명은 거짓말처럼 나를 안아주었다.

"너는 그럴 수 있느냐?"

아아, 역시 그의 품은 따스하다. 눈물이 나올 것만 같은 기분이 되었다. 기뻤다. 내 마음이 그에게 들렸구나 싶었다. 그의 품에 고개를 묻은 채 중얼거렸다.

"못할 것 같습니다."

"그럼 왜 그런 소리를 하느냐?"

"안아주셨으면 하구요."

명은 얼마쯤 말이 없었다. 이윽고 묻는 목소리가 조금 잠겨 있었다.

"그것이, 네 대답이냐?"

그의 물음이 어떤 의미인지 그 당장엔 놓쳤다. 하지만 불현듯 듣게 된 그의 커다란 심장소리에 오소소 온몸을 휘감는 오싹한 기분과 함께 그 뜻을 깨달았다.

대답. 이것이 내 대답인가? 그가 원하는 걸 나도 원하나? 머리로는 아무것도 생각할 수가 없는데 가슴 언저리의 뜨거운 덩어리가 춤을 췄다.

입술을 혀로 한번 적신 뒤 나는 자그맣게 대답했다.

"안아…… 주세요. 저도 당신을 원합니다."

순간 날 안은 그의 팔이 엄청난 힘으로 눌러와 작게 신음하고 말았다. 곧 명이 자신의 실수를 깨달은 듯 팔에 힘을 푼다 싶었는데, 뒤이어 내 발이 공중으로 들렸다. 명이 날 안아 올린 것이었다. 그의 목을 끌어안은 내게 나직한 목소리가 들려왔다.

"가자."

느릿느릿 나뭇가지를 떨어대면서 흐느끼는 버드나무가 멀어지는 것을 보면서 나도 버드나무처럼 바들바들 떨었다. 원하는 것을 솔직히 말하였으나, 그로 인해 일어날 일들을 맞을 준비가 되었는지 나는 알 수가 없었다.

명은 처음엔 걷다가, 어느 순간부터 뛰기 시작했다. 그의 심장소리와 내 심장소리가 공명하듯 뒤섞여 커다랗게 울리는 것을 들으며 흥분은 더욱 고조되었다. 그에 맞물려 불안도 견디지 못할 만큼 커졌다. 그리하여 방에 날 먼저 밀어 넣고 명이 들어서며 뒤로 문을 닫은 순간, 나도 모르게 그를 올려다보며 고개를 저었다.

"안 될 것…… 같습니다. 며칠만 더 말미를…… 아니, 하루라도 더 말미를……."

"그리는 못 한다."

명이 다가오는 것을 보며 나는 앉은 채로 뒤로 뒤로 물러났다. 등이 벽에 닿아 더는 물러날 곳이 없어졌을 때, 명이 내 앞에 앉아 두 손으로 내 양옆의 벽을 짚고 입을 맞추려 했다. 고개를 숙여 피한 바람에 그의 입술이 이마에 닿았다. 화끈, 이마에 불똥이 떨어진 것처럼 뜨거워 눈을 꽉 감았다. 명은 이렇다 할 말없이 바로 내 턱을 붙잡아 올리고는 와락 입술을 겹쳐왔다. 한 조각의 여유도 없이 겹쳐진 입술을 내리눌렀다가 한껏 빨아들이며 자꾸만 방향을 바꾸었다. 문득 놓아주나 싶더니 이번엔 혀를 이용해 내 입술을 할짝거리며 핥았다.

참지 못하고 도리질을 하면서 "그만두세요"라고 말하는 내 입술 사이로 명이 엄지손가락을 집어넣으면서 억지로 벌렸다. 무슨 짓을 하는 건가 싶어 눈을 떴을 때 명이 다시 입술을 겹쳐왔다. 혀가 밀려들어왔다. 그것에 놀랄 사이도 없이, 내가 무릎을 세워 그와의 사이에 방패로 삼고 있던 다리를 명의 손이 완강한 힘으로 확 벌리고 말았다.

내가 이토록 무력하게 느껴지는 순간은 처음이었다. 몸이 열여덟의 인간 여자의 것이라 해도 힘은 인간의 그것과는 달랐다. 그러나 명은 나와도 전혀 달랐다. 그를 밀어내려는 내 손짓도, 다리를 꽉 모아 버티던 내 힘도 그의 앞에선 어처구니없을 만큼 간단하게 수포가 되었다. 명은 그대로 내 다리 사이로 몸이 오게 한 뒤 버썩 날 껴안았다.

"흐읏…… 아……."

밀착된 몸을 통해 내게로 쏟아지는 그의 체열이 지나치게 높았다. 게다가 내 입속을 유린하는 그의 혀는 끈질기도록 온갖 곳을 파헤치면서 결국은 나를 질식시키려는 것처럼 깊은 곳까지 서슴없이 잠식해 왔다. 그의 팔은 내 몸을 얽어맨 사슬처럼 바짝바짝 조여 오면서 내 등과 허리를 끝도 없이 그에게 끌어갔다. 숨쉬기 위해 노력하는 것만으로도 벅차서 내 몸이 벽에서 점차 점차 떨어져 자꾸만 아래로 쓰러져가는 것도 전혀 몰랐다.

그러다 둔탁한 진동과 함께 쿵, 딱딱한 것이 등에 닿았다. 그것이 벽인 줄로만 알았던 나는 갑자기 명이 내 입술을 놓아주고 고개를 들었을 때, 기진맥진하여 눈을 뜨고 숨을 몰아쉬다가 내가 어느새 바닥에 누워 있다는 것을 알고 소스라치게 놀랐다. 당장 몸을 일으키고 싶었지만, 나는 손가락을 제대로 움직일 힘조차 없었다.

"어떻게…… 내게 어떻게 한 거예요?"

"네가 아는 대로다. 입을 맞추고, 끌어안았지."

명이 날 내려다보면서 희미하게 웃었다. 참을 수 없이 야릇하게 빛나는 젖은 눈에서 시선을 뗄 수가 없다. 그는 내 눈을 붙잡은 채 고개를 숙여 내 입술 바로 위에서 몇 번이나 입맞춤을 할 듯 말 듯 움직였다. 애태우는 듯 닿기 직전에 고개를 들길 반복하다가 문득 아주 살짝 입술이 스치게 했다. 그의 타액으로 젖은 내 입술이 바르르 떠는 것을 느꼈다. 명은 그런 내 입술에 손가락을 대면서 중얼거렸다.

"보아라. 이게 네 진짜 마음이야."

"저는……."

"다 내려놓고, 아무 생각도 하지 말고 지금은 나만을 봐. 반희야, 나를 원하느냐?"

어떻게 아니라고 답할 수 있을까. 은하수를 그 안에 가둔 듯 반짝이는 그의 눈을 올려다보는 한, 다른 대답은 있을 수가 없다. 뒤늦게 눈을 감아보았지만 감은 눈 속에도 그의 눈이 따라왔다.

"반희야, 나를 원하느냐?"

몇 번이고 내가 대답할 때까지 나직하게 반복되는 질문. 나는 마침내 희미하게 고개를 끄덕였다.

"안아줄까?"

부르르, 전율했다. 귀에 들린 명의 어조는 언젠가 배나무 아래에서 들었던 그것과 동일했다. 그때의 나는 얼마나 순진했던가. 이 간단한 말이 담은 깊은 뜻을 그때는 정말로 몰랐다.

"훗!"

다시금 전율하며 신음을 삼켰다. 묵직하게 내게로 실려온 무게. 내 몸 위로 명이 몸을 겹쳐온 것을 깨닫자 온몸이 바들바들 떨리기 시작해서 도무지 그칠 수가 없었다. 명이 내 두 손에 자신의 두 손을 놓더니 부드럽게 손가락들을 얽어 천천히 위로 끌어올렸다. 양 뺨에 닿는 그의 입술을 느꼈다. 그러한 입맞춤은 내 떨림이 그치기까지 한없이 계속되었다.

그의 입맞춤도, 그의 무게도 아주 오래전부터 알았던 것처럼 어느 순간 익숙해졌다. 그럼에도 내 입에선 자꾸만 가느다란 탄식 소리가 흘러나왔다. 내가 아니라 다른 여자가 내는 것 같은 교태 어린 소리에 나는 너무 당혹스러워 눈물을 흘리고 말았다.

"눈물을······. 정녕 싫어서 그러는 것이냐?"

명의 목소리가 살짝 떨렸다. 눈을 뜨고 그를 보자, 바라보는 그의 얼굴에도 좌절의 기색이 묻어났다. 지금 그러지 말라고 애원하면 그가 그만둘 거란 것을 알았다.

하지만 그것은 내 진심이 아니다. 두려운 것일 뿐, 싫지 않았다. 나를 원하여 한껏 뜨거워진 그도, 내 눈물을 보고 좌절하는 그도, 나는 싫지 않았다.

아니, 그저 싫지 않은 것에 그치는 감정이 아니었다. 명은 사랑스러웠다.

'사랑스럽다.'

이토록 가까이에서 누군가를 바라보면서, 그러한 생각을 한 것은 처음이었다. 현기증이 일어 온 세상이 뒤흔들리는 것만 같은 기분이었다.

"싫다니······. 그런 생각을 어떻게 해요."

"그게 아니라면 왜 우는 것이냐?"

"제 목소리가······ 부끄러워서."

"목소리?"

"자꾸만 이상한 소리가 나와요. 참으려고 애쓰는데도 소용이 없어서. 듣고 있자니 부끄러워서 견딜 수가 없고."

진실을 말했는데, 명은 물끄러미 날 바라보다가 문득 기침을 한 번 했다. 왜 갑자기 기침인가 했는데, 바라보는 사이에 그가 웃음을 참으려 안간힘을 쓴다는 걸 깨달았다. 내가 눈물이 날 정도로 창피해 한 일을 놓고 웃다니!

"너무하세요, 저는 정말 어찌할 바를 몰라 안절부절못하는데 그렇게 웃으시다니."

내 항의가 채 끝나기도 전에 명이 날 힘껏 껴안으며 입을 맞추었다. 바로 직전에 무슨 말을 했던 건지조차 잊을 만큼 긴 입맞춤을 퍼부은 뒤에 명이 고개를 들었다.

"네가 소리를 못 내게 할 수는 없구나. 하지만 그걸 덮을 만큼 큰 소리를 만들어주마."

"어떻게…… 하시려구요?"

그의 목소리뿐 아니라 내 목소리도 갈라져서 나왔다. 명은 옅게 웃더니 눈을 감았다. 촘촘히 돋아난 그의 속눈썹을 바라보며 그가 무엇을 하려는 건가 했는데, 퍼뜩 이 집을 둘러싼 주위의 기압이 확연히 달라지는 것을 느꼈다.

우르르릉 하고 하늘이 울었다. 다음 순간, 쏴아, 하는 소리와 함께 굵은 비가 쏟아지기 시작했다. 빗줄기가 기와를 때리는 소리에 귀가 먹먹해질 지경으로 세찬 장대비였다.

"만족하느냐?"

그렇게 커다란 빗소리 속에서도 내겐 귓가에 속삭이는 명의 목소리가 뚜렷이 들렸다. 고개를 끄덕였다. 명이 다시금 입맞춤을 해주었고 나는 스르륵 눈을 감았다. 처음보다 한결 부드럽게, 느릿느릿 이어지는 입맞춤 속에서 명의 손이 내 옷을 벗겨갔다. 서두른다는 기색은 없었지만 손길은 빨랐다. 나신이 되었다는 거북함에 몸을 사릴 틈도 없이 밀착해 오는 명의 몸으로 인해 머릿속이 하얗게 되었다. 이미 그 역시 나신이 되어 있었다.

"너를 안을 것이다."

"네……. 그래요, 그렇게 하세요."

목덜미를 깨물듯이 강하게 애무한 명이 그렇게 속삭였을 때, 나는 탄식하듯 대답했다.

하늘 아래 사방이 비에 갇혀 있다. 바깥의 요란한 소음이 마치 다른 세상의 것 같아, 오히려 이 방은 적요하게만 느껴진다. 하지만 나는 이제 소리 따위는 아무래도 좋다고 생각하기로 했다. 이제 일어날 내 생애 첫 번째 교미를 하나도 빠짐없이 보고 느끼고 받아들이고 싶었다.

그 상대가 명이다. 어쩌면 내 반려가 될지도 모르는 존재.

하얀 뿔을 지닌 아름다운 푸른 이무기.

어둠 속의 별을 담은 눈동자를 품고 있는, 내 고귀한······.

"아······, 아훗, 아아······!"

휘감아 얽힌 몸이 뜨거워 나는 몸부림쳤다. 내가 그러면 그럴수록 명은 단단하게 나를 껴안아 놓지 않았다. 물결치듯 그의 허리가 움직일 때마다 머리끝부터 발끝까지 밀려가는 뻐근함에 진저리가 쳐졌지만 이 고통마저 참아내야 한다는 것을 알았다. 달아나지 않았다. 대신에 조금이라도 더 서둘러 그를 받아들이기 위해 그에게 한층 필사적으로 매달렸다.

그의 목을 휘감아 안은 팔은 내 의지에 따라갔지만 다리는 꼼짝도 할 수 없었다. 지금 내 몸의 주인은, 내가 아니라 명이었다. 가쁜 숨을 내쉬던 명이 내 입술을 덮고 길고 숨 막히는 입맞춤을 이어갔다. 맞물린 입술 속에서 물컹거리는 혀가 우리의 몸처럼 얽혀서 격렬하게 서로를 갈구했다.

"무섭구나······."

명이 헐떡이면서 중얼거리는 말에 나는 눈을 떴다. 젖은 그의 입술이 붉게 빛나는 가운데, 창백한 얼굴이 섬뜩하도록 요염했다. 명은 내 뺨을 쓸어 만지면서 속삭였다.

"네가 나를 어디까지 몰고 갈 수 있을지, 두려워졌다. 그나마 다행인 건 네가 영원히 내 것이라는 거겠지."

무어라 대꾸할 말을 찾지 못해 멍하니 그를 올려다보는데 명이 다시 입술을 겹쳤다. 다음 순간 그는 지금까지 최대한 부드럽게 내 안으로 밀고 들어오던 것을 바꾸어 격하게 허리를 부딪쳐 왔다.

"아, 아흐윽……!"

그야말로 부서져버리는 줄 알았다. 까무러칠 듯한 기분을 가까스로 가누고 크게 숨을 삼키면서, 부서지지 않은 대신 내가 명을 완전히 받아들였다는 것을 느꼈다.

명이 신음하듯 숨을 내뱉으며 잠시 움직임을 멈추었다. 나 역시 숨쉬는 것 이상의 일은 생각도 할 수 없었다. 그 정도로 내 안을 채운 명의 존재로 인한 폐쇄감은 지독히 강렬했다. 뻐근한 하반신으로부터 훅훅 끼쳐오는 화끈화끈한 감각이 뜨거움 때문인지, 아픔 때문인지 분간할 수 없었지만 받아들여야 한다는 걸 알기에 참고 또 참을 뿐이다. 명 역시 사뭇 괴로운 듯한 표정으로 불규칙적인 숨결을 고르게 하기 위해 안간힘을 쓰는 기색이었다.

"……아픈 거예요?"

그의 얼굴을 살며시 감싸며 물었을 때, 명은 나를 휘둥그레진 눈으로 보았다.

"나를 걱정하는 것이냐, 지금?"

"당신, 힘들어 보여서. 이렇게 미간에 주름이……."

내 말이 끝나기도 전에, 명은 웃음을 터뜨렸다. 그가 그렇게 크게 웃는 것을 나는 처음 보았다. 그러다 그가 내 얼굴을 붙잡아 들여다보며 물었다.

"너를 어찌할까? 맙소사, 이 이상 너를 어찌해야…… 좋을까? 정말로 너를 삼켜버리고 싶구나."

무서운 소리를 웃는 얼굴로 들려주면서 명이 내 입술을 훔쳤다. 설마 진심은 아니겠지 한편으로 걱정하면서 입술을 열어 그의 혀를 맞아들였다. 이어서 그가 서서히 움직이기 시작하면서 아주 잠깐 잠잠해졌던 타는 듯한 감각이 다시 내 속을 휘젓기 시작했다.
　그날 밤 내리기 시작한 비는 사흘간 계속 되었다.
　보지는 못했지만, 폭우였다고 한다.

11. 탐닉자

거짓말처럼 갠 날씨가 민망했다. 그새 손님들이 모두 없어졌다는 것도 민망했다. 온 김에 근처를 돌아보고 며칠 후에 다시 오마 했다는 국 님의 전언을, 언제 돌아왔는지 모를 녹전이 아무렇지 않게 전해 주는 것도 민망했다. 나는 어쩔 줄을 모르는데, 명은 무슨 일이 있었냐 싶은 얼굴로, 알아서 돌아보고 제 갈 길로 갈 것이지 오긴 왜 또 온다는 거냐며 괜히 녹전이 잘못한 것처럼 투덜대는 것도 민망했다. 학교에서는 애들이 어떻게 사이좋게 둘이 결석이냐며 괜히 우스갯소리를 지어내보는데, 그게 순진한 애들이 지어내는 소리보다 더 심한 진실이라 더욱 민망했다. 학교에서도 집에서도, 아니 집에서는 몇십 배는 더욱, 서슴없이 이어지는 명의 애정행위가 민망했다.

토요일 밤 초야를 치른 이래, 일요일, 그래, 월요일까지는 이해한다 쳐도 그 뒤로 내리 목요일까지 농염한 밀월이 계속되는 것은 좀 그렇다. 오늘만 해도 그렇다. 내가 사정하다시피 해서 학교에 간 것까지는 좋았다. 한데 그 뒤…….

"나가서 먹자, 점심."

점심시간이 되기 무섭게 명이 그렇게 말했을 때 나는 지레 몸을 사렸다. 오전 내내 그의 시선을 외면하는 걸로도 상당히 기력을 소모한 상태였다.

"그냥 교실에서 먹지 왜."

"구 기숙사 쪽에 있는 벚나무에 꽃이 피었대. 가서 구경하자구."

"구 기숙사? 난 거기 별로……."

비라도 오면 좋겠다고 생각하며 바깥을 힐긋 쳐다봤지만 구름 한 점 없이 맑은 하늘밖에는 보이지 않았다. 이제라도 비를 부르려고 노력하면 구름이 언제쯤 올까 고민하는 내 어깨를 명이 가볍게 두드렸다.

"귀신이라도 나타나면 내가 책임지고 무찔러 줄게. 우리 반희한테 손도 못 대게."

그 기품 있는 목소리로, 그런 말을 산뜻한 미소와 함께 들려주었다. 목소리가 들리는 곳에 있던 송옥이 명이 널 괴롭히는 귀신은 내가 무찌르겠다고 소리치는 것을 멀거니 들으면서 나는 홀린 듯이 도시락 가방을 들고 자리에서 일어났다.

교실을 벗어난 지 얼마 안 되어 내가 너무 쉽게 그의 꼬임에 넘어간 것을 후회했지만 옆에서 걷는 명은 온화하고 차분하게만 보였다. 그리고 구 기숙사 쪽의 벚나무가 핀 언덕 주변엔 이미 발 빠른 다른 아이들이 와서 터를 잡고 점심을 먹고 있었다. 그 숫자가 대략 열 명은 넘어 보여 내심 안심했다. 꽃이 반쯤 핀 벚나무 아래에 명이 재킷을 벗어 내가 앉을 자리를 만들어 주었고 그 뒤 그도 옆에 앉아서 도시락을 열어 점심을 먹었다. 나는 지나치게 경계한 자신을 겸연쩍게 생각하면서 맛있는 점심과 어여쁜 꽃구경에 정신을 팔았다.

그러다 문득 고개가 뒤로 젖혀지면서 입맞춤을 당했다.

그 황홀한 느낌에 가슴을 움켜쥔 것도 잠시, 이내 그 장소를 깨닫고 나는 기겁을 하며 그를 밀쳐냈다.

"애들이 보잖아요, 어쩔려구 이래요?"

"보는 눈? 누구? 나무가 쳐다보는 게 신경 쓰여?"

명의 말에 놀라서 주변을 돌아본 나는 어느샌가 그 넓은 곳에 둘만 남은 상황을 깨닫고 어안이 벙벙해졌다. 자리에서 일어나 사방을 살피고 들려오는 소리에도 귀 기울였으나 정말로 둘뿐이었다. 내 팔을 잡아당기는 명의 강한 손힘에 나는 거의 쓰러지듯 그의 품에 안겼다.

"그래, 둘뿐이야. 소리 내도 돼. 아무도 못 들을 테니까."

말하는 시간도 아깝다는 듯 탐욕스럽게 쏟아지는 입맞춤 속에서 내가 아까 본 게 정말로 학생들이 맞긴 했나 의아해했다. 틀림없이 저기 저 나무에 여자애들 셋, 저쪽의 나무 아래에는 둘, 그리고 저쪽에는……. 기억을 되살리던 내 시야가 문득 기우뚱하면서 흔들렸다.

언제라도 우수수 쏟아져 내릴 듯한 벚꽃망울을 천장으로 삼은 내 등 뒤에는 부지불식간에 새털처럼 부드러운 하얀 보료가 깔려 있었다. 입맞춤을 그치지 않으며 내 옷을 벗기는 명의 손이 조급했다. 블라우스의 단추가 뜯어지는 소리에 깜짝 놀라 도리질을 하며 입술을 뗐다.

"안 돼요, 교복을 찢어버리면 어떡해요?"

"쉿, 엉뚱한데 신경 쓰지 마."

"하지만 이건 내가 산 옷, 으음."

그의 입술에 눌려 더 이상의 항변은 유야무야되었다. 그래도 내가 블라우스를 사수하려고 안간힘을 쓰자 명의 손은 당장 그 아래로 내려가

치마를 끌어올렸다. 나는 정신이 없는 와중에도 속옷을 벗기려 하는 그의 손을 두 손으로 꽉 붙들었다.
"정말 이러기야?"
자꾸만 그를 방해하는 내가 못마땅했던지 명이 언성을 높였다. 하지만 눈이 마주치자 그는 화내던 것도 잊고 금세 입술을 겹쳐와 뜨겁게 비벼댔다. 역시, 오전 동안 한사코 피하려 했던 그 끈적한 눈길은 내 착각이 아니었다.
"여긴 학교잖아요, 학교! 해서 좋을 일과 안 될 일이 있다구요. 이건, 절대로 안 되는 일이에요."
"상관없어, 그런 거. 우리가 인간도 아니고."
"인간인 척하는 동안엔 상관있어요."
힘으로는 상대가 되지 않지만 명은 내 저항을 한사코 무시할 남자가 아니다. 괴로운 듯이 찌푸린 눈으로 그가 말했다.
"네가 학교에 오겠다고 해서 오게 해줬잖아. 지금까지 참고 기다려준 내게 이 정도 보상도 안 된다는 거야? 말했잖아, 무슨 소릴 내도 아무도 못 들을 거라고. 아무 걱정할 것 없어. 여긴 내 공간이니까 여기서 아주 짧은 일탈을 즐기고, 다시 인간들 속으로 들어가면 되는 거야."
다리를 쓰다듬어 올라오는 손길이 뜨겁다. 정염에 젖은 그의 눈은 또 어쩜 저리 매혹적일까. 혹 가슴속이 뜨거워지며 나도 한순간 흔들렸다. 그래, 이대로 잠시 그의 사랑을 받고 다시 태연하게 인간들 속으로…… 아니, 아니, 난 그런 엄청난 일 못해!
"전 한 번에 두 가지는 못한다니까요!"
와락 그를 밀쳐내고 나는 도망쳤다. 결계가 쳐 있어서 얼마 못 가 같은 곳을 뱅글뱅글 돌고 있다는 걸 깨닫고 울상이 되어 주저앉고 말았다. 어쩐지 명이 잡을 생각도 없이 지켜본다 했다.

"나 좀 내보내줘요! 안 내보내주면…… 울어버릴 거예요."

이미 반은 울면서 그렇게 으름장을 놓았다. 다른 사람에게는 통할 리 없었을 그 위협이 명에겐 통했다.

하지만 점심시간을 무사히 보낸 여파는 그 뒤 쭉 이어졌다. 교실로 돌아간 뒤 명은 오전처럼 삼가는 기색도 없이 노골적으로 날 빤히 쳐다보면서 남은 수업을 마쳤는데 그 어떤 선생님도 그의 수업 태도에 대해 지적을 하지 않았다. 명은 선생들까지는 알아서 조종을 한 듯한데 반 아이들은 내버려둔 모양인지, 그것 때문에 또 애들의 놀림거리가 되었다. 돌아오는 길에 항의를 했더니 그러니까 왜 아까 도망을 갔냐고 오히려 날 나무랐다. 정말로 명은 학교엔 손톱만 한 미련도 없는 게 틀림없다.

"차라리 그를 그만두게 하고 나 혼자 다닐까."

학교에서 돌아오자마자 씻는다며 욕실에 틀어박혀 따뜻한 물속에 몸을 담그고 눈만 내놓고 앉아 있는 중이다. 원래도 좋아했던 목욕이요 며칠 사이엔 더할 나위 없이 좋아졌다. 피곤한 몸을 쉬게 하는데엔 향기로운 온탕에서 쉬는 것이 최고로 좋다. 요즈음만큼 피곤했던 적이 있긴 있었나 싶다.

눈을 감았더니, 까무룩 졸음이 몰려왔다. 한참을 꾸벅꾸벅 졸고 있는데 문 쪽에서 들리는 소리에 얼핏 눈이 떠졌다. 잘못 들었나 의심하는 것도 찰나, 틀림없이 잠갔던 문을 열고 명이 들어오는 것이었다. 몰려오던 졸음이 만 리 밖으로 달아났다.

"왜, 왜 들어와요?"

"같이 씻으려고."

"그, 그러지 마요. 어머나, 꺄아, 싫어. 보고 싶지 않아. 나가요, 나가세요, 좀."

갈아입을 옷이 명에게 가까운 곳 선반에 있으니 가지러 갈 일이 난감하다. 도리 없이 몸을 한껏 웅크린 채 밖으로 내민 손을 저으며 나가라고 말해 보았지만 명은 입고 있던 교복을 훌훌 벗으면서 안 먹히는 애원을 하는 내가 재밌는지 쿡쿡 웃었다. 그가 취한 인간의 몸은 환한 곳에서 보아도 아름답긴 하지만, 그래도 나신을 보는 것은 이야기가 다르다. 인간 남성의 몸은 교미를 하건 안 하건 생식기가 밖에 달려 있어서 보기가 참 난감하단 말이다.

"너무 인간 식으로 생각하는 것 아니냐? 이게 자연스러운 모습이잖아. 이런 식으로 굴면서 원래의 몸일 때엔 스스럼없이 보여주다니, 그쪽이 오히려 더 묘하군."

"하지만 그 어떤 뱀도 옷은 입지 않잖아요."

물론 생식기도 평소엔 감추어져 있고 말이다. 우리는 따지고 보면 아주 고상한 종족이다.

"그래. 그렇지만, 난 네가 하얀 뱀일 때에 숨 막히게 긴장했었지. 아직 너무 작아서 더 크기를 기다려야 하는 게 유감천만이야."

명이 진심으로 그렇게 생각한다는 걸 나는 알고 있다. 사흘간 녹전의 방에 틀어박혀 무수히 교미를 되풀이하는 동안 짬짬이 이것저것 이야기를 나누었고 그때 명은 그런 이야기도 했다. 네가 언제쯤 자라서 제대로 짝짓기를 할 수 있을지. 그러면서 그는 적어도 삼백 년은 기다려야겠지 하며 한숨을 쉬었다.

나는 생각도 할 수 없었던 일이다. 우린 본체로 보자면 크기가 달라도 너무 달라서 본체로 하는 짝짓기 따위는 시도도 할 수 없다고 생각했으니까. 그래도 명이 그런 생각을 한다는 자체에 나도 흥분을 느껴 가능성 여부 자체는 잊고 말았지만, 지금 생각해 보니 역시 거기엔 난관이 있었다.

"어, 어차피 제가 크는 동안 당신도 클 거면서."

"내 성장은 거의 멈추었어. 아마 이마에 뿔이 돋은 이래 한 자도 더 자라지 않았을 걸?"

"정말로요? 그렇다면야…… 어머, 어딜 들어와요?"

천 살이 될 무렵부터 미간의 사이가 지끈거리기 시작하더니 몇 년에 걸쳐 돋아났다는 하얀 뿔. 잠시 그 뿔을 생각하며 멍해 있는 사이 명이 내가 앉아 있던 욕조 안으로 들어왔다. 내 말이 안 들리는 것처럼 자리를 잡고 앉은 명을 원망스럽게 쳐다보다가 차라리 내가 밖으로 나가기로 작정했다. 하지만 욕조 밖으로 다리 하나를 내딛기도 전에 명의 손에 꼼짝없이 팔을 붙잡혀 첨벙 물속에 주저앉게 되었다.

"놔요, 놓아주세요. 나갈 거라니까요."

주저앉힌 것으로도 부족해 명은 내가 그의 품에 안기게 뒤에서 꼬옥 끌어안았다.

"왜, 또 울어버린다고 겁을 주지 그래? 안 됐지만 여긴 학교가 아니구나."

"아앗, 그러지 마요. 그만 만져요. 그만, 아……."

등에 닿는 그의 가슴에 긴장하고, 목덜미를 문지르는 그의 입술에 움츠러드는데 어느새 내 팔 아래로 들어온 손이 가슴을 희롱하고 다른 손은 다리 사이까지 침범하고 있었다.

"모처럼 같이 씻자는 청을 그리 매몰차게 뿌리칠 건 뭐냐."

"전 알아서 씻었어요. 그러니까 당신이나……. 왜 이래요, 여긴 욕실인데 이건 씻는 게…… 아니잖아요. 녹전이 보면 어떻게 생각할지…… 하악, 그러지 마요, 아, 제발……."

힘으로 안 되는 것을 알면서도 최대한 그를 진정시켜 보려 했다.

명은 내 만류의 소리를 귓등으로도 듣지 않고 귓불을 깨물거나 내 목덜미를 핥는 것에 여념이 없었다.

"나, 정말로 민망해요. 이런 일은 이제, 우리가 머무는 방에서만 하는 걸로 해요. 그것도 밤에만. 네?"

결단이 필요하단 생각에 고개를 돌리며 말했는데, 명은 그런 내 얼굴을 붙잡아 입맞춤을 퍼부었다. 내가 도리질을 해서 고개를 돌렸더니, 못마땅했던지 목을 꽉 깨물기까지 했다.

"아야, 아파요. 정말. 나보고 어리다고 하더니 이젠 당신이 어린애처럼 구네요. 우린 발정기라고 해보았자 얼마 되지도 않고, 거기다 그만하면 흡족히 지낸 편이잖아요."

"흡족해? 난 그런 것 모르겠는데. 아니, 또 모르지. 널 진짜로 삼켜서 뱃속에 넣어두고 있으면 흡족해질지도."

"또 그 소리. 자꾸 무서운 소리 할 거예요? 안 먹는다고 해놓고선."

"못 먹지. 아까워서. 정말이지, 난 정말 성에 안 찬단 말이다. 이렇게."

"아훗."

말하는 동안 잠시 방심한 사이 명이 기습적으로 내 안에 파고들어 왔다. 그의 커다란 남성이 바로 들어오는 것은 무리. 불과 절반도 안 들어온 그로 인해 눈앞에 잠깐 별이 날아다녔다. 그래도 나는 급히 몸을 사리며 상반신을 일으키려 했지만 명은 나를 꽉 끌어안아 와락 내리눌렀다. 단번에 몸 가장 안쪽까지 꿰뚫리면서, 그야말로 눈앞이 새하얗게 변했다.

"흐으으윽."

"하아아……."

나와 명의 입에서 거의 동시에 젖은 신음이 흘러나왔다. 오싹오싹한 기분은 내 귓전에 또렷하게 퍼지는 명의 신음소리로 인해 한층 강해졌다. 열기를 머금은 그의 목소리가 내 귀를 희롱했다.

"이렇게 너와 연결되어 있는 순간의 희락은 뚜렷하거늘, 떨어져버리면 이 선명한 희열이 기억조차 나지 않아. 마냥 얼떨떨한 게 그저 한바탕 꿈을 꾼 것만 같단 말이다, 나는. 내 말이 이해가 되느냐?"

"몰라요, 그런 거. 아, 아파요. 아, 제발 아직 움직이지 마요. 아직……"

정확하게 아프다는 감각과는 거리가 멀지만, 그렇게 말하면 명은 움직임을 늦춘다. 하지 말란 말도 소용없고, 그러지 말란 말도 소용없다. 오로지 그가 들어주는 말은 아프다는 말뿐. 그러면 그는 한껏 부드러워진다.

"자세가 불편한 것이냐? 앞으로 안아줄까?"

"그런 건 아무래도 좋습니다. 정말, 너무하세요."

작게 투덜거리면서 두 손에 얼굴을 묻었다. 명이 그런 내 팔을 감싸면서 힘껏 껴안았다. 내 어깨에 뺨을 기대고 명이 웃는 소리가 들려왔다. 어떤 표정인지 궁금했지만, 일부러 보지 않았다.

"그러게. 너무하는 것 같구나. 내가 생각해도 왜 이러나 싶을 정도이다. 그렇지만, 어쩌겠느냐? 이건 네 탓인 것을."

"무엇이 또 제 탓입니까?"

"네 탓이다. 그 어떤 암컷에게도 마음이 동하지 않던 내가, 너만 보면 야릇한 기분이 들어 마구 음심을 품게 되니 결국 네 탓이 아니고 무어냐?"

"그리 말씀하시니 제가 할 말이 없네요. 제 탓인가 봅니다. 예, 전부 제 탓입니다. 저만큼 요염한 백사가 세상에 또 하나 있을라구요."

볼멘소리를 내며 대답했더니, 귓가에 들리는 명의 웃음에 좀 더 힘이 실렸다. 이어서 내 목덜미와 어깨를 지분지분 입술로 희롱하면서 부드럽게 그가 내 안에서 움직이기 시작했다. 찰박거리며 자꾸만 옆으로 넘쳐흐르는 물소리 속에서 신음을 죽이려 손등으로 입술을 꾹 눌렀다. 그렇게 내가 애쓰는 것을 아는지 모르는지 명은 거듭되는 애무로 날 혼란스럽게 만들었다. 부드러운 몸짓은 때론 거칠게 변했다가, 내가 아픔을 호소하면 잔잔히 잦아들길 반복했다. 하지만 결국엔 나 역시 명이 내게 안겨주는 희열의 물살에 휩쓸려 아무것도 생각할 수 없게 된다.

아아, 죽을 것만 같아, 라고 생각하는 순간이 어김없이 찾아온다. 이윽고 축 늘어지는 내 몸을 명이 함빡 끌어안는다. 귓가에서 또 그의 웃음소리가 들렸다.

밖으로 나왔을 때 달이 훤히 떠올라 남쪽 하늘에 있는 것을 보고 또 얼굴을 새빨갛게 물들였다.

"시간이 대체 얼마나 지난 거지?"

"아마도 해시亥時밖에 안 되었을걸."

"해시밖에라뇨. 우리가 다섯 시 못 되어 왔는데, 벌써 해시라면……. 아아아."

"고작 네댓 시간 흘렀겠군. 출출하지? 녹전에게 상을 봐 놓으라 일렀으니 배불리 먹고 조금쯤 쉬게 해주마."

고작 네댓 시간? 조금쯤 쉬게 해준다고? 그런 말을 어찌 이토록 싱그러운 미소를 지으면서 할 수 있을까? 범접할 수 없는 그의 정신세계에 두려움까지 느끼며 옆으로 슬금슬금 한 발씩 떨어져 서는데, 아니나 다를까 명이 확 손을 뻗어 어깨를 끌어안아 자신에게 당겼다.

"이리 함께 걷는 게, 훨씬 따뜻하지 않으냐?"

"보, 봄입니다. 그냥 걸어도 따뜻한데요. 거기다 방금 목욕도 해서 전 꽤 덥습니다만……."

"봄이라. 올해의 봄은 참으로 좋구나."

내가 한 말 중에서 명은 자기가 듣고 싶은 것만 들었다. 내 어깨를 껴안았던 그의 손은 어느샌가 내려와서 허리를 끌어안고 있다.

한숨을 쉬면서 계속 이러다간 뺨이 새빨간 것이 오히려 자연스럽게 느껴질 것 같은 볼을 어루만졌다. 입술에서 흘러나오는 숨은 물론, 온몸 가득 미열 비슷한 열이 돌아 난 정말 더위 비슷한 것을 느끼는 중이다.

명은 또 내 머리카락에 얼굴을 묻으며 지분거렸다.

"네 향기는 갈수록 더욱 짙어지는구나. 어째서 네게 나비가 날아들지 않는지, 나는 도통 이해를 못하겠다."

그에게 하도 여러 번 그런 말을 들어 나도 또 한 번 혹시나 싶어 팔도 들어보고 하면서 킁킁거려 보았지만 역시나 마찬가지였다. 그렇게 달콤한 향기가 내게서 났다면 내가 모를 리가 없다. 오히려 향기라고 하면 명에게서 나는 것이 훨씬 강렬한 것을.

"나비가 날아든다면 당신에게 날아들 걸요? 왜 자꾸 공연한 말로 절 놀리시는지 모르겠습니다."

"내게서 향기가 나다니, 그런 소리는 듣다 듣다 처음……, 언제부터 거기에 계셨습니까?"

미간을 찡그리며 내 말을 부정하던 명이 갑자기 정색을 하며 멈춰 서더니 휙 위를 올려다보며 말했다.

명이 보는 것을 좇아 나도 올려다보았더니 잎으로 빽빽이 그림자를 지고 있는 느티나무 속에서 뭔가가 사사삭 움직이는 소리가 났다. 쿵, 하고 바닥에 발을 내딛고 그자가 고개를 들 때까지 나는 손톱만큼의 기척도 느끼지 못했다.

흰 살결이 비쳐 보일 듯 얇은 붉은색 포를 걸친 란 님이었다. 내가 깜짝 놀라 고개를 푹 숙이며 인사를 하는 것을 눈짓만으로 보아 넘긴 그녀는 폭이 넓은 소맷자락 사이의 손에 쥔 부채로 입가를 가리며 요염히 웃었다.

"사랑놀음에 푹 빠져서 기어코 모르고 넘어갈 줄 알았다만, 아예 빙충이가 된 건 아니로구나?"

"언제부터 거기 계셨느냐 여쭈었습니다."

"네가 궁금한 것이 '언제' 이냐, 아니면 '어디' 이냐?"

"그 말씀, 몰래 숨어들어 이곳저곳을 기웃거렸다 자백하시는 거라 받아들여도 좋습니까?"

"기웃거리다니! 어디 감히 그런 상스러운 말을 내게 끌어다 붙이느냐? 거기다 내가 못 올 곳을 왔느냐? 간다고 말한 적 없으니, 아직 나는 이곳의 손님이다만? 그렇지 않으냐, 아이야?"

휙 날 돌아보며 묻는 바람에 나는 커다랗게 뜬 눈으로 그녀를 보며 고개를 끄덕끄덕했다. 란 님은 고개를 갸웃이 하고 내 쪽으로 다가와 손을 들어 스윽 내 뺨을 쓸어 만졌다.

"이리 보니 참으로 어여쁘구나. 거기다 이토록 좋은 향기가 나다니 미처 몰랐다."

차가운 손에 이어, 불현듯 가까이 다가온 란 님의 얼굴에 놀랄 겨를도 없이 쪽, 뺨에 닿는 매끄러운 입술을 느꼈다. 지금 란 님이 내 뺨에 입맞춤을 한 걸까?

"누님!"

미처 상황을 파악하기도 전에, 명이 내지르는 소리와 함께 어마어마하게 조여드는 공기의 압박에 나는 신음하며 비틀거렸다. 명이 나를 잡아채어 그의 등 뒤로 오게 한 뒤 란 님을 향해 으르렁거리고 있었다.

"이 아이는 제 것입니다."

"누가, 무어라 하더냐?"

란 님의 목소리는 청아했지만, 명에게서 흘러나오는 기운에 뒤지지 않을 정도로 거친 기운이 그녀의 주변을 일렁거리고 있었다. 명이 짙푸른 색의 기운이라 하면 란 님의 것은 검붉은 색의 힘이었다.

"허튼 생각은 꿈도 꾸지 마십시오. 이 아이에게 손댈 수 있는 자는 저 하나뿐입니다. 생명이 있는 것이든, 없는 것이든 저 하나란 말입니다. 아시겠습니까?"

"이것 참. 내가 동생의 입 안에 든 것을 뺏어다 먹을 정도로 굶주린 줄 아느냐? 네가 나를 아주 단단히 오해하고 있구나."

떼를 쓰는 동생을 나무라는 것처럼 다정한 말이었다. 그럼에도 그녀의 기운은 한 치도 줄어들지 않았다.

"오해란 말입니까?"

"오해지. 암. 배은망덕하게 굴지 말려무나, 동생아. 지금 네 즐거움이 누구 때문인지 그새 잊은 것이냐?"

"아무렴 제가 그것을 잊었다 하겠습니까?"

명의 목소리조차 내가 알던 그것이 아니었다. 지금에 비하면 나를 윽박지르던 것은 그나마 상냥한 것이었다. 지금처럼 살기를 드러내어 겨루는 두 사람의 모습은 그저 달아나고 싶을 만큼 두려운 것이었지만, 그래도 나는 명의 등에 매달려 무서움을 이기려 노력했다. 하지만 숨 쉬는 게 버거운 것은 노력으로 감춰지지 않아 명이 문득 나를 돌아보더니 품에 끌어안으며 중얼거렸다.

"미안하다. 널 겁먹게 했구나."

"……아닙니다. 왜들 싸우세요? 저 때문이라면 그러지 마세요."

란 님은 그저, 절 귀엽게 여겨 뽀뽀를 해주신 것인데."

"뽀뽀? 뽀뽀라니, 아하하하하! 이거야말로 아기가 따로 없구나. 명아, 너도 들었느냐? 뽀뽀란다, 세상에, 어찌 이리 어린아이일꼬? 하하하하!"

란 님이 유쾌하게 웃는 웃음소리가 일그러졌던 그녀 주변의 공기를 일소에 싹 날려버렸다. 그러나 명은 여전히 자신의 기운을 한 치도 거둬들이지 않았다. 그녀가 다가오려 하자 다시금 조용히 으르렁거리듯이 목을 울렸다. 마치 내가 풍계를 겁줄 때 옷 속에 감춰두었던 모래가 된 기분으로 나는 바르르 떨었다.

란 님은 걸음을 멈춘 채 쿡쿡쿡 웃었다.

"글쎄, 안대도 그런다. 아무래도 네가 그 아이의 살 내음에 취해 제정신이 아닌 게로구나. 아무렴 내가 불과 한 식경 전까지 네가 깔고 범하던 것을 노려 무슨 수작을 부릴 성싶으냐?"

"그런 식으로, 말씀하지 마십시오. 제 반려가 될 아이입니다."

"하하하, 사뭇 애틋하구나. 그래, 마음껏 즐기려무나. 방해자는 이만 사라져주마."

란 님이 붉은 포 자락을 한차례 세차게 휘두르며 느티나무 위로 몸을 솟구쳤다. 나뭇잎들이 거센 바람에 요동치는 것처럼 쏴아아 소리가 나더니 얼마 후 거짓말처럼 조용해졌다.

이미 거기에 란 님은 없었다.

나는 깜짝 놀라서 느티나무 주변을 이리저리 살펴보았지만, 허공에도 땅 위에도 란 님의 그림자 하나 보이지 않았다. 그야말로 완벽하게, 사라져버렸다.

"세상에. 어찌하신 건가요? 란 님은 대체 어디로……, 어머, 왜 이러세요?"

혹시 느티나무 속에 숨어계시나 싶어 다가가서 나무도 두드려보는 나를 명이 우악스럽게 잡아당기더니 품에 끌어안고 왼쪽 뺨에 거의 핥는 것처럼 입맞춤을 퍼부었다. 애정 어린 행동이라고 하기엔 대단히 신경질적으로 하는 입맞춤이라, 나는 당하면서도 진저리가 나서 버둥거렸다.

"그러니까, 왜 이러는지 말씀 좀 해주시라고요."

"너를 탐내다니, 용서 못해."

"예?"

"그리곤 자기 체취를 남겼어. 내 앞에서 너한테 이런 짓을 하다니 불쾌해서 미칠 것 같다."

그러니까 아까 란 님이 내게 해주신 가벼운 뽀뽀가 심기를 거슬렀다는 뜻 같은데, 명이 왜 이렇게 과민반응을 하는지 나는 도통 이해할 수 없었다.

"귀여워서 뽀뽀를 해주신 모양이지요. 인간 꼬맹이들도 주고받는 사소한 친근감의 표시인데, 당신이 그리 신경을 곤두세우니 이상했겠지요. 제가 누님이었다면 아주 무안했을 거예요."

"무안? 란에게 제일 안 어울리는 말이 있다면 바로 그 말이겠구나."

"국 님이랑은 사이가 좋으시던데 왜 란 님이랑은 그렇게 볼 때마다 안 좋은 표정이에요? 안 좋은 정도가 아니라 어지간하면 아예 무시하시던데. 형제간에 차별해서 애정을 주고받으시는 건 나빠요. 받지 못하는 쪽은 무척 쓸쓸해지잖아요."

"그것도 란과는 전혀 관계없는 수식어야. 내 몫이 없더라도 란에겐 국 누님이 항상 붙어 다니니까."

엇, 방금 전에 명의 눈가에 스친 그늘. 내가 가진 눈치가 비로소 제대로 작동했다. 여우랑 산 세월 동안 여우의 우울증이며 외로움 타는 모습을 워낙 자주 봐서인지 아주 미세한 반응 하나로도 그 비슷한 경우를 알아챌 수 있다. 내 눈치가 말해준 바는, 명이 그런 란님을 질투한다는 것이었다. 질투까지는 아니라고 해도, 조금은 쓸쓸해 하는 것이리라.

내가 생각해도 몹시 그랬다. 세 명의 형제 중 둘은 단짝이고 하나만 동떨어져 있다니.

뭉클, 연민의 감정이 솟아올라 명을 꼭 끌어안아준 뒤 고개를 들어 그의 뺨에 입 맞추고 말했다.

"괜찮아요. 이제 당신한텐 제가 있으니까. 그러니까 그런 표정 하지 말아요."

"내가 무슨 표정을 했다고 그러느냐?"

"음. 모르면 됐고. 와, 내 낭군님은 봐도 봐도 잘생겼다."

방긋 웃으며 그리 말했더니, 뭐라 핀잔할 줄 알았던 명이 날 보면서 살며시 얼굴을 붉혔다. 그가 내 허리를 끌어안은 팔에 힘을 주면서 물었다.

"그 발언은…… 우리의 약혼기간은 이미 끝났단 소리인가?"

어라. 당연히 끝났다고 생각했는데 그게 아니었나?

나는 당황스러움을 감추려고 그의 품에 얼굴을 묻고 재빨리 머릴 굴려 보았다. 우린 벌써 교미를 한 횟수를 헤아리는 것이 어려울 지경이 되었다. 꼭 확인하는 말이 없어도 그리 몸을 섞었으니 이젠 반려라고 생각한 내가 너무 단순했던가.

퍼뜩 그런 생각이 들었다. 명은 나보다 훨씬 지혜롭고 고상한 까닭에 그런 미개한 동물의 습성에 우리가 적용된다고는 추호도 생각지 않았던 거구나, 하는.

거기까지 생각이 미치자 그만 얼굴이 붉어지고 말았다. 이 정도로 많이 교미를 했으니 우린 반려가 아니냐 하고 물었다면 명이 날 어찌 생각했을지, 상상만으로도 민망하여 몸 둘 곳이 없었다. 급히 내 착각을 마음속 깊이깊이 묻어버리고는 대답했다.

"물론, 아니지요. 명색이 약혼인데 그렇게 얼렁뚱땅 끝이 나겠습니까. 아직 서로 모르는 것도 많고 한데……."

마음에도 없는 답을 하고는 이리저리 괜히 시선을 던져보았다. 그때 내 눈에 조금 떨어진 곳의 바닥에 떨어진 것이 보였다.

"어머, 저건?"

명의 품에서 나와 급히 뛰어가 주워 올린 것은, 역시나 아까 란 님이 들고 있던 부채였다. 비단으로 만든 둥그런 단선으로 푸른 비단에 수놓인 것은 구름 사이를 부유하는 붉은 용이었다.

"멋지기도 해라. 역시 란 님은 사소한 물건 하나라도 이렇게나 고운 걸 가지고 계시는군요. 엇, 잠깐만요. 왜 그러세요? 뭐 하시려고요?"

내가 감탄하며 들여다보고 있던 부채를 명이 채갔다. 돌아서선 내게 이렇다 할 말도 없이 성큼성큼 걸었다. 못으로 가는 내내 그는 굳게 입을 다물고 있었다. 정자에 오른 명은 못을 바라보더니 한 치의 망설임도 없이 부채를 내던져버렸다. 보고 있던 내가 깜짝 놀라 소리쳤다.

"저걸 왜!"

"신경 쓰지 마! 쓸데없는 일로 언쟁 벌이고 싶지 않으니 와서 식사나 해."

명이 내게 큰 소리를 내지른 것은 처음이라 움찔 놀랐다. 화나게 하고 싶지는 않았다. 사소하다면 사소한 일이 아닌가. 때문에 그의 말대로 정자로 오르는 계단을 밟다가 불현듯 그래선 안 되겠다 싶어 못을 다시 돌아보았다. 명이 던진 부채가 꽤 멀리에서 동동 떠 있었다. 천이 물을 먹으면 가라앉고 말리라.

"뭐 하는 짓이냐? 당장 돌아오지 못해?"

뒤에서 명의 성난 목소리가 들려왔지만, 대답하지 않고 나는 못으로 들어가 계속 헤엄쳤다. 못이 꽤 깊은 편인 건 알았지만 곳곳에 무성한 수초가 종종 발에 엉기는 바람에 헤엄치기가 적잖이 힘들었다. 그래도 열심히 팔을 저어 간 끝에 부채 손잡이를 손에 쥘 수 있었다.

"휴우, 다행이다."

안심하고 되돌아가기 위해 방향을 틀려다가, 놀라서 딸꾹 숨을 삼켰다. 어느새 바로 옆까지 명이 와 있었다. 거기다 국 님과 란 님이 그런 것처럼 못 위에 서 있었다. 아니, 떠 있다고 해야 할까? 그의 태사혜 바닥은 물에 닿아 있지도 않은 것처럼 보였다.

"어떻게 이런 게 가능해요? 진짜 떠 있는 거예요?"

제대로 확인할 틈도 없이 명이 오른팔을 잡아 일으키는 바람에 내 몸은 물속에서 빠져 나왔다. 명은 나를 가볍게 안아들고는 못 바깥으로 향했다. 한 마디 말도 하지 않고 걷다가 정자에 올라가 바닥에 날 내려놓고는 명이 투덜거렸다.

"네 고집도 어지간하구나. 그깟 것이 무어라고 그런 우스운 짓까지 하느냐?"

"란 님의 부채이지 않습니까."

"그게 너한테 무슨 의미가 있다고?"

"저는 아니고, 도련님이 보시면 좋아하실 것 같아서요."

"뭐?"

명의 얼굴이 한순간 싸하게 굳는 걸 보고 나는 아차 했다. 도련님 이야기만 꺼내면 여지없이 매서워지는 눈빛에 명이 도련님을 썩 좋아하지 않는다는 것은 자연히 알게 되었다. 어쩌면 싫어하는 게 아닐까 걱정스러울 때도 있다. 아무래도 도련님이 인간인 것이 마음에 안 드는 모양이다. 명과 도련님의 사이를 중재하는 것은 차차 생각할 일이고 이 순간은 그가 또 도련님을 밉보게 되지 않도록 노력해야 했다.

"도련님이 란 님을 많이 연모하시잖아요."

"그게 어쨌다는 거냐?"

"연모하는 이의 물건은, 아무리 사소한 것이라 해도 소중한 것이 되기 마련입니다. 하물며 이리 어여쁜 부채라 하면 도련님께도 얼마나 어여뻐 보이겠습니까? 돌려드린다 해도 저희보다는 도련님이 돌려드리는 편이 란 님에게도 기쁘지 않을까요?"

"하! 그런 것까지 하나하나 배려하다니 네 마음이 비단결처럼 곱구나……라고 내가 말할 성싶으냐? 고작 그런 이유로 옷까지 망쳐가며 부채를 건져오다니, 아둔하기 짝이 없다."

그 말에 이어 명이 탁 내 이마를 쳤다. 아프진 않았지만 속이 상해 힐끔 노려보았더니 명은 내 표정엔 아랑곳없이 또 부채를 빼앗아가려 했다.

"내가 전해 주겠다."

"되었습니다. 도련님 좋아하시지도 않으시면서."

"나까지 그 인간을 좋아해야 할 이유가 무어냐? 그런 표정 말아라. 그렇다고 싫어하는 것도 아니다. 널 구해준 은인이니 내게도 은인이 되는 것을. 박대할 생각은 없다."

그 말엔 멈칫하면서 조심스레 그의 안색을 살폈다.

"저번에 제가 국 님이랑 이야기하는 걸 들으신 거죠?"

"들으라고 한 이야기 아니었느냐? 이리 오렴. 푹 젖은 꼴이 그냥 보기 민망하구나."

명이 자신의 무릎을 두드리며 오라고 하니 나는 어리둥절해하면서 무릎걸음으로 다가갔다. 그런 나를 명이 무릎에 앉히고 넓은 소맷자락을 이용해 머리끝까지 감싸주었다. 무얼 하려는지 미처 묻기도 전에 온몸을 휘감는 후끈한 기운을 느꼈다. 나도 모르게 질끈 눈을 감았다 뜨는 순간, 내 몸에선 모락모락 흰 연기가 나고 있었다. 그리고 이미 옷은 물론, 머리카락 한 올까지 모두 깨끗하게 말라 있었다.

"세상에……. 뭘 어떻게 하신 거예요?"

"명색이 용소의 주인이다. 물의 주인이라면서 이 정도의 일을 못 하겠느냐?"

"대단한 일을 아무렇지 않게 말씀하시니 제가 꼭 바보가 된 느낌입니다."

"그리 침울해할 것 없다. 너도 차차 무언가의 능력을 갖게 될 것이다. 어쩌면 이미 갖고 있으면서도 네가 깨닫지 못한 게 있을지도 모르지."

"빈말로도 저는 와호복룡은 못 됩니다."

"그런 게 아니면 어떠냐. 내가 있으니 너는 모든 걸 내게 맡기면 되는 것이야."

"그렇지만 전……."

명을 보며 무언가 말하려는 내 입을 명의 입술이 부드럽게 막았다. 내 허리를 힘껏 끌어안는다 싶더니 명이 등을 쓸어 만지면서 앞으로 체중을 실어왔다. 입맞춤은 달콤했고 포옹도 기분 좋았다. 다리 사이로 밀착된 그의 몸이 뜨겁게 욕정을 품었다는 것을, 몇 겹의 옷 사이로도 알 수 있었다.

"잠깐만요……."

"쉬잇, 반희야. 쉬잇."

명이 허리 아래를 부드럽게 비벼대자 그만 또 온몸이 노작지근해졌다. 명의 손이 아래로 내려와 옷자락을 걷어 올리면서 허벅지를 타고 미끄러지는 순간 정말이지 아뜩하여 또 정신을 놓고 말지 싶었다. 하지만 고개를 젖히며 올려다본 곳에 정자의 천장이 있는 것을 보고 퍼뜩 정신을 차렸다.

정자에서 교미라니! 화들짝 놀라 그를 밀어내고 옆으로 빠져나왔다. 닫힌 공간도 아니고, 못은 조용하지만 보는 눈들은 어김없이 있는 것을.

"여기서도 결계를 치겠노라는 말씀은 마셔요."

흐트러진 옷매무새를 서둘러 가다듬고 부채만 말끄러미 바라보는 내게 명이 투덜거리는 소리가 들려왔다.

"귀찮구나. 마음 가는 대로 하는 것도 쉬운 일이 아니야. 새로 거처를 알아보든지 해야지. 아, 그러고 보니 저 뒤에 굴을 하나 보아둔 게 있다."

"굴이요? 이 산에 말이지요?"

나도 굴이라면 좀 아는 곳이 있는데 명이 봐 놓았다는 굴은 어떤 곳일까 궁금해 방금 전까지 어색해한 것도 잊고 열렬히 그를 응시했다.

"그래. 용소 부근에 있는데 들어가서 바위로 입구를 막아버리면 누구에게도 방해받을 일이 없겠구나. 거기로 가지 않으련?"

바위로, 입구를 막아? 내 궁금증은 금세 다른 감정에 자리를 내어주었다.

"가, 가면 언제 나오는데요?"

"글쎄다. 들어가 봐야 알 일이겠지. 무슨 그런 걱정을 하느냐? 한 두 해 안 먹는다고 우리가 죽는 것도 아니고."

하, 한두 해? 그 말은 그보다 더 길어질 수도 있다는……. 굴에 들어가서 먹지도 않고 대체 뭘 어쩌자는……. 어머머, 날 보는 명의 눈이 심하게 반짝반짝거린다. 진심으로 하는 말이구나. 명이 다른 차원으로 무섭다는 걸 깨닫고, 나는 식은땀을 흘렸다.

급하게 그의 관심을 다른 방향으로 돌리기 위해서 있는 머리를 힘껏 다 짜냈다. 꼭 쥐고 있던 부채를 보는 순간 다행하게도 뭔가가 떠올랐다.

"저는 하얀 우선羽扇도 좋고, 파초선도 좋고, 합죽선도 좋아하지만, 역시 가장 예쁜 건 비단으로 만든 이런 단선團扇인 것 같습니다."

명은 내 갑작스런 화제 전환이 조금도 마음에 안 드는 듯 가늘게 미간을 좁혔다. 나는 꿋꿋하게 계속 말을 이었다.

"제 전 주인, 그러니까 여우가 말이죠, 화원과 잠시 정을 나눈 적이 있습니다. 그림 그리는 화원, 물론 아시죠? 그때 그이가, 그러니까 화원이 말이에요, 흰 비단부채에 고운 모란꽃 그림을 그려서 여우에게 선물을 해주었습니다. 저분은 참으로 풍류가 있으시구나 하고 감탄했는데 여우는 그 부채를 받아들고 뜻밖에 쓸쓸한 노래를 불러 화답을 했지요. 어떤 노래였는지 혹시 아시겠어요?"

명이 고개를 저었다. 부채를 팔랑거리면서 나는 천천히 그때 여우의 곱디곱던 목소리를 떠올리며 말했다.

"반첩여의 노래 〈원가행怨歌行〉이었어요. 여름엔 사랑받던 부채가 가을이면 버려지는 것처럼 그 화원의 마음도 한때로 끝날까 여우는 걱정한 것이지요."

쯧쯧 혀를 차면서 명이 대꾸했다.

"결국 말이 화를 부른 것이 아니냐. 〈원가행怨歌行〉이라니. 네 여우란 녀석은 청승맞은데다가, 말 역시 가벼웠던 게로구나."

"음. 어찌 보면 그런 면도 없잖아 있지만. 그보다는 반첩여의 시를 애송愛誦했지요."

"그러니 청승맞다고 하는 거다. 안 그래도 사랑에 버림받은 여자의 시를 자주 읊어서 좋을 것이 무어냐? 말이라 하는 것은 때론 주呪가 되는 것. 인간이야 어리석으니 그렇다 치더라도 우리 같은 존재가 자처해서 그럴 이유가 있느냐? 그 화원이란 인간과도 필시 얼마 못 갔을 것이다."

"예, 그렇습니다. 부채를 받은 뒤 얼마 안 되어 헤어지고 말았지요. 어찌 그리 잘 아십니까?"

내가 놀라서 물었지만 명은 시큰둥하게 어깨만 으쓱하고는 내가 들고 있던 부채를 보다가 물었다.

"여우가 받았다는 그 부채가 그리 예뻤느냐?"

"예? 아, 예. 여우는 어여쁜 걸 퍽이나 좋아해서 부채도 많이 모았지만 그중에서도 특출 나게 어여쁜 것이었습니다. 지금도 눈을 감으면 그 비단부채가 생생하게 떠오를 것 같아요. 꽃 주위를 나는 나비가 금방이라도 살아나올 듯 선명했는데."

"모란이라. 그 꽃이 좋으냐?"

"좋지요. 꽃은 모두 어여쁘니 어찌 싫어하겠습니까만. 하지만 제게 그런 소질이 있다고 하면 하얀 비단 폭에 복숭아나무를 그리겠어요. 만월 아래 만개한 복숭아꽃을 가득 그리고, 그 아래 피리 부는 가인佳人을 그려 넣는 겁니다. 예, 꼭 당신처럼 푸른 옷을 입고 엷은 시름에 잠긴 듯 미소하며 정인을 위해 피리를 부는 가인을……."

이슬이 내려앉은 것처럼 서늘한 푸른 철릭을 입은 명이 날 보면서 미소하고 있었다. 시름한다기보다는 장난스러운 미소였다. 부채를 들어서 얼굴 아래를 살며시 가리고는 그를 물끄러미 바라보았더니 명이 뭐가 우스운지 파안대소를 하면서 고개를 돌려 못을 바라보았다. 그러더니 하늘에 뜬 달을 보고 중얼거렸다.

"괜한 소리로 시간을 많이 잡아먹었구나. 녹전이 만든 성의가 있으니 식사를 들어야겠지. 그런 다음 방으로 돌아가자. 벽도 있고, 문도 달린 방 말이다."

짓궂게 다가오는 시선에 나는 우물쭈물하며 말했다.

"달빛이 이리 좋은데 조금 산책을 하는 건 어떨지요."

"자고 싶지 않은 모양이구나. 나는 크게 상관없다만."

"자고 싶습니다. 정말 푹 자고 싶어요. 그리고 아까 틀림없이 쉬게 해주신다고 하셨잖아요."

"네가 공연한 소란으로 시간을 허비했으니 네 탓이다. 왜, 방이 싫으냐? 내가 보아두었다는 그 굴로 갈 테냐?"

"……아닙니다. 방이 좋습니다."

명은 너무 막강하다. 내가 지금 나이의 두 배를 더 먹어도 저런 식으론 말하지 못할 것 같다.

앞으로 난 계속 이렇게 그에게 꽉 잡혀 살아야 하는 것인가? 진심으로 걱정이 되어 밥이 입에 넘어가지 않았다. 어쩐지 머릿속에서 또 여우가 '그러니까 넌 맹추래도 그런다. 쯧쯧' 하고 한숨을 쉬었다.

12. 비단 부채

"그럼 아가씨, 수업 잘 받으십시오. 오후에 모시러 오겠습니다."
"응. 그럼 다녀올게. 녹전도 즐거운 하루우!"

녹전의 배웅을 받고 차에서 내리는데 생각지 못했던 복병들을 만났다. 마침 학교에 오던 중인 송옥이랑 미주 일행과 딱 맞부딪친 것이다. 그들의 눈은 처음엔 내게 향했다가, 다음엔 차로 향했다. 차에서 명이 내리길 기대한 것이겠지만, 오늘 명은 없다. 병약한 인상을 유지하기 위해서 결석하기로 한 것이다.

"명이는?"
"그러게. 도련님은?"

송옥과 미주가 번갈아가며 묻는다. 명도 없는데 왜 나는 늘 하던 버릇대로 차를 타고 등교하고 말았을까? 그를 열심히 설득해 학교를 쉬게 하는 것까진 성공했으나 차 문제까지는 생각이 미치지 못한 게 맹점이었다. 나는 어색하게 웃으면서 막 출발해 버린 차를 쳐다보았다.

"아, 명이는 오늘 결석한다네. 운전기사님이 오셔서 말해 주셔서 알았어."

"그러니까, 도련님은 결석할 만큼 아프면서도 여자친구 걱정에 차를 보내주셨다는 거지?"

"아하하……. 명인 상냥하니까."

"굉장하다. 류반희, 넌 정말 봉을 잡았어. 부럽다. 진짜 부러워."

"음. 명인 봉이라기보다는 용이지."

"뭐?"

"어? 아냐, 혼잣말. 혼잣말이야."

또 생각한 걸 무심코 입 밖에 내고 말았다. 명이 옆에 없으니 오늘 하루는 더 정신 바짝 차려야지 하고 다짐했다. 애들과 함께 운동장 옆의 길을 걸어가다가, 문득 뒤편에서 아주 좋은 향기가 흘러와 홱 고개를 돌렸다.

"도련님이다!"

"누구?"

다짐하기 무섭게 맹추처럼 말을 흘리고 말았으나 다행히 송옥도, 미주도 나만큼 시력이 좋지는 않았다.

"아니, 갑자기 사야 할 게 생각나서. 너희들 먼저 가, 곧 따라갈게."

나는 헤벌쭉 벌어진 입을 다물기 위해 노력하면서 오던 길을 되짚어갔다. 혹시 애들이 따라올까 봐 처음엔 뛰어갔지만 나중엔 고개를 푹 숙이고 살금살금 걸었다. 도련님은 뭔가 음악을 들으면서 하늘이나, 가로수의 나뭇잎들을 즐거이 바라보며 걷고 있었다.

"도련, 아니, 선생님!"

가까이 가서 왁 하고 나타나자 도련님은 깜짝 놀라서는 넘어질 듯 비틀거렸다. 키득거리면서 도련님의 팔을 잡아주었더니 겸연쩍어하면서 헛기침을 했다.

"반희 아가씨, 좋은 아침이지요?"

"선생님, 여긴 학교인데요."

도련님이 하도 정중하게 인사를 하는 바람에 나는 쓴웃음을 지었다. 한 번 더 도련님은 허둥지둥했다.

"그, 그렇지요, 참. 학교였어요. 조심할게요."

"그 말부터 어찌 해보시면서 조심한다고 하시지."

"아, 그렇군요. 조심하지. 반희……야."

요리조리 눈치를 살피는 모습도 귀여운 분이다.

"교무실까지 바래다 드릴게요."

"아니, 그러실 건 없는데……."

"또 존댓말이시다. 학교예요, 학교. 우리 도련님은 머리 참 좋은 분이셨는데."

"그래? 실망시켜서 어떡하나. 내 머린 별로인데."

"머리 나쁜 사람이 선생님을 해요? 겸손도 하셔라."

"겸손이 아니라 솔직한 거야. 선생님이 되려고 나 아주 노력했거든. 머리 자체는 별로 좋지 않아. 애석하게도."

머쓱한 듯이 머리를 긁적거리는 게 도련님은 진심인가 보다. 하지만 나는 그냥 웃으며 넘겨도 좋을 말에 도련님이 진지하게 대답해 주는 자체가 기뻤다.

"그런 거면 전 몇백 년 동안 내내 애석하기만 했겠네요. 맹추란 소리를 이름보다 더 많이 듣고 산 사람 앞에서 그런 걸로 자랑하시면 곤란해요."

"누가 그랬는데? 설마, 나도 그렇게 부른 건 아니겠지?"

"아니에요, 도련님은 절대로 그렇게 부르지 않았어요. 도련님은 저한테 이름도 붙여주셨는 걸요."

"이름? 반희란 이름을 내가……?"

역시 기억 못하나 보다. 나는 도리도리 고개를 저었다.

"반희는 제가 지은 이름이에요. 도련님이랑 규희 아씨가 불러줬던 이름을 다른 사람들이 부르는 게 싫어서."

"규희 아씨?"

"도련님 여동생이요."

혹시나 싶어 도련님의 얼굴을 뚫어져라 쳐다보았지만 도련님은 고개를 갸웃이 할 뿐이었다.

"전혀…… 모르겠어요? 어디서 들어본 느낌도 없나요? 규희 아씨. 이규희. 열여덟 살 생일도 못 채우고 돌아가신 규희 아씨. 저한테…… 도련님이 부탁도 하셨는데."

도무지 모르겠다는 표정으로 도련님은 날 보았다. 마음은 아마도, 아픈 이를 배려해 주듯이 내 영문 모를 소리를 참아주는 것이리라. 평범한 인간에게 전생의 기억을 강요하는 내 무리함에도 싫은 내색을 하지 않는 것으로 그의 선량함은 증명되었다 하겠다.

나는 머리를 한 번 젓고 밝게 웃으며 도련님이 즐거워할 이야기를 꺼냈다.

"그건 그렇고 어제 란 님이 집에 오셨었어요."

"란이?"

역시 이 말엔 그의 얼굴에 화색이 돌았다. 다행이구나 여기면서 열심히 고개를 끄덕였다.

"두고 가신 게 있어요. 부채인데, 란 님은 언제 오실지 몰라서 도련님께 드리려고 제가 챙겨 왔어요. 이따 가져다 드리려고 했는데 지금 뵀으니 드릴게요. 자."

들고 있던 종이가방을 건넸더니 그 안을 보시고 도련님이 환하게 웃었다. 부채를 꺼내면서 몇 번이고 고개를 끄덕였다.

"란의 부채로군요. 이 붉은 용하며, 향기. 역시 그녀다워요."

또 존댓말을 하는 건 이제 신경 쓰지 않기로 했다. 도련님이 좋다면 나도 그저 좋았다. 명은 란 님에 대해서 썩 좋게 생각하지 않는 것 같았지만, 도련님이 이리 좋아하는 걸 보면 란 님도 매우 좋은 분일 것이다. 다음에 란 님을 보면 어디가 그처럼 좋은지 열심히 찾아봐야지 다짐했다.

"고마워요. 아, 내가 또 말을. 고마워, 반희야."

"앞으론 란 님이 자주 오셔서 물건을 흘리고 가시길 빌어야겠네요."

별것 아닌 일에 너무 기뻐하시는 도련님의 치사에 쑥스러워서 이마를 문질러 보았다. 도련님은 부채를 도로 넣고는 그제야 문득 주위를 돌아보며 물었다.

"그러고 보니 명 도련님은 어디에……?"

"오늘은 결석이에요."

"저런. 어디가 아프신 건가?"

"전혀요. 음, 뭐라 할까, 아, 이미지 메이킹 중? 하하, 걱정하지 않으셔도 된다는 뜻이에요."

길이 너무도 짧아서 어느새 도련님은 교무실이 있는 건물로, 나는 내 교실이 있는 건물로 가야 하는 갈림길에 다다랐다. 잠시 머뭇거리고는 도련님이 나를 보며 말했다.

"저기, 자꾸 날 도와주는 게 고마워서 그러는데, 내가 뭐 해줄 만한 게 없을까?"

도련님이 그런 걸로 고마워할 필요는 전혀 없다고 말하고 싶었지만,

문득 더 좋은 생각이 머리에 떠올랐다.

"그럼 순대 사주세요!"

"순대?"

"이 앞 분식점, 맛있다던데."

"그런 것도 먹어?"

질문을 던지는 도련님의 표정이 너무도 재미나서 나는 한바탕 웃었다. 그 후 힘차게 말했다.

"그럼 분식점에서 뵙겠습니다."

그냥 뱀이라면 살아 있지 않은 것을 먹지 않는다. 익힌 음식? 소화 불량에 걸려서 몇 번 못 먹고 죽고 말 것이다. 풀 먹기? 뱀 풀 뜯어 먹는다는 소리 들어본 적 없을 것이다. 안 먹는다. 원래는.

그럼에도 불구하고 나는 먹는다. 맛도 느낄 수 있고 소화도 썩 잘 된다. 천지신명님께 대단한 은혜를 받았다는 뜻이니, 나중에 뵙는 일이 생기면 꼭 엎드려서 큰절을 할 것이다. 물론 이게 내 전생이 있어 거기서 착한 일을 많이 해서 받은 공덕이라고 하면 절까지야 안 하겠지만.

아무튼 순대는 맛있다. 순댓국밥이란 것도 어마어마하게 좋아한다. 몇 년 전이었더라? 아, 벌써 사십 년이 훌쩍 넘었나? 전쟁통에 부산에 피난 온 인간들 중에 순댓국을 기막히게 잘하는 인간이 하나 있었는데. 그때 칠십이 훌쩍 넘었었으니 이미 죽었으리라. 아쉽다. 인간은 왜 그리 빨리 죽는지.

"정말로 잘 드시네요."

같이 먹는 줄 알았는데, 도련님은 멍하니 포크를 손에 쥔 채 내가 먹는 걸 구경만 했나 보다. 그 사이 나는 2인분을 시킨 순대가 몇 개

안 남은 걸 보고 민망하여 젓가락을 놓았다.

"죄송해요. 너무 맛있어서."

"아니, 아니, 놀린 게 아니에요. 드세요. 순대야, 제가 얼마든지 쏘겠습니다."

"쏜다구요? 순대를 왜 쏘는데요?"

"아, 한턱낸다는 뜻이지요. 그 말을 쏜다고 표현해요. 오늘 내가 쏜다, 뭐 이런 식으로."

"아아, 그 뜻이구나. 그럼, 1인분만 더 쏘세요. 아니지, 2인분만 더? 아니다, 3인분을 시켜야 도련님도 드시겠네요."

입맛을 다시며 심각하게 고민했더니 도련님이 웃으면서 가게 아주머니에게 4인분을 부탁했다. 배포도 큰 도련님.

학교 근처 분식집은 아니다. 이야기하기 편하게 일부러 학교에서 좀 떨어진 곳에 있는 재래시장에 와서 갓 쪄낸 김 모락모락 나는 순대를 먹고 있다. 녹전도 같이 먹으면 좋을 텐데 극구 사양하면서 차에서 기다리겠다고 했다. 나중에 나가면서 녹전 몫도 골고루 챙겨 갈 생각이다.

"란도 반희 아가씨처럼 뭐든 잘 먹으면 참 좋을 텐데요."

"입이 좀 짧으셨던가요?"

식사 자리에서의 모습을 떠올려 봤는데, 확실히 란 님이 뭔가를 썩 열심히 먹는 것은 본 기억이 없었다. 기껏 육회나 생선회를 한 점 먹고 나면 술을 홀짝거리는 정도에 그쳤다.

"알 게 된 지 일 년이 채 못 되지만 무얼 먹어도 그리 좋아하는 기색이 없더군요. 물었더니 쓸데없는 것을 먹느라 시간을 허비하는 것이 화가 난대요. 그런 건 피도 살도 되지 않는다면서."

"하긴, 그렇겠지요."

굳이 묻지는 않았지만 명이 누님이라 하였으니 같은 이무기겠거니 하고 있다. 그렇다면 이런 음식은 단순한 군입거리일 뿐이다. 나만 해도, 깨어 있다면 일 년에 적어도 여덟 번에서 열 번 정도는 제대로 된 먹이를 먹는다. 음. 그러고 보니 나도 조만간 진짜 식사를 해야 할 성싶다.

"저어, 도련님. 실례가 되지 않는다면 묻고 싶은 것이 있습니다만……."

"그리 예의 차리실 것 없으세요. 편하게, 뭐든 물으세요."

도련님은 상냥하게 웃었지만 나는 말을 꺼내기 직전까지도 괜히 나서는 것처럼 여길까 싶어 망설였다.

"란 님이랑은, 어떻게 아시게 된 것인지요."

"아……. 역시 이상한가요. 확실히 저처럼 평범한 사람이 란과 같은 대단한 존재의 곁에 있다니, 제가 생각해도 참 믿겨지지 않습니다."

곤혹스러운 기색을 띤 그의 눈빛을 보고 나는 오해하지 않도록 열심히 손을 저었다.

"아니요, 나쁜 뜻은 전혀 없으니 오해 마셔요. 전 다만 저희 같은 존재들은 사람들 앞에서 정체를 감추는 것이 보통인데 도련님은 란 님이 어떤 존재인지 다 알고 계시는 게 의아해서요. 거기다 그 덕분에 제가 이처럼 도련님을 만나게 된 운명까지 생각하면 역시 기이하구나 싶고."

"그러게요. 인연이란 것이 정말로 있구나 하고 란을 만나면서 저도 생각했답니다. 기이해요, 반희 아가씨 말처럼."

도련님은 물을 한 모금 마신 뒤 잔을 만지작거리다 중얼거렸다.

"사실 전, 어릴 때부터 종종 묘한 꿈을 꿨어요."

"꿈이요?"

"아주 단순한 꿈이에요. 깊은 물속에 한없이 잠겨가면서, 이 물은 대체 어디가 끝일까 하고 궁금히 여기다 보면 문득 아래에서 환한 빛이 보이는 거예요. 가까워질수록 그 빛이 아름다운 꽃 같다고 생각하는데, 정작 가까워졌을 때 꽃은 형체도 없어지죠. 대신 보게 되는 것은 붉은 너울을 쓰고 내게 손짓하는 여자예요. 마지막은 늘 같았어요. '오너라, 아이야. 내가 기다리고 있다.' 거역할 수 없는 아름다운 속삭임이죠. 깨어서도 결코 잊은 적이 없어요. 그런 꿈을 살면서 꼭 다섯 번을 꾸었어요. 그런데 작년 초여름, 전국에 배낭여행을 다니던 무렵이었는데 고속버스터미널에서 아침 첫차를 기다리던 내 앞에 새빨간 원피스를 입은 눈부신 미인이 나타났죠. 란이었어요."

나도 모르게 마른침을 꼴딱 삼키며 물었다.

"보는 순간, 꿈속의 존재란 걸 알았나요?"

"아뇨, 처음 봤을 땐 그저, 세상에 이런 사람이 다 있구나 하고 놀랐을 따름이에요. 그런데 그녀가 날 똑바로 보며 묻는 거예요. '날 기다리고 있었지?'"

"우와."

도련님도 빙긋 웃으며 고개를 끄덕였다.

"그래요. 저도 그만 우와, 하고 중얼거렸어요. 꿈속의 여자란 것을 깨달은 감동. 거기에 또 하나의 깨달음이 이어졌죠. 나는 이 여자를 만나기 위해 태어났구나, 하는."

"굉장……하군요."

참으로 몽환적인 이야기라고 감탄하는 한편, 란 님의 능력에 경외감을 느꼈다. 동시에 또 궁금해졌다.

"도련님이 아주 어릴 때부터 그런 꿈을 꾸었다고요?"

"제가 기억하는 가장 첫 번째 기억이 그 꿈이라고 하면 믿으시겠어요? 그녀는 제 첫사랑이자 마지막 사랑, 아니 영원한 사랑일 거예요."

도련님은 그것을 누군가에게 이야기하는 것이 몹시 기쁜 듯했다. 첫사랑이자 영원한 사랑. 참으로 고운 말이다. 그렇지만 어쩐지 서글퍼졌다. 인간의 삶은 뭐라 말할 수 없이 짧으니, 과연 도련님은 이번 생에 얼마나 란 님의 곁에 머무를 수 있을까. 그것을 생각하자 마음이 미어지는 듯 아팠다.

"어, 반희 아가씨, 왜 우세요? 제 이야기 때문이에요? 자, 여기 손수건이요."

허둥지둥 이곳저곳을 뒤적거린 도련님이 손수건을 찾아서 내게 내밀었다. 손이 닿자 도련님의 따뜻한 손이 또 한 번 내게 슬픔을 안겨주었다. 전생에서의 도련님. 그분의 따뜻한 손이 영원할 줄 알았던 나는 바보였었다. 지금은 그 한계를 안다.

"갑자기 옛날 일이 생각났어요. 죄송해요. 울고 싶은 게 아닌데. 도련님 탓이 아니에요."

손수건으로 열심히 눈물을 훔치는데 도련님이 나를 가만히 보다가 손으로 툭툭 내 손등을 두드려 주었다.

"울지 말아요, 반희 아가씨. 아가씨가 그렇게 울고 있는 걸 보니까 어쩐지 나까지 울고 싶어질 것 같아요. 잘은 모르겠는데, 괜히 반희 아가씨를 보고 나면 마음이 아픈 것도 같고."

그저 위로 삼아 해준 말일 수도 있는데 나는 그만 희망을 품고 말을 쏟아냈다.

"아……. 어쩌면, 어쩌면 아주 조금이나마 기억을 품고 계신 건지도 몰라요. 제 모습은 규희 아씨의 모습이니까요."

"규희 아씨라면, 전생에 제 동생이었다던?"

"네, 규희 아씨의 모습이에요. 예쁘죠? 그때 무주에서는 이 참판댁 별당아씨는 뭇사람이 보면 눈이 멀 정도로 어여뻐서 바깥출입을 못한다는 소문까지 있었어요. 그 모습 구경하려고 월담하다 잡혀서 혼쭐 난 사람도 있다고 그랬는데. 도련님이 얼마나 경계를 삼엄하게 시키셨다고요. 규희 아씨는 그런 도련님을 놀리듯이 누가 보쌈하러 오면 자기 발로 따라나서겠다 하시고."

쓰디쓴 탕약을 마시면서도 얼굴 한 번 찡그리지 않으시던 규희 아씨. 그런 아씨가 약을 마신 뒤 먹을 유과를 직접 골라주시면서 티격태격 그런 이야기로 농을 주고받으시던 도련님.

생각하니 저절로 웃음이 나와 나는 울다가 웃었다. 도련님도 빙긋이 미소했다.

"사이가 무척 다정한 오누이였나 봐요. 그래도 좋은 오빠였던 거죠, 나는?"

"아주 많이 좋은 오빠였어요."

"그렇구나. 전생의 내겐 이렇게 예쁜 누이도 있었구나."

도련님이 고개를 갸웃거리며 날 물끄러미 들여다보는 통에 살짝 겸연쩍어졌다. 하필 울어서 눈도 빨갈 테고, 콧날도 좀 시큰거리는 때인데.

"맞다. 그럼 반희 아가씨, 뭐 하나 부탁해도 될까요?"

"부탁이요? 뭐든 말씀만 하세요."

눈을 빛내면서 당장이라도 자리에서 일어나려 했더니 도련님이 웃으면서 만류했다.

"앉아서도 가능해요. 저, 괜찮다면 규희 아씨가 그랬던 것처럼 절 한 번만 불러줄래요?"

내가 멍하니 눈만 깜박였더니 도련님이 머쓱했던지 귓불을 매만졌다.

"그냥 궁금해져서요. 지금의 전 외동아들이거든요. 형제도 없고 남매도 없는."

"음……. 으흠. 에…… 오라버니. 오라버니?"

마음을 가다듬고 진중하게, 다시 한 번은 장난스럽게 불렀다. 맛있는 걸 내밀 때 규희 아씨는 어떤 목소릴 냈더라? 기억하자 귓가에 선명하게 들려왔다.

"제가 먹는 게 아무리 보기 좋아 보여도 그렇지 이러다 음식 다 식겠어요. 어서 드세요, 오라버니."

"와아, 이런 기분이구나. 진짜 반희 아가씨가 내 누이였으면 좋겠네요."

턱을 괴고는 도련님이 맑게 웃었다. 따라 웃었지만 마음 한구석이 살짝 아팠다. 혹시라도 그렇게 부르면 규희 아씨의 일을 홀연히 떠올려주는 기적이 일어나는 게 아닐까 기대했는데.

인간의 기억이 짧은 것일까, 몇백 년의 시간이 인간에겐 너무 긴 것일까. 아니면 역시 인간에게 옛 기억을 바라는 내가 어리석은 것일까.

도련님과 함께 하는 이 시간은 마냥 즐거울 줄 알았는데, 오히려 쓸쓸해졌다.

어떤 것은, 기억 속에 안타깝게 존재할 때 가장 아름다울지도 모른다는 생각을 문득 하고 말았다.

도련님과 헤어져 집에 돌아가는 길에 시장의 한복점에 들러 옷감 몇 폭을 끊어 갔다. 시절이 좋아져 비단의 올은 촘촘하고 색도 예전에 비하면 월등하게 다양해졌지만 그래도 내 눈엔 예전보다 못해 보이는 것은 거기에 들이는 인간의 노력이 참으로 가벼워졌기 때문일 것이다.

"옷도 만들 줄 아십니까?"

차 안에서 녹전이 불쑥 물어 와서 나는 가볍게 고개를 끄덕이며 말했다.

"응. 가끔 괜스레 잠이 안 오는 밤도 있고 그렇잖아. 그럴 때 등불을 앞에 두고 바느질하다 보면 날이 훤히 새. 명은 그럴 때 책을 보겠지만."

"도련님이야 그러시지요. 바느질은 재미있습니까?"

"재미있어. 녹전도 해볼 테야? 한다면 가르쳐주고. 나, 이건 좀 잘해. 바느질 한 땀 한 땀에 정신을 쏟다 보면 잡생각도 완전히 사라지고 어느 순간 완전히 앞으로 놓을 한 땀에만 집중하게 되지. 목표를 끝내고 나면 묘하게 기분이 상쾌하고 말이야."

"호오. 저도 굴을 팔 때 그런 때가 있습니다. 바느질도 비슷한 거군요. 아주, 재미날 것 같습니다."

보들보들한 흰 비단을 가만가만히 만져보다가 그런 말을 하는 녹전의 뒷머리를 물끄러미 보았다.

"내가 짐작한 게 맞다면, 녹전 네 정체는……."

"앗, 도련님이 나와 계십니다."

"어머, 정말?"

녹전의 말대로, 집으로 들어가는 길 저편에서 명이 걸어오고 있었다. 어둑어둑해지는 하늘 아래에서 검은 철릭을 입고, 파란 윤건輪巾을 쓴 명의 모습을 보니 시간을 거슬러 옛날로 돌아온 것만 같다. 물론 내가 차 안에 있다는 것은 잊지 않았다. 녹전에게 세워달라고 말한 뒤 먼저 내렸다. 녹전이 집 뒤의 공터로 가면서 차의 구동 소리도 작아지고 희미하게 남은 배기가스의 메케한 냄새도 가시자, 호젓하게 들려오는 산새들의 지저귐 속에 명이 두른 산뜻한 체취가 기분 좋게 코끝을 사로잡았다.

"마중 나온 거예요?"

웃으면서 종종걸음으로 다가가 그의 팔을 잡았다.

"뭐 하느라 이렇게 늦어?"

"안 와서 기다렸구나? 어여쁜 약혼자가 누구에게 보쌈이라도 당했을까 봐서요?"

"말이나 못하면."

명은 퉁명스럽게 말했지만, 내가 팔짱을 끼면서 그의 어깨에 머리를 기대자 곧 목소리가 누그러졌다.

"정말로 무슨 일로 이리 늦었느냐?"

"음. 순대도 사고, 옷감도 끊고. 또 도련님이랑 잠시 담소 좀 나누고 그랬어요."

마지막 말을 하기 전에 약간 주저했지만, 거짓말을 할 일은 아니라고 생각했다. 역시나 명의 미간이 상당히 찡그러졌다.

"인간 녀석이랑 담소? 무슨 이야기를 했는데?"

"옛날이야기요. 이 얼굴에 대한 유래도 말씀드리고. 전 솔직히 이 얼굴을 하고 있으면 도련님이 나중에 다시 태어나서도 단박에 절 알아볼 줄 알았어요. 그렇게 끔찍이 아껴주셨는데 까맣게 잊어버리다니. 역시 인간의 일이랄까."

씁쓸하게 미소하며 중얼거렸다. 명이 채근하듯 물었다.

"그 얼굴의 유래? 그게 그 녀석이랑 연관이 있었단 말이냐?"

"당연히요. 이 얼굴은 원래 규희 아씨 거니까."

"규희 아씨라니 누구냐 그건 또. 설마 전생에 도련님이란 녀석의 부인이었다거나, 그런 거라면……"

"부인? 새애기씨요?"

생각도 못한 엉뚱한 말에 나는 인상을 썼다.

"내가 새애기씨 얼굴을 왜요. 새애기씨도 곱긴 했지만, 우리 규희 아씨는 단아하기가 이를 데 없었는걸요. 군자의 짝은 요조숙녀. 우리 규희 아씨가 바로 요조숙녀. 그러니까 저도 요조숙녀……가 되고 싶었는데. 저 요조숙녀처럼 보여요?"

"맹추."

한심하다는 듯 명이 피식 웃었다. 나는 그 어투가 너무도 익숙해 깜짝 놀랐다.

"방금 그 맹추, 어쩜 우리 여우랑 똑같은 말을, 똑같은 투로 하다니. 표정까지 닮았어. 한 번만 더 해봐요. 응? 다시 한 번만 날 보고 맹추라고 해봐요. 응, 응?"

"얼렁뚱땅 넘어가려 하지 말고 대답이나 해. 규희 아씨가 누구냐?"

"어? 내가 아직 말 안 했어요? 규희 아씨는 규희 아씨죠. 그러니까 도련님 여동생이요."

"아……."

갑자기 흥미가 가셨다는 듯 명은 고개를 돌렸지만 나는 꿋꿋하게 하고 싶은 말을 했다.

"오래오래 사셨으면 좋았을 텐데, 열여덟 살 겨울에 그만 돌아가셨어요. 난 그때 광 대들보 위에서 동면하느라 천재지변이 나도 모를 때였지요. 봄이 되어 깨었을 땐, 아씨의 무덤엔 우거진 풀들만 파릇파릇 하더군요."

"왜, 도련님처럼 그 아씨도 기다리지 그랬느냐?"

"남아 있지…… 않더라구요."

"무엇이?"

"사념의 흔적 말이에요. 아무리 두 눈을 크게 뜨고 봐도 도무지 찾을 수가 없었어요."

나는 그때처럼 두 눈을 크게 뜨고 주변을 돌아보고 이어서 하늘을 보며 말을 이었다.

"규희 아씨는 가끔 도련님께 그런 말을 했어요. 난 이 세상에 잠시 다니러 온 것이니 언제 간다 해도 슬퍼도 말고 가슴 아파 말라고. 그런 이야기 흔히 있었잖아요. 선녀가 작은 죄를 지어서 벌을 받아 지상에 태어나는 이야기. 적강천녀라고 하던가? 규희 아씨는 어쩌면 선녀였을지 몰라요. 그렇게 생각하면, 가고 난 자리가 그처럼 깨끗한 게 말이 돼요. 내가 동면 안 하고 깨어 있었다면 규희 아씨 돌아가실 때 하늘에서 선녀들이 내려와 규희 아씨를 마중하는 걸 봤을지도 몰라요. 규희 아씨는 날개옷을 입고 하늘로 훨훨, 어, 왜 웃어요? 지금 내가 말도 안 되는 소리를 한다고 생각해요? 그런 거죠!"

"아니다, 웃긴. 내 약혼자가 선녀가 현신한 얼굴이구나 싶어서 기뻐서 그러는 거다."

"으음. 뭔가 찝찝한데."

눈을 가늘게 뜨고 명을 쏘아보았지만, 명은 쿨럭쿨럭 기침하듯 웃던 걸 그치고 내게 빙그레 웃었다.

"어서 들어가서 씻기나 하자."

"나 혼자 씻을 거예요. 이번엔 진짜 들어오지 마요. 녹전이 그 진지한 얼굴로 뒤에선 얼마나 흉을 보겠어요."

"그래? 한 번 녹전에게 물어보지. 뒤에서 내 흉을 보느냐고."

"어어, 그러지 마요. 민망하게 뭐 그런 걸 물어요."

"그럼 용소에 갈까?"

"이 시간에요?"

"집 안에 있는 못에 용소로 통하는 길이 있거든."

"정말요?"

명이 다시금 부드럽게 웃으며 내 뺨을 어루만졌다.

"말을 안 하면 안 했지 네게 거짓말은 하지 않아."

그의 말은 진실이었다. 나는 이제 명이 콩을 팥이라고 말한다면 그마저 믿을 준비가 되었다.

두어 시간 남짓 후, 긴 멱감기를 마치고 물에서 나온 나를 위해 명이 모닥불을 용소 가장자리에 피워 두었다. 내가 차가운 물이 자연스레 말라가는 그대로의 감촉을 즐기고 싶다고 했기 때문에 명도 차가운 물에 흠뻑 젖은 채로 인간들처럼 불의 온기를 이용해 몸을 말리고 있었다.

처음엔 힘을 쓰면 간단히 말릴 수 있는데 왜 이리 번거로운 일을 하느냐 투덜거리던 명도 내가 그의 옆에 바짝 붙어 앉아, 덕분에 이렇게 서로의 체온이 더 따뜻하게 느껴지지 않느냐 물었더니 투덜거림을 그쳤다. 대신 얼마 안 가 그는 좀 더 체온이 많이 필요하다며 날 끌어안았고, 그의 욕망에 이끌려 모닥불 옆을 뒹굴며 우린 몇 차례 교미를 했다. 도무지 끝내는 법을 모르는 그를 지쳤다는 핑계로 밀어내고 하늘을 올려다보며 바로 누웠을 땐 물기는 진즉 말랐고, 하늘의 달은 정남쪽을 지나 서쪽으로 유유히 흘러가고 있었다.

"내가 말했던 굴, 바로 저기인데. 들어가 보지 않겠느냐?"

한 팔로는 내게 팔베개를 해준 명이 다른 팔을 뻗어 가리킨 곳은 용소에 떨어지는 폭포 바로 뒤에 가려져 있었다. 호기심은 부쩍 일어났지만, 들어갔을 때 명이 무슨 짓을 벌일지 내 머리론 상상할 수가 없어서—그가 벌이는 일을 막을 자신은 더욱 없고—도리도리 고개를 저었다. 나중에 녹전을 데리고 몰래 와서 구경해야지 하면서 마음에도 없는 소리를 했다.

"굴이라 하면 모름지기 나무뿌리 아래에 만든 게 최고지요. 그중에서도 삼나무 숲에 만든 굴은 따뜻하고 향기도 좋아요. 언제 한 번 제가 애용한 굴을 구경시켜 줄게요."

"그런 이야길 하자는 게 아니다. 너 사실은 상당히 똑똑한 게지? 일부러 맹한 척하면서 날 애태우는 거라면 각오하는 게 좋을 거다."

"어머. 진짜로 그랬으면 소원이 없겠어요. 손끝 하나로 수컷을 쥐락펴락하는 암컷이라니, 얼마나 멋져요."

"만 년을 살아보려무나. 절대 그리는 안 된다. 네가 그런 느낌을 갖게 된다면, 다 내가 봐줘서 그런 줄 알거라."

"그렇게 말씀하시니 제가 꼭 부처님 손바닥 위의 손오공 같습니다."

핀잔하듯 말하며 일어나 앉아 마른 속옷 위에 제대로 옷을 갖춰 입는데, 명도 자리에서 일어나더니 용소에 올 때 녹전에게 받아 온 길쭉한 상자를 가져와 열었다. 안 그래도 그것이 무엇인지 궁금한 차였다. 물끄러미 쳐다보고 있었더니 명이 상자를 열고 힐끔 나를 쳐다본다. 어쩐지 겸연쩍은 얼굴로 도로 상자를 덮으려 하기에 물었다.

"무엇인데 그리 감추십니까?"

"별것 아니다."

"별것 아닌 게 무엇인데요?"

대답 없이 머리만 쓸어 넘기는 명의 모습이 호기심을 잔뜩 부추겼다. 동그랗게 눈을 뜨고 명의 옆으로 다가가 상자에 손을 대자 명이 탁 내 손을 잡으며 중얼거렸다.

"보고 비웃지 말거라."

"비웃다뇨, 뭘요? 뭔지도 모르는데 왜 다짐부터 받으십니까?"

"아무튼 비웃으면, 두 번 다시 이런 짓은 하지 않을 테다."

"그러니까 무엇인지 보고 말씀을…… 어머나!"

명의 손을 밀어내고 상자를 연 내 눈에 보인 것은, 비단부채였다. 복숭아 문양을 한 부채자루 위의 둥근 선면엔 섬세한 그림이 한 폭 담겨 있다.

달밤, 꽃이 만개한 복숭아나무. 그 아래에서 청의를 입은 가인이 피리를 분다. 눈을 지그시 내려뜬 가인의 얼굴은 이젠 내게 너무도 익숙한 남자와 쏙 닮았다.

차마 어찌 손을 댈지 몰라, 보기만 하는 내게 명이 부채를 들어 휙 하니 던져주었다. 그의 퉁명스런 몸짓에 혹시 부채가 상했을까 깜짝 놀라 이리저리 살피는 내게 부채의 뒷면에 있는 그림도 보였다. 물을 유유히 가르는 사이좋은 원앙 한 쌍의 모습이다. 왼편에 휘갈겨 쓴 유려한 필체로 적힌 시는…… 백거이의 장한가長恨歌의 한 구절.

在天願作比翼鳥, 在地願爲連理枝.

재천원작비익조, 재천원위연리지. 하늘에서는 비익조, 땅에서는 연리지가 되길 바랄 만큼 지극한 사랑에 대한 기원의 뜻이다. 나는 무어라 말할 수 없을 만큼 기뻐서 멍하니 부채를 바라보다가 물었다.

"직접…… 이걸 만드셨습니까?"

"예전에 소일거리 삼아 배웠다. 오래돼서 기억이나 할까 했는데 해 보니 되더구나. 마음에, 드느냐?"

그가 내 안색을 살피며 초조히 답을 기다린다.

나는 눈물이 나올 것 같아서 부채로 얼굴을 가리고 중얼거렸다.

"아니오."

"그럼, 그만 이리 다오."

이젠 명이 당황해 한다. 내 말 한마디에 초조해하고, 당황도 하고. 아, 이런, 안 울려고 했는데 눈물이 나오고 만다. 부채에 눈물이 떨어질까 봐 급히 고개를 다른 편으로 돌렸다.

"화가의 낙관이 없으니, 용이 되려다 만 것이 아닙니까."

"낙관 같은 게 무에 중요하냐. 너만 보고 기꺼워하면 그만인 것을. 반희야, 지금 우는 것이냐?"

명이 얼굴을 보려 해서 재빨리 부채로 얼굴을 가렸다. 그러면서 말했다.

"이것은 반칙입니다."

"뭐가 말이냐?"

"그림 솜씨는 이미 알았지만 하물며 부채까지 이리 잘 만드시다니. 왜 이렇게 당신은 잘하시는 게 많습니까?"

"그러니까 말하지 않았느냐. 내가 전부 다 잘할 테니, 너는 아무것도 못해도 된다. 너는……."

부채를 쥔 내 손을 명이 꼭 쥐더니 결국 내 얼굴을 드러나게 하고선 눈물을 닦아주며 웃었다.

"너는 내 옆에서 행복하게 웃어주기만 하면 된다."

"어차피 바보라고 생각하시는 거지요."

"아니. 세상에서 가장 사랑스러운 바보라고 생각한단다."

명이 날 보드랍게 끌어안으면서 속삭여주는 말에 또 담뿍 눈물이 흘러나왔다.

"이런 어여쁜 선물은, 처음, 아니 두 번째로 받아봅니다."

"두 번째라니, 처음은 무엇이었느냐?"

"당신이 제 생일에 들려준 연주요."

"그때는 울지는 않더니."

"그때는 이 정도가 아니었으니까요."

"무엇이 말이냐."

"당신을 사모하는 정이……."

나도 모르게 쏟아낸 고백도 수줍고, 그쳐지지 않는 눈물도 부끄러워 나는 짐짓 볼멘소리를 내었다.

"큰일입니다. 이렇게 자꾸자꾸 좋아지다가 소박맞는 날이 오면 전 어찌 살란 말입니까?"

"하하하하하, 내가 널 소박 놓을 만큼만 오래 살아보거라. 아마도 그때는 하늘이 땅이 되고 땅이 하늘이 되어 있겠지."

"그때가 되면 절 버리시겠다는 겁니까? 너무하십니다. 천지가 바뀌어도 버리지 않는다 말씀하시진 못하시고."

"아니다, 아니다. 내가 말실수를 하였다. 버리지 않으마. 천지가 뒤바뀌어도 결코 나는 너를 버리지 않는다. 그러니 울지 말거라. 내가 잘못했대도 그런다."

예쁜 부채에 감격하고, 날 사랑스럽다 해준 그의 말에 감격하고, 내 배부른 투정에 천지가 바뀌어도 날 버리지 않는다고 곧이곧대로 다짐해 주는 그의 다정함에 감격해서, 눈물을 그칠 수가 없었다. 멈추려고 노력하는 것도 그만두고 명의 품에 안겨서 어린애처럼 엉엉 우는 나를 그가 토닥토닥 보듬어주면서 계속 잘못했다고 사과했.

다정하고 따뜻한 내 님. 이렇게 절절해지도록 좋아지다니. 비로소 나는 사랑을 위해 목숨을 버리는 인간들의 덧없는 사랑을 어렴풋이 알 것 같았다.

"인간들이 참으로 어리석다고 여겼었습니다. 짧은 생을 살면서 무슨 미련이 그리 많아 죽음 하나 받아들이지 못하고 그림자가 되어

떠도는 것인지. 저는 언제 죽어도 크게 가슴 아플 일 없는 삶을 사노라 조금은 자부했었습니다. 그런 제게 제 목숨 따위보다 더 귀한 것이 생겼으니 앞으로의 제 삶은 어떻게 되는 것인지, 두려움이 왈칵 일어납니다."

흐느낌과 함께 그에게 한 말에 명이 내 얼굴을 들여다보며 환하게 웃었다. 흐르는 눈물 위로 몇 번이나 입술을 겹치면서 그가 말했다.

"목숨 따위라니, 내 가슴이 덜컥할 소릴 하는구나. 네 목숨은, 이제 내게 이리도 소중한 것을. 두려울 것이 무어냐. 나는 널 언제까지고 깊이깊이 은애할 것이다."

"허나 언젠가는 둘 중 하나가 먼저 떠날 것입니다. 천명天命은 아무리 우리라 해도 거스를 수 없지 않습니까. 당신이 먼저 불리어 갈 수도 있고, 저라도 어느 날 훌쩍 부름을 받는다면……."

명은 미간을 좁히고 날 쳐다보았다. 내 질문이 전혀 그의 마음에 들지 않는 게 분명했지만 그래도 쓸데없는 소리라며 물리치는 대신, 문득 미소하며 말했다.

"내가 먼저 떠난다면 기필코 다시 태어나 너에게 갈 것이다. 네가 먼저 떠난다면 나는 너를 기다리며 잠을 잘 것이다. 몇백, 몇천 년이 걸린다 해도 우리는 다시 만나는 것이다. 내 반려는 영원히 너 하나이니까. 너도 그럴 수 있느냐?"

대답하지 않았다. 대신 또 뺨을 적시는 뜨거운 눈물을 느끼며 명의 품에 얼굴을 묻었다. 들으란 듯이 크게 내쉬는 명의 한숨이 귓가에 다정하게 울렸다.

"우리 반희 어서 커야 하는데, 이렇게 우는 걸 보면 아직도 클 날이 멀었구나. 울보 애기씨야, 정말."

'당신이 너무 다정해서 그래요' 라는 투정 대신 나온 건 하염없는 울음.

이건 내 님 때문이니까, 나는 울보가 아니다. 머리 위 하늘에서 조용히 바라보는 달님은 아시지 않느냐 힐긋 쳐다보며 속으로 물었다.

달님은, 그저 웃기만 했다.

13. 의혹

 한때 학교 근처의 가로수 길을 환하게 장식했던 벚꽃들도 이제는 졌다. 그 번다한 꽃이 아니어도 4월 중순의 봄은 충분히 아름답고 화창했다.
 학교엔 4월, 5월에 몰려 있는 행사들이 많아서인지 들뜬 인간 꼬맹이들의 활기찬 기운도 봄날 태어난 새들처럼 보송보송했다. 덩달아 나도 신이 났다. 다음 주에 소풍을 간다는데 놀이공원이란 데를 간단다. 나는 놀이공원 구경이 처음이라 어떤 곳일지 엄청나게 기대 중이다. 거기다 명과 함께 간다. 금상첨화라는 건 이럴 때 쓰는 말 아닐까?
 "소풍 땐 어떤 걸 준비해야 할지 고민 중이야."
 점심을 먹으면서 애들에게 말했더니, 대번에 송옥이 손을 저었다.
 "준비라니, 다 필요 없어. 우리가 애들처럼 김밥 싸가지고 다니겠냐. 중요한 건 비자금을 얼마나 챙겨오느냐지."
 "비자금? 돈?"

"그럼 돈이지. 가서 사먹을 게 천지에 깔렸는데, 촌스럽게 뭘 바리바리 싸 가냐. 가방만 무겁게."

"그래? 안 싸 가는 거야? 김밥은 이제 안 먹어? 그럼 가서 뭘 먹는 거야?"

순간 기대가 꺾여서 실망하는 나를 보고 송옥이 깔깔거리며 웃었다.

"뭘 먹긴. 야, 아무리 무주가 촌이라고 해도 설마하니 놀이공원에 먹을 거 없을까 봐 걱정이야? 서울만은 못해도 여기도 있을 건 다 있거든?"

"아니, 나쁜 뜻으로 한 말이 아니라, 난 그저 김밥 없는 소풍이란 게 상상이 안 가서. 다들 안 싸오면 나도 안 싸올 거야."

말은 그렇게 했지만 먹을 걸 싸가지 않는 소풍이라니 맥이 빠져 절로 한숨이 나왔다. 송옥이 혀를 차며 내 어깨를 두드렸다.

"꼭 그러란 건 아니고. 싸와라, 넌. 안 싸오게 했다간 울겠다. 얼굴이. 도련님하고 너만 먹을 양 싸오지 말고 한 10인분쯤 만들어와. 네 작품이라고 하면 먹을 입 엄청 많아."

"10인분? 그 정도야 뭐."

녹전이 고생할 테니 옆에서 거들어야겠다고 생각하며 빙긋 웃는데, 애들은 뭐가 우스운지 배꼽이라도 잡을 기세로 웃어댔다. 이 나이 또래의 여자애들은 이상하게 웃음이 많다. 가끔은 불가사의할 정도로 별것 아닌 일에 웃어댄다. 구경하는 입장에선 재밌긴 한데 정말 왜 웃는지 궁금하다.

점심을 거의 다 먹어갈 무렵 교내방송에서 내 이름이 나왔다.

[2학년 2반 류반희 학생은 교무실로 와주시기 바랍니다.]

누가 찾는다는 소리도 없다.

의아한 표정을 지으며 뒤를 돌아보았지만, 명은 이미 식사를 다 마치고 반 남자애들과 함께 운동장에 나간 뒤였다. 여자애들이 웃기를 좋아하는 것처럼, 남자애들은 운동을 좋아한다. 명은 워낙에 몸이 약하다고 연막을 피워놓은 터라 운동엔 거의 참여하지 않는 대신 점수 계산을 맡아주고는 했다.

교무실로 향해가면서 명이 운동장 어디쯤에 있을까 내다보았다. 곧 시야에 들어온 같은 반 남자애들은 오늘 축구 대신 농구를 하는 중이었다. 그늘에 앉아서 농구 구경을 하고 있는 명이 보였다. 따분할 텐데도 용케 표정을 감추고 사람 좋게 웃으며 옆에 있는 애들과 종종 이야기도 주고받는다.

그 모습을 얼마쯤 지켜보다가 교무실 용건을 떠올리고 급하게 걸음을 옮겼다.

교무실 뒷문으로 들어서며 그 안쪽을 가만히 둘러보는데, 익숙한 목소리가 들려왔다.

"반희야, 여기."

"어…… 도련님이 부르셨어요?"

내게 손짓을 하며 자리에서 일어나는 사람은 도련님이었다. 안 그래도 6교시에 국사수업이 있는데, 그전에 일부러 부르다니 무슨 일일까 싶으면서도 우선은 반가움에 환히 웃으며 다가갔다. 도련님의 책상까지 가는데 그 바로 옆 의자에 앉아 있던 여자가 빙글 몸을 돌렸다.

"어쩜, 정말로 그런 복장으로 학교란 데를 다니는구나. 너도, 명이도."

환하게 웃는 미인이 란 님이란 걸 알아보고 나는 깜짝 놀랐다.

오늘 란 님은 타는 듯한 붉은색 옷 대신 단순한 디자인의 검은 투피스를 입고 있다. 뒤에서 질끈 묶은 머리도 그렇고 화려하고 고풍스러운 차림만 보다가 이런 복장을 하고 있는 걸 보니 굉장히 신선했다. 그런 의미에서 란 님에겐 나와 명이 교복을 입고 있는 것이 신선한 듯했다.

"란 님, 어쩐 일로 여기까지?"

"너희 집, 들어갈 수가 없으니 이렇게라도 봐야지."

"네?"

"몰랐어? 비집고 들어갈 틈 하나가 없게 사방에 거미줄을 쳐놓았잖아."

"……그랬었나요?"

전혀 생각도 못한 일이라 고개만 갸웃했다. 란 님은 그런 나를 보며 한쪽 입꼬리를 들어 올려 웃었다.

"쓸데없는 데 치밀한 게 명이 녀석 괴벽이지. 할 일이 없으니까 그런 일에 쏟을 시간이 있는 거겠지만."

빈정거림이 담긴 말에 살짝 반감을 느꼈으나 잠자코 내색 없이 물었다.

"하지만 일전엔 그다지 지장 없이 들어오시지 않았어요?"

"그랬지. 그랬더니 여봐란듯이 온갖 술수를 부려놓은 거지. 아무튼 음험한 구석이 있어. 아비를 너무 닮았다니까."

"아버지도 계신가요?"

"있지, 그럼. 왜? 궁금해?"

명의 이야기라면 당연히 궁금했다. 고개를 끄덕였더니 란 님이 팔짱을 끼고 있던 걸 풀고 자리에서 일어났다.

"그럼 그 이야긴 저녁에 해줄게. 집에서 보자."

"아, 오늘 오실 건가요? 두 분이서?"

란 님과 도련님 두 분을 갈마보았더니 란 님이 고개를 저었다.
"우리 말고 네가 오는 거야, 반희야."
란 님이 손을 뻗어 내 머리카락을 가볍게 훑어 내렸다. 단순한 손짓인데도 나는 괜히 움찔했다. 란 님을 꺼려하는 명의 태도가 어느새 내게도 영향을 끼치고 있는 게 확실했다. 란 님은 내 어색한 반응을 눈치 채지 못했는지 계속 내 머리카락을 건드리며 말했다.
"집이 생겼거든. 뭐라 하더라, 그걸?"
"'집들이' 요."
란 님이 도련님을 쳐다보자 도련님이 그렇게 대답했다. 다시 란 님이 날 보았다.
"응. 바로 그거. 집들이를 할 거야. 놀러와."
나는 반색을 하며 도련님께 축하부터 드렸다.
"집 새로 구하셨군요, 도련님. 잘됐어요, 정말."
"고마워. 오늘 조촐하게나마 손님 맞을 준비를 하려고 해. 그러니 놀러와."
"네, 당연히 가야죠. 아, 아니다. 명에게 먼저 말해 봐야겠네요."
바로 대답했다가 주저하며 말을 바꾸었더니 란 님이 키득거리며 웃었다.
"그 정도도 혼자 결정 못해? 진짜 애기로구나, 너."
"혹시 명이 다른 계획이 있을지 모르니까요."
"계획은 무슨 계획. 그 따분한 녀석이야 하루하루가 똑같지."
빈정거리는 기색을 숨기지도 않고 말한 란 님이 내게로 고개를 숙이더니 귓속말을 했다.
"아니면 단 몇 시간이라도 교미를 못하는 게 아쉬워서 그래?"
"그런 거 아닙니다!"

나도 모르게 얼굴을 붉히면서 확 물러서버렸다. 란 님은 입술을 가린 채 키득거리며 웃었다.
"그럼 됐네. 오는 거지?"
"저는……."
란 님에게 말하기 전에 도련님 쪽을 힐긋 보았다. 도련님도 란 님이 일어선 것에 맞추어 함께 일어선 채로 물끄러미 란 님의 옆얼굴을 보고 있었다. 장소가 어디이든 간에 도련님의 눈에 어린 애정은 확실했다. 그런 도련님의 옆구리를 란 님이 툭 건드렸고, 도련님이 날 돌아보며 부드럽게 웃는 얼굴로 청했다.
"와주면 나도 몹시 기쁠 거야. 꼭 오렴."
"……그럼 감사히."
비록 도련님이 절실히 원하는 바는 아니라고 해도, 도련님의 청을 거절할 수는 없었다. 게다가 따져보면 그 청은 별것 아닌 것 같았다. 그 순간에는.

다행히 명은 싫은 내색을 그리 크게 하지 않았다. 알려준 집의 주소로 찾아갔을 때, 꽤 널찍한 마당이 있는 평범한 이층집이 기다리고 있었다. 내가 명의 집에 머물기 전에 골랐던 은신처 비슷한 느낌이었다. 먼저 온 손님으로 단 님과 국 님도 있었다.
학교에서 란 님을 보면서 괜히 꺼림칙한 기분을 느꼈던 것은 잊기로 했다. 혹시 명과 나만 손님이라면 어색해지지 않을까 걱정도 했었지만 그런 걱정도 이젠 필요 없어졌다.
식사는 순조롭게 진행되었고, 어느 순간에는 다들 떠들썩하게 즐기는 분위기도 일어났다. 단 님과 국 님은 전에 만났을 때처럼 유쾌한 손님이었고, 요새 매일같이 기분이 좋은 명 역시 전에 우리 집에 그들이 손님으로 왔을 때보다는 넉살 좋게 어울리고 있었다.

못하는 술을 어울려 마시다 보니 한 병 넘게 마신 명이 취기가 도는지 말투가 이상해진 것도 재미났다. 그러면서도 한사코 명은 자기가 정상이라고 우겼다. 하지만 국 님의 부추김에 갑자기 자리에서 벌떡 일어나 한량무를 추기 시작한 걸 보면, 절대로 정상이 아니었다. 나중에 놀림감 삼을 광경을 하나도 놓치지 않기 위해 열심히 보는데 웬걸, 춤 솜씨가 대단해서 나는 혀를 내둘렀다. 예전에 춤도 배운 적이 있는 걸까? 알고 보니 음주가무에서 음주만 서툰 재간꾼이란 말씀?

새삼 끓어오르던 존경심은 불현듯 일어난 요의에 잠시 자리를 내주었다. 서둘러 볼일을 보고 돌아오다가 언뜻, 란 님에게로 시선이 갔다.

란 님은 특유의, 신하들이 즐기는 것을 구경하는 여왕님 같은 분위기로 물러나 앉은 채 술잔만 홀짝홀짝 기울이고 있었다. 흐트러진 듯하면서도 치밀하게 다듬어진 자태가 요염함의 절정이라 해도 과언이 아닐 성싶다.

내 시선을 알았던지 곧 나를 쳐다본 란 님과 눈이 마주쳤다. 란 님은 스르륵 웃더니 도련님에게 고개를 기울여 귓속말을 했다. 도련님이 날 돌아보며 물었다.

"집 안 구경하실래요?"

"예? 저만……요?"

어느새 단 님까지 일어나 합류한 한량무는 한창 절정이다. 도련님은 어깨를 으쓱했다.

"딱히 집 안이 어찌 생겼는지 궁금해하실 분은 없을 것 같은데요."

"아, 죄송해요."

"뭐가요."

어쩐지 내 잘못 같아 사과했는데, 도련님은 쿡쿡 웃고는 자리에서 일어났다. 도련님을 따라 일어나면서 슬쩍 뒤를 돌아보았다. 아쉽지만 명의 춤 구경은 다음으로 미루는 수밖에.

"일층은 그냥 편하게 지내기 위해 별것 없지만, 이층엔 구경거리가 좀 있어요."

도련님이 말한 구경거리가 무엇인지는, 계단을 올라 이층으로 향하면서 바로 알 수 있었다. 그림들이 많았다. 거의가 동양화였다. 화려한 남조풍의 그림. 어쩐지 눈에 익다 생각했는데 도련님이 말했다.

"다 란의 작품이에요. 란이 중국에 오래 있었다고 하던데 그 때문인지 풍경이 좀 이채롭죠?"

란 님의 작품이란 말에, 나는 아아, 그래서 그렇구나 하고 생각했다. 눈에 익은 그림이란 생각은 명의 그림과 어딘지 닮아서 들었던 것이다.

"같은 이에게 그림을 배웠을까?"

"네?"

혼잣말을 했더니 도련님이 걸음을 멈추고 돌아보았다.

"아, 명의 그림이랑 화풍이 유사하다는 느낌이 들어서요."

"도련님도 그림을 그리시나 봐요?"

"아주 잘 그려요. 저한테 그림을 그린 부채도 선물해 주셨는데요, 그림 속의 원앙이 살아나올까 걱정이 들 정도예요."

"솔거가 부럽지 않을 분이 또 계셨네요."

나는 부정하지 않고 빙그레 웃으며 어깨만 으쓱했다. 도련님은 그림들을 둘러보며 한숨을 섞어 말했다.

"재주가 많은 건 남매에게 공통된 특성인가 보지요. 언뜻 봤을 땐 물과 불처럼 다른 남매로구나 하고 생각했는데."

"차차 알게 되시겠지만 명은 마냥 물 같은 존재는 아니랍니다, 도련님."

가볍게 그 정도로만 말해 두고 나는 그림을 감상하는데 보다 주의를 기울였다.

높은 산에서 올려다본 하늘, 파도치는 망망한 대해를 큰 폭에 담은 그림 등 상당히 호방한 풍경화가 대부분인데, 이따금 보이는 화초도—특히 난이나 대나무를 치는 솜씨가—역시 감탄이 나오도록 뛰어났다. 화가의 내면에 유려한 섬세함과 거침없는 대범함이 공존함을 말해 주는 듯하여 자못 흥미로웠다.

"여긴 란의 서재로 정한 방이에요. 집에서 가장 신경 쓴 부분인데, 그래도 란에겐 좁은 모양이지만요."

도련님의 말에 나는 새삼스레 서재를 휘둘러보았다. 분명 크기 면에선 신경 쓴 티가 역력했다. 하지만 우리 같은 존재의 감각으로 보자면 일반 교실 한 개 반 정도 크기의 방이나 공중화장실 한 칸이나 별다른 차이가 없다. 게다가 이층 방이다 보니 본체로 현신하기도 힘들 것이다. 나는 예전에 구한 집의 일층을 전부 합쳐서 하나로 만들었었다. 그럼에도 불구하고 제대로 기지개를 켤 너비는 나오지 않았었다. 그래서 이번에는 작정하고 지하실이 아주 넓은 집을 구했는데 정작 한 번도 거기서 쉴 틈도 없이 이사를 했으니…….

참, 지금은 내가 아쉬워할 때가 아니라 란 님에게 이 집이 어떨지가 문제다. 음. 아주 큰 맹점을 발견했다. 정작 란 님의 본체는 어떠할지 나는 전혀 모르지 않는가.

도련님은 란 님의 본체를 본 적이 있기는 할까, 궁금함이 일었지만 어쩌면 무례하다 생각할지 모를 질문은 삼가고 서재의 이곳저곳을 기웃거리며 돌았다.

"시집이 무척 많네요. 흐음. 란 님은 이런 걸 좋아하시는구나. 오, 여기에도 그림이……."

벽에 짜 넣은 책장들에서 당시선 한 권을 빼서 가볍게 넘겨보다가 문득 책장과 책장 사이의 벽에 걸린 그림에 눈이 갔다.

그것은 이 서재의 그림 중에선 이채롭게도 집의 풍경을 담고 있었다. 연잎이 소담히 채워져 있는 연못. 그 너머로 풍경風磬이 흔들거리는 고택의 추녀가 보인다. 그 아래 기둥의 주련柱聯에 적힌 글귀를 나도 모르게 소리 내어 읽었다.

"滿霧庭桃花紛紛만무정도화분분."

……안개 가득한 뜰에 복숭아꽃이 흩날리네.

문유의 '사춘곡思春曲'의 도입 부분이다.

내가 아는 시였다. 외라고 하면 당장 외울 수 있을 만큼 짧은 시이기도 하거니와, 그 시를 주련에 적어 넣을 만큼 좋아한데다가, 곧잘 외우던 사람을 알고 있는 것이다.

봄이 깊어, 복숭아꽃이 만개할 무렵이면 파리한 얼굴에 엷은 홍조를 띠고 복숭아나무 근처를 거닐던 이. 규희 아씨.

어쩐지 두근거리기 시작한 가슴으로 그림을 물끄러미 바라보았다. 그리 봐서인지 흔한 물고기 모양의 풍경風磬조차 어디서 본 듯하다. 설마, 하고 생각하면서 고개를 돌리던 나는, 퍼뜩 숨이 멎을 만한 또 다른 그림을 보았다.

만개한 복숭아나무. 그 옆으로 보이는 우물가의 장독대들이 햇빛에 반짝거린다.

흔하다면 흔한 고택의 뒷마당 풍경이다.

그러나 나는 알았다.

저것은 내 복숭아나무. 예전엔 도련님의 복숭아나무였고, 규희 아씨의 복숭아나무였던 바로 그 나무란 것을.

우물도 알았다. 날이 더워지면 규희 아씨가 종종 사람이 없을 때를 골라 나를 데리고 나와 멱감으라고 손수 물을 길어주시곤 했던 그 우물이다. 별당 뒤의……

그제야 좀 전에 본 그림 역시 내가 아는 곳이란 확신이 들었다. 다시 돌아가서 그림을 뚫어져라 보았다. 사춘곡의 구절이 네 귀퉁이의 주련에 장식되어 있던 별당이 틀림없다. 연못은 별당에서 바라보이던 그 연못이었다.

"도련님, 이 그림들도 란 님이 그리신 건가요?"

홱 돌아보며 질문을 던졌는데, 어째서인지 도련님의 모습이 보이지 않았다. 대신 제대로 닫히지 않은 문이 빠끔히 열려 있는 것이 보였다.

돌아오시면 묻자 하며 그림 속으로 걸어 들어가기라도 할 듯 가까이 다가가 이리저리 살폈다. 볼 때마다 내가 착각하고 있는 게 아니란 것을 확인할 수 있었다. 오리가 처음 본 이를 제 어미로 기억하는 것처럼 나는 이 장소의 모든 것을 기억하고 있었다. 내가 살았던 첫 번째 '집'으로서.

"거기야. 거기가 틀림없어."

거듭 중얼거려보는데 문득 아주 가까이에서 목소리가 들려왔다.

"가끔은 기억을 굳이 꺼내어 그려보는 것도 나쁘진 않지."

"아, 란 님……."

바로 뒤에 란 님이 서 있었다. 문이 여닫히는 소리는 물론 다가오는 기척을 조금도 느끼지 못했던 나는 움찔 놀라고 말았다. 옆으로 물러서려는 내 어깨를 란 님이 두 손으로 잡으면서 빙긋이 웃었다.
"그림이 마음에 드느냐?"
란 님의 옷에 스민 침향 냄새가 서늘하도록 짙어서인지 어쩐지 소슬한 추위 비슷한 기분을 느꼈다. 희미하게 떨리는 것을 내색하지 않으려 하면서 대답했다.
"이 두 점의 그림도 역시 란 님이 그리신 겁니까? 다른 그림과 달리 낙관이…… 없는데요."
"낙관을 찍을 만큼 대단한 것은 아니라서."
"어떻게 그리신 겁니까? 저곳을 어찌 아시고."
고개를 돌리며 물었다. 아주 가까이에 위치한 란 님의 얼굴은 마주 대하는 것이 불편하도록 요염했다. 옅게 미소하자 그 불편함은 내 속에서 더욱 커졌다.
"꿈에서 보았다고 하면 거짓일 테고. 옛날, 아주 짧은 꿈처럼, 내가 살았던 곳이다."
"란 님이, 저곳에요?"
놀라서 나도 모르게 목소리가 커졌다.
란 님의 미소가 깊어졌다.
"너는 정말로 순진하구나. 그래도 적잖은 세월을 살아왔을 터인데, 아직도 보이는 모습만이 전부라 여기는 게냐?"
"무슨 말씀이신지……."
어리둥절하여 캐물으려 하였는데, 돌연 나와 란 님 사이를 떼어놓는 손 때문에 말이 끊겼다.
"이런. 그새 따라와서 훼방이로구나."
란 님이 입맛을 다시며 물러났다. 그녀의 말대로 어느 틈엔가 들어온 명이 나를 품에 안다시피 하고 란을 노려보며 말했다.

"그만 가자."
"저기, 저는 란 님께 묻고 싶은 것이 있는데."
"가자."

내 의견은 명의 짧은 말 한마디에 묵살되었다. 심지어 돌아보는 것조차 못하게 하는 바람에 나는 그대로 그에게 끌려가다시피 집에서 나왔다. 국 님과 단 님에게 간다는 인사도 제대로 못하고, 도련님은 어디 계신지 뵙지도 못하고 나왔다.

"잠깐만요, 이렇게 인사도 없이 돌아갈 것까진 없잖아요."
"안 보이면 간 줄 알겠지, 무슨 걱정이야?"
"그렇지만 초대받고 온 건데 집주인에겐 인사를 하는 게 도리이지 않아요?"
"그래서 간다고 했잖아. 두 번이나."
"그건 나한테 한 말……."

불쑥 명이 휙 돌아보는 시선을 대하여 나는 할 말을 삼켰다. 백 마디 말보다 그 한 번의 시선이 아주 강한 힘을 발휘했다.

집에 가는 동안은 물론, 집에 도착해서도 그리 무작정 집을 나온 이유는 들을 수 없었다. 그리고 그는 그날 저녁 거기에 간 적이 '아예 없는 것' 처럼 굴었다.

란 님과 관련된 모든 것이, 금기.

그렇다는 것만 분명하게 깨달은 밤이었다.

그 밤, 낮에 본 그림의 영향인지 꿈속에서 옛집이 보였다.

사랑방에서 도련님이 글을 외시는 목소리가 흘러나왔다. 들쇠에 걸어놓은 걸창 사이로, 도련님의 모습이 보였다. 간소한 여름옷. 상투를 틀고 계신다.

아아, 그럼 규희 아씨가 돌아가신 후이구나.

나는 잠깐 상심했다가 그래도 도련님의 모습을 다시 본다는 생각에 흐뭇하게 가까이 다가갔다.

"서방님."

내 접근을 막는 듯, 낭랑한 여인의 목소리가 들려왔다. 갸웃이 돌아보자, 사랑마루 앞의 마당에 계집종 한 명과 곱게 녹의홍상을 입은 여인이 모습을 나타냈다. 수박과 떡, 수정과가 올려진 다과상을 저마다 들고 있다.

그렇지, 도련님이 혼인을 하셨지.

저 고운 분은 새애기씨다.

도련님이 서책을 잠시 밀어놓으시고 일어나 마루로 나온다.

"부인, 어서 올라오시오."

스물한 살 여름의 도련님이 새애기씨를 향해 담뿍 미소를 담아 던지셨다. 새애기씨가 마루로 올라간다. 계집종이 가져온 교자상을 마루에 올리고는 총총히 멀어져갔다. 마루에 앉아 수박을 권하는 새애기씨에게 도련님이 부인도 들라며 한쪽을 들어주셨다. 그리곤 손수 부채를 들어 새애기씨가 행여 더울까 이리저리 부쳐주셨다.

규희 아씨를 잃어 그토록 상심하셨던 마음에 뽀얗게 새살이 돋으신 후인가. 내게, 너랑 나는 죽어서도 규희를 잊지 말자며 서글피 눈물을 보이시던 그 도련님은 새사람을 들이시면서 간 사람을 추억해 눈물짓는 일을 잊으신 양 보였다.

그때, 아직 사람조차 되지 못하던 나는, 조금씩 잊혀서 먼 사람이 되어 가는 규희 아씨가 안타까워도 어찌할 수 있는 일이 없었다. 도련님은 규희 아씨에게 들였던 정성이 극진했던 만큼이나, 새애기씨에게 함빡 마음을 주셨다.

그만큼 아름다운 분이셨다. 새애기씨는…….

언뜻 고개를 들어 위를 올려다보는 새애기씨의 시선과 내 시선이 마주쳤다. 새애기씨가 날 가리키며 말한다.

"저 아이가 놀러 나와 있습니다."

"이런……. 모처럼 볕이 나서 햇볕을 쬐는 모양이오."

도련님과 새애기씨 모두 나를 보았다. 나는 나뭇가지 사이에서 부끄러워하며 몸을 움츠렸다.

"저리 집 안을 마음대로 돌아다니면 위험할 텐데요."

"이해해 주시오. 이젠 별당에 유희도 없고 하니…… 말 못하는 미물이라 해도 적적할 터이지."

그런 말씀을 하면서도 이젠 슬픈 내색조차 하지 않는 도련님. 새애기씨는 그런 도련님의 어깨에 살며시 머리를 기대면서 말했다.

"보기 싫다는 것이 아니라, 괜스레 나쁜 마음을 먹는 이가 있을까 봐서요. 저리, 어여쁜 아이이니."

"하긴. 아무래도 백사이니……."

도련님은 내 걱정보다는 그런 말을 하시는 새애기씨의 상냥함에 새삼 반하신 듯 흐뭇해하신다. 새애기씨는 그런 도련님의 시선에 아랑곳없이 가만히 날 보고 있다.

문득 새애기씨가 생긋 미소했다. 입술이 벌어지는 순간, 그녀의 붉은 혀가 살며시 입술을 핥았다.

그때, 바람 한 점 없던 공간에 훅하니 바람이 일면서 침향 냄새가 자욱하게 일어났다.

도련님의 것이 아니다. 새애기씨의 향기이다.

서늘하고 서늘한 침향 냄새.

나는 꿈속에서 오소소 떨었다. 왜 그런지 몰라도 눈을 돌리려고 했다. 그러지 못했다. 그때도 그랬듯이, 그대로 새애기씨의 눈에 붙잡혀 있었다.

그랬다. 그 말 그대로 붙잡혀 있었다.

현혹眩惑. 그때는 몰랐던 그 눈동자의 힘을 지금 꿈속에서 깨달았다. 동시에 나는 다른 것도 깨달았다.

어쩌면 새애기씨는…….

―맹추!

어라랏? 나는 퍼뜩 놀라서 주위를 두리번거렸다. 꿈의 풍경이 미세하게 일그러진다. 그러면서 다시 들렸다.

―맹추, 그만 일어나! 어서 이 꿈에서 나가!

"주인님?"

나도 모르게 사방을 돌아보려고 했지만 그게 통 여의치 않다.

"주인님 맞으시죠? 어디 계세요?"

―나 찾지 말고, 나가라고, 나가, 으이구! 이 맹추야! 내가 너 때문에 못 산다!

철썩 등을 걷어차이는 감각과 함께 나는, 세차게 굴러 떨어졌다.

"주, 주인님!"

데구루루 굴렀다가 오뚝이처럼 번쩍 일어났다……인 줄 알았는데, 깨어보니 눈만 뜨고 허공으로 손을 뻗고 있을 뿐이었다. 잠시 몽롱함을 가누지 못해 왜 내가 이러고 있나 생각했는데, 옆에서 명이 투덜거리는 소리가 들렸다.

"또 무슨 꿈을 꾼 거야?"

명의 품이다. 팔베개를 해준 팔을 움직여서 명이 내 머리를 끌어당기며 품에 꼭 안았다.

"너는 이상한 버릇이 있었지. 자면서 일없이 남의 꿈을 돌아다니는 거."

"아, 남의 꿈 아니었어요. 이번엔 내 꿈이었어요. 정말이에요."

"주인님, 주인님 해대던데. 또 여우 찾으러 삼만 리 한 거 아니야?"

"아니에요."

이번엔 정말 나올 줄 몰랐다. 물론 나온 것도 목소리뿐이니 정말 여우였다고 하기에도 애매하다. 그래도 내 등을 후려갈기는 감각은 참으로 훌륭한 것이 예전과 조금도 다를 바가 없었다. 하지만 왜 그 꿈에서 여우가……?

"그러고 보니 넌 부르기도 참 쉽더구나."

여우 생각을 깊이 하기 전에 명이 한 말이 내 주의를 돌렸다.

"날 불렀어요? 언제요?"

"그때 그 꿈. 기억 안 나? 매화 보여주려고 준비해 놓고 기다린 거지."

그제야 아아, 하고 고개를 끄덕였다.

"어쩐지. 그땐 정말로 여우 찾아가고 있었는데, 여우는 안 나오고 당신이 나왔다."

"너무 쉬웠어. 너, 불린다고 그렇게 쉽게 찾아다니면 어쩌자는 거야? 꿈에서 무슨 일을 당할 줄 알고. 앞으로 그런 일은 하지 마. 위험하다고."

"그거야 당신이 불렀기 때문이겠죠. 그리고 꿈에서 무슨 일을 당한다고 해보았자……."

"조심하래도. 내 말 안 들을 거야?"

명이 나지막이 으르렁거리는 기색에 혀를 날름거리곤 그의 품에 얼굴을 묻었다. 그에게서 나는 좋은 향기를 깊이 들이마시며 가슴팍에 얼굴로 비비적거리며 장난을 부렸더니 명이 쿡쿡 웃으면서 정수리에 입맞춤을 해주었다. 그러면서 내 피부를 어루만지는 그의 매끄러운 손길에 전부를 맡기려는 찰나, 나는 갑작스런 의문을 품었다.

나를 불렀다고?

어떻게?

생각해 보면 이제 와서 의문을 품은 자신이 어이가 없을 만큼, 그것은 오래전에 품었어야 할 질문이었다. 대체 어떻게 그 꿈에서 여우 대신 명을 만났던 건지.

명이 자신의 입으로 분명하게 말했다.

나를, 불렀다고.

어떻게 된 일인지 물으려고, 그를 밀어내려 했지만 명은 내가 짐짓 부려보는 교태로 알았던지 가볍게 무시하면서 입을 맞추었고 다음 순간 나를 함빡 끌어당기며 몸속 깊숙이까지 밀고 들어왔다. 명은 방금 전까지 깊이 잠들었다고는 생각할 수도 없이 열정적으로 나를 탐했다. 사뭇 달아오른 그의 달짝지근한 숨결과 뜨거운 체열에 평소의 나라면 정신없이 황홀해하고 있었겠지만, 이 순간은 바퀴가 헛돌듯이 어울리지 못하고 멍하니 위축되어 있을 뿐이었다.

아무리 생각해도 답은 분명했다.

나는, 명에게 내 본래 이름을 가르쳐준 적이 없다.

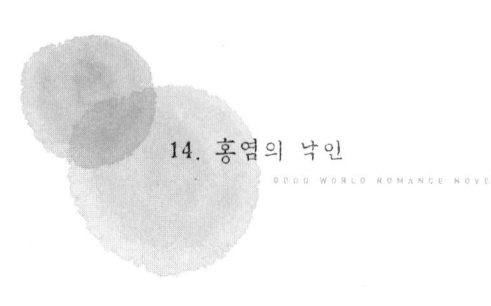

14. 홍염의 낙인

이튿날인 토요일.

수업이 끝난 뒤 명은 녹전과 함께 사냥을 하러 갔다. 제대로 된 먹잇감을 구해 올 터이니 내게 군입거리 찾지 말고 기다리란 말을 남긴 터였다. 여느 때 같았다면 가슴 두근거리면서 그가 무얼 구해 올까 기다리고 있었을 것이다. 아니면 모처럼 집에 혼자 남은 김에 푹 잤을지도 모른다.

그렇지만 간밤에도 잠을 설쳤고 지금도 잠을 이루고 싶은 생각은 별로 없다. 나는 못 주변을 두 번 정도 돈 후에 복숭아나무 아래에 가서 생각에 잠겼다.

해님이 몇 걸음 서쪽으로 옮겨갔을 즈음에, 역시 내가 아무리 생각해 보았자 어쩔 수 있는 일들이 아니라고 결론 내렸다. 한 가지는 명이 돌아오면 차분히 기회를 잡아 묻는 수밖에 없다. 또 다른 일은······.

나도 모르게 한숨을 몇 번이나 쉬었던 것 같다. 문득 정신을 차려 보니 내 앞에 모래가 앉아 있었다.

"어, 모래야. 오랜만에 보는 것 같구나. 요샌 별일 없이 잘 지내지?"

손을 들어 인사를 했는데 모래는 눈만 끔벅거리면서 아는 척하는 기색이 없다. 그러고 보니 날 보러 내려온 게 아니라 단순히 햇볕이 이쪽에 들기 시작하니까 내려와서 일광욕하는데 불과한 듯하다. 내가 있건 말건 아예 눈까지 감아버리는 모래를 말벗 삼아 중얼중얼 했다.

"어제 꾼 꿈에서 여우가 날 깨웠단다. 여우, 내 주인님은 말이야 기분 변화는 심한 편이긴 했지만 그래도 천성이 느긋하달까, 그랬거든. 그래서 그렇게 화급한 목소리는 들은 적이 별로 없었어. 아, 백두산에서 호랑이한테 쫓겼을 때를 빼곤 말이야. 어때? 역시 이상하지?"

모래가 문득 눈을 뜨고 머리를 드나 싶더니, 복숭아나무에 얼마 안 남은 꽃을 찾아온 나비를 물끄러미 올려다보았다. 모래가 나비도 먹든가? 잠시 잡아줘야 하나 고민하면서 배추흰나비를 같이 올려다보았다. 나비는 위험을 깨달았던지 급하게 다른 곳으로 날아가 버렸다.

나비가 날아간 하늘을 바라보는 모래의 왼쪽 눈 아래에 있는 빨간 반점을 보면서 오늘 밤 다시 한 번 여우의 꿈밟기를 해볼까 생각했다. 꿈에서 한 번 본 이래 부쩍 여우가 가까이 있단 생각이 든단 말이다.

왜 제대로 꿈에서 안 보이는지가 참 이상하다. 여우는 내 원래 이름도 분명히 알고 있는데.

도련님과 규희 아씨가 불러주셨던 내 이름을 다른 이가 부르는 것이 어쩐지 싫어서 새로 지은 이름이 반희이다. 이 이름에는 여우의 생각이 절반, 내 생각이 절반이 들어 있다. 반희의 반은 여우가 좋아한 여류시인 반첩여의 반班을 따고 희는 규희 아씨의 희姬를 땄다. 반희란 이름은 그렇게 해서 태어났다.

"하긴, 기껏 지은 이름 주인님이 불러준 적도 별로 없다. 늘 날 보곤 맹추, 맹추 해댔지. 맹추. 그게 꼭 내 진짜 이름 같네. 어쨌든 다시 들으니까 좋더라."

흐뭇하게 웃는 내 앞에서 모래가 하품을 했다. 그리곤 어기적거리며 걷던 모래가 불쑥 머리를 들어 어딘가를 본다. 나도 덩달아 고개를 돌렸더니 저편에서 폴짝거리며 뛰어오는 풍계가 보였다. 반갑게 손을 흔들었다.

"어이, 너 요새 안 보이더니 어디 가 있었어? 아까 못 돌면서도 찾았는데."

"손님이 오셨어, 애기씨."

풍계는 내 반가운 인사를 받는 둥 마는 둥 하고 그런 말을 꺼냈다.

"손님? 어떤 손님?"

"란 님이랑 그 인간 녀석."

"란 님이랑 도련님이? 어우, 시끄러워. 모래야, 너 왜 그래?"

자리에서 일어나려는데 모래가 난데없이 꽥 소리를 쳐서 화들짝 놀랐다. 저번에도 소리 내는 걸 보긴 했는데, 이건 안 봤으면 무슨 거위 울음소리라고 착각하겠다. 어안이 벙벙해서 쳐다보는 중에도 모래가 빽빽 소리를 내질렀다.

풍계는 머리를 바닥에 대고 눈을 꽉 감고 있더니 슬금슬금 뒷걸음질로 물러가면서 말했다.

"아무튼 난 전했어. 나가려면 나가고, 아님 말고."

모래 눈치를 보듯 힐끗 쳐다보고 그대로 풍계는 냅다 줄행랑을 쳤다. 내가 바로 나가보려고 하는데 뭔가 발목을 따끔하게 쏘는 듯한 느낌이 들었다. 쳐다보았더니 모래가 꼬리로 내 복사뼈를 찰싹찰싹 치고 있었다.

"미안, 미안. 혼자 놀아. 손님이 오셨어."

이런 장난 한 번도 안 친 아이인데 이 집에 오고 부쩍 표현이 늘어났구나 싶어 속으로 잠시 기뻤다. 하지만 손님맞이가 우선이라 떼어놓고 달려갔다. 또 꽥 하는 소리가 들려왔다. 왜 하필 저런 거위 같은 소리일까? 그것도 나중에 알아보자 하고 미뤘다.

대문을 열고 나가 밖을 보았더니 먼저 보인 것은 은색의 차였다. 그 앞쪽에서 도련님이 손을 흔들었다. 열린 차 뒤의 창 너머로 란 님이 앉아 있는 것도 보였다. 차 지붕을 가볍게 두드리며 도련님이 말했다.

"드라이브, 어때요?"

"어, 저기……."

그 자체로는 참 멋진 제안이었지만, 나는 어젯밤 꾼 꿈이 심하게 마음에 걸렸다. 란 님과 제대로 시선조차 마주하지 못할 만큼.

"도련님께 허락을 얻어야 해요? 그럼 기다려줄게요. 반희 아가씨, 늘 집에만 있는 거 답답하잖아요. 함께 가요."

"그런 것은 아니지만……."

"응. 허락 필요 없을 테니까. 오늘 명이 없다며? 함께 가자, 반희야. 뭘 망설여? 어서 와."

란 님의 낭랑한 목소리에 이어 뒷문이 열렸다. 나를 향해 타라고 손짓했다.

란 님은 환하게 웃고 있고, 도련님의 목소리도 다정하다. 그럼에도 불구하고 나는 가고 싶지 않았다.

"명이 곧 돌아올 거라서요. 기다리고 있으랬어요."

"빨리 데려다 줄 테니까. 가까운 데 가는 거야. 백오산 아래."

"백오산이요?"

"그림에서 본 집 기억나?"

뜻밖의 말에 나는 눈만 깜박거리며 란 님의 얼굴을 보았다.

"그 터, 내가 구했어."

"네?"

"그 집터 말이야. 기억 안 나?"

"기억납니다만……."

"거기 가는 거야. 보고 싶지 않아?"

도저히 거절할 수 없는 제안이 되고 말았다. 그 집터를 다시 보고 싶었다. 그 욕심에 란 님에 대한 꺼림칙한 기분조차도 억누르게 되었다. 도련님도 함께라면 말할 것도 없이.

란 님이 말하는 그 집이 어떤 집인지 도련님이 알고 계신가 싶어 쳐다보았는데 도련님은 다만 담담한 표정을 짓고 있다가 나와 눈이 마주치자 엷게 미소를 지었다. 살짝 맥이 풀리는 기분을 추스르며 란 님께 말했다.

"잠깐 나갔다 온다고 글이라도 써놓고 올게요."

"그럴 것 없어. 금방 데려다 준대도."

"그렇지만 혹시라도 늦어지면……."

"두꺼비 녀석이 알잖아. 우리가 너 찾아온 거. 척하면 척이지 뭘 걱정하는 거야? 혹시 명이가 바본 줄 알아?"

설마 그럴 리 있느냐는 뜻으로 강하게 도리질을 했다. 란 님은 그럼 됐다며 먼저 뒷좌석에 올랐다. 집을 한 번 돌아본 뒤 나는 도련님의 옆 좌석에 탔다. 차는 곧 출발했다.

영 무언가 미덥지 못했던 기분도 곧 차 안에 앉아 흘러들어오는 따스한 봄 공기를 만끽하는 동안 잔잔히 가라앉았다. 차창 밖으로 내민 손가락 끝으로 부딪혀오는 봄의 공기 속에는 수많은 꽃들의 향기가 섞여 있었다.

봄의 절정이라는 느낌. 그러고 보니 제주도란 섬에는 유채꽃이 한창이려나? 한번 보고 싶다는 생각은 했는데 내가 워낙 섬을 싫어해서—무서워한다고 말하는 게 더 정확할 것이다—이제껏 살면서도 섬은 기를 쓰고 피한 까닭에 제주도가 아직이다. 혼자는 절대로 싫지만 명과 함께라면 괜찮을 것 같은데. 봄이 다 가기 전에 명에게 한 번 가보자고 할까 하는 생각을 골똘히 하다 보니, 어느새 목적지에 가까워져 있었다.

옛적 백오산은 아니지만, 그래도 이름만은 그대로인 백오산의 모습이 지척에 보였다.

"아, 저기다. 반희야, 어때?"

란 님의 목소리가 백오산을 쳐다보던 내 주의를 환기시켰고, 돌아본 순간 나는 내 눈을 의심해서 눈을 비볐다. 철저하게 허물어져 댓돌의 흔적조차 남지 않았던 자리에 버젓하게 너른 기와집이 서 있었다.

"어, 저게 어떻게 된 일이지?"

"뭐가 말이냐?"

"집이, 저기에 집이 있어요."

도련님과 란 님이 소리 내어 웃었다. 도련님이 날 돌아보며 설명했다.

"란이 아주 급하게 재촉해서 올린 집이에요. 란은 명 도련님 정도의 집을 원하신 것 같은데, 터가 그 정도는 아니더군요. 그래도 제 눈엔 아흔아홉 칸의 정승댁 부럽지 않게 으리으리해요."

"……이 참판 댁이었는데."

도련님의 증조할아버지가 참판까지 올라갔던 이래 근방에서는 도련님 댁을 이 참판 댁으로 불렀다. 도련님은 저 집을 대하면서도 역시 아무런 기억도 나지 않으시나 보다. 이환석이란 사람으로서의 삶은 티끌만 한 흔적도 없이 사라졌단 것인지.

도련님은 란 님과 나를 먼저 내려주었고, 다른 곳에 주차하고 들어가겠다며 차를 돌렸다. 나는 도련님이 올 때까지 기다릴 생각이었지만 란 님이 팔을 이끌어 앞으로 데려갔다.

란 님이 건드리지도 않았는데 끼이익 소리와 함께 문이 안쪽에서 열렸다. 내가 주춤하는 기색에도 아랑곳없이 란 님은 걸음을 옮겼고, 우리가 그 안으로 들어선 순간 쿵 소리와 함께 문이 닫혔다. 돌아보았더니 무언가 불그스름한 것들이 문을 닫고 있는 것이 보였다.

"도련님이 아직 안 들어오셨는데."

문에 달라붙어 있는 불그스름한 것들을 지그시 응시하는 사이, 제대로 된 형상이 맺혀서 떠올랐다. 얼추 인간의 몸을 하고는 있지만 그 얼굴을 보자니…… 살쾡이였다!

나도 모르게 사아악 살기를 뿜어내며 이를 드러냈다. 저 요사스런 것들을 여기서 보게 되다니!

감히 여우의 시신을 노리고 나타났던 살쾡이 떼들을 본 이후, 나는 저 녀석들이라면 학을 떼도록 싫어한다. 문에 납작 매달려 바들바들 떠는 살쾡이들을 향해 마구 살기를 뿜어내는 나를 툭툭 만류하는 손길이 있었다.

"그러지 마. 내가 부리는 하인들이다."

"하인이요?"

"그래. 내 하인이야. 네가 원한다면 몇 마리 먹잇감으로 줄 수는 있다만."

"싫습니다, 저런 것 따위."

"왜? 귀엽지 않으냐?"

란 님의 말에 더는 대꾸하지 않고 입을 꾹 다물었다. 살쾡이에 대한 이야기를 길게 해야 하는 것조차 싫었다. 대신 다시 도련님에 대해 물었다.

"도련님은 어디로 들어오시는 겁니까? 저리 문단속을 해버리면."
"별당 쪽 협문으로. 이젠 그 문도 잊어버렸느냐?"
"아……."

란 님이 다시 날 이끌고 안으로 걸어갔다.

걸음을 옮길 때마다 내 놀람은 끊임없이 이어졌다. 어쩌면 꿈을 꾸고 있는 것만 같았다. 밖에서 집을 보면서도 설마 했는데, 안으로 들어와 구석구석을 볼수록 닮았다. 하물며 화초담의 꽃무늬 하나하나까지 오래된 기억과 생생하게 들어맞았다.

둘러보면 둘러볼수록 기억과 어김없이 일치하는 집안 풍경에 놀라다 못해 조금씩 긴장까지 해가다가 별당 마루에서 내다보이던 연못까지 보게 되는 순간엔 그만 기가 탁 풀리는 느낌이었다.

"연꽃이……. 어찌 이런 시기에."

예전엔 퍽이나 크다 생각했지만 이제 와 다시 보니 그저 자그마하고 평범한 뜨락에나 어울리는 연못이었다. 거기에 지금 때도 아닌 연꽃이 활짝 만개해 있었다.

믿을 수 없는 광경에 한동안 멍하니 굳어 있다가 정말 꽃인가 싶어다가가 가까이에 있는 분홍색 연꽃에 손을 뻗어 보았다. 손이 닿는 순간 꽃잎이 흐릿하게 일그러졌다. 움찔 놀라 손을 떼니 다시 생생히 피어 있는 꽃이 보였다. 가짜라고는 믿을 수 없을 만큼 생생하여, 향기조차 풍겨올 듯싶건만 실제로는 거기에 없는 꽃. 심지어 바람에 흔들리는 연잎들의 서걱거림까지 들리는 듯했다.

"아쉬우냐? 그러니 고운 꿈은 굳이 실체를 확인하는 것이 아니다."

목소리가 들려온 곳으로 고개를 돌리니, 어느새 별당마루에 올라 나를 보고 있는 란 님을 보게 되었다.

아니, 란 님이…… 아니다.

곱게 쪽진 머리에 녹의홍상을 걸친 저 여인은, 틀림없는 새애기씨. 부채를 팔랑팔랑 움직이며 그녀가 웃었다.

"덥지 않으냐? 올해 여름은 유난히도 덥구나."

여름? 무슨 말도 안 되는 소리인가 싶어 미간을 찡그렸을 때 귓가에 찢어질 듯 높은 매미의 울음소리가 들려오기 시작했다. 확 고개를 드니, 분명 방금 전까지 없었던 느티나무가 연못 옆에 울창하게 가지를 드리우고 서 있다. 그 나무에서 매미가 운다. 구름 한 점 없는 하늘에선 해님이 이글거리며 빛나고 있다. 후욱, 사방에서 끼쳐오는 습기 어린 공기 속에 땅에서 지열이 올라오는 게 느껴졌다. 정말로 한여름의 대낮이라도 되는 것처럼.

"이, 이게 대체 무슨 일……. 란 님, 제게 무슨 장난을 치시는 겁니까?"

눈을 꽉 감았다 떠보고 정신없이 고개도 저어봤지만 보이는 풍경엔 변화가 없다. 별당마루에서 부채질을 하던 새애기씨가 아름다운 입술 가득 웃음을 머금었다. 하얀 버선발을 내려 당혜를 신은 새애기씨가 나에게 걸어왔다. 자박자박, 걸음소리와 함께 그녀가 가까워질수록 나는 입안이 바짝바짝 타는 것처럼 말라들었다.

아무리 보아도 다가오는 여자는 새애기씨였다.

"나다. 이젠 나를 기억 못한단 말이냐?"

"그럴 리 없습니다. 새애기씨는 이미 오래전에 돌아가셨을 터입니다. 란 님, 전 이런 장난 조금도 재미있지 않습니다. 그러니 그만 이

환각을……."

연꽃처럼 만지는 순간 그것이 가짜임이 드러날 거라고 생각했지만 손을 뻗어 새애기씨의 얼굴을 만진 순간 싸늘한 피부가 만져졌다. 얼굴은 그대로였다. 새애기씨는 빙긋 웃으면서 내가 뻗은 손을 잡더니 말했다.

"내가 죽는 걸 보았니? 아이야. 우리가 고작 인간 세상의 일에 연루되어 죽을 존재들이더냐?"

"아닙니다, 아닙니다. 그럴 리 없습니다. 새애기씨는, 새애기씨는 분명히 인간이었는데."

"그래. 인간이었지."

새애기씨의 입술 사이로 나온 혀가 사악 입술을 핥았다. 피처럼 붉은 혀끝에서 떨어지는 농담 같은 말.

"내게 잡아먹히기 전까진 말이야."

흠칫하며 내가 물러서려 했지만, 새애기씨에게 붙잡힌 왼손 때문에 그럴 수가 없었다. 나는 꼼짝없이 새애기씨의 아름다운 얼굴이 란 님의 요염한 얼굴로 바뀌어 가는 것을 목격해야 했다.

"어째서, 어째서……. 어째서……?"

"어째서? 넌 먹이를 먹으면서 어째서냐고 반문하느냐?"

티 없이 맑게 웃는 란 님의 모습에 나는 할 말을 잃고 말았다.

란 님이 한 걸음 더 다가서면서 내 머리를 사뭇 부드럽게 쓸어 만졌다. 머리카락에 이어 뺨으로 손을 미끄러뜨리며 란 님은 내 눈을 물끄러미 들여다보았다.

"원래 노렸던 것은 규희라는 그 예쁜 계집이었지. 영靈이 맑은 인간은 보기에도 예쁠 뿐 아니라 맛조차 아주 부드럽단다. 세상에 몇 안 되는 진미에 든단 말이지. 하지만 그리 빨리 죽을 줄이야. 내게는 종종 그렇게 키운다고 내버려두다가 좋은 걸 놓치는 버릇이 있어. 특히 인간은 눈 깜짝할 새에 절정기를 지나 버리니 원. 쯧쯧."

"규, 규희 아씨가 죽은 게 란 님 때문이었던 겁니까?"

"그랬으면 좋았겠지만, 천수가 다해서 죽었어. 아무리 먹음직스러워도 죽은 걸 먹을 수는 없는 노릇이니 포기했지. 그래서 아쉬우나마 그 오라비로 허기를 달랬어."

벼락이 떨어져 날 때렸다 해도 그처럼 소름이 끼치지는 않았으리라.

나는 전율하면서 란 님의 손을 뿌리치고 뒤로 물러났다. 입을 열었지만 하도 온몸이 떨려서 제대로 말을 꺼내기까지 한참이 걸렸다.

"도련님을, 도련님을 해하신 겁니까? 당신이? 당신이—."

하지만 곧 세차게 머리를 내저었다. 생각을 해보자, 생각을! 란 님이 도련님을 잡아먹었다는 게 말이 안 되잖아! 나도 알고 있는 게 있는데. 그래, 이것은 고약한 장난이다. 어떻게인지는 몰라도 내 과거를 들여다본 란 님이 나를 놀리려고 꾸민 지독한 장난임에 분명하다.

"대체 왜, 대체 어찌 이리 심술을 부리십니까! 제게 그 말을 믿으라구요! 그럴 리가 없잖아요, 그때 전 틀림없이 일가가, 도련님의 일가 전부가 역모에 휘말려 참형을 당하셨다고 들었습니다. 그분이 형장의 이슬로 사라졌다는 그곳까지 가서 제 눈으로 똑똑히 보았단 말입니다!"

"그래. 어차피 그리 죽을 목숨이었다. 너는 네 도련님이 네가 본 그곳에서 죽은 것이라 믿고 싶으면 믿으려무나. 하지만 그리 욕되이 죽어 들판에서 개밥이 되느니 내 먹이가 되는 것을 그자는 기쁘게 생각했을 것이야. 뭐, 실제로도 그랬고. 난 내 먹잇감에게 치욕이나, 고통을 주는 버릇은 없거든."

당장이라도 장난이었다고 말하는 대신 란 님은 환하게 웃는다. 천진하도록.

그 모습 뒤로 나는 묘지석 하나 없이 을씨년스럽게 버려져 있던 황량한 봉분들을 떠올렸다. 어디에 도련님이 묻혀 있는지 차마 찾을 생각도 못하고 망연히 지새우던 긴 밤들이 있었다.

어디에도 가지 못하고 떠돌던 원념들. 그 속에 도련님의 그림자가 없는 것만을 위안 삼아 마침내 돌아서며 수도 없이 뒤돌아보던 그런 밤도 있었다.

그런데 지금 란 님은 말하는 것이다.

거기엔 우리 도련님이 없었다고. 치욕도, 고통도 없이 그분의 목숨을 당신이 거둔 것이라고.

꿈이길 바랐다. 미친 듯이 머리를 휘저어 지금 이것이 다 꿈이길 바랐다. 그러나 무엇 하나 바뀌는 것이 없었다. 매미의 울음소리는 끊임없이 울려오고 연못에 핀 연꽃은 바람에 살랑거리며 향기를 흩뿌린다.

그리고 란 님이 내 앞에서 또 한 번 모습을 바꾸었다. 두르고 있던 옷이 먼지처럼 흩어지면서 작은 인간의 몸이 삽시간에 커다랗게 부풀어 오르며 팽창했다. 땅이 울고 하늘이 일그러지는 것처럼 기압이 확실히 바뀌었다. 그러면서 일전에 명과 대치할 때 드러냈던 검붉은 기운이 란 님의 주위를 뿌옇게 채우는가 싶더니 이윽고 그곳엔 선명한 핏빛의 비늘을 가진 커다란 이무기가 존재를 드러냈다.

크기는 명과 비슷하거나, 명보다 약간 더 작을지도 모르겠다. 명처럼 흰 뿔이 하나 미간에 돋아나 있다.

분명한 것은 그녀가 명과는 다른 존재라는 것. 란 님의 눈을 보면서 나는 그녀가 능구렁이라는 것을 똑똑히 알 수 있었다. 나를 잡아먹으려고 했던 그 지독한 뱀과 같은 종이었다.

"누님이라고 했으면서……. 명의 누님이…… 아니었나요?"

붉은 이무기가 입을 벌려 웃자, 침향과 나무가 탄 재의 향기가 섞인 듯한 서늘한 연기가 피어올랐다.

"절반의 피가 같은 거지. 나는 어머니보다는 내 아버질 닮았어. 덕분에 내가 셋 중에 가장 강한 거야."

과시하는 모습은, 만약 아무것도 몰랐다면 그녀를 천진하다 여겼을 법도 한 것이었다. 하지만 그녀는 새애기씨를 해하고, 도련님마저도 해한 무서운 존재였다.

뒤도 돌아보지 말고 도망가야 할 존재.

여우가 그렇게나 말했던 대로.

바로 지금 그래야 하는데도, 나는 오금이 저리도록 무서워서 발조차 움직일 수가 없었고, 변신은 더더욱 생각도 할 수 없었다. 사시나무 떨듯 떠는 나를 란 님이 내려다보면서 비죽이 웃었다.

"오호. 겁이 나느냐, 이제야? 하긴 예전에 어떤 시답잖은 녀석에게 잡아먹힐 뻔했지? 그 녀석은 이미 내 뱃속에서 소화가 된 지 오래란다. 소화시키는 동안 그 녀석이 가진 기억들도 다 삼키면서 보니 너에 대한 기억도 있더구나. 태어나서 그 녀석이 먹어본 최고의 진미였던 모양인데."

차라리 눈 깜짝할 새에 목을 물어뜯겨 잡아먹히는 편이 더 낫지 싶었다. 내 얼굴 바로 앞으로 다가온 붉은 이무기의 머리에서 혀가 날름거리며 내 주위 공기를 핥는 동안, 나는 피가 얼어붙는 것 같은 공포를 견뎌야 했다.

"걱정 마. 당장 그 기억을 내가 시험해 볼 생각은 없다. 너는 정말로 맛있어 보이긴 하지만 그렇게 짧게 끝내긴 아쉬워서 말이다."

그런 내 두려움을 즐기는 듯 바라보며 붉은 이무기가 말했다.

"생각해 보니 너와의 인연이란 면에선 명보다 내가 훨씬 우위인 듯하다. 한 번 노렸다가 자비를 베풀어 놓아준 것은 거의 없는 내가, 너에 관해선 두 번이나 자비를 베풀었거든."

"두 번이라니…… 무슨 소리이신지."

"한 번은 널 처음 본 그때 내버려둔 거. 다른 한 번은……. 흥, 그런 게 있지. 쿡쿡쿡."

붉은 이무기가 웃자, 주변의 공기가 뜨겁게 끓어오르는 것처럼 일렁거렸다. 피부 위로 불길이 훑고 지나가는 것처럼 참을 수 없는 열기에 나는 신음을 삼키며 주저앉았다. 머리 위에서 그르렁거리는 목소리가 들려왔다.

"과연 어떨까 싶었는데, 썩 나쁘지는 않을 것 같구나. 명이 그 녀석이 하는 일이라면 나 역시 반려를 둘 수 있을지도 몰라. 아이야, 그러니 내 옆에 있으렴."

귀를 의심하며 땅바닥을 노려보다가 이윽고 천천히 고개를 들었다. 다시 같은 말이 들려왔다.

"나한테 오너라. 명이처럼 시시한 연인은 금세 잊게 될 거다. 내가, 널 찬란한 세계로 인도해 주마."

올려다본 눈이 웃고 있다, 여전히.

사냥감의 목을 물어뜯어 죽이기 직전의 유희. 지금 나를 상대로 그런 유희를 벌이는 것인가, 아니면 진심인 것인가.

새삼스럽게 몸에 끼치는 소름의 덩어리로 눈앞이 캄캄해지려는 걸 이를 악물어 버텼다. 어떤 경우이든 간에 있을 수 없는 일. 얼어붙은 입을 가까스로 열어 대답했다.

"싫습니다. 저는 명의 것입니다. 이미 그와 약조를 했습니다."

"그런 약조 따위 중요치 않아. 네가 정 마음에 걸린다면 그 녀석과 제대로 결판을 내지."

결판이란 말에 흠칫하면서도 나는 소리쳐 거부했다.

"싫습니다, 싫습니다! 저는 명이 좋습니다. 더군다나 당신에겐, 당신에겐 지금의 도련님이 계시지 않습니까!"

"도련님? 아아, 저 인간? 날더러 언제까지 놀음이나 하란 말이냐? 애완동물은 예쁠 때 쓰다듬어 주라고 있는 것이다. 그런 동물이라면 이 천지에 수두룩한 것을."

"도련님을 조금도 연모치 않으십니까?"

"연모? 내게 저것을 연모하느냐 물은 것이냐? 고작 먹을거리를 상대로? 하물며 이 몸이 저런 미천한 것을? 아하하하하, 너는 참으로 재미난 말을 하는구나!"

붉은 이무기의 대소大笑에 우레가 치는 것처럼 하늘이 울었다. 나는 터무니없이 강해지는 기압 속에 힘겹게 호흡을 유지하면서 기어코 물었다.

"도련님을 그렇게밖에 생각하지 않으시면서 어찌 진작부터 부르셨단 말입니까! 고작 먹을거리란 것에 그토록 마음을 쓰시다니, 어불성설이십니다."

"오호라, 그것 말이냐? 내가 부른 것이 아니다. 그저 이 몸이 남긴 표식이 마치 내가 부른 것처럼 느끼게 한 것이겠지."

"표식?"

표식이란 말에 왜 그리 서늘한 한기가 온몸을 꿰뚫었는지 말로는 설명할 수 없다. 한기를 누르며 다시금 표식이란 말에 대해 생각할 때, 연이어 떠오른 것은 '낙인'이었다.

아주 최근에 나는 낙인에 대해서 녹전과 이야기를 나누었다. 그 이유는…….

"네게도 있지 않으냐. 거기 네 발목에."

소스라치게 놀라 아래를 내려다보았다. 여우가 나왔던 그 꿈 이후 몇십 번도 넘게 발을 확인했지만 낙인은 없었다. 그러던 것이, 지금 이 순간엔 있었다.

붉은 꽃잎 같은 것이 세 개.

뜯어내려 하니 뜯어졌다. 하지만 발목을 보면 도로 그것이 붙어 있다. 그동안 내내 보이지 않다가 왜 하필 지금 보인단 말인가?

"그것은 내 것이라는 표식이다. 너는 내 것이다. 오래전에 네 주인이 팔아 치웠어. 그래, 홍매가 죽기 전에 말해 주지 않더냐? 백아야."

백아白鵝.

내 이름이다. 내 이름인데 어떻게?

순간 멍해진 머리가 제대로 움직이기까지 조금 시간이 걸렸다. 서서히 깨달았다. 저자는 도련님을 먹었다고 했지. 그렇다면 알 수밖에. 도련님과 규희 아씨, 여우만이 아는 내 이름이라 해도.

그렇다고 해도 홍매라는 이름은? 대체, 저자가 여우를 어찌 알고 있을까?

"하지만 나는 너를 소중히 다룰 셈이다. 얌전히 군다면 거칠게 할 생각이 없으니 네 스스로 오려무나, 백아야. 어서."

붉은 이무기가 머리로 자신에게 오길 명했다. 눈이 마주치자 나도 모르게 몸이 일어나 부른 이에게 가려 했다. 꿈에서도 보았듯, 저 눈엔 현혹하는 힘이 있다.

가까스로 눈길을 피하는데 성공한 후 나는 홱 몸을 돌려 무모한 줄 알면서도 달아나기 시작했다. 그런 내가 우스워 죽겠다는 듯 한동안 붉은 이무기의 웃음소리와 함께 우레가 울렸다.

정신없이 뛰었다. 문을 발견하면 나가서 차든 뭐든 타고 달아나리라 마음먹었다. 아무리 대단한 이무기라 해도 설마 저 몸을 하고 바깥까지 날 쫓아올 수야 있겠는가. 죽이 되든 밥이 되든 일단 나갈 수만 있다면 피차 상황은……!

그러다 저 앞쪽에서 걸어오는 도련님을 보고 나는 크게 소리쳤다.

"도련님! 도련님, 위험합니다, 위험해요! 여기서 나가셔야 합니다, 어서요!"

"예? 반희 아가씨, 왜 이러십니까?"

어리둥절해하는 도련님의 팔을 잡아서 무작정 이끌었다. 지체할 시간이 없었다.

"어서 나가셔야 해요. 가면, 잡아먹힙니다. 어서 달아나요, 제발요, 도련님, 저 좀 믿어주세요!"

"하지만 반희 아가씨, 간다면 어디로 간단 말입니까? 이 결계를 깨뜨릴 수나 있을 것 같아요? 정말 순진하기도 하지."

바로 뒤에서 쿡쿡쿡 웃음소리가 들려왔다. 잡고 있는 것이 도련님의 팔이었건만, 나는 차마 뒤를 돌아볼 수가 없었다. 그래도 어찌어찌 용기를 내어 고개를 살짝 돌렸을 때 요염하게 눈웃음치는 도련님이 거기에 있었다.

숨을 들이쉬자 자욱한 침향 냄새가 폐부를 찔렀다. 이루 말할 수 없는 섬뜩함에 당장 팔을 뿌리치고 물러나는 내 앞에서 도련님은 얼굴을 한 번 쓸어 만졌고 손을 내렸을 때 거기에 있는 것은 명의 얼굴이었다.

"역시 이 모습이 더 좋으냐? 그럼 한동안 널 위해 이 모습을 유지해 주지."

고개를 도리도리 저으며 뒷걸음치는 내게 명의 모습을 한 란이 다가왔다. 달아나 보았지만 얼마 안 가 손을 잡히고 어마어마한 힘에 끌려가 끌어 안기게 되고 말았다. 나는 있는 힘껏 버둥거리면서 소리쳤다.

"싫어, 놔, 놓으란 말이야! 죽어도 싫어!"

"아아앗!"

란이 비명을 지르면서 내게서 물러났다. 그녀는 몸에 불이 붙어서 괴로워하고 있었다. 그 화염을 일으킨 것은, 여지없이 나였다. 손과 팔뿐만 아니라 몸 여기저기에서 불이 일어나는 내 몸을 보면서 뒤늦게 나도 격통을 느꼈다.

"네가, 감히 내게 이따위 짓을!"

란이 이를 드러내며 포효했지만 선뜻 내게 다가오지는 못했다. 거기다 몸에 옮겨 붙은 불도 끄지 못해 괴로워하는 기색이 역력했다. 미친 척하는 심정으로 란에게 확 달려들 것처럼 움직이자 그녀는 뒷걸음질까지 쳤다. 그것에 겨우 희망을 얻었다.

"오지 마, 오면 정말로 불태워버릴 거야!"

그런 어쭙잖은 위협을 남기고 나는 다시 달아났다. 뒤에서 분노로 그렁거리는 란의 목소리가 쫓아왔다.

"네가 이 결계를 살아서 나갈 성싶으냐?"

살아서 나가고 싶다. 그래야만 명을 다시 보고, 그래야만 도련님을 구해……. 맙소사, 도련님 생각을 완전히 잊고 있었다. 도련님은 대체 어디에 계신단 말인가?

"도련님, 도련님! 어디 계세요, 도련님! 계시면 대답 좀 하세요!"

도련님의 체취를 좇으려 해도 불이 훼방을 놓고 있었다. 내 분노의 감정이 극에 달해서인지 일어난 불이 도무지 꺼질 생각을 안 했다.

언제 란이 쫓아올지 몰라 뛰는 걸 그칠 수도 없었고 불은 하염없이 몸을 태워갔다. 비를 부르자니 란이 돌연 내 앞에 나타났을 때 방어할 수단이 없는 상황이라 할 수 없었다. 타 죽는 한이 있어도 그대로 달려야 했다.

마침내 나는 문을 찾아냈다. 거의 달려들듯이 문에 몸을 부딪치면서 열기 위해 안간힘을 썼다. 하지만 문을 열 수가 없었다. 아까처럼 살쾡이 떼가 있어 내 손을 막는 것도 아니었건만 문은 닫힌 그대로 꼼짝도 하지 않았다.

그때 지척에서 우렛소리가 들리기 시작했다. 란이 다가오고 있다고 생각하자 다급해졌다.

"안 돼, 이럴 수는 없어. 제발……. 도와줘요, 도와줘요! 명! 제발……. 명!"

나무문에까지 불이 옮겨 붙으면서 결계 안의 공기는 뜨겁고 매캐한 연기로 가득했고 나도 이젠 몸이 타서 느껴지는 아픔조차 거의 느낄 수 없었다. 안 된다는 것을 알면서도 문을 계속 두드리면서 천지신명님께 빌었다. 이렇게 죽어야 한다면 명의 얼굴을 단 한 번만이라도 보고 가게 해달라고.

설사 못 보더라도 죽기 직전에, 어쩌면 혼이 날아가 명을 볼지도 몰라.

그런 생각을 하자 몸에서 힘이 풀려 스르륵 문에 기대 쓰러졌다.

딱히 어느 쪽이라 할 것 없이 사방에서 반복되던 우렛소리가 바로 머리 위에서 울렸다 싶은 순간, 그토록 열리지 않던 문이 쪼개어지듯이 벌려졌다. 그리고 우악스럽도록 강한 힘으로 누군가가 나를 밖으로 끌어냈다. 갑자기 얼굴로 쏟아지는 차가운 비에 나는 움찔하며 눈을 떴다.

"……단 님?"

항상 미소 지은 얼굴만 보다가, 처음으로 험상궂게 찌푸려진 얼굴을 보긴 했지만 그래도 단 님이었다. 단 님은 고개를 끄덕이면서 내 몸을 마저 문밖으로 끌어냈다.

"이제 걱정 말아요. 다들 데리러 왔어요."

그렇게 말하고 단 님이 머리를 들어 하늘을 향해 포효했다. 곰의 우렁찬 포효에 응하듯이 동쪽과 남쪽에서 쩌렁쩌렁하게 하늘을 울리는 소리가 났다. 뒤이어 아주 빠르게 양쪽에서 무거운 공기가 일렁거리며 밀려왔다. 본능적으로 그것이 명과 국 님의 기운이란 걸 느꼈다.

"어떻게 아시고……."

"국화 부인이 일러주었어요. 아, 저기 명 님이 오네요."

"명……. 다행이다."

기다리다가 꼭 얼굴을 봐야지 했지만 명이 온단 소리를 듣자 긴장과 두려움이 확 풀리고 말았다. 도저히 눈을 뜨고 있을 수가 없었다. 잠깐만 쉬어야지 하고 눈을 감았지만 그러자 모든 것이 아득히 멀어졌다. 빗소리도 희미해지고 얼굴을 때리는 차가운 빗발의 감각도 멀어졌다.

그저, 마냥 졸렸다.

15. 신기루

보았다.

내 몸에서 빠져 나와서 내가 앓고 있는 모습을.

내 몸이지만 참 흉했다. 어느 틈에 본체로 돌아왔는지는 나도 잘 모르겠다. 아무튼 여기저기 사방의 비늘이 불에 탄데다 붉게 난 상처가 흉측하게 도드라졌다. 역시 하얀 몸이라 더 그렇지 싶어 울적해졌다.

그래도 탈피를 한 차례 하면 더 나을 것이다. 벌써 허물이 생겨서 일어날 조짐이 보인다. 두 주 정도 후라면 이 정도로 보기 흉하지는 않을 것이다.

모습이야 아무려면 어떤가. 결국 시간이 지나면 나을 테지.

그런데 나는 지금 이렇게 마냥 편하게 누워서 낫기 위해 애쓰고 있을 때는 아닌 것 같다.

몸을 뒤에 두고 나는 천천히 방을 나갔다. 어슴푸레 안개가 끼어 있는 하늘이 보였다. 사방이 유달리 조용하다. 아니지, 원래 명의 집이 이랬던 것도 같다. 못을 향해 갔더니 나를 본 귀신 버드나무가 울기 시작했다. 조용히 하라는 내 부탁에도 버드나무는 몸을 뒤틀며 운다. 할 수 없이 자리를 떠나면서 가볍게 돌아봤지만 풍계의 모습은 보이지 않는다. 내 복숭아나무를 찾아갈까 하다가, 문득 큰 소리가 들려와서 몸을 돌렸다.

명의 방 쪽에서 들려오는 소리다. 다가갈수록 그 방에 있는 기척들이 선명히 느껴졌다. 명과 국 님이다.

들어가기 전에 얼마쯤 망설이다가 지금의 나는 잠들어 있다는 것을 떠올렸다. 그래도 스르륵 어스름을 빌어 몸을 감추었다. 포근한 어둠 속에서 나는 방 안의 모습을 보았다.

어째서인지 국 님이 절절히 명에게 부탁하고 있었다.

"그렇게 무작정 싸우자고 덤비지 말고, 생각을 좀 하렴. 란이 저런 아인 줄 몰랐던 것도 아니고. 그리고 큰일은 없었지 않으냐?"

"큰일이 없었다고요? 반희가 저렇게 누워 있는 것이 큰일이 아니란 말입니까?"

"명아, 제발 차분하게 마음을 좀 가라앉혀보려무나. 네가 이렇게 나오면 나올수록 란은 어깃장을 놓으려 할 것이다. 내가 약조하마. 그 아이를 살피면서 최대한 설득해 본다고."

"하나마나 한 소리로 다투고 싶지 않습니다. 그런 소릴 하시려면 차라리 란에게 가세요!"

벌컥 화를 내며 일어서려는 명을 국 님이 붙잡아 앉히며 말했다.

"정말 그렇게 그 아이와 싸워야겠느냐? 명아, 란이다. 네 하나뿐인 동기간인 란이란 말이다. 너희 둘이 사생결단을 내는 꼴을 내가 봐야겠느냐?"

"절 동기로 여기는 자가 그런 짓을 한단 말입니까? 감히 제 반려에게 그따위 짓을 해요?"

"먹고자 한 것이 아니지 않니."

"그래서 더 소름이 끼칩니다. 고르고 골라 하필 제 반려가 될 아이를 빼앗아 반려로 삼겠다니요. 더 이상의 설득은 필요 없습니다! 선택을 하십시오. 저인지 란인지."

당장에라도 서릿발이 내릴 듯한 차디찬 눈으로 명은 창밖을 응시할 따름이었다. 국 님은 그런 명을 바라보며 이마를 짚고 한숨을 내쉬다가 고개를 저었다.

"취사선택이란 게 가능할 성싶으냐? 내게는 둘 다 소중한 새끼인 것을."

새끼? 잠시 귀를 의심했다. 지금 국 님이 새끼라 하였나?

명은 냉소를 지으며 대꾸했다.

"저는 절대로 그것과 같은 하늘을 이고 살지 않을 것입니다. 어떤 경우에든 누구 하나는 남을 테니 이도 저도 못 하시겠으면 그냥 손 놓고 두고 보시란 말입니다."

"명아, 너답지 않게 왜 그리 욱해서 이러느냐? 란의 성격을 한두 해 보고 겪었느냐? 그 아이는 탐욕을 빼고는 설명할 수 없다. 미친 듯이 갈구했다가 순식간에 식어버리는 아이이다."

"예, 그렇지요. 그런 것입니다, 그것은!"

왈칵 성을 내는 명의 눈에 핏발이 섰다.

"그래서 제게 어쩌란 말입니까? 한 번 가지고 놀아라 하고 반희를 내어주기라도 하리까? 못합니다, 이번만큼은 절대로 그리 못합니다!"

"기어코 끝장을 보겠다? 세상에 둘뿐인 동기가 결국엔 이리 척질 일이란 말이냐?"

"먼저 칼을 내민 것은 그것입니다. 저는 어머니처럼 한량없는 사랑으로 보듬어줄 마음 따위 추호도 없습니다."
"명아."
"그만! 더 이상 쓸데없는 노력 마세요! 이제 그것은 제 혈육이 아닙니다. 그래도 그것이 그리 애틋하시면 예, 또 그것 편을 드시지요. 가세요, 이리 여기서 절 괴롭히지 마시고 그것에게 가시란 말입니다!"
명이 바닥을 내리치자 그 자리가 움푹 패면서 돌이 부서지는 소리가 났다. 명이 이토록 화를 내다니.
아니, 그보다 내가 잘못 들은 게 아니었나 보다. 국 님은 명의 누님이 아니라 어머니. 그리고 란, 그 능구렁이 또한 국 님의 새끼였나 보다. 언젠가 정에 이끌려 이도 저도 못 한다 푸념하시던 소리가 결국 이런 이야기였나 생각하며 나는 희미하게 얼굴을 찌푸렸다.
그때 명이 갑자기 고개를 돌렸다. 이런, 내가 있는 쪽을 쳐다본다. 설마 했는데 그가 자리에서 일어나며 벌컥 화를 냈다.
"이런 짓 하지 말고 돌아가! 너 크게 다쳤다고, 이 바보야!"
역시나 들켜버렸다. 재빨리 어둠을 빌어 달아나기 전에 죄송한 마음에 국 님 쪽을 힐끗 돌아보았다. '일부러 엿들으려고 한 건 아니에요'라고 말하고 싶었는데 이미 나를 보시는 국 님의 눈동자가 몹시 애틋해 보였다.
내가 발을 담근 어둠 속에 국 님의 눈에 깃든 어둠이 밀려들어왔다. 어어엇, 하면서 무슨 일인지 미처 깨닫기도 전에 나는 다른 꿈으로 빨려 들어갔다.

……어둡다.
아니다. 잠시 어둡다고 생각했던 것이 우습도록 보름달이 환하다. 달이 너무도 환하여 주변의 별빛들이 무색할 정도이다.

그 환한 달 아래의 산속이다.

정자가 있다. 거기에 세 사람이 모여 있다.

국 님과 명, 조금 떨어진 곳의 란.

명은 정자 기둥에 의지해 앉아 책을 보고 있고 국 님은 대나무통을 앞에 놓고 있다. 점이라도 치시는 건가? 내 생각이 틀리지 않았던지 눈을 감고 중얼중얼하시던 국 님이 통에서 잘게 잘라놓은 대를 하나 골라 들고는 화색을 띠시며 무릎을 치셨다.

"어라, 진즉 점을 볼 걸 그랬나 보다. 백 년 사이에 별일이야 있겠나 했더니 별일이 있긴 있구나. 명아, 네 반려가 태어난 모양이다."

명은 쳐다도 보지 않고 시큰둥하게 대답했다.

"그런 것 필요 없습니다. 이제 와서 굳이."

책에서 고개도 들지 않는 명을 보며 국 님이 애가 타서 안달복달이다.

"너 그러다 어느 날 비명횡사하면 총각귀신 뱀이 된다. 어여쁜 암컷을 얻어줄 터이니 이 어미만 믿으렴. 어디 보자. 엥? 하얗다고? 동쪽에 있는 뱀이 하얘? 동쪽이라면 저기 반도가 아니냐? 나온 지 얼마 안 됐는데 그 작은 나라에 또 가야 하나."

국 님은 혀를 찼다. 언뜻 본 산의 험하기가 유다르다 했더니 중국이었던 모양이다. 대나무조각을 획 상에 내던지고 국 님은 지그시 눈을 감았다. 그러고는 손가락을 금琴이라도 타듯이 움직이시며 머리를 앞뒤로 까딱까딱했다. 이윽고 무언가를 중얼거리기 시작하셨다.

"안개…… 안개가 낀 곳이야. 그런데 이제는 없구나. 어디로 갔을까, 그래, 북쪽으로 가고 있어. 소나무? 아하, 송악이로군. 거기서 머무른다. 적호赤狐? 원 이거, 여우 찾기를 해야 하나? 그나저나 이 아이 이름이 뭘까. 백白…… 백…… 이름을 통 안 쓰고 사나, 백 뭐란 거

말곤 알 수가 없네."

이제까지 잠자코 앉아 달을 완상하며 술잔을 홀짝이던 란이 문득 입을 열었다.

"그러고 보니 백아란 아이가 있었어."

"백아白鵝? 거위? 지금 우리가 찾는 건 뱀이다. 거위가 아니라고."

국 님은 손사래를 치면서 다시 눈을 감고 몸을 이리저리 흔들었다. 란이 희미하게 미소하며 말했다.

"그 아인 하얀 구렁이었어. 보니까 어느 정도 힘이 있더군. 그걸 키우는 인간들은 아무것도 모르고 그 조그마한 아이를 백아라고 불렀지."

"하얀 구렁이라. 정말이냐?"

국 님은 그 말에 호기심이 동한 듯 란을 보았다. 란은 입맛을 다시며 중얼거렸다.

"잘 구슬려 키웠다가 잡아먹고 싶었는데. 꿩도 놓치고 닭 한 마리 잡느라 방심한 사이에 그만 종적을 놓쳤어. 몇십 년 된 일인데. 살아 있긴 하려나?"

고개를 갸웃하는 란의 눈빛이 한순간 날카롭게 빛났다.

"거기가 어디였는데? 어디서 보았단 말이냐?"

"무주."

"무주라 하면, 안개 무霧? 오호라……."

크게 고개를 끄덕이며 국 님이 자리에서 일어났다.

"아무래도 네가 말하는 그 아이가 심상치 않구나. 명아, 어떠냐, 백아라는 이름에 무슨 느낌이 오느냐?"

명은 어디까지나 심상하게 책을 보고 있을 뿐이다.

---

2) 백아(白鵝)는 흰 거위란 뜻으로, 거위를 부르는 별칭이다.

다시금 주위가 흐릿하게 일그러진다.
다른 꿈으로 옮겨간다.

……끼이익.
광의 문이 열린다.
그리고 사람이 들어오는 기척이 난다. 나는 들어온 두 사람 중에 한 사람의 친밀한 체취를 맡고 머리를 들었다. 도련님이다. 이젠 새서방님이라고 불러야 한다. 다른 하인들이 그렇게 부르는 걸 들었다.
"흠. 이상하군. 보통은 내 기척만 느껴도 나오는데. 잠시만 기다려 보시오."
도련님께서 나를 기다린다는 것을 알았지만 나는 잠시 망설였다. 도련님과 함께 들어온 이는 규희 아씨가 아니다. 들어온 다른 사람에게선 아찔한 침향 냄새 외에도, 도련님의 체취가 난다. 가만히 머리만 내밀어 내다보았다. 오호. 몇 번 멀리서 본 적이 있는 새애기씨다.
"이상하군. 마실이라도 갔나?"
"꼭 사람이라도 되는 듯 말씀하십니다, 서방님."
새애기씨의 목소리는 낭랑하다. 규희 아씨처럼 따뜻한 것 같진 않지만 화사하구나 싶다.
어쨌든 도련님이 몇 번이고 부르셨는데 안 내려가 볼 수는 없다. 벽을 타고 스르륵 내려가 도련님 앞에 나갔다.
"어머나, 세상에."
새애기씨는 놀란 듯 입을 가리셨다. 도련님이 쉬잇 하고 검지를 입술 앞에 세우신다.
"놀라지 마시오. 얌전한 아이라오. 그리고 사람 말을 알아듣는다오."

"정말로요?"

"응. 정말이야. 그렇지?"

도련님이 내게 손을 뻗으셔서 나는 슬며시 머리를 디밀었다. 내 머리를 가볍게 쓰다듬어 주시는 손길은 여전히 다정하다. 도련님이 웃으셨다.

"보시오. 참으로 어여쁘지 않소?"

"그리 말씀하시니 그런 것도 같습니다."

새애기씨가 고개를 갸웃이 하며 날 쳐다보았다.

"규희가 몹시 아꼈던 아이오. 흉측하다 여기지 말고 당신도 아껴주었으면 좋겠소."

도련님의 당부의 말씀에 보일 듯 말 듯 미소를 지으며 새애기씨가 고개를 끄덕였다. 이윽고 두 분이 광을 나갔다. 도련님이 먼저 나가고 새애기씨가 뒤따라 나가면서 광의 문을 닫았다.

문을 닫기 직전, 새애기씨와 눈이 마주쳤다. 역광에 번득이는 그 눈이 순간 몹시도 두려워 몸을 사렸다. 인간인데, 저리도 사늘한 기운을 풍기는 인간도 있구나 하면서 조용히 어둠 속 내 자리로 돌아갔다.

새애기씨와만 단둘이 있을 일은 그 뒤로 없었다.

도련님이 새애기씨를 얻고서 두 번의 겨울이 지나간 후 내가 산에서 동면을 마치고 집으로 돌아왔을 때 도련님의 집은 잿더미가 되어 있었다. 역모에 휘말려 멸문지화를 입었던 것이다. 사람들은 그 집 사람들이 모두 죽거나 노비가 되어 뿔뿔이 흩어졌다고 말했다.

죄인들의 매장지를 뒤로 하고 마지막으로 들러본 집터에서 메워져 버린 별당 연못이며 우물 주위를 맴돌던 나는 다 타고 뿌리만 남았음에도 용케 죽지 않은 복숭아나무를 발견했다. 그리하여 무주를 떠나는 내게는 언제 말라 죽어도 이상할 것 없는 나무뿌리가 함께 했다.

떠난 뒤 한동안은 이곳저곳을 방황했다. 짧다 하면 짧고 길다 하면 긴 몇십 년간 겪었던 일들이 흡사 신기루처럼 빠르게 잔상을 남기며 사라졌다.

그리고 정착하게 되는 사건.

여우가 둔갑한 아름다운 여인이 보인다. 나는 그녀에게 까치 알 두 개를 얻어먹었다. 두 개 모두 맛나게 먹는 내 옆에서 여우가 몰래 씨익 웃는 게 보인다. 아이고, 음흉하기도 해라.

뒤의 일은 뻔하다. 나는 여우의 종이 되고 말았다. 타고난 맹추. 여우는 나를 보며 그렇게 평했다.

여우의 장난스런 눈동자 속에서 나는 또 다른 꿈으로 빠져들었다.

봄볕이 따스하다.

고즈넉한 산속에선 멀리서 산새가 우는 소리가 들린다. 초가지붕을 인 정자가 보인다. 많이 낯이 익다. 어디서 보았더라 하고 생각하는데, 정자 아래 앉아 있는 두 사람의 모습이 눈에 들어왔다.

국 님이다. 바둑을 두고 계신다.

바둑판을 보자니 거의 막판이다. 국 님이 하얀 돌을 툭 내려놓는다. 환한 웃음과 함께.

"내가 이겼소이다. 이젠 이쪽의 소원을 들어주셔야겠소."

쓴웃음을 지으며 계속 만지작거리던 검은 돌을 내려놓는 이는, 화려한 기생 복장을 하고 있는 여우다.

"그렇군요. 자, 무슨 소원이든 말해 보십시오. 서로의 목숨은 아니라고 처음에 못 박았던 것만 잊지 마시지요."

"아하하하, 한마디의 말이 천금과 같거늘 그런 거짓을 말하겠소? 거기다, 홍매 님과는 앞으로도 쭉 좋은 관계를 유지하고 싶다 하지 않앉소. 그 말은 진심 중의 진심이란 말이지."

"저도 국 님을 뵈니 남 같은 생각은 들지 않지만 말입니다."

여우가 마음에 들어 하는 이는 드물었는데. 특히 여자에게 까다로웠다. 비록 남장을 하고 있다 해도 국 님이 여자란 것은 고운 얼굴로 바로 알 수 있다. 여우가 그것을 몰라봤을 리가 없다. 그럼에도 두 사람의 분위기는 화기애애하다.

국 님이 먼저 자리에서 일어나더니 희색이 만면한 얼굴로 말했다.

"그럼 조금만 기다려 주십시오. 돌아가서 제대로 예를 갖추어 심부름꾼을 보내겠습니다."

신이 난 발걸음으로 국 님이 돌아간다.

성격도 급하시게도 청혼서를 보내면서 동시에 납폐納幣[3]를 할 요량이다. 성질 같아선 자신이 직접 가고는 싶지만, 그래도 자식이 처음 치르는 혼례이니 형식이나마 갖춰줘야 하신다. 번거롭다고 투덜거리시면서도 국 님의 얼굴엔 흥이 난 기색이 넘친다. 부리던 하인들을 시켜 짐을 지고 가게 한다. 정중히 예를 다해야 한다고 거듭 신신당부시다.

하인 셋이 가파른 산길을 올라간다. 그러다 불쑥 란과 마주친다. 란은 가볍게 손을 저은 것만으로 세 사람을 절명絶命시켰다. 쓰러진 하인들의 짐에서 피로 물든 청혼서를 꺼내든 란이 코웃음을 친다.

"이러면 안 되는 거지. 명의 반려? 엄연히 내가 먼저 탐했던 것을. 흥."

쫙쫙 찢어버린 종이가 산속에 날린다.

여우는 국이 주고 간 국화주에 거나하게 취해 있다가 란을 맞이했다. 국 님이 보내서 왔다고 자신을 소개한 뒤, 란이 말했다.

---
3) 혼인 때 신랑집에서 신부집으로 예물을 보내는 일.

"당신의 목숨보다 소중한 것을 내어주시지요."

기분 좋게 취해 있던 여우의 얼굴이 한순간 창백해졌다. 바로 다음 순간, 낭랑하게 웃음을 터뜨리고는 대답했다.

"오호호, 여우에게 뭐 그리 거창한 것을 원하시나 모르겠습니다. 워낙에 저만 아는 몸이다 보니 목숨보다 소중한 것 따위가 있을 리가요."

"잘 생각해 보십시오. 있을 것입니다."

"그런 건 없습니다."

단호히 대답하는 여우를, 순식간에 본체로 변신한 란이 칭칭 동여 감았다. 똬리에 버썩 힘을 주자 여우의 입에서 고통스런 신음이 흘러나왔다. 란이 윽박질렀다.

"내 눈을 똑바로 보거라, 이 잔망스러운 여우야. 네게 가장 소중한 것이 무어냐?"

뼈가 뒤틀리고 살이 찢어지는 듯한 고통 속에서도 여우는 한사코 눈을 피하며 대답했다.

"가장 소중한 것은 목숨. 내 목숨일 뿐이오!"

란이 웃었다. 산 일대가 그르렁거리며 울렸다.

"천만에. 그런 자가 내 눈을 보면서 그리도 두려워할 까닭이 없지. 떠올랐겠지. 목숨보다 더 소중한 것이 있다는 것이."

순식간에 란은 다시 인간의 모습으로 돌아갔다. 그리고 날카롭게 다듬은 손톱으로 자신의 손가락 끝을 가볍게 훑어냈다. 곧 손가락을 타고 붉은 피가 방울방울 배어나왔다. 란이 그 피를 비비며 주문을 외우자 공중으로 붉은 꽃잎 같은 것이 세 개 떠올랐다. 그것을 후, 입김으로 불자 그것들은 여우의 주변을 돌다 거짓말처럼 사라졌다.

"그것은 나의 표식이니 네게 목숨보다 소중한 것이 있다면 어김없이 그것에게 가리라."

"없다, 그런 것은 없단 말이다!"

여우는 소리쳤지만 란은 피식 웃으며 훌연히 모습을 감추었다. 그녀의 목소리가 공중에서 들려왔다.

"받으러 오겠다, 저 해가 다시 돋을 때."

란이 떠나고 얼마 안 되어, 산길을 타박타박 올라오는 발소리가 들려왔다. 나는, 보금자리로 돌아오는 나 자신을 보았다.

방금 전에 무슨 일이 일어났는지 아무것도 모른 채로 나란 녀석은 태평가를 부르면서 옆구리에 끼고 있는 바구니를 마냥 즐겁게 들여다보고 있었다. 밖에 나와 있던 여우를 보자 방글방글 웃으며 뛰어가다가 아차하며 발걸음을 늦추었다. 여우의 바로 앞에 다다랐을 때 나는 의기양양하게 바구니에 든 것들을 내보였다. 달걀이다.

"주인님, 오늘은 수확이 아주 좋습니다."

"그래, 오늘 저녁엔 포식을 하겠구나. 애썼다. 맹추."

내 머리를 쓰다듬어 주는 여우의 표정이 설핏 일그러진다.

여우의 시선이 머문, 껑충하게 복사뼈 위로 올라오는 치맛단 아래로 드러난 내 발목에 그전까지 없던 붉은 표식이 있었다. 나는 그저 여우의 칭찬에 함빡 들떠서 즐거워할 뿐이다.

그날 밤, 겨울도 아닌데 여우는 나를 발치에서 자게 해주었다. 나는 잠이면 사족을 못 쓰는 잠퉁이답게 쿨쿨 세상모르고 잘만 잔다. 자려고 누웠던 여우가 일어나 앉더니 달빛에 의지해 무언가 글을 쓴다.

나는 이제야 꿈을 빌어 그것이 무엇인지 볼 수 있었다.

〈이제 나는 봉封하노라. 내게 내 목숨 이상의 소중한 것은 없다. 이것은 내가 죽음으로 묶어두는 인印이자 결계이니 그 어떤 표식도 이 결계의 너머를 침범치는 못 하리라. 또한 생전에 이행치 않은 약속은 모두 내 죽음의 맹세와 함께 거두어지리라. 천지간에 큰 힘이 있어 나를 되살리지 않는 한, 이 죽음의 언약은 천지가 티끌이 되어 사라질 때까지 영속하리라.〉

글을 다 쓰고 여우는 그것을 그릇에 담아 불사른다. 그 그릇에 또 검은 액체를 한가득 따른다.

아, 나는 저것이 무엇인지 안다. 독약이다. 말리고 싶은데, 무슨 짓을 해서든 말리고 싶은데 이것이 한갓 꿈인 까닭에 여우가 그것을 들어 단숨에 들이켜는 것을 바라만 보아야 한다. 저때의 나는 아무런 불안도 느끼지 못하고 아둔하게도 잠만 자고 있다.

여우가 베개를 들어서 잠시 사방을 돌아보다가 문 방향으로 놓았다. 고향 쪽으로 머리를 돌리고 죽고자 한 것이다.

그러지 마요, 그러지 마요. 지금이라도 토해요.

이미 끝나버린 일이란 걸 알면서도 나는 사정해 본다. 물론 여우에게는 조금도 들리지 않았다.

여우는 베개에 머리를 두고 눕기 직전, 조금 울적해 보이는 얼굴로 나를 보았다. 물끄러미 보다가 머리를 쓰다듬어 주었다.

"내 새끼를 낳는 건데. 차라리 그거라면 내줬겠다."

여우가 무슨 소리를 하는 건지 모르겠다. 하지만 다음 순간 여우가 웃었다.

"맹추야. 행복하게 잘 살아라. 그리고, 도망가."

여우가 베개에 머리를 놓는다. 눈을 감았다.

다음날 아침 나는 여우가 죽어있는 걸 발견했다.

지금 나는 여우가 죽어가는 걸 보면서 비로소, 깨달았다.

아아아.

그렇게 된 일이었구나.
일은 그렇게 된 것이었어.
여우가 자살한 건, 권태 때문이 아니라 결국······.

"아아아아아!"
꿈에서 쫓겨나 현실로 돌아왔다. 그르렁거림에 지나지 않는 울부짖음을 토하며 머리를 찧기를 한참. 힘을 기울여 인간으로 화한 다음, 나는 비로소 소리 내어 울 수 있게 되었다.

이 얼마나 지독한 녀석인가, 나란 녀석은. 어쩜 이리 멍청할 수 있을까. 맹추. 정말로 나는 맹추였다.

여우는 그 지경이 되어서도 꿈에 나타나 나를 위해 충고를 해주었다. 여우가, 탐욕스럽다고, 달아나라고 말했던 바로 그자가 란이었던 것이다.

란이 남긴 표식이 내게 돌아온 것은, 여우에게 목숨보다 소중한 것이 나였다는 뜻이다. 란이 날 데려가지 못하게, 여우는 죽음으로 결계를 쳐 그것을 막았던 것이다.

그것도 모르고, 나는 그것도 모르고 여우가 그렇게 훌쩍 가버렸다고 쓸쓸해하고, 숱하게 원망했다.

어쩌자고. 그냥 줘버리고 말지. 나 같은 게 뭐 그리 소중하다고, 그렇게까지 하면서. 못난 바보 녀석이라고 매일같이 구박이나 했으면서. 맹추, 맹추 놀려대기나 했으면서. 왜 죽었냔 말이다. 겨우, 나 같은 걸 위해서. 왜. 왜. 왜!

두 손으로 얼굴을 가리고 통곡했다. 나는 너무도 뒤늦게 여우의 진심을 알고 말았다. 여우의 시신은 이미 오래전에 생전의 소원대로 재로 만들어 뿌려주고 만 것을. 나는 여우의 묘를 찾아가 울 수조차 없다. 무슨 짓을 해도 돌이킬 수가 없다. 내게 행복해라, 하고 말한 여우에게 한 마디의 말도 전하지 못한다.

아아. 아아아. 어찌해야 좋을지. 이렇게 가슴이 미어지도록 아픈데 우는 것밖에 할 수 있는 게 없다니. 여우는 고작 이런 날 위해 그렇게 죽었는데.

주지. 주고 말지. 그렇게 줘서 란에게 먹혔다고 해도, 내가 여우의 가장 소중한 것이었단 걸 알았다면 나는 행복해하면서 죽었을 텐데. 그만큼 여우도 내겐 소중했는데.

늘 이렇다. 나는 소중한 것은 꼭 잃고 나서야 알게 된다. 정말로 난 맹추였나 보다.

"반희야. 역시 네가 우는 것이었구나."

문이 열리는 소리도 듣지 못한 것 같은데, 엎드려 울고 있던 나를 일으키는 손길이 느껴졌다. 명이 나를 보며 나무라듯이 미간을 좁혔다.

"폭우가 쏟아지고 있어."

"미안해요. 정말로 미안해요."

"누가 미안하다는 말을 듣자는 것이냐? 왜 이리 울어? 또 쓸데없는 꿈들을 잔뜩 꾼 게로구나. 내가 그런 짓 하지 말라고 분명히 말하지 않았어."

"……미안해요."

"그런 말 하지 말래도! 정말로 넌……."

왈칵 성을 냈다가 금세 후회하는 표정으로 명이 날 끌어안았다. 안아서 등을 다독다독 어루만져주며 그가 말했다.

"다시는 그런 일 없을 것이다. 내가 항상 곁에 있어줄 것이야. 란은 남의 것이라면 괜스레 탐하는 못된 벽癖이 있지. 게다가 재미로 살생을 해. 하지만 너에게 해를 끼치진 못한다. 절대로. 너는 내가 지켜줄 것이다. 내 옆에만 있으면 너는 아무것도 두려워할 것이 없다."

"당신의 옆에만 있으면요?"

"그래. 내 옆에만 있으면 돼. 우리, 여길 떠나자꾸나. 멀리멀리 가서, 아무도 없는 호젓한 산속에 들어가자. 가서 거기서 너는 탈피도 하고 푹 쉬면서 세상일 따위 다 잊고 살자꾸나."

"무릉도원 같은 곳에 가서요?"

"그래. 못 갈 것 없지. 봉래산이라도 찾아주마."

명의 말은 다정했다. 명이라면 정말로 그런 곳을 찾을 거란 믿음도 있었다. 하지만 내 가슴은 오히려 더 서럽게 울었다.

"그럼 도련님은 어찌 되시는 겁니까?"

퍼뜩 명의 몸이 굳어졌다. 나는 불길한 생각에 확 그를 밀어내며 물었다.

"설마 벌써 잘못되신 겁니까, 도련님이?"

"아니다. 살아 있어. 멀쩡하게."

"아직은 멀쩡하단 말씀이신가요?"

명은 싸늘한 눈으로 날 보다가 시선을 피했다.

"그 자는 인간이다."

"그래서요? 그러니 란 님의 장난감으로 놀아나다가 그 손에서 죽어도 된단 말입니까?"

"그런 뜻이 아니다."

"말씀해 보셔요. 전에 국 님과 란 님이 처음 집에 오던 날 당신이 힐난하셨지요. 또 인간을 데리고 다니신다고. 그것도 란 님의 벽癖 중 하나인 겁니까? 그렇게 인간을 하인 삼아 데리고 다니다가 잡아먹고, 또 잡아먹고, 그러시는 겁니까?"

명은 대답하지 않았다. 그러나 그의 침묵이 충분히 대답이 되었다. 답을 듣기 전부터 이미 알고 있었다. 란 님에게 인간은, 내게 토끼나 사슴이 그러한 것처럼 피가 되고 살이 되는 먹이 중의 하나에 불과하단 것을.

나는 그것을 흉측하다고 비난할 수도 없다. 강한 것이 약한 것을 먹는 것은 자연의 순리인 것이다. 인간들이 '먹이사슬'이라 일컫는 순리. 인간들은 자신들을 그 사슬의 가장 위에 놓아두지만 그거야 눈에 보이지 않는 것은 없다고 착각하는 무지몽매함에서 오는 오판일 뿐.

먹히지 않으려면 더 강해야 한다. 그도 아니면 보다 더 강한 것에게 보호를 받거나.

그 집에서 본 란의 실체를 떠올리기만 해도 온몸에 엷게 소름이 돋아나 가벼이 떨었다. 그래, 누가 더 강한가에 대해선 구태여 고민할 것도 없지만······.

"그래도 도련님은 안 됩니다."

답답하다는 듯 명이 한숨을 쉬었다.

"누가 억지로 시켜서 붙어 있는 것이 아니다. 그자가 택한 길이야."

"하지만 도련님은 현혹을 당하셨습니다. 운명이라 믿고 계시단 말입니다."

"약한 것일수록 제 목숨을 위협할 법한 것에 대한 지각은 날카로운 게 이치다. 란의 현혹이 아무리 강했다 해도 그 지각마저 그자에게 없었을 것 같으냐?"

"그래도······."

"본능을 무시하면서 란의 곁에 있는 걸 택했다면 책임은 스스로에게 있다."

단호하게 내뱉는 말에는 더 이상 매달려볼 여지도 없어보였다. 그저 애가 타서 눈물이 솟구쳤다.

"목숨으로 그 책임을 이행해야 할 일입니까? 도련님은 그저 란 님을 사모한 죄밖에 없습니다."

"그렇다고 억지로 란에게서 떼어놓으면 그자가 기뻐할 것 같으냐?"

"그래도 도련님은 사셔야 합니다. 이번에야말로 행복하게, 오래오래 사시는 모습을 보고 싶단 말입니다!"

"날더러 어쩌란 말이냐? 이젠 내가 그자를 현혹이라도 해서 기억을 다 지운 뒤 어디 멀리 감춰두기라도 할까? 란에겐 먹을 걸 빼앗았으니 미안하다며 다른 걸 대신 보내주어야 할까? 주면 받기나 할 성싶으냐? 란은 오히려 더 미친 듯이 그자를 찾아 헤맬 것이다. 그런 것이다, 그것은!"

성난 얼굴로 언성을 높였던 명은 주르륵 눈물을 흘리는 나를 보곤 금세 표정을 풀고 내 어깨를 쓰다듬으며 다독였다.

"반희야, 네게 화를 낸 게 아니다. 그리 울지 말거라, 차마 볼 수가 없구나."

그 때문에 우는 게 아니라고 천천히 고개를 저었다.

나도 알고 있다. 명의 말에는 한 점의 거짓이 없다는 것을. 과장하는 것도 아니었다.

우리 같은 자들에겐 암묵적인 약속이 있다. 이유 없이 주어지는 은혜는 없다. 남의 것을 취할 때에는 그에 상응하는 대가를 치러야 한다. 때로 그 대가는 취한 것에 비해 터무니없이 크거나, 작을 때도 있다. 그렇다. 무언가의 가치는 오로지 당사자의 마음에 달린 것이기에.

눈물이 잦아든 대신에 마음이 허하여 나는 추위를 느꼈다. 바르르 떨면서 명의 품에 얼굴을 파묻고 중얼거렸다.

"안아주십시오."

내 어깨를 안은 그의 팔에 살며시 힘이 더해진다. 그의 허리춤에 손을 대며 나는 내 의도를 보다 분명히 전했다. 명은 오히려 날 밀어내려 했다.

"반희야, 아직 네가 그럴 몸이……."

"왜요. 제가 이리 다쳐서, 곱지 않아 안을 마음이 동하시지 않습니까?"

올려다보자 명의 고뇌에 찬 얼굴이 보였다. 그 얼굴을 손으로 감싸면서 내가 먼저 입술을 겹쳤다. 서툴지만 열심히 그의 입술을 탐하는 동안 천천히 진짜 열망의 염원이 일어나 몸을 데웠다. 뻣뻣하게 굳은 몸으로 내가 하는 양을 지켜보기만 하던 명이 결국 나를 안아 보료에 눕혔다.

여느 때보다 훨씬 더 느릿느릿, 조심스러운 몸짓으로 몸을 섞으면서 명이 속삭였다.

"내일모레가 보름이다."

"……보름은 왜요?"

"그때, 혼인의 의식을 치르자."

그의 품속에서 나는 가만히 눈을 감았다.

16. 사생관두 死生關頭

 붉은 휘장이 겹겹이 쳐진 크고 어두운 방이었다.
 휘장 사이를 미끄러져 나아가면서도 나는 조금도 무섭지 않았다.
 이곳의 가장 안쪽에 란이 있다. 침향 냄새가 차츰차츰 진해지면서 그녀에게 가까워지고 있음을 말해 주었다.
 늪 속에서 썩어가는 나무들. 자꾸만 그런 게 떠올랐다. 어쩌면 이 꿈속의 광경도 내 상상에 의한 것일 뿐 란이 실제로 거처하는 곳은 늪과 관련이 있을지도 모르겠다. 그래서 란에게서는 이토록 아찔한 침향 향기가 흘러나오는 게 아닐까.
 "앙큼한 것. 제 발로 찾아들다니."
 마침내 보게 된 란의 몸은 나와 별반 다를 바가 없었다. 나는 아직 시작도 안 한 것에 비해, 란은 벌써 탈피를 시작할 조짐이 보였다. 오싹하도록 진한 붉은 비늘은 흐릿한 적갈색으로 변했고, 눈도 탁한 젖빛이 되어 있다.
 그런 눈으론 현혹은 시킬 수 없을 거라 판단해 똑바로 란을 마주보며 말했다.

"거래를 하고 싶습니다."

"무슨 거래를 말이냐?"

언짢은 기색을 숨기지 않으며 그르렁대는 숨결에선 재 냄새가 난다. 꿈속에서 잡아먹히게 된다면 실제의 나도 죽는 것일지 궁금해졌다.

"도련님의 자유요. 전 도련님께 은혜를 갚아야 합니다."

란은 웃었다. 바람이 일어나 사방의 붉은 휘장이 어지럽도록 휘날려 제대로 앞이 보이지 않을 지경으로 웃어댔다.

그러다 뚝, 그 웃음이 끊어졌다.

"어리석을 만큼 순진하기는. 좋다. 찾아오너라, 나를."

"집 밖으로 나갈 수가 없습니다. 명이 어떠한지는 잘 알고 계시겠지요."

"흐흥. 알고 있지. 암. 누가 보면 네가 서왕모의 복숭아라도 되는 줄 알게야."

조용히 나를 응시하면서 란은 입을 다물었다.

내 몸을 보고 있다. 새하얀 몸에 붉은 눈을 한 내 본체를 보면서 무슨 생각을 하는지 나로선 알 수 없다. 상처가 꽤 여럿 있긴 했으나, 적어도 실망한 기색이 아니란 것은 분명했다. 왜냐하면 벌써 세 번이나 혀를 날름거렸으니까. 네 번째로 혀를 날름거린 후에 란이 말했다.

"내 사자를 보내마. 사흘 후, 어둠별이 뜨면 못가로 나오너라."

사흘 후라. 아마도 그때가 되면 자신이 탈피를 다 끝냈을 거란 계산일 것이다. 나는 고개를 저었다.

"보름이 되는 밤에 명이 혼인의 의식을 치르겠다고 했습니다."

"저런."

못마땅하다는 듯 란이 투덜거렸다.

이윽고 다른 답을 주었다.

"그럼 내일이다. 내일, 어둠별이 뜨면 못가로 나오너라."

"못이라 하시면."

"네가 집 안에서 갈 수 있는 못이 또 있더냐?"

집 안의 그 못에 어찌 들어올 작정일까. 내가 의심하는 기척을 읽었던지 란이 머리를 내저으며 웃었다.

"한 번 장난삼아 우는 소리를 한 걸로 내 능력을 의심하느냐? 괜한 걱정 말고 예쁘게 꾸미고 오기나 하렴. 이왕이면 붉은 신부의 의상이 좋겠구나."

말없이 등을 돌려 자리를 떠났다.

수 겹의 휘장을 지나 란의 꿈에서 나오는 동안 뒤에서 지긋이 좇아오는 란의 시선을 느꼈다.

깨어나서 나는 나를 꼭 끌어안은 채 잠이 든 명의 얼굴을 올려다보았다. 근심의 기색이 담긴 것조차 참으로 어여뻐서 보고 있자니 어쩐지 서글퍼졌다. 눈, 코, 입, 그 어느 것 하나 잊지 말아야지 하면서 열심히 그 얼굴을 들여다보았다.

명이 깨면 하루 종일 안아달라고 할 참이다. 평생에 가장 기분 좋은 하루를 보낼 것이다.

나는 알고 보니 많이 엉큼한 편인 듯싶다. 인간들 말로, 늦게 배운 도둑질에 날 새는 줄 모른다는 건 바로 이런 때 써먹는 말 아닐까 하면서 웃고 말았다.

새날이 밝았다. 명은 내 소원을 충실히 들어주었다. 아침은커녕 점심까지 거르면서 나를 안아준 명에게 오후 느지막이 배고프니 맛있는 걸 잡아다 달라며 보챘다.

"배가 고픈 것도 고픈 건데 부대껴서 그런가 몸이 막 근질거리기 시작했어요."

"벌써 탈피를 하려나?"

고개를 갸웃하며 내 등에 있는 큰 상처를 만져보던 명이 곧 빙그레 웃었다.

"어쨌든 먹어서 기운을 북돋을 필요가 있겠구나. 고생스러워도 함부로 손대지 말고 얌전히 기다리렴. 내 가서 네가 좋아하는 멧새를 잔뜩 구해다주마."

그가 다소 지독한 냄새가 나는 고약을 상처에 듬뿍 발라주는 동안 나는 연방 하품을 하다가 곤히 잠든 척했다. 한나절 넘게 둘이 한 일이 있으니 내가 그리 금방 잠든 것에도 명은 별다른 의심을 품지 않았다.

그래도 집에 녹전은 두고 갔다. 명이 방을 나선 때로부터 적당히 간격을 두고 방문을 열고 마루를 밟기 무섭게 녹전이 나타나 무엇이 필요하시냐고 묻는다.

"목욕을 하고 싶어. 명한텐 비밀인데, 이 고약 냄새가 너무 지독해."

"하지만 그만큼 효과가 좋을 텐데요."

"이러다 내가 소박맞으면 녹전이 책임질 테야?"

내가 을러대는 말에 녹전은 진지한 표정으로 고개를 저었다.

"주인님은 고약 냄새 때문에 아가씨를 소박 놓을 분이 아닙니다. 그래도 목욕물은 준비해 드리겠습니다."

역시 녹전도 고약 냄새에 대해서는 내 의견에 동의하는 게 분명하다. 빙긋이 웃으며 마루에 앉아 녹전이 돌아오길 기다렸다. 그리고 그가 준비해 준 따끈하고 향긋한 물에 오랫동안 몸을 담갔다.

이윽고 밖으로 나왔을 땐 하늘이 새빨간 것이 오늘따라 저녁놀이 유난스럽기도 했다. 가만히 보고 서 있었더니 금세 나타난 녹전이 주전부리 좀 드시겠느냐고 물었다.

"됐어, 됐어. 명이 멧새를 잡아다 줄 거야. 기대하고 있다고."

눈을 찡긋하며 말하자 녹전은 그러시냐면서 뒤에 무언가를 감춘 채 우물우물했다. 뭐냐고 물어도 어색하게 감춘 채 뒷걸음질만 하기에 가서 붙잡아 감춘 걸 보았다.

"참새 알이구나! 이거라면 먹어야지."

"그렇지만 멧새는 어쩌시고요."

"걱정 마. 맛있는 게 들어갈 배는 다 있어. 참새 알, 우와, 고소하다. 고마워!"

열 개 남짓한 참새 알이 그 자리에서 순식간에 내 입으로 들어가 사라졌다. 오독오독 껍질까지 맛나게 먹다가 빙글 녹전을 돌아보고는 꾸벅 고개를 숙였다.

"늘 고마워. 굴러들어온 돌인데 나한테 녹전이 무지 잘해 줬지. 복 받을 거야, 녹전은. 녹전에게 어울리는 귀엽고 예쁜 색시 하나 하늘이 점지해 주면 좋겠는데."

"아가씨도 참. 별소릴 다 하십니다."

녹전이 손사래를 치면서 얼굴을 붉혔다. 단 님처럼 우직하진 않아도, 틀림없이 성실한 남편이 될 녀석이라고 생각하면서 나는 헤헷 웃었다.

방으로 돌아와 옷을 갈아입은 뒤 명이 준 부채와 여우의 피리를 들고 나왔다. 우선은 내 복숭아나무에게 갔다. 이젠 꽃이 다 지고 녹음만 푸르른 나무를 끌어안고 한참 동안 있었다.

"앞으로도 잘 커야 돼, 나무야. 너한테 이름을 지어준다고 해놓고 여태 아무것도 못 줬구나. 차라리 안 지어서 다행인지 모르겠다. 그치?"

나무를 쓰다듬어주면서 모래를 불렀지만 감감무소식. 주변을 돌면서 모래를 찾아보았지만, 또 어디로 놀러나갔는지 볼 수가 없다. 혼자 알아서 즐거운 나날을 보내고 있으니 차라리 잘된 일이라고 생각하며 복숭아나무에게 돌아와 다시 꼭 끌어안고 있었다.

어느새 해가 지평선 너머로 잠겼다. 나무를 안은 팔을 풀고 뒤로 한 걸음씩 걸으며 나무를 바라보다가 천천히 등을 졌다.

피리를 들어서 서를 물었다. 피리로 불기엔 좀 지루한 맛이 있지만 그래도 내가 여우에게 처음 배운 곡이었던 〈염양춘〉을 불면서 못을 향해 걸었다. 저녁 맞이로 또 마당을 쓸고 있던 부지런한 녹전이 날 보고는 눈인사를 해왔다.

"이거, 녹전에게 주는 선물."

잠깐 피리에서 입을 떼고 그렇게 말하자 녹전은 의아하다는 듯 되물었다.

"예?"

"피리 좀 배우라고. 여차할 때 피리 정도는 부는 수컷이 아무것도 못 하는 수컷보다 암컷에게 인기가 있을 거 아냐."

"하지만 전 음률에는 소질이……."

"소질보다는 노력! 나는 뭐 소질이 있는 줄 알아. 하다 보니 흉내나 좀 내는 거라구. 녹전은 부지런하니까 나보다 잘할 거야. 청소하면서 열심히 들어야 해."

"아, 예, 아가씨. 열심히 듣겠습니다."

진지한 얼굴로 고개를 끄덕이는 녹전에게 손을 흔들어주고 다시 피리 연주를 하면서 자박자박 걸었다.

녹전의 모습이 보이지 않게 되어도 내 피리 소리는 그에게 가 닿을 것이고, 녹전이 열심히 비를 놀리면서도 그 소리에 귀를 쫑긋 세우고 있을 모습이 눈에 선했다. 웃음이 나와서 두 군데나 실수를 한 뒤에 마음을 가다듬어 정성을 다해 연주를 했다.

곡이 끝났을 때엔 이미 못 안쪽의 귀신 버드나무 아래에 이르러 있었다. 거기에 풍계가 나와 있었다. 침울한 표정으로 풍계가 날 올려다보았다.

"날 따라와. 애기씨."

역시 란이 말한 사자는 풍계였다. 낙인이 있는 걸까? 이 아이의 몸에도?

"그런데, 이래도 돼?"

풍계가 주저하며 묻는 모습에 나는 빙긋 웃으며 고개를 끄덕였다. 풍계는 못으로 뛰어들었고 서쪽을 향해 헤엄쳐갔다. 얼마쯤 기다렸다. 풍계가 하늘을 올려다보기에 나도 올려다보았다.

서쪽 하늘에 어둠별이 있다. 못에 그 별이 비친 바로 그곳에 풍계가 있었다. 풍계가 내게 말했다.

"여기야. 여기로 뛰어들면 돼."

나는 한동안 서쪽 하늘을 바라보았다. 거기서 반짝이는 금성金星을 바라보면서 지금쯤 명이 돌아오고 있을까 생각했다. 아아, 역시나 또 보고 싶어졌다. 눈물이 날 것만 같다.

아무 소용도 없는 일에 우는 대신에 못에서 보이는 정자며, 집 안 건물들을 한 번씩 더 둘러보았다. 그런 다음 품에 꼭 끌어안고 있던 피리와 부채를 버드나무 아래에 내려놓고 입고 있던 두루마기를 벗어 개켜놓은 위에 고이 올려두었다.

부채 안에서 홀로 피리를 부는 가인의 모습이 이렇게나 쓸쓸하게 보일 줄은 몰랐다. 뒤로 돌려놓자 한 쌍의 원앙이 다른 의미에서 가슴을 아프게 했다.

"미안……해요."

부질없는 말이지만, 다른 말이 떠오르지 않았다.

왈칵 치밀어 오르는 뜨거운 것을 삼킨 뒤 고개를 들고 자리에서 일어나 못으로 걸어 들어갔다. 어느 순간 다리가 바닥에 닿지 않게 되어 자맥질을 했다.

풍계가 있는 곳에 다다랐을 때, 풍계는 한가득 울상을 짓고 다시 물었다.

"정말로 이래도 돼?"

"내가 가는 거야. 네 탓 아니야. 그럼 잘 있어. 아, 맞다. 우리 모래 부탁할게. 그래도 되지?"

"응, 그래도 돼. 지킬게, 내가."

"믿음직한 걸? 자, 그럼 정말로 안녕!"

활짝 웃어주면서 손을 흔들었다.

이윽고 내 몸이 물속으로 잠겨 들었다.

수면 위로 솟구쳐 올라간 순간, 출렁거리는 물길에 연이파리와 연꽃들이 한차례 요동을 쳤다. 이 시절에 필 리 없는 연꽃이 피어 있는 곳. 나는 숨을 고르면서 머리를 돌렸고, 이 집에 가장 어울리는 사람이 가장 안 어울리는 모습으로 서 있는 것을 보며 그만 웃어버렸다.

작은 연못의 가장자리에 도련님이 서서 날 기다리고 있었다. 막 오기 전에 본 풍계처럼 기운 없어 보이는 표정을 하고서.

"오신다는 말씀을 들었습니다."

고개를 끄덕이고는 몸을 일으켰다. 연못은 일어서자 수면이 허리 밖에 오지 않을 정도로 낮았다. 방금 전까지 명의 집 못과 이어지던 통로는 이미 닫힌 후이다. 물을 헤치고 걸어서 나가는 내게 도련님이 손을 내밀었다. 그럴 필요가 없었지만 그 손을 잡고 밖으로 나갔다.

"다치셨군요."

"네, 조금."

얼굴이나 손등에 남은 내 상처를 가만히 쳐다보던 도련님이 먼저 몸을 돌려 걸었다.

"이쪽으로 오시지요."

한 보 정도 뒤에서 도련님을 따라갔다.

마치 바깥세계와 차단된 것처럼 사방이 적요하고, 어두웠다. 의지할 것은 달빛뿐인데, 보름에 하루 못 미치는 달에는 흐릿하게 달무리까지 져 있었다. 구름은 별로 보이지 않는데 비가 올 조짐이구나 싶었다. 도련님의 목소리가 들린 것은 내가 걱정스럽게 달을 올려다볼 때였다.

"그냥 돌아가실 수는 없겠습니까, 반희 아가씨?"

나는 달에게서 눈을 떼지 않으며 말했다.

"도련님은 지금 현혹되어 계시는 것입니다."

"사랑입니다. 제게 이것은 사랑입니다."

"그분은 도련님을 사랑하는 게 아닙니다."

"그래서요? 그녀가 절 사랑하지 않는다 하여 제 사랑이 사랑이 아닌 것은 아닙니다. 그녀가 절 버린다 하더라도 전 그녀를 사랑할 것입니다."

"도련님은 전생에서도······."

"전생 같은 것은, 알고 싶지 않습니다!"

돌연 도련님이 뒤돌아보면서 내 말을 끊었다. 내가 처음으로 보는 성난 표정을 지은 채 도련님은 소리쳤다.

"반희 아가씨, 모르시겠습니까? 저는 전생 같은 건 조금도 궁금하지 않습니다. 저는 당신들과 달리 한낱 인간입니다. 지금의 짧은 생을 후회 없이 사는 걸로도 숨 가쁜 인간이란 말입니다. 그 짧은 생 동안에 란에게 단 며칠이라도 사랑 받을 수 있다면, 아니 그저 제가 사랑할 수 있다면, 그것이 이번 삶의 가장 소중한 의미가 될 것입니다. 제게 란은 그런 존재란 말입니다."

나를 보는 도련님의 눈이 시리도록 매섭다. 지금 이 순간도 거세게 고동치는 도련님의 심장은 란을 위한 것. 그것이 진정이란 것은 나도 알 수 있다. 하지만······.

하지만 역시 죽는 것은 보고 싶지 않다.

도련님이 속절없이 죽으리란 것을 알면서 그저 물러나 있을 수는 없다.

"다른 의미는······ 없으십니까? 도련님이 잘못되면 슬퍼할 사람이, 단 한 명도 없단 말씀입니까?"

희미하게 도련님의 얼굴에 번뇌가 스쳐갔다. 나는 그 기회를 붙잡듯 다그쳐 물었다.

"말씀해 보세요, 이 짧은 사랑 때문에 이번 생이 아주 끝난다 해도 정말 후회 한 조각 없을 것 같습니까? 인간의 삶은 짧다고 하지만 도련님은 아직 서른 해도 살지 못하셨습니다. 삶의 가장 소중한 의미가 과연 이것이라고 장담하실 수 있습니까?"

"그래요, 그렇습니다, 란을 위해서라면 전 죽음조차 행복하게 맞을 겁니다!"

 내 말로 촉발되는 번뇌의 사슬을 끊듯이 단호하게 팔을 내저으며 도련님이 소리쳤다. 이내 다시 등을 돌리고 성큼성큼 걷기 시작하는 뒷모습에서 도련님이 두 주먹을 꼭 쥐고 있는 걸 보았다.

 마음이 너무도 어지럽다. 도련님과 달리 나는 전혀 단호하지 못하다. 갈팡질팡 발길조차 흔들린다.

 이윽고 사랑마당에 나와 있는 란을 보게 되었다. 란의 옷 밖으로 보이는 얼굴과 손등에 나와 마찬가지로 상처의 흔적이 있는 것을 놓치지 않았다. 그녀가 탈피를 아직 못했다는 것을 확신했다.

 그런 다음에야 그녀가 무엇을 하고 있는지 시선이 갔다.

 검을 손질하고 있었다. 푸른 천을 감은 손을 움직여 검의 날을 한 차례 훑어내자 달빛에 붉게 빛나는 검이 마치 막 벼려낸 검처럼 찬란하게 번득였다.

 붉은 용무늬가 수놓인 노란 철릭을 입고 있는 란의 모습이 평소와 미묘하게 달랐다. 높게 하나로 올려 묶은 머리 아래의 옆얼굴도 화사한 요염함을 넘어 사뭇 날렵한 인상을 안겨준다.

 문득 눈길을 던져 나를 보는 순간 무엇이 다른 것인지 깨달았다. 지금의 란은, 남자였다. 다른 누군가의 모습으로 변신한 것이 아니라, 본 모습에서 남자로 화한 것이었다.

 그 모습엔 명과 분명히 닮은 구석이 있었다. 나는 그 닮은 점에서 얼마간 눈을 떼지 못하다가 옆에 있는 도련님에게 생각이 미쳤다. 돌아보며 물었다.

 "보세요. 이런 모습이라고 해도 좋단 뜻입니까?"

 도련님의 시선은 조금도 달라지지 않았다. 란을 바라보는 시선엔 찬탄어린 애정뿐이다.

안타까이 도련님을 쳐다보다 한숨과 함께 고개를 돌리는 내게 란이 말했다. 란의 목소리이지만, 평소보다 낮고 굵은 것이 역시 남자의 것이었다.

"붉은 옷을 입고 오랬더니 처량맞게도 흰 옷이구나. 눈이 그처럼 예쁘지 않았다면 어쩔 뻔했느냐?"

못마땅한 듯 혀를 차긴 했지만 란은 곧 자신의 복장을 자랑하듯 팔을 펼쳐보였다.

"어울리느냐? 강호를 유람할 때 한동안 이 모습으로 즐거이 보낸 적이 있다."

이내 다가오라는 듯 란이 손짓을 했다. 도련님이 앞으로 나서려 하자 란은 인상을 찡그렸다. 도련님은 움찔하며 물러섰다. 그런 도련님의 모습을 보기가 민망해 급히 눈을 거두는 내게 란이 다시금 손짓을 했다. 가야 한다는 걸 알았지만 차마 발이 떼어지지 않았다. 란이 혀를 차더니 내게 다가오기 시작했다. 손에 들고 있던 검을 가볍게 획획 허공에 휘두르면서.

"이 검은, 그때 족히 천여 명의 목숨을 거둬들였을 것이다. 물괴物怪를 본 적이 있느냐? 바로 이 검이 그렇다. 피를 먹고 살지. 지능이 너무 낮아서 쓸모 있는 하수인이 되길 기대할 수는 없겠지만 가끔은 스스로 움직여 내 적을 해치운단다."

스윽, 검의 칼끝이 내 목에 겨누어졌다. 란이 나지막하게 웃는 소리가 주변에 사느랗게 퍼졌다.

"너는 몸이 상당히 많이 잘리고도 용케 살아남았었지. 어떨까? 삼분의 일을 떼어내는 게 아니라, 삼등분을 해버린다면. 그래도 설마, 살까?"

보통 때였다면 무서워서 오금이 저렸을 법한 말이었지만 지금의 나는 놀랍도록 담담하다. 심지어 날카로운 검의 끝이 살짝 내 목을 베어내는 게 느껴지는 순간조차 태연히 눈을 깜박거렸다.

란이 웃음을 터뜨리며 검을 거두었다.

"너무도 당당하구나. 어차피 내가 죽이지 않을 거라고 믿는 거냐? 왜? 국화 부인께서 무슨 신묘한 점이라도 내어주시든?"

나는 스스로도 놀라울 정도로 아무렇지 않게 웃으며 대꾸했다.

"그리고 보니 국 님이 점도 보시지요. 오기 전에 한 번 볼 걸 그랬나 봅니다. 아쉽지만, 못 봤습니다. 제가 여기에 온 것은 아무도 모르시니까요."

"그래? 아무도? 글쎄다."

란은 검 끝으로 땅을 짚고 서더니 탁 트인 하늘을 올려다보면서 조소를 지었다.

"벌써부터 그 녀석이 내 결계를 비틀어 열려고 발버둥치는 소리가 빠짝빠짝 들리는데. 하하하하, 백날 고생해 보라지. 아니지, 조금은 손을 봐주어야 할까?"

밤하늘은 고요하기만 한데 무슨 소리를 하는지 몰라 나는 어리둥절해하다가 그만 확 깨달았다.

"명이, 왔나요?"

"왜. 애가 타느냐?"

살피듯이 나를 보는 란의 눈에서 파란 섬광이 이는 것 같았다. 나도 모르게 진심을 말했다.

"해하지 마십시오. 명은 절대 해하지 마십시오. 제가 이리 제 발로 오지 않았습니까."

"그 짧은 시간 동안 아주 단단히 정을 쌓은 모양이구나. 흥. 마음에 들지 않아."

낮게 깔리는 란의 목소리에 내 마음이 부쩍 불안해졌다. 황급히 말했다.

"그러지 마십시오. 명에겐 손끝 하나도 대지 마세요. 아니 그럴 수 없으십니다. 명은, 당신과 피를 나눈 혈육이 아닙니까?"

"그게 뭐? 언젠가는 그 녀석 역시 내 손으로 거둘 것이다. 인간 수천 명을 먹는 것보다 그 녀석 하나를 먹는 편이 훨씬 강해질 게 분명하거든."

"절대, 그럴 일은 없을 겁니다. 명은 강해요."

지금 란의 비위를 상하게 하고 싶지는 않았지만 나도 모르게 노려보면서 차갑게 대꾸했다. 란은 오히려 재미있어했다.

"두고 보면 알 일이지. 나는 저 둘처럼 이도 저도 아닌 존재로 언제까지고 사는 덴 진저리가 나. 강해져서 더 높은 존재가 될 수 있다면 세상 최고로 강해져야지. 암. 그래야 그 끝에 뭐가 있을지 볼 게 아니냐."

그때 우르르릉, 하며 머리 위쪽에서 하늘이 울었다. 올려다본 하늘이 먹구름으로 뒤덮였다. 어느샌가 하늘에서 달도 모습을 감추었다. 란이 웃었다.

"애쓰고 있구나. 가엾게도."

그럼 저 천둥소리가 명이 이 집으로 들어오려고 내는 소리란 말인가. 생각하자, 심장이 죄어드는 듯 아파서 차마 하늘을 볼 수 없었다.

"거래를 하자고 했지, 내게. 자, 꾸물거리지 말고 말해 보거라."

들려온 란의 말에 겨우 마음을 다잡았다. 옆에 있던 도련님을 가리키며 입을 열었다.

"도련님의 목숨을, 보장해 주십시오."

"목숨?"

"도련님이 천수를 누리도록, 방해치 않으시겠다고 약조해 주십시오."

먹지 말아달란 말을 차마 도련님 앞에서 꺼낼 수는 없었다. 란은 힐긋 도련님을 보면서 기묘한 미소를 띠었다.

"그럼 그 대신 내가 얻는 것이 무어냐?"

나는 마른침을 삼킨 뒤 준비했던 말을 빠르게 읊었다.

"제가 당신에게 가겠습니다. 하인이든 무엇이든 처분에 맡기겠습니다. 그러나 저는 도련님과 함께 당신을 섬길 수는 없습니다. 저를 거두시겠다면 도련님을 내쳐주십시오."

"호오……. 탐욕스럽구나, 은근히. 한데 마음에 든다. 그런 점이 더욱."

란이 다가오더니 손을 들어 내 뺨을 가볍게 만졌다. 진한 침향 향기와 함께 요사스럽도록 서늘한 그 손길에 나는 떨지 않으려 이를 악물었다. 잠깐에 그치지 않고 란은 내 뺨의 왼편에서 오른편으로 손을 옮기며 한층 더 가까이 다가왔다. 입술이 닿을 지경으로 가까워진 속에서 란이 나른하게 속삭였다.

"명이 너에게 홀려 그 고고한 기세도 다 잊고 저리 요란을 부리는 데에는 필시 무언가 대단한 것이 있기 때문이겠지. 하다못해 여우처럼 이기적인 동물도 널 위해 죽었을 때는 말이야. 덕분에 네 행방을 찾는데, 꽤 오래 걸렸어. 그래도 결국 이리 내 손에 들어올 것을."

란의 손가락이 내 입술을 건드렸다. 스윽 고개를 기울여 왔다. 입맞춤을 당할 거란 생각에 질끈 눈을 감은 찰나, 날카로운 소리가 들려왔다.

"그러실 수 없습니다!"

도련님의 목소리였다. 내가 겨우 눈을 다시 떴을 때 란은 흥이 가신 눈으로 도련님을 짜증스럽게 보고 있었다. 도련님은 마치 당장이라도 쓰러질 듯 전신을 떨면서 애처롭게 소리쳤다.

"저를 버리실 거라면 차라리 절 그 검으로 베십시오. 차라리 절 먹어 주십시오. 당신의 손에 죽는 편이, 당신에게 버려지는 것보다는 나을 것입니다."

란이 코웃음 치면서 들고 있던 검을 도련님 앞에 내던졌다.

"그런 시시한 소리라면 물리도록 들었다. 나는 백아가 원하는 것을 들어주어야 하니 네 목숨을 거두지 않을 것이다. 죽고 싶으냐? 멋대로 해라. 이제 내가 널 내쳤으니 네가 네 목숨을 어찌하는 가는 내 소관이 아니다."

"란……!"

도련님의 처절한 외침보다도 방금 전에 들은 란의 말에 나는 정신이 팔려 있었다. 나도 모르게 란의 팔을 꽉 잡으며 다시 말해 달라 하려는데 란이 먼저 나를 보며 말했다.

"왜, 나한테 저것이 죽지 못하게 해달라 할 참이냐? 그건 약속이 틀리지."

"란 님, 그 말씀은—"

"내가 저것과 너를 바꾸었으니 그걸로 끝이야. 이후의 일에 나는 신경 쓰지 않는다. 이미 저것은 천수란 것을 자기 손에 가지고 있어. 그것을 어찌 쓰는지는 저것이 할 일 아니냐?"

몸이 떨렸다. 그런 거래를 하지 않아도 너는 내 것이라고 란이 억지를 부린다면 나도 나오지 않는 말을 끌어낼 방법은 없었을 것이다. 하지만 얻어냈다. 말로 된 약조를!

란의 팔을 잡은 채로 나는 그 눈을 들여다보며 거듭 다짐했다. 목소리조차 바르르 떨리고 있었다.

"약조하신 겁니다. 이제 란 님은 도련님의 인생에 관여할 권한이 없으십니다."

"그래. 하지만 대신 너를 얻었으니……."

마음이 급하여 란의 말을 듣고 있을 겨를이 없었다. 거의 다그치듯이, 나는 소리쳤다.

"그럼 표식을 거두어 주십시오."

"표식?"

"도련님에게 남긴 낙인이요."

"그런 것이 있던가."

"있습니다. 틀림없이 있다고 당신의 입으로도 말씀하시지 않으셨습니까."

"흐응. 그리도 저것의 목숨이 중요했구나, 네겐?"

사늘한 미소가 란의 입가에 스쳐갔다. 대답하지 않고 나는 목적했던 바만을 강경하게 요구했다.

"낙인을 지우셔야 합니다, 당장이요."

의혹이 깃든 눈으로 날 쳐다보던 란이 마침내 고개를 흔들며 피식 웃었다.

"나는 통 믿을 수 없었다. 고작 저런 인간 때문에 네가 명을 저버린다는 것을. 그런데 맙소사. 그것이 정말인 모양이야. 동생이 가엾다는 말, 아까는 해본 말이었는데 지금은 조금 진심이 되는구나. 고작 인간 하나에 밀려난 주제에 저처럼 혼신을 다하고 있다니."

란의 말에 이어 아주 먼 하늘에서 무언가가 쪼개어지는 듯 메마른 파열음이 울렸다. 뒤이어 우레가 치고 곧 하늘이 벼락으로 수차례 환하게 번쩍거렸다. 순간 머릿속에 명이 날 부르는 소리가 들린 것 같았다.

'너는 내 것이다. 날 배신하면 가장 처참한 나락을 네게 보여주마.'

그 말을 들은 것이 아득히 오래전처럼 느껴졌다. 그때 그토록 무서웠던 그 말이 지금은 너무도 슬프다. 배신한 것이 아니다. 나는 이리 할 수밖에 없었다. 그런 내 진정을 그에게 말할 시간이 내게는 없을 것이다.

치밀어 오르는 슬픈 감정을 누르면서 나는 란을 보며 같은 말을 되풀이했다.

"도련님에게 새긴 낙인을 없애 주십시오."

"그것이 네 뜻이라면."

란은 웃으며 도련님을 쳐다보지도 않고 휙 손을 뻗었다. 나는 고개를 돌렸고 바닥에 멍하니 주저앉아 란이 던진 검을 보고 있던 도련님의 등 쪽에서 새빨간 세 개의 꽃잎과 같은 것이 떨어져 나오는 것을 보았다. 그것이 한 차례 도련님 주위를 휘돌다가 부스스 가루가 되나 싶더니 홀연한 바람에 사라졌다.

"이젠 흡족한 것이냐?"

"예."

이곳에 와서 처음으로 진심을 다해 웃을 수 있었다. 란을 보면서도 거리낌 없이 웃음이 나왔다.

"이 약조는 영속하리니, 살아서도 죽어서도 도련님의 혼은 도련님만의 것. 두 번 다시는 당신의 흔적을 남길 수 없을 것입니다. 그렇지요?"

"아마도……. 웃음이 나오느냐? 고작 인간 따위에게 입은 작은 은혜 하나 때문에 넌 명을 비롯한 네 전부를 버린 것이다. 그 정도의 가치가 있는 일이냐?"

"예. 제겐 은혜도, 원한도 같은 것입니다. 목숨을 걸어서, 갚아야지요."
"원한?"

그제야 란의 표정이 조금 비틀어졌다. 탈피를 하기 직전에 이르렀으니 시력이 형편없이 떨어져 있을 터였다. 그렇기에 눈을 떴어도 알아채지 못한 것이다. 내 눈에 어린 살기도 보지 못했고, 내가 입은 옷이 단순한 흰 옷이 아니라 마로 지은 수의란 것도 알아채지 못했다.

벗어내야 할 허물로 너덜너덜한 몸이긴 피차일반. 내가 오늘 밤 희망을 건 것은 그것이었다.

또 하나가 있다면 각오의 크기. 훨씬 더 절실한 자는 내가 될 것이다.

비로소 경계하듯 움찔하며 란이 내 팔을 풀어내려 하자 나는 오히려 란을 꽉 끌어안았다. 란의 허리에 팔을 둘러 힘껏 깍지를 끼우며 말했다.

"먼 길을 혼자 가시기 고단하실 테니, 함께 가드리겠습니다."
"무슨 소리를······. 이, 이런! 놓아라, 놓아라!"

화염이 솟구쳐 올랐다. 입고 온 내 수의가 불타오르는 것은 순식간이었다. 시간차를 얼마 두지 않고 란이 입은 비단 철릭에도 불이 옮겨 붙었다. 머리카락에까지 불이 번졌고 란은 한껏 버둥거리며 나를 떼어내려 기를 썼다.

"놔! 놓으란 말이야! 으아아아아! 이것이, 대체, 대체 무슨 짓을 한 거냐!"

한 번 힘을 쓰는 것만으로도 간단히 떨쳐낼 수 있을 법한 존재에게서 도무지 벗어날 수 없는 현실 앞에서 란은 당황해서 더더욱 안간힘을 썼다. 허나 그리 살고자 애쓸수록 나를 떼어내지 못할 것이다.

이미, 오기 전에 나는 맹세를 했으니까. 여우가 그랬듯이 죽음의 맹세를 걸어서 란이 살고자 한다면 결코 내 팔을 풀지 못할 거라는 주呪

를 걸었다. 살고자 기를 쓰면 쓸수록 내 팔은 그녀의 살에 휘감아 드는 죽음의 사슬이 될 것이다.

도련님의 목숨을 넘겨받았으니, 은혜를 갚는 것은 끝났다.

이제 내게 남은 것은 여우의 원한을 갚는 것.

여우가 그리 쓸쓸한 길을 가게 만든 것을 용서할 수 없다. 그 이유에 내가 있었으니 나 역시 죽어서 여우를 만나 사죄할 것이다. 그리 길지는 않을 것이다. 다 끝나고 여우를 만나게 된다면 그때는 꼭……

"흑!"

몸이 불타오르는 고통 너머로 갑자기 들이닥친 엄청난 충격에 나는 그만 비명을 질렀다.

무언가 끔찍한 것이 등을 훑고 지나갔다.

불과 연기의 냄새 속에서 나는 내 피가 공중에 솟구치는 것을 보았다. 동시에 란이 소리치는 것을 들었다.

"베어라! 다시 베어!"

또 한 번 온몸이 산산조각 나는 듯한 고통이 등 뒤에서 전해져왔다. 그리고 누군가 끊어낼지언정 제풀에 풀어지지는 않을 거라 생각했던 내 팔이 힘없이 풀어졌다.

어째서인지는 모르지만 서 있을 힘조차 없어져 무릎이 풀리면서 주저앉았다. 란이 나를 발로 걷어차는 순간 그대로 주르륵 바닥에 쓰러졌다. 하늘을 보고 누운 내 눈에 도련님이 보였다.

나를 보며 한없이 커진 눈으로 도련님은 벌벌 떨고 있었다. 도련님은 란이 내던진 바로 그 검을 치켜들고 있었다.

그 검에서 뚝뚝 듣는 피는 내 피였다.

"요, 용서를…… 하지만, 하지만 나는 란을, 란을 정말로……. 차마 죽도록 둘 수가……. 란, 란!"

더듬거리며 내게 말을 하던 도련님은 검을 떨어뜨리고 아직 내가 옮긴 불로 타오르고 있는 란에게로 급히 달려갔다. 불을 끄기 위해 옷까지 벗고 사정없이 두들겨보기도 했지만 그런 서툰 짓으로 꺼질 불은 아니었다.

란은 문득 고개를 쳐들고 무시무시한 포효를 했다. 옆에 있던 도련님이 그 소리의 진동에 나가떨어지도록 엄청난 기세였다. 구름을 불러 모을 수고도 없이 이미 먹구름으로 가득했던 하늘은 불과 몇 초 후부터 비를 퍼붓기 시작했다. 나와 란을 태우던 불은 그 폭우 속에서도 한동안 버티다가, 마침내 꺼지고 말았다.

결국 실패인 건가.

달무리를 보고 예감이 좋지 않다 싶더니만.

나는 내게로 다가오는 란의 눈에 넘실거리는 살기를 보았다. 진정한 악귀가 있다면 바로 그 모습이라고 생각했다.

"……네년을 도륙을 내고 말 것이야."

란이 검을 집어 들었고, 내 앞에 다가와 높이 치켜들었다.

절대로 눈을 감지 않고, 마지막에 응하리라 생각하며 입술을 들썩거렸다.

"이번엔 운이 따라주지 않았을 뿐이야. 조심해. 난 죽어서 귀신이 될 참이거든."

란은 그런 내 눈을 노려보다가 갑자기 실성한 것처럼 웃음을 터뜨렸다.

"아하하, 아하하하하! 이런 재미난 일은 또 처음인데 이렇게 쉽게 죽일 수야 없지. 암, 안 되지. 안 되고말고. 너, 멍하니 서 있지 말고 끌고 와."

란은 칼을 바닥에 끌면서 휘청휘청 걸음을 옮겼다. 그 뒷모습을 멍하니 보고 있던 도련님을 돌아보며 다시금 란이 "끌고 오란 말이야!" 하고 소리쳤다. 도련님은 내게 다가와서 머뭇거리다가 어깨 아래를 잡았다.

나는 덥석 도련님의 팔을 잡았다. 도련님이 소스라치게 놀라 내 팔을 놓아버리는 바람에 땅바닥에 떨어진 나는 전율할 만큼 끔찍한 고통에 하마터면 정신을 잃을 뻔했다. 그래도 해야 할 말이 있다는 생각에 가까스로 눈을 뜨고 도련님의 다리를 재차 잡았다. 내 손을 뿌리치고 물러서려는 도련님의 다리를 두 손으로 붙잡으며 입을 열었는데, 그때까지 꾹꾹 참아내던 것이 말을 하려 한 바람에 솟구쳐 올라 왈칵 피를 토하고 말았다. 그래도 한 차례 토하고 나자 말은 할 수 있었다.

"죄송합니다. 정말로 죄송합니다, 도련님."

파랗게 질린 얼굴로 나를 보고 있는 도련님의 눈이 사정없이 흔들렸다.

"그저 도련님이 살아 있기만을 바랐을 뿐입니다. 그렇게 사랑하시는 걸 부정하고…… 현혹이라고 한 것…… 용서……하십시오. 만나면 그저…… 은혜를 갚고 싶었던 것뿐인데…… 일이 이렇게 되었습니다. 저야말로 용서를…… 도련님. 부디, 부디 목숨을 소중히 하시고 살아서…… 오래오래……."

"뭘 하고 선 게야, 당장 끌고 오지 못하느냐!"

"예, 갑니다, 갑니다!"

멀리서 들려온 란의 호통에 도련님은 눈을 질끈 감고 내 어깨 아래를 잡아서 끌고 갔다. 어디로 가는지 알 수가 없었다. 정신이 가물가물 끊어지려는 것을 쏟아지는 폭우가 가까스로 이어주고 있었다.

"넣어. 뭘 멍하니 쳐다보는 거야? 집어던지란 말이다! 당장 던져 넣어, 내가 할까?"

란이 내 머리칼을 움켜잡아 일으키려는 순간 도련님이 자기가 하겠다고 말했다. 도련님의 팔에 의해 절반쯤 일으켜 세워졌을 때, 나는 내가 있는 곳이 어딘지 깨달았다.

우물가였다. 오래전에 종종 나와서 멱을 감던 우물가에 와 있었다. 란은 지금 날 거기에 던져 넣으라고 명령하고 있었다. 란이 우물 덮개를 옆으로 내던졌고 깊은 구멍이 입을 벌렸다. 나를 잡고 있는 도련님이 너무도 심하게 떠는 것이 가슴 아팠다.

"던지세요, 저를."

그 짧은 말을 하기 위해 피를 몇 번이나 삼켜야 했다. 도련님은 움찔 나를 보았고 눈이 마주치자 휙 시선을 돌렸다.

"이리 난도질을 한 녀석이 이제 와서 겁을 내? 비켜라!"

성난 목소리와 함께 란이 도련님을 떠밀었고 그 서슬에 나는 우물에 머리부터 거꾸로 떨어져 내렸다. 풍덩, 하면서 깊이가 얕은 물속에 잠겼다. 떨어지면서 곱게 떨어졌을 리 없건만 이미 겪었던 고통이 너무도 끔찍했던 터라 이젠 무엇이 고통인지도 알 수가 없었다. 용케도 이 우물에 물이 있었다는 사실에 심지어 얼마쯤 웃기까지 했다. 물속에 머리가 잠긴 채로 란이 날 내려다보며 말하는 것을 들었다.

"피의 향기조차 기막히게 좋구나, 너는. 허나 아무 쓸모없이 죽을 걸 생각하니 아까워서 눈물이 날 지경이다. 좋은 건 아껴둘 것 없이 서둘러 먹어치워야 한다는 걸 네가 아주 제대로 가르쳐 주는구나. 참으로 고맙다."

노여움에 끓는 웃음소리가 우물을 뒤흔드는 데 이어 란의 저주가 떨어졌다.

"보아라, 거기가 바로 네 무덤이다. 이젠 꼼짝없이 거기서 죽고 말 것이야. 그래, 가는 길이 심심치 않게 거기서 두 눈 똑바로 뜨고 지켜보거라. 내가 이 집을 또 한 번 잿더미로 만들 것이다. 네 반려가 될 수도 있었던 내 귀한 동생의 도움을 받아서 말이야. 우리만 한 이무기끼리 싸우는 것을 본 적이 있느냐? 없다고? 그럼 이무기가 죽는 것은? 그것도 없어? 둘 다 보여주마. 좋은 구경을 하면서 천천히 죽어라."

모든 것을 다 체념하기 직전이었지만, 마지막 말에 정신이 번쩍 들었다. 겨우겨우 상체를 일으켜 앉으면서 나는 위로 손을 뻗으려 했다.

"명…… 명에겐 해를 끼치지 마세요. 명은…… 아무런 잘못도 없지 않습니까. 내가 배반했습니다……. 내가, 내가 그를 버리고 온 건데…… 어째서……."

"너 하나를 죽인다고 내 분이 풀릴 것 같으냐? 그 녀석은 너를 끔찍이 사랑하니까. 그러니까 함께 죽여 버릴 거다."

란이 들고 온 검을 들어 날 겨누는 듯하다가 그대로 놓았다. 검은 우물 속으로 떨어지는 대신 파르르 떨며 공중에 떠 있었다.

"아니지, 더 근사한 게 생각났다. 꼭 이 자리에 벼락이 떨어지도록 할 테니 기다리고 있으렴. 내 그 영광을 명에게 양보할 테니까. 그러다 죽으면 명에게 기꺼이 소식을 전해 주마. 그러니 그때까지 살아 있어. 명이 어떤 표정을 짓는지, 내 꼭 구경을 해야겠다. 쿡쿡, 이만하면 놀이가 재밌겠구나."

"그러지…… 마세요. 제발…… 제발……. 아아."

나는 보았다. 붉은 이무기가 하늘로 솟구쳐 올라가며 구름을 가르고 달을 향해 포효하는 모습을. 거짓말처럼 폭우가 그친 하늘로 울려 퍼지는 찢어지는 듯한 괴성은 흡사 천둥과 같았다.

이어서 나는 들었다. 거기에 응하는 또 다른 포효를.

하늘을 찢어낼 듯, 땅을 갈라버릴 듯 처절한.

명이다.

그를 떠올린 순간 눈물이 왈칵 흘러나왔다.

우물의 작은 구멍으로 보이는 하늘에서 란의 모습은 더는 볼 수 없었다. 대신 얼마 후 천근처럼 무거운 것들이 부딪쳐 일어나는 불꽃의 빗줄기를 보았다. 벼락과는 다른 새파란 불꽃과 새빨간 불꽃이 부딪쳐 순간순간 하늘을 가득 채우며 백열의 섬광이 되었다. 그때마다 귀가 먹먹하도록 커다란 우렛소리가 사방을 요동치게 했다.

명이 죽지 않으리란 것은 알았다. 명은 강하니까. 절대로 란에게는 당하지 않을 것이다. 설사 란이 더 강하다고 해도 지금의 란은 탈피 직전의 몸. 그 힘은 평소와는 현격히 다르다. 살 것이다. 란은 절대 내게 했던 말을 지킬 수 없을 것이다.

믿는데도, 나는 빌었다. 저 멀리 보이는 우물 위의 하늘을 보면서 빌었다.

천지신명님. 명을 도와주세요. 제 반려인 그를.

저는 말이죠, 혼자서 이미 그렇게 생각하고 있었어요. 명이 절 반려로 삼아주지 않았다고 해도 저는 홀로 마음속으로나마 사는 내내 명이란 반려가 있었단 걸 자랑하면서 살 거였어요. 이제 곧 저를 거두어 가셔도 좋아요. 그렇지만 명은 오래오래, 지금까지보다 더 오래오래 살게 해주세요. 그래서 언젠가 제가 그를 다시 만나 이번 생에서 못다 한…….

스르륵 눈이 감겼다. 그것을 나는 억지로 다시 떴다. 나도 모르게 숙여졌던 고개를 들어 하늘을 올려다보았다. 하늘이 환해졌다. 어딘가에서 벼락이 쳤다. 천둥소리가, 들렸던가? 아, 작게나마 들린다. 눈앞이 침침하다. 주변의 어둠이 더욱 진해진 것 같다. 하늘은 쉴 새 없이 환해지길 반복하는데, 그것이 점점 내 눈에 어둠과 별 차이가 없는 것으로 바뀌어 간다. 얼마쯤 들렸던 소리도 조금씩 가물거리며 사라져 갔다.

그래도 나는 하늘을 올려다보는 걸 그치지 않았다. 명이 있을 그곳을 조금이라도 더 보고 싶었다.

나도 모르게 또 눈을 감았던가.

틀림없이 정신을 차리고 있다고 생각했는데, 언뜻 정신을 차려보니 달이 우물의 정중앙에 와 있었다. 의식을 잃었던 모양이다.

아, 이젠 소리조차 거의 들리지 않는다. 그저 달이 보이는 것이 신기할 뿐. 아니, 어쩌면 저건 달이 아닐지도 모르겠다.

피를 너무도 많이 흘렸다는 것이 명백해졌다. 이젠 몸의 형상을 제대로 유지하고 있는 것조차 힘에 부쳤다. 깜빡 정신을 놓으면 나는 본체로 돌아가 버릴 것이고, 그렇게 되면 이 작은 우물은 부서지고 말 것이다. 그러면 결국 저 요사스러운 달빛에 빛나는 칼날이 나를 노리고 떨어지겠지.

그렇게 되기 전에 나를 불태울 수 있어야 할 텐데. 지금 이렇게 고통을 인내하면서 얼마나 갈지 모르는 호흡을 유지하는 것이 과연 잘하는 짓인지 모르겠다.

이미 포기할 때가 지났다는 것은 아주 잘 알고 있다. 이런 식으로 비참하게 질질 끄는 마지막은 한 번도 꿈꾼 적이 없다.

내가 죽으면 정말로 란은 명에게 그 소식을 전할 것이다. 그것이 란의 말대로 명이 내리친 벼락에 의한 것이 되어선 안 된다. 그전에 내가 죽어야만 한다. 분노한 명이라면 란 따윈 한 방에 이길지도 모른다. 그럼에도 불구하고 나는 죽는 순간을 단 일 분이라도 더 미루고 있다.

망설이는 것은 아닌데 내가 왜 이러는 걸까. 이게 인간들이 그토록 자주 들먹거리는 미련이라는 걸까?

　선택은 내가 했다. 어떤 결과가 왔든지 이것은 나의 몫. 후회와 함께 애착도 불태워야 할 것이다.

　그러나 여전히 마음이 아픈 것은 어쩔 수 없다. 내가 간 뒤, 혼자 남겨진 명은 이제 얼마나 긴 잠을 자게 되는 걸까?

　"미안…… 해요. 정말."

　보고 싶다. 딱 한 번만 더.

　"배반…… 하고 말았지만 마음으로는, 당신 배신한 건 아니니까…… 나 너무 미워하지 마요."

　보고 싶다. 보고 싶다. 죽어야 하는 이 순간에도.

　웃음 한 번 짓고, 눈을 감았다. 천천히 몸이 옆으로 기울었다. 물속에 얼굴이 잠길 때 이 물, 어쩐지 녹전이랑 비슷한 냄새가 난다고 생각했다. 마지막에 녹전 생각을 하다니 다음 생에 태어나면 아마도 녹전과 비슷한 존재가 될지도…….

　아득해지는 가운데 어디선가, 애기씨! 하며 나를 부르는 소리가 들린 것 같았다. 죽기 직전에도 꿈을 꾸는 건가 생각했다. 그때 갑자기, 철썩하는 느낌과 함께 얼굴에 무언가가 떨어졌다.

　—맹추야, 눈 떠!

　여우가 야단치는 소리. 진짜로 꿈이 틀림없다.

　방금 전까지 만근은 되는 듯이 무겁기만 하던 눈꺼풀을 불쑥 들어올릴 수 있었다. 눈을 뜨자 내 얼굴에 내려앉은 것이 보였다.

　"어…… 모래? 너 모래니?"

　흐릿하긴 한데, 냄새라든가 느낌이 너무도 내 모래랑 닮았다. 눈을 부릅뜨며 자세히 보려 노력 중인데 아주 멀리서 귀에 익은 목소리가 또 들렸다.

"애기씨, 여기 계시지요? 애기씨, 애기씨!"

가까스로 머리를 뒤로 젖혀 위를 쳐다보니, 갑자기 풀쩍 우물로 뛰어드는 무언가가 보였다. 그것은 우물에 뛰어든 것이 아니라 검에 매달렸다.

"으갸아, 이거 무시무시하게 날카롭다! 거기다 부들부들 떨어! 내가 입으로 물고 있을 테니까 애기씨부터 어서 어떻게 해봐. 어서 가! 어서!"

저 누릿한 형체는, 풍계? 눈을 비비려고 손을 드는데, 이번엔 정말로 뭔가가 우물 속으로 뛰어들었다. 큼지막한 것이 풍덩 빠지면서 촤아악 물보라가 일어났다.

"아가씨. 모시러 왔습니다."

목소리는 녹전인데, 형상이 묘하다. 녹전은 얕은 물속에서 뒷발로 일어서더니 우물 벽을 여기저기 두드려보고 다녔다. 냄새는 녹전이 틀림없는데, 암만 봐도 형상이······.

"굴을 파는 것보다 타고 오르는 게 더 빠르겠습니다. 아가씨, 업히실 수 있을까요? 아니, 세상에, 이런! 누가 아가씨의 등을! 아, 이렇게 아니라······ 어떻게든 제가 모시고 올라가겠습니다. 저만 믿으십시오."

녹전의 몸이 내가 보는 앞에서 두 배는 훌쩍 커졌다. 이내 나를 등에 업고는 자신의 목 앞에서 내 두 팔이 빠지지 않게 옷자락으로 꼭 묶었다. 내 머리에 모래가 올라가 꽉 자리를 잡았다. 녹전은 우물 벽을 타고 올라가기 시작했다. 나는 물에 젖어 짙은 고동색으로 보이는 녹전의 털을 들여다보다가 히죽 웃었다.

"너, 수달이구나. 난 또····· 자라인 줄 알았다."

녹전이 뭐라고 대답한 것 같은데, 그 소리가 바로 지척에서도 가물거렸다. 이미 내 눈은 거의 감겨가고 있었다. 눈이 아예 감기려고 하자 모래가 찰싹찰싹 꼬리로 얼굴을 때렸다.

―맹추, 맹추야! 자지 마. 자면 큰일 나.

자꾸만 그 소리가 머릿속에서 들려왔다. 어디서 여우가 내 흉을 보나 보다. 깨우려는 목소리에도 감각이 둔해지는 건 피할 수 없었다. 누가 날 사정없이 흔든다고 해도 도저히 정신 차릴 여력이 없다.

하지만 들었다. 하늘에서 또 한 번 천둥이 치는 소리를. 그리고 아주 가까운 곳에 벼락이 떨어졌는지 우물 전체가 불안하게 요동쳤다. 요동이 얼마쯤 가라앉도록 벽에 딱 달라붙어 있던 녹전이 잠시 후 빠르게 위로 올라가기 시작했다.

"더 빨리, 더 빨리! 이러다 우리 다 매몰되겠어!"

풍계가 울부짖는 소리 너머에서 꽈르릉, 꽈르릉 하늘도 울고 있다. 명이 저 어딘가에서 안간힘을 쓰고 있으리라…….

나는 중얼거렸다.

"다치지 마요, 제발……."

"국 님이 오셨습니다. 도련님을 돕고 계시니, 이젠 걱정 마십시오. 아무 일도 없을 겁니다."

천둥소리만큼이나 멀리서 들려오는 녹전의 말에 내가 다행이라고 대답한 것도 같고 아닌 것도 같다.

이미 모든 것이 까맣게 된 후였다.

17. 그 후

"……더워."

이리 뒤척, 저리 뒤척 해보아도 역시 덥다. 움직일 때마다 뜨끈뜨끈한 땀도 흐르는 것 같다. 사방이 끈적거려서 덮고 있던 이불도 미친 듯이 거추장스러워 발로 걷어차 버렸다.

그 이불을 굳이 누군가가 다시 배 위에 덮어주면서 내게 물었다.

"그리 더우냐?"

눈을 뜰 수가 없을 정도로 졸린다. 들려온 목소리가 아주 많이 익숙한데, 누군지 잘 생각도 안 날 만큼 잠이 아득하게 온다. 무시무시한 잠이다. 그 잠을 방해하는 것이 하나 있다면 딱 하나, 더위뿐이다.

"더워요, 너무 더워요."

"그렇구나. 그럼 비가 오게 해주랴?"

"네, 그렇게 해줘요. 어서요."

누군지도 모르는 자에게 나는 그렇게 보챘다. 그러면서 또 한 번 뒤척거렸다. 미끈거리는 팔다리가 불쾌하기 짝이 없다.

아, 인간이고 뭐고 귀찮다. 그냥 본체로 돌아가서 땅속에 들어가고만 싶다. 내 삼나무 숲으로 가고 싶다. 그러려면 이 잠에서 우선 깨야만 하는데, 도저히 그걸 못하겠다. 덥고, 졸리고, 덥고, 졸리고.

"아……."

바람이 부는 듯하더니, 쏴아아 빗줄기가 땅을 때리는 소리가 들려왔다. 기와를 때리고, 마당을 때리는 빗소리는 얼핏 수천 개의 거문고 현을 튕기는 듯 듣기에 좋았다. 조금은 시원해졌나 싶어서 절로 웃음이 번졌지만 듣기 좋은 소리에 비해 더위는 별반 가시지 않았다.

왜 이렇게 사방이 더울까? 꼭 내가 펄펄 끓는 냄비 안에 든 미꾸라지라도 된 기분이다. 나를 넣을 만큼 큰 냄비가 세상에 있다면 말이지만.

"더워……. 아, 더워."

"그래. 잠시만 있어보렴. 조금이라도 시원하게 해줄 테니."

상냥한 목소리가 내게 그리 말했다. 부스럭거리는 소리가 얼마쯤 들린 다음 차가운 물수건이 내 얼굴에 닿았다. 몸을 닦아주고 있다. 미지근해질라치면 다시 수건을 찬물에 적셔서 불평 한마디 없이 몇 번이고 반복해서 내 몸 구석구석을 닦아주었다. 숨이 막힐 지경으로 견디기 힘들었던 더위가 그렇게 한참이나 닦아주는 손길을 겪은 이후로는 한결 견딜 만해졌다. 그렇지만 내게 그리 친절히 대해 주는 이에게는 미안해졌다.

"이제 괜찮아요. 고마워요."

"어디."

시원할 만큼 차갑고 부드러운 손이 내 이마에 와 닿았다.

"아직도 열이 이토록 심하구나."

"괜찮아요. 견딜 만해요, 정말로…… 고마워요."

할 수 있다면 눈을 뜨고 고맙다고 말하고 싶었지만 몸이 그것까진 허락하지 않았다. 더위 때문에 방해 받았던 잠 속으로 다시 까마득하게 빠져들고 있었다.

그런 내게 살랑살랑 서늘한 바람이 불어왔다.

그가 부채질을 해주는구나.

그런데 그가 누구지?

근데 나, 이렇게 잠자고 있을 때가 아닌 것 같은데.

아…… 졸려.

잠깐 든 궁금증보다 훨씬 막강한 졸음의 위력에 그대로 항복하려는 찰나, 남자의 목소리가 들렸다.

"이곳은 안 될 것 같아요. 안 그래도 열이 심한데 이 찜통더위라니."

거기에 응하는 여자의 목소리가 들렸다.

"애초에 살아난 것도 기적이야. 장기가 너덜너덜, 엉망이 되어 있었잖아. 거기다 너까지 짐이 됐으니."

"말을 해주셨어야죠."

남자의 목소리에 원망이 묻어났다.

"나도 그렇지 않을까 하고 짐작만 했던 일이었어. 인간들 중에 간혹 보긴 했지만, 같은 무리 중에 이런 능력을 가진 건 처음 보았다고."

"아무튼 확신이 생기셨을 때 절 떼어놓으셨어야죠."

"이 자식이 구해 놓았더니 보따리 내놓으라고 따질 참이냐? 웃기는 놈 같으니. 인사불성이 되어서도 반희한테서 안 떨어지려고 악을 쓴 녀석은 너야. 내 신랑 손까지 물어뜯어놓은 녀석이 이제 와서 내 탓을 해?"

"기억 안 나는 일이에요."

남자는 참 듣기 좋은 목소리로 시치미를 뗐다. 기억나면서도 모르는 척한다는 걸, 듣기만 하는 나는 알 수 있었다.

평소엔 근엄한 척하면서 알고 보면 제멋대로에 범접 못할 정신세계를 가진 남자. 그렇지만 그런 점이 또 더욱 좋았지……. 생각하자 저절로 입가에 미소가 그려진다.

옆에선 다시 두 사람이 옥신각신하기 시작했다.

"아무래도 좋아요. 반희 데리고 거기로 가겠어요."

"그럼 나도 따라가지."

"어머니가 왜요? 그럴 시간에 단 님 손이나 치료해 주세요."

"그 정도 상처야 내버려두면 알아서 낫지. 출산은 말이야, 여자가 있어야 해. 너 같은 놈 백 놈이 있어봐야 난리만 피울걸. 반희 출산을 도우려면 내가 있어야 해."

출산?

출산이라 하면 출산出山인가? 산을 내려간다는 그 출산? 거기에 왜 여자가 필요하지?

"멀쩡해도 힘든 일인데, 저리 약하니 인간들 말로, 산후조리도 잘 시켜줘야지. 아무튼 나랑 달리 넌 경험이 없지 않으냐? 이 몸은 이미 두 번 새끼를 낳은 선배란 말이지, 에헴."

오, 세상에. 출산出産이다. 애를 낳는다는 그 출산인 것이다! 그렇다는 말은, 내가, 내가?

순간 온몸을 쩌 누르던 잠의 위세를 단박에 내동댕이치는 데 성공했다. 나는 벌떡 일어나면서 물었다.

"제가, 새끼를 가졌나요?"

눈도 제대로 못 떴는데 목소리는 잘 나왔다.

내 물음에 대번에 들려온 것은, 여자의 호탕한 웃음소리였다.

"아하하하하! 역시나, 역시나! 어떠냐, 내 말이 맞지? 아하하하, 으하하하하!"

목소리가 들려오는 곳으로 머리를 돌리면서 애쓴 끝에 겨우 눈을 떴다. 한동안 흐릿한 안개 속 같던 시야가 마침내 초점이 맞으면서 명확해졌다. 하얀 휘장이 어지럽게 쳐진 방 안에 나 말고 두 사람이 있었다.

국 님과 명이었다.

나를 보고 명이 자리에서 일어서는 것을 보았지만, 우선 급하게 나는 국 님을 향해 물었다.

"출산이라고 하셨죠. 제가 출산을 한다고. 제가 새끼를 가진 거예요? 제가 여기 새끼를……. 꺄아앗!"

급하게 물으면서 내 배를 내려다보던 나는 기겁을 해선 비명을 질렀다. 발가벗고 있었다. 달랑 얇은 이불 하나 배에 덮고 있을 뿐으로 몸을 가린 거라곤 어지러이 흐트러진 머리카락밖에 없었다. 이불로 급하게 여기저기를 가리면서 보니 하얀 몸에는 불그죽죽한 상처가 수두룩하여 흉측하기 짝이 없었다.

설마 얼굴도 이럴까 싶어 손으로 만져보는데 다가온 명이 자신의 옷을 벗어 나를 덮어주었다. 멈칫하고, 조심스레 명을 올려다보려는데 국 님이 유쾌하게 말했다.

"보아라. 출산이란 말에는 깨어날 거라고 했잖아. 역시 모성이란 것은 강하지. 반희가 나 어릴 적 모습이랑 똑 닮았거든."

"그 말씀은 굉장히 불쾌합니다. 그 비슷한 말도 다신 꺼내지 마세요, 어머니."

"내가 없는 소리를 한 줄 아느냐? 원 아들이라고 하나 있는 게 결국은 저리 제 마누라만 챙길 줄이야. 결국 란의 말이 틀린 게 하나……."

국 님이 무심코 꺼낸 그 이름에 나를 붙잡고 있던 명이 파르르 살기를 뿜어냈다. 국 님은 잠시 떨떠름한 표정이 되어 헛기침을 하시다 자리에서 벌떡 일어났다.

"나는 그만 나가 있으마. 오랜만이니, 하고픈 말이 많겠지. 그나저나 반희야. 깬 걸 보니 좋구나."

"아…… 예."

국 님의 환한 미소가 햇살처럼 따스했다. 그 미소를 잔광처럼 방 안에 남겨두고 국 님은 얼른 휘장을 걷어내고 밖으로 나가셨다. 걸어가는 그분의 발소리가 빗소리에 섞여 들리다가 곧 들리지 않게 되었다.

나는 얼마간 국 님이 나간 곳을 바라보았다. 문이 열려 있어서 빗소리는 또렷하게 들려왔고 가끔 휘장이 잔바람에 일렁거렸다.

그러는 동안에도 내 어깨를 꼭 잡아주는 명의 손을 느꼈다. 뭔가 해야 할 말이 엄청나게 많은 것 같은데, 막상 하자니 입이 안 떨어졌다. 그 또한 그런 듯해 가만히 고개를 숙인 채 기다리다가 배를 살며시 누르고는 물었다.

"……그럼 없나요?"

"뭐가."

"우리 아이요."

"저분 허풍에 일일이 넘어가면 안 돼. 그랬다가는 밑도 끝도 없어. 너 설마…… 실망한 것이냐?"

"모르겠어요."

사실은 조금. 아니 상당히 많이. 몸에 쭉 힘도 빠지는 것 같아서 다시 자리에 누우려고 했다. 명이 그런 내 어깨를 꼭 안으면서 중얼거렸다.

"어렵게 깼는데 다시 자려 하느냐?"

명의 목소리가 떨렸다. 나는 그의 얼굴을 보려다가, 내 몸에 남은 많은 상처를 생각하고 얼굴도 그리 상했겠지 싶어 고개를 푹 숙였다. 명이 그런 내 얼굴을 감싸며 천천히 들어올렸다. 눈이 마주치자 은빛의 별들이 반짝이는 밤하늘 같은 그의 눈이 옅게 젖어 있는 것이 보였다.

"다행이다. 이렇게 다시 보게 되어, 정말로 다행이다."

명은 나를 꼭 끌어안았다. 수십 번쯤 다행이란 말을 되풀이하면서 내 이마와 뺨, 입술 가리지 않고 입맞춤을 했다.

살아서 그를 다시 보게 된 내 심경을 어찌 말로 할까. 무섭도록 가슴이 먹먹해서 눈물이 쏟아지려 했지만, 울기 시작하면 그치지 못할 것 같아서 눈을 꽉 감은 채 필사적으로 견뎠다.

"미안해요. 나 졸려요."

"아, 그래. 아직 많이 힘들지? 누워라. 자."

"저기……. 아니에요."

베개 대신 명은 그의 다리에 내가 머리를 베고 눕게 했다. 차마 싫다고 할 수 없어서 눕긴 했지만 옷을 들어 얼굴을 가리며 돌아누웠다.

"왜 그리 눕느냐. 얼굴 좀 보자꾸나."

"더, 더워서요."

"참. 그랬지. 부채질을 해주마."

결국 그의 말 때문에 똑바로 누워서 그를 올려다보지 않을 수 없었다. 명의 얼굴은 전에 보았던 것처럼 깔끔하고 해사하다. 다행이다 싶었다. 큰 상처는 없어 보였다. 한숨을 포옥 쉬는데 명이 내 머리카락을 쓸어 넘겨주면서 물었다.

"아이가 없다는 게 그리도 실망이 되느냐?"

"아…… 예. 조금은."

"원한다면 갖게 해주마. 지금은 아니고, 나중에 건강해지면."

날 바라보는 그의 눈은 한없이 다정하기만 하다. 오래 보자니 또 머리가 아득해져서 가만히 눈을 환히 열린 문 쪽으로 돌렸다.

비가 내리는 중에도 바깥은 퍽 환했다. 낮이었다. 게다가 덥다. 단순히 내 몸의 열이 문제가 아니라, 절기가 바뀌어 있다는 걸 깨달았다.

"덥군요."

"그래. 올해 여름은 유난히 덥구나. 무주가 이처럼 더운 곳인 줄은 몰랐다."

"몇 월이죠?"

"7월."

역시나. 3개월 가까이 되는 시간이 한숨 자는 사이에 흘러가버린 것이다. 나는 조금 웃었다.

"시간이 많이도 갔네요. 학교, 유급하겠다."

"걱정 마. 나도 유급은 따 놓은 당상이다."

부채질을 해주면서 명도 따라서 웃었다. 그를 올려다보다가 그가 손에 잡고 있는 부채를 보고 나는 반색을 했다.

"내 부채."

잡으려는데 명이 홱 손을 들었다.

"버리고 갔으면서, 무슨 네 부채냐?"

"어……."

그런 것 아닌데. 전 같았으면 달라고 떼라도 썼겠지만 지금의 난 그럴 수 없었다. 도로 손을 거두면서 시무룩하니 눈길을 돌리는 내게 명이 내쉬는 한숨이 들려왔다.

"탓하려고 한 말이 아니다. 놀리려고 한 말이야. 그러니 반희야, 그런 얼굴은 하지 말려무나."

"제가 무슨 얼굴을 했다고 그래요. 아무렇지도 않아요."

그렇지만 고개를 돌려 모로 눕는 순간 또르륵 눈꼬리를 타고 눈물이 흘러내렸다. 눈을 감아보았지만 결국 시작된 눈물은 가라앉으려 하지 않았다.

"반희야……."

"더워서 그래요. 너무 더워서. 그러니까 잘 거예요."

그의 옷자락으로 얼굴을 가렸지만 지긋이 쏟아지는 그의 시선을 막기엔 역부족이다. 내 얼굴에서 옷을 치우면서 명이 부드럽게 말했다.

"그래. 자렴. 한숨 푹 자고 일어나렴. 깨어나면 한결 시원해져 있을 거다."

하염없이 계속되는 빗소리. 이제 단조로워진 거문고 소리 같은 그 노래를 들으면서 얼굴에 살랑살랑 와 닿는 부채의 바람을 느꼈다. 그것은 명이 내게 들려주는 자장가와 다름없었다.

살아서 다행이다.

알아야 할 것도, 알고 싶은 일도 가득 밀려 있었지만, 이 순간엔 흘릴 수 있을 만큼 많은 눈물을 흘리고 싶었다.

뜨거운 눈물.

그것은 내가 살아서 명의 곁에 있다는 증거였다.

"내가 언제고 이럴 줄 알았어. 어휴. 은근히, 아니 분명히 집착의 대왕이야."

밖으로 내민 다리를 휘저어 쏟아지는 폭포에 적시면서 나는 이곳에 와서 천 번쯤은 보았을 흙을 다시 보았다. 물론 명이 주변에 없기에 가능한 일이다.

나는 현재, 굴에 와 있다.

어디의 굴이냐고 하면, 그렇다. 바로 거기다. 무영산 용소에 있는 폭포 뒤의 굴.

명은 한 번 마음먹은 것은 기필코 이루고 만다는 것을 이렇게 단적으로 증명하고 말았다. 집에서 국 님의 출산 발언에 놀라서 깨어났다가 또 잠이 들었던 내가 푹 자고 깨어났을 때 보게 된 것이 바로 이 굴의 천장이다. 깨어나면 시원해져 있을 거라더니, 날씨가 시원해질 거라는 게 아니라 굴속이라 시원할 거라는 소리였던 것이다.

어쨌든 이곳은 아주 시원하긴 하다. 9월이 되었는데도 바깥은 여전히 끔찍하도록 무더운데, 이곳에 있으면 아침저녁으론 추울 정도로 시원하다. 햇빛이 좋을 때엔 바로 밖으로 나가서 멱도 감으면서 일광욕도 실컷 할 수 있다. 싱싱한 물고기도 잔뜩 먹을 수 있고, 그게 아니더라도 명이 곧잘 산토끼라든가 산꿩을 잡아와서 먹게 하고 있다. 별생각 없이 단 님을 칭찬하는 말을 전에 명 앞에서 한 적이 있는데 그 뒤로 명은 내게 먹이를 잡아다 주는 것에 집착을 하는 것 같다.

잘 먹고 소화시키고 잘 자길 반복하면서 그간 두 차례 탈피를 했다. 몸에 남았던 상처는 현격히 옅어져 어두운 곳에서 보아선 잘 눈에 띄지도 않는다. 내가 의식이 없던 3개월 동안에도 탈피를 했다고 들었다. 옆에서 명과 국 님이 거들어서 가능했던 일이다. 그러니까 앞으로 며칠 내에 있을 탈피는 네 번째의 탈피가 될 것 같다. 그것까지 마치면 나는 완전히 원래의 모습을 되찾을 수 있으리라.

"아. 이제 겨우 노을이 지네."

폭포 사이로 올려다보던 하늘에 노을이 지는 것을 보고 자그맣게 탄식했다. 산속의 하루는 짧은 듯하면서도 길다. 명이 없을 때엔 해가 움직이는 건지 마는 건지 가끔 의심이 들 지경으로 하루가 길어진다.

"이제 겨우? 벌써 노을이잖아."

"왔어요?"

매번 보면서도 나는 명이 훌쩍 뛰어내리는 걸 볼 때 깜짝깜짝 놀란다. 오늘 명의 등에는 오소리가 두 마리 매달려 있다. 실신한 사냥감을 내 앞에 던지듯이 내려놓고 얼마쯤 걸어 나간 명은 훌훌 옷을 벗으며 폭포의 물로 몸을 씻었다. 그런 그를 잠시 발개진 얼굴로 쳐다보다가 명이 날 돌아보기 전에 재빨리 사냥감 쪽으로 돌아앉았다.

오소리를 꾸욱 눌러보자 의식이 없을 텐데도 꿈틀거렸다. 잠시 두 손을 모아 기도했다.

열심히 자라서 내 먹이가 되어주니 참으로 고맙구나. 꼭 필요해서 먹는 거니까 죽어서 원망 말렴. 세상에 이로운 좋은 사람, 아니지, 좋은 뱀이 될 테니까 부디 너도 다음 생애에 더 좋은 자리에서 태어나도록 해.

"또 그 쓸데없는 기도 중이야?"

"먹을 것은 감사하는 마음으로 먹는 것이…… 아이참, 옷 좀 입어요. 이 노출증 이무기!"

"똑같은 말을 질리지도 않고 하는구나. 노출증 이무기라니. 누구한테 감히 그런 소리야."

"어어, 왜 이래요. 이러지 마요, 난 배고프단 말이에요."

"먹어. 그러라고 내가 사냥해 왔잖아."

"그러니까 지금 먹고 싶다고, 아아아, 간지러워, 간지럽게 진짜 이러기에요."

굴에 와서 생긴 명의 버릇 두 가지. 어쩌면 전부터 있었는데 몰랐던 버릇일지도 모르지만, 어쨌든 명은 다 씻고 나면 말리란 말을 하기 전까진 몸을 말리지 않는다. 물이 묻어 있는 게 기분이 좋단다. 게다가 옷도 안 입는다. 암만 봐도 발가벗은 인간의 몸이 어째서 민망한지 모르지 싶다.

자기만 안 입는 거면 좋은데, 문제는 꼭 나를 거기에 동참시킨다는 것이다. 명이 작정하고 달려들면 내 옷 따위야 명에게 거추장스러운 천 쪼가리에 불과한 까닭에 나는 이제 한 벌 남은 제대로 된 옷마저 찢어질까 봐 그만 고분고분히 벗는 쪽을 택하고 만다. 그냥 벗는 것뿐이면 또 모르겠는데 내가 옷을 다 벗으면 또 얼마를 못 가서…… 어휴. 얼굴 붉힐 일이니 이하 생략.

평소 같으면 열에 아홉은 그대로 지쳐서 실신하듯 명의 품에서 잠이 들었겠지만 오늘은 그렇게 하지 않았다. 시작은 그의 뜻이라고 해도 그 과정에 내가 성실했음을 증명하고자 정신을 바짝 차리고 버티며 명이 만족스러워하도록 열렬히 그의 애무에 반응했다.

하지만 그 부작용으로 기진맥진해지는 시기도 다른 날보다 더 빨리 찾아왔다. 그렇지 않은 척 꾸며보았자 명에게 간파당하는 건 시간문제다.

"벌써 지친 거야? 원 이렇게 허약해서야."

"어릴 때 제대로 못 먹고 자라서 그래요, 누구랑 달리……."

헐떡거리면서 생각해 봤는데 아무래도 명은 정말 여름에 산삼을 찾아 먹지 싶다. 나하고는 체력 자체가 비교가 안 되는 게, 틀림없이 뭔가 비술이 있을 것이다. 다음에 만나게 되면 국 님에게 넌지시 물어보든가 해야지 한다.

"우리 반희 잘 먹고 튼튼해지게 어서 저녁 손질을 해야겠군."

몸을 일으키는 명의 팔을 잡으며 도리질을 했다.

"저녁은 생각 없으니까 저건 내일 아침에 먹어요. 대신 산책 다녀와요, 네?"

"산책은 좋아. 하지만 다녀와서 식사는 해야 해. 내일 아침엔 더 맛있는 걸 잡아다 줄 테니까."

"네, 그럴게요."

"이렇게 말을 잘 들으니 오죽이나 예뻐?"

내가 일어나도록 끌어당긴 명이 가볍게 등을 어루만지며 뺨에 입을 맞췄다. 금세 그의 입술이 방향을 틀어 내 입술을 머금으려 하는 것을 스리슬쩍 고개를 돌리며 어서 산책을 가자는 말로 피했다. 그리하여 겨우 명은 옷을 입었고, 나도 옷을 주섬주섬 걸쳐 입는데 성공했다.

이미 바깥 하늘엔 별이 초롱초롱하게 나와 있다. 오늘은 매일같이 본 용소 주변이 아니라 산속을 거닐고 싶었다.

명이 내게 걸어둔 주문 때문에 혼자서는 용소 밖에 한 걸음도 나갈 수가 없다. 처음엔 굴 밖에도 한 걸음도 못 나갔던 것에 비하면 용소라도 가게 된 것은 감지덕지이다. 이게 무슨 말도 안 되는 횡포냐고 화도 내보았지만 네가 나한테 무슨 짓을 했는지 잊은 거냐고 명이 으르렁거렸을 때 나는 일체의 반항을 포기했다.

명이 화를 내면 내가 정말로 할 말이 없다는 것쯤 모르지 않는다. 내가 그날 그렇게 사라지고 명이 얼마나 분노했는지, 지금 녹전이 몇 달째 집수리에 매달리는데도 아직 다 끝이 안 났다는 걸로 알 수 있다.

"단 몇 분 만에 그야말로 집을 아주 쑥대밭으로 만들어 놓으셨지요. 전쟁통에 폭격을 당할 당시의 기억이 나더군요. 적어도 그때는 내가 여기서 죽겠다는 생각은 한 적이 없었습니다만."

날 찾아온 녹전은 먼 하늘을 보면서 그렇게 말한 바 있다. 쑥대밭이 어떤 건지 실제로 못 본 내겐 애매한 말이긴 한데 아무튼 녹전이 죽을까 봐 겁을 먹은 걸 보면 몹시 참혹했을 것이다.

그 와중에 자기 죄를 자수한 풍계가 죽지 않은 건 하늘이 도우신 일이라고 녹전은 웃지도 않으면서 말했다. 만약에 풍계가 죽었다면 녹전은 똑같은 표정으로 자업자득이라고 했을 것 같다.

"집이 워낙 난장판인 덕분에 어디서부터 손을 볼지 고민하느라 한 며칠 신이 나서, 아뇨, 말이 헛 나왔습니다, 걱정돼서 잠을 못 이뤘습니다."

집수리로 하루하루가 정신없이 흘러간다는 녹전은 올 때마다 얼굴에서 광채가 난다. 심지어 더 젊어지는 것처럼 보이는데 명에게 이야기해 봤더니 코웃음만 쳤다.

아무튼, 지금 중요한 것은 오늘 나는 명에게 묻고 싶은 게 있다는 거다. 그 질문은 거창하게 분위기 잡고 묻는 것보다 팔짱을 끼고 산책을 하면서 꺼내는 것이 훨씬 나을 것 같았다. 지금처럼 졸리고 기분 좋은 나른함 속에서.

"있잖아요. 저기, 나 묻고 싶은 게 있는데."

"어쩐지. 오늘따라 그만두란 소리 안 하고 묘하게 적극적이다 싶더라니."

명이 투덜거렸다. 벌써 내 노림수를 파악하다니. 하긴 너무 뻔한 수작이었나?

"대답하기 싫음 말고요."

어깨를 으쓱하는데 명이 날 돌아보며 툭 부채로 이마를 때렸다.

"그렇게 말하면 하라고 할 줄 알지? 꾀만 늘어가. 쳇. 물어봐. 대신 돌아가서 더 안을 거다."

"또요? 나 아직 몸이 정상이 아닌데……."

"그러니까 봐주고 있잖아."

"별로 봐준다는 생각은 안 드는데, 앗, 미안해요. 생각한 게 또 무심코 말로 나왔어요."

나란 녀석은 이런 버릇이 있으니 큰 비밀을 갖기는 애초에 글렀다고 생각하면서 명의 매서운 눈을 피해 슬그머니 눈을 돌렸다. 그런 내게 명이 무서운 소릴 했다.

"너 다음 탈피 끝나면 굴 입구 막을 거다."

"어, 어어어, 어어, 그럴 수가."

겁주는 말이겠거니 하고 얼굴을 살피는데 어째 눈빛이 진지하다. 나는 도리질을 했다.

"올해는 많이 자서 여름잠 안 자도 되는데요."

부러 못 알아들은 척 해보았지만 명에겐 전혀 통하지 않았다.

"누가 재우겠대? 새끼 갖자며. 갖게 해준다고."

"그건, 당장 급한 거 아닌데요. 생기면 키우겠지만 꼭 그렇게까지 하고픈 생각은…… 없는데."

"마찬가지야. 그러니까 두고 보자고."

굴 입구를 막고서? 울고픈 마음이 들어 어깨를 움츠리는데 명은 그 일을 생각하고 기분이 좋아졌는지 목소리가 확 밝아졌다.

"묻고 싶은 게 무엇이냐?"

땅이 꺼져라 한숨을 쉰 그 일은 나중에 생각하고, 그간 줄곧 마음에 걸렸던 일에 대해 묻기로 했다.

"도련님은, 살아 계세요?"

"어떤 도련님? 설마하니 내게 그 백 번 죽여도 시원찮을 인간 녀석 생사를 묻는 건 아니지?"

마치 지금이라도 눈앞에 보이면 당장 밟아버리기라도 할 듯 사나운 어투에 나는 더 어깨를 움츠렸다. 명은 그런 나를 힐긋 보더니 좀 더 누그러진 목소리로 말했다.

"꿈밟기 안 했어? 이름 알잖아."

"안 했어요. 그거 별로 하고 싶지 않아져서."

그렇게 대답하고 시선을 발치로 떨어뜨리다가 문득 깨달았다. 꿈밟기를 안 했냐고 명이 물은 건, 도련님이 살아 있다는 뜻이다. 전에 그에게 꿈밟기가 가능한 건 이름을 아는 살아 있는 자에 한해서라고 말한 적이 있었던 것이다.

나도 모르게 다리에 힘이 풀려서 명의 팔에 매달리듯 기대섰다.

"살아계시는구나. 다행이다. 정말 다행이다. ……고마워요."

"뭐가."

"죽이지 않아줘서."

명에게 고개를 푹 숙이며 감사의 인사를 하자, 명은 한동안 말이 없다가 결국 못마땅한 어투로 대답해 왔다.

"은인이었잖아. 네 생명을 구해준. 허나 그걸로 끝이야. 너를 구해준 은공은 네게 칼을 꽂으면서 끝이 난 거야. 다음에 다시 내 눈에 띄면, 내가 어떻게 할지 나도 몰라. 그 일만큼은 아무 약속도 해줄 수 없어."

"다시는 안 봐요."

"안 본다고?"

희미하게 불신이 깔린 명의 목소리에 나는 고개를 들어 명을 똑바로 보며 말했다.

"네. 안 봐요. 설사 우연히라도 다시 보게 될 일이 있어도 그냥 지나칠 거예요."

"흐음. 그런 일을 당하고 이젠 오만 정이 뚝 떨어지기라도 했나보지? 나야 아주 반가운 일이지."

"아뇨. 사실은 좀 더 전에 깨달았어요. 어떤 기억은, 그대로 과거에 남겨두는 것이 가장 좋다는 것을. 인연은 소중하지만, 인간과 우리의 길은 다르다는 것도."

명은 나를 지그시 응시했다. 시선을 돌리지 않고 그를 물끄러미 올려다보고 있었더니 그가 다시 걸음을 옮기면서 내 허리에 팔을 감아왔다.

"그럼 이 말 전해줄 필요도 없나."

"전해줄 말이요? 도련님이 제게 뭔가 남기신 말이 있나요?"

내가 궁금해하는 게 못마땅한지 명이 날 보며 살짝 눈살을 찌푸리긴 했지만 곧 쉽사리 전언을 들려주었다.

"……고맙대. 자길 구해주려고 한 것 알고 있대. 은혜는 넘치게 갚아주었으니 미안하다고 생각하지 말래. 그리고 꼭 살아달래. 오래오래. 자기도 그럴 거라고."

가슴 한쪽에 아릿하게 따스한 느낌이 퍼지면서, 오래전의 행복했던 기억이 되살아났다.

상처가 나은 나를 보면서 규희 아씨와 도련님 두 분이 머리를 맞대고 내게 무슨 이름을 붙여줄까 고개를 갸웃갸웃하시던 모습이 눈에 선하다. 수십 개의 이름을 주거니 받거니 했지만 의견 일치가 되지 않아 규희 아씨가 푸념을 하셨다.

'흰 뱀이니까 그냥 백사로 해버릴까?'

'백사로 할 거면 차라리 백아로 하지.'

도련님이 툭 하니 던진 말에 규희 아씨가 손뼉을 마주치셨다.

'백아, 예쁘다! 그런데 무슨 뜻의 백아야? 종자기의 지음$_{知音}$ 백아?

도련님은 도리질하며 말씀하셨다.

'아니. 거위란 뜻의 백아.'

규희 아씨는 눈을 찡그리셨다.

'왜 하필 거위인데?'

'이 녀석 하얀 게 거위 깃털처럼 예쁘잖아. 게다가 그만큼 보드랍고. 그리고 원래 희귀한 것에겐 너무 좋은 이름을 붙이는 게 아니라니까.'

도련님이 내 머리를 만져주시면서 하는 말에 그제야 규희 아씨도 수긍하셨다.

'응. 아마 이 아이가 세상에서 가장 보드랍고 예쁜 뱀일 테니까. 이름마저 고우면 뜻밖의 시샘을 받을지도 몰라. 뜻은 거위지만 그냥 부르기엔 백아도 곱고 말이야.'

'그래. 잘 어울리지?'

맞장구치시는 도련님께 고개를 끄덕여 보이며 규희 아씨는 내 머리에 살짝 손을 댔다.

'백아야, 오라버니가 지어준 이름이 마음에 드니? 비록 이름은 거위지만, 그 어떤 거위보다도 오래오래 행복하게 살아야 한다. 나랑 약속하는 거야.'

아름답게 미소 짓던 규희 아씨의 당부. 누이에게 머물렀던 도련님의 선한 미소가 내게도 아낌없이 베풀어졌다.

'백아야, 규희가 하는 말 명심해야 한다. 알겠지?'

오누이의 즐거운 한때. 그 속에 내가 있었다. 스스로의 존재를 자각한 이후, 삶이 행복하다고 느꼈던 첫 번째 순간이 아마 그때가 아니었을까.

눈시울이 젖어드는 걸 부랴부랴 닦아내며 중얼거렸다.

"백아라는 제 이름. 도련님이 지어주셨거든요. 그 이름 아주 좋아했는데."

"아명兒名이라고 생각해. 처음에 지어준 이름 따위 난 진즉 버렸다고."

대꾸하는 명의 목소리에 시큰둥함이 묻어났다. 눈물 대신 호기심이 솟아나 고개를 돌렸다.

"무슨 이름이었는데요?"

"절대 말 안 해. 아무튼 중요한 건 내가 지은 이름이야. 명. 나는 이 이름이 전부라고. 너도 지금의 반희란 이름을 좀 더 소중히 하는 게 좋을 거야. 그쪽이 훨씬 예뻐."

"음. 좀 예쁘긴 하지요."

우쭐거리는 기분으로 나는 배시시 웃었다.

이후 한동안은 말없이 걷기만 했다. 쏟아질 듯 반짝거리는 별들을 물끄러미 올려다보며 걷다가, 결국 다른 한 가지 질문도 마저 던졌다.

"란 님은요?"

"없애버렸다."

"설마."

깜짝 놀라 멈춰 서고 말았지만 허리를 잡아 이끄는 명의 팔 때문에 계속 걷게 되었다. 도련님 이야기를 할 때보다 훨씬 험악한 표정이 된 명은 씹어뱉듯이 말했다.

"그러고 싶었어, 마음은. 거의 그럴 뻔했는데. 쯧."

그러지 못한 것이 분하다는 듯 명이 이를 갈았다.

"어떻게 됐는데요?"

조심스레 묻자 명이 차갑게 내뱉었다.

"중간에 방해를 했어, 어머니가. 도와주려면 끝까지 도와줄 것이지 결국엔 란을 죽일 수 없다며 애걸복걸이더군."

"어머니……이니까요. 당신이 그런 것처럼 결국 국 님에겐 소중한 자식인 거니까. 란 님은 살아 있는 거죠?"

명이 고개를 끄덕였다. 그래도 마음 한 구석으로 살그머니 안도하는 나와 달리 가늘어진 그의 눈에선 그때 못다 한 살기가 화염처럼 타올랐다.

"어머니가 데리고 가게 내버려뒀어. 몽골 쪽 어딘가에 굴이 있다나. 자러 들어갔을 거야. 너무 다쳐서 한두 해 자는 걸론 답이 안 나오겠지. 깨어난다 해도 힘은 지금까지의 절반도 안 될 거야. 내가 뿔을 부러뜨렸으니까."

"그게 부러져요?"

상상도 해보지 못한 일에 거의 소리치다시피 물었는데 명은 당연하다는 듯 말을 이었다.

"우리 몸도 자르면 베이는데 뿔이라고 별수 있겠어? 그렇지만 이천 살이 다가오면 또 돋아날지도 모르지. 어머닌 그런 뿔이 두 개가 있거든. 하지만 걱정 마. 란이 이천 살이 되어 뿔이 다시 돋는다 해도 내 상대가 되진 않아. 그때쯤이면 나 역시 지금보다 훨씬 강해질 테니까."

문득 씩 웃은 명이 날 돌아보며 한껏 가벼워진 목소리로 말했다.

"어머니에게도 약속 받아놨어. 다시 란이 우리에게 해코지를 하려 들면, 그땐 내가 정말로 없애버릴 거고, 그때는 누구도 돕지 않는 대신 방해도 하지 않겠다는 약속. 그러니 걱정 마."

자신만만한 명의 모습을 보면서 걱정 따윈 들지 않았다. 그저 내게 아무것도 추궁하지 않는 그에게 고마움과 미안함을 동시에 느꼈다.

그리고 새삼스레 깨달았다. 나는 란에게 더는 복수를 할 수 없다는 것을. 여우를 위해 내가 할 수 있는 복수는 그것으로 끝이 났고 이젠 여우도 도련님과 마찬가지로 기억에 품고만 살아야 한다는 것도.

이제 내 발에는 꿈속에서도 현실에서도 낙인은 없으니까. 여우의 목소리도 더는 들리지 않는다. 꿈으로도 찾지 못했다. 어쩌면 내가 여우라고 생각했던 것은 내 낙인에 남긴 여우의 마지막 집념이었던 것이 아닐까, 그런 생각도 해봤다.

"제 발에 있던 낙인…… 없어졌어요."

"알아. 그 녀석 뿔 부러뜨리기 전에 시킨 일이 그거니까. 끝끝내 안 한다고 하면 심장을 물어뜯어버릴 거였는데."

그편이 더 좋았다는 듯 명의 표정이 싸늘했다. 그의 어깨에 머리를 기대면서 속삭였다.

"이제 그런 일 없을 거예요. 나중에라도, 싸우지 말아요. 국 님이 가슴 아파하실 텐데."

"걸어오는 싸움엔 응할 거야."

"또 그럴 일은 없겠죠."

"란을 믿느니 사람을 믿겠어."

명의 말에서, 명과 란 둘 사이는 아주 단단하게 비틀어져 버렸음을 분명히 확인했다. 많지도 않고 둘뿐인 동기간. 그런 그들이 나로 인해 적이 되어버린 것이다. 과연 나중에라도 이 둘의 사이가 풀릴 수 있을지 걱정스럽게 생각하며 명을 바라보았다.

꿈속에서 본 세 사람의 한가로운 한때. 다시 그럴 날이 올까?

명이 그런 내 표정을 보더니 팔을 끌어당겨 이마에 꾸욱 입술을 눌렀다.

"나 말고 쓸데없는 것은 더 이상 생각하지 마. 그 인간 녀석도, 란도 다 지워. 이젠 눈앞에 있는 내게 전부를 걸어. 나는 널 그 누구와도 공유하고 싶지 않다."

　말없이 고개를 끄덕이며 명을 꼭 안았다.

　문득 불어오는 바람에 서늘한 기운이 담겨 있었다. 아무리 더워도 9월. 산은 착실하게 가을 맞을 준비를 하고 있었다.

18. 단 하나의 반려伴侶

GOOD WORLD ROMANCE NOVEL

또 한 번의 탈피를 마쳤다. 이번엔 명의 도움 없이 혼자서 해냈다. 반나절도 걸리지 않았으니 시간도 그리 오래 걸리지 않았다. 충분히 건강해졌다는 증거라서 나는 몹시 기뻤다.

벗은 허물을 손수 태운 다음 용소에서 깨끗하게 멱을 감았다. 용소의 맑은 물에 비치는 내 모습에는 한 점의 흠도 없었다.

햇살에 반짝이는 눈처럼 하얗고 촉촉한 비늘.

붉은 옥처럼 영롱한 눈동자.

자화자찬이 우스운 건 알지만, 오늘 나는 태어나서 처음으로 내 모습에 감사하게 되었으니 이 정도의 칭찬은 해도 될 거라고 생각한다.

"기쁘냐?"

멀찍이 나무 위에 앉아서 지켜보던—내가 오롯이 혼자 씻고 싶으니 들어오지 말라고 했던 것이다—명이 그렇게 물어왔다. 나는 돌아보면서 꼬리를 흔들거리며 웃었다.

"이젠 깨끗하게 나았어요. 봐요, 나는 머리끝부터 꼬리끝까지 무결

해요."

"그렇구나. 거 참 무결한지고."

어쩐지 명의 목소리가 놀리는 것 같긴 하지만, 내 마음이 기쁘고 즐거우니 개의치 않기로 했다.

"능력이랍시고 하나 있는 것 때문에 까딱하면 타 죽을 뻔했다구요. 어느 날 문득 그런 게 있다는 걸 알았을 땐 난 내가 용이 되는 건가 싶어 엄청 기뻤었는데, 아무래도 그건 아닌 것 같아요. 남을 해칠 때에만 발현되는 능력이라니, 꼭 저주 같아. 전생에 내가 뭔가 많은 잘못을 했을까요?"

"걱정 마라. 앞으론 그럴 일 없을 테니."

"네?"

명이 너무 간단하게 확언을 하는 바람에 오히려 내가 의아해졌다.

"남의 일이라고 쉽게 말하는 거예요, 지금?"

"아니다. 생각해 보렴. 그 능력이란 게 남을 해칠 때에만 드러난다면, 결국 널 해치려 한 자들이 먼저 있었다는 뜻 아니냐?"

"그건 그렇지요."

"그러니 말한 거다. 그럴 일 없을 거라고. 앞으로 내 옆에 꼭 붙어서 살면 절대로 그럴 일은 없지. 감히 이 몸을 보고도 네게 마수를 뻗칠 만큼 간 큰 자들이 또 있을 성싶으냐?"

어쩜 저리도 자신만만한지. 그리고 겸손과는 동떨어진 그의 패기에 가슴 두근거리는 나는 또 뭔지.

"치. 다시 말해 나더러 고분고분히, 얌전하게 당신 곁에 붙어서 살란 말이죠?"

"그래. 고분고분히 얌전하게. 너, 전에 요조숙녀가 되고 싶다지 않았느냐?"

"갖다 붙이기도 참 잘하십니다."

혀를 날름거리고 싶었는데, 생각해 보니 뱀의 몸이라 하나마나였다. 예쁜 몸 감상은 그만 마치고 인간의 몸으로 가뿐하게 화化했다. 그런 다음 갈아입을 옷을 둔 바위 쪽을 돌아보는데……. 아이고, 이런 음흉한 이무기 같으니!

"내 옷 또 어디에 감춘 거예요!"

"음? 옷이라니, 무슨 옷 말이냐?"

또 저렇게 시치미를 떼면서 먼 산을 보고 있다. 요조숙녀가 되라는 말이나 말던가. 자꾸 이렇게 내 성질을 망치면서 무슨 요조숙녀는 요조숙녀람?

"옷 줘요, 옷 달란 말이에요. 그러고 보고 있는 거 나빠요."

"나쁜가? 그럼 그렇다고 하던가."

"그런 소리 하지 말고 옷이나 어서……. 어머, 내 옷, 내 옷 날아가잖아요!"

"어, 그러네. 잘 날아가는구나. 옷에 날개가 달렸나."

나는 기가 막혀서 바람에 실려 둥실둥실 날아가는 옷과, 그걸 기꺼운 표정으로 바라보는 명을 번갈아 보았다. 가만 보니 명은 앞으로 뻗은 손을 까딱까딱하며 부채질을 하고 있다. 그 손짓에 따라 옷이 두둥실 날아가고 있다. 뭐야, 설마 명은 바람도 조종할 줄 아나?

"지금 당신이 저 옷 날려 보내는 거예요?"

"어? 천만에. 우연이겠지."

명이 날 보며 씩 웃었다. 그렇지만 그가 부채질을 딱 멈춘 순간, 날아가던 옷이 끈 떨어진 연처럼 툭하고 떨어져 내렸다. 안타깝게도 내겐 너무도 먼 곳으로.

옷이 사라진 빈 하늘을 미간을 찡그리고 쳐다보다가 획 명에게 고개를 돌렸다. 약이 올라 소리쳤다.
"당신 대체 못 하는 게 뭐예요!"
"아하하하, 글쎄다. 그런 게 있던가?"
 잘난 척도 대왕 수준. 웃는 얼굴에 대고 계속 화를 낼 수도 없고. 그렇지만 옷 만들어 달라고 빌어야 하는 건 또 나고. 알고 보면 명은 은근히, 아니 진짜진짜 장난꾸러기이다. 물속에서 눈만 내놓고 명을 노려보다가 결국 손을 내밀면서 말했다.
"옷이나 줘요, 아무튼."
"꼭 필요한 것이냐, 옷이?"
"주세요, 좀."
"흐음. 선녀와 나무꾼 이야기는 아느냐?"
"설마하니 그것도 모를까, 누굴 맹추로 알아."
 툴툴거렸더니 명이 또 소리 내어 웃었다. 그러더니 한가롭게 부채질을 하다가 나를 보며 말했다.
"옷을 줄 테니, 너도 그 선녀처럼……. 엇, 하필 지금 오다니. 저 눈치 없는 녀석."
 명이 용소 아래쪽을 보면서 눈살을 찌푸렸다. 나도 따라서 고개를 돌렸고, 명의 결계 너머로 용소를 향해 다가오는 익숙한 기척을 느꼈다.
"녹전이구나아!"
 오랜만에 명 말고 아는 이를 본다는 반가움에 물 밖으로 화다닥 뛰어나왔다. 그런 나를 보고 명이 소리를 질렀다.
"너, 지금 그러고 어딜 뛰어나가!"
"어? 저기 녹전이 오는데. 으앗."
 순식간에 나무에서 뛰어내린 명이 내 앞에 내려앉았다. 그가 눈 깜짝할 새에 내 머리부터 발끝까지 뭔가를 푹 뒤집어씌웠다.

"어푸푸, 숨 막히게 무슨 짓이에요."

머리를 내밀 공간을 찾는데 한참 고생을 했다. 겨우 머리를 꺼낸 순간 노려보는 명의 눈과 마주쳤다.

"녹전이 그렇게나 반가우면 녹전이랑 살지 그래?"

"별로 살고 싶은 건 아니고……. 근데 왜 화내요?"

"말을 말자. 어휴."

왜 한숨을 명이 쉬는지 모르겠다. 한숨은 이 더운 날씨에 겨울에나 입게 생긴 두툼한 누비옷을 입은 내가 쉬어야 하는 것 아닌가? 왜 만들어줘도 하필 이런 옷을. 시커먼 옷을 못마땅하게 쳐다보며 이것도 이해 못할 장난의 일종인가 하면서 투덜거리는데, 명이 결계를 나가 녹전을 데리고 돌아왔다.

"아가씨, 오늘은 더욱 아름다워 보이십니다."

"이야, 녹전도 아주 좋아 보여. 어머, 모래도 데려왔구나. 모래야, 나 보고 싶었지?"

한달음에 달려가 녹전과 인사를 나누고 그의 어깨에 앉아 있던 모래를 내 손에 건네받았다. 모래는 어기적거리며 내 어깨까지 올라와 앉더니 꾸욱 눈을 감았다.

이것저것 짐을 바리바리 싸온 녹전과 함께 우리는 용소 옆의 잘 마른 바위 위에 자리를 잡고 앉았다. 명이 절대로 굴에는 못 데리고 가게 해서 접대할 자리가 거기밖에 없다.

"한 바퀴 돌아보고 올 테니, 아가씨 잘 모시고 있도록."

"네, 걱정 붙들어 매십시오. 서방님."

녹전을 썩 반기는 기색이 아니던 명이 녹전의 그 다짐에 갑자기 빙긋 웃고는 녹전의 어깨를 두드려 주었다. 녹전. 참으로 재간도 좋지.

명이 결계 밖으로 나가서 목소리가 들리지 않게 됐다고 확신한 후에야 녹전을 툭 치면서 중얼거렸다.

"아직 서방님 아니래도 그런다."

녹전은 이렇다 할 대꾸 없이 벙긋이 웃기만 했다. 이럴 때 보면 의뭉스럽기 짝이 없다. 수달은 장난스럽다더니 과연 세간의 평이 괜히 생긴 게 아니다.

녹전과 이런저런 이야기를 나누는 동안 모래가 내려와서 내 무릎에 앉아 잠이 들었다. 그 큰 소동이 일어났던 밤 이후 종종 찾아와 내게 세상 이야기를 들려주는 이는 녹전뿐이다.

"풍계는 아직도 근신 중이야?"

"앞으로도 까마득히 멀지요. 그런 건 신경 쓰지 마십시오. 저지른 죄에 대해 제대로 벌을 받아야 그 녀석도 서방님 옆에 붙어 있을 수 있습니다."

"그런가……."

넌지시 명에게 풍계의 근신을 풀어주라 청하고 싶었는데, 녹전의 말을 들으니 오히려 풍계의 마음을 더 상하게 할까 싶어졌다.

풍계는 어릴 적에—그래보았자 삼십 년 정도 전이다—란에게 발견되어 란의 표식이 몸에 남았지만, 두꺼비 따위 징그러워 먹고 싶지도 않고 보기도 역하다면서 버린 것을 명이 거두었다고 한다. 그렇지만 그 표식이 있는 한 풍계에게 란은 거역 못 할 주인처럼 느껴졌던 모양이다. 언제라도 잡아먹힐까 봐 전전긍긍했던 그 마음, 나는 이해하는데.

"크게 근심 마십시오. 십 년도 아니고 고작 삼 년입니다. 풍계 그 녀석도 조금 진중해질 기회이겠지요. 그래도 마음에 걸리시면 이 년 정도 후에 서방님께 간단히 말 한마디 건네주시면 될 터입니다."

녹전의 말이 그럴싸하여 고개를 끄덕였다.

화제를 바꾸어 나는 비로소 4월의 그날, 백오산의 그 집에서 일어난 일에 대해 물었다.

명과 란, 두 이무기의 싸움이 계속되다가 나중에 달려온 국 님이 명의 편에 가세하여 세 마리의 이무기가 싸운 것은 대충 알고 있었다. 국 님이 가세하기 전의 싸움은 처음엔 비등하다가, 차차 명이 밀리는 형세가 되어 갔다고 한다. 란의 결계를 부수기 위해서 명이 상당한 힘을 소모한 것이 초반부터 꽤 타격이었던 모양이다. 만약 란이 스스로 결계를 벗어나 명을 공격하기 위해 나오는 대신 명이 결계를 부수어 그 안으로 들어가는 형국이 되었다면 판세는 현격히 란에게 기울었을 거라고도 했다.

그만큼 란이 강하다는 사실에 나는 뒤늦게 전율했다. 명은 내게 란을 충분히 이길 수 있는 것처럼 말했지만, 지금까지 쌓아온 삶이 너무도 달라 전면전은 애초부터 불가능했던 것이다.

그렇게 생각하면 쉽겠다. 천 년 동안 갖가지 전술, 전법만 두루두루 공부한 백면서생과 천 년 동안 수만 번의 실전을 치른 장군의 대결.

되짚어 보면 나 같은 것의 어설픈 공격에 란이 그토록 고생했다는 자체가 기적이었다. 또한 명에게 국 님이라는 존재가 한편이었다는 것도 천운이었다. 기울어가던 싸움은 국 님이 명의 편에 본격적으로 가세하면서 확실하게 결정지어진 것이다. 덕분에 명은 란에게 치명타를 입혔다.

란은, 명과 국 님 모두를 저주했다고 한다. 명의 명령대로 구해낸 나를 업고 뒤도 돌아보지 않고 무조건 집으로 쏜살같이 달리던 녹전은 하늘에 쩌렁쩌렁 울리는 란의 목소리를 집 가까이 가서도 들을 수 있었다고 한다.

절대로 용서하지 않겠다고, 이 수모를 기필코 되갚아 주리라고 외치던.

인간들에겐 그것이 하늘이 무너지는 듯한 섬뜩한 괴성이었을 것이다. 천재지변에 가까운 폭우와 천둥, 번개. 한때 무주 일대는 정전이 되어서 삼십 분 가까이 대소동이었단다. 혹 사람이 상한 것은 아니냐 물었더니 녹전은 인명손실이 없지는 않았다고 하며 자세한 대답은 피했다.

의도치 않게 악업을 쌓았다는 생각에 내가 고개를 푹 숙이며 울적해하자 녹전은 아가씨 탓이 아니라면서 불쑥 내게 참새 알 꾸러미를 내밀었다. 먹고 싶지 않다면서 도로 밀어주자 녹전은 자기가 참새 알을 먹었다. 수달이 참새 알도 먹나 싶어 쳐다보았더니 의외로 맛있다는 표정으로 잘만 먹었다.

그러면서도 먹는 틈틈이 입을 놀렸다. 원래의 명이라면 그런 일에 전혀 신경 쓰지 않았을 테지만, 이번엔 달라서 익명으로 상당한 액수의 구호기금도 내고 복구상황에도 신경을 많이 쓰고 있다고 말이다. 고개를 주억거리며 녹전이 결론짓듯 말했다.

"그게 다 새애기씨가 생겨서 서방님 마음이 인자해지셨다는 뜻입니다."

"그건 명이 착해서 그런 거지. 원래 자상하잖아. 명은."

오독오독 알을 씹어 먹던 녹전이 어째선지 턱을 축 늘어뜨린 칠칠치 못한 표정으로 날 쳐다보았다.

"그 표정은 뭔데?"

"아, 아닙니다. 인간들의 속담이 아주 그르지도 않구나 싶어서요."

"무슨 속담?"

"뭐, 별거 아닙니다."

"무슨 속담인데 운을 떼놓고 말아? 궁금하니까 어서 말해봐. 말해보래도. 말 안 하면, 명한테 녹전이 내 참새 알 다 먹었다고 이른다."

"안 드신다고 해놓고선."

원망스러운 듯 나를 쳐다본 녹전이 그래도 하나 남은 참새 알을 마저 입에 넣고는 말했다.

"정말 별거 아닙니다. 그냥 그런 속담이 생각나서. 뭐 눈엔 뭐만 보인다, 라던가요."

"그런 속담이 있나?"

"없나요? 그럼 제가 이 소릴 어디서 주워들었을까요?"

"글쎄, 그걸 나한테 물어보면 내가 할 말은 없고. 뭐 눈엔 뭐만 보인다? 정확히 무슨 뜻이야?"

"음. 그러니까 말하자면, 좋은 사람 눈엔 좋은 것만 보이고 나쁜 사람 눈엔 나쁜 것만 보인다는 거 아니겠습니까?"

"오호. 그런가? 뭔가 심오한 뜻이로군. 인간들은 속담 하난 기가 막히게 만든단 말이야."

"예, 그런 것 같습니다. 그것 말고도 제가 재미있는 속담을 들었는데 말이죠. 그중에는……."

그렇게 옆길로 새서 한참 속담 이야기를 하고 있는데 갑자기 뒤에서 불쑥 목소리가 들려왔다.

"아까부터 노닥노닥 무슨 쓸데없는 이야기가 그리 길어?"

돌아보자, 언제 왔는지 도통 감도 안 오는데 명이 팔짱을 끼고 우리를 한심하단 표정으로 내려다보고 있었다.

별로 이야기를 한 것 같지도 않은데 해가 지고 있지 뭔가. 시간이 참 잘도 가지 않느냐며 녹전과 함께 희한해하는데 어쩨선지 또 심기가 불편한 표정인 명이 내 어깨를 붙잡아 옆으로 당기면서 말했다.

"오늘 밤이 보름이야. 미뤘던 혼인, 해야지."
"아, 혼인이요? 제가요? 누구랑요?"
너무 놀라는 바람에 엉뚱한 소리가 튀어나오고 말았다. 명의 눈에 힘이 실리며 눈썹이 치켜올라갔다.
"너랑 내가 하지, 내가 녹전이랑 혼인을 하란 말이냐? 아니면 녹전이랑 네가 할 테냐?"
"아니오, 저는 둘 다 사양합니다. 마음은 감사하지만."
녹전이 진지한 얼굴로 고개를 젓더니 돌아보는 명의 표정을 보고 재빨리 뒤로 물러났다. 물론 나도 날 쳐다보는 명의 표정을 보고 마른침을 꼴깍 삼키며 말했다.
"잠시 말이 헛나온 거예요. 까맣게 잊고 있던 일이라."
"까맣게 잊어? 나와 혼인하는 일을, 까맣게 잊고 있었단 말이냐?"
"아, 아니요. 그게 아니라. 아니 왜 말꼬리는 잡고 늘어지고 그러세요?"
"말꼬리? 오호, 지금 내가 괜한 트집을 부리고 있다고 말하는 거냐? 내가? 이 내가 말이지?"
"아니, 그게 아니라, 당황해서 나도 모르게 튀어나온 말 가지고 그렇게 무섭게……."
말을 하면 할수록 명의 표정이 더 살벌해져서, 옆에서 좀 도와주지 싶어 녹전을 봤더니 어느 틈에 녹전은 용소를 빛나는 눈으로 바라보며 물고기를 탐내고 있었다. 저게 연기라면 녹전은 진짜 무서운 녀석이다.
나는 공연한 손가락을 열심히 조물거리면서 명이 말한 혼인하자는 말에 적합한 답을 찾아보았다.
"음, 저기, 혼인도 좋은데, 이렇게 갑자기 말씀하시면 준비할 시간도 없고…… 평생 한 번 있는 혼인이니 곱게 단장도 하고 싶고…… 음, 그러니까 저기…….”

 난데없이 찾아온 수줍음에 몸이 배배 꼬여 머릿속이 점점 더 하얗게 되어버리고 마는데, 불쑥 목소리가 들려왔다.

 '한다고 해, 맹추야.'

 여우다. 여우의 목소리다.

 퍼뜩 고개를 들었다. 앞을 보니 명이 인상을 쓰고 날 쏘아보고 있다. 팔짱을 낀 자세로 보아 심기가 단단히 불편한 게 틀림없다.

 그때 다시 강하게 같은 목소리가 머릿속에 울렸다.

 '해라 좀. 상대는, 용이 될 거물이란 말이다.'

 이번엔 방향을 포착했다. 내 발치에서 들려온 말이었다. 내려다본 곳에는, 모래가 있었다. 왼쪽 눈 아래 빨간 반점이 있는 내 도마뱀, 모래가 나를 빤히 쳐다보다가, 히죽, 웃었다. 그리고 한쪽 눈을 찡긋했다.

 '그 나이가 돼서도 맹추인 건 여전하구나. 참 한결같기도 하지.'

 “으아, 으아아아아, 너, 너, 모래가 아니라, 당신, 아니지, 그러니까, 아무튼 간에, 주인님?”

 너무 놀라서 내가 무슨 소릴 하는지도 모를 만큼 횡설수설하다가 털썩 모래 앞에 주저앉았다. 그리곤 멍하니 쳐다보다가 꿀꺽 마른침을 삼키고서 물었다.

 “……도마뱀이 아니라, 여우가 둔갑한 거야?”

 “맙소사. 반희 너 그걸 아직도 몰랐단 말이냐? 이 녀석, 여우가 환생한 거잖아.”

 성큼 다가온 명이 모래를, 아니, 여우를, 어쨌든 내 도마뱀을 덥석 집어 들면서 그렇게 말했다. 그러더니 모래를 쳐다보며 명이 쯧쯧 혀를 찼다.

"이 녀석 정말로, 보이는 그대로만 보는구나. 애 가르치느라 너도 고생이 많았다."

'이거 참. 뭘 그런 걸로 칭찬을. 쑥스럽습니다.'

모래가 말을 하는 건 아닌데, 그런 대화가 내 귀에 자연스럽게 들려왔다. 어떻게 된 영문인지는 지금은 도저히 모르겠다.

그렇지만 이제야 뭔가 머리가 확 하고 깨이는 것 같았다.

란이 중간에 농간을 부려서 내게 생겼던 붉은 낙인이 왜 그동안 사라졌었는지, 왜 최근에야 다시 나타났는지 비로소 연유를 깨달은 것이다. 여우가 죽으면서 거둬갔던 낙인은, 여우의 맹세대로 여우가 다시 태어나면서 내게 돌아왔던 거였다.

역시 죽은 자의 꿈을 밟을 수는 없는 법. 그렇기에 그간 한 번도 되지 않았던 일이 최근에야 가능했던 것이고, 되살아난 여우와 꿈에서 만나면서 나는 낙인을 자각하게 되었다.

맙소사. 그래도 그렇지. 복숭아나무에 불현듯 나타난 게 벌써 몇 년 전인데, 이제까지 나한테 말을 안 하다니!

"어어엉, 나빠요, 주인님 나빠요. 내가 그렇게 보고 싶어 했는데. 왔으면 왔다고 말을 하지, 왜 말을 안 해서 나만 바보 만들고. 온 줄 알았으면 내가 그렇게 오래 안 잤잖아요! 어엉, 나빠, 전에도 제멋대로 죽고, 제멋대로 내 옆에 오고! 누가 그러래요, 누가 그랬냐고요. 어헝."

반갑고, 억울하고, 슬프고, 기쁘고, 뭔가 마구 사무치는 마음에 나는 발을 구르며 그렇게 울어댔다. 멀거니 쳐다보던 모래가 투덜거렸다.

'나 참, 잘만하면 극락왕생하려는 걸 기어코 다시 태어나게 만든 게 누군데 그래?'

"내가 뭘 어쨌다고요!"

'모르면 됐다, 맹추. 넌 모르는 게 약이다.'

짧은 한숨에 이어 여우가 맹렬하게, 예전과 똑같은 어조로 날 야단쳤다.

'아무튼 혼인해! 너 같은 바보가 지금 망설이게 생겼어? 네가 세상 어딜 가서 이리 잘난 신랑을 낚을 것 같냐? 이 양반 눈꺼풀에 콩깍지가 단단할 때 얼른 후려잡으란 말이야. 뭐해, 얼른 한다고 대답 안 해?'

"합니다, 해요. 혼인한다고요."

'옳거니. 잘했다. 혼인한답니다. 들으셨죠?'

모래가 명을 보면서 머리를 갸웃했다. 명은 떨떠름한 표정으로 모래를 쳐다보다가 휙 내게로 던져주었다. 행여 다칠까 급하게 두 손으로 모래를 받아내는 내게 명의 목소리가 들려왔다.

"곧 달이 뜬다. 이 용소 위에 달이 바로 올 때, 의식을 행할 테니 그리 알아."

지금껏 보아도 못 본 척, 들어도 못 들은 척하던 녹전이 불쑥 끼어들어 진지하게 물어왔다.

"제가 주례를 보아야 할까요?"

녹전이 가져온 짐들 중에는 타오를 듯 붉은 비단으로 재단된 신부의 의상도 있었다. 거기에 어울리는 진짜 너울도. 옷 따윈 아무래도 좋다고 했으면서, 혼인의 의식을 위해서는 진짜 옷과 너울을 준비하게 한 것이 명다워서 웃음이 나왔다.

내 의견은 아무래도 좋다는 듯 자기 뜻대로 밀고 나가는 게 가끔 속상하다가도 이런 모습을 보면 투정을 부리는 것조차 배부른 일 같아

할 말이 없어진다. 아무래도 정말 앞으로도 한없이 나는 명에게 잡혀 살 것만 같다.

옷을 다 갈아입고 용소가 보이는 곳으로 걸어 나가면서 나뭇잎 사이로 반짝반짝 흘러드는 달빛을 올려다보았다. 나무 그늘을 벗어나자 탁 트인 용소의 위로 마치 쏟아질 것처럼 커다랗고 환한 보름달이 보였다.

그리고 그 달을 올려다보는 달보다 더 아름다운 내 님이 보였다. 그 님이 천천히 고개를 내리고 나를 돌아본다.

푸른 옷을 입은 내 낭군님, 명.

나도 모르게 배시시 웃음이 나오려는 걸 겨우 참았다. 신부니까, 조금은 정숙하게.

그래서 조신하게 소매 안에 넣은 두 손으로 지그시 배를 누르며 한 걸음 한 걸음, 걸어가다가 옷자락을 밟고 그만 앞으로 고꾸라질 뻔했다. 순식간에 달려온 명이 나를 잡아주어 다행히 참사는 면했다. 하지만 창피해서 얼굴도 들 수 없었다. 명이 소리는 내지 않았지만 웃는 게 분명했기 때문이다.

정신을 바짝 차리자는 결심도 한순간 빛바래서, 허둥지둥하다가 퍼뜩 정신을 차려보니 나는 명과 마주서서 혼인의 맹세를 나누고 있었다.

"……그리하여 우리의 언약은 천지가 다하고, 세월이 돌이 되어 부서지도록 이어지리니 어둠이 빛이 되고 빛이 어둠이 되는 개벽의 순간이 와도 변함없는 하나이리라."

한 걸음 물러선 명이 내게 절을 해왔다. 깜짝 놀라서 나도 그를 따라 깊이 절을 한 다음 고개를 들었다. 나는 혼인은 처음이라 영 모든 게 서툴기만 한데 명은 매일같이 연습이라도 한 사람처럼 잘만 한다.

아무튼 발그레해진 얼굴을 가려주는 너울이 있어서 참 다행이라 여기면서 명이 내게 이리 말하라 일러준 대로 먼저 입을 열었다.

"명, 이와 같은 언약으로 당신을 반려로 맞이하니, 저는 살아서도 죽어서도 당신의 것이 될 것입니다."

내 너울을 걷어 올리면서 명이 말했다.

"백아, 이와 같은 언약으로 그대를……."

"저어, 잠시만요."

명이 맹세하기 전에 문득 이건 아니다 싶어 말을 가로막았다. 의아해하는 그에게 나는 간곡한 마음을 담아서 말했다.

"이제 그 이름은 묻어둘 것입니다. 당신이 말한 것처럼 그것은 제가 아주 어린 시절에 얻었던 아명이었습니다. 이제 전 어른이 되었으니 제가 선택한 이름을 쓰겠어요. 그러니 반희라 불러주십시오."

명의 얼굴에 부드러운 미소가 퍼져갔다. 그는 고개를 끄덕이고는 내 두 손을 잡으며 말했다.

"반희, 이와 같은 언약으로 그대를 반려로 맞이하니, 나는 살아서도 죽어서도 그대의 것이 될 것이오."

마주잡은 손에 누가 먼저랄 것도 없이 꼬옥 힘이 들어갔다. 그저 바라보는 것만으로도 하염없이 기쁘고 수줍어 그를 말끄러미 올려다보았다. 나를 바라보는 명에게서도 꼭 나와 같은 기쁨이 느껴져 내 기쁨은 더욱 커졌다.

옆에서 녹전이 헛기침을 몇 번이나 했지만 우리가 그것을 알아채기까지는 한참이 걸렸다. 돌아보았더니 거짓으로 기침을 하다가 진짜 기침이 터져 나와 얼굴이 새빨개진 녹전이 겨우 정색을 하고 말했다.

"교배交拜상은 따로 없다고 하나, 합근지례合졸之禮[4]는 치름이 마땅

---

4) 신랑과 신부가 술잔을 나누는 의식. 술을 교환하여 하나가 된다는 의미를 가지고 있다.

할 것입니다. 그러니 자, 받으시지요."

녹전이 내게 내민 것은 반으로 쪼갠 표주박이다. 거기에 쪼르륵 술을 가득 담았다. 명을 힐긋 보았더니 가볍게 그가 녹전에게 핀잔을 던졌다.

"그나마 좀 살았다고 인간 비슷한 짓을 하는구나."

그렇지만 술잔을 바라보는 명의 눈엔 미소가 가득했다. 몹시 마음에 드는 게 틀림없구나 하면서 나는 표주박을 들어 얼마쯤 술을 머금었다. 표주박을 명에게 내밀자 그가 남은 술을 마저 다 마셨다. 빈 잔을 보면서 그가 중얼거렸다.

"그 술 참 맛도 좋구나."

"그거야, 이 몸이 손수 담근 매화주니 그렇지!"

갑자기 끼어든 낭랑한 여자의 목소리에 화들짝 놀라 소리가 난 곳을 돌아보았다. 가까이에 있는 상수리나무에 국 님이 걸터앉아 술병을 기울이고 있었다. 대체 언제부터 거기 있었을지 모를 노릇이라 어안이 벙벙해서 물었다.

"국 님, 언제 오셨습니까?"

"언제 오긴? 하객이 혼례식 도중에 들어와야 쓰겠느냐? 진작 와서 구경하려고 벼르고 있었다."

"초대도 안 한 자리에 잘도 다니십니다."

명이 툴툴거리면서 국 님에 이어 국 님이 온 것을 감쪽같이 숨긴 녹전까지 쏘아보았다. 녹전은 또 명상에 잠긴 듯 먼 산을 보았고 국 님은 아들의 노골적인 홀대에도 아랑곳없이 껄껄거리면서 호탕하게 웃었다.

"이 좋은 날 술도 없이 혼인을 하다니 안 될 말이지. 그나저나 이렇게 썰렁한 혼인이라니, 내 보다 보다 처음이다. 아무튼 명아, 결계를 좀 치워주지 않으련? 내 낭군이 아까부터 주위를 뱅뱅 돌며 헤매고 있구나. 혼인하는 것도 못 봐서 속상할 텐데. 짐도 지고 있거든?'

그리하여 잠시 후, 나는 보게 되었다. 커다란 반달곰 한 마리가 등에는 술동이를 비롯한 짐을 바리바리 지고, 양 손에는 멧돼지 두 마리를 들고 오는 모습을.

순식간에 용소 주변이 잔치판으로 변했다. 국 님이 땅으로 내려서면서 소맷자락을 가볍게 휘젓자 소매 속에 숨어 있던 반딧불이들이 일제히 밖으로 날아올랐다. 그 반딧불이들은 국 님의 나지막한 휘파람 한 자락에 황금색 옷자락을 휘날리는 무희로 바뀌어 하늘하늘 춤을 추었다.

단 님은 금을 뜯고, 녹전은 그동안 배운 솜씨로 서툴게나마 퉁소를 분다. 거기에 국 님이 노래를 부르며 부채춤을 추었다.

'오래 살았지만, 이런 진풍경은 또 처음이구나.'

문득 들려온 목소리에 나는 모래를 돌아보았다. 어느새 앞에 술이 담긴 잔을 두고 할짝거리고 있는 폼이 역시나 여우는 다시 태어나도 여우였다. 우리는 앞으로 해야 할 이야기가 많겠지만, 오늘은 어쨌든 내가 여우를 대접해야 할 날이다. 생각해 보니 겸연쩍어 슬쩍 고개를 숙여 말했다.

"먼저 시집가서 죄송해요. 나중에 주인님께도 멋진 낭군 소개시켜 드릴게요."

'됐다. 내 앞가림은 내가 해. 오호, 오늘 달은 아주 근사하구나. 소원을 빌려무나. 맹추야.'

"소원이요?"

'응. 소원. 이런 밤에 달을 보며 비는 소원이라면 꼭 이루어질 것 같지 않으냐?'

모래가 물끄러미 올려다보는 달을 나도 가만히 올려다보았다. 달은 내가 본 그 많은 달 중에서 최고로 고운 모습으로 나를 내려다보고 있었다. 아마 나도 달이 지금껏 본 내 모습 중에서 가장 고운 모습일 것이다.

그렇지만 역시 이 자리에서 가장 곱고 훤한 이는 따로 있다. 내 낭군님, 명이다.

어디에 있을까 궁금해하며 가만히 고개를 돌린 순간, 내 어깨에 손을 올리면서 중얼거리는 명의 속삭임을 들었다.

"무슨 생각을 그리하느냐?"

"아……. 달을 보면서, 소원을 빌까 하고요."

"그래? 무슨 소원?"

어쩐지 너무너무 수줍어서 얼굴을 못 보겠다. 두근두근 거리는 내 심장처럼 내 등에 겹쳐진 명의 가슴에서도 심장이 빠르게 고동쳤다. 아아, 기쁘다. 이 멋진 이의 신부가 되었으니 나는 바라는 것은 아무것도…… 아니, 하나 있구나.

"비밀이에요. 소원은 말하면, 안 이루어진다잖아."

"흐음. 그럼 나도 비밀로 할 테다."

"무슨 소원 빌려고요?"

"그걸 말해 주면 비밀이 되겠느냐? 하여간에 너는."

"맹추라고 하려는 거죠?"

"알면 됐다."

약이 올라 돌아보았더니 명은 부드럽게 웃고는 내 이마에 쪽 입맞춤을 해주었다. 그러고서 명은 나를 꼭 끌어안으며 달을 올려다보았다. 그가 눈을 감고 무언가를 중얼거렸다.

무슨 소리를 하나 열심히 귀 기울였지만 알아들을 수 없었다. 아쉽지만 그의 비밀을 캐는 것은 우선 포기했다. 대신 나도 달을 올려다보았다.

눈을 감고 달님에게 단 하나뿐인 소원을 빈다.

언젠가 꼭 명을 닮은 새끼를 갖게 해달라는.

눈을 떴을 때, 달 속의 토끼가 나를 향해 방싯 웃어주었다.

GOOD WORLD ROMANCE NOVEL

뒷 奇譚 이야기

1. 여름, 귀신 버드나무집 기담

"가져와야 해. 꼭 버드나무 가지를 가져와야 한다고."

"야, 그렇지만, 저 집 너무 무서워."

"무섭긴 뭐가 무서워, 귀신 같은 게 세상에 어딨냐? 다 겁 많은 사람들이 지어낸 헛소리야. 뭐 해? 따라와, 안 그럼 다 버리고 나 혼자 간다."

"야, 같이 가!"

고만고만한 키의 소년 셋이 어두침침한 길을 걷고 있다. 조금 나간 곳의 도로에는 드문드문 늘어서 있는 가로등이 이 좁은 길에 들어서고부터는 아예 보이지 않는다.

밤은 어디에서나 다 같은 밤이겠지만, 산자락에 접해 있는 이 부근은 밤의 기척이 현저히 강하다. 한 발자국씩 걸어서 앞으로 나아갈 때마다 뒤돌아보고 싶어지는 기분이 든다. 어둠은 고요하지만, 그 어둠 속에는 무언가 현실과 동떨어진 존재가 숨어서 그 바깥을 내어다보고 있을 성싶다.

바람이 부는 것 같지도 않았는데 나뭇가지가 우수수 흔들리고, 이파리가 후드득 떨어져 내리는 걸 보면서 소년들은 저마다 속으로 소리 없는 비명을 삼켰다. 공연히 옆에 있는 친구의 팔이며 옷을 꽉 잡아보았다가 언제 그랬냐 싶게 떨어져선 시치미를 뚝 떼고 걷는다.

그래봤자 애초에 담력시합 같은 걸 하는 게 아니었다는 후회가 물밀듯이 밀려온다. 아니, 그보다 왜 하필 자신들이 첫 타자인지가 원망스럽다. 아홉 조나 있었는데.

이게 다 제비뽑기를 잘못한 조장 탓. 때문에 그 조장은 두 소년의 원망스런 눈동자를 등에 가득 받으면서 부러 더 호기를 부리며 어깨를 펴고 성큼성큼 걷고 있다. 그렇지만 소년의 머릿속에는 교회에서 애들끼리 나눈 말들이 자꾸만 날아다닌다.

"그 집 버드나무에서 목매달아 죽은 사람이 서른 명도 넘는데."

"거기가 원래 절터였는데, 큰불이 나서 스님들 몇십 명이 몽땅 타 죽었다더라."

"그건 옛날 일이고, 나중에 다시 생긴 절도 전쟁 나면서 아주 망가졌다고 우리 할아버지가 그랬다?"

"그게 문제가 아니지. 우리 할머니가 그러시는데, 그때 인민군이 거기서 붙잡은 국군들 모아다 놓고 총살형을 시켰대. 그래놓고는 땅파서 다 묻어버렸다던데? 근데 그 위에 버드나무가 자라기 시작했다는 거야."

"아, 그래서 그 나무가 비 오면 울고 막 그러는 거구나?"

"그 나무만 문제가 아니야. 그 집 완전 이상해. 밤중에 근처에 가면, 불도 안 켜졌는데 퍼렇고 벌건 것들이 붕붕 날아다닌데. 꼭 도깨비불처럼."

"그런 거, 묘지에 나오는 그거 아니야?"

"그러니까 거기에 뭔가 묻혀 있는 게 틀림없다니까."

그렇게 저마다 들은 이야기랍시고 괴담을 늘어놓던 자리가 어쩌다 난데없이 담력시합을 하는 걸로 결론이 난 걸까? 또 어째서 자신은 누구보다 열심히 목청을 돋워 그런 건 하나도 무섭지 않다고, 난 월담해서 버드나무라도 꺾어 올 수 있다고 빼겼댔을까? 조장 소년은 참으로 우울했다.

그러거나 말거나 겉으론 강한 체하느라 열심히 걸은 소년들은 이윽고 문제의 귀신 버드나무집을 둘러싼 돌담 옆에 이르렀다. 잘못 보기도 힘든 집이다. 인가하고는 훌쩍 떨어진 곳에, 멀리 떨어져서 보지 않으면 전체 집의 모습이 들어오지도 않을 만큼 넓은 부지를 차지한 기와집이니까.

어째선지 아까까지 부산히 들려오던 풀벌레 소리도 이 근처에선 들리지 않는다. 찌는 듯한 여름밤인데도, 반팔 티셔츠 밖으로 나온 팔에는 오소소 소름이 돋는다. 자기만 이러나 하고 슬쩍 뒤를 돌아본 조장인 소년은 뒤에서 따라오는 두 녀석도 바짝 언 표정으로 팔을 연방 비비고 있는 걸 보았다.

"그 버, 버, 버드나무는 어느 쪽이래? 나, 여긴 처음 와서 모르겠다."

안 그러려고 했는데, 말을 더듬어서 조장 소년의 얼굴이 벌게졌다. 다행히 주위가 몹시 어두워서 소년이 얼굴을 붉힌 것을 다른 두 소년은 몰랐다.

"돌다 보면 보인다던데? 엄청 크대. 그냥 나무 정도가 아니라 뭐 저런 게 다 있나 싶을 정도로."

"야, 우리 꼭 그거 꺾어 가야 하냐? 그냥 돌아가면서 아무 가지나 하나 끊어가지? 우리만 입 맞추면 되는 일이잖아."

한 녀석이 그런 말을 꺼내자 다른 녀석도 은근히 동조하는 눈빛으로 조장 소년을 쳐다보았다. 조장인 소년 또한 그러고 싶은 마음이 굴뚝같았지만 만약 그렇게 해서 오늘 밤을 넘어갔을 경우, 이 두 녀석에게 괜히 약점을 잡히는 게 될까 봐 단호하게 유혹을 뿌리쳤다.

"흥. 겁쟁이는 이래서 별수 없다니까. 예수님이랑 하나님이 내 뒤에 계시는데 귀신 같은 게 별거냐? 백 번이든 와 보라고 해, 나는 눈 하나 꿈쩍 안 해."

주일 예배도 간 날보다 안 간 날이 더 많고, 부활절과 크리스마스를 위해서 교회에 다니는, 무늬만 신자인 주제에 소년은 호기롭게 신의 이름을 거들먹거렸다. 다른 두 소년도 그 모습에 용기를 얻은 듯, 함께 소리쳤다.

"그래, 까짓 귀신 따위! 우리에겐 예수님이 있다!"

그렇게 갑자기 솟아난 신앙심에 힘입어 어깨동무를 하고 찬송가를 씩씩하게 부르면서 걸음을 옮기던 소년들은 마침내, 목표한 버드나무를 찾아냈다. 과연 그 버드나무는 컸다.

"무지막지한데."

"엄청나네, 진짜."

"짱이다."

순진하게 놀라서 한마디씩 해보다가 이윽고 정신을 차리고 버드나무를 노리고 월담 계획을 짰다. 내심 그렇지 않을까 했는데 정말로 집 안에 들어가는 임무가 조장 소년의 몫으로 떨어졌다. 오줌이 마려울 지경으로 겁이 나는 것을 꾹 참고 조장 소년은 호기롭게 외쳤다.

"좋아, 간다!"

그리하여 세 소년이 스리슬쩍 월담을 시도하는 찰나 그들의 심장을 멎게 할 뻔한 소리가 들려왔다.

허어엉. 허엉. 내가 왜. 내가 왜. 허어엉. 허어어어엉. 원망스럽다. 원망스러워. 하늘이 원망스러워. 흐어어어엉.

먼저 엎드려서 등을 내준 소년도, 그 소년의 등을 밟고 담에 올라가려던 조장 소년도, 조장의 엉덩이를 받치며 밀어주느라 힘쓰던 소년도, 모두 하얗게 굳어서 멍해져 있다.
 마치 어린아이의 것 같은 목소리를 한 울음소리는 그 사이에도 계속 되었다.

잘못했어요. 용서해주세요. 어어엉. 진짜 잘못했어요. 허어어엉. 그래도 소용이 없나. 허어어어엉. 원망스럽구나. 아이고. 아이고오. 어엉.

"이, 이 소리 어디서 나는 거냐?"
 바닥에 엎드려 있던 소년의 입에서 떨리는 목소리가 흘러나왔다.
 "모, 모르겠는데. 안에서 나지 않냐?"
 조장 소년의 엉덩이를 받치고 있던 소년이 물었다. 담 너머를 얼마쯤 내다본 조장 소년이 잠시 후, 덜덜 떨기 시작했다.
 "버드나무가, 버드나무가……."
 "무슨 소리야, 버드나무가 뭐?"
 웅웅, 사람의 머리채처럼 수북한 나뭇가지를 이리저리 흔들어대는 버드나무가 소년의 눈에 보였다. 바람 한 점 없는데도 불구하고. 근처의 그 어떤 나무도 움직이지 않는데. 하지만 버드나무의 나뭇가지가 잠긴 못 주변에선 파닥파닥 물방울이 튀겼다.
 믿을 수 없는 광경에 눈을 꽉 감았다 뜬 소년의 눈앞에서 버드나무가 또 한 차례 흔들리더니 갑자기 그 우듬지에서 번쩍거리는 두 개의 불빛이 보였다.

네 이놈들, 누가 감히 남의 집을 엿보라든?

"으아, 으아아아아!"
"왜 그래! 왜 그러는데?"
조장 소년이 굴러 떨어지듯 바닥에 쓰러졌고 덩달아 세 명이 모두 땅바닥을 구르게 되었다. 가장 밑에 있던 소년만 영문을 몰라 무슨 일이냐고 묻는데, 다른 둘은 일어나자마자 뒤도 안 돌아보고 뛰기 시작했다. 엉덩이에 불이라도 붙은 것처럼 미친 듯이 뛰는 둘을 보며 세 번째 소년도 뛰었다.
"야, 같이 가, 같이 가자고! 나 버리고 가지마!"
울게 생겼으면서도, 대체 뒤에 무슨 일이 있어서 저러는지 몰라 소년이 뒤를 돌아보았다. 소년도 보게 되었다. 귀신 버드나무가 황금색 눈을 번쩍거리며 자신을 노려보는 걸.
"아…… 아…… 으아아아! 잘못했어요, 잘못했어요! 야, 가, 같이 가, 같이 가아아아!"
놀라서 뒷걸음질을 치다 엉덩방아를 찧은 소년은 이번에야말로 뒤도 돌아보지 않고 눈물 콧물을 쏟아내며 도망쳤다.
그 소년들의 모습이 아주 멀어져서 하나의 점이 되었을 무렵, 버드나무 우듬지에 앉아 담 너머를 노려보던 풍계가 흥, 하고 코웃음을 쳤다.
"빈집이라고 도둑질을 할 셈인가 보지? 하여간 인간이란 것들은 골치 아파. 천한 것들은 별수 없다니까."

괜스레 뻐기듯이 말하며 머리를 돌린 풍계는 빈 못과, 빈 정자를 바라보며 한숨을 푹 쉬었다. 그래도 아까처럼 대성통곡은 하지 않았다.

"녹전이 오면 내가 도둑들을 물리쳤다고 말해야지. 도련님께, 아니지, 서방님께 꼭 말해달라고 해야지. 근데 믿어주기는 하려나? 야, 너는 보았지?"

버드나무를 툭툭 건드리면서 물어보았지만 버드나무는 들은 척도 하지 않았다. 그 정도에서 그친 게 아니라 마구 요동쳐서 풍계를 내동댕이치기까지 했다.

"에구구, 아파라. 너, 나한테 왜 이러냐? 혼자서 찔끔거리고 울기에 와줬더니 이렇게 홀대하기야?"

버드나무는 언제 요동쳤냐 싶게 조용해졌다. 찧은 엉덩이를 비비면서 풍계가 일어나 앉았다. 비가 올 듯 말 듯한 날씨가 며칠 이어지면서 심심하면 한 번씩 버드나무가 훌쩍거려서 풍계도 오늘따라 서러움이 복받쳐 한참 울었다. 그렇지만 아직도 울 눈물이 남은 이는 풍계뿐인가 보다.

외롭다. 서방님도 없고, 새애기씨도 없고, 녹전도 없는 집은. 집 수리할 목재가 영 마음에 들지 않는다면서 직접 나무를 알아보러 간 녹전이 오려면 며칠 더 걸릴 것이다. 풍계는 이 큰 집에 홀로 버려졌다는 생각에 서럽고, 무서워서 소화불량의 조짐까지 있다. 오늘 하루는 쫄딱 굶었더니 배가 고파서 더 슬퍼졌다.

"아무도 나 같은 건 신경 써주지 않아. 집 나가서, 굶어 죽어버려도 모를 거야. 허어엉. 허어어어엉."

쪼그리고 앉아 한참을 우는데, 갑자기 찰싹 무언가가 머리를 때렸다. 눈물을 끔벅끔벅 흘리며 쳐다보았더니 모래가 도도하게 버티고 서서 그를 쳐다보고 있다.

'뭐 하냐, 시끄럽게?'

그런 뜻을 담아서 꽥! 하고 모래가 소리쳤다. 아직 소리를 내어 말은 못하는데, 말하는 게 이해는 된다.

풍계는 어제부터 안 보이던 이 어여쁜 친구가 눈에 보이자 서러움에 더 울었다.

"어디 갔다 오냐. 같이 밥 좀 먹게 일찍 좀 오지."

'혼자선 밥도 못 먹냐? 뱅충이가 따로 없네.'

꽥꽥 야단을 친다. 그래도 풍계는 반가워서 야단맞는 것도 좋다. 배시시 웃으면서 물었다.

"근데 정말 어디 갔다 와?"

'신랑신부 보러 갔다 온다.'

"우와, 갈 거면 나한테 말하고 가지."

'너한테 말하면 뭐? 놀려 먹으라고? 너 같은 못난이는 놀릴 재미도 안 나.'

모래의 퉁명한 말에도 풍계는 큰 눈을 껌벅이며 물었다.

"잘 지내시지, 서방님? 애기씨는? 아, 맞다, 이젠 새애기씨지. 아무튼 내 얘기는 없으시든?"

'네 얘기를 왜 하냐? 넌 국으로 얌전히 처박혀 있어.'

"그치만……."

'시끄럽대도! 징징거리지 좀 마, 못나게스리!'

야멸치게 쏘아붙이고 모래는 휙 등을 돌려서 걷기 시작했다. 풍계가 그 옆을 느릿느릿 따라가며 물었다.

"지금은 어디 가? 자러 가? 내가 데려다 줄게."

'내 발 있다. 귀찮게 마라.'

"데려다 준대도. 언제든 필요하면 말하라고 했잖아."

열심히 졸라댄 끝에 결국 모래를 등에 태우고 풍계는 의기양양해졌다. 향해간 곳은 뒤뜰에 있는 복숭아나무 아래였다. 풍계의 등에서 내린 모래는 나무를 타고 오르다가 잠깐 풍계를 쳐다보고는 꽥 하고 소리쳤다.

'자려면 얌전히 자라. 시끄럽게 굴면 쫓아버린다.'

그 말은, 나무 아래에서 자도 된다는 소리다. 풍계는 기뻐서 열심히 고개를 끄덕였다. 어디에서 잘까 나무 주위를 뱅뱅 돌며 골라보다가 문득 나무에 찰싹 들러붙어본 풍계가 중얼거렸다.

"이 나무도 은근히 이상한 구석이 있어. 꼭 저기 저 버드나무 같단 말이지."

'어디 저 우중충한 녀석이랑 같은 취급을 하냐? 이 나무는 우리 맹추 나무라고.'

이파리 속에 숨어 보이지 않던 모래가 빠끔히 머리를 내밀면서 화를 냈다.

"새애기씨 나무인 거 알아. 근데 뭐가 다른데?"

'완전 다르지. 저놈은 천 년이 가봐야 저러고 우중충할 테지만 이 나무는 좀 더 있으면 말도 할 거다.'

"설마. 나무가 어떻게 말을 해? 입이 안 달렸잖아. 거기다, 복숭아나무 주제에 무슨 천 년이나 살아?"

입이 떡 벌어진 풍계를 보고 모래가 히죽이 웃었다.

'산다. 우리 반희 옆에서라면 말이야. 너는 모르겠지만 우리 반희는 말이야⋯⋯. 에이, 관두자. 네가 알아서 뭐 하냐.'

"무슨 소린데 하다가 마는데? 말해봐. 말해봐."

'알고 싶으면 어디 쫓겨나지 말고 우리 반희 옆에 딱 붙어살아. 그

러면 자연히 알게 된다.'

"뭔데? 뭔데? 뭔데? 지금 말해주면 안 돼?"

'안 돼! 나 졸려. 잠이나 자!'

그렇게 궁금증만 일으키고 모래는 무성한 이파리 속으로 쏘옥 들어가 버렸다. 풍계는 복숭아나무가 어떻게 천 년이나 산다는 건지 도무지 이해가 안 되어 머리를 갸웃갸웃 하다가 겨우 자리를 잡고 눈을 붙였다.

꿈속에서 풍계는 천 년 후인지, 몇백 년 후인지 몰라도 복숭아나무가 어여쁜 분홍 옷을 입은 아가씨가 되어 자신의 앞에 나타난 것을 보았다. 오랫동안 사모해 왔다고 말하더니 그의 품에 안기며 신부가 되고 싶다고 말해서 풍계가 허헛, 이것 참, 하면서 곤란해 했다. 그도 그럴 것이 이미 모래랑 혼인을 해서 둘 사이에 자식이 열둘이나 되는데 말이다. 인기 많은 수컷은 골치 아프다며 풍계는 잠결에도 비죽이 웃었다.

그러는 사이 풍계가 베개 삼아 베고 있던 복숭아나무 뿌리가 슬그머니 그를 밀어냈다. 이파리들이 사각사각거렸다.

그 안에서 잠자던 모래가 잠결에 고개를 끄덕였다. 꿈에 나타난 복사빛 옷을 입은 귀여운 소년이 저 두꺼비 징그럽다고 하소연해 오는 말에 모래는 녀석은 뱅충이니까 신경 쓰지 말라며 다독여 주었다. 그렇게 모래는 꿈속에서 도수桃樹 도령이랑 오붓한 한때를 보내며 빙긋이 미소 지었다.

모래나 풍계를 비롯해 복숭아나무까지도 참 행복한 밤이었다.

가엾게도 못가에 있는 버드나무는 도통 잠을 이룰 수 없었다. 가뜩이나 우울한 것을 추슬러 겨우 잘만하면 인간 꼬맹이들이 찾아와 어슬렁거리는 통에 신경질이 나서 견딜 수가 없었다.

인생이 왜 이렇게 서글플까 싶어 서럽게 울면서, 버드나무는 곧잘 예쁜 소리를 들려주던 하얗고 따뜻한 빛이 나는 그 여자는 요즘 왜 안 올까 생각했다. 벌써 어디서 죽어버린 걸까. 아아, 삶은 역시 서럽다.
 울보버드나무는 새벽이 와서 동이 트도록 훌쩍거렸다.
 담력시합은 모두가 실패하는 바람에 무승부가 되었다. 대신 귀신 버드나무에 대한 소문만큼은 무성하게 가지를 뻗었다.
 그래보았자, 그 집에 얽힌 수많은 이야기에 부록 하나 보태어진 것이었지만.

2. 가을, 제주도에서 생긴 일

"패물이요?"

"그래, 패물 말이다, 패물. 왜, 패물이란 말을 알고는 있더냐, 네가? 아니, 통 모르지 싶은데."

국이 금방이라도 혀를 찰 듯한 표정으로 말꼬리를 늘이며 물었지만 명은 도발에 넘어가지 않고 침착하게 대꾸했다.

"반희는 그런 것에 관심이 없습니다."

"허, 그래? 언제 물어본 적이 있나 보구나."

"물어보지 않아도 압니다."

"무슨 근거로 그리 장담하누?"

"그 아이 성품이요. 어머니께선 보는 눈은 좋다고 자부하시더니 꼭 그렇지만도 않나 보지요?"

넌지시 고개를 내젓는 명의 태도에 국은 슬쩍 웃음이 나는 것을 감추고 부아가 치미는 것처럼 입맛을 쩝쩝 다졌다. 시비곡직에 대한 분별은 틀림없지만 간혹 쇠심줄 같은 고집이 동하면 염라대왕의 할아버지가 와도 꿈쩍도 않는 아들의 성정을 누구보다 잘 알고 있다. 바로 그 점을 이용할 셈인데, 여기에 세심한 주의가 필요하다.

"글쎄다, 나도 꽤 소탈하게 보긴 했다만, 역시 암컷이 아니냐. 게다가 전 주인이었던 홍매가 어지간히 꾸미길 좋아했어야지."

"그게 언제적 일이라구요. 홀로 지낸 기간 동안 반희가 어찌 지냈는지가 반희를 말해 주고 있습니다. 그런 주인을 겪었음에도 엉뚱한 길로 빠지는 일 없이 질박한 성품을 고스란히 간직했단 말입니다."

"누가 그 아이 수수한 것을 모른다더냐. 하지만 워낙에 겁도 많은 아이지 않니. 홍매가 그리 죽어서 더 조심성이 커진 탓도 있지. 내 보기엔 말이다, 반희에겐 그럴 만한 기회가 부족했다고 생각한다."

거기서 잠시 말을 끊었다가 국은 떠보는 소리 한 마디를 던졌다.

"어떠냐, 내가 한 번 그 기회를 줘볼까 하는데."

"빙빙 돌리지 말고 바로 말씀하십시오. 뭘 어쩌시고 싶단 말씀이십니까?"

벌써부터 미간에 희미하게 내 천川자를 짓고서 명이 국을 돌아보았다. 더욱 조심스럽게 국은 준비된 수를 내보였다.

"이 내가 며늘아기에게 패물 한 번 떡 벌어지게 장만해 주겠다 이 소리다. 호박, 수정, 대모, 진주, 벽옥, 홍옥, 백옥, 산호 할 것 없이 어디 한 번 원 없이 가져봐라 할 참이야."

"좋을 대로 하십시오. 적이 심심하신 모양인데 뭐라도 하시면서 소일을 하셔야지요."

명이 어찌나 시큰둥한지 국은 노림수도 잊고 발칵 성을 낼 뻔했다. 대신 우듬지 주변 이파리가 노랗게 물든 자작나무 숲을 돌아보며 노기를 진정시키고 다시 입가에 미소를 머금고 물었다.

"그 말은 내가 반희를 데려가는 것에 동의한다는 뜻이렷다?"

"어머니가 반희를 왜요?"

명은 바로 가시를 세운 고슴도치로 돌변했다.

"설마 패물을 내 눈에 드는 걸로 몽땅 준비해 오란 소리냐? 내가 아무리 취향이 고상하다고 해도 그걸 반희에게 강요할 수는 없지. 반희도 반희 나름의 취향이란 게 있을 터인데 내게 며늘아기 취향을 무시하는 못된 시어머니가 되라 이 소리냐? 아무리 수컷이라 해도 그렇지 그렇게 생각이 없느냐, 너는. 하다못해 단도 그 정도 분별은 하거늘."

쯧쯧쯧 국이 혀를 차니 명은 다소 혼란스러운 듯 눈알을 굴렸다. 뒷짐을 지고 있던 손을 까딱거리며 잠시 생각해 보는 눈치더니 그가 썩 마뜩치 않은 표정으로 국에게 물었다.

"반나절이면 되는 일입니까?"

옳거니, 하고 속으로 쾌재를 부르며 국은 시치미를 뚝 떼고 대답했다.

"글쎄다, 무주가 워낙 작은 동네라서 말이지. 아무래도 저기 한성까지는 가야 할 듯싶은데."

"서울이요?"

"그래, 거기에 소위 백화점이란 게 여럿 있지 않으냐. 내 반희랑 함께 한바탕 휩쓸고 오마."

실제로 요 몇십 년 사이 백화점 구경에 취미가 붙은 국의 목소리는 별다른 노력 없이도 알아서 신이 나서 들떴다.

명은 바로 이 지점에서 국의 연기에 깜빡 속아 넘어갔다.

혼인하고서 한 달여가 지나는 동안 계속 용소 위의 굴에서 지냈는데 요즘 들어 명이 사냥에서 돌아와 보면 반희가 이따금 먼산바라기가 되어 있을 때가 있다. 무료하다고 그녀가 직접적으로 말을 꺼낸 적은 없지만 주변으로 산책을 나가면 좀처럼 제 입으로 먼저 돌아가자고 하는 법이 없다. 며칠 전엔 무영산은 산치곤 보드라운 맛이 있어 좋은데 좀 더 넓었으면 좋겠다는 말도 했다.

그래서 명도 한 번쯤 휙 데리고 나가서 바람을 쐬어줄까 하는 생각을 하던 차이다. 때마침 찾아온 국이 반희에게 패물을 장만해 주고 싶다는 소리를 꺼냈다. 목적지가 서울이라고 하니 명이 고려했던 것보다는 훨씬 먼 곳이지만 까짓 맘먹으면 하루 안에 못 다녀올 거리도 아니다.

"좋습니다, 모처럼 서울 구경 한 번 하지요."

크게 선심 쓰는 듯이 고개를 끄덕이며 명이 말하자 국이 깜짝 놀라는 시늉을 했다.

"무어냐, 너도 같이 가겠다고?"

명이 휘둥그레진 눈으로 국을 쳐다본다.

"제가 당연히 가야지요, 왜 안 갑니까?"

"그야 네가 따라가면, 반희가 내숭을 떨 게 아니냐."

"나 참, 반희는 그런 것 모릅니다."

무슨 시답잖은 소리냐는 듯 명이 핀잔을 하자 국은 눈을 가늘게 뜨고 재빨리 생각을 하다가 번뜩 떠오르는 게 있었다.

"좋다, 그럼 하나 묻자. 반희가 네 앞에서 방귀를 뀌더냐?"

"예?"

말문이 막힌 아들을 보며 국은 옳구나 하고 목청을 높였다.

"귓구멍이 막혔느냐? 방귀도 몰라? 바로 이거 말이다."

뿌우웅, 여봐란듯이 뀐 방귀에 발치의 자작나무 이파리가 다 우수수 흔들린다. 기가 막혀서 쳐다보는 명에게 국은 아주 당당하게 큰소리를 냈다.

"우리가 아무리 영묘한 몸이라 해도 먹고 싸야 하는 생물인 이상 이따금 방귀 한 번은 내보내지 않느냐. 너는 꼭 그런 건 너랑 인연 없다는 듯이 어미를 쳐다보는구나?"

 "물론 아주 없는 일이라고는 하지 않겠습니다만 누가 어머니처럼 요란하게……."

 "어디까지나 너 보여주려고 그런 거지 내가 평소에 이러고 다니겠느냐? 하여간 너한텐 농담 한 번을 맘대로 못하겠구나."

 헛기침을 하고 국은 다시 화제를 반희에게 돌렸다.

 "너희는 혼인 전부터 함께 지낸 시일이 있으니 벌써 반년 가까이 됐지 아마? 그래, 반희가 방귀 뀌는 소리 한 번 들은 적 있던고?"

 "없습니다, 역시 반희는 그런 거……."

 "방귀를 안 뀌는 생물은 없대도. 그리고 나도 한 번 들었다. 방귀 소리조차 반희답더구나."

 "예? 언제요?"

 "언제긴 언제야, 저번에 아파서 누웠을 때지. 내가 한동안 간병하러 와 있었지 않으냐."

 "저는 계속 붙어 있었습니다."

 "'계속'이란 말에는 어폐가 있지. 거의 대개 옆에 있었지만 종종 네 볼 일 보러 자리를 뜰 때도 있었잖으냐. 그건 인정해야지, 명아?"

 "왜 하필 그 짧은 동안에……."

 "아파서 정신이 없는 와중에도 내숭을 떤 거 아니겠느냐? 한 가닥 본능이 네가 있을 때를 피하라고 경고를 한 게지. 암컷은 그럴 수 있다. 암."

 국이 옹색한 처지에서 임기응변으로 꺼낸 방귀 이야기에 명은 의외로 크게 충격을 받았다. 칠칠치 못하게 입을 벌리고 그 충격에서 헤어 나오지 못하는 명을 보며 국은 잔기침으로 웃음을 덮어보았다.

 "그럼 내가 반희랑 둘이 가는데 동의한 걸로 알겠다. 자, 나는 어서 가서 우리 며늘아기한테 이야기를 해줄까나."

 자작나무 숲을 찾아온 큰 나비처럼 흰 옷자락을 팔락거리며 국은 숲을 미끄러져 나갔다. 가면서 양손에 한 줌씩 노란 자작나무 이파리를 뜯어 움켜쥐었다. 이윽고 가까이에 용소의 푸른 물빛이 감도는 것을 보고 국은 후우, 왼손의 이파리를 불어 보냈다.

 "와아!"

 얼마 안 있어 반희가 내지르는 기쁨의 함성이 들려와 국은 웃었다. 더 발을 재게 놀려 용소의 지척에 이르자 국이 날려 보낸 자작나무 이파리와 놀고 있는 반희가 보였다. 노란 이파리들이 둘씩, 셋씩 한데 붙어 나비처럼 춤을 추는 것을 붙잡으려고 열심히 손을 뻗어보는 반희가 어찌나 천진해 보이는지 오랜만에 국은 모성 비슷한 감상에 빠져 빙그레 웃었다.

 "내 새끼들도 저런 때가 있긴 있었을 것인데……."

 분명 존재했으되, 너무도 짧았던 한때. 그녀의 긴 생을 돌아보자니 그저 찰나로 느껴질 만큼 짧은 한때라 저도 모르게 한숨을 쉬었다.

 그나마 국은 아직도 다 큰 자식들을 쫓아다니며 간섭이나 하고 산다지만, 보통 국과 같은 존재들에게 부모 자식의 관계란 것은 크게 의미가 없는 법이다. 소위 '품 안의 자식'이란 인간들의 말처럼 자식이 독립하여 제 앞가림을 하게 되면 그 뒤는 그야말로 가끔 만나서 생사나 확인하면서 사는 것이다.

 그런 의미에서 국은 인간들의 '가족'이란 것이 내심 부러워 나름대로 노력을 기울여봤으나 지금에 이르러보니 여전히 후회가 남는다. 그녀가 더 많이 노력했다면 아직도 형식이나마 가족의 테두리를 유지하고 있었을런지.

 "국 님, 국 님, 이것 좀 보셔요! 갑자기 나비가 잔뜩 날아왔어요."

문득 국을 본 반희가 열심히 손짓하며 부르자 국은 생각에서 빠져 나와 한 번 소매를 펄럭여 반희의 바로 옆까지 이르렀다.

"원 이것들이 나비로 보이느냐? 알고 보니 눈이 참 나쁘구나."

살짝 핀잔을 던지고 국은 오른손에 쥐었던 자작나무 이파리를 위로 휙 던졌다. 거기에 국의 숨결이 보태어지자 반희 주변의 나비가 한층 늘어났다. 반희는 그래도 좋다고 아하하, 소리 내어 웃으며 팔짝팔짝 뛰었다.

"봐도 봐도 신기합니다, 국 님. 반딧불 무희도 그렇고 이파리 나비도 그렇고 국 님은 안 그래도 예쁜 것들을 더 예쁘게 만드는 재주가 있으세요!"

"그래, 그래, 나는 기만술의 대가란다. 이천 년을 넘게 산 보람이 차고 넘치는구나."

누군가 시시한 잡기일 뿐이라 폄하한 제 능력에 국은 쓴웃음을 머금었다가 곧 마음을 가다듬어 빙긋 웃으며 반희의 귀를 잡고 속닥거렸다. 몇 마디 속닥거리자 반희가 더욱 환하게 웃었다. 하지만 금세 주위를 경계하듯 이리저리 둘러보고선 고개를 끄덕였다.

"예, 국 님께서 그리 말씀해 오시는데 어찌 거절하겠습니까. 서울에 함께 가겠습니다."

마치 누군가에게 들으란 듯이 크고 또박또박한 말에 국은 속으로 혀를 찼지만 어쨌든 그 서투른 연기에 장단을 맞췄다.

"오냐, 우리 며늘아기는 참 말도 잘 듣는구나."

며늘아기란 말에 반희는 눈을 동그랗게 떴다가 곧 배시시 웃으며 머리를 긁적거렸다.

"어머니라 부르라고 하셨는데 제가 자꾸 까먹습니다. 계속 연습할 테니 이해해 주셔요, 어머니."

쑥스러워하는 모습이 어찌 이리 천진하고 귀여울꼬. 국은 저도 모르게 손을 뻗어 덥석 반희를 끌어안았다.

"난 너 같은 새끼를 낳고 싶었는데. 왜 내 뱃속에서 안 나왔느냐? 응?"

반희의 말랑말랑한 뺨을 두 손으로 부비며 국이 말했다.

"나중에 명이랑 헤어져도 나랑은 계속 보고 살자꾸나. 그때는 내 수양딸이 되겠다고 약속해 주련?"

"으언 욤 온안……."

반희가 그건 좀 곤란하다고 말도 꺼내기 전에 벼락같이 옆에 나타난 명이 국의 어깨를 붙잡았다.

"어머니? 저랑 이야기 좀 하시죠?"

"무슨 이야기? 너같이 시커멓고 재미없는 놈이랑 할 말 없다. 이놈, 감히 어미한테 힘자랑이냐? 어쭈? 너 진지하다? 반희야, 미안한데 네 서방 오늘 훈육 좀 시킬 터이니 기다리지 말고 먼저 자려무나. 괜찮아, 괜찮아, 나비랑 놀고 있어."

암만 봐도 명에게 끌려가는 듯이 보이는데 국은 숲 속으로 사라지기 직전까지 유유자적 손까지 흔드는 여유를 보였다. 설마하니 모자간에 진짜 힘겨루기야 할까 싶어 반희가 태평스레 자작나무 이파리 나비와 놀고 있는데 불현듯 멀리 숲 속에서 새떼가 놀라서 날고 멧돼지들이 우는 소리가 들려왔다. 그리고 마른하늘에 날벼락이 쳤다.

"구, 국 님께서 설마……."

또 한 번 비슷한 곳에 벼락이 쳤다. 반희는 뛰기 시작했다.

"국 님, 국 님, 어머니, 안 돼요! 제 서방님 때리지 마세요!"

으아앙, 울음소리를 남기고 반희마저 숲 속으로 사라졌다. 텅 빈 용소엔 노란 나비가 지치지도 않고 하염없이 춤추고 있었다.

이튿날 오전.

이 시간엔 서울에 있어야 할 두 사람이 모습을 드러낸 곳은 엉뚱하게도 무주의 한 고등학교 교정이다.

여름도 아닌데 큼지막한 밀짚모자에 선글라스까지 쓴 반희가 운동장을 비롯해 교사를 한 바퀴 훑어보고는 가슴에 모은 두 손을 꼭 움켜쥐며 한숨을 쉬었다.

"학교를 졸업해 보는 게 제 소원 중 하나인데 이번에도 어렵게 됐어요."

"이번에 안 되면 다음에 하면 되지. 내가 거기까지 나서는 건 아닌 것 같으니 네가 재주껏 명을 설득해 보려무나."

"설득하면 통하긴 할까요?"

"조건을 잘 걸면 못 할 것도 없지 않겠니?"

"어떤 조건이요?"

"그건 네가 고민해 봐야지. 어디 얼마나 수완이 좋은지 내게도 한번 보여주렴."

찡긋 윙크하는 국을 보고 반희는 쑥스러운 미소를 지었다. 그리고 다시금 그리움을 가득 담아 교정을 둘러보았다.

제대로 인사도 못 나누고 헤어지게 된 같은 반 인간 꼬마들이 보고 싶은데 그런 말을 해보았자 명이 들은 척도 하지 않는다고 반희가 하소연하는 말에 국이 이 외유를 계획한 것이다. 패물이며 서울 백화점 따위는 다 핑계에 불과했다. 물론 구색을 맞추자면 돌아갈 때 패물 한 궤짝 정도는 가져가야 하리라. 그거야 서울에 있는 단이 알아서 준비할 것이니 이것은 완전 범죄가 될 것이다. 명은 오늘 아침 기차를 타고 간 셋 중에서 둘이 중도에 내려서 다시 무주로 왔을 거라곤 생각도 못 할 것이다.

공연히 여기저기를 거니는 두 사람이 헤매는 걸로 보였던지 화단을 정리 중이던 수위가 그들에게 다가와 어딜 찾는 거냐고 물었다. 반희가 엉겁결에 2학년 2반을 들먹였더니 수위가 고개를 갸웃했다.

"2학년들은 다 수학여행을 갔을 텐데요. 안 가고 학교에 나온 애들이 있던가?"

"수학여행이요! 진짜요?"

반희가 너무 소스라치는 것에 수위가 깜짝 놀라 그렇다고 대꾸했다.

"어디로, 언제 갔는데요?"

"어제 아침에 제주도로 갔지요."

"제주도!"

또 한 번 반희가 소스라치는 것에 국마저 깜짝 놀랐다.

수위가 멀어지는 걸 보고 국은 반희에게 아까는 왜 그렇게 놀랐느냐고 물었다. 반희는 고개를 푹 숙인 채 웅얼거렸다.

"수학여행을 갔다니 부럽고, 제주도라니 무섭고, 그래서요."

"제주도가 왜 무서운데?"

"섬이잖아요. 저 예전에, 아주 예전에 작은 섬에 들어간 적이 있었는데요, 산 것들보다 죽은 것들이 더 많지 싶은 음침한 곳이었어요. 그리 많이 돌아다닌 건 아니지만 그렇게 공기가 무거운 곳은 달리 없었어요. 그 뒤로 섬은 무서워서 계속 피해 다녔어요. 하물며 제주도라니……."

상상만으로도 무섭다는 듯 반희가 도리질을 했다. 하지만 갑자기 고개를 번쩍 들며 국에게 말했다.

"그래서 나중에 명이랑 같이 가보겠다고 생각한 적 있어요. 명이랑 같이 가면, 제주도도 거뜬할 거예요."

그러곤 또 푹 고개를 숙였다.

"비록 수학여행은 아니겠지만……."

풀이 죽어서 어깨가 축 처진 게 옆에서 보기 딱할 정도이다. 수학여행 같은 게 뭐라고 반희가 이러는지 명과 마찬가지로 국도 이해불가였지만 명보다, 국이 훨씬 기분파라는 건 분명했다.

"까짓것, 수학여행 가면 되지, 너도."

찰싹 반희의 어깨를 치며 국이 말하자 반희가 어리둥절한 표정을 지었다. 그런 반희의 손을 잡아끌며 국이 말했다.

"아직 해 많이 남았다 이거야. 제주도, 후딱 다녀오자구!"

"어, 그, 그래도 될까요?"

"되지, 그럼. 왜? 설마 명은 믿고 이 몸은 못 믿는다 그거야?"

"아니오, 아닙니다! 믿어요, 국 님. 믿습니다, 어머니!"

"옳지, 우리 며늘아기. 나만 믿어라, 오호호훗!"

기분파일 뿐 아니라 행동파이기도 한 국화 부인. 학교 교정을 나선 뒤 불과 세 시간도 안 되어 제주도에 도착한 것은 물론 반희네 고등학생들이 묵은 호텔이며 동선까지 파악해 추적에 나서는 놀라운 재주를 선보였다.

다른 면에서도 더할 나위 없이 믿음직스러웠다. 평소 그 기운을 어찌 감추고 있는지 신기할 정도로, 국이 마음먹고 영기를 펼치자 반경 몇 리에 이르도록 공기가 산뜻해졌다. 그것은 명의 것과 꽤 닮은 느낌이라서 반희는 가끔 주위 풍광에 푹 빠져 있다 저도 모르게 "우와, 저것 좀 봐요, 당신."하고 부르는 실수도 했다. 그러면 국이 능청맞게 명의 흉내를 내는 덕분에 반희는 민망한 것도 잊고 한바탕 웃고는 했다.

"바다를 마음껏 보는 게 얼마 만인지 모르겠어요. 아아, 바다 공기가 이렇게 기분 좋은 거였나."

방파제 주위를 마구 뛰어다닌 반희가 국의 곁으로 돌아와 한껏 팔을 펼치고 깊이 숨을 들이쉬었다. 그러고 있으니 저만치 떨어진 곳에서 옹기종기 모여 재잘대는 인간의 꼬마들과 별다를 바가 없어 보였다. 다른 게 있다면 그들은 교복 차림이고 반희는 긴 원피스 차림이라는 것뿐이다. 그리고 국에겐 신기하게도 반희는 지금 입고 있는 꽃자주색 원피스가 아주 고움에도 불구하고 인간 아이들이 입은 멋대가리 없는 교복 따위를 부러운 듯이 보곤 했다. 지금도 또 그런 눈초리로 아이들이 모여 있는 쪽을 쳐다보는 걸 보고 국이 물었다.

"마지막으로 바다 구경을 한 게 언제인데 그러느냐?"

"음. 먼발치에서 건성으로 훑어본 건 제외해도 되겠죠? 이렇게 금방이라도 모래를 집을 수 있을 만큼 가까이서 구경한 건 여우랑 함께한 게 마지막이에요. 여우랑 살 때는 못 해도 일 년에 한 번씩은 왔어요."

"여우가 바다를 좋아한다는 건 금시초문이다만."

쿡쿡 웃으며 반희가 고개를 저었다.

"바다가 아니라 시장 구경을 좋아해서요. 특히 해시海市라면 열 일 제쳐놓고 찾아다녔어요. 워낙에 진주를 좋아해서."

"진주 좋지. 술에 담가 먹으면 더욱 좋고."

불현듯 술 생각이 동한 국이 입맛을 다셨다.

"예까지 왔는데 감귤주 맛도 아니 보고 갈 수는 없지."

국은 목을 쭉 늘여 빼고 주위를 돌아보더니 서쪽을 가리키며 눈을 빛냈다.

"오호, 잘하면 저기서 술을 살 수 있겠구나. 내 얼른 가서 한 번 보고 오마. 잠시 혼자 있을 수 있지?"

"물론이지요. 어서 다녀오세요."

"저 아이들이 다른 곳으로 가도 조바심 내지 말고 기다리렴. 내가 돌아오면 금방 어디로 갔는지 알 수 있으니 말이야."

"네, 네. 전혀 걱정하지 않고 놀고 있을게요."

공항에서부터 대절해서 타고 다닌 택시에 국이 올라타서는 꼼짝 말고 기다리란 당부를 한 번 더 하고 횅하니 멀어져갔다. 육안으로 보아선 국이 가리킨 서쪽 방향엔 그저 바다에 면한 구불구불한 도로가 쭉 펼쳐져 있을 따름이지만 아미도 국에겐 반희에게 보이지 않는 훨씬 먼 곳이 보였을 것이다. 국이 얼마나 멀리까지 볼 수 있는지 궁금해하면서 반희는 다시금 인간 소년, 소녀들에게 시선을 던졌다.

특히나 그녀가 열심히 시선을 주는 몇 아이들이 있다. 2학년 2반의 아이들, 그중에서도 송옥과 미주. 지난 몇 달 사이 머리가 꽤 긴 송옥은 물이 꽤 찰 텐데도 신을 벗고 물속에 들어가 첨벙거리며 놀고 있다. 선생님이 무어라고 경고를 주면 그때만 물 밖으로 나오는 척하다가 선생님이 다른 곳으로 가기 무섭게 물에 들어가 까부는 게 여전히 왈가닥이었다. 반장인 미주가 그런 송옥을 위해 선생님이 오나 안 오나 망을 서고 있는 게 멀리서도 환했다.

"그래, 나도 이만하면 꽤 눈이 좋은 거라구. 국 님이 너무 대단한 거지. 아차, 어머니, 어머니라고 불러야 하는데."

혀를 내밀고 콩콩 제 머리에 알밤을 먹인 반희가 다시 바닷가를 쳐다보았을 때, 그때까지 눈에 들어오지 않던 무언가가 하나둘 드러나기 시작했다.

"어어, 저렇게 깊이 들어가면 안 될 텐데 선생님들이 왜 안 말리는…… 아."

모래사장을 거니는 학생들 중에 바닷물에 발을 적신 아이들이 있다고 해도 기껏해야 무릎도 오지 않을 정도의 깊이에서 놀고 있다. 그보다 더 깊은 쪽에서 거무스름하게 머리만 덜렁 내놓고 파도에 쓸려 부초처럼 동동거리는 몇 개인가의 형체를 보고 잠시 놀랐던 반희는 곧 자신의 착각을 깨닫고 쓴웃음을 머금었다.

이토록 물이 가득한 곳에서는 아무리 햇빛이 쨍쨍한 낮이라고 해도 망자가 떠돌기 마련이다. 생전에 연고 있는 자의 도움으로 넋이 건져지지 않는 이상 물이 아주 말라버리거나 자신을 대신할 것을 찾기 전까지 한 시도 쉴 수 없는 신세이다 보니 그 집념이 그악스러워 반희가 가장 꺼리는 것들 중 하나이다.

국이 사라지기 무섭게 벌써 그런 것이 눈에 들어오는 현실에 반희는 한숨이 나왔다. 다행히 오늘은 날도 좋고 바다가 잔잔하니 괜히 마음 졸일 건 없겠지 하면서 다시 송옥과 미주를 찾아 눈길을 던졌다.

하지만 제주도에 많은 세 가지 중의 하나가 바람이랬던가. 그리고 바람은 또 얼마나 변덕스러운 것인지.

느닷없이 돌풍에 가까운 거센 바람에 바다 쪽에서 밀려와 반희는 밀짚모자가 날아가려는 것을 가까스로 붙잡아 눌렀다. 눈도 뜰 수 없을 만큼 강한 바람에 잠시 몸조차 휘청거렸던 것 같다.

"우와, 제주도의 바람은 굉장하구나."

놀라서 혀를 내빼물고 머리를 내저으며 바다를 돌아보는데, 바람 때문에 갑자기 몰아친 큰 파도에 바다 가장자리에 있던 아이들이 물벼락을 맞아 야단이었다. 그 중에 송옥과 미주도 있었다. 그런데—.

"어머, 안 돼, 저를 어째! 송옥아, 거기서 나와!"

파도에 밀려온 거무스름한 형체가 송옥의 허리춤에 엉겨 붙어 흐늘거리는 게 보여 반희는 기겁을 했다. 목소리가 들릴 리 없다는 걸 깨닫고 부랴부랴 아래로 달려 내려가는 그녀의 팔을 뒤에서 훅 낚아채는 손이 있었다.

"꺅, 뭐야, 이…… 어어?"

뒤를 돌아본 반희는 손의 주인을 보고 잠시 말문이 막혔다. 명이 그녀를 향해 씩 웃어 보였다.

"부인, 예서 뭘 하는 게요?"

바람도 없는데 명의 머리카락이 하늘하늘 나부끼고 있다. 방금 전까지 구름 한 점 없던 하늘에 바다에서부터 먹구름이 좌악 깔려온다. 우르릉, 저 멀리서 하늘이 운다.

"바, 방금 전의 그 바람이 설마……?"

"말 돌리지 말고 내 물음에나 대답하시오, 부인. 내가 잘 몰라서 그러는데 혹시 여기가 요즘엔 서울이라 불리고 있소?"

명은 생글생글 웃으며 묻는 데도 반희는 고문대에 오른 죄수의 심정을 통감했다.

"여기는 어찌 알고 온 거예요?"

모기만 한 소리로 물었더니 명이 눈을 크게 뜨며 고개를 갸웃했다.

"계속 내 말에 대답을 안 할 거요, 부인? 내가 두 가지를 물었는데 기억이 안 나면 다시 말해 주리다. 예서 뭘 하고 있는지, 그리고 요즘엔 여기가 서울인 건지, 내게 좀 알려주시면 참 고맙겠소이다."

이 난국을 타개하기 위해 반희의 작은 머리가 풀가동을 했다. 언제나 그랬듯이 여우의 목소리를 빌어 계시의 목소리가 떨어졌다.

'울어! 미인이 울면서 잘못했다고 비는데 용쓸 사내 없어!'

곧바로 답삭 명의 허리에 매달려 반희는 눈물을 짜냈다.

"잘못했어요, 그냥 난 애들이 보고 싶어서 국 님을, 어머니를 졸랐어요, 잠깐만 학교에 들렀다가 갈 거였는데 갔더니 애들이 수학여행을 갔다잖아요. 너무 부러워서 또 여기까지 와 버렸어요. 그래도 애들만 보고 서울로 갈 거였어요, 서울로 안 간다는 게 아니라요. 그러니까 화내지 마요, 작정하고 거짓말한 건 아니었단 말이에요. 네? 내가 다 잘못했어요, 응? 그래도 화내지 마요, 응? 당신 화내면 무섭단 말이야……."

 말을 하다 보니 정말로 눈물이 펑펑 솟구쳤다. 너무도 가련해 보이는 반희의 모습에 명이 그토록 싫어하는 소금기 가득한 바람을 헤치며 여기까지 쫓아오게 만든데 대한 노여움은 그야말로 물에 소금 녹듯이 녹고 말았다. 그래도 한 가닥 오기로 입을 꾹 다물고 있었더니 반희가 눈물이 그렁그렁한 눈으로 그를 올려다보며 묻는데 그만 무장 해제 당해 버렸다.

 "거짓말해서, 내가 미워졌어요?"

 "……그럴 리가 없잖아."

 한숨을 내쉬며 명은 반희를 끌어안아 다독다독 등을 두드렸다. 머리카락을 쓰다듬고 정수리에 입 맞추고, 이내 이마며 뺨, 눈물까지도 갓 낳은 제 새끼를 돌보는 어미처럼 부드럽게 입술로 훔쳐 주었다. 그 간질간질한 다정함에 반희는 배시시 웃으며 발돋움해 명의 입술에 쪽쪽 제 입술을 댔다. 그리고 함빡 그에게 안겨 흐뭇하게 뺨을 비비다가 불현듯 뭔가 잊고 있다는 생각이 들었다.

 "으아, 저기, 저기 송옥이! 송옥이 도와줘야 하는데!"

 퍼뜩 명을 밀치고 다시 바닷가로 뛰어가려는 반희를 명은 쉽사리 제 품에 도로 품고선 다른 팔을 못내 성가시다는 듯이 한 번 획 내저었다. 푸른 소맷자락이 가벼이 나부꼈을 뿐인데 문득 큰 바람이 일어나 바닷가로 불어갔다. 국이 자리를 뜬 뒤 텁텁하게 무거워졌던 공기가 일거에 청정해지면서 송옥에게 들러붙었던 불길한 것도 저 먼바다로 쫓겨났다. 그런데도 여전히 송옥의 다리를 휘감고 있는 뭔가 거무튀튀한 게 보여 반희는 눈을 비볐다.

 "저건……."

"안 들려? 다시마라고 좋아하잖아."

과연, 송옥은 제 다리를 휘감았던 것을 풀어서 어깨에 화환처럼 두르고 바다를 배경으로 기념사진을 찍고 있다. 어느새 구름이 깨끗이 사라진 푸른 하늘을 배경으로 환히 이를 드러낸 송옥은 개선장군처럼 득의만면했다.

반희는 그만 웃음을 디뜨렸다.

월요일 아침. 수학여행이란 대이벤트도 끝나고 중간고사가 일주일 앞으로 다가온 현실이 믿기지 않아 송옥은 교실에 들어서는 순간까지도 울상을 짓고 있었다. 하지만 미주가 가져온 두툼한 사진 무더기가 송옥의 월요병을 씻은 듯이 날려주었다. 함께 어울리는 친구들과 모여앉아 열심히 사진들을 들춰보던 송옥이 뭔가를 발견하고는 의기양양하게 웃었다.

"이야, 이 다시마, 이거 진짜 굉장하지 않았냐?"

"그래, 굉장했지. 온갖 소리를 다 지르면서 이게 널 바닷속으로 끌고 들어가려고 한다고 생난리를 피웠잖아."

미주의 말에 다른 애들도 맞다고 깔깔대며 웃었다. 송옥은 머쓱한 표정으로 우물거렸다.

"니들도 느닷없이 다시마한테 습격을 당해보고 말을 하라고. 아무튼 이건 괴물 다시마였어. 근데 엄마한테 말해도 통 믿어야 말이지. 내가 진짜 이걸 집에 가져갔어야 하는데, 어우, 아깝다."

다시마 사진을 제 블라우스 속으로 감춰 아무도 못 보게 하고 다시 사진 감상에 한창이던 송옥은 목장에서 넷이서 함께 찍은 사진을 들여다보다가 고개를 들었다.

"이 사진 찍을 때 말이야, 우리 사진 찍어준 여자 다시 생각해도 굉장히 예뻤던 것 같아."

"응. 예뻤지. 분위기 죽이더라. 하늘하늘한 게."

"여자도 예뻤는데 남자도 장난 아니게 잘생겼었잖아. 난 태어나서 그렇게 잘생긴 남자 처음 봤어."

알고 보면 꽃미남에게 약한 미주가 발그레 볼까지 물들이며 한숨을 쉬었다. 그러더니 짝 박수를 치며 사진을 뒤적였다.

"사진에 그 사람들 나온 거 있어. 내가 몰래 찍는다고 찍었는데 빼보니까 이 모양이긴 했지만."

미주가 찾아낸 사진은 두 남녀의 뒷모습을 담고 있다. 밀짚모자를 쓰고 꽃자주색 원피스를 입은 늘씬한 여자 옆의 남자는 고개를 여자 쪽으로 돌리고 있어 옆얼굴이 보일 법도 했지만 역광을 받았는지 하필 얼굴 부분이 흐릿하게 번져 이목구비를 알아보기 힘들었다. 그래도 네 소녀는 다들 물끄러미 사진을 보느라 한동안 말이 없었다.

"완전 잘 어울리더라, 하여튼."

"응. 난 결혼하고 싶어졌어."

예비종이 울리는 소리에 그런 말 한마디씩 남기고 다들 제 자리를 찾아갔다. 송옥은 미주에게서 한 칸 뒤의 제 자리로 가서 가방에서 책을 빼다가 불쑥 옆으로 고개를 빼며 미주를 불렀다.

"봄에 전학 왔다 금방 전학 간 애 있었잖아."

"응. 류반희. 걔는 왜?"

"걔도 나름 예쁘게 생기지 않았었나?"

"글쎄. 그게 예쁜 건가."

미주가 고개를 갸웃했다. 송옥은 턱을 괴고는 무의식중에 오른편의 어떤 자리에 시선을 두면서 중얼거렸다.

"미국 간 명이는 더 건강해졌나 모르겠네."

"뭐냐, 차송옥. 죽을 때라도 다가오냐, 왜 갑자기 추억에 빠지고 난리야?"

"그냥. 꿈이라도 꿨나? 주말 동안 종종 생각나더라고."

송옥은 멀거니 명이 앉았던 자리를 보다가 눈살을 찌푸렸다.

"미주야, 나 사람 기억하는 거 하나는 엄청 잘하잖아."

"그래, 그것도 재주라면 재주지."

"근데 명이랑 반희 얼굴은 어째 벌써부터 흐리멍덩해. 이상하지?"

미주는 사진을 정리하던 손을 잠시 멈추고 안경 코를 추켜올렸다. 그녀도 명과 반희를 떠올려본 뒤 뒤를 돌아보며 말했다.

"이상할 게 뭐야. 그냥 평범한 애들이었잖아."

송옥은 몇 번 눈을 깜박거리다가 피식 웃었다.

"맞아, 그러니 내가 제대로 기억 못해도 어쩔 수 없는 거라고."

책상 정리를 마치고 블라우스 속에 감췄던 사진을 꺼내 들여다보며 송옥은 새삼 혀를 찼다. 미주가 아무리 말려도 다시마를 챙겼어야 했는데 말이다. 그러다 아침 보충수업이 시작되면서 미주는 사진을 국사책에 끼워 넣었다. 몸을 푼 지 두 달 밖에 안 된 국사 선생님의 무너진 체형을 안쓰럽게 바라보던 미주는 봄에 잠깐 훈내만 풍기고 사라진 임시 국사 선생님을 떠올렸다. 이강우. 아, 그래도 그분의 얼굴은 꽤 선명하게 기억난다. 아무래도 그분은 잘생겼으니까. 자신의 능력에 새삼 자신감을 회복하고서 송옥은 왼쪽으로 보이는 창밖 하늘을 쳐다보며 중얼거렸다.

"아무튼 잘 살면 좋겠다, 다들."

3. 겨울, 달콤한 잠

 잠에서 깨어보니 세상은 온통 새하얀 옷으로 갈아입은 후였다.
 "추운 건 질색이지만 어여쁘긴 하구나. 이런, 내 국화들, 숨은 잘 쉬고 있느냐?"
 빠끔히 문을 열고 고개만 갸웃하여 눈에 완전히 뒤덮인 마당을 내어다보던 국은, 뒤늦게 마당에 있는 국화 화분 생각에 맨발로 뛰어 내려갔다.
 두툼하게 덮인 눈 속에서도 국화의 꽃송이는 얼어서 상하기는커녕 싱싱하기만 하다.
 "역시나 오상고절傲霜孤節이로다. 아하하하, 고운 것들이 기특하기도 하지."
 "아니, 부인. 맨발에 그 얇은 차림으로 감기 드시면 어찌시려고요."
 비를 들고 마당 청소를 하다 돌아오던 단이 국을 보고는 한걸음에 달려와 그가 입고 있던 두툼한 모피로 국을 감싸주었다. 호랑이 모피는 확실히 따뜻하다. 이걸 잡으려고 인도까지 다녀온 보람이 분명히 있었다. 방에는 하얀 호랑이 모피도 한 벌 있다. 단이 국에게 청혼을 하면서 바친 수많은 선물 중 하나이다.

잠깐 단의 해맑은 미소 가득한 얼굴을 쳐다보면서 국은 역시 이 남자 내 취향은 아닌데, 하고 생각했다. 성격과 관계없이 얼굴을 밝힌다고 해야 할까, 그런 몹쓸 버릇이 이천 살이 넘은 지금도 국의 내부에서 생생하게 살아 있다. 손꼽아 헤아리는 자체가 불가능할 만큼 많은 연애를 했지만, 대부분 첫눈에 반해서 시작되었던 것이다. 물론 얼굴에 반해서.

단은 그런 국의 인생에서 철저한 예외에 해당한다. 백 살 조금 넘을 무렵의 꼬맹이 시절의 단과 스치듯이 만났을 땐 그가 훗날 자신의 반려가 될 거란 생각은 전혀 하지 않았었다. 하지만 한결같은 짝사랑을 지키며 구애를 거듭한 그의 정성이, 결국 지금 국의 옆자리를 차지하게 만들었다.

취향은 아닌데도 사랑스럽다는 기분은 이제까지의 그 누구보다도 강하게 든다. 많은 연애 중에 반려란 호칭까지 나누었던 이는 셋이지만, 지금의 단처럼 흐뭇하게 하루하루가 흘러가는 경험을 안겨주는 이는 처음이다.

국은 추위에 얼어 차가운 단의 뺨을 만지며 말을 건넸다.

"첫눈인데 이렇게 가득 쌓인 걸 보니 운치가 있고 그렇구나. 이 마당의 눈은 그대로 두어도 좋을 텐데. 저녁에 달이 뜨면 보면서 한 잔 하고프거든."

"음. 내버려 두어도 이쪽은 곧 햇빛이 들 텐데요. 오후가 지나기 전에 다 녹아버릴 듯합니다만."

"햇빛이라. 그거야 가리면 그만이고. 아아아, 며칠 두문불출했더니 몸이 삐그덕거리는구나. 그래, 오늘은 무얼 할 참이냐?"

"녹전이 한 번 더 땔감을 준비하겠다기에 도와줄까 하던 중입니다."

"녹전이 그리 반기지 않을 터인데? 그 녀석 이 집 살림은 자기 거라는 생각이 골수에 박혔더구나."

"저도 놀고먹는 건 질색이라고 단단히 못박아둔 터입니다."

방긋 웃는 단의 얼굴이 겨울 햇살 속에 말갛게 빛났다. 껴안아서 톡톡 등을 두드려 주고 국이 말했다.

"내 몫까지 열심히 거들어주도록 해. 나는 마실 다녀올 테니."

"어딜 가시려고요?"

대번에 같이 가고 싶다는 뜻이 단의 얼굴에 떠올랐다. 어째선지 국은 단의 얼굴에 쓰인 생각을 고스란히 읽을 수 있다. 그 생각들이 참 어리고 맑아서 사랑스러움은 매일 같이 쌓인다.

"반희 좀 보고 올까 하고."

"이런. 그쪽이야말로 반기시지 않을 텐데요."

"아하하, 각오하고 가는 거지."

반희가 반기지 않을 거란 소리가 아니다. 반희는 물론 국을 보면 한가득 웃으면서 달려와 반겨줄 것이다. 왜 또 왔냐며 노골적으로 싫은 표정으로 딱딱거릴 게 분명한 것은 국의 새끼인 명 쪽이다.

명이 독립한 이래, 마음 내키면 국이 아무 때나 찾아가고 떠나도 그러든지 말든지 신경도 안 쓰던 그 무뚝뚝한 녀석이 반희를 얻은 이래로는 분명하게 자기 의견을 피력하고 있다. 귀찮으니까 그만 좀 오라고 말이다. 일전에 한 번 패물을 핑계로 반희를 빼돌렸다가 발각된 후로 그 수위는 한층 세져 여간 경계를 하는 게 아니다. 그렇다고 그런 일에 상처 입을 국도 아니다. 전에 그랬듯이 보고 싶어지면 무작정 찾아간다.

용소에 다녀온다고 하니까 녹전이 반색을 하면서 이것저것 싸갈 것을 들려주었다. 어느 틈에 옷 만드는 것도 배웠는지 녹전은 애기씨랑 서방님 옷이라면서 솜을 잔뜩 누빈 옷들을 한 짐이나 내주었다. 진짜 일복을 타고난 녀석이구나 하고 혀를 차면서 짐을 이고 설렁설렁 산에 올랐다. 처음엔 대충 인간들처럼 산행을 하다가 전날 밤 내린 눈 덕분에 인간들이 거의 보이지 않는 것에 안심하고 경공을 쓰며 빠르게 목적지에 도착했다.

용소 주변에 쳐진 명의 결계는 오늘따라 치밀하기도 했다. 이젠 또 어디의 허점을 찾아서 뚫고 들어가야 하나 즐겁게 고민하며 둘러보다가 갑자기 뭔가를 발견하고 국은 혀를 찼다.

"어이고, 저놈 결국 저 짓을 저질렀네그려."

결계를 넘어가는 것은, 시간이 걸려도 해낼 일이긴 한데 다른 문제가 있었다. 용소의 폭포는 지금도 시원하게 쏟아져 내리고 있는데, 그 뒤로 보이는 굴의 입구는 단단하게 막혀 있지 무언가.

그냥 단순히 추워서 닫아둔 것과는 차원이 달랐다. 봉인이다. 명은 자기가 아니면 열지 못하게 입구를 막고는 봉인까지 해버렸다. 그의 뜻에 반해서 들어가자고 하면 상당한 피해를 각오해야 할 것이다. 그렇게까지 해서 들어오지 말란 뜻이 확연한데, 굳이 들어갈 생각은 국도 없다.

그저, 반희가 가여울 뿐. 저래놓았으니 반희도 안에서 나올 수가 없을 것이다. 아직 자기 힘이 무언지 제대로 인지조차 못하는 어린애가 뭘 알아서 나올 엄두를 내겠는가. 저번의 그 소동 때 용케 명이 별말없이 넘어간다 싶더니 결국 이걸 노리고 있었지 싶다.

"내가 낳은 알에서 태어나긴 했지만 저놈 참……."

굴 안에서 반희가 어찌 지낼지 생각하니 그런 탄식이 절로 흘러나왔다. 천오백 년 가까이 짝짓기 한 번을 안 하는 명을 보고 쟤는 어디가 잘못된 녀석인가 싶어 걱정했던 날수를 합치자면 얼추 십 년은 나올 텐데. 그렇게 걱정했던 것이 생각해 보면 우습다 싶을 정도로 명은 반희에게 홀딱 반해 있다.

"저토록 좋을 걸 왜 진작 내 말을 안 듣고."

밤나무 가지에 앉아서 잠시 국은 옛날 생각을 해보았다.

여우에게 납폐를 보내어 제대로 반희를 신붓감으로 데려오려던 계획이 틀어져버렸을 때. 란이 무슨 수작을 부린 것은 분명한데 란은 자기는 모르는 일이라고 잡아떼더니 상황이 불리해지면 나오는 버릇대로 온다간다 말도 없이 자취를 감춰버렸다.

죽은 여우를 두고 통곡하고 있던 반희를 보고 혼인 이야기를 꺼내기는 아무리 국이라도 차마 민망하여 못할 짓이라, 멀찍이에서 모습을 감춘 채 보고만 있었다.

한데 그곳에 뜻밖에도 명이 찾아왔다. 오라고 기별을 하긴 했어도 아는 척이나 하겠느냐 하고 국은 단념하고 있던 차였다. 명은 통곡하다 잠든 반희에게 다가가 소맷자락에 손을 넣은 채 곰곰이 생각하는 표정으로 반희를 내려다보다가 문득 손을 꺼내 반희의 머리를 툭 건드리면서 무언가 주呪를 외웠다. 그리곤 국에게 와서 더 있어보았자 별 도리 없으니 돌아가자고 하였다. 무엇을 했냐는 국의 물음에 명은 한사코 대답하지 않았다.

그때 명이 무엇을 했는지, 국은 최근에 와서야 알게 되었다. 잠깐이나마 반희에게 있었던 어울리지 않는 불의 능력—즉 화염을 일으키는 능력—은 사실 명의 능력이었다.

명이 천 살 무렵이 되어 뿔이 돋기 시작할 무렵 자각한 몇 가지 능력 중에 희귀하게도 그런 능력이 있었다. 폭우를 불러와 홍수를 일으키는 능력이 월등한 것은 물론이고, 불을 다스려 대기를 건조케 해 한발旱魃을 퍼뜨리는 것조차 가능했다. 란이었다고 하면 좋다구나 하고 이용했을 능력을 명은 귀찮고 쓸데없다며 거의 내버려두었다.

명에게 그런 능력이 있다는 것은 국만이 알 뿐, 란은 몰랐다. 당시엔 란이 알아보았자 명에 대한 시기심만 키우게 될 거라고 생각해 국도 침묵했는데 돌이켜보니 가볍게 지나친 그 일도 미래의 한 점을 위해 치밀하게 준비된 바둑알 하나였던 모양이다.

명은 그때 반희에게 그의 능력 중 한 가지, 즉 불의 능력을 빌려주었던 것이다.

처음 란이 반희에게 정체를 드러낸 날, 국은 뒤늦게 반희에게 닥친 위험상황을 감지했었다. 그리하여 국과 단, 명이 헐레벌떡 옛적 도련님인지 뭔지의 집으로 반희를 구하기 위해 몰려간 날, 억지로 란의 결계를 부수고 끌어낸 반희를 보았을 때, 비로소 국은 그 사실을 알았다. 반희가 스스로를 지키기 위해 쓴 능력이 바로 명의 것이라는 걸.

그제야 놀랐다. 여우가 죽었을 당시엔, 명이 혼인에 관심이 전혀 없다고 했는데도 국이 독단으로 강행한 일에 여우가 그리되어 면목이 없었던 터라 국도 도망치듯 그 자리를 뜨고 만 것이었다. 한데 명은 바로 그 순간 반희를 보면서 마음 한편에 품었었다니.

일이 밝혀진 후에야 어찌 그랬냐고 넌지시 물었더니, 그저 너무 약해 보여서 순간 동정심이 생겼을 뿐이라고 시큰둥하게 명은 대답했다. 그 자체가 대단한 일이라고 국은 생각한다. 명이 누군가를 동정한다는 일, 최소한 그 마음이 어떨지 헤아려보는 일마저도 반희를 통해 처음 생긴 일이니까.

무작정 일을 벌이고, 결과가 뜻대로 안 되면 슬그머니 꼬리를 말고 도망치는 것이 국의 약점이다. 지금껏 국은 나 생긴 대로 살아도 큰 문제 없다고 호언장담하면서 이천 년이 넘게 살아왔지만, 이 해에 겪은 일을 통해서 조금은 반성이란 걸 하게 되었다. 자신이 여우가 죽었던 그때 도망치는 대신, 나서서 반희를 거두어 들였다면 이제 와서 일이 이처럼 꼬이지는 않았을 테니까.

그랬으면 지금쯤은…….

"손자를 안고 있었을지도."

하긴, 이 상황으로 보자면 이러다 자신이 할머니 소리를 듣는 것도 썩 멀지는 않을 듯싶다. 그 일을 생각하자 흐뭇하여 국의 입가에 절로 미소가 감돈다.

세상을 이토록 오래 살아가면서도 그나마 가치가 빛바래지 않는 즐거움이 있다면 역시 사랑스런 이에게 정을 주는 것뿐인가 한다. 마음이 통하는 벗, 바라만 보아도 좋을 연인, 자신의 피를 받아 태어난 혈육. 바로 그런 존재들이 있기에…….

거기까지 생각하던 국의 얼굴이 흐려졌다.

"역시 란이 걸리는구나."

눈이 자욱한 지상의 모습 위로 쨍하니 맑은 하늘을 올려다보며 그렇게 탄식했다. 첫눈이 와서 현격히 떨어진 기온 속에 란이 잠들어 있는 땅은 따뜻하기나 할지.

할 수 있는 일을 두고 걱정만 하는 것은 영 국의 성미에 맞지 않는다. 국은 들고 온 짐을 결계 밖 눈 속에 획 던져두고 훌쩍 나무 위로 뛰어올랐다.

허공 속에서 그녀의 모습은 이내 붉은 난조鸞鳥로 바뀌어 힘차게 날갯짓하며 겨울 하늘을 가로질렀다. 구름에 닿고, 구름 너머의 공간까지 올라갔다. 거칠 것 없는 기세로 쉴 새 없이 비행을 거듭하노라니,

바다를 건너고 메마른 붉은 대지를 안은 육지가 멀리서 보이기 시작했다. 또 얼마쯤 날갯짓을 계속했을까, 란이 잠들어 있는 산자락이 눈에 보여 한층 비행에 박차를 가하려던 국은 흠칫하면서 공중에서 급히 선회했다.

사람의 모습이 한갓 점으로도 보이지 않을 만큼 먼 거리인데도 국은 아래의 땅에서 그녀를 응시하는 누군가의 시선을 느꼈다. 그 아래를 마주 응시한 국은 무엇이 그토록 그녀를 강렬하게 끌어당겼는지 깨달았다.

"아신……."

이름을 입에 담자, 고통스럽도록 가슴이 울렁거렸다.

"불렀나?"

귀를 막고 싶도록 달콤한 목소리와 함께 홀연히 국의 앞에 나타난 남자. 얼굴을 보자, 눈 역시 가리고 싶다고 국은 생각했다.

고귀하리만치 아름답고, 끔찍하도록 강하다. 오로지 그 자신의 즐거움 말고는 무엇도 생각하지 않는 사악하도록 이기적인 존재란 것을 분명하게 아는 지금도 국은 이 남자를 보면 끌리고 만다.

한때나마 이자에게 사랑받기 위해 세상에 태어났다고 믿었을 만큼 국은 압도적으로 이 남자에게 미쳤었다. 그리하여, 란을 낳았다.

남자는 국도, 자신의 자식인 란도 사랑해준 적이 없다. 오로지 변덕이 끝나기 전의 유희거리의 하나였을 뿐.

"묘한 곳에서 보게 되는군요."

국도 모습을 바꾸어 남자처럼 팔짱을 낀 채 허공에 버티고 섰다. 남자는 빙긋 웃었다.

"오랜만이긴 한 것 같군. 얼마 만이더라?"

"피차 즐거울 것 없는 이야기지요. 그나저나, 저런 곳에서 볼 일이 있나요?"

아래의 땅을 가리키면서 국이 희미하게 미간을 찡그렸다. 아무것도 없는 동네이다. 아신 같은 남자가 볼일이 있을 거라고는 도저히 생각하기 힘든.

"자꾸 누가 부르는 통에."

남자의 가벼운 대꾸에 국은 자기도 모르게 흠칫했다. 설마, 라고 생각하면서도 남자의 눈과 마주하는 순간, 그 눈 속에 잔인한 광기 비슷한 것이 스치는 것을 보았다. 란에게 물려준 절반의 피에 고스란히 살아 있는 저 빛.

"그 아이에게 가는 것은 아니겠지요."

"말했잖아. 불렀다고."

"부른다고 가는 이였습니까? 어울리지 않는 소리라면 집어치워요."

"너는 참 변한 게 없구나, 국. 어떻게 그토록 한결같은 지 볼 때마다 신기해."

남자가 쿡쿡쿡 웃었다. 국은 얼굴을 붉히며—도대체 얼마 만에 어린 것들처럼 얼굴을 붉히는 건지—목소리를 높였다.

"내 아이예요. 허튼수작은 하지 않는 게 좋습니다."

"알아. 네 아이란 거. 나도 이제 와서 양육 따위를 할 생각은 없어. 그냥 구경 가는 거야."

"가서 무엇을 어쩔 생각으로요?"

"몰라. 어쩔지는. 내가 언제 그런 걸 계획하고 움직였나? 그럼 다음에 또 보자고."

그렇게만 말하고 남자는 손을 들어 흔들었다. 국이 화급히 붙잡듯이 말했다.

"그대로 둬요. 란은, 잘못을 저질러서 벌을 받는 거니까. 이건 어미로서의 내 훈육이야. 이제까지 그랬던 것처럼 당신은 철저히 무시하면 돼요. 아신, 아신!"

국의 말이 채 끝나기도 전에 남자는 완벽한 미소만을 잔상처럼 남기고 나타났던 것만큼이나 홀연히 그녀의 앞에서 사라졌다.

"이제 와서 왜 갑자기……."

멍하니 국이 중얼거렸다. 휘몰아치는 차가운 바람에 얼굴을 맞아 정신이 돌아올 때까지 그저 아연히 넋을 놓고 있었다. 문득 올려다본 하늘에는 눈송이가 가득했다.

"단이 기다리겠어."

뼈가 삭을 듯한 추위 속에 떠오르는 가장 따뜻한 이의 이름을 입에 담으며 국은 이윽고 돌아가기 시작했다.

새가 되어 날기 전에 한 번 뒤돌아보았다. 그래보았자 당장에 일어날 일도, 미래의 일도 아직은 보이지 않았다.

눈발이 더욱 강해졌다.

먼 하늘에서 국이 열심히 집으로 돌아오기 위해 날갯짓하던 무렵, 굴속에서 안락하게 서로의 체온을 나누던 이들 역시 바깥에서 강해지는 눈발을 느꼈다.

"바람이 엄청 부나 봐요."

굴 안쪽까지 울려오는 윙윙거리는 소리에 반희가 문득 머리를 들면서 중얼거렸다. 반희의 어깨며 등 여기저기의 새하얀 피부를 훑으며 애무하던 명은 고개조차 들지 않고 건성으로 대꾸했다.

"응. 그런 모양이구나."

"첫눈. 보고 싶었는데."

"나가봤자 추워."

"그래도……. 아응, 아으응."

안 먹힐 거란 건 익히 알지만, 나무에 백 번째 도끼질을 하는 심정으로 슬쩍 명을 돌아보며 설득이란 걸 해보려 한 반희는 그걸 먼저 눈치 챈 명이 거칠게 허리를 움직이는 바람에 입술을 깨물며 두터운 양털 모피 위로 얼굴을 묻었다. 두 손으로 양털을 꽈악 움켜쥐며 헐떡거림을 자제해보려 노력했지만, 매번 같은 식으로 헛수고에 그친다.

반희의 허리가 떨려서 무너지려고 하면 명이 간단하게 들어 올려 가는허리를 단단히 붙잡고는 격렬한 삽입과 후퇴를 반복했다. 둘의 하반신이 마찰하면서 빚어지는 야릇한 소음과 반희의 입에서 새어 나오는 헐떡거리는 교성이 한데 섞여 사뭇 음란한 음률을 연주한다.

아무리 노력해도 반희는 그 소리를 죽이는 방법을 모르겠는데, 이제 명은 얄밉도록 평온하게 숨 쉬는 방법을 터득해서 반희를 더 난감하게 만들고 있다. 이를테면 지금 같은 경우 반희는 머릿속이 뒤흔들려 아무 생각도 할 수 없건만, 명은 그녀의 귓가에 입술을 대고 속삭일 여유까지 생긴 것이다.

"그렇게 입술을 깨물고 참으려 애쓰는 모습, 얼마나 보기 좋은지 아느냐?"

"……모, 몰라요. 하웃."

"아찔하도록 아리따워. 볼은 이처럼 발갛게 되어서 타는 것처럼 뜨겁고."

할짝, 명이 반희의 뺨을 핥자 안 그래도 교미의 쾌감이 한계에 도달한 걸 버티고 있던 반희가 흠칫하고는 바르르 떨면서 풀썩 모피 위로 쓰러졌다. 명이 혀를 차면서 그런 그녀의 허리를 붙잡아 세웠다.

"아직이야. 아직이라고."

"제발 우리 조금만 쉬고…… 조금만…… 하아, 아아읏!"

"그래, 곧 쉬게 해주지."

반희가 쓰러지면서 빠져나오고 만 남성을 가벼운 다독거림과 함께 단번에 밀어 넣고 명은 속도를 한층 높였다. 이미 축 늘어져 있는 반희를 앞으로 돌려 끌어안고서 세차게 그녀의 내부를 헤집고 또 헤집었다.

"으응…… 아아…… 명, 아…… 아흐……읏!"

"후욱, 후……, 으으윽……. 반희야. 반희야……!"

사그라진 욕정마저 격렬하게 일깨우는 명의 몸짓에 반희는 다시금 절정으로 치달아 흐느끼듯 신음했다. 동시에 명도 절정에서 거칠게 신음하며 반희의 몸 속 깊이 뜨거운 액체를 쏟아냈다. 본능적으로 반희는 명에게 잔뜩 몸을 밀착시켰고, 명은 그런 반희를 으스러져라 껴안으며 이름을 불러주었다.

길고 깊은 호흡이 몇 차례 지나갔다. 반희의 팔이 힘없이 늘어졌고, 명은 천천히 상체를 일으켰다. 그래도 반희 안에 자리한 그의 남성은 단단하고 뜨거웠다. 땀을 흠뻑 흘린 반희에 비해 명은 막 자다 깬 사람처럼 깔끔하기까지 했다. 그 얼굴에 상큼한 미소까지 지으며 명은 반희의 뺨에 이어 입술에 입맞춤을 해왔다.

"얼마나 쉬게 해줄까? 숫자를 천까지 세줄까?"

"맙소사. 당신, 정말 너무해요."

"그럼 만까지?"

"만이면 좋……지 않아요. 고작 몇 시간도 안 되잖아요. 어우, 무거워. 답답하니까 저리 좀, 꺄아아."

옆으로 가라고 밀어보는데 명은 빙글 몸을 돌려 자신이 아래로 오고 반희가 위로 오게 만들었다. 여전히 하반신은 단단하게 결합된 상태로. 반희가 몸을 일으키려 하자 명이 두 팔로 그녀의 등을 안아서 막아버렸다. 절반쯤 빠져나왔던 명의 남성이 순식간에 다시 원래 자리로 돌아갔다. 너무 깊은 곳까지 찔러 들어오는 남성의 강렬한 존재감에 반희의 상반신이 파르르 떨렸다. 신음을 삼키는 반희의 입술을 명이 가만 두지 않고 덥석 입술로 물더니 조물조물 빨아대고 핥아댔다. 반희가 머리를 저어보면서 피해도 끈질기게 찾아와서 자기 것인 양 물고는 놓아주지 않았다. 결국 반희 입에서 볼멘소리가 나왔다.
"쉬게 해준대 놓고, 또 이래."
"쉬는 거 맞지 않느냐? 이것은 가벼운 후희일 뿐이야."
"뭐가 후희란 거예요."
"이젠 적응 좀 하지 너도 참 지치지도 않고 칭얼대서 날 즐겁게 하는구나."
"재밌어요, 이런 게?"
"넌 재미있지 않아?"
장난이었으면 좋겠지만 말하는 명의 눈이 진지하다. 반희도 그만 포기하자 하며 머리를 명의 가슴에 기대었다. 그래도 한숨은 포옥 하고 흘러나왔다. 반희의 머리카락을 쓰다듬으며 다시 입맞춤을 하려던 명이 그 한숨에 딱 손을 멈추더니 그녀의 얼굴을 들어 자신을 보게 하면서 물었다.
"나와 교미를 하는 게 이젠 그리 즐겁지 않은 거냐?"
"즐겁고, 즐겁지 않고의 문제가 아니라……."
"뭐가 문제인데?"
"적정선이라는 말 모르십니까?"
"적정선? 그게 어느 정도인데?"
"어…… 그러니까 하루에 한두 번, 아, 시간도 한 시간 내외로? 뭐 인간들이야 발정기가 딱히 따로 없으니 시도 때도 없이 한다지만 솔직히 우리는 다르지 않습니까? 겨울은 좀 느긋하게 보내고 봄에 발정기가 되면……."

"그토록 싫은 걸 억지로 하는 줄은 몰랐구나. 그럼 네 말대로 느긋하게 보내도록 하지."

자신이 그렇게 말해도 명은 틀림없이 제멋대로의 자기주장을 내놓으리라고 생각했던 반희는 명의 그런 반응에 조금 놀랐다. 몸을 일으킨 명은 반희를 옆에 뉘어준 뒤 반희와의 사이에 멀찍이 간격을 두고 옆에 가서 누웠다. 반희는 더더욱 놀랐다.

"왜 거기에 누우십니까?"

"느긋하게 보내자는 네 말대로 하는 중이다. 이제부터 잠이나 청해봐야지."

"그렇지만 춥잖아요."

반희가 며칠 만에 입는 건지 기억도 안 나는 옷을 들어 걸치고 명의 옆으로 다가가는데 명이 눈을 감은 채 오지 말라는 듯 손을 저었다.

"거기 그대로 있거라. 내 약조하마. 이번 겨울뿐 아니라 원한다면 언제까지든 네가 싫어하는 짓은 하지 않겠다고. 하지만 나는 너처럼 담백하지 못해서 몸이 닿으면 또 멋대로 굴 소지가 다분하구나. 그러니 그건 네가 알아서 조심하는 게 좋을 거다."

"저기, 저는 싫다고 한 적은 없는데……."

"자거라."

퍽 쌀쌀맞은 목소리에 이어 명은 동굴 안을 은은히 밝히던 불빛마저 거두어들였다. 칠흑 같은 어둠에 못 이겨 자리에 눕긴 했지만 반희는 혼자 멀뚱히 누워 있는 것이 못내 어색했다. 이미 지난여름 이래 매일같이 명과 꼭 붙어서 자는 것에 익숙해지고 만 것이다. 그리고 보니 옷을 입고 자는 것도 참으로 어색해서 반희는 괜히 옷을 잡아당겨 보기도 하고 힐끔거리며 명도 쳐다보았다. 명은 벌써 잘 리가 없는데 눈을 감은 채 미동도 없이 침묵을 지켰다.
 결국, 먼저 말을 건 이는 반희이다.
 "저기, 우리 나란히 사이좋게 누워서 자는 것은 어때요?"
 명은 대답이 없다.
 또 한참 있다가 반희가 말했다.
 "진짜 그러고 잘 거예요?"
 여전히 답이 없다.
 반희도 앵돌아져서 등을 돌렸다. 명이 말한 대로 어디 한 번 푹 자 볼까 했지만 좀처럼 잠은 오지 않고 조용한 명에게만 자꾸 신경이 쓰였다. 몇 번이고 뒤를 힐금거리길 반복하다 결국 제가 먼저 풀죽은 목소리로 말을 붙였다.
 "적정선 이야긴 내가 잘못했어요. 인간이 아니라 해놓고 인간 같은 소릴 했죠. 취소할게요. 그러면 돼요?"
 이쪽에서 백기를 들었는데도 명은 묵묵부답. 반희는 일어나 앉아서 쳐다보다가 무릎걸음으로 옆으로 가서는 명의 어깨를 툭하니 건드렸다.
 "벌써 자요? 자는 거 아니면 나랑 이야기 좀, 어머나!"
 "닿지 말라고 한 경고, 어긴 건 너다."
 "아니, 잠깐요, 잠깐, 이건 이야기가…… 우으응, 음…….''
 철커덩, 흡사 덫에 걸리는 짐승처럼 눈 깜짝할 새에 반희는 명에게 붙들려 깔렸다. 말로 시간을 벌려는 반희에게 압도적인 힘의 차이를 가르치듯이 버둥거림을 간단히 제압하고 명은 입맞춤을 퍼붓는다. 반희가 겨우 입게 된 옷도 순식간에 다시 어딘가로 획획 내동댕이쳐졌다.

결국 그녀가 쉰 시간이라고 해보았자 숫자 천과 만의 중간 정도를 헤아릴 시간에 불과하다. 그래도 그 정도 쉰 게 효과가 없진 않아 명이 불꽃을 당기자 반희 또한 확실히 타오르기 시작했다.

명과 반희, 둘의 하얀 몸이 어둠 속에서 뒤엉켜 격렬하게 서로를 갈구한다. 운우지락이라 했던가, 과연 그것이 하늘의 선녀조차 탐할 만한 것이구나 하면서 둘은 아무리 안아도 매번 안을 때마다 새롭고, 경이로운 상대의 몸이 주는 감촉에 취하고, 또 취했다.

겨울이 깊어가도 이 해의 겨울이 추웠는지, 눈은 얼마나 왔는지, 눈의 색은 어땠는지 둘은 모를 일이다. 밀월의 한때를 오로지 서로만 보면서 함빡 정을 쌓아가기에 여념이 없었으니까.

그래도 가끔, 잠퉁이인 반희를 위해 얼마쯤 휴식을 취하는 짬짬이 훗날에 대한 이야기를 나누었다. 대개는 반희의 잠꼬대나 다름없는 소리였다.

"있잖아요. 봄이 오면 우리 학교에 다시 다녀요. 고등학교가 싫다면 대학교라도."

"그래. 네가 그러고 싶다면."

"근데 대학교에 가면 소풍은 어떡하죠? 나 소풍 꼭 가고 싶은데. 에이, 소풍 비슷한 거라도 있겠죠? 아무튼 학교에 다니는 거예요. 알겠죠?"

"그래. 네가 그러고 싶다면."

"여름방학이 되면 우리 외국에도 나가봐요. 나, 외국 여행 거의 못 해봤어요."

"그래. 네가 그러고 싶다면."

"주인님, 그러니까 여우랑 청나라 한 번 간 게 전부야. 거기서 육백 살이 넘었다는 버드나무도 봤는데. 지금도 살아 있다면 나이가 팔백 살쯤 될 거예요. 우리 집 버드나무도 나이가 그 정도로 들었을까요?"

"다음에 보면 물어볼게."

"그때 천 살이 넘었다는 다래나무도 있다고 해서 구경 가자고 했는데, 결국 못 가고 말았어요. 아직 살아 있을지 모르겠네. 그것도 보러 가요."

"그래. 네가 그러고 싶다면."

"여우도, 아니 우리 모래도 데려가야 해요."

"음······. 그래. 네가 그러고 싶다면."

"배 말고 비행기 타고 가요. 전에 한 번 타봤는데 그거 재밌더라. 우리 그거 같이 타봐요."

"그래. 네가 그러고 싶다면."

"그리고, 또 말이에요······."

반희가 재잘거리는 소리를 들으며 명은 늘 부드럽게 웃는다. 잠이 들었다가 깨면 그녀는 기억도 못할 많은 잠꼬대들을 차곡차곡 머릿속에 담아두며 명은 대답한다. 그래, 네가 그러고 싶다면.

그렇게 둘이 처음 맞는 달콤한 겨울이 지나간다. 다가올 봄은 몹시 아름답겠지만, 그 봄이 조금도 기다려지지 않을 만큼 따뜻하고 평화로운 겨울이었다.

명에게 무엇을 좋아하느냐고 묻는다면 대답할 거리에 하나가 더 추가되었다.

반희. 반희. 반희. 그렇게 일억 번쯤 헤아리다가 지쳐서 그만둘 만큼, 계속 반희.

마지막에 덧붙여서, 겨울.

GOOD WORLD ROMANCE NOVEL

사미인외전 奇譚 青蛇(청사)

一. 청사, 달을 올려다보며 한탄하다

전조前兆 같은 건 질색이다.

아, 물론 이런 말을 하면 어머니는 자식을 잘못 키웠다고 통탄할 것이다. 확실히 내가 이런 말을 하는 것에는 어폐가 있다. 하루에도 수차례의 적지 않은 징조들을 보고 자연스럽게 징조가 이끄는 대로 움직이는 주제에, 전조 같은 건 질색이라고 딱 잘라 말할 입장이 아니란 것은 알고 있다. 하지만 그것은 워낙 어린 시절에 어머니를 통해 몸에 익힌 훈련이 숨 쉬는 것처럼 저절로 작동하는 데 불과하다.

어머니와 달리 나는 앞을 내다보는 재주가 조금도 없고, 점복도 즐기지 않는다. 소싯적에는 멋모르고 어머니를 따라 이것저것 배우면서 다가올 미래의 일들을 알아내는데 흥미를 갖기도 했지만, 그것도 한때의 일이다.

백 년을 살고, 이백 년을 살고 그렇게 몇백 년이 우습게 흘러가면서 나는 일부러 수고를 들여 미래를 아는 것 따위에 연연할 만큼 중요한 일은 하나도 없다는 결론을 내렸다. 인간 세상에 무슨 일이 일어나

건 우리들의 세상이 크게 요동치는 일은 없다.

물론 개중에도 몇몇의 존재가 인간 세상에 관여하면서 사소한 권력 다툼이나 전쟁놀이를 일으키는 경우가 없지는 않다. 하지만 어디까지나 그 몇몇에 국한된 소일거리인 것이지 응당 우리가 그리해야 할 일은 아니다. 어떤 당돌한 녀석이 인간들을 이용해 세상을 다 자기 발밑에 꿇리겠다는 헛된 생각만 하지 않는다면 그러려니 하고 내버려 둘 뿐이다. 나는 그 정도로까지 정신이 혼암한 녀석을 본 적은 없지만, 어머니는 손으로 꼽을 정도의 몇 녀석을 기억하고 있단다.

그저 대개는 피바람이 불 정도로 세상이 어지러우면 적당히 깊은 곳에 은신해 평화로운 세월이 올 때까지 기다릴 뿐이다. 어머니도 지금 와서는 인간들은 교훈 같은 걸로 깨우칠 수 있는 종족이 아니란 것을 알기에 호시절이 오면 한 시절 즐겁게 지내는 것으로 만족하고 계신다.

그럼에도 그놈의 점치는 버릇만큼은 버리지 못하셨다. 달빛 좋은 산에 오르면 좋아하는 술이나 드실 것이지 꼭 한 자리씩 궁금하지도 않은 훗날 일을 절절히 풀어내신다.

그래, 그것은 화산華山에 올랐을 때의 일이다.

어머니는 내가 부탁하지도 않은 내 반려의 일을 말씀하시며 뛸 듯이 기뻐하셨다. 내가 천 년이 넘도록 짝 없이 혼자서 지내는 것이 어머니에겐 뭐 그리 큰 걱정인지 원.

어머니도, 동기인 란도 어찌 그리 사소한 춘사春思 따위에 연연하는지 내겐 참 기이하게만 보였다. 아무래도 본질이 암컷이다 보니 좀 더 정을 격하게 느끼는 것이 아닌가 하고 짐작만 할 뿐이었다.

내게 있어 봄은, 겨울에 이어서 오는 매우 따뜻하고, 조금 나른하고, 상당히 귀찮은 그런 계절에 불과했다.

어릴 때에는 나도 모르게 왈칵거리며 넘쳐나는 정염의 기운에 불쾌할 정도로 동요하는 통에 주루(酒樓)란 곳도 기웃거려 보고 공연히 저잣거리에도 나가 하릴없이 쏘다닌 적도 있지만 정작 적당한 짝을 찾는 데에는 번번이 실패했다. 인간 여자 중에 어여쁜 것들은 대개 후궁에 있기 마련이라는 어머니의 꼬임에 넘어가 함께 뭇 왕들의 후궁 담 너머까지 밟고 다닌 적도 있지만 역시 마음이 동하는 암컷을 찾은 적은 없다.

희읍스름한 얇은 거죽이 아무리 어여뻐도, 결국 인간 여자들은 달짝지근한 분향기와 연지, 머릿기름 냄새를 풍기는 천편일률적인 존재들이었다. 그렇다고 비슷한 부류 중에서 가볍게 봄을 지낼 작정으로만 짝을 구하는 것도 내키지 않았다.

처음 한동안은 어머니가 하도 극성을 부리는 등쌀에 지쳐서 저렇게까지 하시는 걸 보면 역시 내가 이상한 것이 아닌가 하고 깊이 근심한 적도 있었다.

하지만 그것도 일이백 년이지 백 년이 다섯 번이 쌓이고, 열 번이 쌓일 정도가 되면 그런 일로 진지하게 걱정했다는 사실이 오히려 한심하게 느껴지는 것이다.

아주 오랜 기간 권태와 벗하며 살아왔다. 어머니처럼 즐겁게 살고 싶다던가, 란처럼 강해지고 싶다던가 하는 목표는 애초부터 내겐 없었다. 하고 싶은 것이 없는 것은 물론, 좋은 것이나 싫은 것의 구분도 딱히 없었다. 물에 있으면 물처럼, 산에 있으면 산처럼, 나는 그저 살아지기에 살아간다는 식으로 살아왔다.

아마도 나는 그처럼 무딘 삶의 방식을 택했기에 긴 시간을 무탈하게 지낸 듯하다. 가끔 같은 부류의 존재들 중에는 너무 긴 시간을 살아가는 것에 지쳤는지, 아니면 시간의 무게에 눌렸는지 광증을 보이다 자멸하는 경우도 종종 있었다. 어머니는 아마도 내가 그리될까 걱정하셨으리라.

어머니의 근심이 공연한 것이라고는 생각하지 않았다. 분명 시간이라는 것은 눈에 보이지는 않으나 나무에 나이테가 생기는 것처럼 켜켜이 존재의 안에 쌓여가는 것이다. 내가 의미 없이 보냈다고 생각하는 그 시간들도 내 안에 침전하길 반복해 단단한 덩어리가 되어 존재한다고 느낄 때가 간혹 있었다. 쌓이는 시간의 무게는 늘어만 가는데 그것을 감당하는 내 존재는 한없이 가벼운 그대로라는 사실을 모르지 않았다.

이렇다 할 삶의 이유가 없었으니 죽음 또한 그리 시시할 거란 예감. 분명히 존재했으나 결국엔 먼지처럼 사라져 아무것도 남지 않게 될지도 모른다는 허망함. 백여 년 남짓도 살지 못하는 인간들의 마음 역시 갉아먹는 그러한 생각이 하물며 내게 없었겠느냔 말이다. 이러다 나 역시 어느 날 문득 미쳐서 날뛰다 내 광기에 먹혀 사라지는 날이 오지 않을까 하는 생각이 들 때면 두려움이 안개처럼 내 세상에 차오르기도 했다.

나는 공허했다.

내게 주어진 끝을 알 수 없는 긴 생이 때론 진저리가 나서 견딜 수가 없었다. 그 뒤에 올 죽음을 가장한 무無를 고대하면서도, 그 망망함에 압도되곤 했다.

푸른 하늘 속을 유유히 흘러가는 흰 구름을 보면 어쩐지 서러워지기도 했다. 차라리 저런 구름으로 존재했으면 좋았을 것을, 어찌하여 살고 죽는데 연연하는 몸뚱이 속에 갇혔을까. 결국 이렇게 그 어떤 희로애락의 풍파에도 시달리는 일 없이, 끝내 그 무엇에 대한 절절함의 기억조차 없이 살다가 말 것인가 생각하면 태양의 밝음조차 공연스레 화가 났다.

명冥. 어둡고, 깊숙하고, 아득하다는 뜻의 글자. 그것이 스스로 정한 내 이름이다. 인간들이 간혹 사람은 이름대로 가는 경우가 있다는 말을 하는 것을 들었는데, 과연 그 말이 내게도 통하는 모양인가 하고 여겼다.

어머니께서 내 반려에 대한 이야길 꺼낸 그때에 나는 바로 그런 깊고 아득한 어둠 속에서 살고 있었다.

란의 입에서 나온 '백아白鵝'라는 이름을 처음 들었을 때, 내가 느낀 것은 묘한 반감이었다. 인간 여자들의 흰 가루분처럼 젖비린내가 풀풀 나는 이름과 함께 푸른 하늘에 초탈하게 흘러가는 흰 구름이 함께 떠올랐다.

'내키지 않아. 알게 뭐야, 예언 따위. 당사자인 내가 내버려두면 예언도 결국은 이루어지지 않을 거 아냐. 운명? 가소로운 소리 말라지.'

불편한 심사와 조금은 뒤틀린 궁리로, 어머니의 예언이 끝내 깨어지는 꼴을 보자고 속으로만 다짐했다. 세상에 '꼭 그리되리라' 하는 일이 실패할 수도 있다는 것을 어머니께 한 번 보일 참이었다. 과연 그때에 어머니가 어떤 말로 변명할지 두고 보자고 그녀를 보며 냉소를 머금은 것을 똑똑히 기억한다.

호들갑을 떨며 어머니가 조선으로 떠날 준비를 하는 것도 시큰둥하게 무시하고 나는 온다간다 말도 없이 당시 내가 머물던 호수로 돌아갔다. 날이 더워질 참이니 한 두어 달쯤 자고 나오자 했다. 그렇지만 내가 잘 자리를 물색하고 다닐 동안, 조선 쪽에선 일이 잘못된 모양이었다.

호수 위를 날던 새들이 불不자를 그리며 모였다 흩어지고, 내가 가는 길옆으로 늘어서 있던 나무들이 때아닌 낙엽을 우수수 떨어뜨리면서 래來자를 쓰기도 했다. 어머니가 보내는 것이 틀림없는 신호를 무시하고 마침 마음에 든 동굴을 찾아 들어갈 준비를 하는데, 멀쩡하던 종유석들이 뚝뚝 방울지어 눈물이라도 짓는 양 녹아내렸다.

그 종유석이 고인 물속에 내가 모르는 어떤 여자의 얼굴이 떠올랐다. 앳된 얼굴은 내가 이름을 듣고 상상했던 것만큼이나 어려 보였다.

무슨 일이 일어난 것인지 궁금하지도 않았고, 딱히 여자의 일이 마음에 걸린 것도 아니었다. 그저 나는 자는 동안 어머니가 찾아와 들볶을 일이 자못 귀찮아서 조선행을 결정했다.

어머니의 기척을 찾아 도착한 조선 땅에는 마침 큰 비가 내리고 있었다.

"내 실수다. 여우가 죽었어."

상심 가득한 얼굴로 어머니는 자책 중이었다. 여우가 누구냐 물었더니 백아란 아이의 주인이었단다. 설마 그 아이를 내놓으라고 힘겨루기라도 했나 싶었다.

"죽어도 못 내놓겠다고 했나 보죠? 그렇다고 죽일 것까지야."

"그런 게 아니야. 란이 무슨 농간을 부린 모양이다."

"누님이요?"

희한하다 싶었지만, 란에게는 상식이란 게 통하지 않으니 그다지 놀랍지도 않았다.

"어쩌겠어요. 죽은 이를 되살릴 수 없다는 건 어머니도 잘 아시면서."

"안다. 게다가 여우를 그리 해버렸으니 무슨 면목으로 저 아이를 대한단 말이야."

그때, 비로소 나는 처음 그녀를 보았다.

과연 종유석 동굴에서 본 그 얼굴이 틀림없었다.

어리다. 인간의 나이로 열일고여덟 정도의 모습이려나? 물론 실제 나이는 어느 정도일지 가늠할 수 없다. 백 살은 분명히 넘었고, 이백 살은 되지 않겠거니 하고 대충 짐작하고 있다.

여우의 주검 앞에서 목 놓아 통곡하는 모습은 실제보다 그녀를 더 어려 보이게 했다. 이 일대의 계곡이 다 잠기지 않을까 싶을 만큼 큰 비가 내리는 것도, 그러고 보니 그녀의 울음 탓이겠다는 생각이 들었다.

"언제부터 저렇게?"

"아마도 여우가 죽고 나서 계속이겠지. 사흘째구나. 먹지도 자지도 않고 울기만 해. 도와준다고 나설 수도 없고, 그냥 두고 가자니 발이 안 떨어지고 그렇구나."

매사 즐겁게 살자는 주의의 어머니는 그 반대의 상황에서는 어쩔 줄을 몰라 분별력이 형편없어진다. 그리하여 어려운 결정 앞에서 갈팡질팡 제자리걸음만 하는 것이 어머니의 고질병. 그러려니 하고 고개를 돌려 백아라는 아이를 보았다.

번개가 몸을 꿰뚫는 것 같다거나 하는 충격 같은 건 없었다. 그냥 인간 중에서는 보기 드물 정도로 고운 미색을 지닌 가냘픈 계집애였다. 울면서 죽은 여우의 주검을 하염없이 쓸어 만지는 것 말고는 아무 것도 할 줄 아는 게 없나 보다.

'어찌 저리 시시할까. 저래서야 얼마 못 가 자멸하겠어.'

그리 사늘한 생각과 함께 시선을 거두어 어머니에게 물었다.

"사흘 전부터 이렇게 비가 내렸나요?"

"그래. 쉴 새 없이 계속 이런 폭우였지."

"기운이 떨어질 때도 됐겠군요."

그렇지만 그녀는 내 입에서 그런 말이 나온 뒤로도 하루를 꼬박 더 울었다. 그러다 기력이 진했는지 빗줄기가 조금씩 가늘어지더니 어느 순간 그녀가 까무러치듯이 쓰러졌다.

비가 그친 하늘 아래로 나는 그녀에게 걸어갔다. 어머니의 부름도 가볍게 무시하면서 다가가 바로 옆에서 그녀를 내려다보았다.

두 손이 여우의 털을 꼭 쥐고 있었다. 작은 심장이 두려움에 떨듯이 빠르게 뛰는 소리가 들렸다. 창백하다 못해 푸르게 굳어진 얼굴은 이미 산 것보다 죽은 것에 더 가까워 보였다.

난리 중에 어린 인간 아이들이 부모의 주검 앞에서 종종 어찌할 바를 모르고 울고 있는 모습을 본 적이 있으나, 그때는 덤덤하기 짝이 없었던 나였다. 그런 내 심장이 불현듯 강하게 고동쳤다.

하루 동안 지켜본 그녀의 우는 얼굴이 떠올랐다. 잠이 든 순간조차 주검을 놓지 않고 꼭 붙어 있는 그녀의 모습에서 무어라 형용할 길 없는 슬픔의 표시를 읽었다.

'가련하리만큼 약하구나, 너는.'

불쑥 그런 생각을 하고 나 스스로가 소스라치게 놀랐다. 누군가를 가엾다고 생각하는, 생전 처음 겪는 일에 어리둥절해져서 얼마간은 멍해졌을 정도였다.

정신을 차리자 새삼스럽게 그녀를 다시 쳐다보았다. 한마디 말도 나누어보지 못한 시점에, 어떤 존재인지 판단할 근거는 전혀 없다고 해도 무방했다. 오로지 내가 본 것은, 주인이었던 여우의 주검을 놓고 서럽게 우는 것뿐이었다. 그 모습에 가련함을 느끼다니 기이하기 짝이 없었다.

은연중에 이 아이를 반려라 여기는 생각이 내게 있는 것인가?

그런 의문을 품자 어이가 없었다. 단순히 어머니의 예언에 놀아나는 것이 아닌가 싶어 부아도 치밀었다. 예언 따위 내 쪽에서 산산조각 내겠다는 결심은 변함없었다.

이렇게 된 거 차라리 이 자리에서 이 아이의 목숨을 거둬버릴까 하는 생각이 들었다. 그래서 작정을 하고 그녀의 머리에 손을 얹는 순간 그녀가 잠꼬대를 하듯이 중얼거렸다.

"……가지 마세요."

그 소리가, '그러지 마세요'로 들렸다.

"저랑…… 함께 있어요. 조금만 더……."

해쓱해진 그녀의 뺨을 타고 방울방울 눈물이 흘러내렸다.

손끝에 모아졌던 살기가, 나도 모르게 흩어져서 온데간데없어졌다. 몇 번이고 거대한 북을 울리는 것처럼 쿵쿵 울리는 심장이 바로 내 것임을 알고 나는 멍해졌다.

비가 그친 하늘에서 한 줄기 바람이 불어와 우리 주변을 훑고 지나갔다. 나는 그때 무어라 형용할 수 없을 만큼 달콤한 향기를 맡았다.

어떤 과일 향기?

알 수 없었다. 천 년이 넘게 살았음에도, 그 순간 나는 그것이 무엇인지 알 수 없었다.

그 향기 속에서 그녀의 뺨을 타고 흐르는 눈물을 보면서 이상스레 뛰는 심장의 반응이 무엇인지도 알 수 없었다.

"명아?"

어머니의 목소리가 들려왔다.

나는 이미 허랑해진 손을 거두려다가 마음을 바꾸었다. 빠르게 입 속으로 주呪를 외웠다. 실제로 해본 적이 없는 종류의 주呪였지만 묘하게도 말이 입 밖으로 나온 순간 이루어지리라는 강한 예감이 들었다.

푸른 옥환玉環의 심상을 한 힘이 내게서 그녀에게로 흘러들어가는 것을 느꼈다. 그러는 동안 그녀의 머리에 닿아 있는 손을 통해 나오는 전혀 다른 생경한 존재를 느꼈다.

내가 전해주는 힘을 받는 존재의 본질.

밝고, 상냥하고, 따스함 넘치는 눈부시게 하얀빛의 기운. 아아, 어쩌면 이리도…….

문득 힘의 전이轉移가 거의 이루어졌음을 깨닫고 나는 부랴부랴 손을 떼었다. 마치 어린 시절 놀이 삼아 란과 벼락 맞추기를 할 때와 비슷한 얼얼함이 전신에 흘렀다.

"뭘 한 거니?"

어머니가 돌아오는 나를 보며 물으셨지만, 나는 대답 없이 어머니 앞을 지나치며 걸음을 차츰 빨리 했다. 비가 내린 뒤 수목 냄새가 강하게 풍기는 산 속을 벗어나면서 주저하지 않고 푸른 학으로 변신해 구름이 걷히지 않은 하늘로 날아올랐다. 잠시 후 검은색 학으로 변신한 어머니가 옆으로 따라오며 물었다.

"뭘 한 건지 말 안 해줄 거냐?"

"아무것도 안 했어요."

"그럴 리가 없어. 내가 틀림없이 네 입술이 움직이는 걸 봤단 말이지. 말해봐. 내가 도와줄 테니까."

"어머닌 누님이나 찾아봐야 하는 거 아니에요?"

"아, 란…….”

"그럼 살펴 가세요."

그냥 두면 계속 같은 질문을 던질 어머니를 란의 일로 관심을 돌려놓은 뒤 날갯짓하며 구름 속으로 향했다. 비구름이 층층이 쌓인 위로, 새하얀 구름이 있는 곳까지 도달한 뒤에야 속도를 조금 늦추었다. 어머니가 따라오는 기척은 없었다.

흰 구름 아래로 자욱하게 먹구름이 깔려서 지상의 모습이 보이지 않았지만, 나는 푸른 옥환의 형태를 띤 내 힘을 가진 자의 존재를 느낄 수 있었다. 과연 어디까지 그것이 느껴질까 궁금해하면서 다시 하루 전까지 있었던 동굴로 향했다.

답은, 어디에서고 느껴진다는 것이었다.

잠이 들어 있는 동안에도, 깨어 있는 동안에도 나는 마음을 먹고 정신을 집중하면 내 힘의 파동을 느낄 수 있었다. 정확하게 어디라고 집어낼 수는 없어도 동서남북의 분간은 가능했고, 거리가 가까워지면 가까워질수록 더 뚜렷하게 맥동치는 힘을 느낄 수 있었다. 종종 그녀가 그 힘을 이용할 때면 폭발적으로 느낌이 뚜렷해지며 심지어 그녀가 보고 듣는 것들까지 흘러들어오기도 했다.

절대 일부러 찾으러 갈 생각은 없었다. 약이 될지 독이 될지는 몰라도 나는 그녀에게 넘치는 힘 하나를 전해 주었고, 그것은 순간이나마 그녀에게 품었던 연민의 감정에 대한 대가로는 충분하다 여겼다. 그 정도의 생각이었다, 그때는.

그러나 이후의 시간이 어떤 식으로 흘러갔던가.

나는 아주 느리게 퍼지는 독을 먹은 것처럼 분명하게 변화하고 있었다.

내 생래生來의 본질이라고까지 생각했던 권태에의 익숙함이 어느 때부터인가 지긋지긋한 업業처럼 거북한 것으로 여겨지기 시작했다. 이미 오래전에 어머니로부터 독립해 홀로 지내왔건만, 새삼스레 주위에 아무도 없다는 것에도 회의를 느끼게 되었다.

잠조차 오지 않는 나날이 계속되는 깊은 밤이면 단 하루 동안 지켜보았던 그녀의 일이 떠올랐다. 과연 나는 누군가의 죽음 앞에서 그렇게 온 마음을 다해 통곡할 수 있을 것인가.

대답은 '아니요' 였다.

나는 기쁨이나 즐거움에 크게 웃어본 일도 없고, 분노로 몸을 떨며 화를 낸 적도 없고, 슬퍼서 눈물 지어본 적은 더더욱 없었다. 고백건대 희로애락에 흔들리지 않는 자신을 한때 자랑스러워 한 바도 있다.

내가 태어난 이래 몇 년을 지켜본 뒤 어머니는 내 무취·무미한 담백한 성정을 이유로 이름을 '청등靑藤'이라 지었다 했다. 푸른색 등나무꽃에서 따온 이름이란다. 등나무꽃의 어디가 담백함과 이어지는지 나로선 모를 일이지만, 어쨌든 어머니에게 받은 이름이 그러했다.

다소 계집애의 것 같은 이름이긴 해도 별다른 불만은 없었지만 어릴 적의 언제던가, 란과의 다툼 중에 내 이름으로 크게 비웃음을 당한 이후로는 미련 없이 그 이름을 버리고 당시 쓰고 있던 '명冥'이라는 아호雅號를 이름으로 대신했다.

단적으로 내 동기인 란. 그녀가 동動이라면 나는 정靜이다.

타고난 탐욕의 화신에 지나치리만큼 변덕스러운 란은 떠들썩한 세상사에 관심이 많은 대신 그만큼 다채로운 성격이었다. 또한 많은 소란을 일으키고 다니는 바람에 어머니는 란 때문에 하루도 마음 편할 날이 없다고 하시면서도 그런 자식을 챙기고 사는 것을 즐기시는 게 역력했다. 손이 가는 자식이 오히려 귀엽다는 것이었을지도 모르겠다.

란이 일부러 어머니를 따돌리고 자취를 감추는 동안엔 어머니 역시 스스로의 연애사로 분주했다. 둘 다 화려한 성정이란 점에선 누가 위고 아래인지 분간할 수 없을 정도였다.

란의 그런 눈길을 끄는 화사함도, 지치지 않고 순간순간 휙휙 변하는 감정의 표현도 나와는 관계가 없는 것이었다. 내가 그나마 취미를 갖고 있고 말할 수 있는 게 있다면 깊은 밤, 달이 환히 뜬 물가를 거닐면서 통소를 부는 일이었다. 물론 그럴 때엔 고독한 것이 좋았다. 곧잘 어머니가 따르려 할 때마다 싫은 내색을 역력히 내었으니, 어머니가 나는 혼자 있는 것을 좋아한다고 판단하신 것도 무리는 아니다.

"너는 심지가 곧은 아이이니 어느 날 갑자기 왕이 되겠다고 설치는 괴상망측한 일은 안 하겠지."

내가 독립하겠다는 의중을 밝힌 날, 어머니가 웃으면서 내게 하셨던 말씀이다.

란이 종종 즐기는 작은 유희 중의 하나가 뭇 권력자들의 애첩으로 변신을 해 상대를 손에 넣고 가지고 노는 일이었다. 때로 그것은 거상의 애첩이었고, 때로는 재상의, 경우에 따라선 왕의 총비인 경우도 있었다. 그렇게 해서 결국 나라가 도탄에 빠진 것도 부지기수요, 개중엔 멸망에 직접적인 원인을 제공한 나라도 있었다. 그럴 바엔 차라리 왕이 되지 그러냐는 내 말에 란은 그것은 너무도 쉬워서 흥미가 없다고 했다.

분명 나는 그런 식의 유희는 생각조차 하기 싫은 쪽이다. 심지가 곧아서라기보다는, 그런 번거로운 일들에 한 줌의 재미도 느끼지 못하기 때문이었다. 그런 일들이 재미가 있었다면 나 역시 란보다 더했으면 더했지 덜하지는 않을, 폭군이 되었을 수도 있다.

아마도 타고난 성정이 어머니 말대로 담백한 것이리라. 스스로도 그렇게 여기는 것으로, 좀처럼 그 어떤 일에도 흥미를 느끼지 못하고 감정의 기복도 거의 없다시피 한 자신을 덤덤히 받아들였던 것이다.

그랬던 내가, 내 자신의 모습에 지쳐서 회의하고 있었다.

어째서 나는 이렇게밖에 되지 못했을까?

숯은 한때 나무였다가 활활 불탄 이후에 새까만 어둠으로 변한 것인데 비해, 나는 한 번도 온몸을 불살라 무엇인가를 해본 적이 없었다. 계절에도 봄과 여름에 이어 가을과 겨울이 오는 것처럼 살아 있는 것들의 생애 역시 그러한 변화가 있음이 마땅했다.

그러나 니는 처음부터 겨울 속에서 태어나 꽁꽁 언 호수 아래에서만 살다가 생을 마치는 물고기와 다를 바 없었다.

어머니와 란을 보면서 나는 처음으로 격한 질투 비슷한 감정을 느꼈다. 그들의 인생에는 적어도 봄과 여름이 있었다. 그들은 쾌락을 즐길 줄 알았고 그 반대급부로 오는 상실 역시 무엇인지 알고 있었다.

나는 둘 다 가져보지 못했다. 손에 넣어 즐거웠던 것이 없으니, 잃어서 가슴 아픈 것도 없었다.

인간들이 두통이나 배앓이로 고생하는 것처럼 나는 그런 생각들에 앓기 시작했다. 봄이 오면 증세는 더욱 심각해졌다. 새로 태어나는 생명들과, 새 생명을 잉태할 준비를 하는 동물들로 사방이 떠들썩한 축제나 다름없는 봄의 한복판에서 나는 철저한 방관자에 불과했다.

'쓸쓸하구나.'

무엇을 보아도 움직이지 않는 내 가슴이 애석하여 스스로를 동정하는 지경에까지 이르렀다. 갈망. 내게 빠져 있는 그 치명적인 한 조각을 자각했으나 그것을 채우기 위해 무엇을 어찌해야 하는지 나는 도무지 알 수가 없었다.

내가 그러한 내 변화의 원인에 대해 생각해본 것은 그런 부질없는 한탄으로 몇십 년을 흘려보낸 뒤였다.

또 귀찮은 봄이 찾아온 어느 해의 밤, 달을 올려다보면서 나는 중얼거렸다.

"그 아이 때문이야."

백아. 다른 원인은 생각할 수 없었다.

공연히 급작스런 충동에 떠밀려 힘을 건네주는 바람에 알게 모르게 보이지 않는 끈이 묶여서 내가 전에 없던 열병을 앓는지 모르겠다는 의심이 들었다.

그래, 힘을 거두어 오자. 쓸데없는 끈만 잘라내면 이 뒤숭숭한 마음 속 역시 갈무리가 되리라.

다짐을 하고는 지체할 것 없이 움직였다.

그런데 하필 그녀는 겨울잠을 자는 중이었다. 한창 봄인데도 불구하고. 일 년이 지나도, 이 년이 지나도, 계속 같은 자리에서 자기만 했다.

깨우려고 마음을 먹으면 못 깨울 것도 없었고, 감쪽같이 굴에 들어가서 준 것만 돌려받아 나오는 것도 불가능하지는 않았다. 그러나 나는 기다렸다. 그녀가 잠든 굴에서 그리 멀지 않은 곳에 거처를 마련해 겉으로는 약초꾼 노릇이나 하면서 다음 해엔 깨겠지 하면서 기다렸다. 어차피 해야 할 일도 없는 마당에 일이 년 기다리는 게 대수랴 하면서.

그렇게 8년을 기다렸다. 자그마치 8년이다.

8년째의 봄에 지상으로 나온 그녀가 오랜만에 봄 햇살 속에서 기분 좋게 일광욕을 즐기는 모습과 맞닥뜨렸을 때 심지어 나는 이것이 생시인가 싶어 눈까지 비볐다. 금세 정신을 차리고 보다 멀리서 기척을 숨기고 바라보았다.

흰 뱀이라더니, 정말로 그러했다.

햇살에 곱게 다듬은 백옥처럼 반짝거리는 비늘은 마치 그 자리에만 눈이 내린 것처럼 눈부셨다. 그 어떤 홍옥보다도 더 붉은 눈으로 그녀가 하늘을 올려다볼 때면 나는 어쩐지 숨이 막혀서 온몸이 아플 지경이었다. 게다가 그 향기, 술을 거의 못 하는 나를 마치 취한 것처럼 몽롱하게 허물어뜨리던 그녀의 향기가 나를 더는 버티지 못하게 내몰았다.

그것이, 내가 처음으로 완벽하게 각성한 '발정'이었다는 것을 나는 그녀에게서 몇 만 리도 넘을 곳으로 도망친 후에야 깨달았다.

포악함이라 불러도 무방할 정도의 들끓어 오르는 격정. 어린 시절 왈칵왈칵 넘쳐나던 풋내 나는 설렘과는 완전히 달랐다.

그것은 쉬 가라앉지 않고 몇 날 며칠이고 계속되었다. 단순히 희고 붉은 물체를 보는 것만으로도 햇살 속에서 일광욕을 하던 그녀의 모습이 눈앞에 되살아나면서 숨 쉬는 것에 곤란을 느낄 지경이었다.

정작 다른 그 어떤 암컷을 보아도 그런 반응은 일어나지 않았다. 이해할 수 없었다. 정말로 이해할 수 없는 일이었다. 나는 이해 못할 상황과 해소할 수 없는 갈망 때문에 이중으로 번민해야 했다.

때문에 나는 그녀에게서 힘을 거두어 오려던 내 다짐을 미뤄두었다. 나중에 봄이 아닌 때에 다시 찾아가리라, 하면서.

그래서 그 해의 여름이나 가을, 혹은 겨울에 갔느냐 하면, 아니라고 대답하겠다.

다시 찾긴 했다. 그때로부터도 백 년도 훌쩍 지난 어느 해 가을날에 말이다.

그때도 그녀는 겨울잠을 자고 있었다.

그렇다. 또 몇 년째 이어지는 긴 잠을 자는 중이었다.

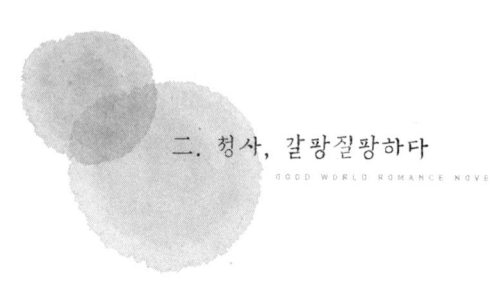

二. 청사, 갈팡질팡하다

백아가 겨울잠을 자는 장소.
그 장소는 전하고 달리 어떤 삼나무 숲의 귀퉁이였다. 희한하게도 삼나무 숲의 끄트머리에 어울리지 않게 복숭아나무가 한 그루 숨겨놓은 듯 자라는 것이 눈길을 끌었다. 한눈에 보아도 예사 나무는 아니었다. 단순히 오래 살았다는 정도가 아니라 나무 전체에 흐르는 기의 흐름이 독특했다.
그 나무속에서 발견한 작은 도마뱀 또한 예사 도마뱀이 아니었다. 일 년을 보고, 이 년을 보고, 삼 년째 다시 보게 되었을 때 도마뱀은 내게 인사를 해왔다.
―우리 맹추를 찾으러 오신 거지요?
"맹추?"
―국 부인의 아드님이 아니십니까?
"네가 백아를 아느냐?"
―백아. 아아…… 그리운 이름입니다. 지금은 반희라고 부르고 있

지요.

"반희라."

그 이름을 조용히 읊조려 본 뒤에 나는 도마뱀을 주시했다. 오른쪽 눈가에 붉은 반점이 하나 있는 게 심상치 않았다. 나는 오래전 건성으로 보고 지나쳤던 여우의 주검을 떠올렸다. 그 여우의 털빛이 어떠했더라?

"어머니가 홍매라는 여우에 대해 이야기한 적이 있지. 나는 그 주검을 본 바 있다."

―그러십니까.

"줄곧 구천을 떠돌았던 것이냐? 그런 식으로 깃들일 몸을 찾아가면서?"

도마뱀은 그 얼굴이 허락하는 한에서 가장 크게 웃어 보였다.

―아닙니다. 남의 몸을 빌린 것이 아니라, 이것은 온전히 제 것입니다. 환생이라 해야겠지요.

"전생의 기억을 온전히 가지고?"

―덕분에 신세 한탄 중입니다. 어쩌다가 이처럼 곱지 못한 것으로 태어나 버렸을까 하면서. 수행을 못한 건 그렇다 쳐도 역시 착하게 살았어야 하는 데 말이죠.

어느샌가 나무 옆의 공터에 앉아 도마뱀과 격의 없이 대화를 주고받고 있는 나를 발견했다. 그녀의 일이라는 공통화제가 있기도 했고, 또한 지난 백여 년 동안 나도 얼마쯤 사교성이란 걸 키운 성과가 있기도 했다.

나하고 사교성. 어울리지 않는 조합인 줄은 안다. 일인즉, 전에 겨울잠에서 깬 백아를 보고 돌아와 기분 전환 삼아 거처를 옮기려고 들렀던 어떤 산의 계곡에서 덫에 걸려 고생 중이던 수달 한 마리를 구한 데서 시작한다.

여느 때 같았으면 배가 고파서 잡아먹을 게 아니었다면 쳐다도 보지 않았을 수달을 덫에서 구하고, 너 갈 길로 가라고 놓아주기까지 했다. 딱히 배가 고프지 않아서 그랬다는 핑계가 있었지만, 인정한다, 백아를 만나기 전이었다면 일어날 리 없는 일이었단 걸.

멋모르는 그 수달 녀석은 생명의 은혜를 입었다면서 그 뒤로 내 옆에 머물며 모시겠다고 했다. 전 같으면 씨도 먹히지 않을 소리였을 것이다. 그러나 수차례 쌀쌀맞게 내쳐도 조금도 굴하지 않고 다음 날이면 옆에 나타나 부산하게 일하기 바쁜 녀석의 시중을 받는 것이 꽤나 편리하단 것을 차차 깨달았다.

어머니와 란 말고 생애 최초로 내게 동거인이 하나 생긴 것이었다. 근면함이 지나쳐 한시도 손을 놀리지 않으면 견디지 못하는 괴이한 벽癖이 있긴 하나 의외로 눈치도 빠르고 싹싹한 면이 있어서 제법 말상대가 되어주고 있다.

어머니는 그런 모습을 보고는 네가 이제야 사는 것 같이 살아갈 모양이라며 껄껄거리며 웃으셨다. 몇 번째인가 초대하지 않아도 부지런히 드나드시던 중에 란이 버린 아이라면서 두꺼비 한 마리를 떠넘기기도 하셨다. 졸지에 주인님 소리를 하는 녀석이 둘이나 생긴 셈이다.

거기에 이어 이번엔 도마뱀이다. 원래는 여우였다고 하나 어쨌든 지금은 의사소통을 하는 것이 고작일 뿐인 어리디 어린 도마뱀이다. 그 도마뱀과 내 반려가 될 거라는 아이에 대한 이야기를 나누고 있다. 이백 년 전만 해도 상상도 못했을 일이다.

―내후년 봄이면 깨어나지 않을까 하고 있습니다.

"그래?"

―그리고 '무주霧州'로 향하겠지요.

"무주라면……."

―맹추가 고향이라고 여기는 곳입니다. 종종 언젠가 그곳에 돌아가고 싶다는 말을 한 적이 있습니다. 꽤 감성적인 아이이니 아마 돌아간다면 내후년이 되지 않을까 싶습니다.

"내후년이 무슨 의미가 있는 것이냐?"

―제 계산이 맞는다면 사백 살 생일이 돌아오는 해입니다.

"흐음."

―그리고 학교를 다니겠지요.

"학교?"

그렇게 해서 일은 생각지 못한 방향으로 흘러갔다. 우선 나는 그토록 질색했던 어머니의 신묘한 점괘부터 확인해 보기로 했다.

생전 한 번 어머니를 일부러 찾아간 적이 없는 내가 불쑥 방문을 한 날 어머니는 이미 내가 찾아올 줄 알았다며 주안상 준비를 마쳐 둔 뒤였다. 물론 준비는 모두 단님의 몫. 제멋대로 들락날락하는 란은 마침 그때 집에 없었다.

사흘가량 어머니의 술 상대를―물론 나는 술에는 거의 입도 대지 않았다―한 끝에야 점괘 한 자리를 얻어들을 수 있었다.

대뜸 남쪽으로 갈 것이라는 시작의 말에 뜨끔했고, 중간에 어머니가 네가 마침내 춘정에 눈을 뜨리라 하시며 음흉하게 웃는 바람에 마시지도 않은 술에 취한 것처럼 쩔쩔맸다.

그대로 돌아오려는 나를, 어머니가 붙잡아 앉히더니 아들의 경사를 기뻐하는 자리라면서 일주일 밤낮을 가리지 않고 술을 마시지 무언가. 두고서 내빼는 것쯤이야 일도 아니지만, 결국 그러면 또 내 거처로 찾아와 돌아갈 생각도 하지 않고 기약 없이 눌러앉을 터였다.

할 수 없이 계속 말상대를 해드리는 동안 란이 돌아와 술판에 자리를 잡았다. 예전에 혼사가 어떤 식으로 파장이 났는지 까맣게 잊은 듯 어머니는 란을 보면서도 그저 희희낙락, 네 동생이 마침내 음양의 이치를 깨달을 모양이니 이 아니 기쁠쏜가 하면서 즐기기에 여념이 없었다.

물론 나마저 잊은 것은 아니었다. 나는 란에게 이번엔 공연한 장난 말고 방관자로 있어주길 바란다고 정중히 부탁했다. 란은 도와주진 못할망정 또 장난을 치겠냐며 너스레를 떨었지만 나는 란의 약속을 탐탁하게 여길 수가 없었다. 어린 시절 함께 지내는 동안에도 이 못된 누이의 장난에 꽤 곤욕을 치른 적이 여러 번이었다. 란의 말대로 설마 이번에도 그러겠느냐고 우선은 믿는 편이 마음은 편했다.

마침내 홀가분하게 길을 떠나면서 제일 먼저 한 것은 무주에 가서 살만한 거처를 구하는 일이었다. 좀 귀찮은 나무가 한 그루 있긴 해도 꽤 널찍하고 쓸 만한 못까지 있는 집터를 하나 구한 뒤 녹전과 풍계가 지키고 있던 집으로 돌아가서는 당장에 이사를 한다고 알렸다.

녹전이 집 꾸미기에 바빠 먹고 자는 것도 잊고 분주할 동안 나는 인간들의 요즘 학교 교육내용을 최대한 빨리 습득해야 했다. 인간 꼬마들이 십 년이 넘도록 배우는 것이니 서너 달 정도는 생각하고 시작한 일이었지만, 한 달 남짓도 못 되어 더는 익혀야 할 것이 남아 있지 않았다.

다음으로는 학교 입학 문제를 알아보았다. 며칠 후에 나는 고등학생이 되었다. 제대로 스승을 모시고 학업을 익히는 것은 당나라 때 이후로는 처음이라 솔직히 기대한 점이 없잖아 있었지만, 기대했던 것이 무안하리만큼 고등학교란 곳은 시시했다.

어머니나 란이 알게 되면 크게 비웃을 일이라 여겨 한사코 비밀로 감추었지만, 결국 또 불청객으로 찾아든 그들은 내가 벌이는 기행을 알게 되었다. 웃음거리가 된 것은 두말할 나위도 없다.

참았다. 어찌 되었든 학교란 곳을 다니면서 나는 인간 꼬마들이 그러듯이 웃고 말하고 행동하는 법을 배웠다. 어쩌다 한 번씩 견딜 수 없이 지루해지면 병을 핑계 삼아 훌쩍 떠나 멀리의 산천을 돌아보고 나면 또 얼마쯤은 견딜 수 있었다.

권태 대신 너무도 잡스럽고 번다한 것들이 부쩍 많아진 내 삶이 때론 한심하기도 했지만 그래도 무위無爲에 가깝던 그전보다 시간이 더 잘 가는 듯 느껴지는 건 사실이었다.

그리고 도마뱀이 말한 내후년이 마침내 다가왔다. 우수雨水가 다가와도 깨어날 기미조차 없는 백아의 굴 위에서 나는 갈등했다. 설마 내년에 깨어날 셈인가? 누구 때문에 내가 학교란 곳을 일 년 넘게 다니고 있는데, 거기서 또 혼자 일 년을 더 다니라고?

차분히 기다리기만 하겠다던 생각은 포기했다. 나는 한 줄기 연기의 형상을 빌려 그녀가 잠든 굴로 들어갔고 잠든 그녀에게 몇 마디의 주呪를 속삭였다. 나오는 길에 그녀가 잠든 굴 근처의 나무뿌리 사이에 자리를 튼 두더지 몇 마리를 발견했다. 즉흥적인 계획 하나가 떠올랐고, 나는 그 미물들을 사역에 동원했다.

두더지들이 내가 부린 대로 착실히 그녀 주변의 삼나무 뿌리를 갉아댄 것도 열흘로 접어들 때, 효과가 나타났다.

그녀가 깨어났다. 두더지로 배를 채우고 밖으로 나온 그녀는 아직은 싸늘한 날씨에 몸을 웅크리고 하늘을 올려다보면서 한참을 생각에 잠겨 있었다.

이틀 동안의 장고長考 끝에 그녀가 행선지를 정했다.

무주였다.

나는 그녀보다 한 발 먼저 무주로 돌아가 기다렸다. 그녀가 가까워지는 것을 느낄 수 있었다.

이윽고 그녀가 내가 다니고 있던 학교에 나타났다. 무주에 있는 두 개의 고등학교 중에 이곳, 그리고 2학년에 있는 아홉 개의 반 중에서도 딱 한 반, 바로 내가 있는 반으로 들어올 것이다. 그녀는 우연이라고 여기겠지만, 그렇게 정해진 일이다.

내가 그것을 원했으니까.

그녀가 인간 아이들처럼 옷을 입고 학교에 등교하는 모습을 보면서 나는 일부러 등교 시간을 어겼다. 1교시가 시작되고 수업이 얼마쯤 진행되었을 즈음을 골라 교실로 들어갔다.

"죄송합니다. 조금 늦었어요."

목소리는 내 마음과 겉돌듯이 차분했다.

눈은 일어서서 책을 읽고 있던 그녀의 뒷모습에 반짝 머물렀다.

좁은 공간에서, 그녀를 볼 때마다 느끼지 않을 수 없던 향기가 새삼스레 강하게 살아났다.

틀림없이 어떤 과일 향기 같은데.

그래, 다래가 가장 비슷하지 않을까. 천리향나무 숲 속에 어쩌다 혼자 크는 다래나무 한 그루. 거기서 천리향꽃들의 향기를 잔뜩 먹고 열린 다래라면 이런 향을 낼지도 모르겠다.

그녀가 나를 돌아보았다. 눈이 마주치자 천진하던 표정이 깜짝 놀라서 창백하게 굳어졌다.

내 의지와 달리 걷잡을 수 없이 뛰는 심장소리를 감추기 위해 약간 힘을 쓰면서 내가 물었다.

"못 보던 얼굴이다. 누구야?"

내 질문에 그녀가 아닌 다른 인간 아이들이 열심히 재잘거렸다. 나는 물끄러미 그녀를 응시했다. 책을 쥔 두 손에 힘이 들어가 바짝 긴장해서는 입술을 깨물고 있는 모습이 겁을 집어먹은 게 틀림없었다.

내가 바라던 반응이 아니었다.

인간들의 소설에서나 나올 법한 첫눈에 반하는 장면을 생각한 것은 아니었지만, 그래도 겁에 질려 꽁꽁 굳어버리는 모습을 그리진 않았다.

설명할 수 없을 만큼 나쁜 기분이 일어나 잠시 그녀를 뚫어질 듯 바라보았다. 차라리, 이대로 현혹을 해버릴까 하는 생각마저 일었다.

그때 국어 선생이란 자가 무언가 지시를 내리는 소리가 났고, 그녀는 고개를 돌리고 책을 읽기 시작했다. 나는 자리에 앉아 아무 일도 없었던 척 수업 준비를 했다. 어쩐지 방금 전에 날카롭게 반응했던 자신이 우스워 견딜 수 없었다. 생각해 보니 이런 식으로 신경이 쓰이는 상대가 처음이었던 것이다.

쿡, 하고 웃음 지으면서 나는 그녀를 돌아보았다. 여전히 딱딱하게 굳어서는 나를 신경 쓰고 있는 것이 역력한 그 옆모습을 감상하며 천천히 즐기자고 마음먹었다.

이런 유희는 처음이다. 하물며 저 아이는 내 반려가 될 거란다. 현혹 같이 쉬운 방법을 쓰는 것은 군자의 도리가 아니라고 생각하다가, 언제부터 내가 군자 연연했나 싶어 또 한 번 웃고 말았다.

옆 분단에서 그녀가 바르르 떠는 것을 똑똑히 느낄 수 있었다.

그날 학교에서는 일부러 그녀를 보지 않으려 신경 쓰면서 이후의 일을 궁리했다. 겁에 질려서 금세라도 교실 밖으로 뛰쳐나가 달아나 버릴 것 같으면서도 용케 자리를 지키고 앉아 있는 그녀의 모습이 어찌 보면 귀엽기도 했다. 그러나 학교가 파하고 난 뒤의 일이 문제였다. 그냥 둔다면 저 연약한 아이는 삼십육계라도 할 기세였다.

그래서 지금껏 학교에서 쌓아온 이미지를 십분 활용해 집에 데려다 주겠다는 말로 시간을 벌었다. 내 권유에 직설적으로 반대의 뜻을 보이지 못하리란 건 이미 계산했다.

돌아가는 길에 나는 일부러 비를 불러왔다. 내 옆에서 자그맣게 웅크리고 있던 그녀는 빗속으로 보이는 귀鬼의 무리들을 보고는 질색을 했다. 같은 취향을 발견했다. 나 역시 저런 습한 무리들은 딱 질색인 터이다.

란이 묘귀나 견귀 종류를 이따금 사역하는 것을 보긴 했으나, 역시 나로서는 하고 싶지 않은 일이다. 어차피 우리가 음陰에 속한 존재라고는 하나 양陽에 한없이 가까운 음陰도 있는 법이다. 굳이 음 중에서도 가장 저열한 것을 골라서 주변을 혼탁하게 물들일 필요는 없다고 본다. 같은 어두운 색이라고 해도 시궁창의 물색과 먹물의 물색은 천지차이니까.

그녀가 내릴 곳이 됐다고 하여 내려준 뒤 나는 잠시 그녀가 몰려드는 귀鬼 속으로 어깨를 움츠리고 걸어가는 것을 지켜보았다. 유난히 극성을 떨며 귀들은 그녀에게로 다가가려 했다.

그래, 너희 미물들은 따뜻하고 환한 걸 좋아하지. 가지고 있다가 잃어버린, 혹은 한 번도 가져보지 못한 것이 탐이 나서 말이야. 궁금하구나. 너희들 눈에는 백아가 어떻게 보이는 걸까?

"아가씨께 우산이라도 드리지 그러셨습니까, 도련님."

"우산?"

녹전의 말에 비로소 나는 그런 방법도 있겠구나 생각했다.

내려서 우산을 주려하자 아니나 다를까 그녀는 난색을 띠었다. 거의 반은 강요하다시피 우산을 떠맡겼다.

"돌려줘야 하는 건 알지?"

그녀의 입가가 살짝 긴장했다. 하지만 순순히 내가 바란 답을 들려주었다.

"돌려줄게."

"내일?"

"응. 내일."

"좋아, 그렇게 해."

그렇게 해서 약속이란 주呪가 성립되었다.

나는 집에서 느긋하게 기다리는 일이 남아 있었다. 아니면 일부러 그녀가 찾지 못할 곳에 가 있거나.

어디에서 돌려주겠다는 약속은 따로 없었으니, 그녀가 고심해야 할 것은 '내일'이란 날짜 속에서 반드시 내게 우산을 돌려주는 일. 누군가에게 일부러 심술을 부려본 적은 없었지만, 이번만큼은 그녀가 곤란에 처하는 모습을 팔짱을 끼고 지켜보고픈 생각이 굴뚝같았다.

피치 못하게 그녀는 약속을 깨는 것이 되고, 그럼 나는 그에 상응한 대가를 요구할 수 있을 것이다.

그럴까? 말까?

그런 고민으로 다음날 하루가 지나는 것이 유난히 짧게만 느껴졌다.

해가 저물 즈음, 그녀가 내 집으로 오고 있음을 확신했을 때 녹전에게 집 문을 모조리 닫아걸라고 지시했다. 그녀가 아무리 노력해도 집을 찾을 수 없게끔 결계를 치고 못을 통해 뒷산의 용소로 갔다. 얼마 전에 발견한 굴에 누워서 한숨 잘 생각이었지만 저 아래에서 하염없이 내 집을 찾아 헤매는 그녀가 신경 쓰여 눈은 갈수록 말똥말똥해졌다. 결국엔 이래도 버틸 테냐, 하면서 비를 쏟아 부었다.

마침내 반희가 소기의 목적을 이루지 못하고 돌아갔다.

깨어진 약속. 나는 아주 유리한 고지에 섰다. 그런데도 조금도 기쁘지 않았다.

그날 밤, 나는 태어나서 처음으로 후회의 씁쓸한 맛을 깨우쳤다.

다음날 나는 해가 중천에 올 때까지 학교에 갈까 말까 하는 걸로 고민하고 있었다. 당연히 집에서 그녀를 맞는 편이 좋다는 것을 아는데도 그날따라 유난히 꾸물거리며 움직이는 해 때문에 거의 부아가 날 지경이었다.

못 주변을 수도 없이 맴돌며 시간을 보낸 끝에 기다리던 이의 기척을 감지했다. 곧 그녀를 맞아들일 거란 사실에 전에 없는 설렘으로 가만있을 수가 없었다. 그래서 가장 키가 큰 버드나무에 올라가 길을 더듬어 오고 있는 그녀의 형상을 굳이 찾아냈다.

심술은 부리지 말자. 정면 승부를 하는 거다. 일부러 틀어보지 않아도, 나는 충분히 그녀를 얻을 것이다. 오늘 안에.

다짐을 굳건히 하고 녹전과 함께 집으로 들어온 손님을 접대하기 위해 나갔다.

우선은 달걀로 그녀의 긴장을 살짝 풀어주고는 도마뱀 녀석이 말한 대로 버드나무 이야기로 호기심을 돋우었다. 희한한 나무의 소문을 들으면 꼭 한 번 볼 때까지 내내 잊지 않는다고 하더니, 귀신 버드나무 이야기에 그녀는 몸이 달아 눈을 초롱초롱 빛냈다.

식사 중에는 풍계가 버릇없이 나타나 대뜸 신부냐고 물어 속으로 뜨끔했지만, 그녀는 그 질문보다는 풍계의 모습에 오히려 더 관심을 보였다.

여전히 겁을 내고 있으면서도 조금씩, 조금씩 나에 대한 경계를 풀어가는 게 눈에 보였다. 나무의 이파리로 붉은 너울을 만들어 씌워주는 잔재주를 부리자, 그녀는 뺨을 붉히고 환하게 웃으며 말했다.

"이런 건, 이런 건 정말 본 적이 없어. 넌 정말 대단한……."

나도 본 적이 없었다.

이렇게 순간순간의 모습에서 눈을 뗄 수 없고, 목소리 하나하나가 다 마음에 파고들어 견딜 수 없는 존재를.

눈이 마주쳤을 때, 나는 그녀의 눈동자에 비친 내 모습으로 내가 그만 본색을 드러냈다는 것을 알게 되었다. 그녀는 삽시간에 두려움으로 얼어붙었다. 그럴 만했다. 내가 그녀에게 느끼는 감정이, 살기라 해도 부족하지 않을 만큼 격심하여 스스로도 놀라는 중이었다.

당장 본체로 변하여 그녀를 칭칭 휘감아 깊은 물속으로 끌고 들어가고 싶었다. 아니면 깊은 땅속의 굴이라도 좋다. 둘만 있을 수 있는 곳으로 가서 그녀를 가두어 놓고, 그녀를, 그녀를…….

순간 그녀가 부복하면서 내게 간청해 왔다. 살려달라고 빌었다. 꼭 만나고 가야 할 이가 있다면서.

위를 모르고 치솟아 오르던 갈망의 물결은, 순간 정체도 모르는 이에 대한 날카로운 질투로 나를 옥죄어 왔다.

그녀가 이미 죽은 사람이 다시 태어나길 기다리고 있다는 것을 깨닫게 되자 그런 것에 질투를 느낀 자신이 어이없고, 신기해서 웃음이 날 지경이었다.

스스로 키운 두려움에 쫓겨 그녀가 내게 바친 기회를 나는 잡았다. 미리 다짐한 정면 승부가 아니란 가책은 있었지만 그 다짐을 할 때의 나는 그녀가 내게 미치는 영향을 과소평가했다는 변명을 하겠다.

어떤 이유로든 그녀를 옆에 둘 수 있다면 기꺼이 응하리라. 나는 거두겠다는 말과 함께 그녀의 눈을 응시하며 현혹하고, 말로 포박했다.

"너는 내 것이다. 나를 배신하면 가장 처참한 나락을 너에게 보여주마."

스르륵 그녀는 고개를 끄덕였다.

진짜 이름을 물어 그녀에 대한 내 지배를 분명한 것으로 굳히려 했으나, 내가 뿜었던 기운이 그녀에게 너무 벅찬 것이었을까 대답을 채 마치지 못하고 그녀는 혼절하고 말았다.

"이런, 괜찮은 것이냐?"

맥없이 쓰러지는 그녀의 몸을 품에 안고 흔들어 보았으나 그녀는 창백하게 질려서 숨소리조차 가냘프기 이를 데 없었다. 여전히 예전처럼 가련할 정도로 연약한 존재였다.

물끄러미 바라보다가 손에 힘을 주어 지그시 안아보았다. 어째서 이토록 기분이 좋은 걸까? 다시 얼굴을 보았다. 미인이라 불러도 전혀 부족함이 없을 정도의 청아한 자태. 하지만 경국지색이라 불리는 미인이라면 넘치도록 본 바 있으니 미색에 홀려 이러는 것은 아닐 것이다. 본체일 때의 모습은 그야말로 눈이 어지럽도록 아름다웠다는 것도 인정한다. 그러나 아름다움이라면 어머니나 란의 그것 역시 가히 일품이다.

내가 알 수 없는 것은, 설명할 길 없는 끌림의 감정이었다.

나는 전혀 나답지 않은 일들을 하고 있었다. 처음 보았을 때부터 내 행동은 내 예상대로 간 적이 없었다. 첫눈에 반한 것도 아니고, 다정한 말 한마디 나눈 것도 아닌데 왜 이리도 속절없이 끌린다는 말인가?

그야말로 내 모습이 정에 굶주려 어찌할 줄 모르는 반편이 같다는 것을 알면서도 나는 품에 안은 그녀의 존재에게 한없이 끌리는 것을 막을 수가 없었다.

그날 밤, 잠이 든 그녀를 보며 지새우는 밤이 그렇게 길 수가 없었다. 옷을 갈아입히는 것조차 의연하게 해냈으면서 정작 자려고 누워서는 그녀의 옷자락조차 만질 수가 없었다. 만졌다가는 내가 무슨 짓을 해버릴지, 내가 나를 믿지 못하는 지경이었다.

정확하게 어떤 기분이라 설명할 수는 없었으나, 한 가지 분명한 것, 나는 그녀에게 포악하게 굴고 싶지는 않았다.

약하고 온통 빈틈투성이인 데다가 힘을 써서 안으려 들면 절대로 날 거역 못할 게 틀림없지만 그렇게 난폭한 방식을 쓰고 싶지는 않았다. 또 그렇다고 할 일 없는 한량처럼 연애시나 읊으면서 구애를 하자니, 그것 역시 엄두가 나지 않았다.

역시 그냥 현혹을 해서 내게 반하게 만들어 버릴까? 그래서 그녀 쪽에서 적극적인 애정공세를 보인다면—어머니나 란은 너무 거침이 없어 보는 내가 다 민망할 지경이었는데—못 이긴 척 받아들이는 것도 나쁘지는 않을 것 같고.

아, 그렇지만 현혹으로 이룰 일이라면, 그냥 힘으로 밀어붙여 안는 것과 다를 게 무어란 말인가. 싫다, 그런 것은 싫다.

옛날 어떤 이가 연모하는 여인의 그림을 그려 주를 걸어 자기 뜻대로 움직이는 꼭두각시를 만들었다 한다. 그렇게 해서 사내는 쉬 맺어지기 힘든 상대였던 여인을 취해 자신의 연정을 채웠지만 그 끝이 참으로 황량했었다. 나야 그런 식의 어리석은 결말은 짓지 않겠지만, 이 내가 무엇이 부족해 그런 교활한 짓까지 하면서 애를 태워야 한단 말인가?

그녀가 내 반려가 되는 것이 운명이라 한다면, 그것은 자연스레 이루어질 일이다. 시작이 좋지 못해 내가 이제 와서 약간의 편법으로 그녀를 내 옆으로 데려다 놓은 것까지는 어쩔 수 없었다고 쳐도 이 이후의 일은 마음이 흘러가는 대로 두어야 할 것이다.

앞으로의 긴 세월을 함께 할 이라면 그 세월 동안 마음에 편치 않은 돌을 얹어 놓은 기분으로 살 일은 벌이고 싶지 않다. 그러니 어디까지나 떳떳하게, 느긋하게 여유를 가지고 지켜보는 것이…… 좋을 터인데.

그런데 내 마음이 왜 이리 어지럽냐 이 말이다. 일 년이 지난 것도 아니요, 한 달이 지난 것도 아니다. 고작 하루, 이제 갓 한 걸음을 내딛은 참인데 조급증이 일어나 잠조차 못 자고 있다.

고작 그녀가 바로 옆자리에서 자고 있다는 그 사실 하나로.

혹시.

혹시 나도 모르는 사이에 그녀가 내게 현혹을 건 것일까?

그런 의심까지 하는 사이 그녀와 보내는 첫날밤이 하얗게 지나가면서 나는 뜬눈으로 다음날 새벽을 맞고야 말았다.

三. 청사, 상사병에 걸리다

매화는 참으로 아름다운 꽃이다.

나는 올해 들어서 그것을 처음으로 깨달았다. 시간이 나면 매화 그림을 좀 그리거나 아니면 매화를 소재로 시라도 몇 수 지을까 생각 중이다. 그 시간이란 것이 언제 날지 알 수 없다는 것이 약간 안타까운 노릇이다.

어쩌겠는가. 내 관심은 온통 반희 하나에 쏠려 있는 것을.

백아란 이름보다 반희란 이름이 훨씬 더 익숙하게 느껴지는 것은 역시 입 밖에 내어 부르고 부르지 않고의 차이인 것일까?

꿈속에서 그녀를 불러들일 때 백아란 이름을 부르면서도 어쩐지 겸연쩍은 기분이 들어 이러다 못 만나는 것이 아닌가 걱정이 들 정도였다.

하지만 그녀는 부름에 응해 내 꿈속으로 들어왔다. 기대했던 대로 본래의 모습을 하고서. 어렴풋한 기억을 살려 꿈속 가득 피워내게 한 매화나무의 숲에서 보게 된 그녀의 모습에 나는 또 얼마쯤 넋을 잃었었다.

그러다 아무도 보이지 않는 꿈에 상심한 듯 침울해진 그녀를 보고 황급히 나간다는 게, 내 크기를 생각 못하고 마구 실수를 범했다. 꿈이지만 현실과 다를 바 없는 생생함을 갖춘 세계 속에서 매화나무들이 내 몸에 부딪혀 부러지고 밟히느라 난리가 아니었다. 돌아서 가기엔 이미 반희의 주의를 끌어버린 터라 태연히 아무렇지 않은 척하면서 그녀 앞에 모습을 드러냈다.

내려다보면서 반희와 눈이 마주치자 새삼 깜짝 놀란 것이 두 가지 있었다.

하나는 그녀가 참 작다는 것.

또 하나는 그녀가 그냥 아름다운 정도가 아니라 현기증이 나도록 아름답다는 것.

멍하니 그녀를 내려다보다가 한참만에야 내가 칠칠치 못하게 부러진 매화가지며 꽃들로 어수선한 모습이란 걸 깨닫고 부리나케 머리를 흔들어 떨쳐냈다. 그러고는 우습게도 거드름까지 피우면서 물었다.

"어때?"

반희는 붉은 눈으로 나를 가만히 올려다보기만 했다. 역시, 우스워 보이나?

"어떠냐고 묻잖아."

"뭐, 뭐가 말씀이십니까?"

"매화꽃. 붉은 게 보고 싶다고 했잖아."

"예?"

아직 상황 파악이 안 돼 어리둥절해하는 반희였지만, 나는 점잖게 대답을 기다리지 못하고 내키는 대로 그녀 주위를 돌며 그녀의 모습을 샅샅이 훑어보는데 여념이 없었다. 전신을 다 눈에 담자 저절로 한숨이 흘러나왔다.

"새하얗구나. 백옥이 무색하도록."

그것은 단순한 사실일 뿐, 찬탄이라고 하기엔 터무니없이 부족한 표현이었다. 하지만 그 순간엔 그 말이 내가 표현할 수 있는 전부였다. 앞으로 난 다른 어떤 것에도 희다는 표현을 쓰는 일에 있어 주저하게 될 것이다. 이렇게 하얀 반희를 눈에 담은 이상, 세상 그 무엇이 그녀보다 더 하얗게 보일 수 있을까? 그녀의 주변에 흩뿌려진 흰 매화꽃잎조차도 그녀의 몸에 비하자면 회색으로 보일 정도였다.

보고 또 보면서, 불쑥 일어난 생각을 실행에 옮겼다. 반희의 앞쪽으로 돌아가 그녀를 내려다보다가, 뭇 뱀들이 암컷에게 구애를 할 때 취하는 행동을 흉내 낸 것이다.

그녀의 눈 사이의 비늘을 부드럽게 문질러 보았다. 해보면서, 어째서 다른 뱀들이 그런 식으로 구애를 하는지 깨달았다. 이것은 정말로 기분 좋은 일이었다. 그녀의 비늘은 흡사 비단결처럼 부드럽기 이를 데 없었고, 가볍게 훑어 내렸다 다시 올라가는 그 단순한 행동만으로도 온몸에 말할 수 없이 달짝지근한 느낌이 퍼지는 것이었다.

반희도 처음의 얼마간은 내 행동을 즐기는 듯하더니 불현듯 내게서 달아나 옆으로 몸을 사렸다.

"기분 좋을 텐데, 왜 경계를 하는 것이냐?"

"처음 뵙는 분과 이런 일을 할 이유가 없습니다."

그 대답에 웃음이 나오는 것을 어쩔 수가 없었다. 겁이 많다더니, 어찌 보면 겁이 하나도 없고, 눈치가 없지 않다더니, 이리 보면 눈치하고는 담을 쌓은 것 같고.

결국 꿈에서 나올 때 반희는 내 정체를 알게 되었다.

우리는 귀신 버드나무 앞에서 만나 못에 비친 본래의 모습을 바라보았다. 천 년을 살면, 용이 될 줄 알았다는 반희의 푸념에 나는 또 한 번 크게 웃었다.

다른 이의 입에서 나왔으면 코웃음 치고 말았을 말이 그녀의 입에서 나오자 사랑스럽기 이를 데 없었다. 그것이 어떤 말이든 반희에게서 나오면 내게는 특별하게 들렸다.

다음날 학교에서 교실로 가는 중에 주고받은 대화 속에서 그녀가 내게 잡아먹지 않아서 감사하다고 하는 말조차, 갖가지 감정들을 불러일으켰다. 담담하게 예전에 겪었던 무서운 일들을 이야기하며 나를 향해 웃어 보이는 그 모습이 가련하고도 애틋했다.

나도 모르게 손을 들어 그녀의 머리를 만졌다. 언젠가 그런 식으로 그녀에게 충동적으로 힘을 전해 주었던 것이 떠올랐다. 이번에 같은 일을 하면서 나는 깨달았다.

나는 이 아이를 위로하고 싶었던 거였다.

그때도 지금도.

난폭하게 굴고 싶지 않다는 정도가 아니라, 내 바람은 더 큰 것이란 것도 깨달았다.

잘해 주고 싶었다. 내가 할 수 있는 최대한의 상냥함을 끌어 모아서. 내가 후덕하고 인자한 시경에나 나올 법한 남편상을 꿈꾸고 있었다니 어처구니없긴 했지만, 사실이 그랬다. 나는 반희에게 다정하게 구는 내가 보기 좋았다.

반희가 가볍게 언급한 솜사탕 이야기에 일부러 밖에 나가서 솜사탕을 구하기 위해 들이는 수고도, 돌아가서 그녀에게 솜사탕을 주고 기뻐하는 그녀의 얼굴을 본 순간 몇십 배의 즐거운 기분으로 보상받는 것이었다.

 반희와 함께 있으면 아무것도 아닌 말, 사소한 표정 변화 하나에도 웃음이 났다. 섬세한 면하곤 인연이 없다고 생각했던 나란 존재가 그녀의 일에 있어서는 믿을 수 없을 만큼 세심해졌다.

 정말로 하늘에서 내린 인연, 소위 천생연분이란 게 세상에 존재하는 것인지도 모르겠다. 그렇기에 그토록 오랫동안 단단한 바위처럼 꿈쩍도 하지 않던 내 가슴이 이처럼 어이없이 녹아서 반희의 일에 있어선 경중도 따지지 못하고 취한 사람처럼 허우적거리는 게 아닐까? 이런, 결국 나도 어머니처럼 운명 신봉론자가 되어버리는 건가.

 거기서 나는 내 마음을 가지고 따지고 고민하고 갈팡질팡하는 것도 그만두기로 했다. 마음이 이미 움직여버렸다면 그것이 왜냐는 이유를 묻는 것은 공연한 시간낭비일 뿐이다.

 갖고 싶은 것이 생겼고, 하고 싶은 일이 있다는 현실이 중요했다. 나는 반희를 갖고 싶었고, 반희가 내 반려가 되어주길 원했다. 그것이 바로 내 '갈망'인 것이다. 이제 내가 해야 할 일은 그것을 이루도록 노력하는 그 한 가지뿐.

 시간의 흐름을 기다리며 조급하냐 느긋하냐 따질 것 없이 나는 바로 반희에게 용소에 가자고 청했다. 그녀는 단지 용소를 구경하는 것이 기뻐서 청에 응한 것 같았지만, 나는 아무래도 좋았다.

 그날 밤, 반희를 옆에 두고 처음으로 나는 잠을 이룰 수 있었다. 손대지 않기 위해 바짝 긴장하던 걸 그만두고 솔직하게 하고 싶은 대로 그녀의 등을 끌어안아버리자 오히려 졸음이 밀려왔다. 나긋나긋한 몸은 따뜻하고 부드러워서 기분 좋았고, 달콤한 향기는 산뜻한 꿈까지 꾸게 했다.

안달복달하며 하등한 짐승처럼 굴게 되지 않을까 했던 건 기우였다. 몸을 끌어안자 자연스레 훨씬 더 친밀한 행위를 연상하게 되었지만, 그 연상 속에서 반희는 나와 마찬가지로 나를 열렬히 원하고 있었다. 실제로 그것이 이루어질 거라 믿었기에 내 인내심도 한층 강해졌다.

푹 자고 눈을 뜨자 몸도 가뿐했고 기분도 날아갈 것처럼 상쾌했다. 나 때문에 당황한 반희의 심장이 아이처럼 요란스레 뛰는 소리도 즐거운 음악처럼 들렸다.

내 기분처럼 날씨 역시 더할 나위 없이 좋았다. 용소에 단둘이 가서 멱을 감으면서, 나는 거리낌 없이 그녀를 눈에 담으며 입에서 나오는 대로 말하고 하고 싶은 대로 마음껏 행동했다. 말하기 전에 생각하고, 움직이기 전에 또 생각하는 조심성 따위는 다 던져버렸다.

그러자 반희가 내 눈빛과 행동에서 내 뜻을 읽어냈다. 용소에 온 후로 마냥 즐거워하며 까불대던 그녀가 갑자기 수줍어하며 나를 피하는 것을 보고는 나는 짐짓 모른 척하면서 그녀를 휘감아버리기에 이르렀다.

그리고 내가 할 수 있는 가장 성실한 구혼을 했다.

"네가 내 반려가 되어주길 원해."

정직한 고백에 반희는 순진하게 물어왔다.

"신부?"

"그래. 신부."

내 입에서 나온 '신부'란 말에 어쩐지 자꾸만 웃음이 나는 걸 참을 수가 없었다.

그 자리에서 바로 확답을 얻으리라는 생각을 한 것은 아니었다. 실은, 하기는 했었다. 내가 예전에 하도 유행을 하여 읽어본 애정소설에서는 거의 대부분이 남녀 주인공이 첫 만남에서 한눈에 반해 혼인을 했으니까. 사마상여가 탁문군을 얻은 것처럼, 문소가 오채란을 얻은 것처럼.

그러나 현실은 그런 옛날이야기와는 확연히 달랐다.

내가 생각해볼 시간을 주겠다고 말한 뒤로, 반희는 꿀 먹은 벙어리가 되어서는 한사코 내 앞에 나타나지 않으려 기를 쓰고 있다. 물론 학교를 오갈 때엔 얼굴을 보지만, 그때마저도 별나게 공부를 열심히 하는 것처럼 나와 눈이 마주치지 않으려 애쓰는 게 훤히 읽힌다. 고작 그런 소극적인 외면에 내가 이토록 크게 타격을 받을 거라고는 생각도 못해 봤다.

또 혼자 받게 된 저녁상을 두고 먹는 둥 마는 둥 한 다음, 방에 돌아와 펼쳐만 놓고 한 자도 읽지 않는 책을 앞에 두고 생각에 잠겨 있는데 녹전이 저녁을 부실하게 드셨다며 후식을 가져와 옆에 두었다. 두고 가라고 손을 저었더니 냉큼 나가는 대신 녹전은 아가씨가 못 쪽으로 가더라는 말을 했다.

"누가 물었더냐?"

짜증이 나는 걸 녹전에게 풀지 않으려고 일부러 냉담하게 대꾸하며 책장을 넘기는데 녹전은 내 말을 듣지 못한 척 또 말을 이었다.

"곧 아가씨 생신이지 않습니까. 아까 생각난 김에 생신을 어찌 지내시느냐 여쭈었더니, 아가씨 말씀이 달을 보면서 술을 한잔하신답니다. 그리고 음률을 들으신대요."

나도 녹전처럼 듣지 않는 척했다. 녹전은 주절주절 잘도 말했다.

"피리 연주를 좋아하시나 봅니다. 그러시면서 할 수 있으면 다른 이가 들려주는 피리 연주를 벗 삼고 싶다고 하시더군요. 그래서 제가 말씀드렸습니다. 도련님이 또 그쪽 방면으로는 참으로 탁월하시다고."

이 녀석이 날 가지고 노나 싶어서 한 번 그 얼굴을 쳐다보았다. 녹전은 후다닥 뒤로 물러나면서 가볍게 절을 했다.

"그럼 전 이만 물러가겠습니다. 혹시 시장기가 있으시면 언제든 불러주십시오. 전 부엌에서 놋그릇을 닦고 있겠습니다."

그놈의 놋그릇은 허구한 날 닦아대니 남아나질 않겠다. 전쟁에 대비해서 이 집 밑으로도 땅굴을 파겠다고 했을 때 그러라고 했어야 하나, 잠시 후회했다.

"피리라. 지금은 마땅한 게 없을 텐데."

일어나서 여기저기 방을 찾아보았지만, 역시 여기로 오면서 가지고 온 것은 대금과 거문고뿐이었다. 아쉬우나마 대금이라도 나쁘지 않겠다 싶어서 손에 들고 마당으로 내려갔다. 못으로 가기 전에 반희의 복숭아나무 쪽으로 가서 거기 사는 도마뱀 녀석을 불러냈다.

"반희가 좋아할 만한 곡을 아느냐?"

―물론입지요. 그 아이에게 피리를 가르친 것이 바로 저였으니까요. 〈낙양춘〉이나 〈염양춘〉처럼 쉬운 것도 좋을 것이고, 아, 〈봉구황곡〉도 나쁘지 않겠지요. 이런 정취 넘치는 밤엔 역시 사랑을 노래한 곡이 좋지 않습니까?

"네가 듣고 싶은 걸 물은 게 아니다."

가만 보면 반희의 전 주인이었던 이 녀석, 성격이 상당히 유들유들하다. 제대로 변신할 수 있게 되기 전엔 반희에게 자신이 여우란 것도 밝히지 않겠다는 오기가 있는 걸로 봐선 퍽 체면을 따지는 녀석 같았는데, 이런 몸을 하고도 나한테 할 말은 다 하는 걸로 봐선 성격이 보통은 넘는다. 우선은 아군으로 두어야 할 녀석이니 조금 마음에 안 드는 것쯤은 묵과할 것이다.

나는 못으로 향해 가면서 마음을 〈낙양춘〉 쪽으로 굳혔다. 꽤 오래

전에 타 본 가락을 떠올려 보면서 정자에 올랐다. 못의 건너편으로 배나무에 기대어 앉아 있는 반희가 어렴풋이 보였다. 그녀에게 등을 진 자세로 난간에 앉아 대금을 들었다. 생전 처음으로 곡을 연주하기 전에 심호흡을 다 해보았다.

곡을 연주하면서도 빈희의 기척을 하나도 빠짐없이 듣기 위해 신경을 곤두세우고 있는 내게 그녀가 읊조리는 시가 들려왔다.

"……밤은 깊어지고 님의 피리 소리 그윽한데 이 몸 홀로 돌아갈 길엔 이슬 밟는 소리뿐."

머릿속에서 타앙, 하고 가야금의 줄이 끊어지는 것처럼 날카로운 소리가 났다. 나도 모르게 대금을 부는 것을 그쳤다.

한순간 내 머릿속에 스친 생각은, 그녀가 나를 조롱하는 것인가? 하는 거였다. 설마, 그럴 리가. 그렇지만 그녀의 읊조림엔 분명 언외지의_{言外之意}가 있었다. 야속하게 피리만 부는 사내에게 넌지시 자신이 홀로 지킬 쓸쓸한 침상을 호소하고 있지 않은가.

믿을 수 없어서 반희가 있는 배나무 쪽을 돌아보았다. 나무 사이로 그녀가 얼굴을 내밀더니 나를 보고는 화들짝 놀라며 다시 모습을 감추었다. 그것 역시 고도의 연기가 아닐까 하는 생각이 들었다.

저리 어여쁜 아이가 사백 년 가까이 홀로 지냈다는 것부터가 의아한 일이었다. 하물며 여우들이 어떤 종족인가, 연애라면 목숨 아까운 줄도 모르는 교활한 바보들이다. 그런 여우를 주인으로 모시고 살았다고 했다. 그런데도 그저 한없이 천진하기만 하다? 그게 과연 가능할까?

의혹이 자리 잡기 무섭게 그것은 태산처럼 커다랗게 부풀어 올랐다. 계속 의심만 할 생각 따위 없었다. 가서, 확인을 하자. 나는 정자 난간 너머로 훌쩍 뛰어내리며 반희에게로 향했다.

내게 할 말까지 연습 중이던 그녀가 몸을 돌려 나를 보고는 주저앉을 것처럼 놀랐다. 그 표정이 그야말로 천진하기 짝이 없다.

"천진한 얼굴로 홀리는 재주가 있구나, 너는."

그랬다. 의심 속에서도 그녀를 바라보면서 나는 참으로 어여쁘다며 마음 깊이 감탄하고 있었다.

"방금 읊은 시가 날 어리석다 비웃는 듯하더구나."

"무, 무슨 말씀이신지."

지금까지 그랬듯이 동그랗게 뜬 큰 눈으로 날 보며 내가 왜 이러는지 전혀 모르겠다는 표정이다. 그것이 가면인지 진심인지 확인하고자, 나는 더욱 강하게 나갔다.

"안아줄까?"

반희가 할 말을 잃은 듯 입술을 꼭 다물고 나를 쳐다보기만 했다. 나는 그녀에게 다가갔고, 그녀는 주춤거리며 뒤로 물러서다가 배나무에 막혀서 더는 갈 곳을 잃어버리고 말았다.

그녀를 안았다. 품에 안고 그녀의 턱을 잡아 나를 올려다보게 만들었다. 쏟아지는 달빛에 희게 빛나는 얼굴. 그 속에서 너무도 깨끗하게 반짝이는 두 눈이 나를 향해 있었다.

그 눈에 새삼스럽게 취하여, 나는 한동안 그녀와 무슨 말을 나누는지도 거의 의식치 못했다. 그러다 그 깨끗한 눈에 수심이 드리워지고, 그녀가 한숨을 쉬었을 때 문득 정신을 차렸다.

"쓸쓸하지 않습니까. 혼자, 라는 건."

"너는 그러했느냐?"

내 물음에 반희는 대답하지 않았다. 대답을 듣지 않아도 내겐 그녀의 마음이 읽혔다. 반희의 눈에 눈물이 고이지는 않았지만, 나는 처음 그녀를 보았을 때 여우의 주검을 두고 그토록 통곡하던 그 모습을 손에 잡힐 것처럼 그려낼 수 있었다.

쓸쓸했던 거구나, 너는. 그때부터 줄곧 옆에 있을 누군가를 그리워하면서.

"미안하구나."

진심으로 유감스럽게 생각했다.

"무슨……?"

반희는 알지 못할 내 사과에 어리둥절해했다.

"좀 더 일찍 데리러 가줄 것을."

나는 그럴 수 있었는데. 차라리 그때, 어머니가 당황하여 그렇게 허둥지둥 떠나버릴 때, 내가 그녀를 보듬어 거두어주는 것을.

이미 그때도 내 마음은 알지 못할 동요로 흔들리고 있었는데. 그것을 솔직히 인정할 것을. 그것이 무엇인 줄은 미처 몰랐다고 해도.

입술을 겹쳤다. 인간들이 그리하는 것을 볼 때엔 그 사소한 행동에 어떤 의미가 있는지 제대로 알지 못했다. 그러나 내가 그녀에게 그리하면서 나는 이 작은 행동이 어떤 것인지 깨닫게 되었다.

이것은 주문이다.

언어로 된 주문이 아니라고 해도, 상대를 끌어안아 입술을 겹치고 숨결을 나누는 이 다정한 행동은 하나의 강력한 주문이라는 것을, 나는 그녀와 나누는 입맞춤 속에서 강렬하게 느낄 수 있었다.

아아, 나는 그대가 좋구나.

좋아서 견딜 수가 없구나.

그대도 나처럼 나를…… 생각해 주었으면.

그러한 갈망의 주문.

입술을 떼어야 하는 것이 그 무엇보다도 하고 싶지 않은 일이었다. 하지만 결국 반희를 놓아주어야 했다.

"내일 밤이다."

하루는커녕 단 일 분도 떨어지고 싶지 않건만, 그 말로 나를 제어하며 나는 반희에게서 스스로를 떼어놓았다.

격식을 갖추어 맞을 것을 바라는 것은 아니나, 반희를 품에 안고 바라보면서 나는 내가 원하는 바를 정확히 깨달았다. 나는 그녀의 마음을 원했다. 그녀도 나를 원해서 내 반려가 되는 것을 기쁘게 여겨주길 원했다.

어머니가 단 님을 아끼고, 단 님이 어머니를 흠모하는 것처럼 나도 그녀와 그런 관계가 되고 싶었다. 그래. 그런 것이 진정한 반려의 관계일 것이다.

그녀를 두고 방으로 홀로 돌아가는 길이 믿을 수 없을 만큼 길고 허전했다.

얼마나 오래인지 헤아릴 수도 없이 무수했던 홀로 보낸 밤이 어떠했는지 전혀 떠오르지 않았다. 그저 옆에 있어야 할 반희가 없이 누운 자리가 너무도 적적해 나는 잠을 이룰 수도 없었다.

백 년이 훌쩍 넘게 외면했건만, 이제 와 단 며칠 만에 나는 그녀의 부재에 아무것도 할 수 없는 바보가 되어버렸다.

"이런 것이 연모의 감정인가."

불가사의. 불가항력. 불가피.

내가 시나 끼적거리며 한탄할 수밖에 없는 나약한 인간들과 다른 것이 있다면, 반희를 얻을 것이라는 믿음이 있다는 것뿐이다.

그마저도 어머니가 내어주신 예언.

그토록 싫어하는 것에 절실히 매달려 위안을 삼는 스스로의 모습에 웃음이 나왔다. 언젠가 이 밤을 돌이켜보며 내 유약한 모습을 두고 유쾌하게 웃을 날이 올 거라고, 나는 믿었다.
 그래, 이 번민은 당장 내일 밤이면 끝이 날 일이리라.

四. 청사, 음탐淫貪하다

　역시 인생은 짧은 이야기와는 다른 것이다. '그는 그녀를 만나 사랑에 빠졌고, 그날 밤 둘은 지극한 즐거움을 맛보았다' 따위의 이야기는 사랑이 어떤 것인지 전혀 모르는 음충한 학자 나부랭이의 손에서 나온 게 틀림없다.
　하루만 더 기다리면 끝날 줄 알았던 내 번민은 예상치 못한 방해로 몇 날 며칠을 더 이어졌다. 나와 반희만으로도 벅찬 마당에 불청객들은 왜 그리도 나타나는지, 하늘이 원망스러울 지경이었다.
　아무도 부러워해본 적 없는 내가, 잘난 점이라곤 눈 씻고 찾아봐도 없는 인간 남자를 부러워하게 되질 않나. 거기에 둘이서 무슨 말을 하는지가 궁금해 귀鬼를 사역해 염탐을 시키질 않나, 그걸로 부족해 미행까지 했다니 나도 나를 믿을 수가 없다.
　하물며 투기까지 부렸다. 내가, 이 내가 고작 스물아홉 먹은 '도련님' 하나를 보아 넘기지 못하고 나보다 새파랗게 어린 반희에게 투기를 부렸다는 말이다.

이제껏 살아온 세월이 뭐였는지 알 수가 없다. 내가 이렇게까지 엉망이 될 수 있다는 것이 놀랍고도 두려워 차라리 다 그만두고 훌쩍 떠나 버릴까 싶었다. 애정이란 것이 이렇게 몹쓸 것이라면 더 추한 꼴을 보기 전에 그만두는 게 나을 것이다. 만나지 않았다면 일어나지 않았을 일이다.

떠나자. 아주 외진 곳으로 가서 아무도 찾지 못할 만큼 깊은 굴을 찾아 잠이나 실컷 자자. 까짓 한 백 년쯤 자 버리면 이 짧은 며칠의 일쯤이야 못 잊을까.

……라고 생각했던 것이, 버드나무에 앉아 진지하게—사실은 자포자기로—다짐해본 것들. 칠칠치 못하게 어머니의 면전에서 반희와 신경전을 벌인 것만으로도 창피한데, 마시지 못하는 술까지 오기로 들이부었더니 온통 부정적인 생각들만 머릿속에서 들끓었다.

물론 그곳에 반희가 나타나기 전까지의 일이었다. 그녀가 나타나서 버드나무 아래에 앉아 혼잣말을 시작했을 때, 모든 것이 바뀌었다.

그리고 지금은…….

자욱한 어둠 속에, 집 주위를 아우른 폭우가 지면을 때리는 소리가 더할 나위 없이 산뜻하다. 내가 비를 불러온 지 이틀째. 빗줄기는 어제보다 살짝 더 굵을 것이다.

"하앗……."

반희가 토해내는 가냘픈 신음이 섞인 숨결에 나는 잠시 움직임을 멈추고 그녀를 내려다보았다. 깨어나 주려나?

이런. 여전히 자고 있다. 세 시진 가까이 잤으니 그만 깨어나도 좋을 텐데, 반희는 정말 자기 말대로 잠퉁이가 틀림없다. 나는 벌써 두 시진 전부터 깨어서 그녀가 깨기만 기다리고 있건만. 내가 이렇게나 간절히 쳐다보는데 잠이 오다니 이건 신경이 무디다고 해야 할지,

단단하다고 해야 할지.

나도 차라리 도로 자버리자고 반희의 옆에 누웠지만, 반희의 머리에 팔베개를 해주며 끌어안자 역시 잠 따윈 잘 수 없다는 생각이 들었다. 이렇게나 정신이 깨끗하고 온몸에 힘이 넘쳐나는데 어찌 한가로이 잠이나 잔단 말인가.

벌떡 일어나 앉아 반희를 내려다보았다. 두 시진 동안 끊임없이 그녀를 애무하며 자극했건만 그것이 그녀에겐 편안한 안마 수준이었다고 한다면, 이제 최후의 방법이 남았다.

"아……."

반희의 붉은 입술이 살며시 벌어졌다.

"아, 아아아……."

좀 더 앓는 듯한 신음과 함께 입술이 크게 벌어지더니 하얀 치아가 아랫입술을 꼭 깨물었다. 그녀는 작은 손으로 방바닥을 허우적거렸다.

"아훗!"

마침내 그녀가 눈을 뜨면서 머리를 격하게 뒤로 젖혔다. 그녀의 자그마한 몸이 팽팽하게 긴장하여 머리부터 발끝까지 몇 차례 전율이 흘러가는 것을 나 역시 분명하게 느낄 수 있었다. 양손으로 잡고 있던 그녀의 발목을 부드럽게 쓸어 만지며 나는 물었다.

"잘 잤느냐?"

반희가 아직 잠이 덜 깬 듯 몽롱한 눈빛으로 나를 보더니 안 그래도 복숭앗빛으로 달아올라 있던 얼굴을 새빨갛게 물들였다.

"어찌, 어찌 이리 민망하게……."

활짝 벌려져서 내게 붙잡힌 두 다리와 함께 이미 완벽하게 이어져 있는 서로의 몸이 반희의 눈에 적나라하게 보였을 것이다. 그녀는 팔꿈치로 바닥을 짚으며 몸을 일으키려 했지만 결국 힘에 부쳐서 도로 누워 색색 숨을 골랐다.

"놓아주세요."

"새삼스레 수줍음을 타느냐?"

"너무 짓궂으십니다."

원망하는 그녀의 목소리조차 감미로운 최음제 같았다. 나는 붙잡고 있는 그녀의 발 중 하나를 끌어당겨 오독오독 씹어 먹을 듯이 발가락들을 입에 넣고 물고 빨았다.

"앗, 그러지 마세요, 간지러워요. 으응, 간지럽대도, 하, 아하하하."

몸을 비틀면서 반희가 웃어대는 것과 함께 내 중심을 가득 머금고 있던 그녀의 깊은 곳도 헐떡거리며 자꾸만 내 중심을 조여 왔다. 내 노골적인 공격보다 훨씬 은밀하며 강력한 그녀의 공격에 내가 결국 그녀의 발을 놓아주고 말았다. 대신 몸을 숙여 그녀와 조금의 빈틈도 없도록 찰싹 끌어안은 후 할짝거리면서 그녀의 입술 주변을 핥았다.

"또 그런다."

반희는 여전히 간지러움을 타서 어쩔 줄 몰라 했다. 억지로 끌어내는 것이라고 해도, 나는 그녀가 웃는 걸 듣는 게 좋았다. 투덜거리더라도 맑은 눈으로 날 보는 것이 좋았다.

"잠은 확실히 깨었지 않느냐?"

"몰라요. 이따가 내가 먼저 깨면 꼭 복수할 거예요."

"그럼 잠을 안 자면 되는 거구나."

"잠을 안 자다뇨? 살아 있는 건 다 잠을 자야 하는 거예요."

놀라서 항의하는 반희의 입술을 웃음과 함께 덮어 눌렀다.

그 어떤 부드러운 것과도 비교할 수 없는 그녀의 입술 안에 고인

다래향기를 머금은 타액을 훔쳐내면서 나는 무산巫山의 선녀를 떠올렸다. 설사 그 무산의 선녀가 실재했다고 해도 너만큼 감미롭지는 않았으리라.

가득 끌어안아, 반희를 사랑하고, 사랑하고 또 사랑했다. 반희의 작은 몸이 나를 이끌고 가는 그 끝을 알 수 없는 희열에서 헤어 나올 수가 없었다. 헤어 나오고 싶지도 않았다.

그렇지만 반희는 내가 아니니 또 지쳐서 잠이 들어버렸고, 나는 잠이 든 그녀를 보며 홀로 한탄해야만 했다.

"그래, 시간은 앞으로 넘칠 정도로 많겠지. 지난 백 년의 시간이 후회스러운 만큼 앞으로는 그 어리석은 시간을 충분히 돌려받을 것이다. 그리고 언젠가 네가 자라면……."

인적 없는 깊은 곳에 있는 아주 깨끗한 물을 찾아 본래의 모습으로 어우러져 흐드러지게 즐겨보리라.

즐거운 상상과 함께 나는 반희를 끌어안고 잠이 들었다.

깨어났을 때엔, 반희의 복수가 기다리고 있었다.

- 完 -

작가후기

안녕하세요, Nana23이자 문은숙입니다.

약 3년 만에 조금 손을 본 『사미인』을 다시 보여드리게 되었습니다.

정철의 사미인곡에서 영감을 얻어 지은 이 책의 제목을 한자로 옮기자면 蛇美人이 됩니다. 제목 자체에 주인공들의 정체에 대한 힌트가 있기도 하고 그 어감 자체도 고와서 제가 무척 좋아하는 제목이에요.

글을 연재할 당시엔 주인공들의 정체 때문에 질색을 하시는 분들도 더러 계셨는데 책으로 나온 뒤에 아껴주시는 분들이 생각 외로 많아서 글쟁이로서 무척 기뻤던 작품이기도 합니다. 아아, 앞으로도 글을 써도 되겠구나 하는 터닝포인트가 되었었죠.

지금 시점에서 기담 시리즈는 『야행유녀』까지 두 편을 냈네요. 또 하나의 기담이 나나의 품에서 천천히 형체를 갖춰가고 있답니다. 늦지 않게 독자님들께 보여드릴 수 있다면 나나표 기담물은 2년에 한 번이란 텀을 유지할 수 있을 텐데요.

바지런히, 개미처럼 써서 전작에 누가 되지 않는 글을 보여드리고 싶습니다. 그래서 오늘도 나는 훌륭한 작가님들의 글을 읽고 한 줄이라도 제 글을 써보고 있습니다. 그리고 오늘도 잠들기 전에 기발한 꿈을 꾸게 해달라고 중얼대다 자겠죠.

그런 행복한 소원을 빌고 이렇게 계속 글을 쓸 수 있는 것, 제 글을 보아주시는 독자님들이 계시기 때문입니다. 감사합니다. 얼굴과 이름은 모르지만 얼마 동안이라도 제가 띄운 배를 타셨던 분들의 여행이 아무쪼록 즐거운 것이었길 바랍니다.

또 다른 글로 뵐 때까지 늘 건강하시길. 이걸로 새로 단장한 이 배의 항해를 마칩니다.

2013년 10월, 광주에서 Nana23드림

§ 奇譚 사미인 외전 §

2013년 10월 24일 초판 1쇄 인쇄
2013년 10월 30일 초판 1쇄 발행

지은이 § 문은숙
발행인 § 곽중열
기획&편집디자인 § 신연제, 이윤아
발행처 § (주)조은세상

등록 § 2002-23호(1998년 01월 20일)
주소 § 경기도 고양시 일산동구 장항동 558번지 6호
Tel § 편집부(02)587-2977
영업부(031)906-0890
e-mail romance@comics21c.co.kr

*본서의 내용을 무단 복제하는 것은 저작권법에 의해 금지되어 있습니다.

Copyright©.문은숙 2013. Printed in Seoul, Korea

본 출판물은 비매품입니다.

목 차

중양절, 국화는 박달나무를 만나다
7

기연 奇緣
43

단오절, 때아닌 춘풍
67

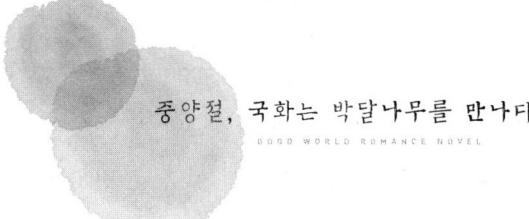

중양절, 국화는 박달나무를 만나다
BOGO WORLD ROMANCE NOVEL

인간의 역사로 헤아리자면 15세기의 늦가을.

정확히 음력 9월 9일의 중양절을 하루 앞둔 날이었다.

국은 아침 일찍부터 홀로 산행에 나섰다. 다음날인 중양절에 술을 마시기 좋은 장소를 물색 중인 터였다.

원래 그녀가 잘 가는 산이 세 곳 정도 정해져 있지만 세 곳을 번갈아 도는 것도 이삼백 년쯤 되고 보니 슬슬 감흥이 떨어져 기분 전환이 될 만한 새 장소가 필요한 때였다. 이미 두 곳 마음에 드는 곳을 봐두었기에 딱히 또 한 곳을 급하게 결정해야 할 이유가 없어 산을 둘러

보는 마음은 느긋했다.

"진양산인가……. 흐음. 산세는 이만하면 수려한 편이로고."

잠시 중턱의 너른 바위에 올라서서 산을 내려다보며 국은 고개를 주억거렸다. 어디까지나 국의 사고로 판단한 수려함이다. 인간들의 입장에서 이 산은 반도에서 두 번째로 가는 험산險山에 속했다. 어지간히 산밥을 먹은 심마니나 큰 짐승을 노리고 준비를 단단히 한 사냥꾼이라면 모를까 가벼운 마음으로 올랐다가 낭패 보기 딱 좋은 산으로 멧돼지를 비롯해 곰, 호랑이까지 제 세상인 양 살아가고 있었다.

물론 국은 호랑이가 눈앞에 나타난다고 해도 눈썹 하나 까딱할 위인이 아니다. 아니, 눈썹을 까딱할지도 모르겠다. 그 호랑이가 얼마나 잘생긴 녀석이냐에 따라서 가죽이 탐이 날 수도 있으니 말이다.

"호피 좋지. 언제 한 번 란에게 사냥이나 가자고 해야겠어. 명이 녀석도 잘 구슬려서 함께 데리고 가볼거나?"

란이야 시간만 잘 맞는다면 사냥을 가자고 꾀는 게

어려운 일은 아니다. 하지만 명이라면 이야기는 달라진다. 식사를 위해 제대로 먹어야 하는 경우를 제외하곤 사냥에 통 관심이 없는 까닭이다. 국과 란, 특히 란이 열심히 명에게 유희로서의 사냥의 즐거움을 깨우쳐 주려 노력한 바가 있으나 '먹을 게 아니면 구태여 살생할 이유는 없다'는 명의 신조를 깨긴 역부족이었다. 물욕도 어지간히 없는 아이라 사냥을 통해 얻을 수 있는 부산물에도 전혀 관심이 없다.

때문에 어떤 핑계로 구슬려야 할지 번번이 고민이다.

"옳거니! 뿔이 돋은 뒤로 큰 사냥을 해본 적이 없으니 한 번 제대로 실력 발휘를 해봐야 한다고 부추겨야겠군. 그러려면…… 만만찮은 녀석이 필요하겠는 걸?"

과연 이 진양산에 명의 호승심을 일깨울 만한 걸물이 있을지 궁금해하며 국은 주위의 사물을 받아들이는 감각을 더욱 광활하게 뻗었다. 호랑이란 것은 그 특유의 지독한 변 냄새 때문에 국이 마음만 먹는다면야 백 리 밖에서도 너끈히 서식지를 짐작할 수 있다. 이번에도 산속 어디에 숨어 있더라도 찾아주겠다고 자신하며 걸음을 신중히 떼어놓던 국의 코를 어떤 냄새가 자극해 왔다. 호랑이 변 냄새 같은 건 아니다. 그것보다 훨씬 더 향긋하고 그윽한 향기에 국은 대번에 생긋 웃었다.

"국화 군락이 있군."

호랑이는 뒷전으로 미루고 국은 당장 국화꽃의 향기를 좇아 부지런히 속보를 시행했다. 이 산에선 또 어떤 국화를 보게 될지 기대가 자꾸 차올라 종국엔 경공술로 나는 듯이 움직였다.

주변에 사람의 기척이 그쳤음을 알기에 주저 없이 소나무들을 지르밟으며 빠르게 치달은 끝에 느닷없이 훤히 트인 공터와 마주쳤을 때, 국은 두 팔을 새처럼 휘저어 가까스로 균형을 잡으며 아래로 뛰어내렸다.

다행히 국의 생각보다 훨씬 우아한 착지였다. 입고 있던 학창의의 너른 소매며 옷자락이 너풀거린 덕분에 아래에서 올려다본 이에겐 마치 그녀가 춤을 추며 내려오는 것처럼 보였다. 게다가 세상에서도 흔히 찾기 힘든 절세의 미인이—.

"응?"

헝클어진 머리를 쓸어 넘기며 앞을 보던 국은 노란 국화의 군락 속에 전혀 어울리지 않는 어떤 '것'이 서 있는 것을 보았다.

 반달곰이다.

 그것도 두 발로 서서, 앞발 두 개로는 국화꽃다발을 안고 있는 곰이 그녀를 보고 있었다.

 저 녀석은 뭐지? 라고 국이 생각한 것도 당연하다. 두려운 게 없는 국이 당장 호기심 그득한 눈으로 성큼 앞으로 한 걸음 다가서자, 곰이 움찔하면서 뒤로 물러났다. 뒤뚱뒤뚱한 그 움직임이라니. 덩치는 커다란 녀석이 어째 하는 짓이 귀엽다 싶어 국은 웃음이 났다.

 "그대로 있으렴. 해치지 않아."

 살살 어르듯이 말하며 천천히 몇 걸음 다가가다가 그만 제 성질을 못 이겨 당장 붙잡을 기세로 뛰었더니 곰이 대번에 뒤돌아서 네 발로 달아났다. 걸음아 날 살려라 하고 뛰는 건지 방금 전의 아장거림과는 비할 수 없이 빨랐다. 녀석이 아무리 빨라도 마음먹으면 따라잡을 수 있는 국이었지만 굳이 쫓아가지 않고 쩝 입맛만 다셨다.

"안 잡아먹을 건데. 미덥지가 못했나?"

고개를 갸우뚱하며 돌아서던 국은 발치에 흩어진 국화꽃들을 보고는 허리를 굽혀 한 송이 집어 들었다. 무작정 잡아 뜯은 게 아니라 나름대로 길이를 맞추어 모은 꽃이란 것을 슥 훑어보는 것으로 알 수 있었다. 꽃다발을 만드는 곰이라. 확실히 여느 곰과는 다르다.

"국화꽃이라니, 취향도 좋고 말이지."

곰이 내팽개치고 간 국화꽃들을 모아 다시 한 다발로 만든 국은 생각난 김에 머리를 묶은 끈을 풀어 꽃다발 아래에 칭칭 동여 제대로 꽃다발처럼 만들었다. 흡족히 미소 지으며 꽃다발을 들여다보고 천천히 주위를 둘러보며 깊이 숨을 들이마시던 국의 표정이 또 어떤 것을 보고 살짝 굳었다.

국이 걸음을 옮겨 다가간 곳은 공터의 중앙으로 거기에 큼지막한 돌무더기가 쌓여 있었는데 돌무더기의 앞에는 갖다 놓은 지 얼마 되지 않은 듯한 죽은 꿩이 한 마리 놓여 있었다. 아마도 공물일 것이다.

"무덤이로군."

그리고 아까 분명 곰은 이 부근에 서 있었다. 손에 들려 있는 꽃다발을 보며 곰이 바로 이 무덤에 꽃을 바치려 한 거란 것을 짐작하는 건 어렵지 않았다.

죽은 이에게 공물과 꽃을 올리는 곰? 하물며 국화꽃 가득한 공터의 한복판에 무덤을 만들었단 자체는 또. 아니, 어쩌면 무덤부터 만들고 국화를 나중에 심은 것일까나? 어느 쪽이든 흔치 않다 싶어 국은 곰이 사라진 숲 쪽을 쳐다보며 한숨을 쉬었다.

"어린 것 같던데 누구 가르치는 이가 있긴 한지."

국은 돌무덤 앞의 꿩 옆에 국화꽃다발을 조심스레 내려놓고는 무덤을 바라보며 빙그레 웃었다.

"네가 무엇이든 간에 이리 정성을 기울여주는 이가 있으니 더 좋은 자리에서 태어나겠구나."

그리고 돌아서려다가 이것도 인연이다 싶어 국은 허리춤에 차고 있던 술병 마개를 열고 술 약간을 무덤에 뿌려주었다. 남은 술을 달게 마시며 그녀는 공터를 한번 휘둘러보고 뒤로 했다. 보기 좋은 국화긴 하지만 무덤이 있는 곳에서 술판을 벌이고 놀 수는 없는 노릇이니 다른 장소를 찾아봐야 할 일이다.

"어디 보자, 어느 쪽부터 가본다?"

달리 국화가 피어 있는 곳이 있을까 국이 찾으러 떠나고도 한참 후, 곰이 공터로 돌아왔다. 어슬렁어슬렁 네 발로 걷던 곰은 홀로라는 확신이 들자 슬그머니 뒷발로 땅을 딛고 일어섰다. 아직 뒤뚱거리는 품새가 두 발걸음에 썩 익숙한 편은 아니다.

돌무덤에 가까이 가며 유난히 코를 킁킁거리던 곰은 무덤 앞에 이르러 몇 개의 돌이 검게 젖어 있는 것을 보곤 슥 머리를 들이밀어 이리저리 냄새를 맡다가 할짝거리며 표면을 핥기 시작했다. 처음엔 주저주저하던 몸짓이 맛을 보자 괜찮다 싶었던지 조금 더 빨라졌다. 쩝쩝 입맛을 다시곤 곰은 머리를 들어 국이 떠나간 쪽을 물끄러미 보았다.

다시 곰의 시선이 향한 곳은 꿩 옆에 놓인 국화꽃다발이었다. 투박하기 짝이 없는 앞발로 조심스레 꽃을 들어 올린 곰은 줄기를 한데 모아준 국의 머리끈을 보고 한참이나 눈을 씀벅거렸다.

꽃을 제자리에 돌려놓고 곰은 돌무덤을 향해 입을 연다. 언어라고는 할 수 없는 몇 마디의 낑낑거림에 불과했지만 곰의 새까만 눈에는 분명히 예사 곰에게선 찾아볼 수 없는 지성의 흔적이 엿보인다. 하물며 곰은 인간들이 그러하듯이 무덤을 향해 절을 하는 시늉조차 했다.

날이 저물면서 어딘가로 홀연히 자취를 감추었던 곰은 어두컴컴해지고 나서야 국화꽃이 가득한 공터로 돌아왔다. 배를 채운 뒤라 졸음이 밀려와 아직까지는 운신에 더 편한 네 발로 걸어오던 곰은 공터에 떠도는 어떤 향기를 뒤늦게 깨닫고 움찔했다. 겅중겅중 뛰어 돌무덤 앞으로 간 곰은 꿩과 꽃다발 옆에, 웬 술병 하나가 놓여 있는 것을 보게 되었다.

잔잔한 국화 무늬로 채워진 동그란 비취색 청자 술병 바닥엔 술이 약간 남아서 찰랑거리고 있었다. 곰은 행여나 제 발로 들었다가 그 작은 걸 깨기라도 할까 봐 한껏 머리를 굽혀 열린 마개 사이로 흘러나오는 향긋한 술내음을 들이켰다. 하지만 계속 냄새만 맡는 것에 감질이 나자 마침내 온갖 용을 써가며 술병을 들어 술을 마시는데 성공했다.

"끼이잉?"

생전 처음 목구멍을 적시도록 마셔본 술에 곰은 놀랐다. 놀라움이 채 가시기 전에 한 번 더 마시려 하다가 옆에 있는 돌무덤을 돌아보고는 눈을 씀벅거렸다.

고민은 길지 않다. 남은 술은, 미련 없이 돌무덤에 꼴꼴 따라준다. 그리곤 칭찬받을 걸 기대하는 어린아이처럼 돌무덤에 머리를 비비며 낑낑거렸다. 그리고 얼마 못 가서 곰은 무덤에 기댄 채 잠이 들고 말았다. 국이 알았다면 에엣, 하고 놀랐겠지만 국이 남기고 간 국화주 한 모금에 취해버린 것이다.

잠든 곰을 하늘에 뜬 달과 별이 고요히 내려다본다. 어미를 잃고 백 년이 훌쩍 지나도록 내내 돌무덤 속 어미와만 살아온 새끼곰은 그날 밤 꿈에서 하늘을 날아 자신의 곁으로 내려오는 선녀를 보았다.

선녀는 달처럼 아름답고, 술처럼 향긋했다.

그리고 그를 향해 환하게 웃어 주었다.

※

국이 진양산에 다시 들른 것은 그러고도 십 년쯤 흐

른 후였다. 이번에야말로 이 산에 올라 중양절을 보낼 요량으로 술동이를 두 개 등에 지고 가는 걸음이 가볍다.

다리가 아팠다기보다는 술이 고파서 산 중턱에서 발을 쉬며 술을 마시고 있는데 마침 산에서 내려오던 사냥꾼 둘과 마주쳤다. 야무지게 남장을 한 터라 내외할 것 없이 흔연히 웃으며 국은 사냥꾼들에게 술이라도 한 잔씩 하고 가겠느냐 권했다. 목마른 김에 한 잔, 하고 얻어 마신 사냥꾼들은 술값 대신 그녀에게 충고 하나를 해주었다.

"아무래도 우리랑 내려가는 게 좋겠소. 중양절이고 뭐고, 우선 살고 봐야지."

"왜, 이 산에 요새 호랑이라도 설치고 다닌단 말이오?"

"호랑이보다 더한 게 한 놈 극성을 부린다오."

"호랑이보다 더한 거라니?"

호기심이 부쩍 일어 국이 눈을 빛내며 물었다. 사냥꾼은 두 잔이나 마셨는데도 술이 아쉬운 눈으로 국의 술동이를 쳐다보며 대답했다.

"곰이지, 곰."

"곰?"

"그렇소, 어디서 그런 게 왔는지 집채만 한 녀석이 걸핏하면 사람을 급습하는 통에 요즘 이 산에 묘 쓴 사람들이 차례도 못 지내고 발만 동동 구르고 있다오. 상 한 번 차릴라 치면 귀신같이 알고 들이닥치니 원."

다른 사냥꾼이 그 말을 받아서 이어 말했다.

"덕분에 우리 같은 치들도 입에 풀칠이나 하고 사는 거지. 현상금도 오를 만큼 올랐고 잡기만 하면 팔자 한 번 펴겠는데 말이야."

"그리 쉬 잡힐 놈이 아니래두! 그놈은 영물이야, 영물."

"영물은 무슨 곰이 다 곰이지."

"글쎄, 내 저번에 한 번 보았을 때 틀림없이 두 발로 뛰어 달아나는 걸 봤다니까 그러네. 내가 화살을 쐈는데 힐긋 돌아보면서 웃는 게 꼭 사람 같았어."

"으이구, 술 좀 작작 마셔, 이 사람아. 곰이 웃기는 어찌 웃어."

사냥꾼들이 옥신각신하는 걸 구경하는 국의 입가에

애매한 미소가 걸려 있다. 두 발로 뛰고, 웃는 곰이라? 있으려면야 얼마든지 있겠지.

국이 웃는 것은 그간 까맣게 잊고 있던 어떤 일을 떠올린 까닭이다. 그러고 보니 그 곰을 본 게 여기, 진양산이었구나 한다. 무덤에 공물을 바치고 꽃을 올리던 곰. 그녀가 다가가자 꿈쩍 놀라 줄행랑치던 그 곰이 이제는 사람들을 습격하고 있다는 게 조금 놀랍긴 했다. 아, 혹 다른 곰일 수도 있으려나?

"그래, 그 곰이란 놈이 언제부터 그리 사람들을 못살게 군 거요?"

"그게 아마 한 십 년 됐으려나?"

"십 년이라……."

딱 그맘때 이 산을 찾았던 기억이 난다. 아무래도 국이 아는 그 곰과 문제의 곰이 동일하지 싶다. 묘한 일이다. 그때는 그녈 보고선 그리 겁을 먹고 달아나기 바쁘던 곰이 이제는 사람을 습격한다니.

"하기야 바보가 아닌 이상에야 이 몸에게는 상대가 안 되는 걸 아는 것도 당연하지."

사냥꾼들과 헤어져 다시 산을 오르며 국은 그렇게

납득해본다. 저 사냥꾼들의 말대로 그 곰은 필시 영물이든가, 영물이 되어가는 도중의 것일 테고 그렇다면 그녀가 취한 사람의 형상의 표피에만 눈이 멀지는 않았을 것이다. 적어도 인간보다는 더 큰 무엇임을 본능적으로 알았을 거라고 생각한다.

그렇게 걷기를 얼마쯤, 국의 발이 멈추었다. 발치를 내려다보는 표정이 썩 개운치 못하다.

그녀는 곧 고개를 들어 주위를 한 번 돌아본다. 국화주를 한 차례 걸친 터라 공기 중에 떠도는 희미한 방향을 찾아내기가 쉽지 않다. 잠시 미간을 찡그리고 기억을 더듬어간 끝에 이윽고 다시 걸음을 떼놓았다.

"바보도 아닌 녀석이 고작 인간들이나 괴롭히다가 비명횡사해서야 쓰나. 쯧쯧."

그럴 의무는 전혀 없지만 무덤 앞에서 마주쳤을 때 받은 인상이 아쉬워 국은 녀석을 한 번 찾아볼까 한다. 그녀가 곰을 찾기 위해 향한 곳은 일전에 본 국화의 무덤터이다.

되살린 기억이 그르지 않아 국은 어렵잖게 그곳을 찾아냈다. 여전히 잘 자란 국화가 피어 있었다. 그런데 국화 말고 '다른 것'도 한바탕 피어 있다.

그 '다른 것'은 각양각색의 술병이었다.

"얼씨구, 이게 다 무어야?"

얼추 눈에 들어온 술병만 해도 이백 병은 너끈히 되어 보인다. 깨어진 술잔들은 아예 셈하지 않는 편이 낫겠다. 술 좋아하는 걸론 뒤질 자가 없다고 자부하는 국이지만 이런 광경을 본 것은 또 처음이다.

술동이를 내려놓고 국은 때아닌 술병의 꽃밭을 거닐었다. 슬쩍 한두 병을 톡톡 차보니 빈병이 아닌지 발에 닿는 게 꽤 묵직했다. 손을 뻗어 한 병 들어 올려 마개로 꽂아진 솔잎을 빼고선 손으로 바람을 일으켜 냄새를 확인했다. 시어빠진 청주 냄새가 확 난다. 그 뒤 이곳저곳에서 한 병씩 골라 열 병을 확인해 보았는데 대개가 청주였다. 술이 꽉 찬 병도 없으나 빈병 또한 없는 듯하다. 짐작건대 사람들이 차례 지내려고 산에 가져온 술을 모은 게 아닌가 싶다.

"도통 모를 노릇이군."

마실 것도 아니면서 이 많은 술을 왜 모았을까? 그것도 한두 해 모은 게 아닌 듯한데.

국은 이 기이한 광경을 안주 삼아 술동이를 열었다. 기차게 맛좋은 국화주를 벌컥벌컥 들이켜던 그녀는 문득 떠오르는 것이 있어 술을 꿀꺽 삼켰다.

"아차, 그러고 보니 내가 그때……."

다시 몸을 일으킨 국이 술병 사이를 걸어 다니며 꼼꼼히 무언가를 찾았다. 하지만 눈이 아프게 열심히 둘러보아도 그녀가 찾는 것은 보이지 않는다. 하긴 그렇게 고급스런 술병이 있었다면 첫눈에 딱 들어왔을 것이다.

일단 다시 술을 마시며 곰을 기다려 보았다. 하지만 술 한 동이를 다 비우도록 곰은 기척조차 없다. 다른 술동이를 열려던 국의 손이 멈칫한다.

"이건 제대로 마셔야지."

암. 중양절에 산꼭대기에 올라 좋은 풍경을 벗삼아 술을 마시는 즐거움이 얼마나 좋은 것인데 여기서 흩어버리고 말겠는가. 열지 않은 술동이를 소중히 품에 안고 국은 공터를 뒤로 했다. 뒤를 돌아보며 술을 다 마시고 이따 또 와봐야지 한다.

그녀가 자리를 떠나고 한식경이나 흘렀을까, 곰이

공터에 나타났다. 십 년 전에도 인간들에겐 집채만 하게 보였을 곰은 그 사이 조금 더 크고 우람해졌다. 뿐만 아니라 토끼를 세 마리 잡아 어깨에 메고 두 발로 걸어오는 걸음이 전과 달리 아주 편안했다. 세 마리 중 가장 깔끔한 것으로 골라 돌무덤 앞에 놓으며 곰이 입을 열었다.

"어머니, 드세요."

어눌하긴 해도, 이젠 말도 할 수 있다.

먼저 어미에게 공물을 올리고 자기도 배를 채우려고 토끼 가죽을 가르던 곰이 저도 모르게 코를 킁킁거리기 시작했다. 처음엔 자신이 왜 그러는지 스스로도 몰랐다. 하지만 잠시 후 곰은 자리에서 벌떡 일어나 공터를 둘러보았다. 사방을 열심히 살피던 곰의 눈에 국이 두고 간 술동이가 들어왔다.

휘둥그레진 눈을 씀벅거리며 그것을 보던 곰이 별안간 열심히 뛰었다. 그 발에 밟혀 고이 모은 술병들이 깨지기도 했으나 곰은 그런 것에 신경 쓸 여력이 없었다.

"어, 어어, 이거, 이거, 그 여자."

술동이를 들어 냄새를 맡고 술동이에 억지로 머리를 끼워 넣어 바닥에 남은 몇 방울을 애타게 핥은 곰은 그것이 그가 그토록 찾던 예전의 그 술과 아주 흡사하단 것을 알았다. 감격에 겨워 곰은 허둥거렸으나 잠시 후 그 몸짓은 다른 의미로 더 갈팡질팡해졌다.

  도무지 술동이에서 머리를 뺄 수 없었던 것이다!

  술동이를 힘으로 깨는 것은 일도 아니지만 곰은 그 술동이를 절대 깨고 싶지 않았다. 세게 쥐었다가 저도 모르게 깰세라 술동이를 잡은 발에 힘도 거의 넣지 않고 있다. 그러니 머리를 빼 보려고 제아무리 노력해도 그저 술동이 겉만 슬쩍슬쩍 문지르는 수준이다. 술동이는 깰 수 없고, 정신없이 바둥거리다 보니 숨은 턱턱 막혀오고, 곰은 일생일대의 기로에서 크게 울부짖었다.

  동이 속의 그 울부짖음을, 우아하게 산을 오르던 국이 들었다. 소리가 들려온 쪽을 돌아보며 아까 그 사냥꾼들이 멧돼지라도 잡은 건가, 하고 생각하고 다시 고개를 돌리는데 또 그 처량 맞은 울음소리가 들려왔다.

어떤 동물이든 죽을 때의 울음은 구슬픈 법이다. 이천 년 가까이 살아온 국으로선 빈사의 지경에서 비롯된 울음을 듣고 가슴 저밈을 느끼는 감각은 퍽 많이 무뎌졌다. 다만 밀어내듯 한숨 한 번 내쉰다거나 혀를 차는 것으로 그치곤 했는데 이번 울음소리는 묘하게 그녀의 가슴에 맺혔다.

"죽는 게 힘들어 저러면 내 도와줄 수밖에."

오랜만에 선행 한 번 한다고 생각하고 국은 발길을 되돌려 소리가 들려온 쪽으로 훌쩍 몸을 솟구쳤다.

경공술로 숲 위를 내달리며 어라, 이쪽은? 하고 생각하긴 했다. 하지만 계속 되는 울음소리가 이끄는 곳이 그 공터임을 확신하는 순간 새삼 눈이 휘둥그레졌다. 그리고 거기서 술동이에 머리가 끼여 본의 아니게 춤을 추고 있는 곰을 보았을 때엔······.

"으하하하, 하하하하, 저, 저, 저 꼴 좀 보아, 아이고! 혼자 보기 아깝다, 흐하하하하!"

가가대소했다. 자지러지도록 웃다가 하마터면 소중한 술동이를 놓쳐 깨뜨릴 뻔했다.

동이 밖의 상황을 모르는 곰은 우느라 목이 쉴 지경

이다.

 웃을 만큼 웃은 국이 불쌍한 중생을 구제해야지 하고 발치의 국화잎 하나를 뜯어 휙 날렸다. 팔랑팔랑 나비처럼 너풀거리며 날아가던 국화잎이 곰의 앞에 이르러 국이 한차례 휘파람을 부는 소리에 날카로운 비수가 되어 동이를 갈지_之자로 베어내곤 툭 떨어졌다. 동이는 그래도 잠시 형체를 유지하다가 곰이 한차례 머리를 휘젓자 삽시간에 몇 조각이 나서 깨어졌다.

 "안 돼!"

 숨을 쉬게 되어 산 것보다, 술동이가 깨어져서 곰은 또 한 차례 비명이다.

 "안 돼, 안 돼, 깨지면 안 돼……."

 눈물을 훌쩍거리며 깨어지고만 술동이의 조각을 그러모으는 곰의 머리 위로 그늘이 졌다. 위를 올려다본 곰은 잠시 눈이 부셔 제대로 눈을 뜰 수가 없었다.

 "이제는 말도 하는구나."

 환한 햇살 같은 목소리. 곰은 이 목소리를 잊지 않고 기억하고 있었다.

 "당신은……."

눈물이 그렁거리는 곰의 까만 눈에 단아한 선녀가 빙그레 웃는 모습이 들어온다. 선녀는 뒷짐을 진 채 상체를 기울여 오며 물었다.

"설마 날 기억하고 있느냐?"

곰은 머리를 끄덕였다. 한두 번에 그치지 않고 맹렬히, 바람이 일어날 지경으로 열심히 끄덕였다.

"어이쿠, 그러다 목 다치겠다. 기억한다는 거 알았으니 적당히 하렴."

"나는, 당신을 압니다. 전에, 여기에, 어머니에게 술을—."

허둥거리며 짧은 어휘력으로 설명을 하려던 곰이 문득 어딘가를 보더니 아무 말도 없이 냅다 뛰어갔다. 뭘 하려고 저러나 쳐다보는 국의 눈앞에서 곰은 숲 속으로 사라졌다가 얼마 안 있어 돌아왔다. 곰이 달려와 그녀의 눈앞에 제 손에 보물처럼 쥔 무언가를 보였다.

"이 맛있는 술을 나랑, 어머니가 드셨습니다."

국은 오랜만에 보는 자신의 술병을 능히 기억할 수 있었다. 십 년 전 산에서 내려가는 길에 어쩐지 생각이 나 여기에 또 들렀다가 술병을 두고 갔었다. 망자에게 주향이나 흠향하라는 의미로 약간 술을 남겨두었었는데 그것을 이 곰이 발견하곤 무덤 속 어미와 나누어 마신 모양이다.

술병은 십 년 전과 마찬가지로 깨끗하고 반질반질 윤이 났다. 여기 벌어진 술병의 꽃밭에 없다 싶더라니 따로 귀하게 보관했던 건가 싶어 국의 얼굴에 미소가 차올랐다.

그런데 국의 눈길을 끈 것은 술병보다, 곰의 왼쪽 앞발에 돌돌 묶여 있는 푸르스름한 끈이었다.

"너, 혹시 그것은……."

곰은 국의 시선이 닿은 것을 확인하고 또 열심히 고개를 끄덕였다.

"전에 국화에, 아마도 당신이, 당신이."

하고픈 말이 있는데 제대로 표현할 말을 몰라 곰은 끙끙거렸다. 국이 다정하게 웃으며 대꾸했다.

"그래, 내가 국화꽃다발을 묶었었다. 내 머리끈이었어. 원래는 진한 남색이었는데 색이 많이 바랬구나."

곰은 고개를 갸웃하더니 퍼뜩 어쩔 줄 몰라 하며 말했다.

"내가, 더럽게 안 하려고, 물에, 물로 씻었습니다. 매일 씻었습니다. 미안합니다. 미안합니다."

"응? 아냐, 아냐. 야단치는 게 아니다. 더러운 것보다 깨끗한 게 백번 낫지. 잘했다, 아주 잘했어."

곰을 안심시켜주려고 국은 손을 뻗어 곰의 앞발을 툭툭 두드렸다. 그 손길에 곰이 깜짝 놀라 술병을 떨어뜨렸다.

"우워워워!"

놀란 곰이 내지르는 소리에 국은 귀청이 다 먹먹하다. 떨어뜨린 술병을 집어든 곰은 술병에 미세하게 생긴 잔금을 발견하고는 또 산이 떠나가라 소리를 내질렀다. 귀를 틀어막는 걸로는 소용이 없다 싶자 국이 짝 손뼉을 치며 일갈했다.

"그만! 그치지 못할까!"

용케 그 말에 뚝 소리 지르길 그친 곰이 국을 올려다보며 또 눈물을 방울방울 흘렸다.

"이거, 이거 당신이, 당신의 술병이, 깨졌습니다."

인간들 말로 집채만 한 곰이 뚝뚝 우는 꼴이라니, 가뜩이나 탐미주의자인 국의 눈으로 보아 도저히 예쁘다고 봐줄 광경이 아니다. 하지만 뭐랄까, 이 곰한테는 그녀의 탐미관이 한 수 물러나주는 느낌이었다. 우스꽝스럽도록 측은한 꼴이 어쩐지 귀엽게 보여 국은 별일이구나 하고 한숨을 쉬며 다시 손을 뻗어 곰의 어깨를 두드렸다.

"술병이야 깨질 수도 있고 그런 거지. 아직 저기 술동이 하나가 온전히 있으니 그거라도 챙겨주마."

국이 가리키는 펑퍼짐한 술동이를 쳐다보고 다시 제 손에 있는 청자 술병을 본 곰은 달라도 너무 다른 외관의 차이에 다시금 엉엉 울었다.

"아, 글쎄 시끄럽대두! 별것도 아닌 일로 왜 그리 눈물바람이야?"

국의 야단에 곰은 입을 꾹 다물어 울음소리를 그쳤지만 눈물은 연신 방울방울이다.

이런 해괴한 꼴을 봤나 하고 국은 혀를 찼지만 작은 술병을 들여다보며 울고 있는 곰을 보고 있자니 저도 모르게 안절부절못하게 되었다.

"음, 술동이도 주고 거기에 또 내가 머리끈 하나를 주마. 그럼 그건 오른쪽에 묶고 있으렴. 어떠냐?"

그 말에 곰은 둥그스름한 눈에 힘을 담아 국을 올려다보았다. 국은 재빨리 머리끈을 풀어 이건 무늬도 있고 색도 훨씬 곱다고 팔자에 없는 머리끈 자랑을 다 했다. 곰은 머리끈보다 국의 얼굴을 더 오래 올려다보다가 "주십시오." 했다.

머리끈을 받은 곰은 금이 간 술병을 내려놓더니 또 온다간다 말도 없이 어딘가로 가버렸다.

"뭔가 참, 엉뚱한 놈이로구나."

앉을 만한 곳을 찾아 엉덩이를 내려놓고 국은 술동이를 열었다. 뭔지 몰라도 자꾸만 휘말려 드는 게 자칫하다 성가셔질 것 같은 예감에 다시 오면 저놈에게 사람들을 해치지 말란 이야기나 하고 가자고 벼르며 술을 들이켰다.

곰은 오래지 않아 돌아왔다. 이번에도 빈손은 아니었다. 등에 지고 온 것들을 국의 앞에 내려놓자 먼지가 풀풀 일었다. 십여 장이나 되는 호피를 보며 국은 눈을 깜박거렸다. 곰이 앞가슴을 퉁퉁 두드리며 말했다.

"내가, 잡았습니다."

"호랑이를?"

"호랑이를 잡았습니다."

"이걸 다? 혼자서?"

"혼자서. 나는, 사냥을 합니다."

사냥을 잘한다고 말하고 싶은 모양이다. 설령 곰이라고 해도 혼자서 호랑이를 이만큼 잡은 걸 보면 인정할 만해 국이 싱긋 웃었다.

"그래, 사냥을 잘하는구나. 제법이다."

엄지를 치켜세워주는 국에게 곰이 느닷없이 넙죽 절을 했다. 무슨 말을 하려고 이러나 기대하는 국을 올려다보며 곰이 말했다.

"그러니 나랑, 혼인을, 혼인을 합니다."

"……혼인을 합니다?"

제 귀를 의심하는 국에게 곰은 자기 말이 서툴렀나 싶어 다시금 부족한 어휘를 한참 찾아 고쳐 말했다.

"혼인을 해주십시오."

"아?"

국은 멍해졌다.

살면서 청혼을 받은 일이야 부지기수이지만, 이토록 황당한 상대에게, 그것도 두 번째 만나는 자리에서 청혼을 받은 일은 난생처음이다.

하물며 아직 말조차 제대로 못 하는 곰이 아닌가!

어지간히 기가 막혀 쳐다보는데, 곰은 너무도 진지하게 국을 쳐다보고 있다. 순진무구한 눈엔 간절함이 넘쳐흐른다.

웃어넘길 시기를 놓쳐버린 국은 어정쩡하니 헛기침을 했다. 이거야 원, 중양절 하루 잘 놀다가려고 왔는데 엉겁결에 이 무슨 꼴인고. 오늘 아침 점괘를 볼 시에만 해도 이쪽 방향이 대길하다고 나왔건만.

일단 술을 한 모금 들이켠 국이 술동이를 곰에게 주며 마시겠느냐 물었다. 곰은 고개를 저었다.

"전에, 마시고, 잤습니다."

설마 그때의 그 적은 술에? 믿기지가 않아 피식 웃은 국은 곧 주변의 술병들을 둘러보며 물었다.

"그리 못 마시면서 이것들은 다 무어냐?"

"술 냄새가, 나는, 당신이, 저 술병처럼, 기억납니다."

국이 두고 간 술병을 가리키며 곰은 코로 킁킁거리는 시늉을 하고선 마지막으로 국을 가리켰다. 그러니까 술 냄새를 맡으면 국이 기억이 난다는 이야기인 듯하다.

아, 혹시 그런 이유로 차례 지내러 온 인간들 앞에 자꾸만 나타났던 것인가?

"너 설마 술병 때문에 이 산에 온 인간들을 해쳤느냐?"

곰은 눈을 끔벅거리다가 잠시 후 열심히 고개를 저었다.

"인간은 사냥, 안 합니다. 안 먹습니다. 당신과 인간은……."

어휘가 떠오르지 않아 말을 못 잇는 곰을 대신해 국이 "그래, 겉모습이 닮았지"라고 말했다. 곰이 바로 그렇다는 듯이 가슴을 두드리며 대꾸했다.

"도망갑니다, 내가. 그러다 다쳤지만, 인간은 사냥 안 합니다."

그 증거란 듯이 곰은 등을 돌려 국에게 뒷모습을 보여주었다. 과연 여기저기에 날붙이에 다쳐 털이 자라지 않는 흉터가 꽤 되었다.

그것을 보는 국의 마음에 묘한 뭉클함이 퍼졌다. 호

랑이도 저리 잡는 걸 보면 인간이야 숨 쉬듯 간단히 죽일 수 있는 녀석인데 그녀가 인간과 닮았다는 이유 하나로 해치지 않고 도망쳐 다녔던 모양이다. 그러면서도 술병을 찾아 위험한 모험을 거듭하고.

허무맹랑한 구혼자이긴 하나, 하는 짓이 퍽 귀엽구나 싶어져 국은 곰을 찬찬히 쳐다보다가 물었다.

"너 올해 몇 살쯤 되었느냐?"

"몇 살?"

"음. 어려운 이야기인가. 그래, 겨울을 몇 번이나 났는지 대충 헤아릴 수 있느냐? 겨울. 눈이 오는 겨울 말이다."

숫자나 헤아릴 수 있겠느냐 싶었는데 곰은 문득 자리에서 일어나더니 또 어딘가로 무작정 향했다. 이번엔 뒤를 돌아보고 국에게 따라오라는 시늉을 했다.

곰이 그녀를 데려간 곳은 울창한 박달나무 숲이었는데 특히 한 그루 튼실하고도 반듯하게 가지를 뻗은 나무가 있었다. 곰이 그 나무를 두드리고 자신을 가리켰다. 나무의 가까이 다가간 국은 그 손짓의 의미를 어렵잖게 깨달았다.

나무의 표면에 발톱 자국이 있었다. 단순히 발톱 갈기를 한 것이 아니란 것을 알 수 있는 게, 발톱 자국들의 간격이 아주 일정했다. 그런 자국이 대충 봐도 백여 개가 훌쩍 넘었다.

"해가 가는 걸 표시한 것이로구나. 그렇지?"

곰이 머리를 끄덕이더니 나무의 아래를 가리키며 말했다.

"어머니가 하고, 내가 하고."

과연. 이 정도의 지능을 가진 곰을 낳아준 어미도 예사 곰은 아니었던 모양이다. 곰의 어미가 표시했다는 금은 확실히 위쪽에 비해서 길이가 짧고 깊이도 얕았다. 빠르게 눈으로 헤아려 백오십 개쯤 된다는 걸 확인한 국이 싱긋 웃으며 곰을 돌아보았다.

"나는 말이다, 이만한 줄긋기를 열두 번도 더 할 만큼 살았다."

곰은 얼핏 이해가 안 가는 표정이다. 국이 훌쩍 몸을 솟구쳐 박달나무의 끄트머리까지 갔다가 다시 아무렇지 않게 사뿐히 땅에 내려앉았다.

"이 나무로는 내 나이를 표시할 수도 없겠구나."

그제야 곰은 나무를 올려다보고 국을 쳐다보며 멍하니 입을 벌렸다. 하지만 그 정도로 기죽을 소심한 녀석은 아니었다.

"사냥, 합니다. 더 많이 합니다. 혼인, 해주십시오."

일단 내게 짝이 있는지 확인부터 하는 게 옳은 일일 텐데. 아직도 자신이 더 열심히 사냥할 테니 혼인해 달라 조르는 곰을 보니 국은 아까 못 꺼낸 웃음이 터져 나왔다.

귀엽기도 하고 놀리고 싶기도 해서 불현듯 국은 곰의 뒷덜미를 움켜쥐고는 기합을 넣어 몸을 솟구쳤다. 녀석이 어지간히 무거운 통에 생각보다 많이 못 올라가고 박달나무의 중간에나 겨우 이르렀다. 거기에서 국이 손을 휘저어 나무의 표피에 줄을 하나 깊이 그었다.

"자, 네가 이 정도까지 살고 나서 생각해 보자꾸나."

"이 정도……?"

곰은 눈앞의 줄을 보고 아래를 내려다보았다. 지상을 벗어나본 적이 없는 곰의 눈에는 까마득한 높이라 눈앞이 어찔해 그만 뻣뻣하게 굳고 말았다.

국이 아무렇지도 않게 다시 땅 위로 내려가며 곰부터 던져놓자 곰은 뻣뻣해진 몸으로 두 바퀴쯤 구르다 발딱 일어섰다. 하지만 못내 어지러운지 앞뒤 분간을 못 하고 곰이 빙글빙글 돌았다. 지켜보던 국이 웃음을 터뜨렸다.

"이런, 괜찮으냐, 꼬마야?"

공중에 떠서 가부좌를 튼 채 국이 묻자 겨우 균형을 잡은 곰이 멍하니 그 모습을 쳐다보다가 어기적거리며 다가왔다. 나무를 새삼 올려다보면서 곰은 말했다.

"이 정도, 살겠습니다."

말이 쉽지, 국이 그어놓은 금까지 살면 몇 백 년은 훌쩍 지난 후이다. 한 오백 년쯤 되려나? 그리 사는 동안 얼마나 많은 일들이 일어날지 이 곰의 머리로 짐작할 수나 있으랴.

그런 회의적인 생각은 마음에만 품은 채 국은 곰을 향해 인자한 미소를 지었다.

"일단은 벗부터 시작하자꾸나."

"……벗?"

"벗. 친구 말이다. 친구."

그래도 무슨 소리인지 모르는지 곰은 눈을 멀뚱거렸다. 갈 길이 멀다는 생각에 국이 고개를 내저었다. 당장 이 녀석 말귀부터 트이게 하는 일이 먼저겠다.

"자주 보고 이따금 술도 마시자는 뜻이야. 난 아무나 하고 술 안 마신다. 영광으로 알아. 영광도 몰라? 그러니까 말이지, 기쁘게 여기라구."

"기쁩니다."

과연 곰이 벙긋이 웃었다. 그 웃음에 국도 그만 웃고 말았다. 예쁜 구석이라곤 없는 녀석인데 보고 있으면 재미있으니 이것도 확실히 인연이다 싶다.

"대신 이제부터 사람들 앞에 나타나 놀라게 하는 짓은 관두는 거다. 조용히 사람들 눈에 띄지 않게 사는 거야. 알겠지?"

"안 합니다. 나는, 당신을—."

하고픈 말이 있으나 막혀서 쩔쩔매는 곰을 대신해 국이 말한다.

"그래, 너는 나를 만났으니까."

곰은 바로 그렇다는 듯이 함박웃음을 지었다.

'오, 귀여운지고.'

저도 모르게 그런 생각을 하고는, 아무래도 내가 취기가 올랐나 하며 국은 제 뺨을 두드렸다. 에이, 그럴 리가. 평소 주량이 있지.

 땅으로 내려서 국화꽃이 가득한 터로 나아가는 국을 곰이 뒤뚱거리며 따라왔다. 노란 국화 한 송이를 툭 꺾어 향기를 맡으며 국이 뒤를 돌아보았다.

 "친구가 된 김에 통성명이나 하자꾸나. 내 이름은 국이다. 국화라는 뜻의 국."

 "국화라는 뜻의 국?"

 곰이 국화꽃과 국을 번갈아 가리키며 묻는 것에 국이 바로 그렇다는 뜻으로 고개를 끄덕였다. 곰은 한 차례 펄쩍 뛰더니 국화꽃 너머의 돌무더기를 돌아보았다가 말했다.

 "어머니가 좋아하는 국화. 국화라는 뜻의 국."

 "호오, 그랬느냐? 취향이 아주 훌륭한 분이었구나. 그래, 네 이름은 무어냐? 이름이, 있긴 한 거지?"

 곰은 의기양양하게 가슴을 쭉 펴며 대꾸했다.

 "내 이름은 단입니다."

 "단. 좋구나. 어떤 뜻의 단이냐?"

그 뜻을 두고 곰은 또 고민에 빠진 표정이 되었다. 곰은 곧 뭔가 떠올랐던지 국을 앞질러 돌무덤가로 갔다. 가장자리의 돌을 헤치고 곰은 작은 나무패를 하나 국에게 가져왔다. 반쯤 썩은 나무패에는 檀이라는 한자가 적혀 있다.

"'박달나무 단' 이란 뜻이다. 누가 지어줬느냐? 역시 어머니가?"

"어머니가."

"좋은 이름이다. 단. 너는 단이로구나."

국은 부드럽게 거듭 곰의 이름을 불러주었다. 곰은 마냥 웃다가 국을 가리키며 말했다.

"국. 당신은 국."

"국 님이라고 불러! 어린 것이."

언성을 높이자 곰이 찔끔 놀랐다가 잠시 후 다시 배시시 웃었다.

"국 님."

"그렇지."

"나는 국 님과 혼인합니다."

"그건 아니고!"

이번엔 언성을 높여도 놀란 기색 없이 곰이 웃기만 했다.

우직한 곰, 박달나무 같은 사나이 단에게 천하의 국이 코가 꿰이고 만 오래전의 한때였다.

기연奇緣

"아닙니다. 딸이 아니라 아들이에요."

"음?"

문득 들려온 여자의 목소리에 녹전은 두리번거리며 주위를 돌아보았다. 사람들은 저마다 자신들의 장바구니를 채우기 바쁠 뿐, 그를 딱히 보고 있는 자는 없었다. 잘못 들었나 생각하면서 녹전은 돌아보기를 그치고 걸음을 떼어놓으려 했다.

"당장 태어날 아기씨는 계집이 아니라 사내애니 어여쁜 향낭은 당분간 쓸 일이 없으실 거라고요."

이번에야말로 녹전은 뜨끔했다. 지나치는 여자들의

대화라고 보기엔 '향낭'에서 몹시 그의 주의를 끌었다. 이 시장에 모인 사람들 중에 그처럼 태어날 아기씨를 위해 향낭을 준비하는 사람이 또 있다는 것은 우연치고는 희한하지 않은가.

다시금 두리번두리번 해보았다. 이번엔 좀 더 천천히, 세심하게.

눈높이를 낮추자, 그를 똑바로 올려다보고 있는 조그마한 여자아이가 보였다. 제대로 보살펴주는 어른이 없는지 옷차림이 추레하고 더풀더풀한 머리가 지저분하기 짝이 없는 일고여덟 살 정도의 인간 여자아이였다.

녹전이 그 아이를 물끄러미 바라본 것은 아이답지 않게 지독히 깊은 눈매하며, 아이의 등 뒤로 일렁거리는 흐릿한 아지랑이 형태를 띤 검은 기운이 심상치 않았기 때문이다. 검은 기운만 놓고 보자면 잡귀에 씌었다고도 볼 수 있겠으나 잡귀가 들어앉았다고 생각하기엔 눈이 지독히 청량하다. 아주 먹히기 전인지도 모르겠다.

우선 녹전은 주위를 돌아보며 그 아이를 보호하는

어른이 없는지부터 확인했다.

"이런 곳에 혼자 있느냐, 꼬마야?"

"배가 고파서요."

부끄러워하는 기색 없이 아이가 대답했다. 녹전은 고개를 갸웃이 기울여 아이를 들여다보며 물었다.

"어른은? 어머니나 아버지, 아니면 그 비슷한 거라도 말이다."

"쫓겨났어요. 해 지기 전엔 못 들어가요."

저런. 무슨 잘못을 했다고 이리 어린아이를 시장바닥으로 쫓아냈을까. 측은한 생각에 그의 목소리가 좀 더 부드러워졌다.

"배가 많이 고프냐?"

"조금요."

조금이라고 말하지만 아이의 퀭한 안색을 보면, 제대로 된 식사를 한 지 꽤 되었지 싶다. 녹전은 턱을 문질문질 해보며 생각했다. 공연한 일에 끼어들어 소란으로 번지는 것은 곤란하지만 어쨌든 이렇게 말을 붙이게 된 것도 인연이라면 인연.

들고 있던 시장바구니에는 아이의 주전부리가 될 만

한 것이 없다. 그래서 녹전은 주위를 한 번 돌아본 뒤, 그리 멀지 않은 곳에 호떡 행상이 있는 것을 보고 후딱 다녀왔다.

"먹어라."

아이는 허겁지겁 받아든 호떡을 입에 집어넣었다. 막 만든 것을 사온 것이니 뜨거울 만도 한데 입천장이 데이건 말건 무작정 밀어 넣기에 바빴다. 두 장째의 호떡을 게 눈 감추듯이 삼키고 목이 메었는지 기침을 하면서도 세 장째의 호떡을 입에 물고 우물거렸다. 녹전은 필요 없을 땐 잘도 보이던 엽차 장수가 이번엔 도무지 보이지 않아 꽤 멀찍이 떨어진 슈퍼까지 가서 생수 한 병을 사왔다.

"이런, 그걸 그새 다 먹었어?"

종이봉지에 들어 있던 여섯 장의 호떡을 다 먹고 아이는 종이까지 찢어서 남은 설탕가루마저 핥고 있었다. 물을 받아들고는 그것도 입조차 떼지 않고 마지막 한 방울까지 모두 마셨다.

녹전은 눈을 씀벅거리다 물었다.

"너, 집에서 쫓겨난 게 언제냐?"

"아침이요."

"아침 언제?"

"음. 외숙 출근하시고 얼마 안 있어서요."

"뭘 잘못했는데?"

"현아가 악몽을 꿨거든요."

"현아가 누군데?"

"외사촌이요. 외숙 딸."

"그 애가 악몽을 꾼 게 네 탓이야?"

"제가 저주를 걸어서 그런 거래요."

"그랬니?"

아이는 고개를 들고 녹전을 향해 엷게 웃었다.

"저는 안 그랬어요. 제가 그랬으면, 그 애는 죽었겠죠."

"그럼 네 뒤에 있는 그것이 그랬나 보구나."

"역시 보이세요?"

아이는 녹전의 시선에 자기 뒤를 돌아보았다. 그래 보았자 아지랑이는 아이가 돌아보면 함께 돌아갈 따름이다.

"정확히는 안 보인다. 나는 아직 어려서 보지 못하는

것들이 상당히 많아."

"차차 나아지시겠지요. 살날이 구만리 같으신데."

"음. 그렇긴 하다만."

둘은 마주 보면서 웃었다.

괴이한 풍경이다. 마흔 중반의 얼굴을 한 사내와 많아 봤자 여덟 살이 고작일 아이가 시장 한쪽 구석에서 그런 이야길 주고받고 있다.

아이는 다리를 펴며 일어서더니 녹전을 향해 꾸벅 인사를 했다.

"덕분에 배고픈 걸 면했습니다. 고맙습니다."

"말값에 대한 보답이니 고맙고 말고 할 것도 없지."

"백 마디의 말을 해도 한 마디를 들어주는 이가 없었습니다. 다들 저를 보고 미쳤다고들 하지요."

조숙한 말투는 물론이요, 지친 미소 또한 아이다움과는 한참 거리가 멀었다.

녹전은 그럴 만도 하다고 생각했다. 생각만 하던 마음속 일을 상대가 읽어내어 버린다면 보통 사람들은 두려움을 느낄 것이다. 돌봐주는 어른들이 아이를 잘 다독여 말하는 법을 조심시켜야 할 터이나, 보아하니 아이는 키우는 집에서 천덕꾸러기인 모양이다.

"그래, 도련님이 나실 거라 이거지?"

"예. 귀하신 아기씨의 일이니 보고 또 보아 말해준 것입니다."

"언제 나실지는 모르고?"

"그것을 말하면 천기를 누설하는 일이 되게요. 이 몸으로는 감당 못할 일입니다."

"딸인지 아들인지는 말할 수 있다면서?"

"그것은 이미 결정이 된 일이니 말해도 되는 것입니다. 죽은 이를 죽었다고 말하는 것이 천기를 어기는 것은 아니지 않습니까?"

"그럴 듯하구나. 하하하."

녹전은 기분 좋게 웃었다. 힐끗 하늘을 올려다보고 녹전은 해를 가리며 몰려드는 엷은 회색의 구름에 잠시 시선을 멈추었다. 해는 아직 남쪽 하늘에 머물러 있는데, 조금 있으면 비가 내릴 성싶다. 아이를 다시 쳐다보면서 녹전이 물었다.

"제대로 밥을 먹고 싶으냐?"

"괜찮습니다. 이만하면 오늘 하루는 버틸 수 있습니

다."

"우리 새애기씨라면 네게 맛난 것도 주실 법한데."

"아저씨가 계신 곳에 갔다가 옛날이야기처럼 나와서 보니 몇 십 년이 흘렀다, 그러면 어쩌게요?"

"그리되면 불쌍하니까 새애기씨가 거두어 주시겠지."

아이의 눈이 동그랗게 커졌다.

"알아서 해라. 따라나서려면 따라나서고. 아니라면 해 지기 전까지 비그을 곳이 필요할 게다."

녹전은 그렇게만 말하고 시장 뒤쪽에 있는 주차장으로 향했다. 잠시 후 그의 뒤를 종종종 따라오는 아이의 발소리가 들렸다.

집으로 향하는 길에 차가 들어섰을 무렵, 지붕에서 비를 맞으며 노래를 하던 풍계가 깜짝 놀라 마당으로 뛰어내려 정자 쪽으로 내달렸다.

"서방님, 새애기씨! 녹전이 희한한 걸 달고 옵니다!"

못 앞의 정자에는 명과 반희가 앉아서 늦은 여름 오후를 보내는 중이었다. 반희는 제법 부른 태가 나는 배

주변으로 부채질을 하고 있었고, 그 옆에서 명은 한가로이 거문고를 뜯고 있었다.

풍계의 부산스런 목소리에 관심을 보이는 것은 항상 그랬듯이 반희였다.

"녹전이 누굴 데리고 온다고?"

"잘은 못 봤지만 틀림없는 계집아이였습니다."

"계집아이?"

"작아요, 꼬마요, 꼬마."

"설마…… 녹전에게 숨겨둔 아이가 있었다는 이야기!"

벌떡 일어나 당장에 풍계와 함께 녹전에게 달려갈 기세인 그녀에게, 차분한 목소리가 떨어졌다.

"부인. 복중의 태아를 생각하셔야지요."

"아, 예."

명의 말에 머쓱하게 움직임을 멈추고 도로 자리로 돌아와 앉은 반희는 조심조심 매무새를 정돈했다. 단정하게 부채를 고쳐 들고 앉아 남편의 거문고 소리에 귀 기울이는 현숙한 부인 역할을 할 셈이었지만 여전히 풍계를 보는 눈이 또랑또랑하기 그지없다.

"어떤 아이인지 가서 더 자세히 보고 오려무나."

"알겠습니다, 새애기씨!"

의욕 충전해서 풍계가 펄쩍펄쩍 뛰어가는 걸 빤히 쳐다보던 반희가 잠시 후 명을 돌아보며 그의 음률에 귀를 기울이는 체했지만 쫑긋 세워진 귀는 다른 소식을 기다리느라 조바심을 내고 있는 게 분명했다. 아랑곳하지 않고 명은 거문고를 좀 더 탔지만, 결국엔 투덜거리면서 거문고를 앞으로 밀어버렸다.

"비도 오고 하니 오늘 오후는 세상없어도 거문고 소리를 들으며 태교를 하겠다더니, 그 각오 참 쉽게도 변하는구나."

"헤헤헤, 녹전이 손님을 데려온다잖아요. 당신은 궁금하지 않으세요? 녹전이 데려온다는 아이가 누구인지?"

"알 게 뭐냐. 남의 일인데."

"남의 일이라뇨. 녹전은 우리의 소중한⋯⋯."

"소중한?"

"소중한 가신?"

단어 하나 잘못 골랐다가 녹전이 며칠이고 고생할

수 있다는 것을 잘 아는 반희는 명이 듣고 기분 **나빠**하지 않을 말로 수정했다. 소중한 친구라고 곧이곧대로 말했다가는 그 '우리'라는 말 속에 나도 들어가냐며 명이 쏘아붙일 게 틀림없다.

해가 갈수록 도타워지는 명과 반희의 금슬과 별개로 엉뚱한 만담을 주고받는 데 있어서는 녹전과 반희의 조합을 능가할 자가 또 따로 없다. 한 해 두 해 겪은 일도 아니건만 요즈음 들어 명은 유난스레 녹전과 반희가 이야기꽃을 피우는 것을 눈꼴시어 한다.

아마도 그것은 반희의 회임 개월 수가 길어지면서 나타나는 부작용일 것이다. 회임이 확실해진 후로는 태교에 좋지 않다는 이유로 반희가 명의 구애를 일절 받아들이지 않는 터이라 명은 벌써 일 년이 넘도록 금욕하는 신세가 되어 버렸다.

여느 뱀이었다고 하면 이미 새끼를 수십 마리는 보았을 터이나, 반희는 그와는 경우가 다르니 수태의 기간부터가 달랐다. 그것이 어느 정도가 될지는 새끼를 둘 낳아본 국 역시 정확히 헤아리지 못했다. 란의 경우는 2년 가까이 품고 있다가 알을 낳은 지 이레 만에 알을 깨고 나왔다고 하고, 명은 회임 1년이 조금 넘었을 때 알을 낳은 대신, 알에서 깨어나기까지 삼 개월이 훌쩍 넘었었단다. 같은 부류들을 만나 이야기를 나누어 보면 그게 그야말로 들쭉날쭉이라 도움이 될 것이 별로 없었다.

명이 국을 닦달해서 알아낸 바로는 내년 반희 생일은 모자가 함께 축하할 수 있을 거라는데, 그 말은 하면서도 그것이 아들인지 딸인지는 또 함구해 버리는 심술을 부려 명은 이래저래 답답했다.

그러던 차에, 녹전이 풍계의 말대로 희한한 것을 데리고 나타났다.

"웬 아이냐?"

이것저것 따질 것도 없이 바로 인간의 아이임을 알아본 명이 녹전을 향해 물었다. 녹전은 주인 내외에게 보이기 전에 우물가에서 세수를 시킨 뒤 머리를 곱게 빗겨준 아이를 명과 반희에게 인사시키고는 대답했다.

"시장에서 보았는데 재미난 말을 하기에 데려와 보았습니다. 배를 좀 곯은 것 같아 제대로 식사 한 끼라도 먹여서 보내줄까 하고요."

"저런, 배가 고프니?"

반희가 금세 얼굴 가득 연민을 담아 아이를 쳐다보았다. 정자 아래의 물속에서 눈만 빼놓고 상황 돌아가는 걸 구경 중인 풍계 역시 반희처럼 불쌍하다는 표정을 지었다. 여기 모인 이들 중에서 배고픔의 서러움을 가장 잘 아는 두 명이 바로 그들이었으니까.

아이는 동그랗게 커진 눈으로 반희와 명을 한참씩 보다가 말했다.

"정말로 고귀하신 분들인가 봅니다. 이렇게 이 세상의 존재가 아닌 것처럼 곱고, 좋은 향기가 나는 분들을 본 적은 태어나서 처음입니다. 그렇게 보고 싶어 한 것이 이해가 되네요."

"보고 싶어 하다니 누가?"

명의 눈이 가늘어졌다.

"제 몸에 붙어 다니는 것들이요. 여기는 못 들어왔습니다. 저 앞쪽의 문에서부터 오금이 저린다며 다들 주저앉고 말았지요."

명의 눈이 더욱 가늘어졌다. 그가 녹전을 차갑게

쏘아보는데 반희는 손뼉을 마주치며 미소와 함께 물었다.

"오호라, 영매의 자질이 있는 아이인가 보구나. 눈이 투명하니 맑은 것이 좋은 그릇이 될 법도 하다. 그나저나 이렇게 세워둘 것이 아니라, 요깃거리를 주어야겠지. 녹전, 네가 데려왔으니 섭섭지 않게 잘 먹여서 챙겨 보내렴."

명은 노골적으로 싫은 기색을 비춘 것이고, 반희는 웃는 얼굴로 더는 보고 싶지 않다는 뜻을 밝힌 거였다. 반희가 다시 정자 안쪽에 다가앉으며 못으로 고개를 돌리고 명도 거문고 줄을 고르는데, 아이가 불쑥 입을 열어 말했다.

"도련님이 태어나시면, 그분이 혼사를 마치시기 전까지 둘째 아기씨는 가지시지 않는 게 좋을 것입니다. 어차피 두 분께 오실 아기씨이니 폭풍이 물러간 후에 세상에 오시는 것이 그분께도 좋을 거예요."

명과 반희의 눈이 휘둥그레 커졌다. 녹전이 옆을 돌아보며 혀를 찼다.

"이 녀석, 천기를 누설하면 안 된다고 할 땐 언제

고."

"아, 방금 것은 제가 말한 게 아니에요. 이 자리에 있는 누군가가 제 입을 빌려 말한 겁니다. 제가 받을 몫이 아니에요."

아이는 손을 저으며 그게 누군지 자기도 궁금하다는 듯 주위를 두리번거렸다.

명과 반희는 한참 여자아이를 쳐다보다가 문득 서로를 돌아보면서 이구동성으로 말했다.

"도련님?"

"도련님?"

이어서 반희의 얼굴에 미소가 가득 차올랐다. 그녀가 의기양양하게 으쓱댔다.

"제가 이겼습니다. 이젠 두말할 것 없이 우린 대학에 가는 거예요."

"태어나 봐야 아는 일이지. 나는 틀림없이 딸이 태어날 태몽을 꾸었으니까."

"예언은 안 믿으신다면서 태몽은 믿으십니까? 모순이십니다. 아하하하. 자, 아가야. 이제 네 이름은 '견'으로 결정되었구나. 견아, 어미 목소리가 들리니?"

"글쎄, 견이가 될지 옥환이 될지는 두고 봐야 알 일이래도 그런다."

못 미더워하는 명의 표정을 보는 척도 하지 않고 반희는 '우리 견이' 노래를 부르기에 바빴다. 결국 명도 슬그머니 미소하며 "견이라……" 하고 중얼거려보면서 반희의 배를 흐뭇하게 쳐다보았다.

방금 인간 여자아이가 꺼낸 말에는 단순히 그것보다 더 묵직한 사실이 담겨 있었으나, 그것에 크게 신경 쓰는 이는 없었다. 정자에 자리한, 하늘에서 내려온 이들처럼 고운 이들의 얼굴에는 그윽한 애정이 넘쳐날 뿐이었다.

여자아이는 정자 위의 그들을 눈이 부신 듯 바라보다가 녹전을 쳐다보며 말했다.

"전생에 얼마만큼 선업을 쌓으면 이토록 좋은 걸 보고 살 수 있나요?"

"글쎄다. 난 전생이 기억이 안 나서. 아마 착한 일을 엄청 많이 했을 거야. 그리고 굴도 한 오천 개쯤 만들었겠지."

"굴이요?"

"응. 굴이 가장 중요한 거야."

녹전은 진지했다. 아이도 "굴이 중요한 거군요"하고 착실하게 고개를 끄덕였다.

아마도 태어나서 처음으로 가장 거하게 먹었을 식사를 마치고 나서 아이는 다시 데려다 주겠다는 녹전과 함께 집을 나섰다. 대문을 열자, 비가 그친 하늘 너머로 유난히 먼 곳의 풍경까지 깨끗하게 잘 보여서 아이는 잠시 눈을 비볐다. 그때 문득 옆에 있는 줄도 몰랐던 남자의 목소리가 들렸다.

"이름이 무엇이냐?"

아이는 꿈쩍 놀라서 옆을 보았다. 명이 틀림없이 그곳에 서 있었다. 가까이서 대하는 그의 위세에 기가 눌린 아이가 대답을 하지 못하자 명은 아이를 지그시 내려다보았다.

"이름."

"소, 소군이라 합니다."

"소군."

그 이름을 중얼거린 명이 갑자기 손을 뻗어 아이의

머리를 잡았다.

"듣고 본 것이 넘치니, 그만 사라져줘야겠다."

한순간 폭발적으로 흘러나온 그의 기운에, 소군은 꼭 그 자리에서 그대로 죽는다고만 생각했다. 온통 새파랗게 물든 하늘과 땅이 그녀를 향해 달려들어 쩌 눌렀다. 비명 한 번 지를 수 없을 정도로 눈 깜짝할 새였다.

그러나 다음 순간, 누군가 툭하니 그녀의 등을 미는 손에 소군은 밖으로 한 걸음 걸어 나갔다. 꽉 감았던 눈을 뜨고 소군은 사방을 돌아보다가 이내 어리둥절해서는 자신의 몸 이곳저곳을 보았다. 이상하리만큼 온몸이 가벼웠다. 더듬더듬 손으로 팔이며 다리를 잡아보고 배를 눌러보고 얼굴을 만져보았다. 그러다가 뒤를 돌아보았다.

사람 좋은 아저씨처럼 웃는 녹전이 거기에서 그녀를 보고 있었다.

"그래. 아까보다는 훨씬 좋은 빛깔을 띠게 되었구나, 꼬마야."

방금 전까지 있었던 명의 모습은 온데간데없다. 소

군은 영문을 몰라 물었다.

"방금 무슨 일이 있었나요, 아저씨?"

"네 작은 몸에 붙어 있는 게 터무니없이 많았지. 서방님이 안 좋은 것들을 털어내 주신 거다."

"어, 그렇지만 아직……."

아직 하나가 남았어요, 라고 말하려는 소군에게 녹전이 고개를 끄덕이며 말했다.

"남은 것은 널 지켜줄 거다. 죽을 걸 알면서도 달려와 널 지키려 한 것은 그 하나뿐이구나. 네게는 좋은 것이니 기대어도 좋을 것이다."

그 하나가 보고 싶다는 듯이 소군은 머리 위를 올려다보고 눈을 깜박이다가 이내 고개를 끄덕였다. 녹전은 손을 뻗어 아이의 머리를 쓰다듬었다.

"앞으로는 둘이 힘을 합쳐서 다른 것들이 비집고 들어오려고 하면 열심히 쫓아내렴. 넌 아주 예쁜 그릇이지만, 아직은 작으니까. 알겠지?"

"네."

"앞으로 큰 그릇이 되어 다시 볼 수 있으면 좋겠다. 소군."

"저두요."

마주보며 녹전과 소군이 빙그레 웃었다.

녹전이 소군을 차에 태워 처음의 시장으로 돌아가 어귀에 내려준 뒤 막 출발하려는데 차창에 소군이 손을 댔다.

"아저씨, 멀리서 찾지 마세요."

"응?"

차창을 내리며 녹전이 의아한 표정을 지었다. 소군은 같은 말을 반복했다.

"멀리서 찾을 것 없대요. 아직은 아니지만."

"그게 호떡만큼의 말인 거냐? 어렵구나, 더 좋은 걸 사줄 걸 그랬나 보다."

소군은 머리를 긁적거리며 차창에서 떨어졌다. 녹전이 가벼운 목례에 곁들여 "그럼 다음에"라고 말한 뒤 차가 출발했다.

"그럼 다음에."

꾸벅 인사를 한 소군은 차가 멀어져가는 모습을 마지막에 마지막까지 지켜보았다.

※

 소군이 그 집을 두 번째로 찾은 것은 그 뒤로 거의 십 년여가 흘러서였다. 집은 꽤 오래전부터 비어 있어서 사방이 황량한 풀들로 덮여 있었다.
 "여기 귀신 버드나무집인가 그러지 아마? 여긴 왜 온 거야? 또 원한 맺힌 영가가 불러?"
 옆에서 노원이 투덜거리는 소리에 소군이 씩 웃었다.
 "아, 한 번 와보고 싶어서 왔는데, 한 맺힌 녀석이 하나 있긴 하네."
 "어디? 저기 저 귀신 나오게 생긴 용머리에 앉아 있거나 그래?"
 "엉뚱한 곳 보지 말고 따라오기나 해."
 두 친구가 자전거를 끌고 낡은 담을 따라 주위를 빙 돌았다. 그러다 소군이 멈춰선 곳은 이상스레 큰 버드나무가 보이는 담장 앞이었다. 보통 때는 맥없이 축축 처져서 게으름을 피우는 소군이 이런 때엔 날래기 그지없게 담장을 타고 올라가 앉았다. 그러더니 앞에 있는 버드나무를 향해 밝게 웃으며 말했다.

"곧 와. 네가 기다리는 분들도 여길 그리워하고 계신단다."

"귀신이 올 거라고 말해주는 건 아니겠지. 귀신이 여행도 한다고 말하진 마라. 그건 아무리 나라도 좀 무섭다."

"입에 침이나 바르면서 무섭다고 해. 아 참, 그리고 그분들 귀신 아니야. 이를테면 적강謫降하신 분들일까나?"

"적강?"

"원래는 하늘 세상의 신선이랑 선녀님인데 어쩌다 인간 세상에 태어난 분들."

"아하, 죄지어서 땅에 유배되었다는 소리지?"

"비슷해."

노원은 고개를 갸웃갸웃하다가 말했다.

"나중에 그분들 여기 온 게 확실해지면 나한테도 말해줘. 어떻게 생긴 사람들인지 꼭 한 번 보고 싶네."

"보고 반하면 안 되는데."

"내가 얼굴 보고 혹하는 거 봤냐."

"장담하지 마. 큰코다쳐."

"그렇게 나오니까 더 보고 싶어진다. 그 사람들 언제 와?"

"음. 어디 보자, 신유술해자축인묘진사……."

조용히 손가락을 곱아가며 간지를 헤아려보던 소군이 슬쩍 노원에게 귓속말을 했다. 노원이 대뜸 큰소리를 냈다.

"뭐? 그게 곧이야? 너 머리가 어떻게 된 거 아냐? 앞으로도 한참 남았잖아! 야, 우린 인간이야. 십 년이면 강산이 변한다고 말하는 인간 나부랭이라고!"

"조용히 해. 저 녀석 들으면 울어."

"울긴 뭘 울어, 나무 주제에. 거기다 사람 말을 알아듣는 나무가 어디 있다고."

노원이 힐난하면서 버드나무를 돌아본 순간, 나무가 울기 시작했다. 두 친구는 부동자세로 눈만 또르르 굴려 나무를 쳐다보았다.

"이야, 이거 죽이는데. 동영상 찍어서 올릴까 보다."

남들보다 양기가 몇 십 배는 강해 코앞에 있는 귀신도 보지 못하는 노원이 눈을 번득이며 좋아라 하는 것을 소군은 기어코 끌어당겨서 집으로 향했다.

다시금 혼자 남은 버드나무는 훌쩍훌쩍 울었다. 앞으로도 십 년을 더 기다려야 한단다. 십 년이 어느 정도인지 잘은 모르겠지만, 아무튼 가깝지 않다는 것은 알았다. 버드나무는 울보이지, 바보는 아니었으니까.

그렇게 주인이 자리를 비운 무주의 집에서는 눈물 젖은 하루가 흘러가고 있었다.

단오절, 때아닌 춘풍

"벌써부터 덥네. 어휴. 올여름은 또 어떻게 버틴다."

음력 오월 오일, 단오의 밤. 마당에 나와서 녹전이 쑥불 피우는 걸 구경하던 홍매가 투덜거렸다.

"벌써가 아니라 진즉부터 그랬지요. 그리고 여름은 더워야 여름입니다. 그래야 풍년이 들지요."

연기가 집 안에 고루 퍼지도록 팔락팔락 부채질을 하면서 녹전이 말했다.

잠시 홍매는 '어이구, 저 애늙은이 같은 것' 하는 표정으로 녹전의 얼굴을 쳐다보았다. 사정을 모르는 사람이 본다면 참으로 버릇없다고 여길만한 시선이다.

홍매의 외모는 아무리 보아도 고등학생쯤으로 보이는 앳된 소녀의 모습이고 녹전은 사십 대 중후반 정도로 보이는 중년 사내의 모습이니까.

그러나 보이는 게 전부가 아니다. 이들은 틀림없는 인간의 형상을 하고 있고, 그림자 역시 인간의 모습대로 드리워져 있지만 한쪽은 도마뱀이요, 한쪽은 수달이다. 아차, 도마뱀을 상대로 도마뱀이라고 하면 큰일 난다. 어디까지나 그녀를 '여우'라고 칭해 주자.

여하튼 단오의 밤, 하늘 밑 어딘가의 땅에서 인간의 모습을 한 여우와 수달이 느긋하게 단오를 기념하고 있다.

집 안 곳곳엔 쑥 내음이 자욱하고, 대문 앞에는 창포다발까지 걸려 있다. 거기다 아침나절 녹전은 향낭까지 고루 돌렸다. 감송, 숙근초, 정향 등의 약초들이 들어 있는 향낭은 힐끗 쳐다만 봐도 톡 쏘는 짙은 향기가 날 성싶다. 노란 비단주머니에 수놓인 것은 붉은 여우와 매화. 냄새는 고역이지만, 자못 예쁜 향낭 주머니에 혹한 홍매는 지금도 향낭을 만지작거리면서 말을 던졌다.

"아, 새삼 올해 이야기를 하는 게 아니라 해마다 더위가 더 빨리 찾아오는 것 같아서. 예전엔 안 이랬는데."

"네. 예전엔 이러지 않았지요."

"음. 난 역시 봄이 더 길었으면 좋겠는데."

그 말에 녹전은 잠시 생각해 보는 기색이더니 조금 우울한 낯빛으로 대답했다.

"……저도 그랬으면 좋겠습니다."

"오호라. 방금 전에 잠깐 뜸을 들였지 않나?"

"뜸은요. 연기가 눈에 들어가서 매워서 그랬습니다."

짐짓 고개를 돌린 녹전이 가볍게 기침하는 시늉을 했다.

그러나 홍매가 누군가. 눈치 백단에 수상쩍은 기미를 포착하는 일에 타의 추종을 불허하는 여우 중의 여우란 말씀. 팔꿈치로 쿡 녹전의 팔을 찌르며 홍매가 의미심장한 웃음을 보였다.

"솔직하게 이 누님에게 털어놓도록 하지? 아무에게도 말 안 한다고 약속할게."

"무슨 말씀을 하시는지 모르겠습니다."

녹전은 평소의 너부데데한 얼굴로 돌아가 시치미를 뗐다.

홍매는 속으로 쯧쯧 혀를 찼다.

녹전은 어찌 보면 말랑말랑한 찹쌀떡 같으면서도 결코 그 안에 든 소를 함부로 내보이는 법이 없다. 어느새 같은 울타리에서 살게 된 것도 이십 년이 훌쩍 넘었는데 녹전이 보여주는 모습은 지루할 정도로 단조롭다. 매일같이 쓸고 닦고, 만들고 수선하고. 요새 말로 워커홀릭이 따로 없다. 수달이 꽤 부지런한 동물이라는 건 알고 있었지만, 아무리 수달이라고 해도 녹전 정도로 일밖에 모르는 녀석이 또 있을까 싶다.

그러나 그런 녹전도 일에서 손을 떼는 때가 있다. 해마다 봄이면 그는 휴가를 받아 짧으면 일주일에서 길면 보름 정도쯤 집을 비운다. 어디로 가는지, 뭘 하다 왔는지 시시콜콜 털어놓은 적이 없다. 기껏해야 한다는 말이 "새 굴을 좀 팠습니다." 내지는 "몇 군데 무너진 굴을 보수하느라 혼났습니다." 정도이다.

홍매가 알고 싶은 건 그런 게 아니다. 단도직입적으

로 말해서 홍매는 녹전의 연애사가 궁금하다. 봄 중의 봄. 가만히 있어도 온몸이 께느른하고 마음이 싱숭생숭한 즈음, 즉 발정기 때에 딱 맞춰서 녹전은 외유를 하고 돌아오는 것이다. 녹전을 수컷으로 느껴서가 아니라-홍매는 태어났을 때부터 오로지 탐미耽美라는 외길을 걷고 있다. 연애의 기준은, 첫째도 아름다움, 둘째도 아름다움, 셋째도 아름다움이다-아무리 생각해도 궁금하기 짝이 없어서이다. 저 단조로운 녀석은 과연 어떤 연애를 하는 걸까?

뭐 때가 되면 적당히 속엣말을 나눌 때도 오겠지 하면서 끓어오르는 호기심을 다음 해, 또 다음 해로 미루었지만 오늘 홍매는 이번에야말로, 하고 과감히 치고 들어가기로 했다.

집 안엔 홍매와 녹전 둘뿐이다. 집주인인 명과 반희는 이태 전 겨울 동면에 들어간 이래 나오지 않았다. 반희가 견이 태어난 뒤 육아에 빠져 그야말로 뒷전이 된 명이 참고 또 참다가 견의 열다섯 생일을 기점으로 반희를 납치하다시피 강행한 긴 동면이다. 손자를 독차지하게 됐다며 기뻐서 사방이 쩌렁쩌렁하게 웃던 국이 견을 데려간 뒤로 가끔 마당에서 모래바람이 소용돌이를 일으킬 정도로 커다란 집에는 홍매, 녹전, 풍계 셋만 덩그마니 남겨졌다.

평소라면 홍매를 치근거리느라 바쁠 풍계지만 그나마 오늘은 쑥 냄새가 싫다고 도망간 지 한참 되었다. 외로움을 말도 못 하게 타는 못 말리는 어리광쟁이 주제에 혼자 도망까지 칠 정도면 쑥 냄새가 어지간히 싫었던 모양이다.

"이봐, 녹전. 속 이야기할 수 있는 친구는 있어?"

툭하니 홍매가 던진 말에 녹전은 의아한 표정을 지었다.

"예?"

"친구 말이야. 친구. 보니까 자네 친구 하나 없는 외톨이 같아서. 내 말이 맞지?"

"……서방님도 계시고, 새아가씨도 계시고, 견 도련님도 계시고 하물며 풍계도 있습니다. 저는 외톨이가 아닙니다."

곰곰이 생각해 본답시고 한 뒤에 녹전이 한 대답이 그거다. 홍매는 크게 혀를 찼다.

"그건 친구가 아니라 '가족'이란 거지. 영어로 말이야, 패밀리. 그 개념을 알긴 해?"

몇 년 전 간신히 인간으로 변신하는 일에 성공한 이래 홍매는 세상물정에 대해 공부를 하고 있다. 워낙에 책이라면 질색을 하는 터라 이제 겨우 중학교 교과 과정을 밟고 있긴 하지만 그 외의 면에서 홍매는 누구보다도 빨리 달라진 세상에 적응하고 있다. 괜히 눈치 빠른 여우가 아니니까.

주인을 닮아 알고 보면 학구파인 녹전은 얼마든지 여우의 얄팍한 지식을 비웃어 줄 수 있는 입장이지만 전혀 고까운 기색 없이 대꾸했다.

"그러니까요. 저는 외톨이가 아닙니다."

"지금 일부러 둔한 척하는 거 다 알거든? 우리 맹추라면 모를까, 나한텐 안 통하니까 의뭉 그만 떨어. 왜, 멀쩡한 정신에 이런 이야기 나누자니 겸연쩍어서 그래? 그렇지. 우리 술 한잔할까나? 웅황주는 못 먹는다 손 쳐도 이런 날 술이 빠지면 서운하지. 내 아끼는 매화주 가져올 테니 우리 기분 좀 내보자고."

"아니요, 저는 술 생각이 없습니다. 홍매 님, 홍매 님,

저는 정말 됐습니다."

"자네가 됐어도 내가 안 됐어. 하여간에 오늘은 마시는 거야."

말이 안 통할 고집쟁이를 대하여 결국엔 녹전이 자리에서 일어났다.

"알겠습니다, 어쨌든 제가 다녀오지요."

"불이나 잘 지펴. 술상 보는 데 또 내가 일가견이 있지."

의기양양한 미소와 함께 돌아서서 가는 홍매의 뒷모습을 보는 녹전의 얼굴에 불안함이 배어 있다. 술상 보는 데만 일가견이 있다 뿐인가. 주사酒邪에는 또 어찌 그리 통달했는지.

"일찍 자긴 글렀구나."

체념어린 한숨과 함께 녹전은 어깨를 들었다 놓았다.

그리고 녹전의 근심은 한 시진이 채 지나기도 전에 현실로 드러났다. 술이 사람을 마시는 지경이 있듯이, 술이 여우를 마시는 지경도 있다. 홍매는 내가 술의 꿈을 꾸고 있느냐, 술이 내 꿈을 꾸고 있느냐 하는 헛소리를 중얼거리면서 아예 병째 들어서 입에 술을 들이부었다. 덕분에 녹전은 열심히 빈병을 치우고 새 술병을 가져오느라 곳간을 몇 번이고 들락날락했다.

이럴 게 아니라 술에 수면약이라도 섞어서 가져가야 하나 녹전이 진지하게 고민하면서 돌아오는데 홍매가 옆의 빈자리를 보면서 열심히 이야기를 하고 있었다. 자리에 없는 녹전과 대화 중이었다. 웃음을 참으면서 녹전은 일부러 홍매의 왼편으로 돌아가 앉았다. 녹전이 온 기색도 못 느끼고 홍매는 계속 오른쪽을 보면서 말을 이어갔다.

"말이지, 외로우면 외롭다고 말을 하란 말이야. 이 누나가 살아도 보고 죽어도 보고 이래저래 오래 묵었거든? 꼬리는 아홉 개가 아니야. 안 죽고 계속 살았으면 꼬리가 두 개는 됐을 텐데 자네도 알다시피 내가 좀 우왕좌왕했잖아? 그래서 꼬리가 아홉 개가 아니야. 꼬리가 아홉 개가 아니라 슬프다는 게 아니야. 꼬리가 아홉 개가 아니라도 난 여우란 말이지. 자네는 수달이고, 나는 여우. 이게 중요해. 내가 절대 꼬리에 집착하는 게 아니야. 이번엔 되도록 안 죽고 오래 살다 보면 꼬리가 두 개 되는 날도 오겠지. 어? 왜 그런 표정을 지어? 내가 꼬리에 집착하는 걸로 보여? 어허, 참. 그 눈빛은 뭐야? 내 말이 안 믿긴다는 거야?"

"아닙니다, 믿습니다."

녹전이 대꾸하자 소리의 방향은 가늠이 됐던지 홍매가 고개를 왼편으로 돌리고 언제 이리 왔느냐, 너 알고 보니 몸이 재빠르다며 칭찬을 했다.

"모름지기 살아있는 존재에겐 지기知己가 필요한 법이다 이거야. 그게 한 명이면 안 돼. 내가 살아봐서 아는데 그게 한 명뿐이면 사는 게 고돼. 날 봐, 우리 맹추 구하려고 목숨도 헌신짝처럼 버렸다 이거야. 죽은 걸 후회한다는 게 아니라, 죽는 거 말고는 방법이 없었던 게 아깝다 이거야. 난 그냥 오늘만 즐거우면 내일 일 따위 알 바 아니다, 그런 식으로 살았거든. 세상은 넓고 예쁜 남자는 많으니 외롭다 싶으면 얼마든지 새사람을 찾으며 산 거지. 그래서 남은 게 뭐야? 우리 맹추 하나뿐이라고. 나 진짜 예쁜 여우였거든? 그리 예뻤는데 날 닮은 새끼 하나 없이 죽었어. 그 얼마나 아까운 짓이었는지 이제는 알아. 세상천지를 돌아봐도 나만큼 예쁜 여우가 없단 말이지. 내가 우리 여우족의 발전을, 아, 진화라는 멋진 말이 있지, 하여간 진화를 막은 거야."

지기 이야기를 하다 말고 느닷없이 자신의 아름다웠던 과거에 대해 주입 중이다. 하품을 하는 녹전의 뒤통수에 여우의 손이 작렬했다. 정신 똑바로 차리고 들으란다. 녹전은 거듭 새애기씨의 상냥한 얼굴을 떠올리며 저 깊은 곳에서 고개를 들려고 하는 노여움을 자근자근 밟아주었다.

"하물며 지금 난 도마뱀이야. 아름다움을 낭비한 교만에 대해 하늘이 벌을 주는 게 틀림없어. 세상에, 도마뱀이라니. 아이고."

홍매가 갑자기 울기 시작한 바람에 녹전은 한숨을 삼키며 달래볼 요량으로 말했다.

"비록 도마뱀이지만, 홍매 님은 제가 본 도마뱀 중 가장 아름답습니다."

"그래? 정말로?"

미심쩍다는 듯 쳐다보는 홍매에게 녹전은 열심히 고개를 주억거렸다.

"정말입니다. 눈가에 있는 붉은 반점을 보십시오. 그야말로 미인점이 아닙니까?"

홍매는 제 왼쪽 눈 아래 있는 점을 꾹꾹 문질러보더니 그도 그렇다며 상그레 웃었다.

"이런 반점 있는 도마뱀, 확실히 본 적 없어. 나나 되니까 있는 거야. 녹전은 다른 데서 본 적 있어?"

"없습니다. 아마 홍매 님이 유일하지 않을까 생각합니다."

도마뱀 같은 건 아무래도 좋습니다, 라고 대답하는 대신 녹전은 홍매의 말에 맞장구를 쳐주었다. 기분 맞춰주기 식의 말인 것을 평소의 홍매라면 간파하지 못할 리 없지만 술기운에 알딸딸해진 홍매는 우쭐해져서 그렇지? 그렇지? 하고 깔깔 웃었다.

그러다 불쑥 홍매는 녹전의 어깨에 턱을 턱하니 올리고 그를 쳐다보았다.

"이제 보니 좋은 남자로구나, 녹전."

"예, 늘 그렇게 생각합니다."

조금도 당황하지 않고 대꾸하는 능청스러움에 홍매는 또 깔깔거렸다.

"알고 보면 은근 재치도 있고 말이야. 내가 남자 얼굴을 크게 따지지 않았다면 진작 너한테 수작을 걸었을 텐데 말이지."

"칭찬으로 듣겠습니다."

"맞아, 칭찬이야. 이 내가 아깝다는 생각을 다 하게 했으니 자랑스럽게 여겨도 돼. 난 원래 예쁘지 않은 건 성별 따위 아무래도 신경 쓰지 않거든."

"지조가 있으시군요."

"아무렴, 홍매하면 지조지. 사실 지조 있다는 말 태어나서 처음 들어, 오호호호!"

또 홍매는 웃음이 터졌다. 울다가 웃다가 오늘 주사는 참으로 다채롭기도 하다.

"보는 눈이 있는 녹전, 여기 내 술 한 잔 받아. 자자, 그리 빼지만 말고 이 매화주 맛 좀 보라구."

"아뇨, 저는 정말 술 생각이 없습니다."

"입술이라도 축여봐! 자네가 술을 잘 담그는 건 나도 인정하지만 이 매화주만큼은 나한테 못 이길걸?"

그 말에 녹전은 슬쩍 눈썹을 치켜 올렸다. 술을 담그는 실력에 대한 그의 자부심은 자신이 만든 굴에 대한 자부심에 버금간다. 그런데 홍매의 말은 최고의 굴에 좋은 술들을 저장해 최고가 아니면 내어놓지 않는 그의 실력에 대한 도전이었다. 담근 지 3년도 안 된 매화주로 어찌 감히!

"예, 그럼 정말 입술만 축이겠습니다."

홍매에게서 술을 받아 말 그대로 잔에 입술만 담그고 잔을 내려놓던 녹전은 입술에 묻은 이슬을 핥다가 슬며시 다시 잔을 들어올렸다. 이번엔 아주 약간 입 안에 머금을 정도로 삼켰다. 혀를 굴려 입 안을 채운 술맛을 음미한 녹전은 아예 잔을 다 털어 넣었다.

"보라구, 맛있지? 자자, 한 잔은 서운하니 또 한 잔."

이번엔 홍매가 따라주는 술을 마다하지 않았다. 흐뭇하게 지켜보는 홍매 앞에서 녹전은 금세 술 한 잔을 다 비웠다. 그의 눈의 깜박임이 빨라졌고, 입은 꾹 다물려 있다.

"원래 술은 석 잔이 기본이지."

매화주가 찰찰 녹전의 잔을 채운다. 녹전은 그 잔도 미루지 않고 당장 비웠다. 잔을 들여다보고 이내 홍매를 돌아보는 녹전의 눈이 예사롭지 않다.

"내년엔 매화주를 담그실 때 저도 함께 하게 해주시지요."

"아하하, 자네 내 술의 비법이 탐나는 거지? 역시, 역시, 홍매, 아직 죽지 않았다구! 아하하하하!"

웃으며 술을 쭉 들이켜던 홍매가 그만 뒤로 데구루루 구를 뻔하는 것을 녹전이 간신히 붙들었다. 몸이 절반 이상 뒤로 기우뚱한 자세로도 홍매는 깔깔대며 웃느라 바빴다.

"어쩜, 저기 뜬 달 좀 보아! 꼭 내 눈썹 같은 달이야, 아니, 내 눈썹 같은 게 아니라 내 눈썹이 맞구나. 저 못된 달이 내 눈썹을 훔쳐갔어, 이를 어쩌나! 어쩌긴, 내일 아침이면 도로 내 얼굴에 와 있겠지. 녹전, 녹전, 저기 뜬 내 눈썹 좀 보래두? 예쁘지?"

"예, 예쁩니다."

"아! 이리 예쁜 몸이 올해도 홀로 지내야 한다니 이처럼 허무한 일이 또 있담! 대체 내 가슴을 뛰게 할 잘생긴 남자들은 어디에 숨어 있느냐 말이야."

이 여자를 감당할 남자는 누가 될지 몰라도 하루하

루가 색달라 지루할 일은 없겠다고 녹전은 생각했다. 자리엔 없지만 풍계 녀석이 꾸준히 그녀에게 호의를 표하고 있음에도 홍매에게는 전혀 수컷 취급을 못 받고 있다. 이제 제법 자유자재로 인간의 모습으로 변할 줄 아는 풍계는 사람들 사이에 나서면 열에 아홉은 돌아볼 정도의 준수한 외양을 자랑한다. 그걸 보면 외모가 잘났다고 무조건 수컷으로 여기는 건 아닌 모양이다.

'가슴을 뛰게 할 잘생긴 남자라.'

홍매를 반듯하게 앉혀놓고 이제 거의 다 타들어간 쑥불을 들썩이던 녹전은 불쑥 장난스런 생각에 사로잡혔다. 어디까지나 홍매는 새애기씨의 전 주인이니 새애기씨를 대하듯 공손히 모시겠다는 생각은 잠시 한쪽에 내려놓고 녹전은 아직 비지도 않은 술병을 비웠다고 하며 자리에서 일어섰다.

"홍매 님의 것에는 미치지 못하겠지만 제가 담근 매화주를 가져와 보겠습니다."

"그것도 좋지. 왕창 가져와, 아예 동이째 들고 와, 우리 오늘 술 마시다 해 뜨는 걸 보자구, 녹전!"

그 말대로 녹전이 돌아올 땐 그의 품에 술동이가 안겨 있었다. 담근 지 십 년 된 매화주를 개봉하자 그 향기가 쑥불마저도 누를 정도로 아찔하니 피어올랐다.

"어머나, 이런 걸 대체 어디에 숨겨두고 있었던 거야? 세상에, 이 향 좀 봐, 녹전 정말 네 술 담그는 솜씨 하나는…… 응?"

좋은 술 때문에 들떠서 어쩔 줄 몰라 하며 녹전의 팔을 두드리던 홍매는 언뜻 무언가에 신경이 쓰여 옆을 돌아보았다. 눈을 씀벅거리길 한참, 홍매는 열심히 제 눈을 비비고 다시 앞을 보고 또 눈을 비비길 반복했다.

"녹전, 녹전 맞지?"

"예, 저 녹전입니다, 홍매 님."

녹전의 대구에 홍매는 다시 한 번 눈가가 다 벌게지도록 눈을 비비고서 부릅뜨며 녹전의 얼굴을 응시했다. 그렇게 쳐다보길 한참. 홍매는 술동이를 내려다보며 아쉬움 가득한 눈으로 고개를 내저었다.

"그만 마셔야겠어. 나 너무 취했나봐. 녹전 얼굴도 못 알아볼 지경이야."

"제 얼굴을요? 정말 취하신 모양입니다. 술이 깰 만한 차라도 한 잔 준비해 올까요?"

"그래, 차를⋯⋯."

하며 옆을 돌아본 홍매는 다시금 설레설레 고갯짓이다.

"아니야, 아니야. 차로 해결될 게 아닌 것 같아. 자야겠어."

비틀거리며 홍매가 일어서는 것을 녹전이 부축했다.

"걷는 게 힘들어 보이시는데, 방까지 업어다 드릴까요?"

녹전이 싱긋 웃으며 묻자 그를 올려다본 홍매가 멍하니 고개를 저었다. 눈이 빨개진데다 휘둥그레 뜨고 있어서인지 여우라기보다는 토끼처럼 보이는 홍매의 살짝 처진 눈매를 보며 불현듯 녹전은 어여쁘다는 생각을 했다.

물론 깨닫기 무섭게 질색을 하며 벌떡 일어났다. 홍매가 수컷의 아름다움을 최우선으로 삼듯이 녹전에게도 암컷에게 끌리는 기준이 있다. 미추는 크게 중요치 않다. 제 품에 쏙 들어올 정도로 아담하고 다소곳한 맛이 있는 온유함을 갖춘 여자라야 한다.

 비록 벌써부터 빼어난 미모를 드러내기 시작했다고 해도 수컷의 머리 꼭대기에 서서 휘두르고 군림할 게 뻔한 암컷이라니 절대 사양이다.

 '난 백 개의 굴을 만들어 지켜주고픈 여자를 원하지 내게 백 개의 굴을 만들라고 명령할 여자가 필요한 게 아냐.'

 연애할 때엔 상대에게 그야말로 푹 빠져 지고지순해지는 홍매를 본 적 없는 녹전은 평상시에 본 홍매의 모습으로 지레짐작해 느닷없이 어지러워진 제 마음을 내팽개쳤다.

 그 사이 홍매는 홀로 제 방으로 돌아가려고 비틀비틀 걸음을 옮기다 아무것도 없는 곳에서 발이 걸려 앞으로 쓰러졌다. 뒤늦게 녹전이 달려가 괜찮으냐고 묻는 소리에 홍매는 고개를 들고 그를 올려다보더니 순식간에 눈물을 방울방울 흘리기 시작했다.

 "어떡하지? 나 술이 약해졌나? 여전히 녹전이 녹전으로 안 보여. 이게 다 녹전이 피운 쑥불 탓이야. 눈이 아픈 것도 참았더니 눈이 아예 이상해졌어."

홍매가 대뜸 두 손을 녹전의 얼굴에 올리더니 볼이며 턱, 코를 조몰락거리면서 말했다.

"엎어놓은 두부 같다는 생각 앞으론 안 할 테니까 다시 못난이로 돌아와, 녹전. 녹전한테 이리 잘생긴 얼굴 안 어울려."

아무리 조몰락거려도 녹전의 얼굴이 갑자기 펑하며 변하는 일은 일어나지 않았다.

"우리 못난이 어디로 갔지? 풍계야, 풍계야, 여기 이상한 놈이 있어! 우리 못난이가 술 가지러 갔다가 이 이상한 놈한테 잡아먹혔나봐. 엉엉, 불쌍한 녹전, 내가 친구 해줄려고 했는데 친구도 없이 죽다니. 하물며 새끼도 없어! 엉엉. 복수할 테다, 이놈! 잘생기면 다냐, 내가 꼭 복수하고 말 거야. 그러기 전에 내놔, 녹전 내놓으라고! 엉엉!"

급기야 통곡을 하는 홍매였다. 녹전은 쓴웃음을 지으며 잠자코 홍매를 훌쩍 안아들었다. 처음 보는 놈이 감히 내게 손을 대다니 무슨 짓이냐고 홍매가 화내는 것도 한 귀로 흘리며 녹전은 성큼성큼 걸음을 옮겼다. 바로 홍매의 방으로 향하는 대신 너른 뜰을 빙빙 돌며 한참을 걸었더니 우리 못난이 뱉어놓으라고 노래를 부르던 홍매의 주정도 차츰 잦아들었다.

그리고 마침내 뜰에는 녹전의 발소리와 이따금 쑥불이 무너지면서 내는 타닥거리는 소리만이 남았다. 녹전은 잠이 든 홍매를 내려다보곤 그녀를 방으로 데려다 주었다.

잠자리에 누이고 홍매의 얼굴에 남은 눈물 자국을 손수건으로 훔쳐 주던 녹전이 피식 웃었다.

"내가 잡아먹히면 복수해 주겠다니, 듬직하기도 하지."

눈물을 다 훔치고도 녹전은 바로 손을 거두지 않고 공연스레 홍매의 얼굴 이곳저곳을 손수건으로 닦는 시늉을 했다. 그러곤 혹시 아까 넘어질 때 어디 다친 곳은 없나 싶어 다리를 보려고 얇은 모시이불을 걷어 올렸다. 붉은 이불 아래로 드러나는 흰 다리에 전에 없이 녹전은 허둥지둥하며 급히 도로 이불을 씌웠다.

더 해줄 일도 없고 하니 자리를 떨치고 일어나 방을 나가려던 녹전의 눈이 방문 옆에 걸린 타원형의 거울에 머물렀다. 거울 안에서 스물두세 살 정도의 보기 드문

미청년이 그를 바라보고 있다.

그 얼굴은 처음 인간화에 성공했을 때 녹전이 취했던 얼굴로 전쟁이 나기 전까지는 계속 그 얼굴로 지냈었다. 그 후 세상이 빠르게 바뀌면서 명에게 보호자 역할을 할 사람이 필요할 때가 잦아져 녹전이 고심 끝에 만들어낸 두 번째 화신이 바로 현재의 모습이다. 홍매가 엎어진 두부 같다고 표현한.

녹전이 좋은 남자이긴 하지만 얼굴이 애석하다는 홍매를 위해—물론 골려주겠다는 심사가 더 컸으나—예고 없이 본모습을 취했더니 그만 홍매가 울고 말았다. 어차피 술에 취해 정신이 없었을 테니 내일 당장엔 무슨 일이 있었냐는 듯이 시치미를 뚝 떼면 될 일이다. 능히 잘해낼 자신, 녹전에겐 있다.

그런데도 뒤를 돌아보는 녹전의 얼굴에 한줄기 아쉬움이 깔린다.

"그래, 기왕지사 선보였으니 내일 아침에도 이 얼굴로 한 번 나서볼까?"

뭐 그럴 것까지야 하고 고개를 젓다가 또 이내 중얼거렸다.

"일부러 숨길 것도 없잖아? 딱히 비밀인 것도 아닌데."

과연 그때에도 우리 못난이를 내놓으라고 닦달을 할런지. 벌써부터 내일 아침엔 어찌 되려나 하는 생각에 빙긋 웃으며 방문을 나서는데 막 문을 닫기 직전, 안에서 홍매가 "으음, 물, 물"하고 찾는 소리가 났다.

"자리끼를 챙겨야겠군."

기다렸다는 듯이 녹전은 홍매가 마실 물을 챙기러 갔다. 할 일이 생기면 기쁜 사내답게 발걸음이 가뿐도 하다. 가는 길에 문득 고개를 들어 하늘에 뜬 늘씬한 버들잎 같은 달을 올려다보았다. 아닌 게 아니라 그 달이 꼭 누군가의 잘 다듬은 눈썹처럼 보였다. 이내 그런 생각을 한 자신을 의아하게 여길 정신은 있었다.

"조금 취했나?"

아까 마신 술이 뒤늦게 오르는 것 같아 역시 마시는 게 아니었다며 뒤늦게 혀를 차고 바지런히 부엌으로 향했다.

"물을 가져왔습니다, 홍매 님."

방으로 들어서던 녹전은 눈앞의 광경에 시선 둘 곳

을 몰라 연신 헛기침을 했다. 아까 그가 나갈 때 제대로 눕혀 이불을 덮어 주었건만 어느새 홍매는 거의 나신이나 다름없는 모습으로 동그랗게 몸을 말고 자고 있었다. 그녀의 새하얀 살갗이 어둠 속에서도 뽀얗게 빛나 방은 불 한 점 없음에도 아슴푸레하니 밝게 느껴졌다.

눈을 허공에 던져놓고 녹전은 손을 더듬어 모시 이불을 홍매의 몸에 끌어다 덮었다. 그리고 홍매의 머리맡에 물병과 잔을 받친 쟁반을 두고 일어서려는데 아래를 한사코 보지 않는다는 게 그만 그녀의 머리카락을 밟은 것도 몰랐던 모양이다.

"아야야―."

어린애의 칭얼거림 같은 소리에 꿈쩍 놀라 아래를 내려다본 녹전과 홍매의 눈이 딱 마주쳤다.

과연 여우, 라고 해야 하나. 잠에 취해 가물거리는 본능적인 눈짓조차 교태로 일렁거렸다. 붉은 버찌 같은 홍매의 입술이 살짝 벌려지더니 "누구?"하고 묻는다.

잠결인 그녀를 자극하지 않기 위해 녹전은 슬며시

다가앉아 홍매의 눈을 감기며 "물을 가져왔습니다" 하고 속살거렸다.

"아. 마실래. 목말라."

"일어나지 않으셔도 됩니다. 제가 도와드리죠."

녹전은 홍매가 깨면 난감해질 상황이 골치 아파 그대로 홍매의 머리만 살짝 올려 들고 잔을 기울여 물을 마시게끔 거들었다. 조금씩 홀짝거리면서도 어지간히 목이 말랐던지 홍매는 물 한 잔을 다 비웠다. 고요한 방에 생생히 울리는 할짝거리는 소리가 하도 달아 부엌에서 이미 물을 양껏 들이켠 녹전마저 목이 마른 느낌이 들었다.

"더 드시겠습니까?"

꿀꺽 마른침을 삼키고 녹전이 나지막이 묻는 말에 홍매는 됐다는 듯 손을 젓고 만족에 겨운 한숨을 내쉬었다. 그 한숨에 전염된 듯 저도 모르게 녹전도 한숨을 내뱉었다. 그리고 홍매의 머리를 베개에 뉘어주고 조심스레 손을 떼는데, 퍼뜩 홍매가 눈을 떴다.

이번에도 둘의 눈이 마주쳤다. 한데 이번은 아까하고는 좀 달랐다. 홍매는 느릿하게나마 눈을 깜박거리며 눈앞에 있는 녹전을 살피고 있었다.

"뭐지······."

홍매의 중얼거림에 녹전은 또 한 번 꿀꺽 마른침을 삼켰다. 그녀는 천천히 손을 들어 녹전의 얼굴에 손을 댔다. 오른쪽으로, 왼쪽으로, 다시금 오른쪽으로 고개를 돌리게끔 하며 녹전의 얼굴을 살피는 홍매의 미간이 잔뜩 찌푸려졌다.

"당신 아무리 봐도······."

"예, 제가 녹―."

"정말 잘생겼잖아."

감탄에 겨운 홍매의 말에 녹전의 고백은 중도에 똑 잘려나갔다. 홍매는 이제 두 손으로 녹전의 얼굴을 감싸 바짝 제게로 끌어당기고선 연신 탄성을 뿜어냈다.

"어쩜, 이 봉황 같은 눈하며 발그레한 볼 좀 보라지. 이렇게 내 마음에 쏙 드는 얼굴, 정말 오랜만이야. 아, 너무나 멋진 꿈이야. 이래서 내가 술을 마신다니까!"

꿈―인가? 이 여자의 주사는 내 생각보다 훨씬 더 대단하구나, 하고 녹전이 실소를 머금는데 놀랄 일은 아직도 남아 있었다.

느닷없이 그녀가 그의 얼굴을 제 가슴에 옴팍 끌어 당겨 품은 것이다. 앳된 얼굴과 달리 풍요로운—홍매의 기준으로는 이제 겨우 망울이나 잡힌 수준인—홍매의 젖가슴에 얼굴이 눌려 녹전은 버둥거렸다.

"호, 홍매 님, 홍매 님, 이러시면 안 됩니다."

가까스로 그녀의 살에서 얼굴을 떼기 무섭게 녹전은 그녀에게 입술을 빼앗겼다. 녹전이 휘둥그레진 눈을 깜박이는 잠시 동안 쪽쪽 다디단 과일이라도 맛보듯이 빠르게, 수십 번도 넘게 홍매의 입술이 그를 탐했다. 어느샌가 그의 목을 휘감은 새하얀 팔로 지그시 녹전을 누르고 홍매가 입술을 비비면서 중얼거렸다.

"세상에, 당신 입술에서 매화주 맛이 나. 이런 꿈이라면 깨고 싶지 않아."

꿈이 아니라고, 이제라도 말할 수 있는 기회였다. 하지만 녹전이 얼이 빠진 듯 멍하니 그녀를 들여다보는 동안 홍매가 뱅그르르 몸을 굴려 녹전을 아래로 밀치고 그의 몸에 올라탔다. 치렁거리며 쏟아지는 검은 머리카락을 쓸어 넘기는 홍매의 요염한 손길을 홀린 듯 바라보는 녹전에게 나른한 색기에 젖은 그녀의 눈빛이 쏟아졌다.

"아아, 어여쁘기도 하지."

수컷으로서 들어서 기쁠 만한 말이 전혀 아니건만, 녹전은 어째선지 얼굴이 붉어졌다. 홍매의 손이 그의 얼굴을 쓰다듬다 머리카락으로, 목덜미를 어루만지다 옷자락 사이로 서슴없이 들어가고 있건만 녹전은 그 어떤 제지의 동작도 보이지 않았다. 다시금 그의 입술을 탐하는 그녀를 올려다보는 그의 눈이 휘황하리만치 반짝였다.

그러다 딱 한 번 그의 허리춤을 푸는 홍매의 손을 그가 붙잡았다.

이제라도, 그녀의 착각을 일깨울 것인가?

"제가, 마음에 드십니까?"

아니, 그의 질문은 다른 방향이었다.

홍매는 눈을 동그랗게 뜨긴 했으나 아무런 의심 없이 꿈속에서 만난 미남자를 유혹하는 미소를 지었다.

"마음에 들다마다. 당신만큼 아름다운 이는 내 평생에 처음이야."

그녀의 남자들이 모두 한 번씩은 들었을 말. 하지만

그래도 그것은 그녀의 진심이다. 빠져드는 순간, 그녀는 오로지 상대만을 볼 뿐이다. 지금처럼 꿈속이라고 해도.

"어째선지는 모르겠지만, 저도 지금 그런 생각이 듭니다."

자신을 휘감아대는 타는 듯한 홍매의 시선을 녹전은 거부하지 않았다. 둘의 시선이 부딪치며 타닥타닥 마치 부싯돌을 칠 때 일어나는 불꽃같은 게 일었다. 눈에 보이지만 않을 뿐, 분명히 둘 사이에 존재하는 그 불꽃이 마침내 둘의 입술이 겹쳐지는 순간 확 불길로 일어났다.

엎치락뒤치락 뒹굴며 입술을 나누길 한참, 서로의 위치가 바뀌어 이젠 녹전이 홍매를 내려다보았다. 거친 숨이 가라앉을 만큼 오래 녹전은 그녀의 어깨를 붙잡은 채 응시했다. 마음을 돌릴 기회를 수십, 수백 번 그냥 흘려보냈다.

"아아, 벌써 꿈이 깰 때인 건 아니지? 보지만 말고 이리 와."

사뭇 애가 타는 듯이 홍매가 고혹적인 미소를 지었

다. 가는 팔을 뻗어 자신을 안으라 재촉하는 몸짓에 녹전은 속수무책으로 몸을 허물어뜨렸다. 숨 막힐 듯한 포옹에 홍매가 눈을 감고 머리를 젖혔다.

"너무나 근사해. 당신은 어때?"

"벗어날 방법을 모르겠습니다, 홍매 님."

"내 꿈이니까 그런 거잖아, 우후훗. 그런데 내 꿈인데 난 당신 이름도 모르네?"

꼭 껴안은 그대로 녹전은 천천히 머리만 들어 홍매의 눈을 향해 속살거렸다.

"……저는 녹전입니다."

홍매의 눈이 살짝 커지며 그녀의 입술이 들썩였다. 그 입술을 녹전이 뒤덮어 위태로웠던 찰나의 불꽃이 확 되살아났다. 그리고 녹전은 제 허리춤을 풀었다.

녹전이 홍매의 방을 나왔을 땐 이미 동녘 하늘이 아슴푸레하게 분홍빛으로 물들어갈 즈음이다. 마루에서 내려서서 신을 꿰어 신고 마당으로 돌아가는 그의 발걸음이 조금 비틀거린다. 맥이 풀린 까닭이 아니라 아직 제대로 혼을 수습하지 못한 까닭이다. 마치 무엇에 홀린 듯이······.

 연기가 가늘게 피어오르는 게 보인다 싶더니 마당에 남은 쑥불은 아직도 탈 게 남은 모양이었다. 불쏘시개를 들어 그 속을 들춰보자 보이는 바알간 빛에 녹전은 멍하니 한숨을 쉬었다.

 "······어찌한다?"

 뒤를 돌아보는 그의 시선은 어딘가 쑥불 속에 감추어진 불덩어리를 좀 닮았다. 자신도 모르게 다시 뒤로 향하려는 그의 발을 멈춘 것은 어디선가 들려오는 재채기 소리였다.

 "아이쿠, 여름이어도 이슬을 밟고 돌아다니는 건 쌀쌀하구나."

 움츠린 몸을 하고 이쪽으로 뛰어오는 풍계를 보고 녹전이 미간을 찡그렸다.

 "또 담장을 넘은 게냐?"

 문으로 다니라고 아무리 말을 해도 열에 일곱은 꼭 담을 넘어다니는 두꺼비 녀석을 쏘아보았지만 정작 녀석은 녹전의 얼굴을 보고는 입술을 비죽거렸다.

 "뭐야, 녹전 얼굴이 왜 그래? 못난이 아저씨로 사는데 재미 붙인 거 아니었어? 흥, 하는 짓은 못난이 아저씨가 딱 어울린다구. 에취, 에취."

전쟁 전부터 함께 살았으니 풍계는 이미 녹전의 잘난 모습도 알고 있었다. 다른 때 같았으면 무슨 심사의 변화냐 꼬치꼬치 캐물었겠지만 어째 오늘 아침엔 영 시들한 얼굴로 재채기만 연발이다.

"어디서 뭘 하고 다녔기에 아침부터 재채기냐?"

"놀았어. 오락실에서. 오락실이란 곳은 그야말로 별천지야. 꼭 우리 홍매를 데리고 같이 가야지."

없는 자리에선 걸핏하면 우리 홍매니 내 홍매니 해대는 풍계였지만 이제껏 녹전이 그리 엄하게 단속한 건 아니었었다. 하지만 이번엔 그의 눈에서 불꽃이 튀었다.

"홍매 님이라고 불러."

'뭐래, 또'라는 시선으로 녹전을 흘겨보고선 풍계는 아직도 이놈의 쑥불을 피우는 거냐고 투덜거렸다.

"우리 홍매도 이런 거 싫어한다니까. 서방님 내외도 없는데 왜 사서 바지런을 떠는 거람? 사방에 냄새 배였잖아, 쳇!"

뭐라고 더 말을 하려다 말고 풍계는 입이 찢어질 듯이 하품을 했다. 밤을 꼬박 새우고 놀다 오는 길이니 그럴 만도 하다.

"이따 깨면 홍매 데리고 놀러 나갈 거니까 너 혼자 집 실컷 보든가 해. 그동안 이놈의 냄새 좀 안 나게 해 보라고. 에취, 에이취!"

제 방을 향해 멀어져가는 풍계를 따라 재채기 소리도 멀어져갔다. 전 같으면 풍계 녀석이 아무래도 감기에 걸릴 듯하니 감기에 좋은 탕약이라도 올려놓을까 하고 부엌으로 향했을 녹전이 지금은 잠자코 풍계의 뒷모습을 쳐다보고 있다. 전에 없이 이글거리는 그 눈빛에, 풍계가 돌아보기라도 했으면 오금이 저렸을 것이다.

하지만 춥고 졸린 풍계는 무사히 녹전의 시야에서 사라졌다. 마당에 홀로 남은 녹전은 물끄러미 아직 연기를 피우는 쑥불을 바라보다가 "응"하고 고개를 한 번 크게 주억거렸다.

주먹을 불끈 움켜쥐고 녹전이 힘차게 몸을 돌렸다. 이미 나설 때부터 다시 돌아가고 싶었던 곳으로 향했다.

거의 달음박질을 치던 그가 마루에 올라서기에 앞서 숨을 고르고 발소리를 죽여 조심히 걸음을 떼어 홍매의 방문을 열고 안으로 들어갔다. 얼마 안 있어 들어갈 때 빠끔히 열어두었던 문으로 다시 그가 나온다. 한 발씩 마루를 디딜 때마다 제법 크게 울리는 소리가 난다. 그가 어깨에 웬 짐을 하나 들쳐 메고 있어서이다. 요와 이불로 돌돌 싸맨 무언가. 그 끄트머리로 아이처럼 작고 새하얀 발이 슬쩍 비쳐 보인다.

섬돌로 내려설 때 문득 이불 속에서 버둥거림이 있었다. 녹전이 가만히 움직임을 그치자 그 버둥거림도 그친다. 녹전은 그래도 잠시 기다려보다가 여전히 이불 속이 잠잠한 것에 안심하고 얼른 신을 신고 걸음을 떼었다.

그가 이 괴이한 짐을 떠메고 향하는 곳은 술을 보관한 곳간이다. 전국에 산재하는 그 어떤 집이 되었든 간에 그가 애지중지하는 첫 번째 공간을 꼽자면 술 창고가 될 것이다. 그 이유를, 다른 이는 몰라도 주인인 명은 알고 있다.

널따란 술 창고 앞에 이르러 녹전은 한 손으로만 곳

간 열쇠를 따느라 살짝 지체했다. 그 사이 잠잠했던 이불 속의 존재가 다시 꿈틀댔다.

"더워……."

희미하게 새어나오는 목소리는 틀림없는 홍매의 것. 간밤, 그만 이 여자에게 홀리고 말았다. 그런데도 더 홀리고 싶다. 나만 그러지 않기를 바란다. 그러려면 빼도 박도 못하게 정신없이 뒤흔드는 것만 한 게 있으랴?

"곧 시원한 곳으로 모시겠습니다."

곳간 문이 열리는 것과 동시에 녹전의 얼굴에 싱그런 웃음이 만개했다. 문이 닫히는 것을 돌아보며 녹전은 보쌈해온 홍매를 두 팔로 가뿐히 안아들었다.

"풍계 녀석, 머리깨나 썩여 보라지."

슬쩍 짓궂은 미소를 지은 녹전은 이내 침침한 어둠에 잠긴 곳간 안으로 휘적휘적 걸어 들어갔다. 그렇게 녹전과 홍매는 집 안에서 증발했다.

하루가 지나고 이틀이 지나도 기척도 없는 둘을 찾아 풍계가 사방을 뒤지고 마침내 술 창고 역시 돌아보았지만 둘의 머리카락 한 올 발견 못 하고 돌아갔다.

그런데도 밤이면 술 창고의 술만 귀신처럼 없어지고 아침이면 빈 술동이가 돌아와 있는 현상이 속출했다.

'제 암컷이다 싶으면 모름지기 굴로 데려가야 한다.'

주인이 몸으로 보인 가르침을 충실히 이행한 결과, 단오절 밤에 불어온 때아닌 춘풍은 저 깊은 땅속 어딘가에서 여름이 다 지나도록 쉴 새 없이 몰아쳤다.

짧은 가을. 이어지는 긴 겨울.

지하공간창조의 달인 녹전의 견식에 따르면 정말로 좋은 굴은 한겨울에 그 빛을 발하는 법이란다.

그리고 실로, 그러했다.

- 기담 사미인 외전 完 -